शतरंज के मोहरे

(उपन्यास)

शतरंज के मोहरे

अमृतलाल नागर

वाणी प्रकाशन ग्रुप

भारतीय ज्ञानपीठ

वाणी प्रकाशन : भारतीय ज्ञानपीठ की पुस्तकों के एकमात्र प्रकाशक एवं वितरक

पेपरबैक सोलहवाँ संस्करण : 2019
पेपरबैक सतरहवाँ संस्करण : 2024

लोकोदय ग्रन्थमाला : ग्रन्थांक 80

प्रकाशक
वाणी प्रकाशन ग्रुप
4695, 21-ए, दरियागंज, नयी दिल्ली-110 002
फ़ोन : 011-23273167, 23275710
ईमेल : sales@vaniprakashan.in

ISBN : 978-93-5775-795-9

शतरंज के मोहरे
(उपन्यास)
अमृतलाल नागर

SHATRANJ KE MOHRE
(Novel)
by Amritlal Nagar

मुद्रक : आर. टेक ऑफ़सेट प्रिंटर्स, दिल्ली-110 032

आवरण-चित्र : मदनलाल नागर

Price : INR. 295

युग-प्रवर्तक
महाकवि पन्त जी को—
सादर
सविनय
सप्रेम

शतरंज के मोहरे

(छठा संस्करण, 1987 से)

इस उपन्यास की रचना वस्तुतः मैंने अपने एक प्रस्तावित ग़दर कालीन उपन्यास की पूर्व-पीठिका के रूप में की थी। 'शतरंज के मोहरे' लिखने से पहले, सन् 1957 ई. में बड़े-बूढ़ों से उनकी ग़दर-काल की सुनी-सुनायी बातों का संग्रह करने के निमित्त से मैंने अवध के अनेक ज़िलों का दौरा किया था। इस उपन्यास का वातावरण प्रस्तुत करने में मुझे अपने उस भ्रमण के अनुभव से बड़ी सहायता मिली। किताबें यों तो इस बहाने से काफ़ी पढ़ी थीं, मगर उन सबके नाम इतने बरसों में अब बिसर गये हैं। हाँ, कथावस्तु चयन के लिए जिन चार पुस्तकों का विशेष रूप से ऋणी रहा उनके नाम याद हैं। वे हैं—1. कर्नल स्लीमन लिखित 'ए जर्नी थ्रू द किंग्डम ऑव अवध', 2. मुहम्मद तक़ी अहमद द्वारा अंग्रेज़ी में अनूदित अब्दुलअहद का फ़ारसी ग्रन्थ 'तारीख़ बादशाह बेगम', 3. सैयद कमालुद्दीन हैदर लिखित 'कैसरुत्तवारीख़', और 4. विलियम नाइटन की 'प्राइवेट लाइफ़ ऑव एन ईस्टर्न किंग'।

किसी विद्वान् का कथन है कि 'इतिहास मानव की मूर्खताओं, दुर्भाग्यों, अपराधों और बर्बरताओं का रजिस्टर मात्र होता है।' एक ढंग से यह बात सही हो सकती है, किन्तु हमें इतिहास पढ़कर उन बुराइयों से बचने की प्रेरणा मिलती है, इससे भी इनकार नहीं किया जा सकता। उपन्यास बनकर इतिहास मानवीय समस्याओं को देखने, परखने के लिए 'सूक्ष्मवीक्षण यन्त्र' का-सा काम देने लगता है। पिछले संस्करणों पर पाठकों के जो प्रशंसा-पत्र मुझे मिले हैं, वे मेरी इस समझ को प्रौढ़ करते हैं।

यह मेरा सौभाग्य रहा है कि मेरे लगभग सभी उपन्यासों के एकाधिक संस्करण प्रकाशित हुए हैं। मैं हृदय से अपने प्रेमी पाठकों के प्रति श्रद्धावनत हूँ।

एक

"होसियार! होसियार हुइ जाओ होऽजुम्मन काका! फौजैं आवति हयिं।"

दो फ़र्लांग दूर से गोहारते और दौड़कर आते हुए युवक का सन्देश सुनकर गढ़ी रुस्तमनगर की बाहरी बस्ती में कुहराम मच गया। उड़ती ख़बर आनन-फ़ानन में हाट और महलों तक पहुँच गयी। गढ़ी के दोनों फाटकों की खिड़कियाँ बन्द हो गयीं।

अबुलमुज़फ़्फ़र मुईज़ुद्दीन शाहेज़माँ गाज़ीउद्दीन हैदर शाहे-अवध के नाज़िम की फ़ौजें तहसील वसूलयाबी के लिए दौरे पर निकली हैं, इधर से गुज़र रही हैं। रुस्तमनगर के नवाब मुहब्बत ख़ाँ को पहले ही इसकी ख़बर मिल चुकी थी। इस समय उनके ख़ास कमरे में नाज़िम साहब के स्वागत के लिए सलाह-मशविरे होने लगे, ख़िदमतगारों की फ़ौज बारहदरी की सफ़ाई और सजावट में जुट गयी, मुहब्बत ख़ाँ की नौकरी में रहने वाली तवायफ़ें अपनी कंघी-चोटी और बनाव-सिंगार में मसरूफ़ हुईं, बावर्चीख़ाने का इन्तज़ाम गरमाने लगा।

गढ़ी के फाटक पर बाहरी बस्ती के रहने वाले ग़रीब किसानों, खेतिहरों, चमारों की स्त्रियाँ, बच्चे और बूढ़े अपनी गृहस्थी की लायी जा सकने वाली वस्तुओं की गठरी-मुठरी लादे भीड़ लगाये खड़े थे और फाटक खोल देने के लिए भीतर के सिपाहियों से चिरौरी कर रहे थे। पिछली बार जब नाज़िम की फ़ौजें इस इलाक़े से गुज़री थीं तब उसके सिपाहियों ने बस्ती उजाड़ने के अतिरिक्त स्त्रियों और बच्चों से कड़ी बेगार भी करवायी थी, कई निर्धन गृहलक्ष्मियों की अनमोल इज़्ज़त को बेभाव कर दिया था।

काले-भूरे बादलों के घनघोर घिराव से आकाश घुट रहा था, धरती पर उसकी मनहूसियत फैल रही थी, नाज़िमी सेनाओं की आहट से गाँव की हवा तक को मानो साँप सूँघ गया था।

देखते-देखते ही अन्तरिक्ष के एक कोने को धूल के बादल संकुचित करने लगे। दूर सुनाई पड़ने वाली घोड़ों की टापें मानो बाहरी बस्तीवालों के कलेजों पर पड़ने लगीं। बाहरी बस्ती के पुरुष आनेवाली परिस्थिति के प्रति आतंक-भरी मौन उत्सुकता लिये एक जगह बटुरकर खड़े थे। दूर, गढ़ी के फाटक के बाहर खड़ी, गिड़गिड़ाती गुहारती अपनी घरवालियों और बाल-बच्चों को देख-देखकर गूँगी चिन्ता और विवशता उन्हें कातर बना रही थी। गाँव पर हमला होने की कोई सम्भावना न थी,

रुस्तमनगर के नवाब मुहब्बत ख़ाँ लखनऊ के दरबार में आदर पाते थे, शाह ग़ाज़ीउद्दीन हैदर के नवाब आग़ामीर से उनका मेलजोल था, नाज़िम को भी नज़र नियाज़ से सन्तुष्ट रखा करते थे—यह सब होते हुए भी गाँव की ग़रीब प्रजा के लिए स्वयं उसके ही बादशाह की फ़ौजों का आना प्रलय के आगमन के समान था।

सहसा फाटक खुले। नवाब साहब की ओर से बख़्शी नूरमुहम्मद नाज़िम साहब की अगवानी के वास्ते पालकी पर बाहर जा रहे थे। फाटक के दोनों ओर लगभग तीन फुट ऊँचे चबूतरे पर बने तिदरे दालानों में खड़े हुए धनुषबाण और बन्दूक़धारी बारह सिपाहियों ने झुक-झुककर बख़्शी को सलाम किया। आठ सिपाही उनकी पालकी के दोनों ओर चल रहे थे। प्रजा ने बख़्शी की और नवाब साहब की ख़ैर मनायी, शरण पाने के लिए गुहार मचायी। बूढ़े बख़्शी जी ने कुछ सोचकर उन्हें अन्दर जाने की आज्ञा दे दी, साथ ही फाटक वाले सिपाहियों को यह हिदायत भी दी कि उन्हें गठरी-मुठरियों समेत मवेशीख़ाने के अहाते में बन्द रखा जाए जिससे नाज़िम साहब की सवारी आने के समय बाज़ार की सड़क पर बदइन्तज़ामी न फैल सके।

देखते-देखते ही नाज़िम की फ़ौजें टिड्डीदल-सी आ पहुँचीं। हाथी, घोड़े, तोपख़ाने के बैल, फ़र्राश, ख़लासी, चोबदार, साईस, फ़ीलवान, बाज़ारिये, कारकुन, मुंशी, दारोग़ा, सिपाही आदि सब मिलाकर लगभग साढ़े तीन सौ प्राणियों का क़ाफ़िला गाँव के एक ओर फैल गया। इतने बड़े मजमे के हड़बोंग, हिनहिनाहट और चिंघाड़ों से आसमान गूँजने लगा। नाज़िम साहब नवाब साहब के मेहमान होकर गढ़ी में चले गये, सेना मनमानी हो गयी।

गन्ने के खेतों में फ़ीलवान अपने हाथियों को धँसाने लगे, दूसरे खेतों की ओर घोड़ों के झुण्ड बढ़े, बैलों के रखवाले और चूल्हे जलाने के लिए लकड़ी की तलाश में निकले सिपाहियों ने बाहरी बस्ती के घरों पर छापा मारा। घरवालों, खेतवालों के प्राण खिंचने लगे। जिधर देखो उधर ही गाँववाले फ़ौजवालों के पैर पकड़-पकड़कर हा-हा खा रहे थे। सिपाही, फ़ीलवान, साईस और शाही बैलों के रखवाले महमूद ग़ज़नवी और नादिरशाह बने अकड़ के मारे आसमान में अपना रुख़ मिलाते घुड़कते और धकियाते थे। खेत न उजाड़ने के लिए सिपाहियों को रिश्वतों से गरमाया जा रहा था। पैसे वालों के खेत थोड़े-बहुत ही रौंदे गये परन्तु बे-पैसे वालों की कोई सुनवाई न हुई। उन्होंने मारें खायीं और अपने खेतों को तबाह होते देखा, भरसक पैसे भरे और फिर भी सिपाहियों ने उनके घरों में घुसकर बाँस-बल्ली, धरन, हल, किवाड़ जो भी लकड़ी का सामान मिला उसे कुल्हाड़ियों से काटकर, अधिकतर घरवालों से ही कटवा, उनके सिरों पर ही लदवाया और ले चले। बैलों के रखवाले किसानों के घरों का भूसा ढोने लगे, फूस के छप्पर तक न छोड़े। रुस्तमनगर के बाहरी भाग में आबाद तीस-चालीस घरों की बस्ती और उनमें बसने वाले छोटी जातियों के ग़रीब लोग देखते-देखते ही अधमरे हो गये।

सैनिकों में बदमस्ती फैल रही थी। लूट के ज़ोम से भरे ठहाके, भद्दे मज़ाक़ अफ़ीम, गाँजा, चरस, भंग और सस्ती शराबों के दौर शुरू हुए; बहुत से सिपाही बाज़ारियों को घेरकर खाने-पीने का सामान ख़रीद रहे थे, दुनिया भर के आये-गये मसले, अपने-पराये दुःख-सुख जगह-जगह अपनी-अपनी मनमिलाव की टोलियों में कर रहे थे।

घुड़सवार अब्बास कुलीबेग का साईस रुस्तमअली अपने दो मित्रों को साथ लेकर गढ़ी की तरफ़ चला। ढाई साल बाद वह अपने घर जा रहा था, अपने ही गाँव में नाज़िम साहब का पड़ाव पड़ने के कारण उसे अकस्मात् यह अवसर हाथ लग गया। वह बेहद खुश था। दोनों दोस्तों के कन्धे पर बाँहें फैलाकर रुस्तमअली बड़ी मस्ती में गा उठा : "मोरे उठत जोबनवा में पीर पिया घर बेगि पधारो।"

घसीटे ख़ाँ की सुरीली नज़रों से रस टपक पड़ा, मुसकराकर अपने दूसरे साथी से कहा, "देख रहे हो नब्बू इनके नक़्शे। आज के गये अब ये आठ रोज़ बाद ही घर से लौटेंगे।"

नब्बू और रुस्तम की प्यारभरी नज़रें मिलीं, एक आह फेंकते हुए मुसकरा कर नज़म बोला, "देखा, घसीटे को जलन को रही है।"

"जलन तो ख़ैर नहीं, मगर बच्चों की याद मुझे भी हो आयी। चार साल हो गये उन्हें देखे।" घसीटे ख़ाँ की नज़रें ध्यान में खो गयीं।

नब्बू का चेहरा गम्भीर हो गया, फिर धीरे से कहा, "अपने ऊपर ख़ाँ-मख़ाँ जब्र करते हो। आख़िर बीती कब तक बिसारोगे—तुम्हें अपने बच्चों का ख़याल करना चाहिए।"

घसीटे चुप और गम्भीर रहा, उसे देख फिर बात फेरते हुए, नब्बू ने कहा, "और तुम्हारे कितने बच्चे हैं रुस्तम?"

"दो । एक लड़का है तीन साल का, और लड़की क़रीब डेढ़ बरस की होगी।"

"लड़की को तो अभी सूरत भी नहीं देखी होगी तुमने।"

"अमाँ लड़कियों को क्या देखना।" घसीटे ख़ाँ ने कहा।

"देखा रुस्तम, ठाकुरों के गाँव में रहने की वजह से बेरहम हो गया है। कम्बख़्त क्या रिवाज़ है उनमें भी, पैदा होते ही लड़कियों को मार डालते हैं।"

"अमाँ अच्छा ही करते हैं। औरत से बढ़कर बदज़ात कोई नहीं, ये नागिनें होती हैं जितनी ख़ूबसूरत उतनी ही ज़हरीली भी।" घसीटे ख़ाँ के चेहरे पर नफ़रत की कड़ी रेखाएँ उभर आयीं। बात के तैश में वह दोनों मित्रों से अलग हटकर चलने लगा।

रुस्तम ख़ाँ पलभर ठिठककर उसे देखने लगा, फिर सधे स्वर में एकाएक कहा, "मैंने एक बात सुनी है घसीटे। बहुत दिनों से पूछना चाहता था—"

"न छेड़ यार। जाने दे।" नब्बू ने रुस्तम की बाँह दबायी।

"मेरी बीवी के बारे में सुना है?"

"हाँ।"

"सच सुना है। मैंने उसको और उसके आशिक़ को कुल्हाड़ियों से काट डाला...थूः।"

उसके बाद तीनों कुछ दूर तक ख़ामोश चले गये। रुस्तमअली का चेहरा विचारों से भारी होकर झुक गया था। उसकी माँ ने अकसर उसकी पत्नी की बदचलनी के बारे में शिकायतें की थीं। उसके सौतेले भाई फ़तेहअली के ख़िलाफ़ उसकी माँ ने इल्ज़ाम लगाये थे। मगर वह अपने रक़ीब को, अपनी घरवाली को लाख चाहने पर भी कभी रँगे हाथों पकड़ न सका। उसके शक़ की जड़ कभी मज़बूत न हो सकी, गो जमी रही। दुलारी उसपर जान निछावर करती है। वो रो-रोकर अम्मी-जान की सख़्तियों की शिकायत करती है। रुस्तमअली कुछ तय न कर पाता था। पुरानी उलझन घसीटे ख़ाँ की बातों के सहारे फिर मन में फैल गयी।

दोनों मित्रों को मौन देख नब्बू मस्ती में आकर बोला, "अमाँ हम तो लाख टके की एक बात जानते हैं, जो मरद आठों पहर निगहबानी कर सके वही औरत को अपनी बीवी कह सकता है, और उसमें भी ख़ास तौर से हमारे ऐसे पेशे वाले, जो साल-दो-साल में महीने-दो-महीने के लिए घर जाते हैं, भला क़िस बात का गुमान करते हैं? अमाँ हम तो कहते हैं कि अपनी औरत को नौकर रखी हुई रण्डी मान लो, जितने दिन रहो ऐश करो, उसके बाद—"

"और बच्चे?" रुस्तम ने पूछा।

"क्या रखैलों से नहीं होते? अवध के तख़्तोताज़ के आइन्दा होनेवाले मालिक रखैल ख़वास की ही औलाद हैं।"

"अच्छा-अच्छा, बन्द कीजिए ये चर्चे। किसू के भनक पड़ गयी तो फाँसी चढ़ा दिये जाएँगे हम सबके सब।" घसीटे ख़ाँ ने बात ख़त्म कर दी।

तीनों रुस्तमनगर के फाटक पर आ पहुँचे थे।

दो

"ख़ुदा ऐसी औरत किसू को न दे। ख़ानदान के मूँ पे कालिख पोत दी। अभी जो कह दो तो बाजीजान को बुरा लग जाए—"

"ऐ कौन मेरी कोखजाई लड़की है जो—"

"न सही, पर लाड़ तो तुमने ही लड़ाये हैं उसके। मेरी सोने-जैसी गिरस्ती में ये ज़हर की पुड़िया घोल दी। ऐ भला बताओ, ये आबरूदारों का घर है या रण्डीख़ाना?"

"आबरू तो उसी दिन चली गयी जिस दिन घर में तेरे सब्ज़क़दम पड़े।"

"ऐ खुदा का क़हर पड़े उस मूँडीकाटी की ज़बान पे जो मेरे-जैसी सच्ची सूधी पर ऐब लगाती है—हाँ नहीं तो। ऐ मेरा तो खुदा गवाह है, सारा ज़माना गवाह है। ख़ैराबाद में भी रही, ढाई बरस यहाँ भी हो गये चच्ची के पास। कीड़े पड़ेंगे उसकी ज़बान में..."

मित्रों के साथ अपने घर के पास पहुँचते ही रुस्तम के कानों में अपनी माँ और फूफी के तीखे, लड़ाई के बोल पड़ने लगे और उसे यह समझने में भी देर न लगी कि लड़ाई की जड़ उसकी बीवी दुलारी ही है। उसका चेहरा शर्म और ग़ुस्से से लाल हो गया। दोस्तों से नज़र मिलाये बग़ैर 'अभी आया' कहकर दहलीज़ के अन्दर घुसा। टाट के परदे के पास उसके पैर फिर ठिठक गये, लड़ाई के दो-चार बोल और सुनता रहा। बिजली की तरह ख़याल कौंधा, उसके दोस्त, ख़ास तौर पर घसीटे ख़ाँ भी सुन रहे होंगे; ख़याल आते ही उसकी मर्दानगी जोश खा गयी, म्यान से बाहर खींची गयी तलवार की तरह झपटकर अन्दर पहुँचा। करीमन बुआ सामने खड़ी थीं। अचानक रुस्तम को देखकर वे अचम्भे में पड़ गयीं। रुस्तम ने घुसते ही घुड़का, "ख़ामोश! ये घर है कि भठियारख़ाना। शर्म नहीं आती तुम लोगों को, बाहर तक आवाज़ जा रही है। चारपाई कहाँ है?"

रुस्तमअली की माँ भी बड़े बेटे के अचानक आगमन से लड़ते-लड़ते थम गयी। फ़तेहअली की बीवी ने फ़ौरन घूँघट खींचा और दौड़ती हुई कोठे के ऊपर चली गयी, बुआ चारपाई लाने चलीं। रुस्तमअली की माँ ने मानो अपने आपको आश्वासन देने के लिए बेटे को एक बार भर नज़र देखा और देखते ही आँखें भर आयीं, रुँधे हुए गले से बोली, "आया है तो मेरे लिए ज़हर ला दे इस बार। ये चुड़ैल तो मेरे बच्चों को खाने के लिए धँसी है इस घर में...।"

करीमन बुआ अन्दर से चारपाई निकाल लायीं। रुस्तमअली ने आगे बढ़कर उसे दोनों हाथों से थाम लिया। माँ की आँसू-भरी आवाज़ कम होकर भी इतनी धीमी नहीं हुई थी कि घर के दरवाज़े तक न पहुँच सके। रुस्तमअली अपनी बदनामी के डर से मन-ही-मन उबला पड़ रहा था। तभी दहलीज़ से घर में प्रवेश करते हुए रुस्तम के सबसे छोटे सौतेले भाई, वारिसअली ने कहा, "अरे बड़े भैया, आप? इसी फ़ौज के साथ आये होंगे। ख़ूब मिले। लाइए मैं बिछाये आता हूँ।" कहकर उसने बड़े भाई से गले मिल चारपाई उठा ली और दहलीज़ की तरफ़ बढ़ते हुए कहा, "अम्मा छोटी भौजी से कहिए, फ़तेह भैया वाली दरी निकाल देंगी, बड़े भैया के दोस्त आये हुए हैं फ़ौजवाले।"

वारिसअली को घर में घुसते देखकर उसकी अम्मा के चेहरे का चिराग़ गुल हो गया, वो हक्की-बक्की रह गयी। करीमन बुआ पहले तो उसे देखकर अचकचायीं, और फिर उनके चेहरे पर नयी रोशनी चढ़ी। वारिसअली के चारपाई लेकर बाहर

जाते ही करीमन बुआ ने दबे स्वर में लेकिन हाथ-पैरों की पूरी तेज़ी के साथ आगे बढ़ अपनी भावज का हाथ पकड़कर झिंझोड़ते हुए कहा, "क्यों री, तू तो कहती थी कि मेरी दुलारी तेरे वारिसअली के साथ अपनी कोठरी में है। फिर ये बाहर से कैसे आ गया नन्हा? जब देखो तब मेरी दुलारी के पीछे हाथ धो के पड़ी रहती है। अरे तेरे बेटे की जोरू है आख़िर।"

रुस्तम ने जाते-जाते सुना और ठिठककर अपनी माँ और बुआ की तरफ़ देखने लगा। फ़तेहअली की दुलहिन ने बायें हाथ से घूँघट ताने कोठे से बाहर आकर अपने दाहिने हाथ की दरी सास की ओर बढ़ायी। रुस्तमअली की अम्मा अपने जी के हौक़े में मरी जा रही थी। दरी को देखा अनदेखा किया, दूसरी ओर मुड़कर फिर तेज़ी से अन्दर चली गयीं। करीमन बुआ ने फ़तेहअली की दुलहिन के हाथ से दरी लेकर रुस्तम की ओर बढ़ायी।

आँगन पार सामनेवाले दालान की कोठरी का दरवाज़ा खुला। चूड़ीदार पाजामा, गाढ़े का कुरता पहने, धानी रंग की मोटी ओढ़नी ओढ़े दुलारी का उदास मुखड़ा झलका। रुस्तमअली की टकटकी बँध गयी। वारिसअली तभी अन्दर आया, बुआ के हाथ से दरी ली, सामने दालान में दाहिने हाथ की मेहँदी लगी उँगलियों की चुटकी से ओढ़नी का पल्ला खींचे बड़ी भावज चली आ रही थी। वारिसअली चोरी से, आशिक़ की हसरत-भरी निगाहों से उसे देखता हुआ तेज़ी से बाहर चला गया। बड़ी-बड़ी नशीली जादू-भरी आँखें, बड़ा सुडौल बदन, सिजल नाक-नक़्शा—रंग गेहुआँ होने पर भी दुलारी की चढ़ती जवानी ऐसा चुम्बक थी जो मर्दानगी के लोहे को बरबस अपनी ओर खींच लेती थी। नज़रें मिलते ही वह पुरुष को मतवाला बना देती थी; बे-ऐब ख़ूबसूरती न पाने पर भी दुलारी मर्द के लिए मुजस्सिम लालच थी। दुलारी ने पलकें उठायीं, पति को पल भर जमकर आँसू-भरे नैनों से निहारा और उसी दालान की दूसरी कोठरी की ओर चट से मुड़ गयी, मानो ग़लती से आगे बढ़ आयी थी, ध्यान आते ही अपनी जगह पर लौट गयी। इन नैनों के जादू से ढाई बरस बाद एक झलक बँधकर रुस्तम अपनी सुध-बुध भूल गया। उसे अपनी पत्नी का उदास, आँसुओं से नहाया हुआ चेहरा तीर की तरह कलेजे में चुभा, झुँझलाहट-भरे स्वर में करीमन बुआ से कहा, "अम्मा के दिमाग़ में फ़ितूर है, मैं अब समझ गया। बुआ, कह दो कि रोना-धोना छोड़कर बावर्चीख़ाने में जाए।" फिर जेब से एक रुपया निकालकर फेंकते हुए ज़रा ऊँचे स्वर में आदेश दिया, "घण्टे-डेढ़ घण्टे में दस्तरख़्वान लग जाए बुआ; और कह देना खाना पकाने की तारीफ़ लखनऊ तक पहुँची हुई है।"

पत्नी पर खुशामद का तीर चलाकर रुस्तमअली बाहर चला गया। रुपया उठा कोठे के दरवाज़े के पास जाकर करीमन बुआ बोली, "फ़तेहअली की दुलहिन, अरी मेहमान आये हैं, घर में घुस के क्या बैठी है। चल बावर्चीख़ाने में दुलारी का हाथ बँटा बिटिया। मैं बाजार से सौदा-सुलुफ़ ले आऊँ।"

"उसे फ़ुरसत नहीं है। दुलहिन, खूँटी पर से मेरा बुरका उठा और चल तू भी चल चच्ची के याँ।" रुस्तम की अम्मा गुस्से से अधिक हड़बड़ाकर बोलीं।

"भौजी, कल चली जाना चच्ची के यहाँ। इतने दिनों बाद तो लड़का आया है..."

"आया है तो मैं क्या करूँ। जिसके लिए आया है वो तो घर ही में रहेगी और जिसे कमाई ला के सौंपी है वो भी मौजूद रहेगी। मैं भला कौन हूँ। चलो दुलहिन, निगोड़ा घर क्या है जादूगरनियों का डेरा है! ऐ खुदा की मार पड़े इन पर।"

वारिसअली बावर्चीख़ाने के सामने खड़ा मेहमानों के लिए हुक़्क़ा ताज़ा कर रहा था। करीमन बुआ दालान से हटकर उस तरफ़ चली गयीं। फ़तेहअली की दुलहिन ने बुरका ओढ़ते हुए अपनी सास से डरी हुई आवाज़ में धीरे से कहा, "चुप भी हो जाओ अम्मा। क्यों अपनी जान की गाहक बनती हो। चली चलो बस—आओ।"

रुस्तमअली की माँ के चेहरे पर रह-रहकर बर्फ़-सी जम जाती थी। कोठे के अँधेरे में फटी-फटी आँखें जमाये खड़ी सास ने एकाएक बहू के दोनों कन्धों पर हाथ टेककर घुटी आवाज़ में कहा, "हय-हय दुलहिन, आँखों देखा झूठ हो गया निगोड़ा। ये ज़रूर बंगाले का जादू जानती है। अब तो इस घर का पानी पीना भी अज़ाब है। हाय अल्ला, क्या होगा?...क्या होनेवाला है री?"...निकलती आह डर के मारे अन्दर-ही-अन्दर घुट गयी, अपनी जान के सहारे के लिए उसने फ़तेहअली की दुलहिन को कसकर छाती से चिपटा लिया।

वारिसअली बावर्चीख़ाने के सामने बैठा हुआ हुक़्क़े का नैचा तर कर गुड़गुड़ी का पानी ठीक हर रहा था। अन्दर उसकी नज़रों के सामने ही दुलारी चूल्हा फूँक रही थी। हसरत के जाल में फँसा हुआ नौजवान-दिल पलकें उठने-गिरने के साथ बेबस बावला-सा कनखियों में धँसकर झाँकता था। दुलारी उसके जानो-ईमान की मलिका थी। दुलारी नींद थी, उसके आग़ोश में बड़ी हैरत और करोड़ों जल्बेभरा वह ख़्वाब छिपा था जिसे देखते ही वारिसअली बच्चे से मर्द बन जाएगा। यों देवर और भावज एक ही उम्र के थे, बल्कि वारिस चार महीने बड़ा ही था; लेकिन दुलारी खुली ख़ेली थी, दो बच्चों की माँ थी और वारिस अभी तक अपने आपको मर्द महसूस करने की चाहत लिये घुट रहा था। पिछले पन्द्रह-बीस दिनों से वह घुटन बड़ी तेज़ सनसनाहट के साथ नये जोश का सैलाब बनकर उमड़ पड़ी है। मृगजल के छलावे में दौड़-दौड़कर चूर हुए मन को इधर हर दिन गुज़रते यह अनुभव होने लगा है कि क़िस्मत ने अपने हाथों में आबेक़ौसर का जाम उठा लिया है और उसके लबों तक पहुँचने में 'बस-अब, बस-अब' की ही देर है।

करीमन बुआ पिछवाड़े के दरवाज़े से बाहर सौदा लाने चली गयीं, अम्मा और छोटी भौजी अन्दर थीं—नज़र ओट थीं और बड़े भैया बाहर यार-दोस्तों में फँसे हुए

थे। वारिसअली बड़ी चिलम का तवा चूल्हे में तपाने के बहाने अन्दर पहुँच गया। उसने ज्यों ही दुलारी के मुखड़े पर भौंरे-सा टपकना चाहा त्यों ही उसकी अम्मा छोटी भौजी के साथ सामने से गुज़रीं। वारिसअली अलग हट गया, दुलारी ने बेशर्म निगाहों से सास और देवरानी को देखा, दोनों ने चट से मुँह फेरकर क़दम बढ़ाये। दुलारी ने तेज़ी से उठ बावर्चीख़ाने के दरवाज़े तक आकर सास से कहा, "अम्मीजान, जो मुन्नेमियाँ शहज़ादी को पूछें तो क्या कह दूँ?"

"तेरे आगे भला और किसकी पूछ होगी इस घर में?" सास ने पलटकर कहा और फिर भड़क उठीं, "ये अपने जादू-मन्तरों को और अपने तीनों ख़समों को ले के तू ही नागिन-जैसी बैठ इस घर में। हमारा भी अल्लाह बेली है। चल दुलहिन, इसकी हवा से भी दूर रहना चाहिए भलीभोलियों को। अल्लाह का क़हर पड़े इन पर।"

दुलारी की सास पिछवाड़े के दरवाज़े तक बड़बड़ाती चली गयी, हाथ में एक छोटी-सी गठरी लिये फ़तेहअली की दुलहिन उसके पीछे-पीछे जा रही थी। दोनों के बाहर चले जाने के बाद दुलारी दरवाज़े उटकाने गयी। चिलम में तम्बाकू भरते हुए बावर्चीख़ाने के दरवाज़े पर आकर बावला वारिस अपनी दुलारी की ओर देखने लगा। माँ के जाने से वह बेहद ख़ुश था, उसे हँसी आ गयी और फिर अपनी हँसी को कारण देते हुए उसने पास आती दुलारी से कहा, "उस वक़्त मुझे देख के अम्मा को काठ मार गया। हः हः तुम्हारे जादू ने सिट्टी-पिट्टी गुम कर दी। तुम सचमुच जादूगर हो भौजी।" वारिसअली के हाथ ने दुलारी की देह पर बहकना चाहा।

"ऐ परे हटो, हर वक़्त लड़कपन अच्छा नहीं लगता हमें। ये काम का वक़्त है। जल्दी से चिलम तैयार कर हुक़्क़ा बाहर ले जाओ औ' फिर आओ तो एक और ज़रूरी काम बताऊँगी।"

"अभी लो भौजी, अरे मैं तो ताबेदार हूँ तुम्हारा।"

"ऐ ताबेदार साहब!" बड़े भाई की आवाज़ सुनकर वारिस चौंक गया। रुस्तमअली आँगन में खड़ा था, बोला, "अपनी भौजी से शरबत बनवाकर ले आओ और हुक़्क़ा भी।"

"अभी लाया बड़े भैया, बस तवे पे कोयले सँजो रहा हूँ।" वारिस के हाथ फुर्ती से चलने लगे। दुलारी शरबत घोलने का प्रबन्ध करने लगी। रुस्तम बावर्चीख़ाने के अन्दर आ गया, दुलारी को देखने लगा। वारिसअली चूल्हे की ओर मुँह किये बैठा था। दीया सामने रखकर दुलारी काम कर रही थी। पति को देखकर दुलारी ने अपनी नज़रों की मूठ मारी। रुस्तमअली तड़प उठा फिर बात करने का कुछ बहाना ढूँढ़कर उसने पूछा, "बच्चे नहीं दिखलाई दिये अभी तक।"

"दोपहर में मुन्नेमियाँ अपने साथ ले जाते हैं उन्हें। रात में आएँगे।" दुलारी ने मेहमानों के लिए हाथ से और पति के लिए ज़बान से शरबत घोलते हुए बड़े भोलेपन से पूछा, "ये फ़ौज कहाँ जा रही है?"

"घोड़े अपने हाथ में हैं जिधर कहो उधर बाग मोड़ दूँ?" रुस्तमअली ने अपनी आँखों और मुस्कान में रस घोल मस्ती से सीना फुलाकर कहा।

"शाही घोड़ों की बाग मोड़ सकते तो फ़रमायश भी करती।" दुलारी ने हँसी-हँसी में रुस्तमअली की औक़ात ओछी कर दी। मगर रुस्तमअली भी इस समय घर आया हुआ था, मस्ती से छलछलाया हुआ था, हल्का नहीं पड़ सकता था, हँसकर बोला, "वे घोड़े फिरंगी चराते हैं।"

गड़वे में शरबत छानकर भरते हुए गरदन झटक, त्योरी चढ़ा दुलारी बोली, "तो फिर शान किस बात की दिखाते थे। अरे लखनऊ से मेरे लिए इतनी-सी सौग़ात तक तो लायी न गयी, घोड़े दौड़ाएँगे मेरे हुक्म से! चलो जाओ भी।"

रुस्तमअली शरमा गया, बोला, "ये थोड़े ही जानता था कि घर आऊँगा।"

"हाँऽ वैसे घर की याद क्यों आने लगी। लखनऊ में भला हूरों की कमी है? खुदा अच्छा रखे नाज़िम को जिसकी बदौलत हुज़ूर का शरबते दीदार नसीब हुआ हम ग़रीबों को भी।... अच्छा, लीजिए ये अपने मेहमानों के लिए शरबत औ जाइए यहाँ से।"

"नन्हे मियाँ तुम दे आओ लपक के। मुझे पूछें तो कह देना अभी आता हूँ।" दुलारी के 'जाइए' कहने की अदा ने रुस्तम को बेक़ाबू कर दिया था।

वारिसअली उर्फ़ नन्हे मियाँ के तलवों की आग इस वक़्त चोटी पर थी। रुस्तमअली इस दम उसका भाई नहीं रक़ीब था। रुतस्म अगर अचानक घर न आया होता तो आज की रात उसकी सुहागरात होती—दुलारी ने वादा किया था और उसके लिए उसने कठिन मेहनत भी की थी। इस कम्बख़्त सौतेले बड़े भाई ने अचानक आकर दुलारी पर अपना मालिकाना हक़ जमा लिया और इस समय बड़प्पन की धौंस देकर शरबत दे आने के बहाने यह उसे बाहर निकाल रहा है। वारिसअली बेबस मुँह फुलाये हुए चिलम रखकर उठा और भावज के हाथ से शरबत के बर्तन लेकर जल्दी से बाहर चला गया। दुलारी ने उसके हाव-भाव देखे; ज़ोर से कहा, "नन्हे मियां, वहीं न बैठ जाना, तुमसे एक काम है।"

उसी समय पिछवाड़े का दरवाज़ा खुला, करीमन बुआ सामान लेकर आती दिखलाई दीं। वारिसअली का रोम-रोम खिल उठा, अब साले को मौक़ा नहीं मिलेगा। दुलारी मेरी है। कैसे प्यार से उसने कहा कि नन्हे मियाँ वहीं न बैठ जाना।

बावर्चीख़ाने के दरवाज़े पर आकर करीमन बुआ रुस्तम को अन्दर देख ठिठक गयीं, दुलारी ने घूँघट ताना, रुस्तमअली बाअदब खड़ा हो गया। बुआ अन्दर चली आयीं, गठरी रखी और अपना जुँओं-भरा सिर खुजलाकर कहा, "ले बिटिया, पुलाव के लिए चावल लायी हूँ। बिशेशुरदीन से जा के ख़ुशामद की कि मेरा रुस्तमअलीं अपने दोस्तों के साथ आया है। ऐ मैं बलाएँ लूँ, आँखें तरस रही थीं अपने बच्चे को देखने के लिए। ख़ुदा तेरी उम्र हज़ारी करे, फूलो-फलो परवान चढ़ो बेटा। मुझे

तो आँखों देखे का सुख है। औ' एक भौजी हैं हमारी; क्या कहूँ बेटा। फूटी आँखों देख नहीं सकतीं तुझे औ' मेरी दुलारी को। ऐ भला बताओ इतने दिनों बाद तो तू घर आया, औ' आप बहू को ले के चल दीं चच्ची के याँ! मान लिया भाई कि परायी लड़की से बैर है तेरा, मगर उसके पीछू अपने पेटजाये लड़के तक से दुश्मनी ठान ली—ऐ ज़माने-भर में मेरी अच्छी-भली लड़की को बदनाम करती फिरती हैं। कोई उनसे पूछे कि ये बदनामी आख़िर है किसकी? अपने ही घर की न? अपने ही बाल-बच्चों की न? पहले मुन्ने के साथ इसे ऐब लगाती रही और अब ये कल का लड़का बेचारा मेरा नन्हा है सो उसके साथ बुरा बतलाती है मेरी बच्ची को। तुम्हारे आने से पहले घड़ी-भर से मेरा ख़ून पी रही थी कि तेरी लड़की तो मेरे नन्हे के साथ है। हज़ारों कहनी-न-कहनी सुना डालीं। औ' नन्हा बिचारा तुम्हारे सामने ही बाहर से आया है।"

करीमन बुआ की बातों का असर रुस्तमअली के चेहरे पर बोल रहा था। उसकी त्यौरियाँ चढ़ती जा रही थीं। दुलारी ने इस बीच चावलों की गठरी खोलकर उन्हें धोने के लिए पानी में डाला। फिर वारिसअली को आया देख पति की ओर घूँघट ताने बाहर आ गयी। बावर्चीख़ाने से परे हट एक कोने में उसे ले जाते हुए दुलारी ने कहा, "नन्हे मियाँ, महल में जाकर अपने दोस्त से कहना..."

"नईम से?"

"हाँ। यहाँ का सारा हाल बतलाना और कहना कि हो सके तो एक बोतल उम्दावाली इन्तज़ाम करके दे दें और जो कुछ वहाँ अच्छा-अच्छा पका हो सो भी लेते आना।"

सोलह बरस का नौजवान ईर्ष्या से जल उठा, बोला, "बड़ी ख़ातिरें हो रही हैं भैया की! मैं..."

"इसी समझ पर परायी औरत से इश्क़ करने चले हो? बच्चे हो न आख़िर।"

नन्हे मियाँ को तीर लग गया, फ़ौरन सँभलकर अपने चेहरे पर मर्द की-सी संजीदगी लाते हुए बोला, "समझ गया। अभी लाता हूँ।"

हालाँकि उसकी समझ में कुछ भी नहीं आया था।

तीन

नवाब मुहब्बत ख़ाँ के महल के पास ही मस्जिदवाली गली में बीबी मुलाटी का मकान है। वे नवाब साहब की लड़कियों को क़ुरआन शरीफ़ और फ़ारसी पढ़ाती हैं। उनकी सच्चरित्रता, धर्म-सम्बन्धी ज्ञान और ज्योतिष विद्या सिद्धि के सम्बन्ध में दूर-दूर तक चर्चा फैली हुई है। रुस्तमनगर के नवाबी महल की तो बात ही क्या, शाहे-अवध

के महलों में भी उनकी बात सुनी और मानी जाती है। मरयमुलअस्मत विल्किस उस् सितवत्महले-ख़ास बादशाह-बेगम जो खुद ज्योतिष विद्या की बड़ी जानकार हैं, बीबी मुलाटी को मानती हैं। तीज-त्योहार और ख़ास-ख़ास मौक़ों पर बादशाहबेग़म की तरफ़ से बीबी मुलाटी के लिए पाँच अशर्फ़ियाँ और रेशम का थान आता है। नवाब मुहब्बत ख़ाँ ने उनके रहने के वास्ते यह मकान बनवा दिया है। उनका लड़का क़ासिमबेग दफ़्तर हुज़ूर-तहसील में मुलाज़िम है और लखनऊ में रहता है, लड़की जमीलुन्निसा अपने घर-बारवाली है और सुख से है। बयासी वर्ष की आयु में भी उनका जीवन नियमित है। जाड़ा-गरमी-बरसात, दोनों समय ठण्डे पानी से नहाती हैं, पाँचों वक़्त की नमाज़ पढ़ती हैं, किसी का छुआ नहीं खातीं, शक्कर-नमक नहीं खातीं, भुनी हुई सूजी दूध में घोलकर एक समय भोजन करती हैं और भोजन करते समय बोलतीं नहीं।

जिस समय रुस्तमअली की माँ और फ़तेहअली की दुलहिन बीबी मुलाटी के घर पहुँचीं उस समय वे भोजन कर रही थीं। रुस्तमअली की माँ ने दो बार कुण्डी खटखटायी, कोई जवाब न मिला तो चबूतरे पर बैठ गयीं। फ़तेहअली की दुलहिन चबूतरे पर गठरी रखकर सास के पास खड़ी हो गयी।

जिस तरह बाँस में आग लगने पर रह-रहकर उसकी गाँठें चिटकती हैं उसी तरह रुस्तमअली की माँ भी दोनों गालों पर हाथ रखे बैठी हुई बीच-बीच में पुटपुटा उठती थीं, "या अल्लाह रहम! हाय मेरे मालिक, मेरे क्या होगा। जल्ले जलालहू आयी बला को टाल तू। हाय, ज़रूर कोई जिन्नात इसके बस में है। हाय अल्लाह! क़यामत आ गयी। ऐ जो बन्द कोठरी से आदमी को बाहर निकाल दे वो क्या नहीं कर सकती, दुलहिन।"

दाहिनी ओर गली मुहाने से शिवबरन जमादार ने आते हुए चच्ची के चबूतरे पर गठरी-मुठरी लिये बैठी दो स्त्रियों को देखा। अँधेरे में सूरत न दिखाई दी, सोचा कहीं बाहर से आयी होंगी, पूछा, "कौन हो? कहाँ से आयी हो?"

रुस्तमअली की माँ आवाज़ से पहचान गयी, काँखते हुए स्वर में कहा, "मैं हूँ श्योबरन मेहराज! चच्ची खाना खा रही होंगी शायद इसी से बैठी हूँ।"

"अरे फतेली की अम्मा हैं! मैं कहूँ कोई बाहर से आयी हैं। आज तो रुस्तम भी आया है तुम्हारा।"

"ऐ मेरा काहे भैया। पाला-पोसा तब मेरा था; अब तो अपनी जोरू का है, उसकी अम्मा का है। मेरे लिए तो उस घर में जगह भी नहीं रही।"

"क्यों? घर क्या अकेले उसका है? फतेली और वारिस भी तो हैं?"

"मेरा कोई नहीं मेहराज।" ठण्डी साँस लेकर रुस्तमअली की माँ बोलीं : "जादूगरनियों ने मेरा तो घर ही उजाड़ दिया। तुम तो देख ही रहे हो, फ़तेहअली की दुलहिन को ले के चच्ची के दरवाज़े पर पड़ी हूँ। (कहते-कहते गला भर आया)

ज़िन्दगी के दस-पाँच बरस जो भी हैं गुज़ार लूँगी जैसे-तैसे।" फिर सिसकते हुए पल्ले से आँखें पोंछने लगीं।

"दुलरिया ने कुछ किया होगा। मैं..."

दुलारी का नाम आते ही आवाज़ से आँसू उड़ गये, तैश में हाथ आगे बढ़ाकर बोली, "ऐ कुछ?—ऐ ग़जब कर दिया मेहराज। मैं तुमसे क्या कहूँ—सूरज को हाथों से ढँक के दिन को रात कर दिया। हाय अल्ला! मैं क़ुरान-पाक की क़सम खा के कहती हूँ श्योबरन मेहराज, मैंने अपनी इतनी उम्र में ऐसी जादूगरनी नहीं देखी। है-है, मेरा कलेजा धड़क रहा है अभी तक।"

शिवबरन महाराज का कौतूहल भड़भड़ा उठा, गली छोड़ चबूतरे पर आ गये और दूर सरककर बैठते हुए पूछा, "जादू? क्या सचमुच जादू किया दुलरिया ने या बात कह रही हो ख़ाली?"

"ऐ तुम्हाई क़सम, अल्लाक़सम मेहराज—जादू! मैं क्या कुछ झूठ कहूँगी तुमसे? मेरी आँखों के सामने मेरे वारिसअली को (धीमे स्वर में) अपनी कोठरी में ले गयी...तुमसे क्या छिपाऊँ?...औ' किसी से भी क्या छिपाऊँ? (आवाज़ चढ़ने लगी) सारा क़स्बा जानता है दुलारी को। जाने कब की दुश्मनी निकाली करीमन बीबी ने जो इस शैतान की औलाद को मेरे बच्चे के गले मढ़ दिया। ख़ुदा करे इनके रोयें-रोयें में कीड़े पड़ें, कफ़न और मिट्टी तक नसीब न होवे, कुत्ते-सियार भी इनकी लाशों पर पेशाब करके चले जाएँ। ये अज़ाब की पुतलियाँ हैं निगोड़ियाँ..."

दुलारी और वारिसअली की कथा सुनने के लिए शिवबरन महाराज ऐसे बैठे थे जैसे कोई चाटवाले के सामने मुँह चलाता हुआ और लार घोंटता हुआ चटपटे दोने के इन्तज़ार में बैठता है। दुलारी की सास के कोसनों का सिलसिला तोड़, बैठने का पैंतरा बदलते हुए, उत्सुक स्वर में पूछा, "हाँ तो कोठरी में ले गयी, फिर क्या भया..."

"ले नहीं गयी, बुलाया। अरे भैया तुमसे क्या बतलाऊँ मेहराज, आज चार-पाँच रोज़ से बराबर यही चल रहा था। मैं तो तुम जानो दिन-भर महलों में रहती हूँ। ये मुन्ना की दुलहिन बिचारी सो इसने कल रात मुझसे कहा कि अम्मीजान रोज़ ऐसे-ऐसे खेल होते हैं याँ पे। नन्हा दिन में रोटी खाने के बाद फिर काम पर नहीं जाता। दोनों कोठरी बन्द करके बैठ जाते हैं।"

"अच्छा!...."

"अरे क्या अच्छा और क्या बुरा मेहराज, अपने नसीबे को रोती हूँ। शरीफ़ों के घर में कसबी आ घुसी निगोड़ी। आख़िर है तो मरी नीच क़ौम हिन्दू की ज़ात—उसके तो ख़ून में कुफ़्र भरा है। पहले मेरे फ़तेहअली को फँसाये रही और अब ये..."

"अच्छा तो फिर भया क्या?"

"अरे होता क्या मेहराज, मैं तो सन्न रह गयी, ऊपर की साँस ऊपर और नीचे की साँस नीचे। मैंने अपना सिर फोड़ लिया। ओ' आज दिन मैं जान-बूझकर आ गयी, छिप के कोठे में बैठ रही। उधर मुन्ने मियाँ खाना-वाना खा के, हुक़्क़ा-वुक्का पी के रुस्तमअली के दोनों बच्चों को साथ ले के अपने फ़ीलख़ाने चले गये, इधर ये नन्हे मियाँ को साथ ले के अपनी कोठरी में चली गयी। मैंने फ़ौरन ही बाहर निकल के दोनों को पुकारा। ऐ भैया, मैं तुमसे क्या कहूँ, बन्दी ने खटाक से अन्दर की कुण्डी चढ़ा ली...औ' फिर दोनों अन्दर से खिलखिला के हँसे।"

"फिर?"

"फिर मैंने बुलाकी की लौंडिया को आवाज़ दी, उसे बख़्शीजी के घर भेजा कि करीमन बीबी को बुला ला। उन्होंने ही इसे पाला-पोसा, अपनी लड़की बनाया था। उन्होंने अपने भाई पे ज़ोर डाल के मेरी छाती पे ये काली नागन बिठायी थी। मेरे तीनों बच्चों को डस लिया पापिन ने..." गला भर आया, आँखें डबडबा आयीं। उसी समय घर का दरवाज़ा खुला, बीबी मुलाटी ने देखा, पूछा, "कौन है?"

"मैं हूँ चच्ची।" रुस्तमअली की माँ उठी।

"सलाम चच्ची।" शिवबरन जमादार भी उठे।

"खुश रहो बेटा। फ़तेहमुराद की दुलहिन, भीतर आ मुन्ना की दुलहिन, चल बेटा।"

फ़तेहअली की दुलहिन ने बुरके से हाथ निकाल झुक के आदाब किया, उसकी सास ने गठरी उठायी। शिवबरन महाराज का बतरस अधूरा रहा जाता था, उसे पूरा करने की टोह में आगे बढ़कर भेद-भरी आवाज़ में बोले, "इनके घर तो गज़ब हुइ गया चच्ची। दुलरिया ने गरदन उतारै लाइक काम कर डाला।"

"अपनी करनी अपने साथ है बेटा। घर जा रहे थे?"

"हाँ चच्ची। आजकल बड़े फाटक पर तैनाती है न मेरी, सो वहीं से आ रहा था। तुम्हारे चबूतरे पे ये फतेली की अम्मा को देखा सो दुःख-सुख पूछने बैठ गया। बड़ी जादूगरनी, बड़ी जालम है चच्ची दुलारी।"

"खुदा सबको देखता है बेटा। और तेरे याँ तो सब अच्छी तरह से हैं श्योबरन?"

"सब आसिरबाद है, दुआ हैं तुम्हारी।"

"सलामत रहो खुदा करे। अच्छा तो..." बीबी मुलाटी दरवाज़े बन्द करने लगीं।

शिवबरन ललचाये हुए, हड़बड़ाकर बोले, "तनी पूरी बात सुन लेता चच्ची। ईसुर न करे किसी के घर में कुलच्छनी नार आये, फतेली की अम्मा दुखी है बिचारी! औ'...औ' इसकी दीदामटकौनी तो जाने कित्तों से चल रही है चच्ची। मुझे राई-रत्ती हाल मालूम है बस्ती-भरे का। लोग कहते हैं कि सेओबरन महाराज, तुम्हें ज़रूर देवी का इष्ट है।"

बीबी मुलाटी को दरवाज़े से हटना ही पड़ा, शिवबरन घर के अन्दर आ गये। दालान में दीये के सामने बैठ दुलारी की सास ने घुटने के ऊपर बाँह चढ़ा हथेली से कपाल पकड़कर धीरे-धीरे कराहना शुरू किया। फ़तेहअली की दुलहिन दूसरे दालान में अपनी गठरी रखकर बैठ गयी, उसके हाथों के छन्द, कड़े और पैरों के झाँझ हिलते-डुलते बज उठते थे। शिवबरन महाराज ने दालान में घुसते हुए अपना धनुष खम्भे से टिकाकर रख दिया तथा बैठते हुए तरकस का पट्टा खोलने लगे। दरवाज़े की कुण्डी चढ़ा आँगन पार कर आती हुई बीबी मुलाटी के सन-से सफ़ेद बाल बादलों घिरी रात के अँधेरे में उसी तरह झलक रहे थे जैसे झूठ की भारी तहों में सच का धुँधलका झलकता है। वो दालान में आयीं, दीये की बत्ती उकसायी और अपनी खाट पर बैठ गयीं। उनके बैठते ही रुस्तमअली की माँ की कराहें तनिक ऊँची उठीं।

शिवबरन महाराज ने बात उठायी, "तुम ये समुझ लेओ चच्ची अकि इधर तो घर में वारस को फाँसा औ' उधर क्या नाँव है उस लौंडे का—अरे जौन बड़ा तानसेन बना फिरता है—नईमा बबिरचीखानेवाला..."

"कौन, नईमउल्ला? अरे नहीं मेहराज, छै महीने से मैंने दुलारी को घर की देहली नहीं झाँकने दी..."

"कैसी बातें करती हो फतेली की अम्मा! अरे आज दस दिन भये मैंने अपनी आँखिन से देखा। तुम्हारे पिछवाड़ेवाले दरवज्जे पर खड़ी थी दुलरिया औ' अपने दरवज्जे पे था नईमा—जरा-जरा-सी झिरियाँ खोले नजरियों में नावें तैरा रहे थे। मैं गुलामहुसैन के हिंयाँ गया था—अरे वही दिन चच्ची जब मैं तिजारी का गण्डा बनवा के ले गया था तुमसे—तो उसी को दै के मैं निकल रहा था उसके घर से कि मेरी निगाह पड़ी..."

"नईमउल्ला शरीफ़ लड़का है। ज़रा अल्हड़पन तो ज़रूर है उसमें, बाक़ी किसी अज़ाब में नहीं।" बीबी मुलाटी बोली।

"नहीं ख़ैर, नईमे की तो बात ही छोड़ दो श्योबरन मेहराज। मेरे वारिस का, फ़तेहअली का दोनों का ही मिलने-जुलनेवाला है, पड़ोसी है, अकसर घर भी आता-जाता है, मगर उसके ऊपर तो मेरा शक कभी गया ही नहीं..."

"ख़ैर जैसा तुम कहती हो वैसई होयगा। बाक़ी एक बात हम भी कहते हैं फतेली की अम्मा—पण्डित सेओबरन पाँडे की आँखिन में चिराक जलता है चिराक। उड़ती चिड़िया पहचानता हौं!"

"अरे मेहराज, मैं तो आपी मानती हूँ कि जो ज़हर ये निगोड़ी मेरे घर में घोल रही है वो कहीं बाहर घोलती तो इसकी नाक-चोटी कटा के शहरबदर करा देती। पर ये हरजाई तो ऐसा कर रही है कि मारे और रोने भी न दे, जो इसे निकालूँ तो मेरा ही घर फूटे! औ मेहराज, मैं तो आज साफ़-साफ़ कहूँगी कि ये सारा बिख

बाजीजान का ही बोया हुआ है। चच्ची को मेरी बात का बुरा लगे तो लग जाए, मैं अपने कलेजे..."

"अरे अपनी बात तो पूरी करो पहले। कुठरिया में क्या भया फिर?"

"कालिख लगी मेरे मूँ पे और क्या होता..."

"श्योबरन, घर जाओ बेटा। किसी की बेआबरूई के चर्चे में लालच लगाना क्या कोई अच्छी बात है?"

बीबी मुलाटी की बात से पाँडे हड़बड़ा उठे, तरकस का पट्टा नोचने लगे, हकलाकर बोले, "ल-ल-लालच–चच्ची–हमैं-हमैं बिलकुल किसी बात का नहीं...ईसुर किरिपा। ये तौ फतेली की अम्मा ने कहा कि दुलरिया ने जादू किया। सो जादू का नाम सुन के..."

"कैसा जादू, दुलहिन?" जादू का नाम सुन बीबी मुलाटी की गम्भीरता की तह में बेताबी ऐसे घुसी जैसे लिहाफ़ की सिन्द में ठण्डी हवा की सुरसुराहट घुसी हो।

अपनी ताड़ी की कुज्जी को हलवाई की दुकान के सामने जाकर चढ़ाने वाले चतुर की भाँति दुलारी की सास के कुछ बोलने से पहले ही सहानुभूति का चुल्लू छींटते हुए शिवबरन बोल उठे, "रुस्तम की जोरू आजकल वारस को गाँस रही है चच्ची। अब फतेली का तौ ब्याव हुइ गया तुम समझो कि..."

"कोई ख़ास बात हुई फ़तेहमुराद की दुलहिन?"

"ख़ास! अरे गजब कर डाला दुलरिया ने आज तौ। इनके ऊपर मुठ चलायी।"

"मूठ?" बीबी मुलाटी ने घबराकर रुस्तमअली की माँ को देखा। वो फौरन ही हाथ बढ़ाकर बोली, "ऐ हटो भी मेहराज, न जानो न बूझो। चच्ची, उसने मूठ-तूठ तो नहीं चलायी। मूठ तो ख़ैर देखी है मैंने, उसने तो उससे भी बड़ा ग़ज़ब कर दिखाया। हाय अल्ला! मैं तुमसे कह नहीं सकती चच्ची, मेरा कलेजा अभी तक धड़-धड़ कर रहा है।"

"दुलहिन, सीधी बात करो तो कुछ समझ में भी आय।" चच्ची ने टोका।

"वही तो हम बताते रहे चच्ची। इनका तो इत्ती वेला घबराहट के मारे दिमाकै काम नहीं कर रहा..."

"दिमाग़ मेरा ठीक है। ऐ वाह मेहराज, ऐसा फफड़दलाली निगोड़ी किस काम की कि मुझे ही दीवानी बना दिया। अब बीच में न बोलना तुम।" रुस्तमअली की अम्मा फिर तनिक चच्ची की चारपाई के पास खिसकते हुए बोलीं, "मैं तो तुम जानो सुबह की गयी फिर रात को ही घर लौटती हूँ। कभू-कभू दिन में एकाध चक्कर लगा कि न लगा। औ' बाजीजान का कुछ ठीक नहीं, वो घर-बाहर कहीं रहे उससे फरक क्या पड़ता है? चच्ची, कलेजे की आग छिपाये नहीं छिपती, बिख की गाँठ ये तुम्हारी भतीजी ही है..."

"अच्छा, ख़ैर बात बताओ।"

"सोई तौ नहीं बताय रहीं इत्ती देर से..."

"अच्छा तुम चुप रहो मेहराज, बता तो रही हूँ। इधर वारिस से इसकी सटपट चल रही थी, कोई चार-पाँच रोज़ से दिन में सन्नाटा होते ही वो इसकी कोठरी में चला जाता था। तुम्हारे पोते की दुलहिन ने मुझसे कहा कि अम्मीजान ऐसे-ऐसे गुल खिलते हैं रोज़। मैं आज खाने के लिए घर आयी और फिर छिप के बैठ रही। जब सन्नाटा हुआ तो पहले दुलारी गयी, पीछे-पीछे नन्हा गया। जैसे ही कोठरी के दरवाजे बन्द किये मैं फ़ौरन बाहर आ गयी। मेरा तो ख़ून खौल रहा था तुम जानो, ख़ूब-ख़ूब सुनायी मगर बन्दे टस से मस न हुए। बाजीजान को भी बख्शी जी के यहाँ से बुलवा लिया कि आ के अपनी पाली बेटी की करतूत देखें।"

"फिर?" शिवबरन महाराज आगे झुके।

"फिर अचानक रुस्तम आ गया—"

"रुस्तम आया है?" चच्ची ने पूछा।

"हाँ हाँ, फौज के साथै आया है। फाटक पे मुलाकात भयी रही। तौ फिर...?"

"मैंने उससे कहा कि ये कालिख लग रही है घर में। ए चच्ची, तुम्हारे क़दम पाक छू के कहती हूँ। उसी वक़्त देखती क्या हूँ कि बाहरवाले दरवाज़े से नन्हा भीतर आ रहा है। हाय मैं कहूँ अल्लाह, अपनी आँखों उसे कोठरी में जाते देखा। कोठरी एकदम सन्दूक-जैसी—मैं दरवाज़े के सामने से हटी नहीं—फिर ये बाहर कब गया और कैसे पहुँचा। बाजीजान और रुस्तम उल्टे मुझे ही कच्ची-पक्की सुनाने लगे, इतने ही में आप भी दरवाज़ा खोल ख़सम के आगे टेसुवे ढलकाती हुई आयी चुड़ैल। ख़ुदा समझे ऐसियों को। कल को जिन्नातों से उठवा के मुझे ही कहीं बाहर फिंकवा दे, मेरे टुकड़े-टुकड़े करवा दे तो मैं क्या करूँगी चच्ची? अरे वो तो मेरी शहज़ादी से भी सौतिया डाह निकाल सकती है—उसका क्या भरोसा। तुम्हीं बताओ मेहराज, ऐसी जादूगरनी के साथ कैसे निभाव हो? अरे उस घर का तो पानी पीना भी गुनाह है।"

रुस्तमअली की माँ यह कहकर सूनी आँखों से सामने देखने लगी। दूसरे दालान में फ़तेहअली की बीवी के हाथ-पैरों के जेवर ठनके, बीवी मुलाटी गोद में दोनों हाथ रखे सिर झुकाये बैठी रहीं, शिवबरन महराज ने छाती में फूलते दम को हुंकार के साथ हलका किया और गम्भीर भाव से बोले, "अगर जिन्नात बस में है तो मामला बड़ा कठिन है फतेली की अम्मा। वो जो चाहे सो कर सकती है..."

"हाँ, मगर परियों-जिन्नातों को बस में करना आसान काम नहीं है बेटा, घर में बैठे-बैठे ये काम नहीं हुआ करते।" बीबी मुलाटी बोलीं।

"तब तौ तुम चाहे मानौ चाहे न मानौ चच्ची, ये लौंडा जो है, नईमा, सारी कारस्तानी उसी की है। पारसाल बस्ती बाहेर पीपल तले जौन साईं आया रहा, जिसने

गाँव-भरे के भूत जलाये रहे, उनके पास ये बहुत आता-जाता रहा। उन्हीं से कुछ पढ़वाय-पढ़वूय के लाया होगा। दुलरिया से इसकी आसनाई है, ये तौ मैं भरी गंगा में कह सकता हौं। सेवबरन जमादार की आँखें धोखा नहीं खातीं।"

"नहीं मेहराज, मेरा दिल कहता है कि ये सब निगोड़ी करीमन के करिश्मे हैं। वो मेरे घर के ऊपर अपना राज चाहती है। अरे शुरू से इनका यही हाल रहा। हमारी जो बड़ी सौत थीं उनको इसने कभू चैन नहीं लेने दिया, फिर मैं आयी तो मुझपे बस नहीं चला इनका। मुन्ने-नन्हे के वालिद मेरी ही बात मानते थे, पैसा-टका सब मेरे ही पास रहता था सो इसे जलन हो। अरे जब वो जोखंन कुरमी मरा है—यही दुलारी का बाप—तो इन्होंने बड़ी-बड़ी कोशिशें कीं कि मुन्ने के अब्बा उसकी औरत को अपने घर बिठा लें—"

"अच्छा! तौ ये दुलरिया जोखन कुरमी की बिटिया है? हूँ हूँः!" शिवबरन महाराज ने नयी समझ पाकर दो बार सिर हिलाया।

"और नहीं तो क्या कहीं की शेखज़ादी है ये—"

"तो फ़तेहमुराद इसकी माँ को कैसे रखना चाहता था? क्या कुछ लेन-देन का हिसाब था?" बीबी मुलाटी ने पूछा।

"साठ रूपै—वो ऐसा हुआ चच्ची, मैं तुम्हें सब बतलाती हूँ—कि दुलारी की ननिहाल में कुछ ब्याह-बारात थी, उनसे रुपयों का इन्तज़ाम न हो सका। जोखन ने दुलारी की माँ के कहने-सुनने से हमारे यहाँ से साठ रुपया उधार लिया, कपड़े-लत्ते खरीदे। ख़ैर, दो महीने बाद ही हैज़े में वो मर गया। तब बाजीजान ने अपने भाई के कान भरने शुरू किये, कहा कि उसकी औरत ख़ूबसूरत है, जवान है, एक लड़की भी है, घर में डाल लो, सबाब होगा और अच्छी औरत घर में आ जाएगी। मुन्ने के अब्बा ने भी औरत को देखा और ललचा उठे, उनमें हविस तो थी ही बड़ी ज़बरदस्त? ख़ैर, बिलसिया और ये दुलारी और उसके घर का टूटा-फूटा सामान सब कुर्क़ करा के ये घर ले आये। बिलसिया से मेरी बातें हुईं, वो रो के कहने लगी कि मेरा धरम बचा लो। असल में उसका किसी और से मन मिला हुआ था, उसी की क़ौम का भी था। कहने लगी कि जी चाहे तो दुलारी को मुसलमान बना लो औ' अपने क़र्ज़ के एवज़ में रख लो। मैंने कहा कि अच्छा कोशिश करूँगी, अरे, मेरी जात से किसी का भला हो जाय मेहराज तो मेरा क्या जाता है?"

"हाँ, और नयी सौत के डर से भी बचाव—"

"अब ये ख़ैर तुम जो चाहे समझो, मगर मैंने मुन्ने-नन्हे के अब्बा को सब ऊँच-नीच समझाया। वो राज़ी हो गये। दूसरे दिन सुबू उठते ही मैंने बिलसिया से कहा कि तू आज़ाद है, चली जा। वो दुलारी को सोता छोड़ के चली गयी। जब बाजीजान उठीं और ये सब हाल जाना तो मुझसे बड़ा-बड़ा जलापा निकाला। मेरी सौत से भी मिलने की कोशिश की मगर उन्होंने रुख़ न दिया। ख़ैर, ये हार के

बैठ रहीं औ' फिर मेरी खुशामत-दरामद करने लगीं। मुझसे बोलीं, बुलाकन, मेरे कोई आस-औलाद नहीं, या तो अपने रुस्तमअली को मुझे गोद दे दो औ' या दुलारी..."

"रुस्तम वारस-फतेली का सगा भाई तो है नहीं, हम कहीं सुना रहा ऐसा, बाकी–"

"रुस्तम को ले के ये भी ऐसे ही आयी जैसे दुलारी की माँ आयी थी।" बीबी मुलाटी ने उठते हुए कहा, "ख़ैर, गड़े मुरदे उखाड़ने से फ़ायदा ही क्या? ये बतलाओ तुम लोग खाना-वाना खा के तो आयी नहीं होगी–"

"अरे चच्ची किसका खाना औ' किसका पीना। ख़ैरियत से हम दोनों यहाँ आ गयीं–खुदा का लाख-लाख शुकर है।"

"अच्छा तो मैं नवाब साहब के यहाँ से बन्दोबस्त करती हूँ।" बीबी मुलाटी आँगन की ओर बढ़ीं।

जमादार शिवबरन पाँड़े ने भी उठकर अपना धनुष सँभाला। रुस्तमअली की माँ ने उठते हुए हाथ बढ़ाकर कहा, "कहाँ जाओगी चच्ची? मुझे भूख नहीं है, तुम्हाई क़सम।"

"तुम्हें न सही, लड़की तो खाएगी।" बीबी मुलाटी और आगे बढ़ीं। दूसरे दालान में बैठी फ़तेहअली की दुलहिन उठकर खड़ी हो गयी, उसके झाँझ झनके। रुस्तमअली की माँ ने तेज़ी से अपनी चचिया-सास के पास आकर उन्हें रोकते हुए कहा, "तो तुम बैठो, मैं खुद ही जा के लिये आती–"

"मुझे और भी काम है। दरवाज़ा बन्द करके बैठना।"

चच्ची के पीछे-पीछे शिवबरन जमादार भी चले। बाहर निकल चच्ची के दाहिनी ओर दो डग आगे बढ़ने पर दरवाज़ा बन्द करती हुई रुस्तमअली की माँ से झुककर शिवबरन पाँडे ने धीरे से अपनाहत-भरे स्वर में कहा, "तुम निफिकिर रहना फतेली की अम्मा। मैं तुम्हारी रक्षा करौंगा।"

"तुम्हीं लोगों का आसरा है भैया! यहाँ परदेस में पड़ी हूँ।"

"परदेस काहे का। अरे मैं तुम्हारी ख़िज़मत में हौं। कहो तो जाय के हरामजादी का मूँड़ उतार ले औं।" सिवबरन अपने धनुष पर टिककर अकड़े।

रुस्तमअली की माँ क्षण-भर मौन रही, फिर बोली, "अरे नहीं मेहराज, मेरे लड़के...."

"तुम्हारे लरिके सो मेरे लरिके। तुम निफिकिर रहना। औ आधी रात को भी काम पड़ै तो हमें बुलाय लेना। काला कुत्ता भेजौगी तो भी हाज़िर हुइ जाऔंगा।"

रुस्तमअली की माँ मौन रही। अँधेरे में दोनों की सूरतें एक-दूसरे को नहीं दिखलाई पड़तीं। शिवबरन उसके मौन का आशय भाँपने के लिए उत्सुक थे, पर उधर दरवाज़ा बन्द होने लगा, लपक के फिर धीरे से कहा, "दुलारी न सही, लेकिन

करीमन ससरी को जिस दिन कहौ ठिकाने से लगाय देओं। बक्सी जी औ' दरोग़ा जी के बल पै कूदती है।"

"अरे नहीं मेहराज, दुश्मनी है तो क्या हुआ, किसी को झूठा ऐब नहीं लगाऊँगी, खुदा का सामना करना है।"

गहरी नशीली साँस डालकर शिवबरन महराज बोले, "अरे तुम बड़ी भोली हो फतेली की अम्मा। तुम्हैं दुनिया के हाल-चाल नहीं मालूम। सेओबरन जमादार उड़ती चिड़िया पहचानता है। कित्ती औरतों का हाल बताऊँ जो तुम्हें वा किसी को भी नहीं मालम होयगा।" फिर और मुँह के नज़दीक मुँह लाते हुए कहा, "कहो तो ख़ास तुम्हारी मोती बेगम की सुनावें? पाँच दाईं नेवाज पढ़ती हैं, धरम सोध में चच्ची से दस कदग आगे रहती हैं—कि झूठ कहता हौं?"

"हाय अल्ला, तो क्या मोती बेगम—?"

"अरे तुम्हें अभी क्या मालम? औ' फिन ऐसों के मैं दोख भी नहीं देखता फतेली की अम्मा, सच्ची कहता हौं। एक सरीफ से बँध के रहे। जिन्दगी-भर इज्जत भी रहती है, मन भी रहता है।"

"अरे नहीं मेहराज, मोती बेगम की तो दुनिया तारीफ़ करती है। इतने बरस मुझे भी हो गये उनकी ख़िदमत में रहते..."

"हमरे साथ आओ तो आजै रात में दिखाय देओं। दिवानजी..."

"हाय ग़ज़ब! हाय अल्ला ख़ैर—कानों से नापाक बला दूर! ऐं मेहराज, तुम्हें हमाई जान क़सम, अपने धरम की क़सम, भगवान् क़सम, गंगा क़सम, सच कहना।"

"अरे हाथ कंगन को आरसी क्या, कहता तो हौं, जिद्दिन कहौं दिखाय देओं। बाकी एक बचन तुमसे भी लेता हौं। तुम्हरी मालकिन की, भले मानुसौं की आबरू की बात है। करनेवालों को, हमैं औ अब तुम्हें भी, औ भगवान् को छोड़ कोई छठा आदमी नहीं जानता। जान भी न पावै फतेली की अम्मा। मैंने तुम्हें बहुत सरीफ जान के ही ये बात कही है। आठ बारस से जानता था।"

"अरे नहीं-नहीं मेहराज, जान के साथ बात रहेगी। पर तुमने मेरा कलेजा उखाड़ दिया। खुदा जानता है मैं आस्मान से ज़मीन पर गिर पड़ी।" दुलारी की सास की आवाज़ में दर्द था।

शिवबरन गुरु की तरह गम्भीर स्वर में समझाते हुए बोले, "सहारे के बिना औरत की गुज़र नहीं फतेली की अम्मा। औरत अपना मन मार लेगी, ये मानता हौं, बाकी आड़े बखत के सहारे के लिए भी मरद चाहिए, ऐसा मरद जो अपुनपौ दै सकै।...और फिन देखौ फतेली की अम्मा, जोगी-जती होना, बिरम-चार धारन करना सबके बस की बात नहीं। और राँड-बेवा जिसे भगवान् बनाय दें सो बिचारी को बनना पड़ेगा। मैं पूछता हौं कि जो एक सरीफ से बँध के जिन्दगी काट दे तो क्या बुरा है? दुनिया की चोरी तो ज़रूर रहती है पर अपनी नीयत में औरत मरद

दूनौ साफ़ रहते हैं, इससे ऐसा अपुनपौ बँधता है कि क्या ब्याहे मरद-औरत में बँधेगा?"

इतना कहकर शिवबरन महाराज चुप हुए। अँधेरे ने उन्हें फ़तेहअली की अम्मा के चेहरे के भाव जानने का अवसर न दिया। वह चुप खड़ी थी; कुछ पल मौन में बीते। शिवबरन फिर सहानुभूति-भरे स्वर में बोले, "तुम्हारे ऊपर खरी विपदा आयी है फतेली की अम्मा। यौं अपने लिए चाहे जैसे होंय पर तुमरे लिए तो तुम्हारे तीनौ पूत कपूत निकले। राम राम!"

एक गहरी ठण्डी साँस सुनाई दी; शिवबरन आगे बोले, "औ अभी तुम्हारी उमिर ही क्या है, चालीस के आसपास लगती है। बड़ी जिनगानी निपटानी है।"

"निबट जाएगी मेहराज! कुछ न रहेगा तो चरखा कातकर पेट भर लूँगी।" तेज स्वर से उत्तर आया और किवाड़ बन्द हो गये।

चार

दुलारी का घर उस समय गुलाब के गहरे नशे में मख़मूर था। वारिसअली से दुलारी का सन्देसा पाकर नईमउल्ला ने तीन बोतलें चुराकर भेज दीं। दुलारी ने अपने पति के मित्रों के अलावा दोनों देवरों की ख़ूब ख़ातिर की। फ़तेहअली और वारिसअली को तो नईम की बदौलत कसकर नवाबी बावर्चीख़ाने की नियामतें नसीब हो जाती थीं, मगर रुस्तम और उसके दोस्तों को यह लज़्ज़त कभी मयस्सर न हुई थी। नब्बू और घसीटे खाँ ने रुस्तम की तारीफ़ों के पुल बाँध दिये।

नब्बू बोला, "कुछ भी कह लो घसीटे, औरत सुघड़ हो तो घर बिहिस्त बन जाता है।"

"उ-वाह! केऽया क्कहना है बहिश्त का। रुर्रुरुस्तम मेरी जान नसीबेवर ऐ—बड्डा नसीबेवर ऐ। ...और ए-ए-एक साला मैं ऊँ! बेवफ़ा निकल गयी साली। ख़ैर जाने दो बज्ज़ात को—गोली मारो। लाओ और पिलाओ, पिप्पलाये जाओ—रुस्तम मेरी जान ज्जीते रओ।"

दो बोतलों ने तीनों को क़रीब-क़रीब बेहोश बना दिया था।

रुस्तमअली पर तो तिहरा नशा था। नाज़िम का दौरा इस बार ऐसे इलाके में हुआ कि बगैर छुट्टी लिये अपने घर आने का अवसर मिल गया। अचानक घर आने की खुशी, फिर अजीज़ दोस्तों की ऐसी शाही मेहमाननवाज़ी करने का उस दुलारी की बदौलत श्रेय लूटना अपने आप में कुछ हल्के नशे न थे। दुलारी का घर में होना सबसे भारी नशा था। इतने बरस हो जाने पर भी दुलारी उसे हर बार नयी लगती; सामना होने पर, हज़ार कोशिशें करने के बावाजूद वह दुलारी की नज़रों के

जादू से बच नहीं सकता। बग़ैर नशे के भी वह दुलारी के सामने उसी तरह ढल जाता है, जिस तरह कि शराब साग़र से मीना में ढलती है। उसे दुलारी से लाखों शिकायतें रहीं, उसका दिल उसी बेवफ़ाई से जेठ की गरमी-सा झुलसता है मगर दुलारी की नज़र हर बार असाढ़ के पहले दौंगरे-सी ही गिरती है; उसकी शिकायतें भी मिट्टी की सौंधास-जैसी महक उठती हैं।

नशे के बेहोश दौरों के साथ भी दुलारी का ध्यान दौड़ रहा था, उसे रह-रहकर थाम लेता था। सहसा उसकी नज़रों के धुँधलके में—सामने दरवाज़े पर टँगे टाट के परदे से झाँकती दुलारी आ गयी।

दुलारी उस समय सचमुच परदा हटाकर झाँक रही थी। देखा, मज़मा लाहिजाब है तो परदा करने की जरूरत न समझी; उसे घर के सदर दरवाज़े बन्द करने थे सो बेझिझक बाहर निकली।

रुस्तमअली उसे देखते ही बेक़ाबू हो गया, पैंतरा बदलकर उठ खड़ा हुआ। उसकी लड़खड़ाती ज़बान से अपनी रमणी के प्रति ऐसे शब्द प्रकट हो रहे थे जो सभ्य-वर्ग के इकेले-दुकेलेपन में भी रस के लिए आम तौर पर वर्जित हैं।

अपने लिए विपद देख दुलारी फ़ौरन सहमकर पीछे सरकी, टाट के परदे के पीछे किसी के हाथों ने उसे अपनी गिरफ्त में ले लिया। दुलारी चौंक उठी; पीछे घूमकर देखा, नईम था। दुलारी परदे के पीछे चली गयी। रुस्तमअली लड़खड़ाते डग से ज़रा और बढ़ा और गिर पड़ा, उस के धक्के से किवाड़ की कुण्डी खड़की, नशे की बड़बड़ाहट के कुछ आख़िरी शब्द फूटे और ख़ामोशी छा गयी। दुलारी के कन्धे पर हाथ रखे हुए नईम ने झाँककर बाहर देखा—नब्बू जूठे बरतनों पर औंधा पड़ा था, घसीटे ख़ाँ दीवार के सहारे दाहिने हाथ झुका हुआ ग़ाफ़िल पड़ा था, उसकी एक टाँग नब्बू की पीठ पर थी, दूसरी चारपाई के बाहर लटक रही थी, और रुस्तमअली दरवाज़े के पास ही चारों खाने चित्त, लड़ाई के मैदान में कटी हुई लाश की तरह पड़ा था। दुलारी को यह दृश्य देखकर नफ़रत हुई; मगर नफ़रत से ज़्यादह इस समय उसके मन में ख़ुशी थी। नईम उसके पास था, नईम जिस्मानी तौर पर कभी उसके इतने क़रीब नहीं आ सका था। परदे से हट, नईम की बाँहों से छिटक, मिलन मद से माती, पहले स्पर्श की शर्म से परेशान दुलारी तेज़ी से आँगन की तरफ़ बढ़ती हुई बोली :

"जो कोई देख लेता तो?" गो नज़रों के इशारों में वे बहुत बेतकल्लुफ़ हो चुके थे, मगर नज़दीक से बातें करने का यह पहला ही मौक़ा था। दुलारी के हर लफ्ज़ पर हया का बोझ था।

"मैं बड़ी देर से तुम्हारी कोठरी में खड़ा-खड़ा भाँप रहा था। तुमने नन्हे-मुन्ने की कोठरियाँ बन्द कीं, ऊपर गयीं फिर इधर आयीं। मैंने समझ लिया कि मैदान साफ़ है। ऊपर कौन सोता है?" नईम एकदम बेतकल्लुफ़ हो जाना चाहता था।

"अम्मा और फुफ्फी और बच्चे। अम्मा अ-आज नहीं हैं—"

"नन्हे मियाँ ने मुझे सब कुछ बतला दिया। सुरंग ने अजब जलवा दिखाया। और क़िस्मत देखो कि आज तुम्हारे शौहर के आने के दिन ही बनकर तैयार भी हो गयी।"

दोनों आँगन पार कर दूसरे दालान में पहुँच चुके थे। दुलारी के चेहरे पर जीत थी, यार से मिलने की रौनक़ थी, होठों पर नशीली मुसकान और आँखों में नूर बरस रहा था; रह-रहकर नईम के चेहरे की तरफ़ नज़रें उठ जाती थीं। अँधेरे में जी भरकर देखने की तड़प घुट भी रही थी और अँधेरा झिझक तोड़ने का बहाना भी बन रहा था। मन का अजब अन्दाज़ था, लगता था मानो जवानी पहली बार अपना जल्वा नुमायाँ कर रही है।

नईम ने उसका हाथ पकड़ लिया, उँगलियों में उँगलियाँ फँसा लीं। दुलारी न छूट सकी, न बँधी ही रह सकी और कोठरी का दरवाज़ा आ गया। अन्दर टिमटिमाते चिराग़ की रोशनी में दोनों ने पहली बार एक-दूसरे को इतने नज़दीक से देखा, नईम की आँखों में मरदानगी बहशी जानवर की तरह भूखी झाँक रही थी। लाख चाहने पर भी दुलारी बँधी टकटकी न तोड़ सकी, उँगलियों में फँसी उगलियाँ कस गयीं, दुखने लगीं और यह टीस उसे नशा दे रही थी और नशा उसे दहला रहा था।

छह महीने पहले नईम और दुलारी ने एक-दूसरे को अपनी-अपनी छतों से देखा था। दुलारी बाल सुखा रही थी, नईम अपनी छत पर गिरी पतंग लूटने चढ़ा था। गोरा-चिट्टा, लम्बा पूरा, सुनहरी दाढ़ी-मूँछों और बालोंवाला ख़ूबसूरत नौजवान दुलारी की कटोरी-जैसी बड़ी-बड़ी आँखों को काले साँप-सा डँस गया। फिर तो बहाने ढूँढ़े जाने लगे। बेख़ुदी मौज़ से दरया बनने लगी, दोनों अथाह में डूबने लगे। भोर होते न होते कूड़ा फेंकने के बहाने दुलारी घर के पिछवाड़े का दरवाज़ा खोल नईम के इन्तज़ार में खड़ी हो जाती, दिन में नईम को छत पर पतंग उड़ाने का शौक़ लग गया, रात को जब पीछे की गली नईम की ग़ज़ल से गूँज उठती तो दुलारी हज़ार बहाने से दरवाज़े पर पहुँच जाती। रात को उसे आमतौर पर दरवाज़े के पास खड़े रहने का मौक़ा कम मिलता था; फिर जब से फ़तेहअली की दुलहिन घर में आ गयी तब से नयी बहू का लिहाज कर नईम ने छत पर पतंग उड़ाना भी छोड़ दिया, आते-जाते बहाने की देखा-देखी रह गयी और वह भी कभी नसीब न होती थी। दुलारी के दिन रोते बीतते, सास समझती कि फ़तेहअली की शादी हो जाने से अपने स्वारथ के लिए रोती है। करीमन बुआ ने ज़रूर भाँपा था; दुलारी उनकी पवित्र देह में खेलते हुए अपवित्र मन की तरह थी, ऊपर से बरजने पर भी मन ही मन वे बढ़ावा देती थीं। नईम के प्रति उनका ममत्व बढ़ गया, जिसकी एवज में महल के बावर्चीख़ाने के अक्सर लज़ीज़ खाने की चीज़ें ले आती थीं। नईम से कहतीं, "मेरी दुलारी को ये पसन्द है और वो पसन्द है। मेरी दुलारी को न जाने क्या हो गया

है कि दिन पर दिन सूखकर काँटा होती जा रही है; न जाने किसकी नज़र लग गयी है।" और दुलारी की कोठरी में चुपचाप सामान पहुँचाकर कहतीं कि नईम बड़ा अच्छा लड़का है, नईम ने यह भेजा है और वह भेजा है, ख़ुदा उसकी उम्र दराज़ करें। दुलारी के लिए ये बातें प्यास भड़कानेवाली थीं। फिर धीरे-धीरे उसका दिमाग़ दुःख से उभरकर सोचने में लगा। उसने अपने सबसे छोटे देवर वारिसअली पर डोरे डालने शुरू किये; दोनों भाइयों में अनबन की राहें भी खोलीं, नईमउल्ला को शरीफ़ और वारिस का हमदर्द बतलाकर उनकी मेल-मुलाक़ात बढ़वायी। एक दिन सुबह तड़के ही जान हथेली पर रखकर नईमउल्ला को इशारे से पास बुला इतना कहा कि नन्हे मियाँ की बातों का कुछ और मतलब न लेना, जो वह कहें उसके लिए हामी भर लेना, यह एक राज है। इसके बाद उसने वारिसअली को अपनी कोठरी से लेकर नईम के घर तक छोटी-सी सुरंग खोदने की सलाह दी, कहा, "वे तुम्हारे दोस्त हैं, जरूर मदद देंगे, फिर उन्हीं के घर से होकर यहाँ आया करना, कोई शक न कर सकेगा।"

इस तरह दुलारी की कोठरी और नईमउल्ला के घर की एक कोठरी के बीच एक सुरंग तैयार हुई। रात में घर लौटकर नईम भी अपनी तरफ़ से खुदाई करता। बारे चार दिन में इश्क़ की राह खुल गयी; शगुन भी अच्छा हुआ, शाम को उसकी बदौलत पति के सामने दुलारी की लाज बच गयी।

नईमउल्ला छिछौरा न था, बदक़िस्मत ज़रूर था। बचपन में ही माँ-बाप मर गये, मारा-मारा फिरा, लेकिन उसमें एक आन थी, कभी किसी की भीख से अपना पेट नहीं भरा। घूमते-भटकते रुस्तमनगर आ पहुँचा। उस समय नसीब सीधे थे, बूढ़े बावर्ची यास्मीन ख़ाँ की बदौलत नवाब साहब के बावर्चीख़ाने में नौकरी लग गयी। यास्मीन ख़ाँ के कोई आस-औलाद न थी, इसे ही अपना लड़का समझकर अपना हुनर सिखलाया और अपने ही घर में रख लिया। बूढ़े नेकनीयत नमाज़ी यास्मीन ख़ाँ की निगरानी में नईमउल्ला को हर नसीहत अच्छी मिली थी पर इश्क़ हो जाए तो क्या करे। यास्मीन खाँ को मरे क़रीब साल-भर हो चुका था। दुलारी की तड़प में महीनों गरम आहें फेंकते ही बीते थे, उसकी ज़िन्दगी आम तौर पर और के साये से बेबाक़ थी, इसलिए आज की रात नईम के लिए अरमानों की रात थी, नया अनुभव उसे नया जोश भी दे रहा था।

लेकिन दुलारी कहती थी, "नहीं। मुझे यहाँ से निकाल ले चलो, यह मौक़ा मिला है। बाद में न जाने कौन से तूफ़ान उठें! नन्हे मियाँ अलग पागलपन दरसाएँगे। ख़ुदा जानता है मैं ज़िन्दगी में एक की होकर रहना चाहती हूँ।"

दुलारी की सास और फ़तेहअली की पत्नी के लिए खाने का इन्तज़ाम करने बीबी मुलाटी जब बावर्चीख़ाने में पहुँचीं तो उन्हें नईम कहीं न दिखाई दिया। मुनियाँ

महरी से पूछा, वह बोली, "चच्ची, परोंवाले साँप भी कहीं मिला करते हैं भला। जितना तेज़ चलता है उतना ही तेज़ी से उड़ता है दईमारा। मैंने कहा नईमा, ज़रा मेरी मदद कर दो बारादरी में चार तश्त भिजवाने हैं, ज़रा किसू कहार को पकड़ ले आओ, आज तो काम को ऐसी बिजलियाँ कौंध रही हैं, कोई कान दे के बात भी नहीं सुनता निगोड़ा। ऐ चच्ची, मैं तुमसे क्या कहूँ, डले में से दारू की बोतलें निकाल के ठी-ठी-ठी-ठी हँसता ठेंगा दिखा के चला गया। अपने-अपने बख़त पर ख़ुदा सबको जवानी देता है, भला ऐसा गुमान भी किस काम का मुआ?"

बावर्चीख़ाने में जाकर इलाहीबख़्श बावर्ची से अपने घर खाना भिजवा देने के लिए कहा। उसने फ़ौरन चच्ची के हुक्म की तामील की, नईम के लिए पूछा, पता लगा अभी तो यहीं था। इतने में गुलख़ैरू ने बतलाया कि वारिसअली के साथ बातें कर रहा था फिर पता न चला कि कहाँ चला गया।

नईमउल्ला के सम्बन्ध में उड़ती हुई बातें सुनकर बीबी मुलाटी सोच में पड़ गयीं। उन्हें शिवबरन जमादार की बात याद आयी। एक बार रुस्तमअली से मिलने के बहाने उस ओर हो आने का इरादा कर बीबी मुलाटी महल से बाहर निकलीं, रास्ते में पड़नेवाले एक घर में कोई बिच्छू का काटा रो रहा था, अन्दर-बाहर सब जगह रौरा मचा हुआ था। चच्ची को देखकर लोग पाँव पकड़ने लगे, वे बिच्छू झाड़ने अन्दर चली गयीं। होते-करते घण्टा-पौन घण्टा बीत गया। जब नईमउल्ला के घर पहुँचीं तब रात चढ़ आयी थी। आसमान बादलों से घटाटोप हो रहा था। जब से शिवबरन महाराज ने दो बार दुलारी के चरचे में नईम का नाम लिया तब से शक के लिए सही तौर पर कोई गुंजायश न होते हुए भी उनके मन में चोर बैठ गया था। ठण्डे दिल-दिमाग़ का, लम्बी उम्र का अनुभव उन्हें दुलारी की कोठरी से वारिसअली के ग़ायब हो जाने की बात सोचने के लिए भी मजबूर कर रहा था।

छोटी बस्ती के घरों के दरवाज़े बन्द हो चुके थे, आम तौर पर गलियाँ सुनसान थीं, अँधेरे में कोई इक्का-दुक्का निकल जाता तो दोनों ओर से 'कौन है' की पूछताछ होती। "चच्ची इतनी रात में कहाँ?" के उत्तर में "कुछ नहीं भइया ख़ैरातन के लड़के को बिच्छू ने काटा था सो आयी थी और फिर रुस्तमअली आया है, सुबू चला जाएगा, सोचा इसी वक़्त मिल आऊँ—" कहती हुई बीबी मुलाटी जब रुस्तमअली के द्वारे पहुँचीं तो देखा दरवाज़े खुले हुए थे। अन्दर क़दम रखते ही ख़ुदा का नाम याद आया। शराब की बू और खुर्राटों का शोर उन्हें लौट चलने के लिए उकसाने लगा। लेकिन घर के दरवाज़े खुले हुए हैं, घर के मरदों को होश नहीं तो क्या औरतें भी बेहोश हो गयीं? दुलारी लापरवाह हो गयी तो करीमन की अक़्ल पर भी पत्थर पड़ गये हैं?—मन ही मन झुँझलाते वे ज़मीन पर पड़े हुए रुस्तम से कतराकर अन्दर पहुँचीं। आँगन पारवाली कोठरी में दीया टिमटिमा रहा था और हर ओर अँधेरा था।

सहसा मुलाटी बीबी के मन में आया कि वे बग़ैर आवाज़ दिये हुए चुपचाप उधर जाएँ।

दुलारी नईम से कह रही थी, "मुझे यहाँ से निकाल ले चलो। यह मौक़ा मिला है। बाद में न जाने कौन से तूफ़ान उठें। नन्हे मियाँ अलग पागलपन दरसाएँगे। ख़ुदा जानता है मैं ज़िन्दगी में किसी एक की होकर रहना चाहती हूँ?"

चच्ची के कानों में नईम की आवाज़ आयी, वह कह रहा था : "मेरा भी ख़ुदा गवाह है; लो बीवी मानकर ही तुम्हारा हाथ पकड़ता हूँ। जहाँ कहोगी वहीं चलकर रहूँगा। मैं भी अब इक पल के लिए तुमसे जुदा नहीं हो सकता। चलो इसी वक़्त चल दें। तुम्हें अपना कोई सामान लेना हो तो लेकर मेरे यहाँ आओ। मैं भी ज़रूरी चीज़ों की गठरी बाँध लूँ।" नईम चारपाई के पीछे कूदकर ग़ायब हो गया। दुलारी कोने में रखे अपने काठ के सन्दूक़ के पास पहुँची।

"क्या हो रहा है यहाँ?" कहते हुए मुलाटी बीबी ने कोठरी में क़दम रखा। दुलारी खड़ी-की-खड़ी पत्थर-सी हो गयी। बीबी मुलाटी अपनी लठिया टेकती हुई चारपाई की दूसरी ओर पहुँचीं। ज़मीन में गड्ढा खुदा हुआ देखा, कुछ देर ख़ामोश खड़ी देखती रहीं। फिर चारपाई पर बिस्तर का एक छोर हटाकर बैठते हुए दुलारी से कहा, "तू कितनों की ज़िन्दगी का अज़ाब बनेगी दुलारी? ख़ुदा ने तुझे औरत बनाया है और तू ख़ुद अपने-आपको जानवर बना रही है, कुत्ती कहीं की!"

दुलारी वैसे ही पत्थर बनी खड़ी थी। उसका सकता अब तक टूट न पाया था। चच्ची ने पूछा, "तेरे बच्चे कहाँ हैं? बोल कहाँ हैं?"

"ऊपर...फुफ्फी के पास।" दुलारी ने सहमे हुए धीरे से जवाब दिया।

"उन्हें मेरे पास ला, चल।" चच्ची की आवाज़ की कड़क बिजली सी दुलारी की होश-हवास पर गिर रही थी। सहमे हुए डग दरवाज़े की ओर बढ़ने लगे। चच्ची भी उठ खड़ी हुईं। दरवाज़े तक पहुँचते हुए दुलारी के पैर लड़खड़ाने लगे, उसने दरवाज़े को थाम लिया। पीछे से चच्ची की फटकार बरसी, "छाती का हुश्न देखा और छाती का दूध याद न आया बेहया! बेग़ैरत! बदज़ात! तुझे अपने बच्चों की भी ममता नहीं? आख़िर है तो मुए काफ़िर कमीने की ही औलाद, भला शरीफ़ों का चलन कहाँ से पाए। चल निकल बाहर।" चच्ची ने उसे बाहर बढ़ाया। फिर ताक़ पर रखा दीया हाथ में उठा बाहर निकलकर कोठरी का दरवाज़ा बन्द कर कुण्डी चढ़ायी। दुलारी दालान के खम्भे से चिपकी खड़ी थी। चच्ची धीमे स्वर में बोलीं, "इश्क़ में तू ऐसी माती कि दरवाज़े तक बन्द करने का होश न रहा? यूँ तो बड़ी होशियार है, सुरंगें तक खोद लेती है, चोर कहीं की। तेरी ऐसी औरत की सज़ा तो यही है कि ख़ुद अपने हाथ से आग लगाकर मर जा। बुला करीमन को।" फिर ख़ुद ही ज़ोर से पुकारने लगीं, "करीमन! ओ करामतुन्निसा! नीचे आ।"

घर में जगार हो गयी। दुलारी ख़ूब पिटी! नईमउल्ला भाग गया।

पाँच

लखनऊ के पुराने महल दौलतख़ाना आसफ़ी की ज़नानी ड्योढ़ी से निकलकर ज्यों ही मुनियाँ ने बाहर कदम रखा कि सिपाहियों ने उसे घेर लिया। किसी ने अम्मा, किसी ने बड़ी अम्मा और किसी ने बड़ी बी या बुआ पुकारकर उससे महलों के हाल-चाल पूछने शुरू किये, किसी ने मुनियाँ से इनाम-इक़राम में पायी हुई रकम के बारे में सवाल पूछने शुरू किये। कोई उसकी ओढ़नी खींचने लगा, किसी ने हाथ थामा; मुनियाँ चिढ़ने-झुँझलाने लगी, बड़ी बी और बड़ी अम्मा ने पुकारने वालों को मुँह से सौ गालियाँ सुनानी शुरू कीं, "इन मुए फूटी आँखोंवालों पर ख़ुदा का क़हर नाज़िल हो। शैतान की फिटकार बरसे निगोड़ों पर। ऐ बड़ी अम्मा होगी तेरी बीबी, मेरी सौतें निगोड़ियाँ ऐ अभी मेरी उम्र ही क्या है!"

"भला बताओ तो सही, अभी इनकी उम्र ही क्या है। जुम्मा-जुम्मा आठ रोज़ की तो कहानी ही है इनकी। सआदत ख़ाँ के राज में बाल सफ़ेद हुए, सफ़दरजंग और शुजाउद्दौला के जमाने में आँखों की रोशनी धीमी हुई, और आसफ़ुद्दौला जब इमामबाड़ा बनवा रहे थे—"

"तब ईंटें ढोनेवाले गधों के खुरों की धूल इनके कानों में भर गयी...।"

"हाँ-हाँ, इसीसे ज़रा बहरी हो गयीं। और वज़ीरअली बेचारे बहुत दिनों राज न कर पाये सो फ़क़त इनके चेहरे पर झुर्रियाँ ही पड़ के रह गयीं। और इनके ये दो दाँत तो सआदतअली ख़ाँ के ज़माने ने तोड़े थे। अभी बेचारी मुनियाँ की उम्र ही क्या है?" साठ-पैंसठ बरस की मुनियाँ अपने नख़रे-तिल्लों से बारह बरस की उम्रवाली बिजली-सी चौमुखी चमक रही थी। सब मुँहजलों, निगोड़ों पर ख़ुदा की मार और शैतान के दुर्रे डालती हुई, सबको परे हटने, उन्हें न छेड़ने, न सताने और ज़रूरी काम के लिए जल्दी जाने देने के लिए माशूक़ाना अन्दाज़ की चिरौरी भी करने लगी।

इतनी उम्र हो जाने पर भी मुनियाँ अपने-आपको नन्ही-मुन्नी ही मानती है। सफ़ेद बालों पर मेहँदी, हाथों में मेहँदी, आँखों में सुरमा, टिकली, मिस्सी, कानों में इत्र की फ़ुरहरी, धानी दुपट्टा, गुलाबी कुरता, सर पे झुमका, कानों में करनफूल, नाक में बुलाक़, गले में तौकें, बाँहों में जोशन, हाथों में कड़े और चूड़ियाँ, उँगली-उँगली में अँगूठियाँ, अँगूठों में आरसे, पाँवों में कड़े-छड़े झाँझ,—ग़रज़ की मुनियाँ अपने ख़याल से उम्र के पैंसठवें साल में जवानी की देहली चढ़ रही थी।

गुलामहुसैन जमादार बुर्जी से नीचे उतरकर चबूतरे पर आये। मुनियाँ लपझप उनकी ओर बढ़ी। जमादार ने मुनियाँ का हाथ खींचा और उचका के चबूतरे पर चढ़ा लिया, फिर सबको बरजते हुए बोला, "ख़बरदार यारो, तुम्हें क़सम है मुनियाँ की जवानी की, अब कोई इसे बूढ़ी न कहना। ऐ देखते नहीं हो मेरी गुइयाँ का ये सिन! और ये सितम!

चुटकी में इनकी तीर निगाहों में क़हर है,
क्या जाने कितनी देर हमारी क़ज़ा में है।"

कहकर मुनियाँ के हम-उम्र गुलामहुसैन ने मुनियाँ के कन्धे पर ऐसे निढाल होके गरदन डाली और इस पर निहाल होती हुई मुनियाँ ने वो शोख़ कनखी मारी कि क़हक़हा लग गया। जमादार ने फिर सिपाहियों को डाँटा, एक को पान लाने का हुक्म दिया और धीमी आवाज़ में मुनियाँ से पूछा, "क्या ख़बर है आज की?"

"ऐ है, कैसे भोले बन के मतलब निकाल रहे हैं। ये झाँसे किसी और को देना मियाँ, समझे। (धीरे-से) इस वक़्त पाँच अशर्फ़ियोंवाली ख़बर है मेरे पास।"

"ऐ तो क्या ज़िन्दगी-भर मोलभाव ही करती रहोगी, कभी पुरानी दोस्ती का ख़याल भी तो कर लिया करो। अरे किसके वास्ते ये दौलत जोड़ती हो आख़िर?"

"ऐ जब बुढ़ापे में हाथ-पैर थकेंगे तब कौन बैठा के खिलाएगा मुझे?"

गुलामहुसैन की ज़बान तक जवाब आया मगर उसे अपना मतलब साधना था इसलिए बात बनाकर संजीदगी के साथ बोला, "हाँ ख़ैर यह तो हक़ीक़त है; मगर अल्लाह के फ़ज़ल से अभी तो तुम्हारी चढ़ती जवानी के दिन हैं मुनियाँ, अपने बुढ़ापे का ख़याल दिला के क्यों चाहनेवालों का दिल तोड़ती हो।"

"ऐ हटो, नज़र लगाते हो।" नशीले तेवर चढ़ा, ज़रा-सी घूँघट डाल, सामने का पल्ला ठीक कर अपनी चढ़ती जवानी के गुमान में मुनियाँ संजीदा होकर बैठ गयी।

सामनेवाले चबूतरे पर बैठे हुक़्क़े पर चिलम चढ़ाते हुए लड्डन ख़ाँ ने कहा, "हाय क़ुर्बान जाऊँ तेरे नख़रों पर मुनियाँ। अल्ला क़सम तूने तो अपने बुढ़ापे को भी चूना लगा दिया।"

फिर से अपने बुढ़ापे की चर्चा सुनकर मुनियाँ ने फुफकार छोड़ी ही थी कि गुलामहुसैन ने उसको उँगली दबाते हुए धीरे-से कहा, "तुम भी किस फेर में पड़ी हो। आओ ऊपर चलें।"

"पाँच अशर्फ़ियों से कम नहीं लूँगी।"

"सात दूँगा—चलो तो।"

गुलामहुसैन मुनियाँ का हाथ पकड़ ऊपर चला; सिपाही रंगीन फ़ब्तियाँ कसने और हँसने लगे। मगर जमादार के ऊपर जाते ही सिपाही आस-पास सिमट खुसुर-फुसुर बातें करने लगे, देर तक क़यास भिड़ाते रहे।

शाही दौलतख़ाना क़दीम में इन दिनों अनहोनी घट रही है। युवराज सुलेमानजाह नसीरुद्दीन हैदर के करम से महल की एक ख़वास सुखचैन पेट से रह गयी, पर पचीस पूरे हो के छब्बीसवाँ महीना लग रहा है और अभी तक उसे औलाद ही नहीं हुई। शाही महल की यह अद्भुत कहानी शहर में छोटे-बड़े हर शख़्स की ज़बान पर थी। खुलेआम कोई कुछ भी नहीं कह सकता मगर ऐसी ख़बरें जितनी

ही दबाकर कही जाती हैं उतनी ही तेज़ी से फैलती भी हैं। घर-घर में, कोने-कूचों में मुँह पर रूमाल और पल्ले ढाँप-ढाँपकर लोग-लुगाइयाँ फ़ब्तियाँ कसतीं। शाहे-अवध ग़ाज़ीउद्दीन हैदर और बादशाहबेग़म में—पति-पत्नी में—तेज तनातनी चल रही थी। नायब आग़ामीर बादशाहबेग़म से ख़ार खाये हुए थे, बादशाह को हरदम उनके ख़िलाफ़ भरते ही रहते थे। इस पचीस मास के गर्भ का बहाना लेकर तो उन्होंने आग में घी डालना शुरू कर दिया। बादशाह जितने ही फटे, बादशाहबेग़म उतनी ही पैनी हुईं।

बादशाहबेग़म बड़ी अहंकारिणी महिला थीं, अपने आगे वह बादशाह तक की एक नहीं चलने देती थीं। उनके पिता मुबश्शिर ख़ाँ मुनजमुल्मुल्क अपने समय के नामी ज्योतिषी थे। आसफ़ुद्दौला से बिगाड़ कर जिन दिनों यामिनुद्दौला सआदतअली ख़ाँ बनारस में रहते थे, मुनजमुल्मुल्क वहाँ किसी काम से पधारे। बुरे दिनों में ज्योतिषियों की शरण में जाना महत्त्वाकांक्षी पुरुषों की आम कमज़ोरी होती है, इसलिए यामिनुद्दौला की मुनजमुल्मुल्क से मुलाक़ात हो जाना कोई अचरज की बात न थी। दोनों में अच्छी पटरी बैठ गयी। मुनजमुल्मुल्क के एक लड़की भी थी जिसे उन्होंने धर्म-कर्म और ज्योतिष विद्या की अच्छी शिक्षा दी थी। ज्योतिष विद्या के लगाव से हिन्दू रस्म-रिवाज़ों की जानकारी भी उसे ख़ासी हो गयी थी।

यामिनुद्दौला अपने बेटे ग़ाज़ीउद्दीन हैदर के लिए सम्बन्ध खोज रहे थे। मुनजमुल्मुल्क की पण्डिता कन्या उन्हें हर तरह से अपने घराने के योग्य लगी। मुनजमुल्मुल्क गो किसी सामन्त नवाबवंश के न थे, विशेष धनी भी न थे फिर भी श्रेष्ठ रिज़वी सैयद थे, समाज में उनकी बड़ी प्रतिष्ठा थी।

भारत में आकर मुसलमान बादशाहों-नवाबों ने हिन्दू राजे-सामन्तों के बहुत से रिवाज़ अपना लिये थे। राजपूतों की प्रथा के अनुसार अपने से हीन कुल की कन्या को ब्याहने के लिए वर स्वयं ससुर के दरवाज़े पर नहीं जाता, बल्कि डोला भेज देता है। यामिनुद्दौला सआदतअली ख़ाँ ने भी उसी तरह का प्रस्ताव किया, परन्तु स्वाभिमानी मुनजमुल्मुल्क इसके लिए तैयार न हुए। अन्त में नवाब को ज्योतिषी की बात माननी पड़ी और बड़ी धूम-धाम से बेटे की बरात लेकर मुनजमुल्मुल्क सैयद मुबश्शिर ख़ाँ रिज़वी के दरवाज़े पर गये।

बादशाहबेग़म अपने पति को हर तरह से अपने अंकुश में रखना चाहती थीं। यामिनुद्दौला सआदतअली ख़ाँ की मृत्यु होने पर जब ग़ाज़ीउद्दीन हैदर गद्दीनशीन हुए तो बादशाहबेग़म की महत्त्वाकांक्षाएँ सातवें आसमान को छूने लगीं। ग़ाज़ीउद्दीन अपनी पत्नी के आगे खुलकर मामूली बात करने की हिम्मत भी नहीं रखते थे, उन्हें उनके गुस्से से डर लगता था। सआदतअली ख़ाँ के जीवनकाल में ही ग़ाज़ीउद्दीन एक कन्या के पिता बने थे जो दादा की लाडली होकर पोती बेगम कहलायी। उसके बाद बादशाहबेग़म के कोई सन्तान न हुई।

ग़ाज़ीउद्दीन हैदर यों तो भले, और कुछ-कुछ मौलाना क़िस्म के आदमी थे पर कभी-कभी उनका भी जी चाहता था कि घड़ी-दो घड़ी किसी नाज़नी की सोहबत का लुत्फ़ उठाएँ। बादशाहबेग़म की एक बाँदी सुब्ह-दौलत ने प्रेम के भूखे रस के भिखारी नवाब को अपने नाज़ो-अन्दाज़ोअदा ग़मज़ओशोख़ी व हया से मालामाल कर दिया। बादशाहबेग़म को कानोंकान ख़बर न लगी और सुब्ह-दौलत के दिन चढ़ने लगे—मगर बाँदी जब अवध के भावी शासक की माता बनी तब बादशाहबेग़म से यह खबर छिपी न रह सकी।

बादशाहबेग़म के तलवों की आग चोटी पर चढ़ गयी। उनके रहते एक अदना बाँदी वलीअहद की माँ बन जाए, इसे वो हरगिज-हरगिज बरदाश्त नहीं कर सकती थीं। गुस्से में वे आपे से बाहर हो गयीं और अपने पति की इच्छा-अनिच्छा की तनिक-सी भी परवाह किये बिना उन्होंने बड़ी बेरहमी से सुब्ह-दौलत को क़त्ल करवा डाला। क्रोध में अन्धी होकर उन्होंने अपनी सौत के बेटे को भी मार डालने का हुक्म दिया, पर अपनी ख़ास सलाहकार बीबी फ़ैज़ुन्निसा के बारहा यह समझाने पर कि शाही-ख़ून का एक क़तरा भी जाया करना खुदा और रसूल की नज़रों में बहुत बड़ा गुनाह है, उन्होंने अपना हुक्म वापस लिया। अपने पति को मानसिक दण्ड देने के लिए उन्होंने उनकी प्रियतमा, अवध के भावी शासक नसीरुद्दीन हैदर की माता, अपनी सौत बन जानेवाली हक़ीर बाँदी सुब्ह-दौलत को झंखड़ बाग़ में ग़रीबों-भिखारियों की क़ब्रिस्तान में दफ़न करवा दिया। ग़ाज़ीउद्दीन हैदर मुँह से उफ़ तक न निकाल सके।

कुछ दिनों बाद गुस्सा ठण्डा होने पर उन्होंने नसीरुद्दीन को अपनी निगरानी में ले लिया और उसके ऐसे लाड़ लड़ाये कि क्या कोई सगी माँ लड़ाएगी। बरसों तक नसीरुद्दीन यह जान ही न पाया कि बादशाहबेग़म उसकी सगी माँ नहीं है।

युवराज को पूरी तरह अपने अधिकार में रखकर प्रचण्ड अहंकारिणी अनन्त महत्त्वाकांक्षिणी बादशाहबेग़म अपने पति और उनके कुचक्री शक्तिशाली वज़ीर आग़ामीर से बराबर राजनीतिक मोरचे लेती थीं। पिता और सौतेली माता के राजनीतिक द्वन्द्व में नसीरुद्दीन की बुद्धि पनपने के पहले ही अनबूझे झकोले खा-खाकर नष्ट हो गयी। वह चिड़चिड़ा, ज़िद्दी और मनमौजी हो गया। वह माता का बड़ा अदब करता था, उनका हुक्म भी मानता था पर जब वह अपनी-सी पर आता था तो किसी के आगे न झुकनेवाली बादशाहबेग़म को भी अपने सौतेले बेटे का मन रखने के लिए झुकना पड़ जाता था। बादशाहबेग़म को एक ही डर था, किसी अभाव या असन्तोष के कारण नसीरुद्दीन अपने पिता या वज़ीर आग़ामीर के बहकावे में आकर कहीं उनके क़ब्जे से छूट न जाए। नसीरुद्दीन के ऊपर ही उनकी सारी आशाएँ लगी थीं। राजरानी होकर अपनी जिन आशाओं-आकांक्षाओं को वे पूरा नहीं कर पायीं उन्हें वे राजमाता बनकर पूरा करने के स्वप्न देखती थीं।

बादशाहबेग़म स्वयं दूध की धुली बेदाग़, नियम-संयम से शुद्ध महिला थीं। वे अपने आस-पास कोई गन्दगी नहीं देख सकती थीं। वे अपने पति में भी कोई बुराई नहीं बरदाश्त कर सकती थीं, परन्तु अपनी सत्ता के सपने देखते हुए उन्होंने नसीरुद्दीन को बरबादी की राह पर बढ़ावा दिया। नसीरुद्दीन बाहरी आदमियों से न मिल पाए, पिता और आग़ामीर के कहे में चला न जाए इसलिए उसकी जवानी के होश सँभालते ही उन्होंने उसे अपनी ख़ूबसूरत बाँदियों के हुजूम में छोड़ दिया, हुस्न और सिंगार के तिलस्म में उसे क़ैद कर दिया।

दो बरस पहले मुन्तज़ामुद्दौला मेहदीअली ख़ाँ ने बादशाह सलामत की ख़िदमत में तीन ख़ूबसूरत लौंडियाँ भेजी थीं, उन्होंने उन्हें बादशाहबेग़म के पास भेज दिया। सुलेमानजाह नसीरुद्दीन उन तीनों लड़कियों से बेहद ख़ुश थे।

इसके कुछ दिनों बाद ही बादशाहबेग़म के ज्योतिषज्ञान ने उन्हें यह बतलाया कि नसीरुद्दीन के पिता बनने का योग आया है और वे ख़ुदा के फ़ज़्ल से पोते का मुँह देखेंगी। महलों में इसी ख़बर को लेकर सूत न कपास कोरियों में धकापेल मच गयी। हर लौंडी-बाँदी जो सुलेमानजाह की ख़िदमत में जाती थी, बादशाह के पोते की माँ बनने के ख़्वाब देखने लगी।

एक लड़की ने नादानी से, अपना ओहदा रुतबा बढ़ाने की नीयत से गर्भवती होने का ढोंग किया। उसका नाम सुखचैन था। बादशाहबेग़म ने यह ख़बर सुनीं तो बेहद ख़ुश हुईं। महलों में शादियाने बजे, ग़रीबों को ख़ैरात बँटी, सारे शहर में शोर हुआ, बादशाह तक ख़बर पहुँची।

कुछ महीनों बाद राज़ खुला। बादशाहबेग़म बेहद नाराज़ हुईं और अकस्मात् उसके बाद ही सुखचैन मर भी गयी। लेकिन उसका नाम न मरा और यह ख़बर भी बरक़रार रही कि सुखचैन हमल से है।

नौ महीने गुज़रे, दस हुए, ग्यारह हुए, एक साल पूरा हुआ—पर ग़ाज़ीउद्दीन के दादा बनने का ख़ुशनसीब दिन न आया। बाहर अच्छी-बुरी चर्चा होने लगी, दबी ज़बान मज़ाक होने लगे। बादशाह की नाराज़गी भी बढ़ी। ज़िम्मेदार क़िस्म के लोगों ने शाहीमहल की लौंडियों-बाँदियों में इनाम-इकराम बाँटकर यह ख़बर फैलानी शुरू की कि नसीरुद्दीन में पिता बनने की शक्ति ही नहीं है। बादशाहबेग़म को भी यह समझाया जाने लगा कि जालसाज़ों की उड़ायी ख़बरों को वे अपनी ज़ात से बढ़ावा न दें, शाहीख़ानदान की इज़्ज़त का सवाल है, नामुमकिन को मुमकिन साबित करने की कोशिश न करें, ज्योतिष विद्या तो झूठ नहीं, मगर सितारों के हिसाब-किताब में ग़लती हो सकती है। बादशाहबेग़म इस बात को मानने के लिए तैयार न थीं, उन्हें अपनी ज्योतिष विद्या की जानकारी पर नाज़ था।

बादशाहबेग़म ने बादशाहसलामत को यह कहला भेजा कि सुखचैन के गर्भवती होने का समाचार सच है मगर चूँकि किसी प्रेत-जिन्नात ने अड़चन डाल रखी है।

इसीसे बच्चा नहीं हो रहा। फिर भी घबराने या शक करने की बात नहीं; उपाय हो रहे हैं; अल्लाह के फ़ज़्ल से वह मुबारक दिन ज़रूर आएगा जिस दिन शाहेअवध अपने पोते का मुख देखेंगे।

इतने पर भी बादशाह को सन्तोष न हुआ। उन्होंने बेगमसाहिबा को यह आदेश भेजा कि बच्चा होते वक़्त शाही घराने की औरतें वहाँ मौजूद रहें।

बादशाहबेग़म इस आदेश से चिढ़ गयीं। कोई उनपर शक करे, उन्हें आदेश दे, उनकी बात काटे, यह वो हरगिज़ बरदाश्त नहीं कर सकती थीं। उन्होंने तय किया कि ज्योतिष-गणना के अनुसार जब वह शुभ घड़ी आएगी तब वे इसी बात पर मंसूरिया-वंश की एक भी स्त्री को नहीं बुलाएँगी। पर उस समय तो यही चिन्ता सबसे भारी थी कि किसी युवती को नसीरुद्दीन के संसर्ग से गर्भ रह जाय। इसके लिए मन्त्र, यन्त्र, तन्त्र, गण्डे-तावीज़, कुश्ते, मुकव्वियात—सभी उपाय हो रहे थे।

उन्हीं दिनों रुस्तमनगर के नवाब मुहब्बतअली ख़ाँ की विधवा बहन मोती बेगम बादशाहबेग़म की ख़िदमत में आदाब पेश करने आयी थीं; बीबी मुलाटी उनके साथ आयी थीं। उन्होंने भी ग्रह-नक्षत्रों की नाप-जोख करके यही निर्णय दिया कि सुलेमानजाह के पिता होने का निश्चित योग है परन्तु यह योग एक वर्ष बाद आएगा।

नसीरुद्दीन के सन्तान योग की अफ़वाह ने महल की अनेक बाँदियों को गर्भवती बना दिया। बादशाहबेग़म इस बात की कड़ी निगरानी रखने लगीं। मुन्तज़ामुद्दौला द्वारा भेजी गयी दो लड़कियाँ ही सुलेमानजाह की ख़िदमत में जा पाती थीं और हर वक़्त बादशाहबेग़म की कड़ी निगरानी में रहती थीं। बारे ख़ुदा-ख़ुदा करके वह दिन भी आया जब एक लड़की के हमल रहा। हमल के अच्छी तरह से तसदीक़ हो जाने के बाद बादशाहबेग़म ने उसके खाने-पीने का इन्तज़ाम भी अपनी निगरानी में कर लिया। बीफ़ैज़ुन्निसा और बादशाहबेग़म को छोड़कर किसी के हाथ का एक बूँद पानी पीने तक की सख़्त मुमानियत थी। सुखचैन मर चुकी थी मगर गर्भ की घोषणा चूँकि उसके नाम से हुई थी लिहाज़ा यह लड़की सुखचैन ही कहलायी।

जैसे-जैसे दिन निकट आने लगे वैसे-वैसे ही बादशाहबेग़म की घबराहट भी बढ़ने लगी। मान लो लड़का न होकर लड़की हुई तो? इससे बादशाहबेग़म की ज्योतिष विद्या को कलंक लगेगा; यह भी हो सकता है कि सुलेमानजाह उनके क़ाबू से निकल जाएँ। बादशाहबेग़म ने अपनी आन रखने और वक़्त-ज़रूरत के लिए मुनियाँ दल्लाला की मार्फ़त ऐसी कई औरतों को चुपचाप महल में दाख़िल कर लिया जिनके गर्भ के पूरे दिन चल रहे थे। अगर सुखचैन के लड़का हुआ तो ठीक है वरना उन्हीं दिनों महल में पैदा होनेवाले किसी भी लड़के को सुलेमानजाह का लड़का क़रार दे दिया जाएगा।

ज़नानी ड्योढ़ी का जमादार गुलामहुसैन छिपे तौर पर महलों की सही ख़बर पहुँचाने के लिए अँगरेज़ी रेज़िडेंसी से रिश्वत पाता था। मुनियाँ दल्लाला को भी उसमें से अच्छा हिस्सा मिलता था। चूँकि मुनियाँ ही इस षड्यन्त्र की जड़ में थी इसलिए आग़ामीर को कभी सही ख़बरें न मिल सकीं।

ऊपर बुर्जी में बैठी हुई मुनियाँ ने गुलामहुसैन से कहा, "ख़ुदा की क़सम, जो कहीं सचमुच ही बादशाह के पोता हो गया—"

"अरे अब हमसे तो न उड़ो, सुलेमानजाह भला हैं ही किस क़ाबिल जो ख़ुदा उन्हें औलादवाला बनाएगा। मुझे सब मालूम है।"

"तुम्हें मेरी जवानी की क़सम, सचमुच बताना गुलामहुसैन, किसे ये ख़बरें बेचते हो?"

गुलामहुसैन ने मुनियाँ को धोखे में रखने के लिए हँसकर टाल दिया। फिर बहुत इसरार करने पर झुककर बड़ी ख़ुफ़िया बात कहने के अन्दाज़ से बोला, "दिल्ली के बादशाह के यहाँ—किसू से कहना मत मुनियाँ, वरना मेरी गरदन चली जाएगी।"

"मुझे क्या ग़रज़, किसू के लेने में नहीं देने में नहीं। ऐ न जाने कितने घरों का हाल मुनियाँ अपने सीने में छिपाये हुए है। भला कोई कह तो दे कि मैंने आज तलक किसू की बात बतलायी हो। अच्छा अब चलूँ, बड़े-बड़े काम हैं मुझे। मगर हाँ, तुम्हारी ग़लतफ़हमी को सुधारे जाती हूँ ताकि देहली के दरबार में ग़लत ख़बर न पहुँचा दो।"

गुलामहुसैन चौंककर उसे देखने लगा। मुनियाँ बोली, "दिल्ली के बादशाह की पोती से, अल्ला रखे, हमारे सुलेमानजाह का निकाह होने की बात क़रार पायी गयी है।"

"सच?"

"हाँ, मैं जिस वक़्त बेगमसाहिबा की ख़िदमत में मौजूद थी उसी वक़्त इत्तफ़ाक़ से ये ख़बर आयी। आग़ामीर कोशिश कर रहे हैं। बड़े साहब और शाहेज़मा की भी यही ख़्वाहिश है। उनका ख़याल है कि अवध के तख़्तोताज का मालिक दोनों ओर से आला ख़ानदान का होना चाहिए।"

गुलामहुसैन मुसकराया, झुककर बोला, "ख़ुद सुलेमानजाह—"

"हाँ, बेगमसाहबा भी फरमाती थीं। ग़ाज़ीउद्दीन हैदर के तख़्त पर कुँजड़िनों-ख़्वासनों की औलाद ही बैठेंगी। फ़रमाती थीं कि उनकी बद-दुआ खाली न जाएगी।"

"ख़ैर ख़वासनों के हमल से ही सही मगर नुत्फ़ा शाही है; लेकिन इस बार देखता हूँ कि तुम लोग किसू धोबी-कहार की औलाद को ही लखनऊ के तख़्तोताज का मालिक बनवाओगी। बड़ा क़िस्मतवर होगा। वाह, बड़े-बड़े साहब और बड़े-बड़े अमीर उमरा झुक-झुक के ताज़ीम करेंगे उसे। अल्लाहो ग़नी! अल्लाहो अकबर।"

मुनियाँ बोली, "हाँ, इन्तज़ाम इस हद तक तो है ज़रूर मगर हुज़ूर बेगमसाहिबा

का नजूमी अक़ीदा कभू ग़लत नहीं हो सकता। ख़ुदा कारसाज़ है, अवध के तख़्तोताज का तीसरा मालिक भी मंसूरिया ख़ानदान के शाहज़ादे का बेटा ही होगा।" कहकर मुनियाँ दल्लाला उठ खड़ी हुई। गुलामहुसैन पर बतरस छा गया था, उसने बातें पूछने के लिए मुनियाँ को थोड़ी देर और रोकना चाहा, मगर वह रुक न सकी। बादशाहबेग़म के काम से उसे अभी लखनऊ के एक छोर से दूसरे छोर तक जाने कहाँ-कहाँ जाना था, क्या-क्या इन्तज़ाम करने थे। मुनियाँ ने दुपट्टा सँभाला और मटककर चल दी।

छह

साढ़े पाँच मील के घेरे में अवध के नवाब, वज़ीरों तथा प्रथम बादशाह अबुलमुज़फ़्फ़र मुईजुद्दीन शाहेज़मा ग़ाज़ीउद्दीन हैदर की राजधानी लखनऊ अवध की हरी-भरी धरती पर बसी हुई ऐसी सुन्दर लगती है मानो धानी दुपट्टे के पल्ले पर किसी अलबेले हुनरमन्द ने ज़रदोज़ी का नायाब गुलदस्ता काढ़ दिया हो। नवाब आसफ़ुद्दौला इमारतें बनवाने के ऐसे ही शौक़ीन थे। दूर से ही मीनारों और गुम्बदों से सजा हुआ शहर नज़रों को जादू-सा बाँध लेता है। शहर का पच्छिमी हिस्सा आबादी से गँजा हुआ है। मीनानगर में सन्त शाहमीना के मज़ार के पास ही ऊँचे टीले पर मच्छीभवन का क़िला स्थित है जो पुराने ज़माने में लखना की गढ़ी और हवेली लखना के नाम से मशहूर था।

ऊँची-ऊँची दीवारों वाली यह गढ़ी मीनानगर से लेकर गोमती के किनारे तक फैली हुई है। इसका एक द्वार पूर्व में है और दूसरा पश्चिम में। फाटकों के ऊपर दूसरी मंज़िल में पत्थर की मेहराबें और झरोखे बने हुए हैं, मण्डप राजस्थानी शैली में निर्मित है। मच्छी भवन का पच्छिमी द्वार ठीक आसफ़ुद्दौला के बनवाये हुए रूमी दरवाज़े के सामने पड़ता है। फाटक के दाहिने हाथ, गोमती पर स्थित पत्थर का पुल है और किंवदन्तियों के अनुसार सुमित्रानन्दन राघव, लक्ष्मण के जन्मस्थान लक्ष्मण टीले पर स्थित पीर मोहम्मदशाह की दरगाह और बाबरी मस्जिद हैं, उसके बाद शेख़ज़ादों का बनवाया हुआ गुस्लख़ाना और किसी पुराने वक़्त की इमारत के खँडहर हैं। बायीं ओर आसफ़ुद्दौला का बनवाया हुआ अजीब ग़रीब सतखण्डा बावली महल है और उसके पास ही आसफ़ी इमामबाड़ा है। मच्छी भवन के पश्चिमी फाटक के सामने एक और विशाल फाटक है जो बावली, महल और टीले की मस्जिद की दीवारों से सटा हुआ है। यह इमामबाड़े का पूर्वी फाटक है जिसके अन्दर अनोखी शानवाला, अकाल के दिनों का आसफ़ी स्मारक इमामबाड़ा, मक़तब, कोतवाली, नौबतख़ाना दूकानें और दूसरी सीमा पर गोथिक राजस्थानी मिश्रित शैली का भव्य

रूमी दरवाज़ा है जिसके बाहर आस-पास खजूर के पेड़ों के झुण्ड शोभित हैं। नवाब आसफ़ुद्दौला लखनऊ को अरब, कुस्तुन्तुनिया और फ़ारस की याद ताज़ा करने वाला शहर बनाना चाहते थे। दाहिनी ओर गोमती के किनारे प्राचीन कुड़िया घाट, बनारसी घाट, राधा कृष्ण का घाट और शिवालों के कलशकँगूरे शोभित हैं। सड़क की बायीं ओर लालमण्डी, इस्माइलगंज और वाजपेयी टोला है। कोठी कलाँ, शीशमहल और पुराने राजभवनों की शृंखला गोमती तट से उत्तर से लेकर दक्षिण तक पूरे हुसैनाबाद क्षेत्र में फैली हुई है। इनमें अनेक महल आसफ़ुद्दौला के बनवाये हुए हैं, अनेक पुराने हैं जिनका जीर्णोद्धार आसफ़ुद्दौला के समय में हुआ था। हुसैनाबाद (जिसका कि प्राचीन नाम रामगंज है) के बाद नदी तट पर शिवपुरी और गऊघाट की बस्तियाँ बसी हुई हैं। नदी के दोनों ओर सुन्दर इमारतें बनी हुई हैं। मच्छी भवन के पूरब की ओर नीमभार शेख़ों की बस्ती, सूरजकुण्ड, रेज़िडेंसी; कोठी फ़रहबख़्श, कोठी दर्शनविलास, सआदतअली ख़ाँ का मकबरा, दिलकुशाबाग़ आदि नवाब वज़ीरों की बनवायी हुई शानदार इमारतें हैं।

ढाई मील की चौड़ान में गोमती के दोनों ओर बसा हुआ यह स्वर्ग-सा नगर निकट आते ही अपनी प्रजा के नारकीय जीवन की झाँकी भी प्रस्तुत कर देता है। स्वर्ग और नरक एक सिक्के के दो पहलू होकर यहीं हर समय साथ-साथ दिखलाई देते हैं। ऊँची-ऊँची मीनारों, गुम्बदों और कलश-कंगूरों वाली शानदार इमारतों के आस-पास खपरैल के टूटे मामूली घर घिरे हैं। सोने-चाँदी के छत्र धारण करने वाले शाह, शाहज़ादों, अमीरों-उमरा के हाथियोंवाले जुलूस और फटेहाल भिखमंगों के हुजूम एक साथ देखने को मिलते हैं। अगुरु, लोबान, इत्रों और फूलों की महमहाती हुई कोठियों के साथ ही साथ कीचड़, दुर्गन्ध और सीलन-भरी गली-दर-गलियों के छोटे-छोटे मकान हरदम गन्दी हवा से बसे रहते हैं।

लाल और पीली वर्दी के शाही सवार हरे झण्डे फरहाते हुए इधर-उधर दिखलाई पड़ रहे हैं। कुर्ता, धोती, और पगड़ी, दुपट्टेवाले, अँगरखे, पायजामेवाले, तहमत-अँगोछा पहने, हर रंग के लोग गली-सड़कों और बाज़ारों में हर तरफ़ दिखलाई पड़ते हैं। घड़ी में किसी अमीर का हाथी निकला; रईसों के सजे-सजाये रथों की खड़-खड़ और घण्टियों की गूँज से सड़क गुलज़ार हो गयी; कोई बिगड़े दिल घोड़ा फेंकता हुआ चला आ रहा है तो ज़रा-सी सड़क पर हटो-बचो की धूम मची जा रही है; पालकी पर बैठे घुटने पर तस्बीहवाला हाथ टिकाये बड़ी गम्भीर मुद्रा में ये कोई बड़े मौलवी-मुल्ला चले जा रहे हैं, दोनों ओर से बहुत-सी सलामें झुक रही हैं। ये बड़े-बड़े गलमुच्छोंवाले, बड़े रोबीले केसरिया तिलक लगाये, पगड़ी जामदानी का अँगरखा-दुपट्टा पहने गंगा-जमुनी तामज़ान पर कोई बड़े भारी जौहरी चले जा रहे हैं, आठ आदमी तामज़ान उठाये हैं, आठ सिपाही उनके साथ चल रहे हैं, सड़क पर गुहार पड़ रही है। वो सामने से बाँके उस्ताद अब्बू ख़ाँ का ग़ोल आ रहा है, सत्तर-अस्सी शागिर्द

साथ हैं, शहर का हर शख़्स हथियारबन्द है; ढाल-तलवार, तीर-कमान, कटार, कड़ाबीन, तमंचे और कुछ नहीं तो हर एक के हाथ में लाठी ज़रूर है। दूकानदार तक हथियार रखे हैं।

शाहेअवध की यह स्वर्ग-नरकमयी राजधानी आज दोपहर से एक ही ख़बर से गूँज रही है। बादशाह सलामत के पोता हुआ है। पच्चीस महीनों तक जिन आमद-आमद का चर्चा गरम रहा, वे नसीरुद्दीन हैदर के नौनिहाल मोहम्मद रफ़ीउद्दीन हैदर उर्फ़ मुन्नाजान पहली कुआँ-कुआँ करते ही शहर का शोर हो गये। जनमते ही उन्होंने अपनी माँ को बाँदी से रानी बना दिया। मगर दबी ज़बान लोग यह भी कहते फिरते हैं कि धोबी की औलाद है। किसी को यह ख़बर अफ़वाह लगती है, वह कहता है, अगर सच होगी तो तोपों की सलामी दी जाएगी। इस पर कोई पलट के कहता है कि दौलतख़ाने पर ये जो हज़ारों की ख़ैरात बाँटी जा रही है, बाजे बज रहे हैं, रात में रोशनी का इन्तज़ाम हो रहा है, बादशाहबेग़म के हुक्म और ख़र्च से मस्ज़िदों में दुआएँ माँगी जा रही हैं—यह सब क्या झूठ है? कोई कहता बादशाहबेग़म की चाल है; कोई कहता कि आग़ामीर को मुँह की खानी पड़ी। मुन्नाजान के पैदा होने के समाचार को लेकर चार की चों-चों, बहस-मुबाहसों, नोक-झोंक और अटकलबाज़ियों का अन्त जनता की एक पंचमण्डली में यों हुआ कि—"अमाँ न इनकी जीत है न उनकी जीत है। अगर अँगरेज़ मान लेगा तो धोबी की औलाद होकर भी मुन्नाजान शाहज़ादा कहलाएगा और जो मियाँ, अँगरेज़ ने न माना तो शाहज़ादे के नुत्फ़ा होकर भी वह धोबी क्या धोबी का लत्ता बन जाएगा और बहत्तर घाट पछाड़ा जाएगा।"

14 सितम्बर सन् 1820 ई. के दिन दोपहर के वक़्त खवास सुखचैन का सितारा बुलन्द हुआ। बादशाहबेग़म ने अपने पोते मुन्नाजान को गोद में लेकर उसकी माँ को अफ़ज़लमहल का ख़िताब बख़्शा। बादशाहबेग़म बेहद खुश थीं। हुसैनाबाद के दौलतख़ाना क़दीम में हरसूँ खुशियाली छा गयी। शादियाने बजने लगे, बादशाहबेग़म ने नमाज़े-शुक्रिया अदा की, पोते पर निछावर कर सैकड़ों फ़क़ीरों को ख़ैरात बाँटी, शहर में शोर मच गया।

इसके बाद बेगमसाहिबा ने अपने दोहते मुहसानुद्दौला के साथ बादशाह को अपनी ओर से मुबारकबादी और एक-सौ-एक मोहरों की नज़र भिजवायी।

फ़रहबख़्श महल के पुस्तकालय में बैठे हुए शाहेअवध क़ुरआन-शरीफ़ का पारायण कर रहे थे। गुलाम बा-अदब दस्तबस्ता हाज़िर हुआ।

"क्या है?" कुछ देर के बाद बादशाह का ध्यान गया।

"ज़िल्लेसुभानी, हुज़ूर मुहसानुद्दौला साहब आलमपनाह की क़दमबोसी के लिए हाज़िर हुए हैं।"

"आने दिया जाए।" क़ुरआन-शरीफ़ का सफ़ा बदलते हुए ज़िल्लेसुभानी ने इजाज़त दी।

मुहसानुद्दौला ने आकर ताज़ीम दी। रूमाल में रखकर नज़र पेश की और हाथ बाँधे नज़र झुकाये सविनय खड़े हो गये।

"बैठो बरख़ुरदार। अच्छे हो?"

"नाना हुज़ूर के इक़बाल से अच्छी तरह हूँ।"

बातचीत रुक गयी। बादशाह सलामत क़ुरआन-शरीफ़ पर नज़र गड़ाये रहे। फिर पूछा, "किसी ख़ास काम से आना हुआ है?"

"हुज़ूर नानी अम्मा ने ज़िल्लेसुभानी की ख़िदमत में अपने आदाब पेश किये हैं और मुबारकबादियाँ भेजी हैं।"

"किसलिए?" बादशाह ने बनकर पूछा।

"सूरज़ ग़ुरूब होने से दो घड़ी पहले अल्लाहताला ने मुझे मामूंज़ाद भाई बख़्शा है। नानाहुज़ूर दादा हुए।"

"ये मोहरें अपनी नानी अम्मा को लौटा देना। फिर कभी आना बरख़ुरदार! हम इस वक़्त मसरूफ़ हैं।"

मुहसानुद्दौला इतना-सा मुँह लेकर वापस लौट गये। उनके जाते ही नायब आग़ामीर तशरीफ़ लाये।

आग़ामीर उस समय अवध राज्य का महामन्त्री था। शहर में अवध-भर में प्रजा उससे घृणा करती थी। लम्बा-चौड़ा, काला भुजंग, बाज़ की चोंच ऐसी नाकवाला, रूखे मिज़ाज और कुटिल पैनी बुद्धिवाला यह व्यक्ति अवध का सर्वेसर्वा था। ग़ाज़ीउद्दीनशाह उसे बहुत मानते थे। यामिनुद्दौला नवाब सआदतअली खाँ जिस ज़माने में अपने युवराज ग़ाज़ीउद्दीन का ख़ानसामा था। आग़ामीर की मन्त्रणा ने ग़ाज़ीउद्दीन को बड़ा बल प्रदान किया था। बादशाह होने पर उनका परम मन्त्रदाता विश्वासपात्र प्रिय ख़ानसामा आग़ामीर राज्य का सबसे अधिक शक्तिशाली व्यक्ति बन गया। बड़े-बड़े उसके क़दम चूमते थे; उसका जाल चारों ओर फैला हुआ था। नायब आग़ामीर ने जासूसों द्वारा प्राप्त समाचार बादशाह को सुनाये।

ज़ीक़ाद की सातवीं को[1] दोपहर के समय मुन्नियाँ दल्लाला प्यारा धोबी के घर उसकी पत्नी मुन्ना को पूछती हुई गयी थी। मुन्ना की माँ ने कहा कि वह परवरिशअली ख़ाँ के यहाँ कपड़े लेकर गयी थी। इस पर मुनियाँ ने प्यारा की सास को अपनपौ जताते हुए फटकारा भी कि लड़की आठ महीने के पेट से है, उसे बाहर इस तरह जाने देना ठीक नहीं, जाने किस वक़्त क्या हो जाय। ये कहकर मुनियाँ प्यारा के घर से चली आयी और मुन्ना उसके बाद घर नहीं पहुँची। आग़ामीर ने इसके बाद बादशाह को यह भी बतलाया कि दौलतख़ाना क़दीम के एक पुराने मुलाज़िम दिलावर ख़ाँ के कथनानुसार मुन्ना धोबिन महलों में लायी गयी थी। आज

1. अरबी तिथि 7 ज़ीक़ाद 1235 हि. तदनुसार 17 अगस्त सन् 1820ई.।

दोपहर में उसके बेटा हुआ और उसके बाद बेटा छीनकर मुन्ना को मरवा डाला गया; आग़ामीर के आदमी उसकी लाश की खोज कर रहे हैं। दौलतख़ाना क़दीम की दाई मुसम्मात महताब के बयानात लेने पर मालूम हुआ कि सुखचैन ख़वास को कोई औलाद नहीं हुई, मुन्ना धोबिन का बच्चा नहला-धुलाकर सुखचैन की बग़ल में लिटा दिया गया और तब से ही महल में शादियाने बज रहे हैं।

बादशाह सलामत धर्मवचनों पर ग़ौर करना छोड़ बादशाहबेग़म के इस कारनामे पर ग़ौर करने लगे। आलीजाह के प्रायः शान्त और स्थिर मुखमण्डल पर क्रोध की तमतमाहट चढ़ आयी।

उसी समय सूचना मिली कि शाहज़ादा नसीरुद्दीन हैदर नज़र लेकर शाहेअवध की ख़िदमत में बादशाहबेग़म की ओर से यह अर्ज़ करने आ रहे हैं कि शाही पोते का तोपों की सलामी से स्वागत किया जाय।

"धोबियों की औलाद को शाही तोपें सलाम नहीं किया करतीं आग़ामीर!"

"ज़िल्लेसुभानी!"

"साहबेआलम को फ़रहबख़्श में दाख़िल होने की इजाज़त नहीं है।"

"जो हुक्म आलमपनाह। मगर..."

"मैं सिफ़ारिश नहीं सुनना चाहता। अवध के तख़्तोताज का वारिस ख़ुद अपने ही ख़िलाफ़ एक ऐसी साज़िश में शरीक हुआ है जो मेरी रिआया के हक़ीर से हक़ीर इनसान को भी अपनी शान के ख़िलाफ़ लगती। किसी मर्द के लिए इससे बढ़कर शर्म की और क्या बात हो सकती है।...हमें दिली सदमा पहुँचा है।"

फ़रहबख़्श में प्रवेश करते ही शाहज़ादे को रोकने की चेष्टा की गयी। नसीरुद्दीन बहुत नाराज़ हुआ और किसी की परवाह न कर आगे बढ़ा। दारोग़ा दीवानख़ाना शिद्दी अब्दुलकरीम, अमृतलाल अर्जबेगी और फ़तेहअली ने शाहज़ादा को बादशाह के कमरे में जाने से रोक दिया। शाही हुक्म की तामील करने के लिए शाहज़ादे को मजबूर होना पड़ा।

यह सुनकर कि शाहज़ादा सुलेमानजाह को शाही हुक्म के बावजूद महल में आने दिया गया ज़िल्लेसुभानी ने नाराज़ हो उन तमाम सिपाहियों और अफ़सरों को बरख़ास्त कर दिया जो उस वक़्त पहरे पर तैनात थे।

बादशाहबेग़म के पास तमाम ख़बरें बराबर पहुँच रही थीं। शाही नाराज़ी की बात सुन बादशाहबेग़म ने पौत्र-जन्मोत्सव और जोश से मनाना शुरू किया। महलों में रतजगा हुआ, रोशनी हुई।

बेगमसाहबा को रुस्तमनगर की बीबी मुलाटी की याद भी आयी, उन्हीं की बतलाई हुई तारीख़ को बेगमसाहिबा दादी हुईं। बादशाहबेग़म ने बीबी मुलाटी को एक थान रेशम और ग्यारह अशर्फ़ियाँ भेजीं, बुलावा भेजा, साथ ही उनसे किसी नेकचलन धाय की माँग भी की।

नईमउल्ला के भाग जाने के बाद दुलारी घर से निकाली जाकर बीबी मुलाटी की निगरानी में रखी गयी थी। दुलारी ने चच्ची के बड़े हाथ-पैर जोड़े और कहा कि मुझे महलों में भिजवा दीजिए। चच्ची पहले तो राज़ी न हुईं पर बाद में दुलारी के बहुत गिड़गिड़ाने और नेकचलन बने रहने के बड़े-बड़े वादे करने पर उन्होंने दुलारी को भी अपने साथ ले लिया।

सात

ढाई घड़ी रात बीत चुकी थी। चरिन्दे-परिन्दे तक सुख की नींद सो रहे थे। जब कि शाहेअवध को न इस करवट चैन मिल रहा था और न उस करवट। पंखा झलनेवाली बाँदी अपने फ़र्ज़ और शाही ख़ौफ़ से बेहोश हो नींद के वश में होकर ठोस सोने के जड़ाऊ पलँग के पाये में बाँह डाले ऐसे पड़ी थी गोया प्रिय को गलबहियाँ डालकर सुख की नींद सो रही हो। दूसरी बाँदी शाही सेज की दूसरी ओर बैठी सधे हाथों से बादशाह के पैरों पर मुक्कियाँ लगा रही थी।

एक गहरी निःश्वास ढीलकर बादशाह ने बड़ी बेचैनी के साथ करवट बदल ली। बाँदी अपने अधूरे काम को पूरा करने के लिए पलँग की दूसरी ओर दौड़ी।

"रहने दे सुलखिया।" बादशाह ने बड़े उखड़े दर्द-भरे स्वर में धीरे-से कहा।

बाँदी बोली, "नींद नहीं आ रही आलमपनाह?"

"नींद आदमियों को मयस्सर होती है, ख़ुदा ने बादशाहों को उस नेमत से महरूम रखा है।" फिर निःश्वास छोड़ी, फिर करवट ली। सुलखिया ने पंखेवाली को पैर की हलकी ठोकर से जगा दिया। शाहेअवध पलँग छोड़कर उठ बैठे। सामने अँधेरे में गोमती पार दूर पर एक चिराग़ टिमटिमा रहा था, ग़ाज़ीउद्दीन हैदर की टकटकी लग गयी। पंखा झलनेवाली सिरहाने खड़ी होकर पंखा झलने लगी। आज उससे बहुत बड़ी ग़लती हो गयी, यह उसकी ख़ुशनसीबी थी कि जागते रहने पर भी बादशाह सलामत ने उसे कुछ न कहा। सुलखिया शीराज़ी जाम भर लायी और बाअदब बा-सलीक़ा जाम हुज़ूरेआलम के होठों से लगा दिया। आलमपनाह मानो इस वक़्त इसी के इन्तज़ार में बैठे थे। जाम उनके होठों से लगा और उनकी बाँह सुलखिया के गले में जा पड़ी, दूसरे क्षण सुलखिया बादशाह की बग़लग़ीर हो सेज पर बैठी थी। उसका सिर जहाँपनाह ने अपने सीने से चिपका रखा था। पंखेवाली ने दूसरी ओर आकर पुखराज की प्याली सुलखिया के हाथ से ले ली। दो बाँदियाँ और ख़्वाबगाह में आ गयीं। पंखेवाली ने अपना काम दूसरी को सौंपकर साग़र सँभाला, चौथी बाँदी, पेचवान की मुँहनाल हुज़ूरेआलम के होठों के क़रीब ले आयी। बादशाह सलामत का बायाँ हाथ सुलखिया के गालों और बालों से धीरे-धीरे खेल रहा था।

बादशाह ने नज़र उठाकर अपने चारों ओर जवानी की खिली फुलवारी को देखा और फिर एक की तरफ़ देखकर बोले, "इमाम बाँदी?"

"ज़िल्लेसुभानी।"

"सच बतलाना, कभी सुख पाया है?"

"खुदाबन्देक़रीम ज़िल्लेसुभानी को लाखों बरस बनाये रखे, हम सुख को क्या जानें हुज़ूर?"

"खुशनसीब हो।" कहकर ज़बान रुक गयी मगर मन कहता रहा, 'लेकिन तुम्हारा बादशाह बड़ा दुखी है।...बे-घर...बे-पनाह...बे-आबरू।...'

ग़ाज़ीउद्दीन हैदर इस रात बड़े ही दुखी थे। उनकी पत्नी उनकी शत्रु थी। उनका बेटा उनसे और वे अपने इकलौते बेटे से नाराज़ थे। उनके पोते को लेकर शहर में शर्मनाक चर्चा फैली थी और वे यह तय ही नहीं कर पा रहे थे कि मुन्नाजान को अपना मानें या न मानें। किसके कहे पर विश्वास करें? उनका कोई अपना न था। यों कहने को हज़ार थे पर कोई जाँनिसार न था, कोई ग़मगुसार न था। लाखों जानों का मालिक, करोड़ों का धनी अपने-आपको एकदम अकेला महसूस कर रहा था। वह महसूस कर रहा था कि उसके क़दमों से साँप लिपटे हैं और उसके चारों ओर लपलपाती जीभें निकाले खूँख़्वार भेड़िये खड़े हैं।

आज दोपहर अँगरेज़ रेज़िडेण्ट जॉन मॉन्कटन साहब तशरीफ़ लाये और कह गये कि अपने पोते के सम्बन्ध में ख़ूब सोच-समझकर सही-सही हाल क़लमबन्द कर दीजिए। बादशाह क्या लिखें। मामूली से मामूली आदमी भी अपने घर की बदनामी के डर से जिन बातों की चर्चा ज़बान पर लाना पसन्द नहीं करता, उन बातों को किस तरह ख़ुद क़लमबन्द करें। बादशाह का घर बिगड़ा हुआ है। उनके ख़ानदान में यह पहली घटना हो सो बात भी नहीं, नवाब आसफ़ुद्दौला जिस वज़ीरअली को अपनी ज़बान मुबारिक से एक बार अपना बेटा और वलीअहद कह गये, उसी को खुद अपनी ही ज़बान से ख़ानसामा का बेटा भी बतला गये। वज़ीरअली चार दिन के लिए अवध के तख़्तोताज का मालिक होकर फिर कुत्ते की तरह दुर-दुर मारा हो गया। जिन बादशाहों के सामने प्रजा अदब से अपना सिर भी नहीं उठा सकती उन्हीं के बारे में अपने मन में, अकेलेपन में जाने क्या-क्या कहती सोचती होगी। ये लौंडियाँ, बाँदियाँ जो हरदम हमें खुश रखने में ही अपना भला समझती हैं, जिनकी ज़बान से, सेवाओं से, हर रंग और अदा से यह झलकता है कि वो हम पर जान भी निछावर कर सकती हैं, क्या जाने अपने मन में हमें कोस रही हों। ईश्वर के प्रतिनिधि, मानव-समाज के आदर्श पुरुष, जग के पालनहार बादशाह खुद अपने बाप-दादों की विधवा स्त्रियों और रखैलों की परवरिश भी नहीं कर सकते। आज शाम एक दूसरी शर्मनाक घटना भी हुई थी जिसने बादशाह के घराने की आबरू धो दी। शाही दौलतख़ाना क़दीम के ख़स्तादम मकानों में रहनेवाली नवाब

आसफ़ुद्दौला, नवाब वज़ीरअली, नवाब सआदतअली ख़ाँ की बूढ़ी विधवा बेगमें और रखेलियाँ आज अपनी लौंडियों-बाँदियों का गिरोह लेकर बाज़ार हुसेनाबाद लूटने के लिए वहशियाने जोश के साथ बाहर निकल पड़ी थीं। शाही ख़ज़ाने से हर एक की पेंशन बँधी हुई है, दफ़्तर में हर महीने उनके नाम के आगे अदा की गयी रक़म भी बाकायदा दर्ज़ है, और फिर भी उन्होंने सरेआम यह इल्ज़ाम लगाया है कि ग़ाज़ीउद्दीन हैदर अपने बाप, भाई और चाचा की बेवाओं को भूखे मारता है। उनके तन पर पहनने के लिए साबित कपड़े भी नहीं हैं। इस घटना का हाल सुनकर शाहेअवध को खुद अपने मन में ही ठौर-ठिकाना नहीं मिल रहा था...वे शर्म से गड़े जा रहे थे।

आग़ामीर का कहना था कि यह बादशाहबेग़म की साज़िश थी; ग़ाज़ीउद्दीन को बदनाम करने के लिए उनकी पत्नी ने यह काण्ड करवाया था।

गोमती पार दूर के दीये से टकटकी लगाये बादशाह अपने दर्द की उलझनों में उसी तरह चक्कर काटकर चेतना के उस मध्य बिन्दु पर पहुँचने के लिए संघर्ष कर रहे थे जहाँ बिन्दु–शून्य–अपने-आप में पीड़ा को लय कर एक नयी गति पाता है। गति दोनों ही दिशाओं में होती है, या भँवर से छूटकर दर्द में डूब ही जाता है और या अन्तर की उछाल से चेतना का स्पर्श मिलता है। ग़ाज़ीउद्दीन डूबना नहीं चाहते, वो उस दूर टिमटिमाती लौ को आत्मसात् कर लेना चाहते हैं जिसके सहारे दर्द की अँधेरी भूल-भुलैया में भी उन्हें राह मिलती रहे।–और राह ही नहीं मिल रही है। ग़ाज़ीउद्दीन जानना चाहते हैं कि साज़िश कहाँ-कहाँ है, बादशाहबेग़म ही क्या अकेले उनके ख़िलाफ़ साज़िश में हैं। आग़ामीर नहीं, अँगरेज़ नहीं, उनके दरबार के कुल अमीर-उमरा नहीं, कौन नहीं?–उनके राज्य का कौन-सा ऐसा व्यक्ति है जो उनके ख़िलाफ़ षड्यन्त्र नहीं कर रहा?

बाहर बरामदे में कुत्ते के भौंकने की आवाज़ आयी। कुत्ता लगातार भौंक रहा है। उसका भौंकना उनके सुकून को तोड़ रहा है। इन्हें ऐसा महसूस होता है जैसे ज़ख़्म को कोई बार-बार उँगली से कोंच रहा हो। कुत्ता लगातार भौंक रहा है। परेशानियों में यह एक नयी परेशानी और जुड़ रही है; क्या यह कुत्ता भी जिसे वो इतना प्यार करते हैं, उनके ख़िलाफ़ साज़िश में शरीक़ है? क्या यह भी अवध का तख़्तोताज चाहता है?...या ख़ुदा रहम! या परवरदिगार! अँधेरे की इन चक्करदार गलियों से नजात दे, सीधी राह दिखा–अन्धे की लाठी बन–दुनिया के सबसे ज़्यादा दुखी लाचार इनसान आलमपनाह ग़ाज़ीउद्दीन हैदर को पनाह दे! उसे तेरी रहमत के साये की ज़रूरत है। कुत्ता लगातार भौंक ही रहा है, क्या हो गया है इस कुत्ते को? मेरी मुसीबत के वक़्त क्या यह अदना जानवर भी मेरे सामने शाहज़ोर बनना चाहता है? "सुलखिया, दारोग़ा को बुला।"

थोड़ी देर में दारोग़ा ने आकर ताज़ीम दी।

"अमीरअली, पहाड़ी क्यों भौंक रहा है। और तो कभी इस तरह दिक़ न करता था।"

"यूँ तो पहाड़ी बड़ा समझदार जानवर है हुजूर, मगर इस सड़ी गरमी का असर शायद हो। मैं अभी इसको यहाँ से हटवाये देता हूँ आलमपनाह।"

"नहीं, पहाड़ी मुझे इनसानों से ज़्यादा अज़ीज़ है। इसे यक़ीनन कोई सख़्त तकलीफ़ है जिसे वह इस तरह इज़हार करना चाहता है। उसे क्या तकलीफ़ है अमीरअली? फ़ौरन उसे राहत दो।"

अमीरअली ने फ़ौरन झुककर अर्ज़ किया—"गुलाम पहाड़ी की ख़िदमत में ही इतनी देर से लगा हुआ है ज़िल्लेसुभानी। इसके सिर पर बराबर केवड़ा छिड़का जा रहा है, पंखा भी झला जा रहा है आलमपनाह! पहाड़ी हिमालिया का जानवर है। उसे गरमी बेहद सताती है। अगर एक सेर गुलक़न्द इसे रोज़ दिया जाय तो यक़ीनन पहाड़ी सेहत दस्तयाब कर लेगा आलीजाह।"

"तो फिर यही करो। खुदा के लिए उस बेज़बान को सुकून दो। वह बेज़बान अगर इज़हारे दर्द नहीं कर सकता तो क्या उसकी कोई भी न सुनेगा।"

आलमपनाह ने एक जानवर को कष्ट से उबारा है, उन्होंने एक बेज़बान की तकलीफ़ को पहचाना है। क्या खुदाबन्दे क़रीम उन्हें उसका सिला न देंगे?

आलमपनाह का दुखी मन रसधारा में प्रवाहित करने के लिए बड़े मौक़े से संगीत छेड़ दिया, ग़ज़ल का आशय था—ऐ दुनिया के मालिक! तूने खुले आसमान में खड़े होकर धूप, आँधी और तूफ़ान सहने वाले दरख़्तों को अपनी छाया का सन्तोष दिया है। वह स्वयं तपकर भी अपनी छाया से जग को शीतल करता है और यही उसका सबसे बड़ा सन्तोष है।

संगीत पूरा हुआ, ऐसा लगा जैसे ज़र्रा-ज़र्रा होकर संगीत वातावरण में अपनी गूँज भर गया। सुलखिया की सहज दर्द में डूबी मिठास-भरी सुरीली आवाज़ ग़ाज़ीउद्दीन के प्राणों में सिहरन और गूँज भर गयी। बाज़ के पीछा करने पर असीम आकाश को अपने नन्हे परों से नापते हुए एक छोटा पंछी जब घायल और चूर-चूर होकर हर तरह से लाचार और बेसहारा हो गया और तब मानो अचानक उसे किसी के दामन की छाँव मिल गयी, किसी के दिल की धड़कनों से उसके मुर्दादिल को नयी धड़कनें मिल गयीं। सहारा अजब चीज़ है। गहरे में—पाताल तक गहरे खड्ढे में नुकीली चट्टानों से टकराता हुआ इनसान का मन जब बेपनाह गिरता ही चला जाता है तब कभी-कभी, उसे यह सोचकर भी चैन मिल जाता है कि, "अरे अभी पाताल मुझसे बहुत नीचे है, बहुत दूर है—मीत अभी बहुत-बहुत दूर है...मैं हवा में ठहरा हूँ, सूनेपन ने मुझे थाम लिया है।" बाहरी तौर पर मन का यही सूनापन अपने-आपको भरने के लिए किसी भी बहाने से काम चला लेता है। जब कभी भय में बेहोश मन अनायास ही होश के दौर से गुज़रने लगता है तब उसे कोई भी वस्तु

जीवनदायिनी, स्फूर्तिदायिनी मालूम पड़ने लगती है। संगीत, कविता का भाव, उसकी तात्कालिक प्रतीति, करुण सुरीला कण्ठ, सब मिलकर अथाह समुद्र में डूबते हुए बादशाह ग़ाज़ीउद्दीन हैदर को जहाज़ के सहारे-सा लगा। बादशाह भर-नज़र टकटकी साध कुछ देर सुलखिया को देखते ही रह गये—ठमका क़द, गेहुँआ रंग, बड़ी-बड़ी हिरन के बच्चे-सी भोली दर्द-से भीनी आँखें, उसकी सादगी, बादशाह को अपनी ओर ताकते देखकर नज़र झुकाये हाथ बाँधे तस्वीर-सी खड़ी थी। बादशाह को ताकने देने के लिए बाँदी ने अपने-आपको बुत बना दिया था, कभी पलकों के झरोखे से पुतलियों की बेबसी बाअदब झाँक जाती थी। बस ज़िल्लेसुभानी सुलखिया के बहाने एक सपने में बँध गये थे।

इमामबाँदी ने हुज़ूरेआली के होठों तक जाम बढ़ाया, ग़ाज़ीउद्दीन ने हाथ झटककर खोयी हुई आवाज़ में हुक्म दिया, "तख़्लिया।" वे पलंग से उठे, सुलखिया के पास तक आये, वह तसवीर बनी रही, मानो वह जानती थी कि उसका मालिक इस वक़्त उसे तसवीरनुमा ही देखना चाहता है। ग़ाज़ीउद्दीन उसके नज़दीक आ कन्धे पर हाथ रखकर उसे बहुत आहिस्ता दबाते हुए पल-दो पल एकदम ख़ामोश खड़े रहे। उस वक़्त सुलखिया ने मानो साँसें लेना भी बन्द कर दिया था। ग़ाज़ीउद्दीन उसी तरह ख़ामोश एक डग आगे बढ़े; सुलखिया बेजान तसवीर से जानदार साया बन गयी, अपने आक़ाए-आलम के साथ क़दम साधकर चलने लगी। दोनों गोमती की ओरवाले दरवाज़े के पास आये। रात तारों से सजी हुई थी, नदी की लहरें अकसर टकराकर ख़ामोशी में संगीत पैदा कर रही थीं, तारों की रोशनी में पानी और आसमान एक-से चमक रहे थे। शाहेअवध को अब वो दूर टिमटिमाता हुआ चिराग़, बुरा मालूम हो रहा था—वो लाल-लाल जलता सितारा, वह मनहूस चिराग़ जो इस गहरे सुकून में जलन का एहसास कराता है—बादशाह सलामत का हुक्म चूँकि उसे तुरन्त बुझा नहीं सकता था, लिहाज़ा वे आड़ ले पच्छिम की ओर मुँह करके खड़े हो गये।...तारों-भरी रात, छल-छल करती नदी, कालिख में रँगे उस पार के दरख़्तों के अधगोल घेरे, गुम्बद, मीनारें, पास खड़ी हुई सुलखिया—सब कुछ एक ख़्वाब था। बादशाह ग़ाज़ीउद्दीन हैदर जो दुनिया में किसी से अपना मन नहीं खोल पाता, जिसे दुनिया में किसी से भरोसा नहीं मिलता, अपने-आपसे भरोसा पाने का हठ लिये सपने में उसे पा रहा है। बादशाह का घुटता हुआ मन खुलना चाहता है, उनके मन की बातें अपनी ख़ामोशी को तोड़ने के लिए आवाज़ के पंख पाना चाहती हैं, उनके लिए बेताब हैं—"सुलखिया।"

"आलीजाह।"

"मन, जानती हो, किसे कहते हैं?"

"हमसाये को, जहाँपनाह।"

"लेकिन इस हमसाये को छूना अकसर गुनाह भी होता है। मन की दोस्ती ख़तरनाक़ है।"

"मगर मन से दोस्ती किये बग़ैर किसी का भी गुज़ारा हुआ है, जहाँपनाह?"

"हूँ,..." ग़ाज़ीउद्दीन सोच में पड़े। हुंकारी भरी, फिर डूबी हुई आवाज़ में बोले, "मन को दोस्त बनाना ही पड़ता है। दिल को दिल से ही राहत है वरना इनसान बेसहारा हो जाय।...सुलखिया, तू मेरा मन बन सकेगी?...ख़ामोश मन नहीं चाहता, बोलता मन चाहता हूँ। मैं बादशाह का मन नहीं चाहता, इनसान का मन चाहता हूँ। मैं दल-दल से उबरकर सधी ज़मीन पर पाँव रखना चाहता हूँ। क्या तू यह भूल सकेगी कि तू मेरी बाँदी नहीं, मेरा मन है?"

पहली बार अपनी बड़ी-बड़ी आँखों से टकटकी बाँधकर अपने बादशाह को देखते हुए बाँदी ने कहा, "मन का गुलाम होना ही अच्छा है जहाँपनाह।"

"मगर मालिक को खुश रखने के लिए नौकर झूठ बोलता है। और मैं झूठ से घबरा गया हूँ—उससे पनाह चाहता हूँ।" ग़ाज़ीउद्दीन दीवाने की तरह बोल रहे थे, जब वो ख़ामोश हुए, एक घुटन के मोड़ पर रुके तो सुलखिया शान्त स्वर में बोली, "मालिक को खुश रखना बाँदी का फ़र्ज़ है, मगर खुशी सिर्फ़ ऊपरी सतह पर ही नहीं होती जहाँपनाह।"

बादशाह को इस जवाब से बड़ी राहत मिली। उन्होंने उसे सीने से लगा लिया, बड़बड़ाने लगे, "या खुदा एक को मेरा बना! एक को मेरा बना। या खुदा छाँव दो। परवरदिगार, मेरे गुनाहों पर रहम!"

सुलखिया ने फ़ौरन सिर उठाया। बोली, "गुलामों में सिर्फ़ मन को ही यह हक़ हासिल है कि वह अपने साहब से हर तरह से बात कर ले।"

"बोलो, क्या कहना चाहती हो?"

"हुज़ूर किस बात से डरते हैं?"

"डर अपनी इन्तहा पर पहुँच चुका है, सुलखिया। शरीफ़ इनसान दुनिया में सबसे ज्यादा अपनी बेआबरूई से डरता है, ग़ाज़ीउद्दीन हैदर उस डर को भी पार कर गया है। क्या तुम यह कह सकती हो सुलखिया कि इन दिनों की वारदात से लोग मेरे बारे में भला-बुरा न कहते हों।"

"कहते हैं जहाँपनाह।"

"दुनिया में शरीफ़ आदमी जिन बातों से डरता है, क्या मैं उनके लिए बदनाम नहीं हो चुका?"

"ज़रूर हुए।"

"और क्या यह बादशाहत झूठी नहीं?"

"झूठी है बन्दानवाज़! आप अँगरेज़ों के, आग़ामीर के, अपने हर अमले आमिल के खिलौने हैं, आप खुद अपने भी खिलौने हैं, जहाँपनाह।"

"सच कहती हो। मैं वाक़ई इनसान की शक्ल में आज पहली बार अपने मन की बातें सुन रहा हूँ। ख़ामोशी में कही जाने की वजह से जिन बातों को मैं अपने-आपमें साफ़-साफ़ नहीं सुन पाता था, जो सवालात बवण्डर की तरह मेरे मन में उठा करते थे, उनके जवाब पहली बार सुन रहा हूँ।"

सुलखिया भी उद्दाम भावावेश में बह गयी, लेकिन अन्तर्धारा की तरह—ऊपरी सतह पर उसकी वाणी में उसकी तीव्रता की अनुभूति तो होती थी, मगर बड़े संयम-सन्तुलन के साथ उसने कहा, "आपने इस नाचीज़ को अपना मन कहकर जो रुतबा दिया है उससे बढ़कर मैं और कुछ पाने की सोच भी नहीं सकती। आप बादशाह न होकर फ़क़ीर होते तब भी इससे बढ़कर मैं और कुछ न पाती। भरोसा रखिए, पल-पल पर अपने मन को कसौटियों पर चढ़ा लीजिएगा हुज़ूरे आलम—मैं आख़िरी साँस तक आपके पाँवों तले की हरी-भरी धरती बनी रहूँगी।"

"अच्छा सुलखिया, क्या ये सच हो सकता है कि जन्नतमकानी बुज़ुर्गों की बेगमात को पेंशन की रक़म नहीं मिलती थी?"

"शाहेअवध की सरकार में कौन-सी बेईमानी नहीं होती?"

"तुम हमें फिर कुएँ में ढकेल रही हो सुलखिया, हम यह नहीं सुनना चाहते।"

"मन की बात है हुज़ूर, किसी पराये की नहीं जो बुरी नीयत से कही गयी हो।"

"क्या तुम इस बात को ज़ोर देकर कहती हो?"

"क्या हुज़ूर को ख़ुद नहीं मालूम?"

"ठीक-ठीक मालूम नहीं, पर महसूस ज़रूर करता हूँ। शाही निज़ाम में ख़राबी न होती तो अँगरेज़ हमारे ही घर में आकर हमारे मालिक क्यों हो जाते।"

"लेकिन जहाँपनाह यह भी तो सोचिए कि शहर में बदनामी किसकी होगी? जो सुनेगा क्या कहेगा?"

लम्बी आह भरकर बादशाह सलामत बोले, "सब जानता हूँ। क्या करूँ बड़ा बेबस हूँ मैं अपनी ही सल्तनत में ख़ुद कुछ नहीं कर सकता।"

"यह आलीजाह का एक ख़याल है।"

ग़ाज़ीउद्दीन ने हँसकर कहा, "सुलखिया, तुम यह नहीं समझ सकतीं। जन्नतमकानी अब्बा हुज़ूर कहते थे कि अँगरेज़ों का जाल मिस्ले घास की जड़ है, जितनी ही काटो उतनी ही बढ़ती है। कल अगर मैं सल्तनत का इन्तज़ाम ख़ुद देखने लगूँ तो जानती हो क्या होगा? दस बदइन्तज़ामियों के लिए गवर्नर जनरल के ख़त पर ख़त आने लगेंगे। एक अच्छाई करने जाऊँगा, आग़ामीर उसकी राह में हज़ार रुकावटें डालेगा। जानती हो सुलखिया, आग़ामीर की कोठी का मुक़ाबला शहर-भर में किसी भी रईस की कोठी से नहीं किया जा सकता। एक बार मेरे जासूस ने ख़बर दी थी कि आग़ामीर की सवारी शान-शौकत में शाही सवारी से टक्कर लेती है।

जी में आया कि आग़ामीर को आगाह कर दूँ। फिर सोचा अँगरेज़ जिसे शह दे रहे हैं वह मेरी हुक्मउदूली भी कर सकता है। अपनी इज़्ज़त को डरता हूँ सुलखिया।"

"काश कि डरते होते आलमपनाह! मैं यह नहीं जानती कि अँगरेज़ या वज़ीरेआज़म क्या करेंगे, मगर यह ज़रूर जानती हूँ कि रिआया अपने बादशाह को पहचान जाएगी। रिआया का साथ ही बादशाह को बादशाह बना सकता है।"

ग़ाज़ीउद्दीन कुछ देर तक बात पर ग़ौर करते रहे। फिर बोले, "हमने तेरी सलाह पसन्द की सुलखिया, हम उसूल की परवाह करेंगे, किसी शख़्स की नहीं।" शाहेअवध के कुम्हलाये चेहरे पर उनके मन का तेज उभर आया।

आठ

बादशाहबेग़म बड़ी धार्मिक थीं। वे कट्टर शिया थीं, हज़रतअली और बेगम फ़ातिमा में उनके प्राण बसते थे; मगर उनका प्रेम वैसा लौकिक और पारलौकिक चमत्कार नहीं प्रकट कर पाता जैसे कि हिन्दू अपने कन्हैया जी के प्रति प्रकट करते हैं। उन्होंने भी श्रीकृष्ण को छठी के समान इमाम मेहदी की छठी मनाना आरम्भ किया। शाही ख़ानदान की तमाम औरतें आतीं, झाँकी सजती, नाच-गाना होता, खैरात बँटती, बड़ा जश्न होता।

बहुत-से उलेमाओं को यह हिन्दुस्तानी सुधार पसन्द नहीं आता था। अलावा इसके मज़हब के मुआमले में किसी की, ख़ास तौर पर शाही घराने के किसी शख़्स की दख़लन्दाज़ी के पसन्द नहीं कर सकते थे मगर बादशाहबेग़म कब किसी की परवाह करती थीं। उन्होंने अपने महल में इस्लाम संगठन के बारहों इमामों के रौज़े बनवाये जो रौज़ा-ए-दोवज़्दा इमाम कहलाते थे। हर रौजे में ज़री रखी गयी थी और हिन्दू-मन्दिरों में देवता को अर्पित देवदासियों की भाँति हर इमाम को एक-एक पत्नी भी अर्पित की गयी थी। ये इमाम-पत्नियाँ अछूती कहलाती थीं। उत्तम सैयद कुलों की सुन्दरी कुँआरी कन्याएँ इसके लिए चुनी गयीं। जिन लड़कियों के माता-पिताओं ने देवकार्य के लिए अपनी कन्याओं को बादशाहबेग़म की बात मानकर अर्पित कर दिया उन्हें तो यथेष्ट धन मिल गया परन्तु जो राज़ी न हुए उनकी लड़कियाँ तरक़ीब से उड़ा ली गयीं।

बादशाहबेग़म के महल में इन अछूतियों का बड़ा मान था। खुद बादशाहबेग़म सुबह उठते ही किसी अछूती का मुख देखकर अपना दिन शुभ करती थीं। उन्हें झुककर सलाम करती थीं। हर अछूती की सेवा में तीन-तीन बाँदियाँ रहती थीं। अच्छे से अच्छे कपड़े, गहने, खाने-पीने की चीज़ें इन अछूतियों को इफ़रात से मिलती रहती थीं।

सातों सुख होते हुए भी भरी जवानी में अपने मन को मारना बहुत-सी अछूतियों के लिए कष्टप्रद हो जाता था। बादशाहबेग़म का कड़ा नियन्त्रण रहने पर भी शाही महलों से विलास-व्यभिचार का वातावरण बदल नहीं सकता था। नसीरुद्दीन को अपने वश में रखने के लिए स्वयं उन्होंने ही उसके महलों में रंग-रेलियों को बढ़ावा दिया था। महलों की बाँदियों और महलों के प्रबन्ध से सम्बन्धित पुरुषों के रिश्ते-नाते आये दिन चोरी-छिपे बँधा-टूटा ही करते थे, चुपचाप शराब का प्रयोग भी होता ही था। ऐसे वातावरण में अछूतियों का मन वश में रह नहीं पाता था।

कल एक अछूती ने बड़ा नाटक किया। आधी रात में अचानक सिर के बाल खोल, कपड़े नोच, छाती पर दुहत्थड़ मार-मारकर रोना और चीखना शुरू किया, "हाय मैं लुट गयी। या अल्लाह, मैं कहीं की न रही। ऐ मेरे मालिक, मैंने तुम्हारा क्या बिगाड़ा था जो मेरी ज़िन्दगी बिगाड़े जाते हो?"

बाँदियों के समझाये न समझी, फ़ैज़न बीबी के चुपाये, न चुपी। रोती बेहोश होती, दीवानापन करती ही रही। आख़िरकार हुज़ूर बेगमसाहिबा ख़ुद तशरीफ़ लायीं। बहुत समझाया, ढाढ़स दिया, कलेजे से लगाकर पूछा तब अछूती ने रो-रोकर बतलाया कि उसके इमाम पति ने अभी-अभी उसे सपने में तलाक़ दे दिया है।

अछूती बिलख-बिलखकर रो रही थी। बादशाहबेग़म भी बेचारी बड़ी बेबस थीं। यों वह किसी अछूती के अपने इमाम पति को छोड़कर बाहर शादी करने की बात का बहुत बुरा मानती हैं, मगर इसका क्या करें जिसके इमाम पति ने ही तलाक़ दे दिया है।

आज सुबह ही वह अछूती बड़े क़ीमती गहनों और वैभव के साथ अपने पिता के घर भेज दी गयी। दूसरी अछूतियों को उसके भाग्य पर ईर्ष्या हुई।

बेगमसाहिबा बड़ी उदास थीं। एक रौज़ा अछूती बिना सूना था—पिंजरे की मैना उड़ गयी थी। रौज़ों के सामने दालान में फ़र्श पर एक क़ालीन पर बैठी हुई क़ुरआनशरीफ़ पढ़ रही थीं। फ़ैज़न बीबी ने आकर रुस्तमनगर से बीबी मुलाटी के आने का समाचार दिया। बादशाहबेग़म ने उत्साहपूर्वक उन्हें फ़ौरन लाने की आज्ञा दी।

बादशाहबेग़म ने उठकर बड़े आदर भाव से बीबी मुलाटी का स्वागत किया। बादशाहबेग़म किसी को इतना आदर प्रायः कम ही दे पाती हैं। अहंकार उनका सहज स्वभाव है इसलिए किसी को अपनी बराबरी का भी नहीं समझतीं, अपने-से बड़ा मानना तो बड़ा कठिन है। बीबी मुलाटी ने उनकी ज्योतिष गणना की एक बहुत बड़ी भूल को सुधारा था। उनकी भूल के कारण ही मुन्नाजान के जन्म की घटना इतना विवादग्रस्त विषय बन गयी। इन्हीं कारणों से बीबी मुलाटी के प्रति उनका आदर भाव था। मोटे कपड़े का चूड़ीदार पायजामा, कुरता पहने और सफ़ेद मोटी ओढ़नी ओढ़े, सन-से सफ़ेद बालोंवाली सात्त्विक तेज से दीप्त वयोवृद्ध ज्ञानवृद्ध देवी

सहज भाव से बादशाहबेग़म के पास बैठ गयीं। उनके साथ ही सादे लिबास में दुलारी भी आयी थी। नईम के विरह से दग्ध, अपने अपराध के लिए दण्डित किये जाने का पश्चात्ताप और भय, महल में नौकरी पाने की महत्त्वाकांक्षा को सिद्ध करने के लिए जगाया गया संयम—सब मिलकर दुलारी को एक आभा प्रदान कर रहे थे, उसकी तड़पती हुई सलोनी जवानी भय और संयम की भस्म लपेटे हुए संन्यासिनी-जैसी लगती थी।

बीबी मुलाटी की आवभगत करते हुए बीच-बीच में तीन-चार बार बादशाहबेग़म की नज़रें दुलारी के चेहरे से अटकीं। बादशाहबेग़म को मुजरा कर दुलारी सच्चरित्रता की पुतली बनी हुई बड़े सलीक़े से सिर झुकाये खड़ी थी। बादशाहबेग़म जान गयीं कि उनकी फ़रमाइश पर बीबी मुलाटी इसे धाय की उम्मीदवारी के लिए लायी हैं। बेगमसाहिबा की नज़रों में दुलारी जँच गयी। मगर उन्होंने उसके बारे में कुछ न पूछा; बीबी मुलाटी से ज्योतिष-चर्चा ही करती रहीं। जौज़ा में ज़ोहरा हैं, सरतान में मुश्तरी है, सुम्बुला में क्या है और मीज़ान में कौन-सा ग्रह है—यही चर्चा चलती रही। हिन्दुओं के गोचर सिद्धान्त से इस समय बादशाहबेग़म के ग्रह कैसे हैं, किस ग्रह के कहाँ रहने से बादशाहबेग़म का इस समय क्या भला-बुरा होगा—इसका सूक्ष्म विवेचन होने लगा। बीच में एक बार दुलारी को औचक में देखा। दुलारी आश्रय पाने की कामना से श्रद्धामयी हो बड़ी करुण दृष्टि से ट्कटकी लगाये बादशाहबेग़म को देख रही थी। दोनों की नज़रें मिलते ही दुलारी के मन-प्राण में कम्प हो गया; दीनता पर आतंक की यह छाया बादशाहबेग़म को भा गयी—"बैठ जाओ!"

बेगमसाहिबा की रोबीली आवाज़ से परिचालित होकर दुलारी ऐसे बैठ गयी जैसे हवा के झोंके से डाली का फूल टूटकर धरती पर गिरा हो—फूल का गिरना गिरना-सा नहीं मालूम होता, भला लगता है। दुलारी दोज़ानू होकर बैठ गयी। सामने इमामों की अछूतियाँ—आठ-दस, बारह-तेरह बरस की उम्र वाली ये ख़ूबसूरत लड़कियाँ बादशाहबेग़म के सामने होने पर अपने-अपने इमामों की ज़री के पास क़रीने से बैठी हुई लिख-पढ़ या तस्बीह फेर रही थीं। बादशाहबेग़म के चारों ओर का वातावरण बड़ा सात्त्विक लगता था। उनका सुन्दर अतिगौर मुखमण्डल राजसी दर्प और तप-तेज में जैसा दीप्त दिखाई देता था वैसा ही उनके चारों ओर का वातावरण भी था। नियम-संयम से साधी गयी हर सुन्दरी अछूती के मुख पर सात्त्विकता की छाप थी। किसी ओर भी चंचलता नहीं थी। वातावरण सात्त्विक, गम्भीर, आतंक-भरा, शान्त था। बाँदियाँ भी आमने-सामने नहीं बल्कि इधर-उधर दूर-दूर दरवाज़ों की आड़ में बैठी बेग़मसाहिबा के किसी भी हुक्म के लिए हरदम चुस्त और तैयार थीं। दुलारी बीच-बीच में दबी कनखी उठाकर इधर-उधर देख-जाँच लेती थी। बादशाहबेग़म और बीबी मुलाटी तख़्ती पर लग्नकुण्डली बनाये बैठी उस

पर विचार कर रही थीं। उनकी बातें बहुत धीरे-धीरे हो रही थीं। कहीं किसी क़िस्म का शोर न था। सहसा सामने के दर में सोने के पिंजरे में मैना बोल उठी—"अम्मी हुज़ूर, साहबेआलम तशरीफ़ लाते हैं। साहबेआलम तस्लीमात!"

बादशाहबेग़म की कठोर पुतलियों में स्नेह की स्निग्धता आयी, बीबी मुलाटी अदब से उठ खड़ी हुई, बाँदियाँ चारों ओर के दरवाज़ों से निकलकर अदब से सुलेमानजाह को कोर्निश करने लगीं। सल्में सितारे जड़ी, चाँदी के ज़ेवरों, रंग-बिरंगे कपड़ों से सजी बाँदियों का इधर-उधर से निकलकर आना, आदाब पेश करना और बाअदब पीछे हट जाना ठीक उसी तरह से लगा, जैसे तालाब के शान्त पानी में एक ढेला गिरा हो—लहरें उठीं, सारे तालाब में तरंगें छा गयीं और फिर सब शान्त हो गया। साहबेआलम के तशरीफ़ लाने पर बादशाहबेग़म न उठीं, रौज़ा-ए-दोवज़्दा इमाम में बैठी हुई अछूतियाँ न उठीं। सुलेमानजाह ने अपनी माता को सलाम किया, रौज़ों की तरफ़ देख, झुककर तीन बार सलाम किया, बादशाहबेग़म के बिलकुल पास बैठने का परम आदर पाने वाले तपःपूत बुढ़ापे को सलाम किया और माँ के पास किसी हद तक बेतकल्लुफ़ी से, बच्चों की तरह बैठ गया।

नसीरुद्दीन हैदर गोरा, छरहरे बदन का, लम्बी नाक और बड़ी-बड़ी आँखों वाला आकर्षक युवक था, उसकी चाल-ढाल बात-चीत हर अन्दाज़ में लापरवाही, शान और तेज़ी थी। नसीरुद्दीन की बड़ी-बड़ी भूखी आँखें हर तरफ़ कुछ पाने की चाह में अपने अन्दर की भरपूर ताक़त लगाकर टूटती थीं, शाहज़ादे की आँखों की पुतलियाँ अपने सवालिया निशान से सबको बाँध लेती थीं। आम तौर पर बड़ी चंचलता से वह इधर-उधर देखता था। उसकी नज़र दुलारी पर भी अटकी। दुलारी युवराज के पधारने के बाद अपने आदाब पेश करने के लिए जो उठी थी, सो खड़ी ही रही। अम्मी हुज़ूर के सामने चंचल हठी नसीरुद्दीन हैदर बहुत संयम में सध जाता था। तपस्विनी धर्मपारायणा माता के प्रति, रसूलेपाक, हज़रतअली, हज़रत फ़ातिमा और सब इमामों के प्रति, उनके इन रौज़ों, इन अछूतियों, अपनी माता के सुधारवादी नयी धार्मिक परम्पराओं के प्रति उसे अपार श्रद्धा थी। वह माता के पवित्र स्थान में, इस देव-स्थान में सदा अपने उच्चैःश्रवा मन पर लगाम साधे आता था।

अम्मी हुज़ूर के पास आकर उनके पास दोज़ानू हो बैठकर कभी क़ालीन का रेशा नोचकर उछालना, कभी तश्तरी में रखी हुई मिट्टी की बनी हरी-गुलाबी खुशबूदार बत्तियों को छूना, कभी इधर मुड़कर देखना, कभी उधर नज़र फेंकना—संयम में बहुत बँधकर भी सुलेमानजाह का अल्हड़पन मचलता ही रहा। दुलारी पर एक बार नज़र गिरी—संयम को खरोंच लगी। मगर बात के ज़ोर में वह खरोंच मालूम न पड़ी। नसीरुद्दीन अपनी माँ से एक धार्मिक प्रस्ताव लेकर परामर्श करने आये थे कि जिस तरह इमाम पत्नियों के लिए अछूती बालाएँ रखी गयी हैं, उसी तरह इमामों के प्रतीक रूप में अछूते बालक भी रखे जायँ। माता को यह प्रस्ताव

पसन्द आया, उन्होंने बीबी मुलाटी से अपने बेटे की धार्मिकता के बखान में भाव-भरा एक वाक्य कहा और फिर साहबेआलम से फ़रमाया कि अमीरुज्जिन्नात शाह सुलेमान से पूछकर जवाब दूँगी।

अछूतों का प्रस्ताव रखते हुए सुलेमानजाह की नज़र औचक दुलारी के चेहरे पर गिरी और इस बार अछूती न रह सकी। जितनी देर बादशाहबेग़म बातें करती रहीं उतनी देर में बादशाहज़ादे की नज़र कई बार बिजली-सी चमककर दुलारी पर गयी। दुलारी की दबाये न दबनेवाली हविस-भरी जवानी कठोर संयम में कसी हुई अपने दोहरे उलझाव में नसीरुद्दीन को अटकाने में सफल हुई।

"अम्मी हुज़ूर, ये नयी अछूती आयी हैं?" साहबेआलम ने पूछा।

दुलारी अपने अन्तर की सारी पवित्रता उँड़ेलने में और लय हो गयी।

बीबी मुलाटी ने परीक्षा की तीखी दृष्टि से रुस्तमअली की दुलहन को देखा।

बादशाहबेग़म ने बेटे की बात पर दुलारी को फिर देखा—सुलेमानजाह का कहना ठीक है। लड़की नेकदिल और पाकीज़ा लगती है। बच्चे को ऐसी ही औरत का दूध मिलना चाहिए—शाहज़ादे के प्रश्न पर दुलारी के सम्बन्ध में सारी बातों का निर्णय बादशाहबेग़म के मन में क्षण में जम गया। ज़ाहिरा तौर पर बेटे के भोलेपन पर मुसकराकर बोलीं, "तुम्हारे बेटे की दाई होने के लिए उम्मीदवार है।"

नसीरुद्दीन ने फिर और कुछ न पूछा। बाँदी ने जड़ाऊ गिलौरीदान हुज़ूर बेगमसाहिबा के सामने पेश किया। अम्मी हुज़ूर ने साहबज़ादे को अपने हाथों बीड़ा दिया, साहबेआलम ने झुककर आदाब अर्ज़ किया। रौज़ों को सलाम किया और जाते-जाते दुलारी पर एक बार नज़र डाली, मैना से दो बोल बोले-बुलवाये; फिर तशरीफ़ ले गये।

सुलेमानजाह ने शाही हकीमों को यह कहकर सचेत कर दिया कि रुस्तमनगर की बुढ़िया आलिमा के साथ आयी हुई लड़की का दूध मुन्नाजान के लिए निहायत सेहतमन्द है। उधर दुलारी बादशाहबेग़म के मन चढ़ चुकी थी।

उस समय दुलारी के ग्रह उच्च के थे। सामने खड़ी एक अछूती की बाँदी को बुलाकर बादशाहबेग़म ने उसे दुलारी को उस वक़्त तक अपने पास रखने का हुक्म दिया जब तक कि शाही हकीम दूध की जाँच कर उसकी क़िस्मत का फ़ैसला नहीं कर देते। बीबी मुलाटी के लिए उन्होंने ख़ास अपने कमरे के नज़दीक ही ठहरने का इन्तज़ाम करवाया। बीबी मुलाटी के ग्रह भी इस समय बहुत अच्छे थे।

और स्वयं मरियमुल अस्मत बिल्किस-उस-सितवत महलख़ास हुज़ूर बादशाहबेग़म के ग्रह नक्षत्र?—बीबी मुलाटी उनका ही विचार कर रही थीं।

उन दिनों अवध के वज़ीर मुतमातुद्दौला आग़ामीर और बादशाहबेग़म में एक-दूसरे को तबाह कर देने के लिए बड़ी लाग डाट चल रही थी। बादशाहबेग़म

मुन्नाजान को राजकुलोचित सम्मान और अवध के सिंहासन पर उसका अधिकार प्रतिष्ठित कराने के लिए दृढ़प्रतिज्ञ थीं।

नौ

बादशाहबेग़म की आज्ञा से दुलारी ज़हूरन नाम की एक बाँदी के साथ टिकी। दुलारी और ज़हूरन में ख़ूब पटी। मुन्नाजान की धाय नियुक्त हो जाने के बाद भी उसने ज़हूरन के साथ रहना न छोड़ा। उसके पास वाली कोठरी में ही उसने अपने रहने के लिए स्थान भी प्राप्त कर लिया। मुन्नाजान का लालन-पालन भी उसने बड़े मनोयोग से करना आरम्भ किया। पाँचों वक़्त नमाज़ पढ़ती। बच्चा जब सो जाता तो उसके सिरहाने बैठकर क़ुरआनशरीफ़ पढ़ा करती, कहती कि इससे बच्चे की मानसिक प्रवृत्तियाँ धार्मिक होंगी। बादशाहबेग़म मुन्नाजान को हरदम अपनी आँखों के सामने ही रखती थीं। उसे अपनी माँ के पास भी बहुत कम जाने देती थीं। दुलारी के रहन-सहन, बातचीत, बच्चे के लालन-पालन के कार्य से वे बहुत सन्तुष्ट थीं। दुलारी उन्हें दूसरी बाँदियों से अलग मालूम पड़ती थी। उसकी धार्मिकता से वे प्रसन्न थीं। दुलारी बड़ी-बूढ़ियों की तरह बरताव करती, जब कभी उसको मनबहलाव का अवकाश प्राप्त होता, वह ज़हूरन की मालकिन अछूती इमाम पत्नी के पास ही जाकर बैठती थी। दुलारी बड़ी ही सादगी से रहती, हाथों में चाँदी की चूड़ियों के अलावा वह और कोई आभूषण नहीं पहनती थी। सफ़ेद कपड़े पहनना ही उसने अपना नियम बना रखा था। शाहीमहल में उसने अपना परिचय दो बच्चों वाली विधवा कहकर ही दिया था; उसके बच्चे अपनी दादी के पास रहते हैं, यह भी सबको मालूम था। अपने छोटे से छोटे व्यवहार से दुलारी अपनी शुचिता और धार्मिकता को प्रकट करती थी। वह हर तरह से बादशाहबेग़म और उनकी अन्यतम विश्वासपात्री वयोवृद्धा फ़ैज़न बीबी को सन्तुष्ट और प्रभावित करना चाहती थी।

दो महीनों के अन्दर ही दुलारी ने अपना सिक्का जमा लिया। इन दो महीनों में दुलारी की सास और करीमनबीबी ने दुलारी से मिलने के कई प्रयत्न किये, लखनऊ आकर एक रिश्तेदार के यहाँ पन्द्रहियों पड़ी रहीं, बारहा मिलने की कोशिश की, पैग़ाम भिजवाये, पर दुलारी ने मिलने से इनकार कर दिया। इन दो महीनों में साहबेआलम नसीरुद्दीन हैदर ने अपने बच्चे की धाय से बहुत मिलना चाहा पर दुलारी ने अकेले में मिलने से सदा इनकार किया। ज़हूरन ने रातों उसे अपने पास सुलाकर, हर तरह की छेड़-छाड़ कर, समझाकर साहबेआलम की ओर से बहुत कुछ कहा पर दुलारी टस से मस न हुई।

जब ज़हूरन कहती कि शाहज़ादे ने तुम्हारे लिए दो रोज़ से खाना छोड़ दिया

है तो ख़ुद भी फ़ाके करने लगती; जब प्रेम-भरी बातें सुनाती तब दुलारी टप-टप आँसू बहाने लगती, सर्द आहें भरती। शुरू में महीने-डेढ़ महीने तक तो दुलारी ने ज़हूरन की बातों का अपने मुँह से कोई उत्तर ही न दिया, केवल हाव-भाव से ही ज़हूरन के मन में पहेलियाँ उठाती रही।

यों दुलारी ने पूरे महल में जो रसबतियाव किसी से न किया, वह ज़हूरन से करती थी। ज़हूरन नयी उम्र की लड़की थी; चौदह पूरे कर पन्द्रहवें वर्ष में पैर रखा था और हाल ही में ड्योढ़ी के एक सिपाही से उसका मन मिल गया था। दुलारी उसके मिलन की आकांक्षा को जगाती, उसकी विरह-वेदना को अपनी बातों की नक़्क़ाशी से भरती। ज़हूरन जिन दिनों जिस रस में रहती दुलारी उसको वैसा ही रंग देती। इसलिए ज़हूरन को दुलारी बहुत प्यारी थी, इसलिए और भी उसे अचम्भा होता कि दुलारी साहबेआलम का प्रस्ताव मान क्यों नहीं लेती।

एक रात ज़हूरन ने बड़ी-बड़ी कसमें दिलायीं, बड़ा इसरार करके पूछा कि आख़िर वह अपने इतने बड़े प्रेमी का प्रस्ताव मान क्यों नहीं लेती। दुलारी एकाएक जवाब न दे पायी।

जिस दिन यह जाना कि साहबेआलम उस पर मरते हैं उस दिन वह मन-ही-मन खुशी में फूल गयी थी; उसका यौवन-मद उसके दिल की धड़कनों में चढ़-चढ़ धाया था। परन्तु दुलारी बादशाहबेग़म से डरती थी। वह जानती थी कि बादशाहबेग़म के नाराज़ होने से उसका सारा जीवन चौपट हो जाएगा, महलों से निकाली जाकर दुलारी कहीं की न रहेगी। बेगमसाहिबा को खुश करने के लिए ही तो उसने इतने नियम-संयम का धर्माचरण साधा था। वह किसी भी कीमत पर फ़िलहाल बादशाहबेग़म का मन अपनी ओर से ख़राब करना नहीं चाहती थी।

और अवध के होनेवाले बादशाह को भी वह क्योंकर अप्रसन्न करे? दीन-दुनिया के बादशाह के चित्त चढ़ जाय, भला इससे अधिक और क्या चाहिए। जवानी से खेलने की उमंग रखनेवाली कामोन्मादिनी युवती को नसीरुद्दीन सुहाता भी था। नसीरुद्दीन सुन्दर युवक था। उसकी प्रेम-रासलीला के बड़े-बड़े किस्से महल में दबी ज़बान प्रचलित थे। ऐसे रसिया से दुलारी भेंट करना ही चाहती थी मगर बेगमसाहिबा के भय से वह अपने मनोभाव को बराबर दबाती आयी थी। परन्तु दोनों ओर की कशमकश के साथ दुलारी यह न सोच पाती थी कि वह शाहज़ादे के पैग़ाम का क्या जवाब दे, इनकार करना बुरा है लेकिन इक़रार किया नहीं जा सकता। इसलिए वह ख़ामोश रहकर आँसुओं, आहों और फ़ाकों से इजहार-मोहब्बत कर शाहज़ादे को अपनी ओर बाँधती जाती थी और अपना काम भी साधती जाती थी।

आज जब ज़हूरन ने बहुत जोर देकर पूछा तो दुलारी को लगा कि कोई-न-कोई जवाब देना ही चाहिए। चार-छह रोज पहले उसने एक रोज़ फ़ैज़न बीबी और बादशाहबेग़म में होनेवाली बातचीत के दौर में बादशाहबेग़म को एक बात कहते सुना

था। फ़ैज़न बीबी ने कहा था कि, "बादशाह आपसे बहुत नाराज़ है। कुछ भी हो आख़िर आपके शौहर हैं। आपको उन्हें जाकर मनाना चाहिए।" इस पर बादशाहबेग़म ने तमककर जवाब दिया था, "मेरे शौहर तो अमीरुज्जिन्नात हैं। बहुत बचपन में ही मेरी उनकी प्रीत लड़ गयी थी।" इसके बाद बेगमसाहिबा ने नज़ीर देते हुए अकबर बादशाह के ज़माने की एक तवारीखी बात सुनायी। मेवाड़ की हिन्दू महारानी मीराबाई का बचपन में ही कन्हैया जी से इश्क़ हो गया था; उन्होंने भी कन्हैया जी को छोड़ कभी अपने शौहर को शौहर नहीं माना।

दुलारी ने उस बात को इस वक़्त अपने रंग में ढाला। एक सर्द आह छोड़कर अपनी सहेली को तड़पते आलिंगन में कस, बन्द आँखों से नीर ढलकाते हुए, दो पल भरे गले से ख़ामोश रह काँपते स्वर में कहा, "क्या कहूँ! कुछ कहते नहीं बनता। मेरे बचपन का ख़्वाब हक़ीक़त बनकर आया है, और मैं बड़ी लाचार हूँ।"

और उसके बाद कुछ देर रो-धोकर फिर उसने अपने बचपन की अजीब-ग़रीब कहानी सुनायी कि, "ख़ैराबाद में वह एक बड़े नवाब ख़ानदान में पैदा हुई, बड़े नाज़ों पली; और फिर एक दिन जब कि वह सात बरस की थी सितारों की गर्दिश ने उसका सब सुख-चैन लूट लिया—मेरे वालिद ने एक नयी शादी की। उस औरत ने घर में आकर ऐसी कलह बाँधी कि साल-भर में मुझको और मेरी माँ को घर से निकलवाकर ही छोड़ा। मेरे वालिद ने दस रुपया महीना गुज़ारे के लिए देना क़बूल किया, मगर मेरी माँ ने लेने से इनकार कर दिया। हम बड़ी मुसीबतों के दिन झेल रहे थे। कभी फ़ाकों की नौबत भी आ जाती थी। ऐसे बुरे वक़्त में एक शाहसाहब हमारे दरवाज़े पर तशरीफ़ लाये और पीने को पानी माँगा। मैंने उन्हें पानी पिलाया। मुझे देखकर वह बोले कि बेटी, तू क्यों फ़िक्र करती है, तेरा चाहनेवाला तो बादशाहों का बादशाह होगा। इस पर मेरी वालिदा ने कहा कि मुझ नसीबोंजली की बेटी भला शाहीमहलों में क्योंकर पहुँच सकती है? शाहसाहब ने इस पर तमककर फ़रमाया कि फ़कीर की बात को झूठ समझती है? यह देख, मैं इसके आशिक़ की तसवीर भी दिखाये देता हूँ। इसके बाद शाहसाहब ने मेरी ओढ़नी का दामन फैला कुछ पढ़कर उस पर फूँक मारी और ज़हूरन, कसम हज़रत अब्बास की, सच कहती हूँ, साहबेआलम की तसवीर मेरे दामन पर नक़्श हो गयी। बस उसी दिन से वह तसवीर मेरे दिल पर भी नक़्श हो गयी। मैंने हमेशा उनको ही अपना माना। तब से दूसरे की होने के वास्ते मैं ज़रूर मज़बूर हुई मगर मन से सदा उन्हीं की रही। मैं तुझसे सच कहती हूँ ज़हूरन कि मैं दिल से दुआ माँगती थी कि मेरा शौहर मर जाय और मैं बेवा होकर अलम् सुकून में अपने आक़ायेआलम प्यारे सुलेमानजाह के ख़याल में हरदम डूबी रहूँ। मेरी दुआएँ क़बूल हुईं। मेरे शौहर लड़ाई में मारे गये और नसीब ने मुझे अपने प्यारे की औलाद की दूधपिलाई माँ बनाकर भेज दिया। मैं अपनी रूह के मालिक के इतने

नज़दीक हूँ मगर फिर भी मिल नहीं सकती। इतने दिनों तन-मन के मालिक से मन में ही मिली हूँ। अब सामना कैसे करूँ, वो मेरे वैसे ही मालिक हैं जैसे कि मेवाड़ की रानी के कन्हैया जी थे, हजूर बादशाहबेग़म साहिबा के अमीरुज्जिन्नात हैं। उनसे कह दो ज़हूरन, दुलारी उनकी अछूती है, वे उसे अछूती ही बनी रहने दें।"

वह साहबेआलम से ज़हूरन के मार्फ़त पायी हुई सौग़ातों में से ज़हूरन को भी हिस्सा दिया करती थी, कुछ अपनी ओर से भी दे देती थी। ज़हूरन के सहारे दुलारी ने नसीरुद्दीन को अपनी तरफ़ खींच रखा था। रातों जागकर उसने क़ीमती रेशम पर ज़रदोज़ी का काम काढ़ा और बेल इस तरकीब से बनायी कि सुलेमानजाह का पूरा नाम उसमें ख़ूबसूरती से लिख जाता था। रोज़ छिपाकर अपने हाथ से बीड़े बनाकर भेजती; कभी बड़ा मचलता हुआ ख़त लिखकर भिजवाती। दुलारी नसीरुद्दीन को खिला-खिलाकर अपना बना रही थी। अक्सर बादशाहबेग़म के महल में सुलेमानजाह आते ही रहते थे। उसने कभी नज़र उठाकर भी न देखा। नसीरुद्दीन बड़े मायूस होते थे।

होते करते दुलारी को महलों में छह महीने गुजर गये। पराये बच्चे को दूध पिलाते हुए दुलारी को अपने बच्चों की ममता सताने लगी। अलावा इसके वह ये भी सोचती थी कि अगर करीमन बुआ यहाँ आकर रहने लगें तो शाहज़ादे तक पैग़ामरसाई में ज़्यादा सहूलियत हो जाएगी। दुलारी अब एकान्त में नसीरुद्दीन से मिलना चाहती थी। वह शाहज़ादे के तक़ाज़ों से अब ज़्यादा दिनों तक कतरा नहीं सकती थी। उसने फ़ैज़न बीबी से गिड़गिड़ाकर कहा। फ़ैज़न बीबी ने बेगमसाहिबा से सिफ़ारिश कर दी। रुस्तमनगर से करामतुन्निसा, दुलारी के बेटे मुहम्मदअली और बेटी ज़ीनतुन्निसा को यहाँ बुलवा लिया गया। दुलारी की सास ने आने के लिए बड़े हाथ-पैर फटफटाये मगर उसके नाम का परवाना पहुँचा ही न था।

दस

बादशाहबेग़म को आग़ामीर से दिली नफ़रत थी, शुरू से ही दोनों की काट-फाँस चली आती थी।

ग़ाज़ीउद्दीन स्वभाव से सीधा और कमज़ोर तबीयत का मनुष्य था। जिन दिनों उसके पिता यामिनुद्दौला नवाब सआदतअली ख़ाँ अपने बड़े भाई और अवध शासक नवाब वज़ीर आसफ़ुद्दौला के कोपभाजन और पराजित शत्रु होकर बनारस में आर्थिक तंगी के संकट-भरे दिन काट रहे थे, उन्हीं दिनों ग़ाज़ीउद्दीन में कुछ कुप्रवृत्तियाँ समा गयी थीं। खानसामा आग़ामीर इन दूषणों का पुरोहित था। आग़ामीर ने राजकुमार को धीरे-धीरे, बड़ी चतुराई के साथ अपना दास बना लिया था। आगामीर के अन्तर

का पशु कमज़ोर राजकुमार को उसी तरह दबोच बैठा था जैसे चूहे को बिलाव दबोचता है।

सआदतअली ख़ाँ के गद्दी पर बैठने के बाद राजकुमार ग़ाज़ीउद्दीन हैदर के जीवन में वैभव आया, परन्तु उनके व्यक्तित्व की कमज़ोरी न गयी। वे बहुत भोले और भले थे; किसी हद तक झेंपू थे, इसलिए अपनी इच्छाओं को कभी ठीक तरह व्यक्त नहीं कर पाते थे। उनकी यह इच्छा होती थी कि कोई उन्हें सँहाल ले। बादशाहबेग़म अपने अहंकार में यही न कर पायीं। उन्होंने अपने पति पर शासन करना चाहा, उन्हें हीन मानकर हुक्म चलाना चाहा। अपनी किताबी धार्मिकता से ऊबकर ग़ाज़ीउद्दीन रस चाहते थे, परन्तु पण्डिता पत्नी का दर्प उन्हें तोड़-फोड़ देता था। ख़ानसामा आग़ामीर राजकुमार का मन समझकर उन्हें सँभाल-सँभालकर अपनी महत्त्वाकांक्षा और स्वार्थ की राह पर चलाने लगा। बाँदी सुब्हदौलत से राजकुमार का सम्बन्ध आग़ामीर ने ही कराया।

ससुर अपनी पुत्रवधू को बहुत मानते थे। आरम्भ में वे स्वयं तेजस्वी और निष्ठावान् प्राणी थे, इसलिए उन्हें अपने तेजस्विनी और निष्ठावान् पुत्रवधू बहुत पसन्द आती थी। अपने अशक्त व्यक्तित्व वाले पुत्र से उन्हें एक जगह पर चिढ़ थी। वे चाहते थे कि उनका पुत्र अपनी पत्नी के कहे में रहे। प्रजा के कल्याण के लिए भी उन्हें यही उचित मालूम होता था।

बाप के हुक्म से बँधकर अपनी पत्नी की इच्छाओं का गुलाम बनना लाख कमज़ोर होने पर भी ग़ाज़ीउद्दीन हैदर को पसन्द न था। आग़ामीर ऐसे ही घोर मानसिक संकट के क्षणों में उनके विश्वास और शक्ति का मूर्तिमान् प्रतीक बन गया। वह जानता था कि सआदतअली को अपने उत्तराधिकारी से एक जगह पर दबना ही पड़ेगा। आग़ामीर ने युवराजपुत्र को महाराज पिता का विद्रोही बना दिया। वली अहद के नाम पर उनका ख़ानसामा आग़ामीर बड़े-बड़ों से मिलता। उसने दरबार के कई प्रभावशाली व्यक्तियों को युवराज का समर्थक बना लिया। अँगरेज़ी रेज़िडेंसी में भी उसकी रसाई हो गयी।

अँगरेज़ों की दग़ाबाज़ी से अपना आधा राज्य छिन जाने के बाद सआदतअली मन-ही-मन बहुत टूट गये थे। उन्हें लगता था कि अगर उनका उत्तराधिकारी शासक कमजोर रहा तो अँगरेज़ उनकी आँखें मिंचते ही इस आधे अवध को भी एक ही निवाले में हड़प जाएँगे। वे गाज़ीउद्दीन को सिंहासन के उत्तराधिकार से वंचित रखना चाहते थे, और यहीं बादशाहबेग़म अपने पति के साथ थीं। अपने पति के बहाने ही वह पति के राज्य पर शासन कर सकती थीं। उन्होंने अपने श्वसुर के क्रोध को बहुत हद तक सँभाले रखा। महल में बैठे ही बैठे अपनी मुग़लानी फ़ैज़ुन्निसा के भानजे चतुर और व्यवहारकुशल नौजवान मीरफ़ज़लअली के साथ नसीरुद्दीन हैदर को दरबार के अनेक प्रभावशाली व्यक्तियों के पास उनका समर्थन पाने के लिए

भेजा। नवाब आसफ़ुद्दौला के एक गुलाम नवाब नज़ीर मोहम्मद आफ़रीनअली ख़ाँ उस समय बड़े प्रभावशाली पुरुष थे। बादशाहबेग़म ने उन्हें अपने पति के पक्ष में कर लिया। मिर्ज़ा जाफ़र की कम्पनी सरकार के रेज़िडेण्ट कर्नल बेली तक पहुँच थी। रेज़िडेण्ट उनसे सलाह लिया करते थे। बादशाहबेग़म ने उनका समर्थन भी बहुत ही आवश्यक समझा। मिर्ज़ा जाफ़र ने सौदा किया। अपने गरज़ की दीवानी बादशाहबेग़म ने मिर्ज़ा जाफ़र को अवध का मन्त्री बनाने का वचन दिया।

आग़ामीर यह सब जानता था, मगर चुप था। उसने ग़ाज़ीउद्दीन को अपनी पत्नी को प्रसन्न रखने की सलाह दी। इसलिए बादशाहबेग़म उन दिनों जो कुछ कहतीं, ग़ाज़ीउद्दीन कान दबाकर सुन लेते थे।

ग़ाज़ीउद्दीन के गद्दी-नशीन होते ही बादशाहबेग़म के सपने पर पहला कुठाराघात यह हुआ कि ख़ानसामा मुतमातुद्दौला मुख्तारुल्मुल्क़ सैयद मुहम्मद ख़ाँ बहादुर जेग़ामजंग की पदवियों से विभूषित हो अवध का गद्दीनशीन नायब नियुक्त हुआ। बादशाहबेग़म दाँत पीसकर रह गयीं। बेचारे मिर्ज़ा जाफ़र को इतना गहरा सदमा पहुँचा कि अधिक दिनों जी न सका।

आग़ामीर की शक्ति दिनों-दिन बढ़ती गयी। उसकी कुशाग्र बुद्धि, संगठन शक्ति, शासन करने की क्षमता को अँगरेज़ तक सराहते थे। परन्तु आग़ामीर बहुत महत्त्वाकांक्षी और स्वार्थी था। अपनी सत्ता के लिए नवाब वज़ीर को क़ाबू में रखकर वह दरबारी राजनीति में बड़े उलट-फेर करने लगा। गुलाम ख़ानसामा के दर्प ने बड़े-बड़े ख़ानदानी अमीरों की नाक पर चिकोटियाँ काटीं। बादशाहबेग़म को भी वह चैन नहीं लेने देता था।

बादशाहबेग़म ने युवराज को अपने कब्ज़े में कर रखा था। आग़ामीर बेगम का यह काटने वाला दाँत भी तोड़ देना चाहता था। मीर फ़ज़लअली और फ़ैज़ुन्निसा से भी आग़ामीर आन्तरिक घृणा करता था। इन दोनों के कारण आग़ामीर के विरुद्ध चलनेवाले षड्यन्त्रों को बल प्राप्त होता था। मीर फ़ज़लअली की नौजवानी अकसर आग़ामीर की शान के ख़िलाफ़ ऐसे ज़हर बुझे पैने वार करती थी कि आग़ामीर ख़ून के घूँट पीकर रह जाता था।

कम्पनी सरकार के गवर्नर जनरल लार्ड मोएरा फ़र्रूखाबाद पधार रहे थे; राज्य की ओर से वहाँ उनका स्वागत करना था। आग़ामीर को अपने भागों बादशाहबेग़म का छींका टूटता नज़र आया। उन्होंने नवाब की ओर से युवराज को फ़र्रूखाबाद अपने साथ ले जाने का प्रस्ताव किया। बादशाहबेग़म इससे इनकार नहीं कर सकती थीं। परन्तु उन्होंने युवराज की सेविकाओं में सुखचैन बाँदी को साथ कर दिया था। मुतमातुद्दौला ने रास्ते-भर नसीरुद्दीन हैदर को हर तरह से अपना बनाना चाहा परन्तु सुखचैन का जादू युवराज को अपनी माता के पक्ष में बनाये रखने में पूरी तरह समर्थ हुआ।

इधर बादशाहबेग़म ने आगामीर के ख़िलाफ़ चारों ओर से व्यूह रचा। उन्होंने जीवन में पहली बार कुछ नमकर नवाब वज़ीर ग़ाज़ीउद्दीन हैदर के कान आग़ामीर के ख़िलाफ़ भरे। नवाब वज़ीर मोहम्मद आफ़रीनअली खाँ के पुराने प्रभाव को मुतमातुद्दौला ने बड़ी ठेस पहुँचायी थी। वह उससे ख़ार खाये बैठे थे। मिर्ज़ा जाफ़र के पुत्र मिर्ज़ा हाजी क़मरुद्दीन अहमद भी अपने पिता का बदला लेने के लिए तड़प रहे थे। बादशाहबेग़म ने इन दोनों को भी नवाबवजीर के कान भरने के लिए उकसाया। ग़ाज़ीउद्दीन भी मन-ही-मन कहीं अपने ऊपर शासन करनेवाले आग़ामीर से त्रस्त थे। 'आग़ामीर सुल्तान का लाखों रुपया हड़प लिया, छोटी औक़ात का होने के कारण बड़े-बड़े अमीरों की इज्जत धूल में मिला रहा है, अँगरेज़ों से मिलकर आपके खिलाफ़ साज़िश कर रहा है'—इन सब बातों ने मिलकर ग़ाज़ीउद्दीन हैदर का मन फेर दिया। आग़ामीर जब लौटकर आये तो उनकी नायाबत छिन चुकी थी।

इन दिनों बादशाहबेग़म का सितारा बुलन्द था; परन्तु यह परिस्थिति बहुत दिनों तक क़ायम न रह सकी। अँगरेज़ों को चूँकि दो करोड़ रुपया चाहिए था इसलिए वे नवाबवज़ीर ग़ाज़ीउद्दीन हैदर पर ज़ोर डाल रहे थे। उनसे कहा गया कि वे दिल्ली के सम्राट् से अपना सम्बन्ध विच्छेद कर स्वतन्त्र बादशाह हो जाएँ। ग़ाज़ीउद्दीन को बादशाह बनाने के लिए कम्पनी सरकार और कुछ भी न चाहती थी, फ़कत दो करोड़ रुपया उधार माँगती थी। रुपया अथवा राज्य का कोई भाग देने में बादशाह को आपत्ति थी। वह अपने पिता के शब्दों को बराबर याद रखते थे कि अँगरेज़ों का जाल घास की जड़ की तरह से है; जहाँ तक हो सके इनसे बचना ही चाहिए। लेकिन ग़ाज़ीउद्दीन बच न सके। पहले उन्होंने एक करोड़ देना मंजूर किया फिर पचास लाख और स्वीकार किया परन्तु अँगरेज़ दो करोड़ से कम लिये बिना माननेवाले न थे। ग़ाज़ीउद्दीन को यह परिस्थिति नाक रगड़कर स्वीकार करनी पड़ी। नवाबवज़ीर आसफ़ुद्दौला के समय से ही अवध अँगरेज़ों के लिए लूट का अन्यतम साधन बन गया था। नवाब आसफ़ुद्दौला ने इमारतें बनवाने और अपने दरबार को दुनिया के राज-दरबारों में सबसे अधिक शानदार बनाने के ख़ब्त में अवध की प्रजा का करोड़ों रुपया फूँका। अँगरेज़ों ने तभी से अवध पर अपने दाँत गड़ा लिये। आये दिन अवध दरबार से रुपयों की माँग होने लगी। नवाबों को अपनी विलासिता और शान दिखलाने के लिए रुपयों की आवश्यकता थी; नवाबी दरबार के अफ़सरों-कारिन्दों को लूट और रिश्वत की आवश्यकता थी; अँगरेज़ों को तो हड़पने की हविस थी ही—इन सब बड़े लुटेरों से आये दिन में दबायी जाकर अवध की प्रजा हर तरह से त्रस्त हो उठी थी। रुपया लूटने के हर छोटे से छोटे मौक़े पर अँगरेज़ों की नज़र रहे इसलिए एक अँगरेज़ रेज़िडेण्ट भी लखनऊ में नियुक्त कर दिया गया। वह छोटे से छोटे मामलों में भी हस्तक्षेप करता था। परिस्थिति यह हो गयी कि नवाब देशी, उनके वज़ीर, अमले, कारिन्दे देशी, और उन्हें चलाने वाली प्रेरणाशक्ति कम्पनी

सरकार के रेज़िडेण्ट की विदेशी बन्दूक़ें और संगीनें थीं और इन विदेशी बन्दूक़ों की गोलियों व इन संगीनों के घाव सीधे अवध की प्रजा की छाती पर ही होते थे। जब सआदतअली ख़ाँ ऐसा कुशल, कर्मठ और प्रजावत्सल शासक भी अँगरेज़ों से घिरकर अपनी प्रजा के संकटों को दूर न कर सका, तो ग़ाज़ीउद्दीन-जैसे कमज़ोर व्यक्ति की हस्ती ही क्या थी?

नवाबवज़ीर ग़ाज़ीउद्दीन हैदर को उन्नीस अक्टूबर सन् 1818ई. के दिन अवध का स्वतन्त्र सम्राट घोषित कर दिया गया। अँगरेज़ गवर्नर जनरल के आग्रह से शाहीतख़्त और ताज को शानदार बनाने के लिए राजख़ज़ाने को खुलवा दिया गया। अवध की सीमाओं पर जितने बड़े फ़ौजी अफ़सर थे वे सब ख़जाने की रक्षा करने के बहाने लखनऊ बुला लिये गये। साह बिहारीलाल महाजन की अध्यक्षता में जौहरियों का दल तख़्त और ताज के लिए बेशक़ीमती जवाहरात छाँटने लगा। इस तरह अवध के ख़ज़ाने की छँटनी हो गयी, करोड़ों रुपये के जवाहरात अँगरेज़ों, आग़ामीर, सरकारी अमलों और जौहरियों के घर पहुँच गये।

इस लूट में अँगरेज़ों की मदद करनेवाले मुतमातुद्दौला आग़ामीर की शक्ति फिर सातवें आसमान को छूने लगी। इस बार वह पूरी तौर पर निरंकुश हो उठा था।

कमज़ोर बादशाह और उसके कुटिल वज़ीर से त्रस्त होकर बादशाहबेग़म ने खुला विद्रोह करने की ठानी। ग़ाज़ीउद्दीन के बादशाह बनते ही बादशाहबेग़म ने यह फ़रमाइश की कि जिस तरह बादशाह को अपना वज़ीर चुनने का अधिकार है उसी तरह युवराज को भी अपनी ओर से नायब वज़ीर नियुक्त करने का अधिकार होना चाहिए। उन्होंने मीर फ़ज़लअली को नायब वज़ीर नियुक्त करने के लिए आग्रह किया। आग़ामीर ने बादशाहबेग़म की इस युक्ति को नाकाम कर दिया। यही नहीं आग़ामीर ने इस बार बादशाहबेग़म की समस्त शक्ति तोड़ने का निश्चय कर बेग़म के महल में नित्य नये तूफ़ान उठाने आरम्भ किये। उसने बादशाह के द्वारा युवराज नसीरुद्दीन हैदर और शाही नवासे नवाब मुहसानुद्दौला बहादुर के नाम यह आदेश भिजवाया कि वे बादशाहबेग़म के साथ रहना छोड़कर स्वयं बादशाह की सेवा में उपस्थित हों।

महलों में यह आदेश पहुँचते ही बादशाहबेग़म के तलवों की आग चोटी पर पहुँच गयी, उनकी आँखों से ज्वाला फूट पड़ी, दाँतों की बत्तीसी क्रोध से बार-बार भिंचने लगी, वे तेज़ी से उठ खड़ी हुईं और नसीरुद्दीन के महल की ओर बढ़ीं।

महल की बाँदियों में हर शख़्स के दिल में यह धुकधुकी समा गयी कि अब क्या होगा। बेग़म के महलों में अनेक दास-दासियों को आग़ामीर ने अपनी ओर फोड़ रखा था, वे आतंक फैलाने लगे कि इस बार आग़ामीर बादशाहबेग़म को भी तलाक़ दिलवाकर ही छोड़ेंगे, मीर फ़ज़लअली को फाँसी चढ़ायी जाएगी, फ़ैज़न बीबी के नाक-कान काट आधा मुँह काला कर गदहे पर सारा शहर घुमाया जाएगा—जितने

मुँह उतनी बातें थीं, ऐसा लगता था कि आज बादशाहबेग़म की सत्ता सदा के लिए समाप्त हो जाएगी।

नसीरुद्दीन अपने कमरे में अपनी परिचारिकाओं से घिरा बैठा इस बात पर बहस कर रहा था कि नशों में शराब बेहतर है या अफ़ीम।

"ऐ हुज़ूर, अफ़ीम में क्या धरा है, बुड्ढों के लिए होती है। अफ़ीम कि खा लिया और झुरमुरा के पड़े रहे। शराब जवानी का नशा है। दरअसल पूछिए तो जवानी की रूह का नाम ही शराब है!"

शकीला की बात सुन सुलेमानजाह ने मुसकराते हुए अपनी बग़ल में बैठी हुई अनवरी को धीरे से कोंचा। इशारा समझ के अनवरी शकीला से बोली, "ऐ हम तो नहीं मानते, साहबेआलम इतने दिनों से शराब पीते हैं लेकिन हमें तो ज़रा भी जवान नज़र नहीं आते और जो कहीं एक दिन अफ़ीम खा लें तो फिर देखना।"

शकीला की ओर क्रोध में आँखें निकालकर, दोनों हाथ बढ़ाकर दाँत पीसते हुए कुल्सुम बोली, "ठहर कलमुँही, तू लगा तो ज़रा साहबेआलम को यह शौक! हम सब उसी दिन फाँसी लगाकर मर जाएँगी। ए मुआ वो है तो अफ़ीमची अलीअसग़र, आठों पहर झुरझुराया पड़ा रहता है; दो-दो जनी उसे हाथ पकड़ के उठाती हैं तब भी निगोड़ा जागता नहीं।"

अनवरी को मज़ाक सूझा, सुलेमानजाह से प्रस्ताव किया, "अलीअसग़र को बुलाकर उसका तमाशा देखा जाय। हुज़ूर देखें तो सही अफ़ीम का नशा कितना गहरा होता है। ऐ कुल्सुम, जाओ चार जनी उस मुर्दे को उठाकर ले तो आओ।"

अलीअसग़र को एक चाँदनी में डाले चारों कोनों से उठाये चार बाँदियाँ ले आयीं। बेंत की कुरसी पर उसे किसी तरह बैठाया गया। अलीअसग़र बीच-बीच में बड़बड़ाता तो था लेकिन उसकी आँखें नहीं खुल रही थीं। अनवरी ने रेशम की डोरियों से उनके दोनों हाथ कुरसी के हत्थों पर ढीले-ढीले बाँध दिये। फिर उसकी दाढ़ी में डोरियाँ बाँध-बाँधकर कुरसी के हत्थे से बाँध दिया, तश्तरी में एक दर्जन छोटी मोमबत्तियाँ जलाकर अनवरी ने उन्हें कुरसी के नीचे रख दिया। गरमी से तपने पर अलीअसग़र बार-बार उचकता तो उसकी दाढ़ी के बाल नुचते। हर बार जब अलीअसग़र कराहता तो कमरे में क़हक़हा लग जाता था। अनवरी ने नायब खेल सोचा था, सुलेमानजाह बेहद खुश थे। उसी समय बादशाहबेग़म के आने का समाचार मिला।

अलीअसग़र के बन्धन जल्दी-जल्दी खुल गये। बादशाहबेग़म ने कमरे में प्रवेश किया। बाँदियों ने महारानी की झुककर अभ्यर्थना की और वातावरण गम्भीर हो गया। बादशाहबेग़म इस समय बड़े आवेश में भरी हुई थीं।

"साहबेआलम, हिन्दुओं के यहाँ माँ का दर्जा बाप से ऊँचा माना गया है। बाप की गया एक बार में ही पूरी हो जाती है पर माँ की गया सात बार में भी

पूरी नहीं होती। माँ की मुहब्बत और औलाद के फ़र्ज़ की इससे बेहतर कोई मिसाल नहीं। तुम्हारा क्या ख़याल है?"

"अम्मी हुज़ूर, मेरे ख़यालात इस ज़मीन पर कभी चले ही नहीं; कभी ज़रूरत ही महसूस नहीं की। मेरा वजूद मेरी वालिदा की वजह से है।"

कठोर अनुशासन में रहनेवाली बादशाहबेग़म की आँखों में आँसू डबडबा आये, भरे गले से बोलीं, "खुदा की खुदाई में फ़र्क़ डालनेवाले अब यह भी चाहते हैं कि साँस और जिस्म अलग-अलग चला करें, माँ और बेटे एक-दूसरे से जुदा रहें। दुश्मन इसपर शाही मुहर छपवाने की ताक़त रखता है। वह सोचता है कि सुलेमानजाह के अलग हो जाने पर उसकी माँ यक़ीनन घुल-घुलकर मर जाएगी—और उसने सही अन्दाज़ लेकर इस बार निशाना साधा है!" बादशाहबेग़म की आँखें मानो धरती से ताज़े फ़ूटे हुए सोतों-सी छल-छल भर आयीं।

नसीरुद्दीन हैदर के चेहरे पर तेहे की तमक चढ़ आयी, उठा और फिर अपनी माँ के सामने घुटने टेककर बैठ गया। उनके एक हाथ पर हाथ रखकर बोला, "अम्मी हुज़ूर, इंग्लिस्तान के बादशाह और वज़ीरों में भी यह ताक़त नहीं कि मुझे आपके दामन के साये से जुदा कर सकें फिर शतरंज के मोहरों-जैसे इन नक़ली बादशाह और वज़ीर के बेतुके हुक्म की परवाह ही कौन करेगा? मगर क्या इस क़िस्म का कोई हुक्म बादशाह की तरफ़ से आया है?"

"बादशाह!"—बादशाहबेग़म के चेहरे पर नफ़रत की सिकुड़नें पड़ गयीं—"ख़ानसामा का गुलाम है तुम्हारा बादशाह। वह जज़्बात की बारीकियों को अपनी कमज़ोरी कर क़ुर्बान कर चुका है, उसका सोचना रुक गया है। उस जानवर के जेरसाये रहकर वह भी..." कहते-कहते बेगम रुक गयीं मानो निकलनेवाले शब्द की लगाम खींच ली हो।

इस समय मीर फ़ज़लअली ने कमरे में प्रवेश किया और बेगमसाहिबा को यह सूचना दी कि उनके नवासे नवाब मुहसानुद्दौला बहादुर शाही-हुक्म को तामील कर महल छोड़कर चले गये हैं और यह ख़बर भी मिली है कि बादशाह सलामत ने उन्हें मिर्ज़ा हाज़ी के यहाँ रहने का हुक्म फ़रमाया है। "साहबेआलम, शाही-हुक्म आपके लिए भी इन्तज़ार कर रहा है।" फ़ज़लअली ने अपनी बात की यों परिसमाप्ति की।

नसीरुद्दीन कुरसी के हत्थे पर हाथ पटककर तेज़ी से उठ खड़ा हुआ और कमरे के दरवाज़े तक पहुँचकर ताली बजायी, बाँदी हाज़िर हुई। उसे हुक्म हुआ कि दरबार से शाही-हुक्म लेकर आया हुआ आदमी फ़ौरन उनके हुज़ूर में पेश किया जाय। यह कहते हुए साहबेआलम बग़ल के कमरे में चले गये।

मीर फ़ज़लअली ने बादशाहबेग़म को बतलाया कि शहर से, ज़िलों और परगनों से दो हज़ार धनुर्धारी पासी और बन्दूक़धारी पठान इकट्ठे कर लिये गये हैं। शाही हुक्मउदूली करने पर अगर सुलेमानजाह के ख़िलाफ़ आग़ामीर ने गिरफ़्तारी का हुक्म

निकलवाया तो उसकी कोठी में आग लगा दी जाएगी, उसकी ईंट से ईंट बजा दी जाएगी।

दूसरे कमरे में शाही फ़रमान पर सरकारी नज़र डालने के बाद उसे फाड़कर चिन्दी-चिन्दी करते हुए साहबेआलम ने गुलाम को यह आदेश दिया कि वे चिन्दियाँ बटोरकर खरीते में भरकर चोबदार को दे दी जाएँ, चोबदार को यहाँ से लेकर ड्योढ़ी-तक बराबर जूते लगाते हुए ले जाया जाए और इसके घोड़े की दुम में पीपा बाँध दिया जाए ताकि यहाँ से लेकर फ़रहबख़्श तक पूरे रास्ते में आम रिआया में यह ऐलान हो जाए कि नसीरुद्दीन हैदर बाग़ी हो गया है। दौलतखाने के नौकरों-गुलामों में तहलका मच गया; सारे शहर में बिजली की तेज़ी से यह समाचार दौड़ गया। ग़ाज़ीउद्दीन हैदर के सामने आग़ामीर ने जब शाही फ़रमान की फटी हुई चिन्दियों का ख़रीता रखा तो उनकी आँखों में ख़ून उतर आया। हुक्म हुआ कि सुलेमानजाह को क़ैद कर लिया जाए। आग़ामीर ने अर्ज़ किया कि वलीअहद को क़ैद करने के परिणाम घातक हो सकते हैं, रेज़िडेण्ट को पहले सूचना देनी होगी। लेकिन इन तमाम आफ़तों की जड़ मीर फ़ज़लअली और उसकी मौसी फ़ैज़ुन्निसा बीबी को गिरफ़्तार करने से बादशाहबेग़म और सुलेमानजाह की सारी विद्रोही प्रवृत्तियों के पर कट जाएँगे। इसके लिए अँगरेज़ों से पूछना भी न पड़ेगा क्योंकि यह सल्तनत का घरेलू मामला है।

शाहेअवध वज़ीरअवध की सलाह से सहमत हुए।

आग़ामीर ने केवल इन दोनों को गिरफ़्तारी का ही प्रबन्ध न किया बल्कि उससे पहले शहर में चारों ओर अपने गुर्गे छोड़कर यह समाचार भी फैला दिया। इसलिए जब कि दो सौ सिपाहियों की टुकड़ी मार्च करती हुई चली तो शहर का हुजूम भी उसके पीछे था।

बादशाहबेग़म के महलों के पास तक पहुँचते हुए भीड़ की संख्या हज़ारों तक पहुँच गयी थी। महल के फाटक बन्द थे। आधे फर्लांग से भी कम की दूरी पर जब शाही सेना की टुकड़ी शहर की भीड़ के साथ पहुँची तो महल की छतों पर धनुर्धारी पासियों और पठानों की सेना पाँति बाँधकर खड़ी हो गयी। शराब के नशे में मस्त पासियों के रणहुंकार से धरती और आकाश पर आतंक छा गया।

जनता के लिए यह दृश्य अप्रत्याशित था; लोग-बाग यह दृश्य देखकर स्तब्ध रह गये। शाह पति से विद्रोह करनेवाली बादशाहबेग़म के इस साहस-भरे कार्य के कारण जनता में एक अपूर्व उत्साह की लहर दौड़ गयी। आग़ामीर जनसाधारण की दृष्टि में घृणा का पात्र था। सहसा शोर मच गया; शाहीमहलों की छत पर मुर्शिदज़ादा सुलेमानजाह नसीरुद्दीन हैदर तशरीफ़ लाये थे। छतों पर खड़ी हुई सेना ने ज़िन्दाबाद के नारे लगाये, जनता भी अपने उद्‌गार रोक न सकी। छतों की ऊँचाई से लेकर धरती की सतह तक कई हज़ार कण्ठ साहबेआलम की जयजयकार कर उठे।

शाहीसेना अपने-आपको दो चक्की के पाटों के बीच महसूस करने लगी। सुलेमानजाह की ओर से छत से आवाज़ आयी कि अगर बादशाहबेग़म के इलाक़े में बादशाही फ़ौज ने किसी भी प्रकार की धृष्टता दिखलायी तो सेना का सत्यानाश कर दिया जाएगा।

जनता में पहले तो सकता छा गया फिर सहसा हिंसात्मक ख़ुशी की लहर दौड़ गयी।

जनता को शाहीसेना से घृणा थी। शाही सिपाही अकसर और अधिकतर शहर की गुण्डागर्दी को बढ़ावा देकर जिस-तिस का जीना मुहाल करते रहते थे। सेठ-साहूकारों से लेकर मामूली खोमचेवाले तक उनके अत्याचारों से समानभाव से पीड़ित रहा करते थे। बादशाहबेग़म की फ़ौज और सुलेमानजाह के आगमन से जन-साधारण की सोयी हुई विद्रोही वृत्ति सहसा बल पाकर उभरने लगी। यह देखकर सेना ने आक्रमण करने की धृष्टता न की।

समाचार आग़ामीर के पास पहुँचा, वह दाँत किटकिटाकर रह गया। इस बग़ावत का जवाब न देना शाही-सत्ता को अप्रतिष्ठित करना था। उन्होंने बादशाह की अनुमति लेकर रेज़िडेण्ट को इसकी बाक़ायदा सूचना भेजी।

तिलंगा की दो कम्पनियाँ लेकर कैप्टन होम्स रेज़िडेण्ट के दो मीर मुंशी सैयद बाक़रअली खाँ के साथ महल पहुँचे। अँगरेज़ों के आने से नयी सनसनी दौड़ गयी।

रेज़िडेण्ट की ओर से उनके मीर मुंशी को यह आदेश प्राप्त था कि बेगम और युवराज को शाही आज्ञा पालन करने के लिए भली-भाँति समझाया जाय, यदि इस पर भी वे न मानें तो कैप्टन होम्स अपनी सेना की शक्ति का परिचय दे सकते हैं।

अँगरेज़ कप्तान अपने तिलंगों को लेकर फाटक पर डट गया। मीर मुंशी सैयद बाक़रअली ने रेज़िडेण्ट की ओर से हुज़ूर बादशाहबेग़म की ख़िदमत में उनका पैग़ाम पेश करने की इजाज़त माँगी।

बेगम ने पहले तो इनकार कर दिया पर बाद में मीर फ़ज़लअली और फ़ैज़ुन्निसा बीबी के समझाने पर वे राज़ी हो गयीं।

युवराज नसीरुद्दीन हैदर के महल में सैयद साहब बुलाये गये। दीवानख़ाने में उन्हें बिठलाया गया; सुलेमानजाह उनके नज़दीक ही बेरुख़ होकर बैठे; मीर फ़ज़लअली खम्भे के पास हाथ बाँधे सकपकाये हुए खड़े हो गये। पास ही परदे के पीछे हुज़ूर बादशाहबेग़म कुरसी पर तशरीफ़ रखती थीं, फ़ैज़ुन्निसा बीबी उनके क़दमों के पास फ़र्श पर बैठी थीं, दुलारी मुन्नाजान को गोद में लिये पास ही खड़ी थी, दो बाँदियाँ हुज़ूर बादशाहबेग़म को और एक मुन्नाजान के पास खड़ी हुई पंखा झल रही थीं। बादशाहबेग़म का गोरा सतेज मुखमण्डल क्रोध से तमतमाया हुआ हिर-फिर लाल-गुलाबी हो रहा था। बादशाहबेग़म ने अँगरेज़ों की दख़लन्दाज़ी पर ख़ूब-ख़ूब सुनायी; साहब लोग आग़ामीर को नहीं पकड़ते जो सल्तनत का लाखों रुपये खा रहा

है, बादशाह को नहीं समझाते जो अपने ख़ानसामा वज़ीर के बहकावे में आकर अपने ख़ून को अपना तस्लीम नहीं करते, फ़ज़लअली और उसकी मौसी को इसलिए क़ैदी बनाया जा रहा है कि वे बेसहारा हो जायँ—बड़े साहब इस अन्याय को क्यों नहीं देख पाते। बादशाहबेग़म ने जी भरकर सुनायी। सैयद साहब ने सिर झुकाकर सुनी और अन्त में समझाते हुए यह भी कहा कि बाग़ी करार दिये जाने पर सुलेमानजाह की गद्दीनशीनी पर भी आँच आ सकती है। बेगम ने भी रुख़ बदला; सुलेमानजाह ने फ़ौरन अपना रुख मिलाया। दो घड़ी मीर मुंशी के तरह-तरह से समझाने के बाद बादशाहबेग़म को स्वयं फ़ैज़ुन्निसा बीबी और मीर फ़ज़लअली ने यह सलाह दी कि बेगमसाहिबा उन्हें रेज़िडेण्ट की सेना के हवाले कर दें मगर इस शर्त पर कि वे उन्हें अपने यहाँ नज़रबन्द रखेंगे, बादशाह के हवाले नहीं करेंगे और बादशाहबेग़म इस आन्दोलन के ठण्डे हो जाने के बाद जब इन दोनों को लौटा देने की प्रार्थना करेंगी तो रेज़िडेण्ट साहब कृपापूर्वक इसके लिए अनुमति भी प्रदान करेंगे।

कप्तान होम्स ने इसके लिए बेगमसाहिबा को रेज़िडेण्ट की ओर से पूर्ण आश्वासन दिया। पालकियों में बिठलाकर अँगरेज़ सिपाहियों की निगरानी में बादशाहबेग़म के एक बड़े प्रिय एवं विश्वासपात्र अनुचर क़ैद होकर चले गये। बादशाहबेग़म का दिल रह-रहकर घुमड़ रहा था। बड़े क्षोभ और बेबसी के साथ वह कुरसी से उठीं, कहारियों ने उन्हें सुखपाल पर हज़रतअली के रौज़े पर पहुँचा दिया। बादशाहबेग़म वहाँ बड़ी देर तक अकेले में रोती रहीं।

ग्यारह

आग़ामीर ने बड़ी-बड़ी कोशिशें कीं, बादशाहसलामत तक से रेज़िडेण्ट को कहलवाया कि उनके दोनों बन्दी शाही अपराधी हैं इसलिए वे सल्तनत के हवाले किये जायँ मगर अँगरेज़ बहादुर इसके लिए राजी न हुआ। आग़ामीर ने फिर भी अपना बदला ले लिया। शाही हुक्म से उसने मीर फ़ज़लअली की शानदार कोठी पर तोप चलवा दी। शाही अफ़सरों के साथ ही साथ आग़ामीर के निजी आदमियों ने मीर फ़ज़लअली की पक्की शानदार इमारत को बुरी तरह तबाह कर ज़री के परदे, क़ीमती क़ालीनें, हज़ारों के झाड़-फ़ानूस और सजावट का सामान और लाखों के ज़ेवर-जवाहरात, सोने-चाँदी की चीज़ें और क़ीमती कपड़े वग़ैरह लूटे। लूट की दौलत शाही ख़ज़ाने में कम और आग़ामीर के घर में ज़्यादा पहुँची। शाही अफ़सरों और आग़ामीर के आदमियों ने भी बड़े हाथ मारे। देखते-देखते ही कल का लखपती आज का भिखारी बन गया। मीर फ़ज़लअली और उनकी मौसी फ़रमाइश करने पर अँगरेज़ सिपाहियों की रक्षा में शाहजहानाबाद भेज दिये गये।

बादशाहबेग़म और मुर्शिदज़ादा सुलेमानजाह की कोठियों पर अँगरेज़ सिपाही तैनात थे।

मुहर्रम का महीना लगा, हर जगह ताज़ियों-मर्सियों और मजलिसों का बोलबाला हुआ। मुसलमान स्त्री-पुरुष काले, सब्ज़ और ऊदे रंग के कपड़े पहनकर सोंग के रंग में रँगे हर तरफ़ दिखलाई पड़ने लगे। लड़कियाँ मैके बुला ली गयीं, नाते-गोते, मेल-पड़ोस की औरतों में बुलावे जाने लगे। हरे रंग के कुरते पहने बच्चों में घर-घर गोटे के लिए धूम मचने लगी। ग़रीब से लेकर बड़े-बड़े मुसलमान अमीरों के घर तक साल-भर के त्योहार की चहल-पहल मची हुई थी। केवल बादशाहबेग़म के घर ही रंग फ़ीका था।

आग़ामीर ने इस बार शाहीमहलों में हर तरफ़ ख़ास तौर पर स्वर्गीय नवाबों की विधवा बेगमों और रखैलों में बड़ा रुपया बाँटा जिससे कि वे धूमधाम से मुहर्रम मना सकें।

बादशाहबेग़म ने चुपचाप सब सहन किया। धार्मिक कर्म और रीति-रिवाज यथाविधि मनाये गये। शाहज़ादेआलम रोज़ उनकी मजलिसों में जाते थे वहाँ बाहर का कोई आदमी नहीं होता था।

आशूरे का दिन राज़ी-खुशी बीत गया। लेकिन दो रोज़ बाद ही सारे शहर में शाही छापेख़ाने के छपे हुए बड़े-बड़े इश्तहार दीवारों पर चिपकाये जाने लगे, जगह-जगह भीड़ इकट्ठी हो गयी। इश्तहारों में बादशाह सलामत की तरफ़ से हुक्म हुआ था कि जो भी पेशेवर सिपाही या हथियारबन्द आदमी खुलेआम या छिपे तौर पर सुलेमानजाह की मदद करेगा उसे सख्त सज़ा दी जाएगी और उसकी ज़मीन जायदाद ज़ब्त कर ली जाएगी। शाही फ़ौज के अफ़सरों के लिए भी एक फ़रमान निकाला गया था—शाही फ़ौज के हर अफ़सर को आगाह किया गया था कि कोई भी नसीरुद्दीन हैदर को किसी क़िस्म की मदद न दे, उनसे किसी भी तरह का सम्बन्ध न रखे और उनसे इनाम इक़राम वग़ैरह न ले। जो भी अफ़सर बादशाह की मरज़ी के ख़िलाफ़ काम करेगा उसे सख़्त सज़ा दी जाएगी।

तीसरा इश्तहार जनता के सम्मुख मीर फ़ज़लअली और फ़ैजुन्निसा मुग़लानी के कुचक्रों की पोल खोलने के लिए बादशाहसलामत की ओर से छपवाया गया था। इसमें नसीरुद्दीन को बहकाकर विद्रोही बनाने का सारा दोष फ़ज़लअली पर मढ़ा गया था।

बादशाहबेग़म और नसीरुद्दीन हैदर के महलों पर कम्पनी सरकार का पहरा बैठा हुआ था। बादशाहबेग़म के भीतर-बाहर चारों ओर आग़ामीर की फैलायी हुई अफ़वाहों ने आतंक मचा रखा था। बेगमसाहिबा के गुलाम और बाँदियाँ उन्हीं बातों के वशीभूत होकर गुपचुप बातें किया करते थे।

बादशाह की ओर से ख़ास महल का ख़र्च नहीं आ रहा था। दिन पर दिन

तंगी आ रही थी। आग़ामीर की अफ़वाहें बादशाहबेग़म के ख़िदमतगारों को आये दिन दहला रही थीं : "बादशाहसलामत इस हद तक नाराज़ हैं कि किसी भी दिन उन्हें तलाक़ दे सकते हैं। अब एक छदाम भी इन्हें नहीं मिला करेगी। जो ख़ादिम हुज़ूर बेगमसाहिबा का साथ देंगे उनपर किसी वक़्त कोई भी आफ़त आ सकती है।" भूख और डर के मारे बहुत से लोग नौकरी छोड़कर चुपचाप भाग गये।

दिनोंदिन पैसा छीज रहा था और एक दिन वह भी आया जब कि अवध के महाराज की पटरानी कौड़ी-कौड़ी को मुहताज थीं। तोते-मैना और चिड़ियों के लिए दाना न था, मवेशीख़ाने में जानवर पहले से ही भूखों मर रहे थे। ख़्वाज़ासरा, गुलाम, बाँदियाँ आकर हाथ बाँधे, सिर झुकाये, ग़मगीन, डबडबायी आँखों से हुज़ूर बेगमसाहिबा के सामने चुपचाप खड़े हो जाते। अवध की महारानी कहतीं, बादशाह के नज़रे-करम से महरूम बेगमात यूँ ही बसर करती हैं। शाही हरम औरतों के लिए दोज़ख़ है। ख़ानसामा का गुलाम, तुम्हारा बादशाह, अगर यह सोचता है कि सैयद मुबश्शिर ख़ाँ मुनजमुल्मुल्क की बेटी उसके और उसके ख़ानसामा के आगे अपना सिर झुका देगी तो वह सिर पटक-पटक के मर जाएगा मगर उसकी आस पूरी न होगी।

बादशाहबेग़म अपने पति से इतनी चिढ़ गयी थीं कि खुले आम उनकी शान के ख़िलाफ़ अपमानजनक शब्दों का प्रयोग करती थीं।

फ़ैज़न बीबी के जाने के बाद से उन्हें किसी पर भी विश्वास नहीं रह गया था। मुन्नाजान आठों पहर अपनी दादी की नज़रों के सामने ही रहता। उन्होंने अपने कुएँवाली कोठरी में ताला डाल दिया था। खाना या तो स्वयं बनातीं या अपनी नवासियों वज़ीरबेगम और हाजीबेगम के हाथ का खाती थीं। हर शख़्स उन्हें बादशाह और आग़ामीर का जासूस नज़र आता था। जो ख़ादिम भाग गये वे न भागनेवाले नमकहलालों के लिए स्वामिनी के मन में शंकाओं के काँटे बो गये। बादशाहबेग़म सोचतीं, जो लोग नहीं गये हैं वे ज़रूर बादशाह या आग़ामीर के सिखाये-पढ़ाये हुए हैं। वे किसी से अपना कोई काम ही न कराती थीं, वे हर एक के साये से दूर भागती थीं। एक करीमन और दुलारी के लिए किसी हद तक उन्हें अपनापन महसूस होता था। दुलारी ने उन पर गहरा जादू डाल दिया था। धर्म-कर्म रोज़े-नमाज़ की पाबन्द, गम्भीर, मुन्नाजान पर अपनी जान कुर्बान करनेवाली, सच्चरित्र दुलारी उन्हें सुहाती थी। करीमन बीबी ने फ़ैज़न बीबी का मन जीता था, वे उसकी बेहद तारीफ़ किया करती थीं। हुज़ूर बादशाहबेग़म साहिबा ने भी उसे भली और नेक माना था। इनके अलावा अपनी एक पुरानी दासी हैदर बाँदी पर भी उन्हें भरोसा था।

दुलारी उनके सौतेले बेटे की चुम्बक शक्ति थी। और साथ ही उसने अपनी पाकदामनी का ऐसा सच्चा मुलम्मा चढ़ा रखा था कि बादशाहबेग़म मन-ही-मन उसका आदर भी करती थीं। इस नाजुक घड़ी में रह-रहकर बादशाहबेग़म को यही

भय सताता कि इन संकटों से थककर नसीरुद्दीन कहीं उनके क़ब्ज़े से निकल न जायँ।' उन्होंने एक दिन दुलारी को अकेले में बुलाकर कहा, "साहबेआलम का दिल दरिया की तरह है, वह मौजों से खेलना पसन्द करता है, उसे तुग़यानियों से दहलन होती है।"

दुलारी ख़ामोश खड़ी रही।

बादशाहबेग़म को उसका इस तरह चुपचाप खड़ा रहना पसन्द न आया। यह सच है कि उन्हें सतीत्व, पवित्रता आदि गुण पसन्द आते हैं पर उन्हें दुलारी का इस समय उनकी रक्षा करने का हठ अच्छा नहीं लगा। मामूली औरतों का इस सम्बन्ध में हठ कैसा? जिस सौभाग्य के लिए महलों की हर लौंडी-बाँदी तरसती है उस सौभाग्य को दुलारी इस तरह ठुकराये, यह उनके मन में झुँझलाहट पैदा करता है; वे बोलीं, "ख़ुदा के काम में मदद देने से बढ़कर और कोई सबाब नहीं। साहबेआलम का दिल इन तूफ़ानों से मुरझा न जाय, उनके हाथों करोड़ों का भला होगा। मैं इसलिए उस नन्हे नाज़ुक पौधे को क़ुदरत की आँधियों और सियासत के ख़ूँख्वार दरिन्दों से बचाया करती हूँ। अल्लाह ने मुझे इसके लिए हुक्म दिया है वर्ना मुझे क्या लालच था। सुलेमानजाह उस हक़ीर ख़वास की औलाद है जिसने फ़रेब से मेरे हक़ को छीन लिया था। मैं नफ़रत की आग से जल रही हूँ, और फिर भी तू देखती है कि मैं अल्लाह के हुक्म से बँधी हुई साहबेआलम की बहबूदी के सिवा और कुछ नहीं चाहती, फ़र्ज़ अस्मत से भी बड़ा है बेटी, तू ख़ुदाबन्दे क़रीम की नज़रों में सदा नेकचलन बनी रहेगी।" बादशाहबेग़म ने आज तक किसी का अहसान नहीं माना था।

दुलारी ने यह सुनकर मानो जग जीत लिया। उसे भला और क्या चाहिए था। गम्भीर किन्तु मीठे स्वर में बोली, "ख़ुदारसूल और हज़रत अली के बाद इस नाचीज़ के रोयें-रोयें में मलिकयेजहाँ का ख़याल ही बसा है। जब महलों में नहीं आयी थी तब से ही हुज़ूर की शोहरत मुझे नेक राह पर चलने का हौसला देती थी। और अब तो लोहे को पारस की ख़िदमत में सदा रहने का मौक़ा मिल गया। समझती थी अल्लाह की दी हुई अपने शौहर की इन दो निशानियों का मुँह देखकर मैं हुज़ूर के जेरसाये उम्र गुज़ार दूँगी, मगर जब मरियमुल अस्मत ही मुझसे मेरे अस्मत के मोती की आब माँग रही है तो अपनी किस्मत पर रोना आता है। हुज़ूर मुझसे वह माँग रही हैं जिसे लेकर मैं अल्लाह के जलवे को देखने का अक़ीदा रखती थी। फिर भी, ख़ातिरजमा रखें, अल्लाह को मंजूर होगा तो आपकी और सल्तनत की ख़िदमत के लिए काम करते हुए भी अपने दामन पर धब्बा न लगने दूँगी।"

बादशाहबेग़म का कुम्हलाया मुखमण्डल खिल उठा। अपने गले से मोतियों की माला उतारकर दुलारी के गले में डाल दी और उसके सिर पर हाथ फेरकर कहा, "ख़ुदा तुझे इसका सिला दे, ख़ुदा तेरी मुराद पूरी करे, तेरा दामन पाक रहे।"

दुलारी बादशाहबेग़म के अनजान में चोरी-छिपे सुलेमानजाह से मिला तो करती ही थी, अब आज़ाद होकर सुलेमानजाह के महलों में जाने लगी। मुन्ना जान करीमन बीबी से काफ़ी हिल गया था, फिर भी दुलारी दिन में दो-चार बार आकर बादशाहबेग़म के पोते का मुँह चूम जाती थी।

बेगम के महलों में फ़ाक़े होने लगे। बाँदियाँ, गुलाम अगर चार दिन बाद भी मुट्ठी-भर चने खाने को पा जाते तो अपना भाग सराहते। बादशाहबेग़म की अछूतियाँ भी कुम्हलाने लगीं।

कम्पनी बहादुर के नये रेज़िडेण्ट मॉर्डेण्ट रेक्टस महोदय के जाने तक बादशाहबेग़म के महलों में यों ही तंगदस्ती के दिन गुज़रते रहे।

इतने दिनों तक साहबेआलम के महलों में भी तंगदस्ती का आलम रहा। मगर यह तंगहाली बनावटी क़िस्म की थी। सुलेमानजाह के बग़ावत करने पर भी बादशाहसलामत ने उनका क़ुसूर माफ़ कर रखा था मगर सुलेमानजाह की माता को चूँकि बादशाह की ओर से सताया जा रहा था इसलिए युवराज का क़ुसूर माफ़ करने को तैयार न थे। उन्होंने अपनी तरफ़ से अपने हर गुलाम, बाँदी को यह आदेश दे रखा था कि वे बादशाह और आग़ामीर के आदमियों से कोई सरोकार न रखें। उन्होंने मानो अपने बादशाह पिता को दण्ड देने के लिए ही ख़र्च लेना भी अस्वीकार कर दिया था। वे अपनी माता का साथ हरगिज़ नहीं छोड़ना चाहते थे। लेकिन मैमनत ख़्वाज़ासरा बड़ा चतुर था, अपने इकलौते बेटे और उत्तराधिकारी के लिए बादशाह का रुख़ देखकर ख्वाज़ासरा ने अपना बहुत सारा आरायशी सामान एलानियाँ तौर पर बेच डाला और सुलेमानजाह की ख़िदमत में रुपया लेकर पहुँच गया। कहा, "हुज़ूर का नमक खाया है, यह रुपया भी हुज़ूर का ही है और अगर इसे हुज़ूर ने क़बूल न फ़रमाया तो यह गुलाम यहीं हुज़ूर के कदमों पर ज़हर खा के अपनी जान दे देगा।"

सुलेमानजाह बूढ़े मैमनत का आग्रह टाल न सके। जब से दुलारी बादशाहबेग़म की आज्ञानुसार सुलेमानजाह की ख़िदमत में आठों पहर रहने लगी थी, तब से आग़ामीर के इशारे पर नसीरुद्दीन की बहुत-सी चहेतियाँ आये दिन अपने आभूषण बेचकर युवराज के लिए त्याग किया करती थीं। सबके त्याग को अपने लिए स्वीकार करते हुए भी नसीरुद्दीन हैदर अपने लिए दुलारी के सतीत्व-त्याग को ही सर्वश्रेष्ठ त्याग मानते थे। दुलारी ने नसीरुद्दीन के चंचल मन की हर गति को अपने नियन्त्रण में ले लिया था। दुलारी उसका आत्मविश्वास बन गयी थी। अपनी माता की तरह ही सुलेमानजाह भी केवल दुलारी के ही हाथ का बना भोजन करते थे, पानी की सुराही भी हर वक़्त अपने पास ही रखते थे और दुलारी के सिवा किसी के हाथों शराब पीना भी उन्होंने छोड़ रखा था। दुलारी मुन्नाजान की जगह अब मुन्नाजान के बाप को भी खेल खिलाने लगी।

शरद्पूनों की रात थी। दुलारी ने छत पर साहबेआलम के लिए फूलों का हिंडोला डाला था मगर खुद बादशाहबेग़म की ख़िदमत में थोड़ी देर के वास्ते गयी थी।

सुलेमानजाह बड़े बेकरार थे। पूनों का चाँद, रात की रानी की नशीली महक, हलकी पेंगों से लहराता हुआ हिंडोला नीचे, और सामने बहती नदी की धारा उन्हें दुलारी की बड़ी याद दिला रही थी। शराब की याद दुलारी से कम नहीं थी बल्कि इस वक़्त दुलारी और शराब उन्हें एक नज़र आ रही थी। बादलों में चलते चाँद और दरिया में एक ही रवानी थी, दोनों का हुस्न दुलारी की याद में समाया था।

अज़ीज़न ने उम्दा ग़ज़ल गायी। कत्थक नाचनेवालियों ने दान माँगते हुए कान्हा की बरजोरियों का कुछ ऐसा नक़्शा खींचा, गोपियों ने अपने लुटते जोबन की ऐसी बेबसी दरसायी कि साहबेआलम झूम-झूम उठे।

अज़ीज़न की टोली ने युवराज को रिझाने में कोई क़सर न उठा रखी; वह होठों तक जाम लायी। युवराज भूले और फिर सिहरकर मुँह फेर लिया।

अज़ीज़न मुँहलगी थी, आँखों में आँसू भर लायी : "ये बे-ऐतबारी नहीं सही जाती साहबेआलम। मैं जान दे दूँगी। इन्हीं क़दमों पे ज़हर खा के लोट जाऊँगी, सच कहती हूँ।"

साहबेआलम के उड़ते हुए ख़याल, उड़ती हुई निगाहें थिरककर अज़ीज़न को ग़ौर से देखने लगीं; वे समझ न पाये कि उन्होंने क्या देखा, क्या ग़ौर किया, इससे मिज़ाज परेशान हुआ। सुलेमानजाह तीखे स्वर से शब्द जमा-जमाकर बोले, "ज़रा देर पहले की वो शोख़ी, वो चुलबुलापन और अब ये रंजोग़म की कैफ़ियत! अल्लाह रे तेरा हुस्न! अज़ीज़न, तू ज़हर खाकर मेरे क़दमों पर तड़पती हुई निहायत हसीन लगेगी। मैं उस मंजर को देखने के लिए बेताब हूँ।"

"आप औरत के दिल की कैफ़ियत नहीं जानते ज़िल्लेसुभानी।"

"ज़िल्लेसुभानी...."

"चाहती थी कि साहबेआलम को एक बार शाहेअवध का ताज पहने देख लेती। मगर वह अरमान मेरे जी के साथ जाएगा, इसीलिए पुकार लिया।"

"ख़ैर जान देनेवाली का यह क़ुसूर मुआफ़ किया जाता है, अपना ज़हर निकालो।"

आदेश की दृढ़ता देख अज़ीज़न काँप उठी, फिर भी अपने को सँभालकर बोली, "ज़हरे इश्क़ नस-नस में पिनहा है साहिबेआलम, दिल बुझते ही जान निकल जाएगी।"

युवराज नसीरुद्दीन हैदर ने दूर खड़ी एक लौंडी को आवाज़ देकर कहा, "मरियम, अज़ीज़न को ज़हर लाकर दे। मैं उसे मरते देखना चाहता हूँ। और अगर ये खुद अपनी मरजी से खुदकुशी नहीं करेगी तो मेरे हाथों से मारी जाएगी। इसने

मुझे ज़हर देने की कोशिश की।" नसीरुद्दीन की बड़ी-बड़ी आँखें गुस्से से लाल हो गयीं? ऐसी लगता था मानो मुर्शिदज़ादा हठ पर चढ़ गये हों।

अज़ीज़न का चेहरा डर से सफ़ेद पड़ गया था। सुलेमानजाह हिंडोले से उतर आये, पास रखी कटार को उठा लिया और अज़ीज़न को धक्का दे ज़मीन पर गिरा दिया। लौंडियाँ, बाँदियाँ दूर सहमी हुई खड़ी थीं। युवराज डर की मारी अज़ीज़न के पास बैठ गये, कटार से उसकी चोली फाड़ डाली, अज़ीज़न चीख़ उठी।

दुलारी ने उसी समय प्रवेश किया। अज़ीज़न के वक्ष पर कटार गिराते हुए नसीरुद्दीन ने दुलारी को देखा, कटार की नोक एक जगह रुक गयी। अज़ीज़न फटी आँखों से दुलारी को देखने लगी। दुलारी ने उसे देखा, नसीरुद्दीन के पास बैठी, कटार उनके हाथ से ले ली, मुसकराकर बोली, "लहू चाँदनी को बदरंग करेगा साहबेआलम।"

नसीरुद्दीन दुलारी को भी उसी तरह ग़ौर से देखने लगा जैसे कुछ देर पहले अज़ीज़न को देख रहा था। चार बड़ी-बड़ी मद-भरी आँखें एक-दूसरे में उलझ गयीं। दुलारी की एकटक सधी हुई पुतलियाँ सुलेमानजाह की बड़ी चंचल पुतलियों को अपने साथ साधने लगीं। नसीरुद्दीन पल-दो-पल तो बँधा रहा और फिर नज़र हटाकर एक बार अज़ीज़न की तरफ़ देखकर उसने दुलारी से कहा, "इसने मेरे लिए ख़ुदकुशी करने की तमन्ना ज़ाहिर की थी, फिर मेरा भी जी हो आया कि किसी का अपने लिए ज़हर खाकर तड़पना और मरना देखूँ। सुना है ज़हर के ज़ोर से इनसान का जिस्म अँगड़ाइयाँ ख़ूब लेता है।"

"यह दिखाना कौन मुश्किल है।" दुलारी ने अपने हाथ से एक अँगूठी उतार ली और उसका नगीने-जड़ा ऊपरी ढक्कन खोलकर अपने होठों के पास ऐसे सहज भाव से ले गयी कि अगर नसीरुद्दीन उसकी ही फुर्ती से उसका हाथ न झटकता तो अँगूठी का ज़हर दुलारी के हलक़ में उतर जाता।

नसीरुद्दीन ने कहा, "जाँनिसार देख लिया। जिओ दुलारी, तुम्हारे दम से नसीरुद्दीन भी जिएगा।"

कहकर नसीरुद्दीन तेज़ी से उठ खड़ा हुआ और टहलने लगा। दुलारी ने अज़ीज़न का हाथ आहिस्ता से दबाया, मानो उसे अभयदान दिया हो। दुलारी उठी, उसे उठने का इशारा किया। अज़ीज़न उठ बैठी। दुलारी ने दासियों को बाहर जाने का इशारा किया फिर मुँडेर के पास खड़े चाँदनी में चमकती गोमती को देखते हुए सुलेमानजाह के पास जाकर ख़ामोशी से उन्हें छूती हुई साये की तरह कुछ दूर खड़ी हो गयी लेकिन यह हलका-सा छूना नसीरुद्दीन से हज़ार बात कह गया।

"शराब!" मन की बेतावी हाथों-हाथ मिली। दुलारी ने गदरन घुमाकर अज़ीज़न को पुकारा। सुलेमानजाह फ़ौरन ही बोले, "जानती हो, अज़ीज़न ने मुझे ज़हर देना चाहा था।"

"यह जानती हूँ कि आपका ख़याल ग़लत है।"

इतने ठेठ तरीके से तो नसीरुद्दीन के माँ-बाप ने भी कभी उसे ग़लत साबित करने की जुरअत नहीं की थी। नसीरुद्दीन चमका मगर चट बुझ गया, ज्यों वार खाकर बेबस हो गया हो। दुलारी इस समय अज़ीज़न को शराब लाने का आदेश दे रही थी। उसने अपने गले की जंज़ीर में पड़ी हुई ताली अज़ीज़न को दे दी। मृत्युभय और आशंकाओं से सहमा हुआ युवराज दुलारी को बरजना चाहता था मगर दुलारी का आदेश-भरा मीठा स्वर मानो केवल अज़ीज़न को ही नहीं, खुद नसीरुद्दीन हैदर को भी शक्ति से बाँध रहा था।

अज़ीज़न के जाने के बाद दुलारी सहसा बच्ची की तरह नसीरुद्दीन के गले में बाँहें डाल झूम गयी और फिर उसकी गरदन झुकाते हुए होठों के जादू से बाँध कर बोली, "मैंने चाँद को चूम लिया।" और फिर बच्ची की तरह ही खिलखिलाकर ताली पीटने लगी।

नसीरुद्दीन के लिए दुलारी एक ऐसा जादू है जो उसके चंचल मन की गति से भी अधिक तीव्रता से चलता है। दुलारी उसके अनबूझे मन को अपनी हर गति से अर्थ दे देती है। नसीरुद्दीन को लगता है कि जैसे उसकी यही मरज़ी थी—दुलारी की शृंगार-चपलता और वाक्पटुता नसीरुद्दीन पर छा जाती है। दुलारी की गम्भीरता नसीरुद्दीन को अपने अभाव की पूर्ति-सी लगती है। नसीरुद्दीन उसके आगे बेबस हो जाता है और जब उसकी बेबसी कभी विद्रोह करने पर आमादा हो उठती है, तो दुलारी चट से चाँद-सितारों की-सी दूरी पर चली जाती है। हरदम जैसे धूप और चाँदनी का स्पर्श पाते हुए भी मनुष्य चाँद और सूरज से दूर रहता है, साहबेआलम उसी तरह दुलारी की दूरी भी महसूस करते थे। इन दो सालों में धीरे-धीरे नसीरुद्दीन हैदर की यह धारणा बन गयी थी कि ज़िन्दगी के सैलाब में बेपनाह बहते हुए शाहज़ादे सुलेमानजाह को मदद देने के लिए परियों के शाह सुलेमान ने एक परी भेज दी थी। दुलारी सितम थी, कभी बच्ची, कभी शोख़ियों से भरी अल्हड़ भोली लड़की, कभी शाहज़ादे के कृतविकृत रस की हर प्रकार से पूर्ति करती हुई रमणी, कभी अपने आचरण से माँ की अछूतियों की तरह पवित्र भाव जगाने वाली देवी, और कभी सलीम को जहाँगीर बनानेवाली मेहरुन्निसा नूरजहाँ की तरह अपना सहारा, अपनी शासिका-सी लगती थी।

अज़ीज़न शराब का सामान लेकर आ गयी, उसने अब तक अपनी फटी हुई चोली नहीं उतारी थी। उसका शृंगार अब भी बिखरा हुआ था। अज़ीज़न अब भी शाहज़ादे को सहमी कनखियों से ही देख पाती थी, उसके होश-हवास उसके शृंगार की तरह बिखरे हुए थे। दुलारी ने अपने हाथ से जाम भरकर साहबेआलम के गले में बाँह डालते हुए उन्हें बरबस झुकाते हुए कान में धीरे-से कहा, "बाँके यार, आज

तुझे अपनी जूठी पिलाऊँगी।" और यह कह प्याला अपने होठों से लगाकर फिर शाहज़ादे के होठों से लगा दिया।

अज़ीज़न हैरत में थी। दुलारी को सहारा दिये हुए सुलेमानजाह हिंडोले की तरफ़ बढ़े; दुलारी गोया इस वक़्त बेबस हो गयी थी, उसे सहारे की ज़रूरत थी और नसीरुद्दीन को यह सहारा देने की सेवा मन-ही-मन ख़ुश कर रही थी। हिंडोले पर पहुँच दुलारी निढाल हो गयी। उसने हल्के से ज़ाहिर किया कि आज वह बहुत थक गयी है और उसे हरारत भी है। दुलारी बार-बार नसीरुद्दीन को अपने पास खींच उसके कानों में धीरे-धीरे बेमतलब की बातें करती। उसने अपने बाँके यार से अनुरोध किया कि वह उसे अपने हाथों ढालकर पिलाये, अपने होठों की जूठी पिलाये। सुलेमानजाह दुलारी के अनुचर हो गये।

अज़ीज़न ख़ामोश खड़ी थी। उसने अब तक सुलेमान पर किसी भी स्त्री का ऐसा प्रभाव न देखा था। खुद अज़ीज़न भी साहबेआलम की बड़ी चहेतियों में थी मगर इस तरह शाहज़ादे को अपने इशारों पर चलाने की जुरअत सपने में भी नहीं कर सकती थी। अज़ीज़न ठगी-सी खड़ी थी कि दुलारी ने शाहज़ादे की छाती के सहारे लेटे हुए शोख़ नज़रों से उसे देखकर कहा, "साहबेआलम, खिलाड़ियों में कोई छोटा-बड़ा नहीं होता। तुमने अज़ीज़न बहन को आज बुरी तरह सताया है। वे तनिक कमज़ोर जी की हैं मगर शाहज़ादे की ख़ैरख्वाह हैं। बहन नज़दीक आओ, साहबेआलम के पास बैठो। साहबेआलम को तुम पर एतबार है, मुसीबतज़दा होने पर अमीरज़ादे अपने अज़ीज़ों को ही अपने परेशानकुन मिज़ाज की कसौटी पर कसते हैं। ले, मैं तुझे अपने हाथ से तेरे जादूगर के होठों की चूमी पिलाऊँगी।"

जब से बादशाहबेग़म की आज्ञा से दुलारी उजागर में युवराज की सेवा में रहने लगी, उसने शाहज़ादे की चहेती हर दासी को धीरे-धीरे अपने प्रभाव में ले लिया था। मुन्नाजान की माता अफ़ज़ल-महल तो शाहज़ादे की याद से बिलकुल उतर ही चुकी थी, दिल्ली के शाह की पोती, नसीरुद्दीन हैदर की विवाहिता पत्नी सुल्तान-महल भी बहुत सीधी थी। शाहज़ादे को उसके पास जाकर रस नहीं मिलता था। दुलारी ही अब शाहज़ादे की सर्वसत्ताधिकारिणी प्रेयसी मान ली गयी थी। अपने पुत्र को वश में करने की इच्छा ग़ाज़ीउद्दीन को मन-ही-मन तड़पाती थी। सुलखिया ने अन्त में उनकी इस चिन्ता को अपने सिर ओढ़ लिया। एक दिन वह सादे देहाती वस्त्र पहनकर, शाही पंजा दिखाकर दुलारी की कोठरी में आयी। दुलारी के लड़के मुहम्मदअली को ही मिठाई से बहलाकर अपनी माँ को बुलाने भेजा। करीमन उस समय बादशाहबेग़म के महल में थी।

दुलारी ने अचानक आकर एक अजनबी स्त्री को देखा। सुलखिया बहुत शीघ्र ही दुलारी को अपना विश्वास देने में समर्थ हुई। सुलखिया ने बिना किसी प्रकार का आडम्बर किये ठेठ स्वार्थ की बातें कीं, कहा कि पिता-पुत्र में समझौता करा

दुलारी बादशाह की कृपापात्री हो जाएगी। उसने यह भी बतलाया कि बेगमसाहिबा से नाराज़ होने के साथ-ही-साथ ज़िल्लेसुभानी आग़ामीर से भी मन-ही-मन खुश नहीं हैं। वो चाहते हैं कि नसीरुद्दीन हैदर को कोई राज-पाट सँभालने लायक़ कर दे। दुलारी ने कोई आश्वासन तो न दिया पर दूसरे दिन सुलखिया को अपना निश्चित उत्तर देने के लिए अवश्य बुलाया।

दुलारी इस समय नसीरुद्दीन से उन्हीं बातों की चर्चा चलाने के लिए खुशनुमा जाल फैला रही थी। शाहज़ादे के सम्पर्क में आने वाली किसी स्त्री में ऐसा आत्मविश्वास नहीं था जैसा कि दुलारी में था। दुलारी भली-भाँति नसीरुद्दीन को समझ गयी थी। वह जानती थी कि तन का दुर्बल, मन का प्रबल, चंचल, अतृप्त विलासी यह भूलना चाहता है कि वह स्वयं अपनी वासनाओं को ही पूरा करने में पूर्ण रूप से समर्थ नहीं है। दुलारी मुर्शिदज़ादा को प्रतिक्षण यह विश्वास दिलाने के लिए तत्पर रहती कि साहबेआलम सर्वशक्तिमान् और सर्वगुणसम्पन्न हैं। दुलारी ने शाहज़ादा के आवारा मन को तू-तड़ाक और गालियों से रिझाया था। नसीरुद्दीन यहीं बेबस था, वह रस में गालियाँ खाता और गालियाँ खाने की भोली नीयत में दिन पर दिन दुलारी का गुलाम होता जाता था।

अज़ीज़न को खुश करके उसे विदा करने के बाद छत पर चाँद की गवाही में सुलेमानजाह और दुलारी ही रह गये। दुलारी ने मौक़ा देख बात छेड़ी, "तुम्हारा इरादा क्या है?"

नसीरुद्दीन चौंक पड़ा। दुलारी ने निष्कपट भाव से सुलखिया के आने का समाचार और उद्देश्य बतलाया और बादशाहबेग़म को दम पर दम सराहते हुए भी उसने नसीरुद्दीन को अपने पिता की बात मान लेने के लिए उभारा। उसने नसीरुद्दीन को यह आश्वासन भी दिया कि वह उसे राज-काज में नूरजहाँ की तरह सहायता देगी; वह उसे दूसरा जहाँगीर बनाएगी।

जिलहिज की नौवीं तारीख़ को दो घड़ी रात बीते बादशाह ने नसीरुद्दीन के पास इमामबख़्श मीरदहा के साथ फ़तेहअली के लड़के को भेजा। दुलारी सुलखिया से पहले ही इसकी सूचना पा चुकी थी। इन लोगों के आने की सूचना पाते ही दुलारी ने नसीरुद्दीन को बाहर भेजा और यह क़सम दिलायी कि बादशाह की तरफ़ से जो भी हुक्म आया हो उसे बसरोचश्म तस्लीम फ़रमाएँ; दुलारी बहुत सावधानी से मगर निश्चित रूप से इस बात का प्रयत्न करने लगी कि एक दिन युवराज बेगमसाहिबा के प्रभुत्व से मुक्त होकर एकमात्र उसके ही आदेशानुगामी बन जाएँ।

शाहज़ादा अपने पिता के भेजे हुए आदमियों से बड़ी अच्छी तरह से पेश आया और उसने यह विश्वास दिलाया कि उसके पिता जो भी आज्ञा देंगे वह उसका पालन करेगा।

बादशाह बड़े ही प्रसन्न हुए। उन्होंने फ़तेहअली के बेटे और मीरदहा को

ख़िलअत, दोशाला और रूमाल देकर सम्मानित किया, सुलखिया को ख़ूब पुरस्कृत किया और सुलखिया के द्वारा ही दुलारी को भी।

दूसरे दिर सम्पूर्ण राजसी वैभव के साथ साहबेआलम को लाने के लिए सवारी भेजी। दारोग़ा-ए-दीवानख़ाना अमृतलाल सक्सेना और दारोग़ा-ए-तोशख़ाना फ़तेहअली ख़ाँ साहबेआलम को लिवा लाने के लिए भेजे गये।

जब बादशाहबेग़म को यह समाचार मिला तो वे चौंक उठीं, "यह किसकी साज़िश से मुमकिन हुआ?"...बेगमसाहिबा के मन में स्पष्ट न होते हुए भी दुलारी के प्रति शंका पैठ गयी।

युवराज, महाराज और रेज़िडेण्ट तीनों ही इस भेंट से सन्तुष्ट हुए। आग़ामीर भी ज़ाहिरा तौर पर बड़ी ख़ैरख़्वाही की बातें बघारता रहा।

बादशाहबेग़म ने दुलारी को अकेले में बुलाकर पूछा। दुलारी भोली बन गयी। बादशाहबेग़म ने क्रोध में आकर दुलारी को पीटते हुए कहा, "अहसान फ़रामोश, ज़लील, कमीने की औलाद, चार दिन की आयी हुई तू मेरे बेटे को मेरे ही ख़िलाफ़ ले जाना चाहती है। मैं तेरी तमाम चालों को एकबारगी ही ख़त्म कर दूँगी।"

लेकिन बादशाहबेग़म सफल न हो सकीं। प्रतिदिन वे अपने बेटे को दरबार न जाने के लिए समझातीं, युवराज माँ की इन ममता-भरी मन्त्रणाओं से लड़खड़ा उठते, दुलारी हर रात उन्हें माँ की इस आज्ञा के विरुद्ध पिता की इच्छा पर ही चलने की सलाह देती और हर दिन सुलेमानजाह दरबार जाते थे। साहबेआलम की कोठी से अँगरेज़ी पहरा हटा लिया गया। शाही हुक्म से हर रोज़ शाहज़ादे के लिए क़ीमती और स्वादिष्ट भोजन आया करते थे। बादशाह अकसर एकान्त में युवराज से राज-काज के सम्बन्ध में मन्त्रणा भी लिया करते थे। दुलारी उन्हें ऐसी सलाह देती कि अकसर शाहेज़माना साहबेआलम की राय से मुत्तफ़िक़ होते और उनकी दाद देते थे।

सुलेमानजाह का सितारा बुलन्द हो रहा था। बादशाह और रेज़िडेण्ट उनकी बड़ी खातिर करते। खुद शाहज़ादे को भी यह महसूस होता कि काम-काज में रहने से उनका चित्त प्रफुल्लित रहता है। ज़िम्मेदार प्रतिष्ठित और कार्यव्यस्त पुरुषों के साथ इतना समय बिताने का यह पहला ही अवसर युवराज को मिला था। नये जीवन में बड़ी ताज़गी थी परन्तु हर शाम नमाज़ के बाद बादशाहबेग़म आतीं और अपने सौतेले बेटे को दरबार में न जाने के लिए तरह-तरह से उपदेश देती थीं; दुलारी प्रतिदिन बादशाहबेग़म के नये-नये तर्कों को काटकर निर्भय कर देती थी।

बादशाहबेग़म ने दुलारी से बदला लेना आरम्भ किया। सबके सामने तरह-तरह से दुलारी का तिरस्कार करती थीं। एक दिन दुलारी और करीमन पर चोरी का आरोप लगाकर बादशाहबेग़म ने दोनों को बुरी तरह कोड़ों से पिटवाया और अपनी नौकरी से निकाल दिया। दुलारी, कोड़ों की मार से नीली पड़ी हुई देह लेकर अपने बच्चों

और करीमन के साथ सुलेमानजाह की कोठी में हठपूर्वक चली गयी। बादशाहबेग़म की कड़ी आज्ञा होने पर भी सुलेमानजाह की कोठी से दुलारी को कोई निकाल न सका। शाहज़ादे को सूचना देने के लिए एक विश्वस्त आदमी को उसने कोठी फ़रहबख़्श की ओर रवाना किया।

जिस समय सुलेमानजाह ने कोड़ों से नीली पड़ी दुलारी की देह देखी और कारण सुना उस समय वे आवेश में क़ाबू के बाहर हो गये। दुलारी ने उन्हें सँभाला और यह सलाह दी कि वे बादशाहबेग़म के आश्रय से निकलकर किसी स्वतन्त्र जगह में रहें। बादशाह इससे प्रसन्न भी होंगे और युवराज की सामाजिक प्रतिष्ठा भी बढ़ेगी।

नसीरुद्दीन हैदर ने उसी दिन अपने पिता से रहने की जगह माँगी। ज़िल्लेसुभानी दुलारी के कहे मुताबिक़ ही बड़े प्रसन्न हुए, उन्होंने फ़ौरन हैदरबाग़, हसनबाग़ और शीशमहल के भवनों की भव्य सजावट करने की आज्ञा दी। महाराज और युवराज को प्रसन्न करने की कामना से मुतमातुद्दौला आग़ामीर ने अपनी दौलतपुरेवाली उम्दा ढंग से सजी-सजायी बारादरी में युवराज को ठहरने के लिए आमन्त्रित किया। बादशाह ने इसे स्वीकार किया।

मीर फ़ज़लअली और फ़ैज़ुन्निसा की गिरफ़्तारी के बाद बादशाहबेग़म ने यह दूसरी करारी मात खायी थी।

साईस की पत्नी दुलारी ने शाहीतन्त्र की लगाम युवराज के बहाने अपने हाथ में लेकर बादशाह की पत्नी को बुरी तरह नीचा दिखा दिया। वह बड़ी प्रसन्न थी।

बारह

शहर में सुबह से धूम मच गयी कि मुर्शिदज़ादा नसीरुद्दीन हैदर सुलेमानजाह अपनी सौतेली माँ के प्रभाव से मुक्त होकर स्वतन्त्र जीवन बिताने जा रहे हैं। इस खबर ने चारों ओर अफ़वाहों और बातों का घटाटोप छा दिया। लोग अपने काम-धाम छोड़कर चर्चों में मशगूल हो गये।

अकबरी दरवाज़े के पास कल्लू ख़ाँ की सराय के फाटक पर चारपाई पर बैठे हुक़्क़ा गुड़गुड़ाते हुए समदअली ने कहा, "अमाँ भूरे, शाहज़ादे की सवारी देखने नहीं चलोगे।"

भूरे ख़ाँ गाँजा मल रहे थे, बोले, "मैं तो अपने ही घोड़े पर ज़ीन कस रहा हूँ उस्ताद, शाहज़ादों की सवारियाँ देखने की फ़ुरसत किसे है? अबे टुण्डे, जल्दी से उठाना बेटा।"

एक हाथ से चारपाई के बाँध कसते हुए टुण्डे मियाँ बोले, "फ़ुरसत नहीं है।"

"देखा साले को! जो मैं न पालता तो आज ससुरे का कहीं पता न होता। मियाँ ज़माने को देखो, ये हाल है।" कहकर भूरे ख़ाँ ने दानिशमन्दों-जैसी संजीदा सूरत बना ली।

हुक़्क़े का एक कश खींचकर समदअली बोले, "अरे मियाँ ज़माने का हाल तो कोई इस वक़्त जा के बादशाहबेग़मसाहिबा के कलेजे से पूछता कि जिन्होंने इतनी लगन और प्यार से साहबेआलम को पाल-पोसकर हर तरह से लायक़ किया और जब अल्लाह ने अच्छा दिन दिखलाया तो वालिदा को छोड़कर चल दिये। देख लेना भूरे मियाँ, आज की तारीख़ में इस बूढ़े की बात भी याद रखना, ये आग़ामीर बेगमसाहिबा को भूखों मरवा डालेगा।"

भूरे मियाँ बात का जवाब देने से पहले टुण्डे पर गरजे, "अबे उठता है या आ के लगाऊँ दो लातें। आधी घड़ी से चिल्ला रहा हूँ—कल रात जो मुसाफ़िर आया है उसकी कोठरी से केवड़े की शीशी उठा ला, कम से कम महीना-भर तो गाँजे में ख़ुशबू की लपटें उड़ेंगी।"

"मैं चोरी करने नहीं जाऊँगा।"

टुण्डे का जवाब सुनकर भूरे ख़ाँ तैश में उठे और उसके पास जाकर जो ज़ोर से लात घुमायी, तो टुण्डा चारपाई के नीचे घुस गया। भूरे ख़ाँ की टाँग चारपाई के पाये से टकराकर चोट खा गयी। भूरे मियाँ टखना पकड़कर कराहते और टुण्डे को गालियाँ देते उसी चारपाई पर बैठ गये। टुण्डा भागा। इसी वक़्त कल्लू ख़ाँ भटियारे का बेटा फाटक से बाहर आ रहा था, भूरे मियाँ ने उससे चीख़कर कहा, "घसीटे मियाँ, पकड़ लेना साले को, जाने न पाए।" घसीटे मियाँ ने टुण्डे को गप्ची में भर लिया। पकड़े जाने के बाद टुण्डा बिल्ली के पंजे में दबे हुए चूहे की तरह निश्चेष्ट हो गया।

"पकड़ लाना ससुरे को इधर।" भूरे ख़ाँ गाँजे के बजाय अपनी चोट खायी हुई टाँग मलते हुए गरजे, "जब से फ़रीदन की लौंडिया दुलारी ने इसे शह दी है..."

समद मियाँ हुक़्क़ा छोड़ हाथ बढ़ाकर हँसते हुए बोले, "अरे मियाँ, ये ज़माना ही दुलारियों का है, देखते नहीं, दुलारी के आते ही बादशाहबेग़म बेसहारा हो गयीं।"

घसीटे टुण्डे को घसीटता हुआ टिपियाता हुआ भूरे ख़ाँ के पास पहुँच चुका था। उसे सामने देख भूरे मियाँ समद मियाँ को जवाब देते हुए उठे : "हो गयी होंगी। इसको और इसकी दुलारी को तो मैं गँड़ासे से काट डालूँगा।" कहते हुए उन्होंने टुण्डे को बुरी तरह पटक-पटक और उठा-उठाकर धुनना शुरू किया। मार के ज़ोम में भूरे मियाँ का गाँजा मुट्ठी से छूटकर गिर गया।

सराय की बाहरी दीवार में बनी दो कोठरियाँ में आबाद छिद्दा कुम्हार की बीवी चिल्लायी, "अरे भैया, छोड़ देव, छोड़ देव, बहुत हुई गवा।"

"इस हरामज़ादे को छोड़ दूँ? अरे मैं इसकी बोटी-बोटी काट डालूँगा, ये उस कसबी की बेटी के फेर में फूला है। वह हरामज़ादी मेरे बेटे को अपना दलाल बना रही है। पूछो उससे कि क्या मैंने उसकी रोज़ी के लिए पाला था इसे या अपने बुढ़ापे के सहारे के लिए?"

झुँझलाकर समद मियाँ बोले, "अमाँ छोड़ो भी, इतनी देर से समझा तो रहा हूँ कि बादशाहबेग़म की मिसाल लो। अरे मियाँ, कौन किसका होता है, जब माँ-बाप मर गये, तुमने पाला। तो भइया इसकी क़िस्मत में लिखा होगा कि कोई अल्लाहवाला इस यतीम को शाहज़ादे की तरह पालेगा।"

"तो समझ लो समद मियाँ, इसकी और दुलारी की क़िस्मत में यह भी लिखा होगा कि उसकी नाक और इसकी गरदन भी हमारे हाथों कटेगी।"

घसीटे ख़ाँ भी दुलारी के चाहनेवालों में था। भूरे मियाँ बात का बुरा मान गया, बोला, "अपने लड़के को चाहे जो कुछ करो, परायी औरत से तुम्हें क्या मतलब? यह अपनी मर्ज़ी से उसका काम करने जाता है वर्ना उसे क्या ग़रज़ पड़ी है कि तुम्हारे बेटे को फ़ँसाए।"

घसीटे की फटकार सुनकर समद मियाँ हुक़्क़ा गुड़गुड़ाने लगे, भूरे मियाँ टुण्डे का हाथ छोड़कर घसीटे का मुँह देखने लगे, और टुण्डा सरायपति के बेटे की शह पा कुछ दूर हटकर खड़ा हो अपनी मार सहलाने लगा।

कल्लू ख़ाँ की सराय में फ़रीदन की बेटी ने ज़ुल्म ढा रखा था। अपनी जवानी में फ़रीदन सराय के तबीयतदार मुसाफ़िरों की तफ़रीह के लिए बुलायी जाया करती थी। कल्लू ख़ाँ की उससे ख़ासी दोस्ती थी। बढ़ते-बढ़ते यहाँ तक आपसी नाता बन गया कि फ़रीदन एक तरह से सराय की साझीदार बन गयी। उसने मुसाफ़िरों की तफ़रीह के प्रबन्ध कार्य को अपना पेशा बना लिया और आप केवल सराय वाले की प्रणयपात्री होकर उससे बँध गयी। संयोग की बात कि कल्लू ख़ाँ की पत्नी और फ़रीदन साथ ही गर्भवती हुई। कल्लू ख़ाँ को इस समय प्रबल मोह जागा, दैनिक व्यवहार में अपनी भठियारी की लात-पूजा करते हुए भी उसने अपनी निकाही पत्नी की सन्तान को ही उत्तराधिकार देने का निश्चय किया। फ़रीदन हर तरह से चतुर, चाकचौबन्द होने पर भी कल्लू ख़ाँ के नेह-नाते को लेकर बड़ी भोली थी। कल्लू ख़ाँ के साथ उसका कोई पक्का-पोढ़ा क़रार न था, न निकाहनामे का काग़ज़, न मुताहनामा और न किसी क़िस्म की साझेदारी के काग़ज़, फ़रीदन दोस्ती-दोस्ती में ही मुसीबत के वक़्त अपने रुपयों से मदद करने लगी, मुसाफ़िरों के आराम इन्तक़ाम में मदद करने लगी। मुसाफ़िर उसकी बोली से खुश होते, उसके चलन-बरताव से बँध जाते थे। कल्लू ख़ाँ की भठियारी ने पहले तो तोबा-तिल्ला मचायी पर उसकी एक न चली। लेकिन उस समय फ़रीदन पर पीठ पीछे धोखे से वार हुआ। कल्लू ख़ाँ ने एक बने हुए मुसाफ़िर के साथ फ़रीदन पर इल्ज़ाम लगाया। मुसाफ़िर भी

चार के सामने अपना आरोप स्वीकार कर गया। फ़रीदन सराय से निकाल दी गयी। फ़रीदन ने चलते हुए कल्लू ख़ाँ से कहा, "याद रख, तू अपनी औलाद की माँ को निकाल रहा है।"..."अरे जा जा, बड़ी औलादवाली आयी, न जाने किसका नुत्फ़ा हो; रण्डी की बात का ठिकाना क्या।" यह कहकर कल्लू ख़ाँ ने फ़रीदन को लात मारकर निकाल दिया। उसी फ़रीदन की बेटी, कल्लू ख़ाँ की औलाद दुलारी ने कल्लू ख़ाँ की दूसरी औलाद घसीटे ख़ाँ को अपनी माँ से शह पाकर फँसाना शुरू किया। फ़रीदन अपनी बेटी को लेकर सराय के आस-पास मँडराती; कल्लू ख़ाँ के गाहक टूटने लगे थे। दुलारी बड़ी शातिर थी, ज़माने को उँगली पर नचाती थी। दुलारी ने जब घसीटे ख़ाँ को घेरा तब कल्लू ख़ाँ तिलमिला उठा। फ़रीदन से उसका इस बात का सरे आम झगड़ा हुआ, फ़रीदन जवाब में अकड़कर बोली, "अब क्यों दुलारी को अपनी औलाद मानता है? जब मैंने कहा था तब इनकार कर गया था। दुलारी अब लावल्द, कसबी की औलाद है। वह वही कर रही है जो उसके लिए मुनासिब है, रोकना है तो अपने बेटे को रोक ले।" दुलारी के साथ मोहल्ले-भर के शोहदे जमा होते थे। घसीटे ख़ाँ दुलारी की सोहबत से उनके सरदार बनने लगे।

कल्लू ख़ाँ के बेटे घसीटे ख़ाँ ने आज टुण्डे के बहाने दुलारी का पक्ष लेकर अपने बाप के दाहिने हाथ भूरे मियाँ और मुहल्ले के बड़े बुज़ुर्ग समद मियाँ के सामने बेझिझक अपनी रुझान, अपना निश्चय प्रकट कर दिया था।

भूरे ख़ाँ गुस्से से लाल होकर पल-भर चुप रहे फिर बोले, "घसीटे, तेरे इस जवाब पर तेरा बाप तो बाद में बोलेगा, मैं पहले ये तेरी सारी पहलवानी और सोरेपुस्ती निकाल दूँगा, बताये देता हूँ। अरे खुदा और रसूल से तो डर।"

फ़रीदन हस्बमामूल दुलारी को साथ लेकर अपने सुबह के दौरे पर निकली थी। वज़ीरन पानवाली की दूकान पर घण्टा-दो घण्टा बैठकर दुलारी अपनी मौसी को पान लगाने से फ़ुरसत देती, दोनों बुढ़ियाँ दूकान से ज़रा हटकर नीम तले चारपाई डालकर बैठकर बातें करतीं; कल्लू ख़ाँ के नये मुसाफ़िर आते, उनके हाल-चाल लेतीं, अकसर बहकावा दे पासवाली यार ख़ाँ की सराय को अच्छी बतलाकर उन्हें फोड़ लेती थीं। दुलारी हर सुबह-शाम पान लगाने के बहाने सराय के मुसाफ़िरों को रसबतियाव और कनखियों से भरमाया करती थी। कल्लू ख़ाँ, भूरे ख़ाँ कोई भी उसका कुछ बिगाड़ न पाते थे। भूरे ख़ाँ की बात के जवाब में फ़रीदन बोली, "ख़ुदा और रसूल से आज के ज़माने में कौन डरता है! अरे बड़े-बड़े बादशाह, शाहज़ादे, आमिलउलेमा धन्नासेठों से लेकर कल्लू ख़ाँ और उनके जिगरी दोस्त भूरे ख़ाँ और समद ख़ाँ तक सबको देख लिया। गाहकों की कोठरियों में चोरी करवाते हो, सबाब करते हो? नशा पिला-पिला के जेबें कटवाते हो यह सवाब करते हो? हमसे कोई न अटके, कहे देती हूँ। अरे सूप बोले तो बोले चलनी क्या बोले जिसमें निगोड़े बहत्तर छेद!"

इसी बीच में घसीटे खुलेआम दुलारी के साथ मुसकराता, बातें करता हुआ वज़ीरे की दूकान की तरफ़ चला जा रहा था। भूरे ख़ाँ को यह देखकर तैश आ गया। वह ज्यों ही घसीटे को मारने चला कि फ़रीदन ने घसीटे को आगाह किया। घसीटे ख़ाँ ने झपटकर अपने पिता के बड़े विश्वासपात्र और मित्र भूरे ख़ाँ को पकड़ लिया; दोनों जूझने लगे। दुलारी ने अपनी शोहदा सेना को गुहारकर बुला लिया।

भूरे ख़ाँ के हाथ-पैर बाँधनेवालों में एक उनका पोष्यपुत्र टुण्डा भी था। यारों ने लगे हाथ यह भी तय किया कि कल्लू ख़ाँ अगर सीधी तरह सराय का सारा कारोबार और मालमता घसीटे के हाथ में न सौंपे तो उनका भी यही हाल कर दोनों को एक कोठरी में बन्द कर दिया जाय। घसीटे ख़ाँ की सेना सराय की ओर दौड़ पड़ी।

उसी वक़्त शोर हुआ कि दौलतख़ाने से साहबेआलम की सवारी निकल रही है।

हज़ारों लोग शाहज़ादे की सवारी देखने के लिए सड़क की तरफ़ भागे जा रहे थे। गली-कूचों में चर्चा थी, लोग-बाग कहते-फिरते थे कि अब दुलारी आ गयी है, देख लेना दोनों में से कोई न बचेगा, न बादशाहबेग़म न बादशाहसलामत।

अकबरी दरवाज़े के पास रहने वाला एक आदमी इस पर कहने लगा, “अमाँ हमारे यहाँ भी एक दुलारी है। उसने भी ग़ज़ब कर दिखाया आज, बेटे को बाप का दुश्मन बनाकर शोहदों से बाप को बँधवा दिया और अपने आशिक़ के बहाने खुद सराय की मालकिन बन बैठी।”

वह ज़माना दुलारियों और दुलारों का था। शहर में ऐसे अनाचार दूर-दूर तक अपनी जड़ें फैलाये हुए थे। अमीरों के घर का यह आम चलन था कि एक या दो तवायफ़ें या ख़ूबसूरत लड़के अपनी नौकरी में रखते थे। नीची मानी जाने वाली जातियों की स्त्रियों का उपभोग सामन्ती लोगों के अलिखित विधान के अनुसार उचित था।

एक तरह से ऐसी जातियों की सुन्दरी नवयुवतियाँ उन दिनों अमीरों के फ़ैशन में समा गयी थीं। गाली बकना औसत से अधिक आम रिवाज बन गया था। जुआ, शराब और चण्डू के अड्डे निठल्ली जनता में बड़े आकर्षण की वस्तु थे। ख़ानगी रण्डियों की दल्लालाओं का बड़ा मान था। बाज़ार क़ीमती सामानों से पटे पड़े थे, अमीरों की कोठियों और शाही महलों में ही उनकी खपत थी इसलिए रिश्वत का बड़ा बोलबाला था। रिश्वत में रुपये, जवाहरात और ख़ूबसूरत स्त्रियों की चारों तरफ़ माँग थी। कुटनियाँ भले घरों से लड़कियाँ औरतें उड़ाती थीं और बेचती थीं। इश्क़बाज़ी ज़माने की बड़ी मान्यता हो चली थी और इसके लिए, ऐश और इशरत के लिए भारी ख़र्च की ज़रूरत हुआ करती थी। इसलिए ठगी और लूट-पाट का बोलबाला था। शाही आमिल-अमले, शहर के रईस, छोटे अमले, जनसाधारण आम

तौर पर अपने सुख-विलास के लिए कुछ भी कर डालते थे। हिन्दुओं में कुलीन ठाकुर और ब्राह्मण बहुपत्नीवादी थे; निर्धन प्राकृतिक और अप्राकृतिक बलात्कार की ताक में रहते थे।

विलास में सामाजिक जीवन डूबकर सड़ रहा था। अनेक निर्धन किन्तु कुलीन घरों के युवक गुण्डे बन गये थे। पिताओं और गुरुजनों से, बहुत से उच्छृंखल नौजवान नाते की प्रतिष्ठा तोड़कर उद्दण्ड और अत्याचारी बन गये थे। यह गले-गले तक पंक में डूबे हुए लोग, अनेक मज़लूम पिसे हुए आदमी, कारबारी व्यापारी—हर तरह के नागरिक अपने भावी महाराज, ईश्वर के प्रतिनिधि श्रीमन्त नसीरुद्दीन हैदर की सवारी देखने सड़क के दोनों ओर खड़े थे।

साहबेआलम के अंगरक्षक सिपाही, साहबेआलम की पालकी के आगे-पीछे चल रहे थे। पालकी के दोनों ओर मोर्छलधारी चाँदी के गंगा-जमुनी काम के आसे लिये हुए आसाबरदार पालकी के साथ धीरे-धीरे दौड़ रहे थे। आगे-आगे नकीब पुकारता चल रहा था।

देखने वालों की टोलियाँ आपस में व्यंग्य-कटाक्ष करने लगीं।

साहबेआलम के अंगरक्षकों की वर्दियाँ फटी-पुरानी थीं। उनके घोड़े, जिन्हें महीनों से भर-पेट खाना नहीं मिला था, अपनी उभरी पसलियाँ झलकाते, मोटे सवारों को लादे हुए लड़खड़ाते चक्कर खाते चले जा रहे थे।

"अमाँ वाह! माशेअल्ला क्या सजीले घोड़े हैं!"

"ये किस देश से लाये गये हैं? अमाँ घोड़े हैं कि जादू, सवार सामने चला रहा है और आप चौमुख चलते हैं।"

"भई, वो बादशाह सलामत ने जो इंग्लिश मिस्त्री पाला है न, जिसने कलपुरज़ों से चलने वाला बजरा बनाया है, उसी ने यह कलदार घोड़े भी बनाये हैं।"

"अमाँ एक मिस्त्री इतने नमूने नहीं बना सकता। विलायत के बादशाह ने हमारे शाहज़ादे के लिए बनवाकर भिजवाये हैं। इनमें सिफ़त यही है कि इनकी घास सरकारी अमले चरते हैं और ये ख़ुद भूखे चलते हैं।"

"अमाँ जिसके राज में जानवरों का ये हाल है उसकी ग़रीब रिआया का भी यही हाल होना ही चाहिए।"

साहबेआलम की पालकी आगे चली गयी थी। अंगरक्षक सवारों के घोड़े अड़ते, लड़खड़ाते, चाबुक खाते आड़े-तिरछे चल रहे थे। उनकी क़तारें सध नहीं पा रही थीं।

पीछे वाले सवारों पर फ़ब्ती कसते हुए एक ने कहा, "अमाँ ओ शह-सवार जी, सँभलना मियाँ, अमाँ ओ सवार सँभालना! एऽऽ वो गिरा वो गिरा।"

पीछे वाले एक सवार का घोड़ा बहुत ही कमज़ोर था, उसके थूथन की हड्डियाँ चमक रही थीं, आँखों से पानी बह रहा था और एक-एक पसली दिखाई पड़ रही

थी। घोड़ा हर बार दस-पाँच क़दम चलकर अटक जाता था, सवार एँड़ पर एँड़ लगाता और बढ़ाता था मगर इस बार घोड़ा अड़ ही गया। सवार उसे बढ़ाने की कोशिश करने लगा, तमाशाई हँसने लगे। सवार ने तैश में आकर पीटना शुरू किया, घोड़ा घबराकर चक्कर काटने लगा। सवार उसे आगे बढ़ाना चाहता था, आख़िरकार वह भूखा अधमरा घोड़ा अपने मोटे सवार को लिये-दिये गिर पड़ा, तमाशाई हँस पड़े।

शाहज़ादे की सवारी को लेकर ज़माने की टीका-टिप्पणी शुरू हो गयी। सवारी देखकर लौटते बाज़ार से गुज़रते हुए एक व्यक्ति ने दूसरे से कहा, "देखे शाही घोड़े?"

दूसरा बोला, "अजी बादशाह क्या करें। इनके नाम पर शाही-ख़जाने से हर महीने ख़र्च तो निकलता ही है, फिर चाहे ये खाएँ चाहे इनके रखवाले। साहबेआलम आमतौर पर घुड़सवारों के साथ तो निकलते नहीं इसलिए अस्तबल के दारोग़ा ने उनपर ख़र्च करना फ़ज़ूल समझा और आप खाने लगा। यह मर भी जाएँगे तो भी इनके नाम पर ख़र्च लेकर फूँका जाएगा।"

वाजपेयी टोले की तरफ़ बढ़ते हुए गौरवपूर्ण, लम्बे, पुष्ट देहवाले लट्ठ त्रिपुण्ड रुद्राक्षधारी मस्तमौला बेनी कवि ने कहा, "अरे ईकी का पूछत हौ भइया, आसफुद्दौला केरे जमाने केर घोड़ा आजौं खर्चु पावति हैं। हालाँकि घोड़ा अउर मालिक दूनौं मरि चुके हैं। सआदतअली ख़ाँ केरी बागन के बैल बिकायगे, रकम खवइया रकम खाएँगे, अउरु अबहींउ महिनवारी खर्चु वसूल करति हैं। ग़ाज़ीउद्दीन हैदर क्यार कुतवा याक राति भँउकति रहै, तउ भइया रखवारु कहि दिहिसि कि यहि का गरमी चढ़िगै है। एक सेरु गुलकन्द यहि का रोज खवावा जाय तौ ठीक होउ जाय। चलौ यहि के बहाने एक नवा सिग्गा खुलिगा, अब कम से कम आगे आवैवाले तीनि-चारि बादसाही ज़माने तक कुत्ता केरे नाँव पर कोई-न-कोई रकम खातै रही। ईस धाँधलीबाजी केरि का पूछति हौ भइया, दुर्बल और गरीब केरि मौत है। पापिन खातिर जमाना बहुत अच्छा है। जय होय देव आजु पापिन की...काल नाहीं गरौं वहै घोड़ा अउरु सवार की तना भरभराय के गिरि परिहैं।" यह कह हँसते हुए कवि बेनी झूमते हुए अपनी राह चल दिये।

तँबोली की दूकान के आगे बिछी हुई तिपाई पर टाट के परदे की छाँव में बैठे हुए व्यक्तियों में चर्चा चल रही थी।

एक ने कहा, "अजी इंगिलिशियों ने तबाह कर दिया। वह चाहते हैं कि बदइन्तजामी बनी रहे।"

दूसरा बोला, "मैंने मान लिया कि वह चाहते हैं, मगर जनाब यहाँ तो सवाल यह है कि हमारे बादशाह और वज़ीर क्यों नहीं अपनी हालत सुधारते।"

तीसरा बोला, "मेरी बात गाँठ में बाँध लो रामसुमेर, एक दिन बहुत बुरा ज़माना आएगा। राजाओं का दण्ड परजा को भुगतना पड़ेगा।"

दूसरा निःश्वास ढालकर बोला, "भगवान् जिलाना तो इज़्ज़त-आबरू से, नहीं तो उठा लेना। इस राज में कुछ भी बुरे से बुरा हो सकता है।"

गली में अपने चेलों को लिये हुए नये जवान बाँके बब्बू गुरु चले आ रहे थे। गली के हर दूकानदार से उनका कर बँधा हुआ था जिसे सबको कान दबाकर प्रतिदिन अदा करना पड़ता था। टोली सहित बब्बू गुरु को सामने देखकर एक ने दूसरे के कान में कहा, "ई असली राज तो इन गुण्डों-उठाईगिरों का है भइया, नवाब बादशाह ससुरे महलों के क़ैदी हैं।" दूसरा बरजकर धीरे से बोला, "गाली मत दो भइया, ज़माना बुरा है।"

बुरे जमाने की दहलन लिये हर भला आदमी यों रहता था जैसे हिंसक पशुओं के जंगल में चूहे, ख़रगोश रहते हैं।

शाहज़ादे के महल से जाने की चर्चा को लेकर शहर में सत्य का जो रूप था उससे एकदम अलग बादशाहबेग़म का अन्तःसत्य कुछ और था, "मैं हारी—पति के स्वामी आग़ामीर से, अँगरेज़ों से, दाई-ख़वासों और ख़वास की औलाद से।"...कुलीन सैयद ज्योतिषाचार्य की स्वयंनिष्ठ और पण्डिता लाड़ली बेटी अपनी मध्यवय में नन्ही मानिनी की तरह फूल बैठी। बड़े गोरे सहज दर्पयुक्त मुखमण्डल पर तमतमाहट और आँसू बादल-बिजली की तरह होड़ लगा रहे थे। बादशाहबेग़म अपनी पराजय एक क्षण के लिए भी नहीं सह सकती थीं। अदृश्य ईश्वर और इस्लामी इतिहास के महापुरुषों से अपने-आपको छोटा मानकर वे शायद इसीलिए श्रद्धा दे पाती थीं कि वे अदृश्य हैं लेकिन दैव भी यदि उनके आड़े आएँ तो बिना सिर झुकाये उनसे मोर्चा लेने को वे तैयार थीं। वे अपनी जन्मकुण्डली के ग्रहनक्षत्रों से जूझनेवाली महिला थीं। वे अपनी इच्छा को सर्वोपरि रखना चाहती थीं और इस समय सब कुछ उनकी इच्छा के विपरीत हो रहा था। नसीरुद्दीन पर उनका भरोसा था। उसकी माँ की हत्या कराने के बाद, उसे एक बार अपनी गोद में उठा लेने के बाद बादशाहबेग़म वचन और कर्म से उसकी माँ हो गयी थीं, ख़वास के बेटे से एक जगह कटकर भी अपनी महत्त्वाकांक्षाओं के लिए वे नसीरुद्दीन हैदर की माँ प्रायः मन से भी बन चुकी थीं। नसीरुद्दीन के रूप में उन्होंने जिस महत्त्वाकांक्षा को इतने वर्षों तक एक लगन से दिन-रात पाला-पोसा, बड़ा किया, वह आज उनसे बरज़ोरी छीन ली गयी। फ़रेब की पुतली दुलारी बादशाहबेग़म के हाथों से नसीरुद्दीन को छीन ले गयी। दुलारी का अपनी मार पर इस तरह से बदला लेना उन्हें बेहद खल गया। शाहज़ादे के इस तरह जुदा होने के मानी यह थे कि बादशाहबेग़म अनाथ हो गयीं, "नहीं, मैं इस तरह लाचार नहीं बनूँगी। मैं अपने बेटे को अपने पास खींच लाऊँगी और जब तक वह मेरे पास नहीं आ जाएगा मैं खाना नहीं खाऊँगी।"

बादशाहबेग़म ने अन्न त्याग दिया, यह सूचना सबसे पहले दुलारी के पास पहुँची। सुलेमानजाह के महलों में इस समय बिना ताज की पटरानी बनी बैठी दुलारी

ने सुना और सकते में आ गयी। दुलारी इन दिनों अपनी जान पर खेल रही थी। मौक़ा न मिलने से उसकी जो महत्त्वाकांक्षा अचेत पड़ी हुई अब तक विकृतियों से अपने हौसलों को बहला रही थी वह इस समय आगे बढ़ने की राह पाकर, अपना सुनहरा भविष्य देखकर महावेग के साथ जाग उठी। बाप के क़र्जे में बिकी, ज़िन्दगी की हज़ार ठोकरें खायी हुई घुन्ने अहंकारवाली हठीली दुलारी को इस छोटी उमर में भी यह होश था कि, "दुलारी, जो तू अब गयी, तो फिर गयी।" उसने अपना बड़ा मज़बूत जाल फैलाया। करीमन और मुनियाँ दल्लाला की मार्फ़त पुरस्कार में पाये हुए ढाई-तीन लाख के गहने बिकवाये। रुपये के बूते पर दुलारी महल के हर व्यक्ति को अपनी ओर खींचे हुए थी। उसने अपना एक आदमी ख़ुफ़िया तौर पर अपने दोनों सौतेले देवरों और प्रेमियों, फ़तेहअली, बारिसअली को लिवा लाने के लिए भी भेज दिया। दुलारी इस समय अपने विश्वस्त आदमी चाहती थी। भाग्य सुलखिया के रूप में उसे शक्ति प्रदान करने आया था। कठोर धार्मिक आचरण के आडम्बर से 'सच्चरित्र' विलासिनी के रूप में उसने सब पर अच्छा और अद्भुत प्रभाव डाल रखा था। इस जीती बाज़ी को वह अब हारना हरगिज़ नहीं चाहती थी। दिल्ली के शाहंशाह की पोती, अपने प्रियतम की परिणीता सुल्तानमहल से दुलारी ने भेंट की; झुककर अदब से पेश आयी। उसने यह देख लिया कि सुल्तानमहल गाय है।

फिर बादशाहबेग़म के अनशन को निष्फल करने के लिए दुलारी नसीरुद्दीन को पत्र लिखने बैठ गयी। हर बार की तरह उसके ख़ुशबूदार रंगीन काग़ज़ को नईम की छाया छू गयी। हर बार की तरह इस बार भी उसने अपना वियोग का भाव कलेजे की गहराइयों से नईमउल्ला को दिया, जो न जाने कहाँ था, और अपने दिल का फ़रेब नसीरुद्दीन को। उसके पत्र अपने दोहरे व्यक्तित्व की पूरी शक्ति से भोले मुर्शिदज़ादा को बाँधते थे। इस ख़त में उसने सुझाव दिया कि सुल्तानमहल को अपने पास बुलाने के बहाने वह दुलारी को अपने क़दमों में बुला ले।

पत्र का प्रभाव यह पड़ा कि सुल्तानमहल और दुलारी के डोले भी शाही सिपाहियों और नक़ीब तुरही के अदब क़ायदे के साथ सुलेमानजाह के पास पहुँच गये। दुनिया ने जाना, भूखी बादशाहबेग़म ने भी जाना कि दुलारी इस वक़्त चाँद-सितारों से खेल रही है, उसे कोई छू नहीं सकता।

यह सन् 1822 ई. का ज़माना था।

तेरह

आम, सेमल, महुआ और इमली के पेड़ों से छायी हुई धरती ऐसी सुहावनी सुखदायिनी लग रही है जैसे किसी पुण्यात्मा का व्यक्तित्व अपने ही सुन्दर गुणों की

छाया से शोभित हो निखर और फल-फूल रहा हो। अवध की भूमि अपनी अमराइयों से सफला है।

गाँव के दक्षिण में एक बड़ी झील है। उसके तीन ओर घनी अमराइयाँ हैं; कुछ यहाँ के व्यापारियों, दूकानदारों ने लगायी हैं और कुछ पुराने ठाकुरों के वंशजों की मिल्कियत हैं। पुराने पेड़ों के आसपास नये पेड़ बढ़ रहे हैं। झील के उस पार एक शिवालय के ढलकते हुए कलशशिखर, उसके पास नये उगते हुए पीपल और खँडहर होती हुई बड़ी-बड़ी ईंटों की दीवारें इस धरती के किसी प्राचीन ऐतिहासिक वैभव की गवाही दे रही हैं। शिवाले के पास ही विशाल टीले पर मन्दिर का पुजारीवंश एक से अनेक होकर कई घरों में बसा है।

मगर इस प्रकृति-सम्पन्न गाँव में एक भी घर पक्का, बड़ा या भव्य नहीं है। बाहर से देखने में दरिद्रों का गाँव लगता है।

आज सई साँझ से ही गाँव में ऐसा सन्नाटा छाया हुआ है मानो पूरी आबादी को साँप सूँघ गये हों। कहीं पत्ता भी नहीं खड़कता, चिरई का एक पूत भी नहीं झाँकता। हाँ, थोड़ी-थोड़ी देर बाद क्षितिज के चारों ओर दूर-दूर तक एक हाँक के उत्तर में अनेक हाँकें सुनाई पड़ जाती हैं और फिर सन्नाटा छा जाता है।

रात एक पहर चढ़ गयी। बस्ती के पास ढाक के जंगल के सामने बड़े टीले के पीछे से अचानक पचीस-पचास मशालों का जुलूस जुटने लगा। घरों के दरवाज़े खुले, स्त्रियों-बच्चों के दल के दल घरों से निकलने लगे, देर से छाया हुआ सन्नाटा रौल-चौल से भर गया। टीले के पिछवाड़े बैलगाड़ियों और मियानों की पाँत लगी थी। घरों की गृहस्थी लदी, बच्चे और स्त्रियाँ बैठीं। ज़मींदार लालकुँअरसिंह ने एक बार आकर प्रबन्ध पर दृष्टि डाली और गाड़ियाँ हाँकने का हुक्म दिया। 'सदा भवानी दाहिनी सम्मुख रहैं गणेश' भजकर आगे-पीछे, दायें-बायें चारों ओर बन्दूक़-भाला, धनुर्धारी वीरों और मशालचियों से घिरकर मियाने और गाड़ियाँ जंगल की ओर बढ़ने लगीं।

आज की रात्रि गाँव के लिए कालरात्रि थी।

इस गाँव में सोमवंशी ठाकुरों की आबादी सबसे अधिक है। ज़मींदार कुँअर सिंह मँझोले क़द और छरहरे बदन के जवान हैं। उनकी चाल-ढाल, आवाज़ और विचारों में बिजली कौंधती है। तलवार के वार की तरह ही वे हर काम का निर्णय भी किया करते हैं और उस पर अडिग रहते हैं। साल-छह महीने में एक बार इनके सिर पर सैयद सवार होते हैं, महीना-पचीस दिन उनका जशन रहता है। नाच-गाना, शराब, औरतबाजी, आस-पास के गाँवों की अच्छी ज़मीनें लूटना, क़त्ल करना, अपने दलवालों को बख़्शीशें देना आदि ऐसे-ऐसे कार्य लालकुँअरसिंह द्वारा होते हैं जो उनके औसत दैनिक-जीवन में सम्भव नहीं। यों तो पान-तमाखू को छोड़कर घर की स्त्रियों तक में प्रचलित हुक़्क़ा भी वे नहीं पीते। सैयद उतर जाने पर हर बार छोटी

जातिवाली प्रजा में दण्डस्वरूप दो-चार सौ रुपये तक अवश्य बाँट देते हैं। नित्य पार्थिव-पूजन करते हैं; ब्राह्मण मन्त्रोच्चार करता है। जिन दिनों सैयद आते हैं उन दिनों भी वे पूजा करते हैं। इसके बारे में यह कहा जाता है कि भगवान् भूतनाथ में उनकी ऐसी प्रबल निष्ठा है कि उसके कारण एक घड़ी के लिए सैयद भी उन्हें छोड़ जाते हैं। उन्होंने अपने सैयदरूपी आवेशों में छोटे-छोटे बावन गाँव हड़प लिये हैं। आमिल मुहम्मद अब्दुल्ला से उनकी लड़ाई है। मगर यों आस-पास के मुसलमान पड़ोसियों से भले सम्बन्ध बना रखे हैं। लालसाहब के आसेबी सैयद के कारण उनके घर से सैयद मौलवियों को भी कुछ-न-कुछ पहुँचता ही रहता है। इसलिए लालकुँअरसिंह की दूर-दूर तक धाक जमी हुई है।

अकबर के राज में महाराज टोडरमल ने सम्राट् और प्रजा के बीच एक बिचौलिया अफ़सर नियुक्त किया था। उस अफ़सर को ज़मींदार कहा जाता था। रैयत से लगान वसूल करने और ज़मीन का उचित-बन्दोबस्त करने के लिए ज़मींदार और आमिल को नोन-कर के रूप में ज़मीन मिलती थी, साथ ही एक मातहत अफ़सर क़ानूनगो भी मिलता था। जब से दिल्ली साम्राज्य डगमगाया तो जैसे सूबेदार स्वतन्त्र हुए वैसे ही बहुत से ज़मींदार भी सर्वतन्त्र स्वतन्त्र हो गये हैं। नवाबी क़ायम होने के बाद से अवध के अधिकतर ज़मींदारों की यह नीति रही है कि प्रबल से झुक जाते हैं, वर्ना यों शाही ख़जाने में एक झंझी कौड़ी देना भी वे अपना अपमान समझते हैं।

लालकुँअरसिंह के गाँव को इसीलिए आये दिन आमिल की फ़ौज से मोर्चा लेना पड़ता है; शाही सेना के सिरमौर होकर कभी-कभी अँगरेज़ कप्तान लफ़्टण्ट भी आ जाते हैं। ये लालमुँहवाले बड़े बस्ती-उजाड़ हैं। लालसाहब के गाँव में इसीलिए एक भी क़ीमती, भव्य और गत का घर नहीं है। बस्ती के पास ही ढाक का एक घना जंगल है, विपत्ति आने पर गाँव के परिवार और उनकी गृहस्थी की माया तुरन्त जंगल में बने सुरक्षित तहख़ाने में पहुँचा दी जाती है; मर्द लड़वैये तब शत्रु को बाहरी जंगल में घेरकर छकाते-भूनते और अपने जौहर दिखाते हैं।

आज भी ऐसे ही हमले की आशंका की जा रही है। हमले प्रायः रात के पिछले पहर में होते हैं, फिर भी गाँव वालों के औरत-बच्चे इस बार रात होते ही ठण्डे सुस्ते जंगल में बने एक तलघर में पहुँचा दिये गये। केवल लालसाहब के घर में कुछ स्त्रियाँ रह गयीं। लालसाहब की दूसरी पत्नी आज इस समय प्रसव-वेदना से छटपटा रही है। लालसाहब की पहली पत्नी ने चार कन्याओं और एक पुत्र को जन्म दिया। पुत्रियाँ जन्मते ही मार डाली गयीं; पुत्र दस महीने का होकर मर गया। दूसरी पत्नी की यह पहली सौरी थी। लालसाहब की माँ, विधवा बहन और दाई कण्डौर (कण्डे रखने की कोठरी) में छोटी ठकुरानी को घेरे बैठी हैं। दाई पृथ्वी पर नये जीवन का स्वागत करने के लिए तत्पर खड़ी है। कुछ दूर एक मोटे बत्ते से लौ और कालिख

फेंकता हुआ दीया जल रहा था। बाहर बड़ी उमस है और इस कण्डौर में बैठी हुई स्त्रियाँ तो मानो पसीना बनकर गली जा रही हैं।

दाई के हाथों में नयी ज़िन्दगी आयी, अम्मा और काकी उत्सुक हुईं।

"करमुँही आय।"

"जनै वाली की कोख जरै? लड़वाइया जंगल मइहाँ भटक रहे हैं अउ रैकवारन के घर की बिटेवा यू असगुनु जलमिकै पसरीं हैं। भरौं मुँह माँ मदार—अउर का कही? चलो नन्हकी।"—लालसाहब की माँ और चाची जलभुनकर चल दीं। ड्योढ़ी पर दस गोड़ैत, बारह पालकी कहार और दो मियानों के साथ ही यह हवा भी फैली हुई थी कि अँगरेज़-कप्तान अचानक इसी समय चल पड़ा है; कानपुर की अँगरेज़ी फ़ौज भी शाहीफ़ौज के साथ है, ऐसा ज़बरदस्त हमला होने वाला है जैसा पहले कभी नहीं हुआ। लालमुँह वाले इस बार बड़े ही खौखियाये हुए हैं क्योंकि लालकुँअरसिंह ने अँगरेज़ों के एक बहुत बड़े अपराधी दिग्विजय ब्रह्मचारी को शरण दे रखी है। शाही आमिल मुहम्मद अब्दुल्ला को लालसाहब से अपना बड़ा पुराना बैर चुकाने के लिए यह बहुत ही अच्छा अवसर हाथ लगा है, क्योंकि अँगरेज़ों की ओर से इस बार लालसाहब पर चढ़ाई करने की माँग आयी है। इस बार ठाकुर कुँअरसिंह और उनके सगोती सोमवंशी पट्टीदारों को सदा के लिए उजाड़ द्रेने का पूरा आयोजन किया गया है। सुनने में आ रहा है कि कई तोपें भी साथ आ रही हैं।

लालसाहब की माँ ने बाहर निकलकर जो यह समाचार सुना तो पतोहुओं के लिए दस बुरी-बुरी गालियाँ और मुँह से निकालीं। आठ भाला धनुर्धारी गोड़ैत और जल्दी पहुँचने के लिए आठ कहार अपने साथ लेकर वे भागीं। लड़की जनने वाली बहू और दाई के लिए एक मियाना चार कहार और दो रक्षक छोड़ गयीं। रक्षक और कहार अपनी गिनती कम देखकर डर के मारे इधर-उधर भाग गये।

लालकुँअरसिंह की नवजात कन्या के पहली कुँआँ-कुँआँ करते ही दाई ने उसके मुख में मदार के पत्ते का दूध टपकाना आरम्भ कर दिया था। बच्ची की माँ पन्द्रह वर्ष की नवयुवती अपनी पहली सन्तान का यों नाश होते देखकर रोने लगी। पर दाई ने ऐसी रोने वाली न जाने कितनी क्षत्राणी माताएँ देखी और बरती हैं जो पहली शिशु-हत्या के समय यों ही रोती-कलपती हैं फिर धीरे-धीरे अपनी कोख से जन्म पाने वाली हर कन्या का तत्काल मरण देखते-देखते इस ओर से विरक्त—प्रायः निर्मम वे हो जाती हैं।

दाई ने बच्ची को मदार का दूध पिलाकर उसके मुख में गर्भ का मल भर दिया। ज़च्चा की खाट के पास ही गड्ढा जल्दी-जल्दी खोदकर जैसे-तैसे शिशु का शव तोप दिया और भागने की तैयारी में लगी।

इस कण्डौर की धरती में इस वंश की न जाने कितनी लड़कियों के शव गाड़े गये; उनकी हत्या के तेरहवें दिन हर बार कण्डौर में ब्राह्मण देवता के चरण पड़ते

हैं; वे हत्या के प्रायश्चित्त का विधान करते हैं, फिर ब्रह्मभोज होता है। पता नहीं लालकुँअरसिंह की इस कन्या की हत्या का प्रायश्चित्त का विधान होगा भी या नहीं।

दाई हाथ-पैर धोकर बाहर मियानेवालों को बुलाने दरवाज़े तक पहुँच भी न पायी थी कि बहुत पास से तोप का धमाका हुआ। आकाश में लाल-लाल जलता हुआ गेंद-सरीखा गोला दिखाई दिया, लगता था कि उसी के सिर पर गिरनेवाला है। बदहवासी में भागकर वह कण्डौर में घुस गयी और किवाड़ बन्द कर लिये। कुँअरसिंह की पत्नी अपने मृत्युभय के आगे अपनी कन्या की हत्या भूल गयी। दोनों का सारा शरीर भय से सफ़ेद पड़ गया।

शत्रु यह समझ रहे थे कि उन्होंने अपनी पुरानी परम्परा को तोड़कर आधी रात में अचानक हमला करके अपने शत्रुओं को बेभाव दबोचा है, पर कुँअरसिंह को शाही और अँगरेज़ी फ़ौज के हर क़दम आगे बढ़ने का हाल बराबर मिलता रहा था। मुहम्मद अब्दुल्ला के नायब कुँअरसिंह से हर साल अच्छी रक़म पाते थे। कुँअरसिंह और नायब ज़ुम्मन ख़ाँ के बीच गुप्त संकेत सधे थे, हरकारे अपने दोनों मालिकों के बीच संकेत सूचनाओं को बड़ी मुस्तैदी से पहुँचा रहे थे। कुँअरसिंह को मालूम था कि इस बार एक बड़ी तोप भी आ रही है। कुँअरसिंह ने अपने मकान के पीछे ऊँचे टीले पर एक छोटी तोप चढ़ा दी थी। शत्रु का ध्यान बँटाने के लिए कुँअरसिंह ने अपनी उजाड़ बस्ती को शत्रु के द्वारा तहस-नहस करवाना क़बूल किया था। उनके आदमी बचे रहें, शत्रुओं के जितने गोले ख़राब हो सकें, करवा दिये जाएँ और फिर जंगल से निकलकर अचानक भेड़ियों की तरह शत्रु को दबोच लिया जाय। कुँअरसिंह यह प्रण किये बैठे थे कि इस बार इनकी तोपें न छीनीं तो कोई काम न किया।

टीलेवाली तोप का गोला अपनी चाल चल गया। अँगरेज़ों की बड़ी तोप उसी ओर बाढ़ें दागने लगी। कुछ घरों के खपरैल ज़रूर टूटे मगर मिट्टी की दीवारों और फ़र्श के ये गोले ख़ास कुछ न बिगाड़ सके।

इन गोलों की दगादगी में कण्डौर में बन्द छोटी ठकुरानी और दाई के प्राण सूखे जा रहे थे। दोनों काठ की तरह जड़ हो गयी थीं। उन्हें कुछ भी होश नहीं रह गया था, सिर पर मँडराती मृत्यु को देखकर उनका मृत्युभय भी जड़ हो चुका था।

सहसा टीले की तोप रुक गयी। शाही और अँगरेज़ी सेना ने उसे कुँअरसिंह की शक्ति-सीमा समझा, उत्साह से गोलियों की बाढ़ों पर बाढ़ें दागते हुए उनकी 'एडवांस-गार्ड' टुकड़ी आगे बढ़ी। इधर से कोई मुक़ाबला ही न था। शाही सेना ने सोचा कि उनके दुश्मन इस अचानक हमले से घबरा घर-बार छोड़कर भाग गये हैं। सेना के लोगों में लूटने की लालच समायी और वे बस्ती के घरों में घुसकर तितर-बितर हो गये। यों शत्रु की सेना को फोड़कर कुँअरसिंह के दल ने जंगल से निकल कर हमला किया। गुहार सुनकर आसपास के गाँव से हथियारबन्द लोगों के

दल के दल भी आ जुटे। शाही और अँगरेज़ी सेना इस अचानक आक्रमण के लिए तैयार न थी; किसी तरह उन्होंने अपने को बटोरने का प्रयत्न किया, मगर टोपीदार बन्दूक़ों की बाढ़ और देहातियों का युद्धघोष बढ़ता ही जाता था। इसी बीच में लालकुँअरसिंह ने शत्रुओं की सारी तोपों पर क़ब्ज़ा कर लिया। शाही सेना के नायक कप्तान होलिंग्ज़ ने अपनी सेना को क़ाबू में रखने का प्रयत्न किया पर उसके पाँव उखड़ चुके थे। प्रजादल पहली जीत से उत्साह पाकर शत्रुओं को उसी तरह खदेड़ने लगा जिस तरह जंगलों में शिकारी कुत्ते जानवरों को दबोचते और खदेड़ते हैं। सारी रात शाही सेना और अँगरेज़ी सेना यों ही भागती फिरी। कप्तान होलिंग्ज़ और अँगरेज़ी सैनिक भागते हुए भी अपने शत्रुओं से सख़्त मुक़ाबला कर रहे थे। अँगरेज़ों के नैतिक साहस और वीरता से शाही-सिपाहियों को भी जोश मिलता था।

पौ फटने से पहले-पहले एक मुक़ाबले में अचानक लालकुँअरसिंह कप्तान होलिंग्ज की पकड़ाई में आ गया और उसके सौभाग्य से ही ठगी और डकैती विभाग की स्पेशल पुलिस की एक टुकड़ी के साथ रघुराजसिंह तुमनदार वहाँ आ पहुँचे और उनके ताज़ादम सिपाहियों ने रात-भर के थके प्रजादल को तेज़ी से पीछे खदेड़ दिया।

कप्तान होलिंग्ज़ में नया विश्वास जागा, उनका इस समय तक बहुत नुक़सान हो चुका था। एक सूबेदार, एक हवलदार और बीस सिपाही मारे जा चुके थे। इसके अलावा एक सूबेदार, दो हवलदार, एक नायक और चौदह सिपाही घायल या ग़ायब हो चुके थे। तोपें निकल जाने की शरम उन्हें सबसे भारी थी।

लालकुँअरसिंह के अँगरेज़ों के हाथ में पड़ जाने के कारण सोमवंशियों की रात-भर की जीत ज़बरदस्त हार बनी जा रही थी। उनके शरणागत दिग्विजय ब्रह्मचारी को सबसे अधिक खल रहा था; उनकी रक्षा के लिए ही कुँअरसिंह को यह दण्ड भोगना पड़ा है। गाँव के निवासी, दिग्विजय ब्रह्मचारी गंगापार कानपुर ज़िले के एक बैस राजपूत वंश के थे। उनके कुल में बहुत प्राचीन काल से जाति तथा गाँव की चौधरीगीरी चली आ रही थी। संयोगवश इनके कुल के सिरमौर ठाकुर मृत्युंजय सिंह की नज़रें आन गाँव के प्रतिष्ठित क़ाज़ी कुल की एक विधवा युवती से लड़ गयीं, जिसके सबब से उन्हें अपना धर्म-परिवर्तन करना पड़ा। मृत्युंजय सिंह के नूरमुहम्मद बन जाने पर जाति का प्रमुख पद स्वाभाविक रूप से उनसे छिन गया। उनके सगे काका के ज्येष्ठ पुत्र दिग्विजय सिंह इस पद के अधिकारी थे, परन्तु दिग्विजय सिंह की सौतेली माँ ने अनायास उत्पात खड़ा कर दिया। घर में फूट पड़ती देखकर और उसके कारण कुल से मुखिया पद जाता देखकर उन्होंने बड़ा त्याग किया। उनकी बालपत्नी कुछ महीनों पहले ही मर चुकी थी, दूसरा विवाह भी हो चुका था परन्तु घर में कलह के बीज का नाश करने के लिए उन्होंने अपना ज्येष्ठ पद त्याग कर आजन्म अविवाहित और ब्रह्मचारी रहने की भीष्म-प्रतिज्ञा की। उनके

छोटे सौतेले भाई जाति के मुखिया बने। नूरमुहम्मद को बँटवारे द्वारा कुल से अलग कर दिया गया, परन्तु पट्टीदारी पूर्ववत् क़ायम रही।

अपनी फ़ौजों के ख़र्च के लिए ईस्ट इण्डिया कम्पनी बहादुर की सरकार ने अवध के नवाब-वज़ीरों से मुरादाबाद, बरेली, इटावा, कानपुर, इलाहाबाद, गोरखपुर आदि कई इलाक़े पाये थे। सहारनपुर, अलीगढ़, आगरा और बुन्देलखण्ड उन्होंने मराठों से जीते थे। इन इलाक़ों में कम्पनी सरकार ने पुराने परम्परागत नियमों को रद्द कर, अपनी परिपाटी लादी थी। इन लोगों में परम्परा के नियमों से खेती व्यक्तिगत न होकर पंचायती होती थी। दो प्रकार की प्रवृत्तियाँ प्रचलित थीं। एक भैयाचार पद्धति थी जिसमें पूरी बिरादरी सामूहिक रूप से ज़मीन के नफ़े-नुक़सान में सम्मिलित रहती थी; दूसरी पट्टीदारी प्रथा थी, इसमें एक कुल के अधिकार में भूमि-सम्पत्ति होती थी और उस कुल में जन्म लेते ही हर मर्द बच्चा भूमि-सम्पत्ति का पट्टीदार हो भी जाता था।

मुग़ल-साम्राज्य के पतन के बाद ज़मींदार स्वतन्त्र हो चुके थे। वे जहाँ तक बनता सरकारी ख़ज़ाने में लगान नहीं देते थे। शाही आमिलों और नाज़िमों से इसीलिए उनकी आये दिन मुठभेड़ होती रहती थी। प्रबल होने पर नाज़िम और आमिल बड़ा अत्याचार भी करते थे। यह होते हुए भी हाकिमों को भारतीय ग्रामों की प्रजा से दबना पड़ता था। ग्राम-पंचायतें बड़ी सशक्त होती थीं, ज़मीन पर उनका सामूहिक अधिकार होता था। समाज के लिए आवश्यक और उपयोगी पेशोंवाले हर व्यक्ति को भी उस ज़मीन की उपज का भाग मिलता था। पट्टीदार और भैयाचार दोनों ही प्रकार के भूस्वामी अपना एक मुखिया चुनते थे। यह मुखिया उनका धनरक्षक, न्यायकर्ता और शासनकर्ता होता था। ग्राम-पंचायत की ओर से सब जातियों का यथोचित प्रतिनिधित्व और रक्षण होता था। धरती की उपज में, समाज का धरम-करम सँभालनेवाले ब्राह्मण का हिस्सा, चौकीदार का हिस्सा, पंचायत के लेखपाल-पटवारी का हिस्सा, लोहार, चमार, नाई, बरेठा, ओझा, सयाने बैद, साधु, सन्त, अतिथि सबका हिस्सा होता था। इस तरह गाँवों की सामूहिकता कभी नष्ट नहीं होती थी। खेती के अलावा घरों में चर्खा कातने का आम रिवाज था, दस्तकारी की बहुत-सी चीज़ें भी तैयार होती रहती थीं। भारत में केन्द्रीय शासन जाने कितनी बार स्थापित हुए, केन्द्र भी घूमते रहे, इतिहास पर तरह-तरह से अपनी छाप छोड़ जानेवाले अनेक राजे सम्राट् हुए परन्तु भारत के गाँव सदा स्वतन्त्र ही रहे। राजा सम्राट् के प्रतिनिधि को निश्चित लगान देने के अलावा और उनका कोई सम्बन्ध नहीं रहता था।

अँगरेज़ों ने जहाँ-जहाँ अधिकार किया, वहाँ-वहाँ इन पंचायतों की शक्ति तोड़ दी। स्वतन्त्र ज़मींदारों और ताल्लुकेदारों को उन्होंने दबोच लिया और भूमि पर अपने देश के एक सत्ताधिकारवाले नियम के अनुसार सारी ज़मीन एक ज़मींदार को सौंप

दी। अँगरेज़ ज़मींदारी नीलाम करते थे। जो अधिक रक़म की बोली बोलता था उसे ही गाँव का मालिक बना दिया जाता था। इसके साथ ही साथ अँगरेज़ों ने ज़मींदार को यह भरोसा भी दिया था कि बंगाल की तरह वे यहाँ भी ज़मींदारी का इस्तमरारी बन्दोबस्त कर देंगे; बाद में उन्होंने ऐसा न किया। अधिक मुनाफ़ा चूसने की लालच से वे बार-बार ज़मींदारियों का नीलाम करते थे। इन नीलामों में एक नहीं बल्कि पुरानी भैयाचार और पट्टीदारी प्रथा के अनुसार अनेक भूस्वामियों का राज-पाट साहब की क़लम के एक झटके से छिन जाता था। यों ज़मीन से उखड़े हुए सर्वहारा भूमिधर किसान विद्रोही और लुटेरे होकर प्रजा में अन्त तक अशान्ति फैलाते फिरते थे। इन उखड़े हुए अनेक भूस्वामियों को ही अँगरेज़ी क़ानून के अनुसार उत्तर प्रदेश की ज़रायमपेशा जातियाँ घोषित किया गया, स्वयं अँगरेज़ लेखकों का कहना है कि अनेक बार उन्हें पशुओं की तरह खदेड़ा जाता था।

चौधरी नूरमुहम्मद भी अँगरेज़ों के बनाये ज़मींदार थे। ये इस्तमरारी बन्दोबस्त होने की बाट देख रहे थे; उधर अँगरेज़ों ने उनसे बड़ी रक़म पर नये सिरे से ज़मीन का सौदा करने का आग्रह शुरू किया। अँगरेज़ों ने यह भी कहा कि यदि वे ऊँचे दाम न देंगे तो चौधरी साहब की ज़मींदारी फिर नीलाम पर चढ़ा दी जाएगी। चौधरी नूरमुहम्मद तन गये। इस पर अँगरेज़ी सरकार ने विधिवत् नीलाम करके नूरमुहम्मद का इलाक़ा उनके प्रतिद्वन्द्वी टिम्मो ख़ाँ ज़मींदार को दे दिया। जब वे अँगरेज़ी फ़ौज के साथ क़ब्ज़ा लेने गये तो जमकर लड़ाई हुई। पचीसों गोरों की एक टुकड़ी चौधरी नूरमुहम्मद की बनी हुई पक्की हवेली तोड़कर अन्दर घुस गयी। चौधरी नूरमुहम्मद ने इस आख़िरी मोर्चे पर जमकर मुक़ाबला किया और खेत रहे। लेकिन दिग्विजय ब्रह्मचारी ने अपने भाई का स्थान ग्रहण किया और हवेली में घुसे हुए अँगरेज़ों पर टूट पड़े। एक गोरा सिपाही नूरमुहम्मद की बची हुई एकमात्र सन्तान छहवर्षीया लड़की को भागते हुए पकड़ ही चुका था कि दिग्विजय ने उसकी हत्या कर डाली। घर में घुसे हुए गोरे और उनका साहब लेफ़्टीनेण्ट तक बीन-बीनकर मारे गये। हिन्दुस्तानी टुकड़ियाँ प्रजादल की करारी मार से छीजकर तितर-बितर हो गयीं। कम्पनी सरकार को शर्मनाक हार सहनी पड़ी। परन्तु इसके बाद ही स्थान अरक्षित देखकर नूरमुहम्मद की लड़की को ले ब्रह्मचारी गंगा पार करके शाही इलाक़े में लालकुँअरसिंह के शरणागत हो गये।

अपने शरणदाता लालसाहब को छुड़ाकर लाने के लिए ब्रह्मचारी ने रात में अचानक शाही-सेना के पड़ाव पर छापा मारा। कप्तान होलिंग्ज़ ख़ीमे में से भाग निकला परन्तु उसका सारा सामान नष्ट कर दिया गया। शाही-सेना बुरी तरह से पिटी। इसी गलमथल में नायब जुम्मन ख़ाँ ने आमिल मुहम्मद अब्दुला को कम्बल उढ़ाकर, हाथ-पैरों को रस्सी से बाँधकर चारपाई-समेत जला दिया। मीर अब्दुल्ला की एक नौकरानी इस कुचक्र में जुम्मन ख़ाँ के साथ थी। आमिल की गढ़ी रात के अँधेरे

में नायब के कुचक्र से ख़ुद शाही सेना के सिपाहियों ने ही लूटी। कुँअरसिंह और उनके साथ पकड़े गये दो अन्य व्यक्तियों को ब्रह्मचारी छुड़ाकर ले गये।

शरणदाता को संकट से उबारकर ब्रह्मचारी ने फिर वहाँ रहना उचित न समझा। दूसरे लालकुँअरसिंह की माता भी नूरमुहम्मद की लड़की को अपने घर में शरण देने में आपत्ति करती थीं। लड़की की माँ इसी गाँव के क़ाज़ीसैयद कुल की लड़की थी। क़ाज़ीसाहब इसीलिए बार-बार अपनी अनाथ भानजी को अपने क़ब्ज़े में करना चाहते थे। दिग्विजय जानते थे कि यह अधिकार प्रेम-भावना के कारण नहीं वरन् बदला लेने की नीयत से माँगा जा रहा है। इसलिए जख़्मी होने पर भी उन्होंने कुँअरसिंह के साथ रात के पिछले पहर घर लौटते ही नूरमुहम्मद की कन्या को लेकर चले जाने का निश्चय किया। कुँअरसिंह उन्हें रोक न सके, उन्हें अपनी सीमा तक निरापद पहुँचाने के लिए चार आदमी साथ कर दिये।

मुसलमान कन्या के हिन्दू पितृव्य पर अब एक भार था—सत्पात्र को सौंपने तक कुल्सुम की रक्षा का भार।

चौदह

सूर्यवंशी आर्यों के आदिम इतिहास से सम्बद्ध, भारतीय संस्कृति से अविच्छिन्न और उसपर प्रभाव डालनेवाली, भारशिवों, राजपूतों, शेख़, पठानों, मुग़लों और मंसूरिया वंश के शिया मुसलमानों के राजकीय इतिहास की धरती—अवध की धरती—अपने मैदानों की व्यापकता, अपनी उर्वर भूमि के वैभव और पूर्वी अन्तरिक्ष के पास बहती हुई गंगा भागीरथी को अर्घ्य के रूप में भगवान् अंशुमाली को अर्पित कर रही थी। दूर दिखलाई देती हुई नील के कारख़ाने की चिमनी और आलीशान कोठी गंगा के उसी ओर पड़ती थी, जिस ओर दिग्विजय ब्रह्मचारी अपनी भतीजी कुल्सुम को लेकर घोड़े पर चले आ रहे थे। कुल्सुम लड़के के लिबास में थी; चूड़ीदार पायजामा, अँगरखा और साफ़ा उसपर फब रहा था। घोड़े पर इतना बेतहाशा सफ़र कुल्सुम अपने नन्हे-से जीवन में दूसरी बार कर रही थी। युद्ध के, अपने परिवार के मार्मिक अन्त के तीखे अनुभवों ने; तकलीफ़ों की इन्तेहा ने नन्ही कुल्सुम को सहसा प्रौढ़ा और गम्भीर बना दिया था; फिर भी बच्ची के चेहरे पर थकान का कुम्हलायापन तो था ही। दिग्विजय ब्रह्मचारी भी दो रातों के जूझे घायल थे, और ऐसी दशा में डेढ़ पहर से घोड़ा दौड़ाते चले आ रहे थे, चिन्ता भी थी कि कहाँ जाकर टिकेंगे; उनका चेहरा भी मुरझाया हुआ था।

रक्ताभ सूर्यदेव मानो गंगा नहाकर उदय हो रहे थे। उनके दर्शन कर ब्रह्मचारी की सारी थकान हर गयी। उन्होंने घोड़ा रोक श्रद्धापूर्वक अपने कुलदेव को प्रणाम

किया और कुछ देर तक मौन ध्यानमग्न हो गये। उनका मुखमण्डल श्रद्धा की शान्त स्निग्ध आभा से दीप्त हो उठा। नन्ही कुल्सुम एकटक अपने काका को निहारने लगी।

ध्यान के बाद आँखें खोलने पर दिग्विजय ब्रह्मचारी ने कुल्सुम को अपनी ओर टकटकी बँधी खोयी दृष्टि से देखते देखा, मुसकराते हुए उसके सिर पर हाथ रखकर बोले, "क्या देख रही हो बेटी?"

कुल्सुम हलके-से चौंक पड़ी, होश में आयी हुई नज़रों से दिग्विजय को देखा, लजा गयी, बोली, "जी कुछ नहीं, आपको इबादत करते देख रही थी।"

"मैं अपने गुरु से इबादत करना सीख रहा था।" बच्ची को उत्तर देते हुए भी ब्रह्मचारी ऐसे गम्भीर थे मानो किसी बड़े से कह रहे हों।

"आपका गुरु कौन है?"

"वो!—भगवान् सूर्यनारायण! देखो हमें सुख पहुँचाने के लिए कैसे तपते हैं—यही सच्ची इबादत या पूजा है।"

"अच्छा कक्कू, ये सब अल्लाह ने ही तो बनाया है?" अपने कक्कू की बात अच्छी तरह से न समझते हुए भी कुछ उसी क़िस्म के भोले सोच में पड़ी कुल्सुम पूछ बैठी।

"हाँ बेटी।"

"सब कुछ कितना अच्छा बनाया है अल्लाह ने! तब कक्कू अल्लाह ने इनसान को नहीं बनाया होगा!"

"फिर किसने बनाया है बेटी?" घोड़े को आगे बढ़ाते हुए ब्रह्मचारी ने प्यार से पूछा।

"जाने किसने बनाया है—शैतान ने बनाया होगा, हैं कक्कू?" कुल्सुम गम्भीरता से बोली।

ब्रह्मचारी हँसनें लगे, बोले, "पर मेरी बेटी को तो ख़ुदा ने ही बनाया है।"

कुल्सुम शरमा गयी पर दूसरे ही क्षण आँखें नचा हँसते हुए कहा, "और आपको भी।"

घोड़ा नदीतट के निकट जा पहुँचा, पेड़ों के झुरमुट के नीचे घोड़ा खड़ा कर उस पर से उतरते हुए ब्रह्मचारी ने कुल्सुम को अपनी गोद में ले लिया और फिर घोड़े की पीठ से ज़ीन उतारकर उसे लम्बी डोरी बाँध स्वयं भी एक पेड़ के नीचे बैठ गये।

कुल्सुम बोली, "कक्कू, अब हम कहाँ रहेंगे?"

"जहाँ भगवान् रखेगा।"

कुल्सुम उत्तर सुनकर गम्भीर हो गयी। ब्रह्मचारी हथेली पर सुरती-चूना रख फिर मलने की प्रक्रिया में व्यस्त हो चिन्तामग्न हो गये।

भरी बन्दूक़ को कन्धे पर लटकाकर झोले से लोटा निकाल प्रातःकालीन कर्मों ने निवृत्त होने के लिए जाते हुए ब्रह्मचारी को कुल्सुम की चिन्ता हुई, आशंका से भरे डग आगे बढ़े पीछे हटे, फिर स्तब्ध हो गये। कुल्सुम ने पूछा, "क्या बात है कक्कू? आप तो जा रहे थे न!"

ब्रह्मचारी उसके पास आ धीरे से कहने लगे, "बेटी, अगर कोई तुम्हारा नाम पूछे तो कुलवन्तसिंह बताना।"

कुल्सुम खिलखिलाकर हँस पड़ी। बोली, "कैसी मज़ेदार बात है कक्कू, आपने तो मेरा नाम भी बदल दिया। पर मैं यह नाम नहीं रखूँगी, अच्छा नहीं लगता।"

"तो क्या नाम रखोगी बेटी।"

"रसूल ख़ाँ। मेरी अम्मा कहा करती थी कि रसूल के नाम में बड़ी ताक़त होती है।"

ब्रह्मचारी एक क्षण स्तब्ध रहे फिर बोले, "रसूल का नाम मन में जपना बेटी लेकिन इस समय कोई पूछे तो अपना नाम कुलवन्तसिंह ही बतलाना और मैं तुम्हारा पिता हूँ बेटी। कोई पूछे तो कृपालसिंह नाम बतलाना, अच्छा। और कोई तुम्हें सताए तो ज़ोर से चिल्ला पड़ना, मैं यहीं पास हूँ।"

कुल्सुम को अच्छी तरह समझा-बुझाकर ब्रह्मचारी चले, उनका मन उस समय अनगिनत चिन्ताओं से घिरा हुआ था। इस बालिका कों वे कैसे अपने पास रखेंगे? धर्म-कर्म की शिक्षा-दीक्षा किस प्रकार होगी? मुसलमानी राज में मुसलिम बालिका का अपहरण करना घोरतम अपराध है। कोई यह न जानेगा कि किस भावना से वे इसकी रक्षा कर रहे हैं। मुसलमान ही सही पर कुल्सुम उनके भाई की सन्तान, उनकी एकमात्र निशानी है। 'क्या होगा—राम।' ब्रह्मचारी बड़े ही चिन्तामग्न थे। उनके कन्धे का घाव भी दुख रहा था।

कुल्सुम नीम के पेड़ के नीचे बैठी पास के कंकड़ उठाकर पँचगुट्टे खेलने लगी थी, उसी समय मछली पकड़ने की बंसी लिये नईमउल्ला उधर से गुज़रा। एक छोटे-से बच्चे को अकेले पेड़ के पास बैठे देख उसका कौतूहल जागा।

"परदेशी हो बच्चे?"

"हाँ।"

"तुम्हारे साथ कौन हैं?"

"मेरे वालिद—पिता—आप कौन हैं?"

नईम पास आ गया। कुल्सुम उसे टकटकी बाँध सशंकित दृष्टि से देखने लगी।

"कहाँ से आ रही हो?"

"मैं लड़का हूँ जनाब, मेरा नाम कुलवन्तसिंह है।"

"कहाँ से आ रहे हो?"

"बड़ी दूर से।"

"और कहाँ जाओगे?"

"बड़ी दूर।"

नईमउल्ला उसे बड़े ग़ौर से देखता रहा। फिर कुल्सुम के गाँव का नाम पूछा। कुल्सुम बोली, "आप ये सब क्यों पूछते हैं, जाइए यहाँ से।"

नईमउल्ला कुल्सुम की तेज़ी देख हँस पड़ा। उसी समय कुछ दूर पर गंगा तट की ओर जाते हुए दिग्विजय ब्रह्मचारी ने अपनी भतीजी के पास किसी व्यक्ति को खड़े देखकर ललकारा : "को आय?"

नईम ने मुड़कर देखा, चेहरा कुछ पहचाना-सा लगा। रुस्तमनगर से भागने के बाद नईम ने अपनी भटकन के दिनों में कहीं देखा था। कहाँ—यह ध्यान नहीं पड़ रहा था। दुलारी के प्रेम की डोर टूट जाने पर कटी पतंग की तरह वह न जाने कहाँ-कहाँ भटका था। अपनी स्मृति पर ज़ोर देते हुए वह लम्बी-चौड़ी देह और दाढ़ीयुक्त, भव्य मुखमण्डल वाले ब्रह्मचारी की ओर सीधा देखते हुए आगे बढ़ा। ब्रह्मचारी के कन्धे पर पट्टी बँधी थी।

"कौन हो, बच्चे से क्या पूछ रहे थे?" दिग्विजय सिंह ने कड़कदार स्वर में पूछा।

कुछ दूर पर एक अँगरेज़ पुरुष और महिला घोड़े दौड़ाते चले जा रहे थे। नईम उन्हें देख चट से पीठ फेरकर खड़ा हो गया। ब्रह्मचारी ने भी अँगरेज़ों को तनी भृकुटी और सशंक नेत्रों से देखा। घुड़सवार इन लोगों की ओर बिना दृष्टिपात किये ही दूर चले गये। नईमउल्ला अपना भय छिपाते हुए फिर बोला, "मैंने आपको पहले कहीं देखा है।"

"तुम हो कौन?"

"मैं यहीं निलहे साहब की कोठी में बावर्ची हूँ। क़ौम का पठान हूँ, मेरा नाम नईमउल्ला है! आप कहाँ से आ रहे हैं...? मुझे याद पड़ता है, आपको मैंने गंगा पार इंग्लिशों की अमलदारी में कहीं देखा था।"

ब्रह्मचारी को हीले-बहाने करने में हिचक हुई, सोचा युवक देखने में कुटिल नहीं मालूम पड़ता, इसके साथ विश्वास का आदान-प्रदान शायद किया जा सकता है, पूछा, "इसी गाँव के रहनेवाले हो जवान?"

"पिछले साढ़े तीन बरसों से तो यहीं रहता हूँ।"

"यह गाँव किसकी अमलदारी में है?"

"संजर ख़ाँ ज़मींदार हैं, वे भी पठान हैं।"

"यहाँ ठहरने की जगह मिल सकेगी?"

"यहाँ ऊँची क़ौमों के हिन्दू कम हैं, एक भगवन्त साह महाजन है मगर बेहद

कमीना है, एक पण्डित है। पहले इस गाँव में पठान बहुत थे अब उनके भी घर उजड़ गये हैं।"

"चौधरी कौन है?" ब्रह्मचारी ने फिर प्रश्न किया।

"मज्झू ख़ाँ।"

"कैसा आदमी है?"

"बहुत शरीफ़, लेकिन उनके यहाँ आप कैसे रहेंगे?"

"कक्कू—अ-अ-अब्बा, अ-उँ-उँ बप्पा।"...कुल्सुम घबराहट में कुछ का कुछ बोलकर फिर और सकपका गयी। नईमउल्ला उसे ग़ौर-से देखने लगा। दिग्विजय ब्रह्मचारी ने यह परिस्थिति देख एक मुसलमान युवक के सामने कुल्सुम की जाति छिपाना उचित न समझा। बोले, "जवान, तनिक यहाँ ठहरो, मुझे तुमसे बातें करनी हैं—अभी आता हूँ।" ब्रह्मचारी तट पर हाथ-पैर धोने चले गये। नईमउल्ला रहस्य को जानने के लिए उत्सुक गम्भीर भाव से खड़ा रहा। कुल्सुम की ओर उसने ग़ौर से देखा, उसका शक फिर जागा—इतना नाज़ुक चेहरा लड़कों का आमतौर पर नहीं हुआ करता, और यह बोलने में ग़लती भी कर जाता है।

हाथ धोकर ब्रह्मचारी नईम के पास आकर बैठ गये। पूछा, "मुसलमान हो या बेईमान?"

नईमउल्ला का गोरा चेहरा तमतमा उठा। दिग्विजय मुसकराये, बोले, "बुरा न मानना भइया, मैं तुम्हें आज़मा रहा था।"

नईमउल्ला के चेहरे से अब भी आवेश की छाप छूट न पायी थी, उसने रुखाई के साथ ही प्रश्न किया, "मुझे आज़माने की ज़रूरत?"

"तुम्हारी बहन की रक्षा का सवाल है।"

नईमउल्ला घूमकर कुल्सुम को देखने लगा।

ब्रह्मचारी कहते रहे, "मैं तो कहीं भी पड़ रहूँगा—बजरंगबली का मन्दिर होगा, शंकरजी का होगा, कुछ नहीं तो यहीं गंगा किनारे कुटिया बना लूँगा, पर इसको तो इसके धरम की ही शिक्षा-दीक्षा देनी है, फिरंगियों ने इसका घर तबाह कर डाला है।"

नईमउल्ला के मुख पर कौतूहल झलका। ब्रह्मचारी बोले, "क़िस्सा कभी फ़ुरसत से सुनाऊँगा। असल बात इसे शरण देने की है, बोलो मेरी मदद कर सकते हो?"

नईमउल्ला जोश में आकर कहने लगा, "ज़रूर, आपने इसे मेरी बहन कहा है, आज से यह मेरे साथ ही रहेगी। तुम्हारा नाम क्या है बहन?"

"कुल्सुम।"

दिग्विजय बोले, "बहन के लिए भाई अपनी जान सदा हथेली पर लिये रहता है, जानते हो?"

नईम बोला, "जानता हूँ या नहीं यह तो आप मौक़ा पड़ने पर ही देख सकेंगे,

पर इतना जानता हूँ कि मैं पठान हूँ और पठान अपनी बात के सच्चे होते हैं।"

ब्रह्मचारी ने सन्तोष की एक साँस ली।

कुल्सुम के आने से नईमउल्ला के जीवन में नया रस और ज़िम्मेदारी की नयी भावना जागी। गाँव में, निलहे साहब के नौकरों-चाकरों में यह प्रसिद्ध हो गया कि कुल्सुम नईम की अनाथ चचेरी बहन है, उसके पिता मरते समय ब्रह्मचारी बाबा को नईम का पता बतला गये थे सो उसे वे यहाँ ले आये हैं। ब्रह्मचारी गंगा तट पर कुटी बनाकर रहने लगे।

नईमउल्ला कोठी के बड़े मुनीम मिस्टर स्मिथ का बावर्ची था। स्मिथ की कारगुज़ारियाँ दूर-दूर तक विख्यात थीं। वह किसानों की बढ़िया-सी ज़मीनें नील की खेती के लिए छाँटता था और कभी-कभी तो वह किसानों के अपने भरणपोषण के लिए खेती करने योग्य ज़मीनें भी ज़बरदस्ती नील बोने के लिए ही प्रयोग में लाने का दुराग्रह करता था। किसान अधिकतर पठान थे। वे स्वयं खेती नहीं करते थे बल्कि उसी तरह मज़दूरों से करवाते थे जैसे कि ब्राह्मण-ठाकुर करवाते हैं। खेतिहर, मज़दूरों में, उस गाँव में आम तौर पर चमार, धानुक, बसोर और गोड़िया कहार जाति के लोग थे। किसानों की ओर से उन्हें भी ज़मीनें मिली हुई थीं। जब से हर अच्छी ज़मीन नील के लिए हथियायी जाने लगी तब से किसान अपने खेतिहरों की धरती में साझा बँटाने लगे थे, बहुतों के नाम ऊसर पड़ी ज़मीनें पठानों ने हड़प ली थीं। इस प्रकार खेतिहर मज़दूर अपनी स्त्रियों और बच्चों से कोठी में नौकरी करवाने पर मजबूर हो गया था। नीच क़ौमों के घर के घर अपनी हर साँस के साथ दासता के कठघरे में दैन्य और अपमान के शेर के आगे डाल दिये गये।

गज्जू बसोर की तेरह बरस की बेटी भुलनी अपनी माँ के साथ कोठी में ही काम करती थी। वह लड़की हीन कुल में जन्म लेकर भी बड़ी सुन्दर थी। उसकी माँ उसे हरदम बहुत बचाव और निगरानी के साथ रखती थी। भुलनी बड़े साहब की कोठी में सफ़ाई का काम करती थी। कोठी का बड़ा मुनीम स्मिथ बहुत दिनों से इस लड़की को अपनी वासना की खुराक बनाने के लिए प्रयत्नशील था किन्तु उसका बस नहीं चलता था। भुलनी उस लाल मुँह के मोटे, अधेड़ साहब को देखते ही दूर से भाग जाती थी।

जब से कुल्सुम आयी, भुलनी अकसर उससे बातें करने के लिए नईम की कोठरी में आने-जाने लगी। एक दिन जब कि वह नईम की कोठरी के बाहर दीवार से सटाकर मिट्टी से गुड़िया का घर बना रही थी, स्मिथ उधर से गुज़रा। भुलनी को देखकर उसकी बहुत दिनों की भूख जाग उठी। वह दबे पाँव उधर बढ़ा।

गुड़िया के घर की एक मंज़िल बन चुकी थी, दूसरी बनाने के लिए लकड़ी के तख़्ते की ज़रूरत थी; भुलनी बोली, "कुल्सुम सुनौ, क़ारख़ाने की कईती चली जाव, फ़ैज़ुल्ला बढ़ैवा ते कहेव कि तख़ता दै देव।"

"भइ, फ़ैज़ुल्ला के पास मैं नहीं जाऊँगी, मुझे माँगते शरम लगती है। तुमी ले आओ न।"

भुलनी बोली, "न! हम न जाब।"

"क्यों?"

"ऊ बड़ा मुरहा है, हमका बहुत छेड़त है। हम न जाब। अच्छा तुम नईम...।"

भूखा भेड़िया स्मिथ बिलकुल पास आ गया। कुल्सुम की नज़र पड़ी, घबराकर उठते हुए बोली, "साहब!"

मिट्टी सने हाथों को ऊपर उठा गरदन घुमाकर भुलनी ने देखा—भेड़िया! वह भागने का प्रयत्न करने लगी।

"किडर जाएगा, नेई बागने सक्टा।" स्मिथ ने भुलनी का हाथ पकड़ लिया।

विवश क्रोध-भरी दृष्टि से आक्रमणकारी को ताकते हुए भुलनी ने अपने को छुड़ाने के प्रयत्न में सहसा साहब की बाँह पर दाँत गड़ाये।

"यू लिटिल रास्कल।" स्मिथ ने भुलनी के कपाल पर बायें हाथ की हथेली से ज़ोर लगाकर उसका सिर पीछे ढकेल दिया और उसे अड़ियल बछिया की तरह घसीटकर आगे बढ़ा। भुलनी क्रोध से काँप रही थी, उसके तमतमाये चेहरे पर रह-रहकर नया आवेश चढ़ता था। वह जमीन में एड़ियाँ टेककर अड़ गयी। नन्ही कुल्सुम ने आक्रमणकारी गोरे के हाथों फँसी हुई अपनी सहेली को छुड़ाने के लिए और कोई साधन न देख गुड़िया का घर बनाने के लिए रखी मिट्टी का लोंदा उठा स्मिथ के मुँह पर खींच मारा। नाक, मुँह और गालों पर मिट्टी पड़ते ही गोरा 'आक थू' करता अँगरेज़ी में बड़बड़ाया, भुलनी ने एक बार और छूटने के लिए दाँत बढ़ाये परन्तु स्मिथ दोनों हाथों से पकड़ घसीटते हुए उसे नईम की कोठरी के अन्दर ही ले गया। दरवाज़े बन्द करते समय कुल्सुम ने अपने नन्हे-नन्हे हाथों की पूरी शक्ति लगाकर किवाड़ बन्द करने से रोकना चाहा परन्तु उसकी शक्ति की सीमा थी। आस-पास बनी कोठरियों में बसे नौकर-परिवार के बच्चे-स्त्रियाँ दूर से ही इस दृश्य को देख रहे थे। दो-चार नौकर-चाकर भी अलग खड़े थे। कुल्सुम उन्हें देखकर बचाओ-बचाओ की गुहार लगा रही थी परन्तु गोरेरूपी शेर के पंजों में फँसी कन्या की रक्षा करने के लिए कोई भी आगे न बढ़ा।

छह बरस की कुल्सुम हैरान थी। उसके महल पर तो बहुत सारी गोरी फ़ौज का हमला हुआ था, लेकिन कोई आदमी इस तरह चुप नहीं खड़ा रहा था, महल की बहुत-सी औरतें तक तलवार लेकर खड़ी थीं—और यहाँ कोई न बोला, कोई भी पास न आया। कुल्सुम दहल गयी, उसका दिल कक्कू के लिए हुड़क उठा। कुल्सुम तेज़ी से भागी।

कोठी में चारों ओर ख़बर भूत-सी फैल गयी। नईम स्मिथ के घर पर था, उसे

ख़बर लगी। काण्ड उसकी ही कोठरी में हो रहा है, भुलनी कुल्सुम के साथ खेल रही थी—इस कारण इस काण्ड से उसे व्यक्तिगत आघात लगा, उसका पठान खून खौल उठा। स्मिथ के दूसरे नौकर ने उसका हाथ थाम लिया, "पागल जिन बनौ। एक कतल करिकै सबका कतल न कराओ। कुण्डी चढ़ायकै कुलुफ दै देव।"

नईम ने ताला लगा दिया। ख़बर आनन-फ़ानन फैली। गाँव-भर के बसोर लट्ठ-गँडासे और भाले ले-लेकर हुड़ मचाते उमड़ आये। बड़े साहब की कोठी की चौहद्दी पर गुहार पड़ गयी।

नईम बड़े साहब से सारी घटना कह चुका था। हुल्लड़ सुनकर उन्होंने तैश में ताली छीन ली और नईम को गालियाँ देते हुए तेज़ी से अपनी बन्दूक़ उठाकर बाहर निकले। दूसरे साहब लोग भी, जो कोठी के मालिक मिस्टर जार्ज सैण्ड से इस हंगामे का कारण जानने आये थे, बड़े साहब का आदेश पाकर घर से बन्दूक़ें ले-लेकर नौकरों की कोठरियों की ओर लपके।

ताला खोलकर सैण्ड साहब ने स्मिथ को बाहर निकलने का कड़क आदेश दिया। मोटा अधेड़ स्मिथ मालिक के सामने नज़रें नीची किये बाहर निकला। अँगरेज़ों ने उसे अपने घेरे में ले लिया। सैण्ड साहब ने एक नौकर को बुलाकर कहा : "लरकी का बाप का बोलो, सबका बोलो, फ़साड नेई माँगटा। लरकी अब्बी ले जाने माँगटा। ...समझा? बाग जाओ। फौरन बागो।"

सैण्ड साहब और अँगरेज़ दल बन्दूक़ों के घेरे में अपराधी को निकाल ले गये।

नईम को कुल्सुम की चिन्ता पड़ गयी थी। सोचता था, हज़ार हाथ बिरमचारी जी के यहाँ गयी होगी, फिर भी उसका जी नहीं माना, दौड़ा हुआ बाहर गया। उस समय ज़मींदार संजर ख़ाँ और चौधरी मज्झू ख़ाँ लठैतों से घिरे फाटक पर पहुँचे। बसोरों का दल इस समय अकेला नहीं बल्कि सारी नीची मानी जाने वाली जातियों की जनशक्ति से समृद्ध था। नईम ने देखा, कुल्सुम को साथ लिये बन्दूक़ तलवारधारी ब्रह्मचारी चले आ रहे हैं।

उसी समय एक नौकर ने बड़े साहब का सन्देश बसोरों के चौधरी को सुना दिया। अन्य जातियों के चौधरी भी निकट आ गये। परामर्श होने लगा। ब्रह्मचारी जी को देखकर हरखू बोले : "इनते पूछौ। बिरमचारी जी को हुकुम है मालिक—पताल महियाँ धँसि जाई कि धरती पै चली?"

"धरती को छुड़ाय सकत है रे?—यू हमार आय राम जी की आय। औ जब लग हम ठाढ़ हयिं, सीना फुलाय कै चलौ। अस निसाचरी अन्याय कोऊ क न सहा जाई।"

नईम बोला : "ये साले विलायती सौदागरों के बच्चे पठान-ठाकुरों के गाँवों में बसकर हमारी ही रिआया को लूटते हैं।...(गाली) की नौकरी पर लानत भेजता

हूँ। नमक खाया है इसलिए जान से तो न मारूँगा। पर पकड़ पाया तो ऐसी कुन्दी बनाऊँगा कि दो ज़िन्दगी तक याद रखेगा।"

चार बन्दूक़धारी सिपाहियों के साथ कोठी का एक नौकर और भुलनी की माँ उसकी दोनों बाँहें थामे चले आ रहे थे—थोड़ी देर पहले की स्फूर्तिमयी खिलती कली-सी भली लगनेवाली भोली कन्या बेजान लाश की तरह घिसटती चली आ रही थी।

भुलनी को देखकर एक बार फिर जनरव ज़ोर से उठा। बन्दूक़वाले सिपाहियों की बन्दूक़ें सीधी हो गयीं।

अँगरेज़ बनिया हर तरह से अपनी अड़ पर अड़ा हुआ था। उसके लेखे जैसे कोई ख़ास बात ही न हुई थी। बसोरों की माँग थी कि बिरादरी को भात देने के लिए भुलनी के पिता को सौ रुपये मिलने चाहिए, जब तक बिरादरी राज़ी न होगी तब तक भुलनी अपने घर में प्रवेश नहीं पा सकती। साहब डाँड़ भरने के लिए तैयार न था। इस पर प्रजा में घोर असन्तोष फैल गया।

मज्झू ख़ाँ और ज़मींदार ने समझाया कि अँगरेज़ से लड़कर कोई पार न पाएगा, और यदि प्रजाजन लड़ने पर ही आमादा हों तो ज़मींदार के लठैत भी अँगरेज़ों के पक्ष का समर्थन करेंगे।

ब्रह्मचारी बोले : "हम यू जानिति हैं की तुम पंच जीति न पइहौ मुदा जो चुप-चाप लौटि जइहौ तो पंचौ, आजु गज्जू कै बिटेवा पै यू जुलूम भवा काल्हि अउरनेव पै होई। हार-जीत का कै परवाह न करौ, गौरे होंय चहै जमींदार, अन्याव केहूक न सहा जाई।"

परन्तु गाँव वाले टूटने लगे। गाँव के चौधरी ने अन्य जातियों के चौधरियों को ऊँच-नीच समझाकर तोड़ लिया। बसोर भी अपनी मरज़ाद नहीं छोड़ सकते थे। गज्जू जब तक अपनी बिरादरी को भोज न दे तब तक उसकी लड़की को समाज में स्थान नहीं मिल सकता।

विवश गज्जू अपनी लड़की को त्याग कर चला गया।

इस घटना को हुए चार दिन बीत गये। भुलनी ने अन्न-जल तक त्याग कर रखा था। नील की कोठी के बाहर पेड़-तले वह बिना किसी से एक शब्द बोले मुँह ढाँके पड़ी थी। नईमउल्ला दिन-रात वहाँ पहरा देता था। भुलनी की माँ विवश-सी आती और दूर खड़ी रहकर आँसू बहाती थी। वह अपनी बेटी को स्पर्श भी नहीं कर सकती थी क्योंकि वह सदोष और बिरादरी के बाहर थी। वह और नीच क़ौमों की अन्य स्त्रियाँ अत्याचारी की नौकरी भी नहीं छोड़ सकती थीं। सारा गाँव अँगरेज़ों का बँधुआ था।

हर किसान बन्दोबस्त के काग़ज़ पर अँगूठा लगाने के लिए बाध्य था। और चूँकि किसान अपने हाथ कटा बैठा था इसलिए उसके मज़दूर भी काम करने के लिए बाध्य थे। यदि वे काम न करें तो पठान और अँगरेज़ दोनों मिलकर उन्हें सताते थे। नीच क़ौमवाले मज़दूरों की झोंपड़ियाँ जला दी जातीं, उन पर सामूहिक हमले होते, बर्बरता और बलात्कार का ताण्डव होता।

नईमउल्ला ने स्मिथ की नौकरी छोड़ दी थी। वह चूँकि पठान था इसलिए कोई उसे ज़बरदस्ती काम करने के लिए मजबूर न कर सकता था। हाँ, भुलनी के प्रति उसकी उदारता पर आपत्ति अवश्य की जा रही थी, परन्तु नईम भी अपने हठ पर अड़ा हुआ था। भुलनी के अनशन और नईमउल्ला के विरोध ने नीच मानी जानेवाली क़ौमों के नौजवानों–विशेष रूप से बसोर नवयुवकों में बड़ा मौन आन्दोलन मचा दिया था।

दिग्विजय ब्रह्मचारी बड़े धर्म-संकट में थे। कुल्सुम को लेकर इस गाँव में रहना उन्हें श्रेयस्कर न जान पड़ता था, परन्तु भुलनी को निराधार छोड़कर जाना भी उन्हें उचित नहीं मालूम होता था। भुलनी का सहायक बनकर नईमउल्ला और उसके साथ ही साथ दिग्विजय ब्रह्मचारी भी अँगरेज़ों की आँखों में चुभ रहे थे। ब्रह्मचारी अपनी परिस्थिति जानते थे और उसी को लेकर वे कुल्सुम के कारण बड़े चिन्तित भी थे। उन्होंने गज्जू बसोर को समझाया कि वह सपरिवार गाँव छोड़कर उनके साथ लखनऊ चले, गज्जू पहले तो हिचकिचाया परन्तु बाद में राज़ी हो गया।

मगर भुलनी आमरण अनशन का मौन हठ ठानकर पड़ी थी, और नईमउल्ला उसे छोड़कर जाने के लिए तैयार न था।

तभी विलायत से बड़े साहब के पोता होने का समाचार आया।

पन्द्रह

कारख़ाने और बड़े साहब की कोठी की मध्य-दूरी पर एक छोटा-सा गिरजाघर बना था। पादरी के अभाव में बड़े मालिक सैण्ड साहब स्वयं ही प्रार्थनापाठ-प्रवचनादि के पुरोहित थे। पोते के जन्मोत्सव के उपलक्ष्य में प्रभु को धन्यवाद देने के लिए लगभग बीस-पचीस विलायती लोग-लुगाइयों का दल गिरजाघर की ओर जा रहा था।

आधी फ़र्लांग दूर एक टीले पर बैठी युवक-मण्डली ने साहबों-मेमों को देखा। बुधुआ बोला, "ई द्याखौ, जाय रहे हयिं ई सब रावन केर नाती।"

"उयि बड़कई मिमियाँ द्याखौ, कस धरतीधमकु चाल ते चली जायि रही है। अच्छा बल्लू, जब यू मरिहैं तब कितने मनई यहि की लहासि उठाई पइहैं?"

बल्लू लापरवाही से कंकड़ उछालते हुए बोला, "अरे यू मरै नाईं सकति। हमार

सबका जिउ खाय-खाय कै यू गोरे लोग सब अम्बर होइगे हैं।"

अर्जुन बोला, "आजु की बतावौ हो, तुमरे हियाँ मुँहुँ दिखाई क का परबन्ध भवा।"

"यू मूदिखाई तौ ज्यू लइ लिहिसि है हमार, अबहीं तलक जमींदार का दे क परत रहै अब तौ यू साहैबी माँगै लाग। आठ-आठ मेहरारू ससुर जमींदार के हैं, रोजुइ पिल्ला-पिल्ली होंय, रोजुइ मूदिखाई देव—कहाँ लै देव ससुर।"

"अरे अब यू साहेबौ जुगुति जानि गा, विलाइति ते मेंमन की फउज बोलाई। यहि के घर माँ भी रोजु मुर्गी के अण्डा जस बेटवा होइ हैं।"

हरदेव जो इस युवक मण्डली में सबसे बड़ा था, खोयी आँखों से नील कोठी की ओर देखते हुए धीमे थके स्वर में कुछ शर्म और कुछ बेशर्मी से मुसकराते हुए बोला, "अरे अबहीं का, याक दिन ई ललमुँहें यह अडरु निकासि देहैं कि हमारि पंचन की जौन मेहररुअन का ई पंच दबोचि लेति हैं उन ते जउन बेटवा होंय उनहूँ की मूदिखाई कोठी मा पहुँचायी जावा करै।"

सबके चेहरों पर बेशर्मी और अवसाद से भरी हँसी आ गयी। मातादीन की आँखों में ख़ून उतर आया। भुलनी के साथ उसका सम्बन्ध जुड़नेवाला था, जो इस काण्ड के कारण रह गया। अपनी तड़प और शब्दों को चबाते हुए वह बोला, "यू गोरा कारिन्दा का फाँसी दइ कै ई की लहास गंगाजी मा न बहावा तौ हमार नाँव मातादीन नायँ।"

विलायती दल ने गिरजे से बाहर आते हुए नीम के पेड़ के नीचे ओढ़नी से मुँह ढके, गुड़मुड़ी मारकर पड़ी हुई भुलनी को देखा। नईमउल्ला पेड़ के तने से टिका हुआ बैठा था।

मोटी मिसेज़ सैण्ड ने भुलनी की ओर एक नज़र डाल नाक-भौं सिकोड़कर कहा, "ये निगर्स कितने ज़ाहिल और बेशर्म होते हैं। उन्हें अपनी इज्जत का ख़याल तो होता ही नहीं।"

विलायत से ताजे आये हुए नौजवान जेम्स ब्राउन ने कहा, "कुछ भी हो मिसेज़ सैण्ड, स्मिथ की यह आदत बहुत नामाक़ूल है, मेरी समझ में नहीं आता कि आप लोग उसे बरदाश्त क्यों कर पाते हैं!"

छोटे मालिक जॉन निकल्सन साहब बोले, "स्मिथ की बुराई ही मत देखो ब्राउन, वह जिस तरह इन काले कुत्तों के हलक़ से पैसा निकाल लेता है वैसा हममें से कोई भी नहीं कर सकता।"

ब्राउन को स्मिथ की सूरत से नफ़रत थी, वह बोला, "वह कुछ भी हो, पर स्मिथ का यह काम मनुष्यता के हर स्तर से गिरा हुआ है। तेरह-चौदह बरस की छोटी-सी लड़की को भेड़िये की तरह तबाह करने वाले व्यक्ति को शूट कर देना चाहिए।"

मिसेज़ लॉयन्स हँसकर बोलीं, "चूँकि नये ही नये आये हो इसलिए ऐसी भावुक बातें कर रहे हो। अरे यहाँ तो इतनी उमर की लड़कियाँ माँ बन जाती हैं, इन्हें क्यों छोटी समझा जाय?"

हाथ में इंज़ील की पोथी लिये भारी-भरकम शरीरवाले मिस्टर सैण्ड ने कहा, "प्यारे ब्राउन, क्या तुम कभी कीड़े-मकोड़ों के बारे में भी सोचते हुए अपना वक़्त जाया करते हो? यह हिन्दुस्तान शैतान इसी तरह के सोच-विचार के क़ाबिल नहीं।" एक क्षण रुककर फिर मुसकराते सैण्ड साहब ने कहा, "कानपुर के रिक्रूटिंग ऑफिसर मिस्टर बरो ने एक बार कहा था कि इन गड़बड़ ज़बान बोलनेवालों के साथ तो बस एक ही व्यवहार करना उचित है। इन शैतानों को ठोकरें लगायी जाएँ और ज़रूरत पड़ने पर काट डाला जाय और इनके पास जो रुपये रहते हैं उन्हें छीन लिया जाय।"

ब्राउन ने फ़ौरन बात काटते हुए तेज़ी से कहा, "लेकिन मिस्टर सैण्ड, उनके पास से हम रुपया पाने की आशा ही क्योंकर कर सकते हैं। मैंने अपने दो महीने के मामूली से अनुभव में यह देखा कि उनके पास पहनने को सिर्फ़ चिथड़े ही हैं, मैंने इनको भरपेट खाते हुए भी नहीं देखा।"

मिस सैण्ड 'हो हो' कर हँस पड़ीं। बोलीं, "भोले ब्राउन, तुम्हें अभी इनका तजुर्बा ही नहीं। ये कालें शैतान जान-बूझकर इस तरह रहते हैं और इनके घरों या छिपाव की जगहों में पीढ़ी-दर-पीढ़ी की जमा की हुई बेशुमार दौलत गड़ी होती है।"

ब्राउन के चेहरे पर यह साफ़ झलक रहा था कि जैसे उसे इस बात पर विश्वास नहीं हुआ। मिस्टर सैण्ड ने कनखियों से उसे भाँपा, उसके कन्धे पर हाथ रखते हुए अपनी बनावटी शान्त गम्भीर आवाज़ में कहा, "अफ़सोस यही है कि हम लोग शाही इलाक़े में हैं वर्ना इनके ऊपर जितनी ही सख़्तियाँ की जाती हैं उतने ही ये ख़ुश रहते हैं।"

ब्राउन बोला, "जो भी हो, पर उस लड़की का इस तरह बेपनाह हो जाना, यों भूखे मरना मुझे अच्छा नहीं मालूम होता। लार्ड जीज़स इसके लिए हमें क्षमा नहीं करेंगे।"

सैण्ड बोले, "अगर यह लड़की ईसाई हो जाय तो इसकी रक्षा करना ज़रूर हमारा फ़र्ज़ हो जाएगा। मैंने अपने बैरा अब्दुल्लामसीह से कहलवाया था, मगर वह राज़ी न हुई।"

"मैंने तुमसे कहा न कि ये काले लोग सोचने के क़ाबिल ही नहीं, ये ज़िद्दी शैतान हैं।"

"मगर मिसेज़ सैण्ड, यह औरत की अस्मत का सवाल है। कम से कम औरत होने के नाते तो आपको इस पर विचार करना ही चाहिए।"

"तुम इन काले शैतानों की औरतों को औरत कहकर हमारी स्त्री जाति का

अपमान कर रहे हो ब्राउन। क्या जानवरों की मादाओं को भी औरत कहा जा सकता है?"

इसके बाद बात ख़त्म हो गयी।

गंगा-किनारे अपनी कुटी के सामने चारपाई पर दिग्विजय ब्रह्मचारी और चौधरी मज्झू ख़ाँ बड़े ही गम्भीर भाव से सिर झुकाये बैठे थे। एक उसाँस खींच मज्झू ख़ाँ ने मौन भंग करते हुए कहा, "ठाकुर साहब, यह कोई नहीं समझेगा कि गाँव पूरी तरह से तबाह हो चुका है। बड़े साहब यही कहेंगे कि हरखू की लौंडिया की वजह से कोई मुँह-दिखाई नहीं दे रहा है। बड़े साहब के यहाँ यह पहला मौक़ा आया है--हर तरह से आफ़त है।"

दिग्विजय गम्भीर स्वर में सिर झुकाये हुए बोले, "लड़के अलग सिर उठाये हुए हैं। राम न करें जो भुलनियाँ को कुछ हो गया, तो किसी के मनाये न मानेंगे, प्रलै मच जाएगी चौधरी। मुझे इसी बात का सोच है। आज सवेरे मैं देखने गया था, नाड़ी कमज़ोर चल रही थी। नईमा अलग भट्ठी-सा सुलग रहा है...लेकिन मैं सोचता हूँ चौधरी, भगवान् जो करता है सब भले के लिए करता है। लौण्डे जूझना चाहते हैं तो जूझ जाने दो। अरे बहुत से बहुत दस-पाँच जानें ही तो जाएँगी, मगर इन परदेशियों को गाँव के पानी का पता तो लग जाएगा। सिसकने से यह बहुत अच्छा है कि आदमी रणक्षेत्र में वीरगति प्राप्त करे।"

चौधरी बोले, "तुम्हारी बात से इख़्तिलाफ़ नहीं, बाक़ी हम यह चाहते थे ठाकुर साहब कि भेड़-बकरी की तरह अदमियों को कटवा देने में कोई फ़ायदा नहीं है। ये आसानी से क़ाबू में आनेवाली क़ौम नहीं है। नवाब वज़ीरअली ने ऐसी ज़बरदस्त साज़िश रची थी इनके ख़िलाफ़ कि अगर चल जाती तो आज हिन्दुस्तान में अँगरेज़ का कहीं पता न होता।"

"कौन वज़ीरअली, नवाब आसफ़ुद्दौला के बेटे?"

"हाँ, आसफ़ुद्दौला के बेटे जो अब बादशाह हैं, उनके वालिद नवाब सआदतअली ख़ाँ ने कम्पनी बहादुर की सरकार से कहा कि ये मेरे भाई आसफ़ुद्दौला की जायज़ औलाद नहीं है। कम्पनी की सरकार को शह मिल गयी। वह वज़ीरअली से सौदा करने लगी कि कुछ इलाक़े दो, फ़ौज का ख़र्च भारी है। मगर नवाब वज़ीरअली भी बड़ी आनबानवाले थे। अँगरेज़ों ने उन्हें ज़बरदस्ती गद्दी से उतारकर नवाब सआदतअली ख़ाँ को बिठला दिया।"

"ई तौ हम भी सुन रखा है। वज़ीरअली क़ैदी बनाय के काशी जी में रखे गये। हुँआँ भी उन्होंने कुछ गड़बड़ मचायी थी।" ब्रह्मचारी ने अपना दोहरे का बटुआ खोलते हुए कहा।

"अरे ठाकुर साहब, वो मामूली गड़बड़ नहीं थी। ये कहिए तक़दीर ही ख़राब थी हम लोगों की वरना आज इन बन्दरों की सूरत न दिखलाई देती हिन्दुस्तान में।

हमारे ये नवाब संजर ख़ाँ हैं न, इनके वालिद मरहूम नवाब वज़ीरअली के ख़ास आदमियों में-से थे। उन्होंने एक बार बतलाया था कि नवाब वज़ीरअली ने बनारस में बैठे-बैठे ही काबुल के बादशाह ज़मनशाह और गवालियरवाले दौलतराओ सेन्धियाँ और दकन के सुल्तान टीपूशाह और ढाका के नवाब वग़ैरह बड़े-बड़े रजवाड़ों से ख़तकिताबत की थी।"

"वाह रे शेर! फिर का भवा?" दिग्विजय ठाकुर ने उत्साहित हो सरौतिया से सुपारी काटते हुए पूछा।

"अँगरेज़ों को ख़बर लग गयी ठाकुर साहब। उन्होंने नवाब साहब को हुक्म देने की जुरअत की, कहा, कलकत्ते चलकर रहिए। इस पर शाही ख़ून उबल उठा। वज़ीरअली ने बनारस में गोरों की मारकाट मचायी, फिर वहाँ से नेपाल भागे, फिर वहाँ से राजपूताना की तरफ़ भागना पड़ा, फिर जयपुर के राजा ने उन्हें गिरफ़्तार करा दिया।" कहकर चौधरी ने एक निःश्वास ढाली और बुझी आँखों से सामने कुछ देखने लगे।

दिग्विजय ठाकुर भी गम्भीर विचारमग्न हो गये, दो-चार पल रुककर बोले, "ऐसा अन्धेर मचाये रखा है इन राक्षसों ने कि धरती हाहाकर कर उठी है चौधरी। और ऐसे पुन्य प्रतापी नक्षत्र पड़े हैं इन लोगन के कि हमारी पंचन की एकौ जुगत नहीं चलती। बड़े-बड़े शक्तिशाली राजे-महाराजे, मराठा, बंगाला, सिख सरदार, हैदरशाह, टीपूशाह और मुर्सिदाबाद के नवाब, एक से एक जोधा परास्त हुइ गये इनके आगे..."

"इनमें एका बहुत है ठाकुर साहब। और ये लोग मेहनती भी बहुत हैं।"

"हाँ भइया, बैर फूट के कारनै तो हमारा देस तबाह हुआ, नहीं तो कौन-सी कमी है हियाँ। सोने ऐसी धरती, गंगा-जमुना जी-जैसी नदियाँ, जोगी-जती, धरम-करम, बड़े-बड़े जोधा महारथी, और फिर भी पहले हम पंच तुम लोगन से हारे, अब हम दूनौ मिलिकै अँगरेज़न ते हार रहे हैं....ख़ैर जैसी बजरंगबली की इच्छा। बाक़ी इतना तो हम जरूर कहेंगे चौधरी साहब, अकि इस बार जो ई लोग मूँदिखाई के बदे परजा लोगन को दबावैं तो तुम सब पठान एक हुइकै परजा का साथ देना।"

चौधरी मज्झू ख़ाँ के जाने के बाद दिग्विजय ठाकुर अपनी कुटी के अन्दर गये, देखा कुल्सुम सो गयी थी। जिस दिन से भुलनी-काण्ड हुआ है, ब्रह्मचारी उसे एक क्षण के लिए भी अपनी कुटी से बाहर नहीं निकलने देते थे। उनके मन में यह आशंका समा गयी है कि नईम से नाराज़ होने के कारण अँगरेज़ उसकी बहन से भी बदला ले सकते हैं। कुल्सुम को लेकर गाँववालों की ओर से भी उनका मन ऊँचा ही रहता है। कौन जाने लोभवश कोई उनकी बेटी को उड़ा ले जाय। कुल्सुम के मोह ने दिग्विजय ब्रह्मचारी को एक जगह कमज़ोर बना दिया था। वे उसे लेकर लखनऊ जाने का विचार बार-बार करते थे, परन्तु यह सोचकर फिर-फिर चुप हो

जाते कि गाँववाले अपनी आपदा के समय उनके इस प्रकार चले जाने से उन्हें कायर समझेंगे। वे इसीलिए कुल्सुम को छोड़कर एक क्षण के लिए भी दूर नहीं जाते थे।

हाथ-पैर धोकर ठाकुर चौके में गये, चूल्हा ठीक किया, तवा चढ़ाया, रोटियाँ बनायीं। कुल्सुम के लिए बाहर कोने में रखे मिट्टी के पात्रों में रोटी-दाल, दूध-भात आदि सब परोसकर बेटी को जगाया, "कुल्सुमियाँ! उठ बिटिया, उठ।"

बेटी को गोद में लेकर वे उसे अपने हाथ से खिलाने लगे। दिग्विजय ब्रह्मचारी कुल्सुम की रक्षा का भार लेने के बाद से म्लेच्छ के प्रति छुआछूत का भाव एक प्रकार से भूल गये थे। इधर जब से नईम का घर छोड़कर कुल्सुम आयी है वे उसे दोनों समय अपने हाथ से खिलाते-पिलाते, अपने कलेजे से लगाकर रखते हैं। कुल्सुम के कारण ही वे भुलनी को भी छू लेते हैं।

खाते-खाते कुल्सुम बोली, "कक्कू, भुलनियाँ भूखी पड़ी है, मुझसे खाया नहीं जाता।"

एक निःश्वास ढालकर ब्रह्मचारी बोले, "क्या करें बेटी, रामजी की यही मरजी है, तू खा ले।"

"अच्छा कक्कू, रामजी यह क्यों चाहते हैं कि भुलनी को इतनी तकलीफ़ सहनी पड़े? हमारे अल्लामियाँ तो यह कभी न चाहेंगे। कक्कू, आप उसे मस्जिद में ले जायँ। मुल्ला साहब वज़ीफ़ा पढ़ देंगे, भुलनी बच जाएगी। कक्कू उसे बचा लीजिए। भुलनी अगर मर गयी तो मैं भी मर जाऊँगी कक्कू।"

ब्रह्मचारी ने उसे फ़ौरन अपने कलेजे से चिपका लिया। राजपाट, धन-वैभव, भोग-विलास, स्त्री-सुख का क्षण मात्र में परित्याग करने वाला व्यक्ति अपने मुसलमान भाई की आख़िरी निशानी के प्रति कठिन मोहपाश में बँध गया था। कुल्सुम का वह किसी प्रकार भी अनिष्ट नहीं देख सकता था।

दिग्विजय ठाकुर भावावेश में ही एक नया विचार पाकर बोले, "अच्छा बेटी, तेरी भुलनियाँ को मैं ख़ुदा को ही सौंप दूँगा। तू जीती रह मेरी बच्ची, तेरे लिए भुलनियाँ को भी जिलाने का उपाय करूँगा।"

थोड़ी देर बाद कुल्सुम को गोद में लिये हुए ब्रह्मचारी भुलनी और नईम के पास गये। नईमउल्ला उदास बैठा भुलनी का सिर गोद में लिये धीरे-धीरे दबा रहा था। ब्रह्मचारी ने भुलनी की नाड़ी देखी, कमज़ोर चल रही थी। आँखें खोल भुलनी ने फटे-फटे डोलों से ब्रह्मचारी और कुल्सुम को देखा, फिर बोली, "बाबा का करी जिहिते जल्दी से हमार परान निकसि जाय..."

"नहीं। मैं तुम्हें नहीं मरने दूँगी, मैं अब किसी को नहीं मरने दूँगी। तू मरेगी तो मैं भी मर जाऊँगी।" कुल्सुम भुलनी से बड़ी ज़ोर से चिपक गयी थी। भुलनी की पीड़ित ठठरी प्रेमभार को सहन तो कर गयी, पर कराह उठी। उसने अपने कमज़ोर शरीर को हिलाकर मुक्त होने का प्रयत्न किया।

ब्रह्मचारी की आँखों में आँसू आ गये, बोले, "कोई नहीं मरेगा बेटी, भगवान् सबकी रक्षा करेंगे।" ब्रह्मचारी नईम को संकेत कर अलग ले गये, बोले, "बेटा, क्या जान जाने के सिवाय और कोई उपाय नहीं है इसके लिए?"

नईम फटी आँखों से ब्रह्मचारी को देखकर बोला, "क्या उपाय हो सकता है?"

"उपाय है भइया। इसे कलमा पढ़वाय दिया जाय।"

"उससे क्या बच जाएगी?"

"हाँ। कलमा पढ़ाय के इसके हाथ पीले कर दिये जायँ।"

नईमउल्ला के चेहरे पर चमक आयी, बोला, "क्या ये राजी हो जाएगी?"

"जरूर, जो तुम राजी हुई जाव।"

नईम चौंककर पीछे हट गया जैसे ब्रह्मचारी की बात ने नहीं साँप के फन ने उसे छू लिया हो। यह प्रतिक्रिया देखकर ब्रह्मचारी बोले, "छोटी ज़ात देखकर घिन करने लगे? जो मन में अटक थी तो इसे बचाने के लिए काहे भूखे-प्यासे बैठे थे?"

"ये, ये बात नहीं कक्कू..."

"देखो बेटा, पहले नहीं सोच पाता था पर अब मेरे मन में सब कुछ साफ़ है। गुसाँई जी कह गये हैं 'जाति पाँति पूछे नहिं कोई, हरि को भजै सो हरि का होई।' हमारे हिन्दू लोग यहै बात भूल गये, अब क्या तुम भी..."

नईमउल्ला की आँखों में अन्तर का भावावेश छलछला आया। बच्चे की तरह दोनों बाँहें ब्रह्मचारी के गले में डाल उनकी छाती में मुँह गड़ाते हुए बोला, "अब शर्मिन्दा न कीजिए, कक्कू। आप, आप" भावावेश और उफनने लगा, ढलकते आँसुओं की लकीरें लिये आवेश से तमतमाये गोरे गुलाबी मुख को ऊपर उठाया, ब्रह्मचारी की स्नेह-भरी दृष्टि से उनकी श्रद्धा-ज्वार से उमड़ती नज़रें मिलीं। रुँधा हुआ कण्ठ हिचकी के साथ खुला, वह बोल उठा, "आप, बहोत बड़े हैं कक्कू, बहोत बड़े हैं।"

ब्रह्मचारी ने नईमउल्ला के सिर पर हाथ फेरते हुए कहा, "विचार बड़ा होता है बेटा, आदमी बड़ा-छोटा नहीं होता, यह अब हमारी समझ में आ गया है। क्या जाने, सूर्य भगवान् और बजरंगबली में-से कौन मेरी कुल्सुमियाँ के जीव में बैठकर हुकुम लगाय गया। भुलनी को बचाना चाहिए। पुन्यात्मा या निर्बल जीव की रक्षा करना सबसे बड़ा धरम है। कुल्सुमियाँ बोली, 'इसे खुदा के पास ले जाओ कक्कू।' पहले तो मन में धक्का लगा फिर सोचा नाम में ही तो भेद है। मेरी कुल्सुमियाँ ने मुझे बहुत कुछ सिखाया है बेटा। इसने मेरी तपस्या को अरथ दिया है।"

कुल्सुम भुलनी के सिरहाने बैठी उसका सिर दबा रही थी। भुलनी मुरदे-सी निश्चेष्ट आँखें बन्द किये पड़ी थी; उसके मासूम चेहरे पर अनायास छा जाने वाली गम्भीरता की काली छाया थी और देह वैसी ही पीली पड़ गयी थी जैसी कि मुरदा हो जाने पर होती है।

ब्रह्मचारी और नईमउल्ला लौट आये। ब्रह्मचारी कुल्सुम के पास भुलनी के सिरहाने बैठ गये।

"बिटिया! भुलनियाँ!—आँखें खोलो बिटिया।"

ग़फ़लत की नींद से जागते हुए भुलनी ने आँखें खोलीं। कुछ दिनों पहले की मृगछौने-सी भोली काली पुतलियाँ अपनी चमक खोकर पथरा गयी थीं। उसका चेहरा पीड़ा से कठोर, किसी पकी हुई आयुवाले के चेहरे-सा लगता था। प्यास से सूखे होठों की पपड़ियाँ सिकुड़कर मरणेच्छा से कठोर उसके अन्तर्मन का चित्र उपस्थित करती थीं।

ब्रह्मचारी अपने स्थान से खिसककर इस तरह बैठ गये कि भुलनी को उन्हें देखने के लिए नज़रें ऊँची न उठानी पड़ें। वे बोले, "तेरा पराश्चित पूरा भया बिटिया।"

"कहाँ कक्कू? परान बड़े पापी, " अन्तिम शब्द साँस के साथ ही धीमा और अस्पष्ट हो गया, उसने दर्द से आँखें मींच लीं।

कुल्सुम अपने कक्कू से लगकर बैठी हुई अपनी सखी का मुँह निहार रही थी। दुर्घटना के दिन से लेकर आज तक नन्ही कुल्सुम की समझ में यह नहीं आया था कि भुलनी से ऐसा क्या-कुछ अपराध बन पड़ा जिसके कारण उसके माता-पिता उसे घर नहीं ले गये, जिसके कारण भुलनी भूखी-प्यासी मरणहठ ठानकर यों पड़ी है।

ब्रह्मचारी बोले, "परान काहे निकसै बिटिया, तुमसे कोई पाप भया है?" फिर रुककर बोले, "तेरे माँ-बाप और बिरादरीवाले साहब से डाँड़ पाये बिना तुझे घर नहीं ले जाएँगे, पर नईमा तुझे अपने घर ले जाने के लिए तैयार है बिटिया। नईमा ने तेरी बड़ी सेवा की है।"

नईमउल्ला कक्कू से नज़र बचाकर भुलनी को देखने लगा। भुलनी के निष्क्रिय चेहरे पर कोई भाव व्यक्त न हुआ, वह ज्यों की त्यों आँखें मींचे पड़ी रही।

ब्रह्मचारी फिर बोले, "तू हाँ कर ले। बस फिर तुम सब लोगों को ले के मैं कहीं अन्ते चला जाऊँगा। तुम्हारा निकाह हुई जाए, कुल्सुमियाँ को तुम्हारे पास रख दूँ फिर सब सुख ही सुख होगा बेटी।"

कुल्सुम और नईमउल्ला दोनों भुलनी के चेहरे को ताक रहे थे, उस पर ब्रह्मचारी की बात की कोई भी प्रतिक्रिया अब तक न उभरी थी। ब्रह्मचारी भी बात कहकर भुलनी के चेहरे को सतर्क दृष्टि से देख रहे थे, उत्तर न पाने पर उन्होंने फिर कहा, "नईमा लड़का नहीं देउता है, भुलनियाँ, बड़ी तपस्या से ऐसा पति मिलता है।"

भुलनी ने आँखें खोलीं; नईमउल्ला और ब्रह्मचारी उत्सुकता से उसे देखने लगे।

"धरम गया कक्कू, अब परानौ जाएँ।...जाने काहे में अटके हैं राम! राम!"

भुलनियाँ हँफनी के साथ कराह उठी। सूखे होठों की पपड़ियों पर कमज़ोर ज़बान फेर उसने फिर अपनी आँखें बन्द कर लीं।

कुल्सुम का चेहरा गहरी उदासी से एकदम कुम्हला गया, नईमउल्ला ने अपने चेहरे को क़स लिया, ब्रह्मचारी गम्भीर हो गये। मौन छा गया, पेड़ के ऊपर चिड़ियाँ चहचहाती रहीं।

उसी समय भुलनी की माँ वहाँ आ गयी। दूर हटकर खड़ी हो गयी। अछूत बिरादरी के निर्णय के अनुसार उसकी बेटी उसके लिए भी अछूत हो गयी थी। भुलनी के पास बैठे तीनों जन उसकी माँ को देखने लगे। ब्रह्मचारी कुछ सोचकर उठे, भुलनी की माँ के पास गये, संकेत से उसे और आगे चलने को कहा। कुछ दूर ले जाकर बोले, "क्यों री, जो भुलनियाँ कलमा पढ़ लेने से बच जाय तो तू राजी हुई जाएगी?"

भुलनी की माँ ब्रह्मचारी के इस प्रस्ताव को सुनकर स्तब्ध रह गयी। ब्रह्मचारी फिर बोले, "नईमा को मैंने राजी कर लिया है। भला लड़का है। तुम सब मुझसे ज़्यादा उसे जानती हो। दोनों कहीं आन गाँव जायके बस जाएँगे। मैं उन्हें लखनऊ ले जाऊँगा। बिरादरी में चरचा करने की ज़रूरत नहीं, अपने मरद के कान में धीरे से बात डाल देना।"

स्त्री की आँखों से आँसू आ गये, बोली, "जउन हुकुम महाराज क। जउनि जुगति ते बिटेवा मोरि बचि जाये, वहै करौ महाराज। हत्यारन के हियाँ करेज पै पाथर धरिकै दिन-राति टहल करति हौं मुल मोर भगवानै जानति है महराज...का कहौं।"

"अच्छा तौ तू चल के उसके सामने खड़ी हुइ जा, जब मैं कहूँ तौ तू भी उसे राजी करना।" परन्तु ब्रह्मचारी भुलनी को राजी न कर सके। वह बोली, "जमराज ते मोर बियाहु होइ चुका महराज। जियै के बदे अपने धरम न छाँड़ब।"

भावावेश में ब्रह्मचारी ने भुलनी के चरण-स्पर्श कर लिये; बोले, "बिटिया तू धन्य है।"

भुलनी की माँ की आँखों से धारोंधार आँसू बह रहे थे। कुल्सुम अपनी सखी के निश्चय से सकपका गयी थी, और नईमउल्ला आँखों में नमी होने के बावजूद पत्थर-सा खड़ा था।

सोलह

अमावस की रात किसी लाचार अन्धे की जीवन घड़ियों की तरह घुट रही थी। पेड़ के नीचे पड़ी हुई भुलनी कुछ दूर पर बैठे नईमउल्ला के लिए रात की स्याही में गहरी स्याह आकृति के अतिरिक्त और कुछ भी नहीं बची थी।

खुद नईम को भी अपनी तमाम ज़िन्दगी इसी तरह का एक दर्दभरा स्याह

बोझ लग रही थी, ऐसा बोझ जिसे आज शाम के बाद से वह सहसा सह नहीं पा रहा था। स्वयं अपने लिए ही जितना वह ऊपर से जड़ हो गया था उतना ही उसके अन्तर का तार-तार खिंच गया था। अपने दिल की धड़कनों पर हर बार ध्यान जाने पर उसे महसूस होता मानो ऊँची-ऊँची आलीशान और पुख़्ता लगने वाली इमारतों के टूट-टूटकर गिरने के धमाके हो रहे हैं। दिल की धड़कनों में ज़िन्दगी नहीं बल्कि मौत की मनमानी मचलन भरी हुई थी।

नईमउल्ला के जीवन के पिछले छह वर्ष बड़े ही कठिन बीते हैं। दुलारी के बिछोह होने के बाद, रुस्तमनगर छूटने के बाद ठसाठस भावुक जवानी में पहला धक्का खाकर उसके जीवन में जैसे सब-कुछ निःशेष हो गया था। वह दिशा, कुदिशा, दसों दिशाओं में जाने कहाँ-कहाँ भटका। बस्ती-जंगल ठाँव-कुठाँव पर उसे सुख और दुख, इनसानियत और हैवानियत के लगातार इतने रूप देखने को मिले कि उसके अन्दर से निर्णयात्मक शक्ति ही निकल जाती अगर दुलारी की गहरी याद से वह बँधा न होता। दुलारी से बिछुड़ने का ग़म इस तरह से उसके जीवन में समा गया था कि उसके बाद सारे दुःख-सुख उस पर अपना असर डाल सकने के लिए बोथरे हो गये थे। पिछले साल सवा साल से उसका मन धीरे-धीरे थमाव पाने लगा था। इस जगह आकर उसने स्मिथ साहब की नौकरी भी कर ली और अपने को भुलाकर मन का बहलावा भी पा लिया था। अचानक यह भुलनीकाण्ड हुआ, उसकी कोठरी में उसके विदेशी अन्नदाता द्वारा भुलनी पर उस समय यह अत्याचार हुआ जब कि वह उस मुँहबोली बहन कुल्सुम के साथ खेल रही थी। इस घटना ने उसका सारा जीवन नये सिरे से फिर उलटा दिया। भुलनी के बिरादरीवालों की मरज़ाद की समस्या और भुलनी का आमरण अनशन नईम से अपना कर्तव्य पालन कराने लगा। यहाँ तक तो वह पराये दुःख से पीड़ित परसेवाव्रती होकर हलका था, परन्तु आज शाम फिर ऐसा भूकम्प आया कि उसके मानस-जगत् का कण-कण अस्त-व्यस्त होकर बिखर गया और इस समय रात के अँधेरे में नईमउल्ला के जीवन की सारी निराशा एक साथ असह्य बोझ होकर उसकी कमर तोड़े डाल रही थी। उसे लग रहा था वो अब स्वयं अपने लिए ही भार है। अब से यह जीवन उसके चलाये न चल सकेगा। यह ज़िन्दगी अभी ख़त्म हो जाय; यह मायूसी उसका पीछा छोड़ दे, मौत के आग़ोश में उसे मुँह छिपा लेने दे। मौत का दामन माँ के दामन की तरह मधुर होगा।

डेढ़ पहर रात बीत चुकी थी। गाँव में अलमूख़ामोशी छायी हुई थी। दूर बस्ती के आस-पास से कुत्तों का शोर, रात के परिन्दों का कर्कश स्वर और बड़े साहब की कोठी के नीचे वाले हॉल में ज़नानी-मरदानी हँसी के सामूहिक नशीले ठहाके कभी-कभी उस सन्नाटे को भंग करते थे और बड़े मनहूस लगते थे। आसमान के चमकते तारे, यों नज़रें मिलाने के लिए एक बहाना तो ज़रूर थे, मगर बड़े बेमानी लगते थे। तारों की चमक में उसके लिए कोई सन्देश नहीं था। ज़िन्दगी ख़ामोश

सवाल की गूँज-सी उसकी साँसों में सिमटी घुटन के ऊँचे-ऊँचे पहाड़ों से टकराकर बार-बार उसके पास लौट आती थी, और वह यही नहीं चाहता था।

अँधेरे में खड़खड़ाहट हुई, दबे पाँव की आहट मिली, नईमउल्ला चौंककर होश में आ गया। पास ही रखी हुई तलवार म्यान से बाहर निकल आयी, वह उठ खड़ा हुआ। पेड़ के पीछे से दो काली आकृतियाँ सामने आयीं। नईम की कड़कदार तलवार के जवाब में भुलनी के पिता का धीमा स्वर और भुलनी की कराह प्रायः एक साथ ही सुनाई पड़ी। नईमउल्ला की तलवार म्यान में वापस चली गयी, वह उनके नज़दीक चला आया। भुलनी की माँ अपनी बेटी के पास बैठ प्यार से उसके सिर और गालों पर हाथ फेरते हुए कह रही थी, "भुलनियाँ, ज्यू कइस आय बिटिया?"

उत्तर में भुलनी की एक कमज़ोर कराह फिर सुनाई पड़ी। उसका पिता बोला, "सातों सुख पाओ नईम भइया। चोला नीक रहे गंगामाई करैं। हम अपनि खाल उतारि कै तुमरी पैर की जूती की खातिर दै देयि तबौ तुमते नाहीं उरिन होय सकिति हैं भइया। तुम मनई नाहीं देउता हो।"

नईम ने कुछ न कहा। भुलनी की माँ अपनी बेटी को ब्रह्मचारी की बात मान लेने के लिए तरह-तरह से समझाती रही। भुलनी का पिता भी उसे यही समझाने के लिए रात के अँधेरे की आड़ लेकर आया था। जातीय पंचायत का फ़ैसला और साहब की नौकरी उसे सबके सामने अपनी निर्दोष बेटी के पास आने से रोक लेती थी, आख़िर उसके और भी सन्तानें थीं। एक के पीछे वह अपनी गृहस्थी तबाह नहीं कर सकता था, फिर भी उसे अपनी बेटी का मोह था। वह चाहता था कि उसकी बेटी जिए, भले ही धर्म-परिवर्तन करके जिए।

नईमउल्ला के मन में नयी आशा का संचार हुआ। उसका आँधियों-भरा मन थमकर भुलनी के माता-पिता की चिरौरियाँ सुनने लगा। बड़ी देर तक धीमे स्वरों में समझावन-बुझावन चलती रही, भुलनी के पिता का रुँधा हुआ स्वर और उसकी माँ का फूट-फूटकर रोना-बिलखना, उसके पाँवों पर सिर रखना, उसे कलेजे से चिमटाना एक ऐसा कारुणिक दृश्य उपस्थित कर रहा था जिसे स्वयं नईम भी नहीं सह पाया। अँधेरे के परदे में छिपी हुई उसकी आँखें चुपचाप आँसू बहाने के लिए स्वतन्त्र थीं, वह न जाने कितने दुःखों की टीस लिये रो रहा था।

परन्तु जवाब में भुलनी एक बार भी न बोली, केवल कभी-कभी कराह पड़ती थी।

समझानेवालों ने हारकर निसाँस ढाल दी। रात का तीसरा पहर बीत चला। आसमान में हिरनी डूब गयी, सूक उग आया, भुलनी के माता-पिता हारे जुआरी की तरह दाँव छोड़कर लौट गये। नईमउल्ला फिर खो गया। कुछ रात और बीत गयी।

भुलनी फिर कराहने लगी। नईमउल्ला उसके पास गया। पूछा, "करवट लोगी?"

"ऊँहु।"

"सिर दाब दूँ?"

"न।...सुनौ।"

नईमउल्ला उसके पास झुक आया।

"माफ कइ देव।"

"किसलिए भुलनी?"

"तुम का बहुत दुख दिया।"

"पगली हो, सो जाओ।"

थोड़ी देर फिर सन्नाटा रहा। नईम पास ही बैठा रहा।

"सुनौ।"

"क्या है?"

"यू परान हमार कइसे निकसैं? भगवानौ हमार नाहीं सुनति हैं।" भुलनी फिर कराह उठी।

"भगवान् ग़लत बात नहीं सुनते। खुदकुशी करना भगवान् की नज़रों में पाप होता है। मेरा मज़हब भी यही कहता है और तुम्हारा भी।"

"अरे महिका का? दीन-धरम मात-पिता—भगवान् मोर सबु कछु छीनि लिहिन। पापी परान जाने काहे अटके हैं। कइसे निकरिहैं?" भुलनी के स्वर में स्वयं करुणा बोल रही थी।

नईम सहसा उत्तर न दे पाया। भुलनी की बात में निहित तर्क को काटने के लिए नईमउल्ला के पास भी अच्छे तर्क थे, विचार थे, परन्तु उसके स्वर की करुणा का प्रभाव वह नहीं काट पाता था। अब तक उसके कानों में छह वर्ष पहले का एक करुण स्वर गूँजता था, दुलारी ने बड़े दर्द-भरे स्वर में उससे कहा था, 'अब नहीं सहा जाता। मुझे कहीं निकाल ले चलो।' दुलारी की इस टीसभरी फरियाद ने नईम को रातों रुलाया है परन्तु करुणा का यह नया दर्शन उसे दुलारी की याद भुला रहा है। उसे लगता है कि जिसे वह अब तक असली माने बैठा था वह रूप नक़ली है। करुणा स्वाभिमान की विवशता से फूटती है और स्वाभिमान के ऊँचे-नीचे स्तर भी होते हैं, इस प्रकार की अनुभूति के सहारे, जो शब्दों से अधिक अपने मर्म को लेकर स्पष्ट थी, नईमउल्ला के मुक्त सूने मन में दुलारी और भुलनी का अन्तर अचानक सामने आ गया। नईमउल्ला को नयी रोशनी मिली। अस्मत-परस्ती इसको कहते हैं, ख़ुद्दारी इस ऊँचाई पर अपना सिर तानती है। दुलारी बड़ी आकर्षक, बहुत प्यारी होकर भी अपने सतीत्व का मूल्य नहीं जानती थी। दुलारी इस समय उसके लिए जूठी पत्तल के रूप में स्पष्ट थी; जिस जूठन को वह अब तक बड़े शौक़ से खाने के लिए लालायित था उस पर ही इस समय उसे उबकाई आने लगी। भुलनी औरत और मरद दोनों की इज़्ज़त जानती है, वह बेबसी से समझौता करना नहीं

जानती, अपनी लुटी लाज को शौहर को सौंपने से उसे सख़्त परहेज़ है, खुद्दारी इसे कहते हैं।

उन दिनों खुद्दारी के दर्शन का बोलबाला था, शायरों से लेकर उनके कलाम सुनने और फैलानेवालों तक हर एक इसी दर्शन की कसौटी पर अपने-परायों के गुण-दोष परखता था। नईमउल्ला के सामने भी वही कसौटी आयी; भुलनी के सहारे उसे अपने स्वाभिमान की पहचान हुई।....दुलारी के नशे का खुमार यों अब भी उसके मन पर छाया था मगर नया दर्शन अधिक ओजस्वी था और भुलनी प्रत्यक्ष आदर्श-सी पड़ी थी। करुणा नईम को विकल बना रही थी। वह क्या करे कि भुलनी की पीर मिट जाय। भुलनी मौत चाहती थी, सिर्फ़ मौत। विचार की तेज़ी से विवश, बिजली-सा नईमउल्ला भुलनी के सिरहाने आया। झुककर उससे बोला, "मरना चाहती हो?"

भुलनी के फ़ीके चेहरे पर कान्ति छा गयी, ठीक वैसी ही जैसी कि घटाटोप बादलों-भरे आसमान में सूरज की चमक होती है। उसके होठों की फ़ीकी मुसकान में, आँखों में, सारे शरीर में आनन्द की दीप्ति दमक गयी। अपनी आँखों का स्नेह अँधेरे में भी उँडेलते हुए नईम की अँधेरे-भरी आकृति की ओर देखकर उसने कहा, "बड़ा पुन्न होई तुम का। पापी परान कसस निकसैं। मँहिका गंगा किनारे ले चलो। मोर रकत गंगाजी मा बही, मोर जलम-जलम के पाप धुलिहैं, तुम्हें जलम-जलम का पुन्न मिली।"

तेरह वर्ष की बालिका भुलनी की मरणेच्छाप्रेरित उत्तेजना उसकी देह की शक्ति से प्रबल थी, एक बहाव में ढेर सारा बोलकर वह थक गयी। नईम सुनकर गहरे में डूब गया।

नईम के मौन ने भुलनी के स्वर में आतुरता भर दी। गहरी डुबकी मारे हुए नईम के होश को भुलनी की आवाज़ सुनाई दी, "हम जियब न, मरा चहिति हैं। हमका भगवान् के घर पठै देव। अउरु कुछ न सोचौ, मोर भला सोचौ।"

"अच्छा।...खुदाबन्दे करीम अगर मेरे हाथों यही चाहता है तो फिर, यही हो। मौत के लिए तड़पते रहने से मौत का आ जाना कहीं बेहतर है।" एक गहरी साँस लेकर नईम खड़ा हो गया और फिर उसे उठाने के लिए झुका, एकाएक बोला, "एक बार फिर कहता हूँ। तुम्हारे जैसी पाकदामन लड़की का शौहर होकर मेरी भी आक़बत सुधर जाती।...ख़ैर, मैं तुम्हारे पाक जिस्म को छूता हूँ, तुम्हें अपनी पीठ पर लादकर दरिया तक यों ले जाऊँगा जैसे रूह सबाबों की गठरी पीठ पर लादकर बहिश्त जाती है।"

भुलनी आँख बन्द किये पूर्ण समर्पण के भाव में तन्मय शान्त पड़ी थी। नईम के हाथों में फूल-सी उठी और नईम की गोद में, मानो गंगा की गोद में चली गयी। पेड़ के नीचे की धरती सूनी हो गयी। इनसान की इनसान के ऊपर जुल्म की

कहानी उस धरती के साथ यादगार बनकर जुड़ गयी, याद जो कि भुला ही दी जाती है।

सत्रह

भोर होते ही टाँईं की अम्मा खेतों से लौटीं। लौटते हुए उधर से गुज़रीं। साथवालियाँ तनिक पीछे थीं। टाँईं की अम्मा ने पेड़तले की धरती को इधर कई रोज़ के अभ्यस्त दृश्य से ख़ाली पाया, भुलनी भी नहीं, नईम भी नहीं। टाँईं की अम्मा के मन में उपजा अनायासपन, शंका अपना समाधान खोजने के लिए चट से औरतवाले कोठे पर पहुँच गयी, उसके भेजे में समाया कि नईमउल्ला भुलनी को लेकर भाग गया। टाँईं की अम्मा ने गुहार कर अपनी साथिनों को बुलाया। औरतों की ज़बानों पर कड़ा लंकादहन होने लगा।

आँच सारे गाँव को आननफ़ानन तपाने लगी। पेड़तले मजमा जुड़ गया। नीची मानी जाने वाली क़ौमों के जवानों के दिलों में उस जगह के सूनेपन ने होलियाँ दहका दीं। कुछ बूढ़े बुज़ुर्ग औरतों की तरफ़ से फैलायी गयी शंका की धारा में बहते हुए नईम को चकगेबाज़, दगाबाज़ साबित कर रहे थे और अपनी कचोट को ज़ोर से उछाल रहे थे। मगर युवकों का ख़याल था कि यह काम बड़े साहब का है। उन्होंने दोनों को मरवा डाला। जवानों ने अपने माता-पिताओं को ललकारा और कहा कि हम इसका बदला लेंगे, और किसी के घर से बड़े साहब के यहाँ आज मुँहदिखाई न भेजी जाय, अगर गाँव के ख़ानज़ादे हमारे न्याय में शरीक न होंगे तो हम सब पंच, जो इनके हाथों आये दिन सताये जाते हैं, मिलकर अकेले अपना न्याय लेंगे।

युवक बेहद उत्तेजित थे। जाति-समाज के बड़ों का, बड़े-बड़ों का तर्क रोबदबाव उन पर कुछ भी असर नहीं डाल पाता था। कल युवकों की टोली में हरदेवा ने दुःखभरी बेशर्मी के साथ जिस सत्य को प्रकट किया था वह भुलनी के अभाव में विद्रोह का स्वर बनकर फूट रहा था। जब बाप-दादों के सामने चुप रहने की कड़कदार डाँट आयी तो हरदेवा ने मुँहतोड़ उत्तर दिया कि हम क्या, हमारी सात पीढ़ी में कलेजे पर हाथ धरकर कोई यह न कह पाएगा कि हमारा बाप-दादा कौन क़ौम का है। बात उजागर हो जाय तो बिरादरी ऐसे दण्ड देती है और जो बात गुपचुप रहकर धीरे-धीरे फैले, जिसे डर या पैसे से थामा जा सके उस बिरादरी का कोई दण्ड नहीं होता। सबकी बिरादरियाँ, सारा गाँव, एक-दूसरे के घरों की सुन्दर स्त्रियों के ऊँचे वर्ण के हिन्दू-मुसलमानों से अवैध सम्बन्धों की कहानी जानता है, उस पर खुले हँसी-मज़ाक़ होते हैं, तब किसी की कोई मरजाद नहीं जाती।

हरदेवा की उत्तेजना ने सारे जवानों में और अनेक बूढ़ों में भी उत्तेजना फैला दी।

और पेड़तले खड़ी स्त्रियों का जनसमुदाय विवश प्रश्नचिह्न-सा लाज से सिमटा खड़ा था पर कुछ जोशीली बूढ़ियाँ भी थीं। अपनी फटी आवाज़ों से घाँटे फाड़-फाड़कर, उँगलियाँ नचा और हाथ बढ़ा-बढ़ाकर अपनी मरदुओं को दोष देने लगीं कि जब उनमें हमें सँभालकर रखने का बूता नहीं तो हम क्यों न दूसरों के साथ जायँ। औरत और गाय बराबर होती है जो हाँक ले जाय।

कुछ बड़े-बूढ़ों का कुचला स्वाभिमान हिंसात्मक रूप से अपनी स्त्रियों पर झपट पड़ा। युवक झपटकर बीच में आये। एक अजब कौवारोर मच गया। हर कोई बोल रहा था, कोई किसी की नहीं सुन रहा था। सब ज़ोर-ज़ोर से बोल रहे थे। क्या बोल रहे थे, यह कुछ भी स्पष्ट नहीं था। स्पष्ट केवल इतना ही था कि सब विद्रोह बोल रहे थे।

परम्परा की शृंखला से हाथ-पैर बँधा अन्धा विद्रोह अपना अस्तित्व सिद्ध कर रहा था।

उस जगह जहाँ कि कुछ घड़ी पहले तक एक बहुत कम बोलनेवाला सुकुमार अन्याय पीड़ित घायल प्राण पंछी पड़ा रहता था, इस समय पीड़ित धरती के लालों का स्वर गूँज रहा था।

शोर के घटाटोप में किसी को सूझ आयी, गाँव के चौधरी से, जमींदार से, ब्रह्मचारी जी से बात तो कर लें। बात सूझ की थी और कौवारोर फैले देर भी हो चुकी थी, इसलिए इस बात का समर्थन तेज़ी से होने लगा, समर्थन का शोर फैला। शोर जब एक तान में बँध जाता है तो दूसरे शोर को भी उसी तरह नयी तान लेकर आगे बढ़ना पड़ता है। शोर शोर को काटता है जैसे हीरों को हीरा। दूसरे हंगामे ने अन्धे विद्रोह को दृष्टि दी और मजमा 'हाँ, हाँ ज़मींदार के पास चलो, ब्रह्मचारी, चौधरी के पास चलो' कहता हुआ बढ़ चला।

बड़े साहब का कारिन्दा स्मिथ ज़मींदार संजर ख़ाँ के घर पर बैठा, उनसे और चौधरी से बातें कर रहा था। वह सफ़ाई देने आया था, कह रहा था, "साहब बाडूर बोलटा, आप हमारा हक मारने का वास्टे उस लरकी को, अउर मेरा बावर्ची को गायब करा डिया। हाम इसको कूच समजने नेई माँगटा। साहब बाडूर अऊर मेम साहब को मू-डेकायी डेने का बास्टे गाँव का रेआया को आना माँगटा।"

हक़ की बात पर ज़मींदार का पठान-ख़ून जोश खा गया। वो बोले, "साहब, हमारे मुल्क में राजा के बेटों को मुँह-दिखाई दी जाती है। आपके मालिक सौदागर हैं। मेरी रिआया अगर ख़ुशी से बड़े साहब बहादुर को नज़रनियाज़ पेश करती है

तो मुझे कोई एतराज़ न होगा, मगर मैं अपनी रिआया पर किसी तरह का ज़ोरोज़ब्र नहीं बरदाश्त करूँगा।"

स्मिथ गरमा गया, बोला, "हाम आपको एक बाट बोलना माँगटा। हमारा कोठी से आप लोग का बौट फायडा हाय। हाम बाजू का गाँव से बण्डोबस्ट करेगा। हाम हुवाँ का टैकूर रैमगूलाम सिंगा को बरा आडमी बनाएगा। आप राजा हाय टो हमारा मार्जी से हाय। कम्पनी बाडूर आपका बैडशा का सरपरस्ट हाय। याड रखे खानजाडा साब, हाम इंगलिशमैन हाय, हमारा कौम डोष्ट लोग का मडड करटा हाय, फायडा करटा हाय अऊर हमारा डुश्मन लोग को हाम टबा करने माँगटा, एकडम नेस्टबूड करने माँगटा। हाम आपको डो घण्टा का मोलट डेटा हाय, आप सोचें अऊर गऊर करें। हाम फिर आने को माँगटा।"

स्मिथ उठ खड़ा हुआ। चौधरी मज्झू ख़ाँ बोले, "ग़ौर किया जा चुका है। हम बहुत ग़म खा चुके फिरंगी साहब। आपने हमारी रिआया पर ज़ुल्म किये, हमारे गाँव के दो बच्चों को ग़ायब करवा दिया। क़सम ख़ुदा की जो नवाब साहब का दबाव न होता तो आप और आपकी क़ौम का हर आदमी अब तक इस गाँव के चील-गिद्धों के पेटों में दफ़न हो चुका होता। पड़ोसियों से हमारी लाग-डाँट कराने की धमकी देते हैं। हम धमकियाँ देने वालों का सिर काट लेते हैं, यह याद रखिए।"

स्मिथ तमतमाया हुआ बाहर निकल गया। ज़मींदार की ड्योढ़ी पर कोठी के दस सिपाही स्मिथ साहब का घोड़ा लिये खड़े थे। स्मिथ घोड़े पर सवार हुआ। घोड़ा और सिपाही धीरे-धीरे दौड़ने लगे।

सघन अमराई के नीचे से स्मिथ का जुलूस निकल रहा था। अचानक एक डाल से रस्सी का फन्दा स्मिथ के गले में पड़ा और इतनी तेज़ी से खिंचा कि स्मिथ के हाथ भी अपनी रक्षा के लिए पहुँच न पाये। स्मिथ की देह रस्सी के सहारे घोड़े की पीठ छोड़ ऊपर चढ़ गयी, रस्सी का दूसरा सिरा अपने मज़बूत हाथों से पकड़े भुलनी का मँगेतर नीचे आ रहा था। पीछे दौड़ते आते सिपाही गुहारते हुए आगे दौड़े। मातादीन रस्सी पकड़े हुए नीचे आनेवाली आपदा से बचने के लिए तेज़ी से पेंगें लेने लगा और पैर पर उचटता-सा लट्ठ पड़ते न पड़ते तक वह एक डाल पर पहुँच गया। उसकी फाँसी में फँसा स्मिथ का मोटा शरीर उसके हिलने-डुलने के साथ ही राथ ऊपर-नीचे झोंके खाता हुआ दम तोड़ रहा था।

दो सिपाही दो ओर से पेड़ पर चढ़े। मातादीन रस्सी अपनी कमर में लपेटता हुआ, एक ऊँची डाल पर उसका दूसरा सिरा बाँधने का उपाय करते हुए, तेज़ी से अपनी ओर बढ़े आते आदमियों को देखने लगा। स्मिथ साहब की फाँसी बँध गयी। मातादीन ने आते हुए हुजूम का शोर सुन अपने बचाव के लिए हाँक मारी जिसे सुनकर भीड़ का हुल्लड़ जोशीला हो गया। मातादीन पेड़ पर चढ़े अपने शत्रुओं से कतराने का प्रयत्न करने लगा। पेड़ के नीचे भी शत्रु उसे घेरे हुए खड़े थे। एक

सिपाही का भाला मातादीन की पीठ में लगा और वह पेड़ से धरती पर गिर पड़ा। तीन-चार भाले एक साथ और झुके। चीखें निकलीं; पेड़ पर चढ़े सिपाही भी धमाधम कूद पड़े और भीड़ के निकट आते हुए शोर से दहलकर दसों सिपाही मातादीन के ख़ून से सने हुए भाले लिये भागे। साहब के हत्यारे को पकड़ने के ज़ोम में साहब की चिन्ता तो छूट ही गयी थी फिर अब अपने प्राणों के मोह के आगे भला क्या जागती।

भीड़ ने पास आकर मातादीन को ख़ून से सना सिसकता हुआ पाया। भीड़ वहीं थम गयी। शोर हुंकारियाँ भरने लगा, उस पर हैवानियत छायी थी। भुलनी के मँगेतर की हत्या भुलनी और नईम के ग़ायब होने की कथा में मोहर-सी लगा गयी। मातादीन की नानी और माँ उस भीड़ में ही थीं। उनका क्रन्दन हिंसा की लपटों में घी बनकर पड़ने लगा।

तभी किसी का ध्यान पेड़ पर लटके हुए मोटे स्मिथ की लाश पर गया; फिर तो सारी भीड़ उसे देखने लगी। भुलनी के अत्याचारी का अन्त लोगों की आँखों को सुख और कलेजे को ठण्डक पहुँचा रहा था। आततायी के प्रति समाज की घृणा देखते बनती थी। और मातादीन की लाश अन्य गोरे साहबों की हत्या के मनसूबे बाँधने के लिए न्यायसिद्ध बहाना बन रही थी। युवक तो आप-से छूटे-छूटे पड़ते थे। दौड़ मच गयी कि घरों से हरबे-हथियार लेकर कोठीवालों पर टूट पड़ा जाय। चौधरी और कई ख़ानज़ादे भी आ गये थे। चौधरी ने काले की लाश के साथ गोरे की लाश देख दूरन्देशी से काम लिया। ज़मींदार को ख़बर भिजवायी, लोगों से पूछताछ की, बयान लिये और भीड़ को तितर-बितर हो जाने के लिए डाँटा।

ज़मींदार आये, आपस में सलाह-मशविरा हुआ, गोड़ैतों को बुलवाकर स्मिथ की लाश उतरवायी गयी। एक पलँग पर उसे लिटाकर ढक दिया गया और बड़े साहब को ख़त लिखकर सन्देशा भेजा गया कि लाश बाइज़्ज़त बाहिफ़ाज़त रखी है। आप अपने इन्तज़ाम में ले जाना चाहें तो आदमी भेजें वरना हमारे आदमी यह ख़िदमत कर देंगे। अपनी जनता को निर्दोष सिद्ध करने के लिए स्मिथ के ख़ून की सफ़ाई देते हुए ख़त में लिखा गया, चूँकि मातादीन की मँगेतर को स्मिथ साहब ने बेइज़्ज़त किया था, इसलिए यह बदला जाती तौर पर लिया गया, किसी दूसरे गाँववाले की साज़िश इसमें न थी। बेचारे मातादीन को उसकी सज़ा भी मिल गयी, आपके सिपाहियों ने उसकी जान ले ली। हमें अफ़सोस है कि दोनों तरफ़ से बग़ैर सोचे-समझे जो काम किये गये उसका अन्जाम मेरी रिआया और आपको साथ-साथ भोगना पड़ा। हम सबको इस अफ़सोसनाक हादसे से नसीहत लेनी चाहिए।

दिग्विजय ब्रह्मचारी अपनी कुटी के द्वार पर बैठे किसी गहरी चिन्ता में डूबे हुए थे। इतने में ही उत्तेजित युवकों की एक टोली वहाँ आयी। उन्होंने स्मिथ और मातादीन

की हत्या का विवरण सुनकर विचार करते हुए कहा, "सावधान बेटा! आज मतइया अपने गाँव में जमराज को न्योत गया है। सब जने तैयार होयि जाव बेटा, गोरा ज़रूर हमला करेगा। औरतों ते कहौ जमींदार के यहाँ जाय के सरन लें और तुम लोग चारों अलँग घात साधि के बैठि जाव। आगे और जो कुछ विचार आवैगा सो कहेंगे। याद रखौ औरत एक भी पीछे न छूटने पावैं।"

कुल्सुम सख़्ती से अपना चेहरा कसे हुए न जाने कितने दूर के ख़याल से टकटकी बाँधे कुटिया के दरवाज़े पर खड़ी थी।

ब्रह्मचारी उठे, घोड़े पर ज़ीन कसी और कुटी के अन्दर जाकर कोने में टँगी एक गठरी उतारी। आटा, दाल आदि बचा हुआ सामान भी एक कपड़े में बाँध उसी गठरी में धरा। कुल्सुम देखती रही, फिर पूछ बैठी, "हम यह जगह छोड़ रहे हैं कक्कू?"

"हाँ बेटी।"

"अब काँ जाएँगे कक्कू?"

ब्रह्मचारी ने निसाँस ढाली और कहा, "आज-भर तो तुम मज्झू ख़ाँ के यहाँ रहोगी और फिर जहाँ अन्नजल ले जाय बेटी।"

"और कक्कू, भुलनी? और नईम भैया?"

"वे इसी गाँव में मिले थे, यहीं छूट भी गये?...जैसी प्रभु की मरजी। चलो चलें।"

कुल्सुम को लिये ब्रह्मचारी घोड़े के पास आये, एक बार कुटिया की ओर देखा, शरण देनेवाली भूमि को प्रणाम किया, इतने में कुल्सुम बोल उठी, "अब तो मेरा असली घर इस चम्पक की पीठ पर है कक्कू।"

ब्रह्मचारी सुनकर मुसकराये, फिर स्नेह से अपने घोड़े चम्पक की गरदन थपथपाकर बोले, "हाँ बेटी, वीरों का घर सदा घोड़े की पीठ पर होता है। तू भी बड़े वीर की बेटी है। और आप भी बड़ी वीर बनेगी।" कहते हुए उन्होंने कुल्सुम को चम्पक की पीठ पर बिठला दिया और आप भी रकाब में पाँव डाला।

जब तक स्मिथ की लाश गोरे उठा न ले गये तब तक अमन-चैन रहा। उसकी अन्तिम क्रिया के साथ-ही-साथ साहब ने लड़ाई का आदि कार्य भी सम्पन्न किया। शाही नाज़िम को पत्र भेजा गया कि गाँव के ज़मींदार अपनी रिआया के साथ साज़िश कर हमारी कोठी लूटना चाहते हैं। हमारे एक ज़िम्मेदार कारकुन की, उन्होंने धोखा देकर जान भी ले ली है। हमारा जानमाल ख़तरे में है। अगर ज़मींदार ने हम पर हमला किया तो उसकी जवाबदेही आपकी सरकार को करनी पड़ेगी और हम उस वक़्त अपने बचाव में लड़ेंगे।

नवाब संजर ख़ाँ के पास सन्देशा गया कि सावधान रहें, पड़ोसी ठाकुर

रामगुलाम सिंह और राजा मौलाबख़्श की सेनाओं के साथ हमारे सैनिक आपसे स्मिथ की मौत का बदला लेने आ रहे हैं। आज रात तक आपकी गढ़ी की ईंट से ईंट बजा दी जाएगी।

संजर ख़ाँ का सारा जोश उबाल हवा हो गया। ठाकुर रामगुलाम और मौलाबख़्श दोनों ही से उनकी ख़ानदानी अदावत थी। निलहे साहबों की कोठी की वजह से ही उनके प्रबल शत्रु निर्बल पड़ गये थे। संजर ख़ाँ नाज़िम और प्रभावशाली शाही अमलों से सदा मेल-मिलाप रखकर चलनेवाले व्यक्ति थे; उनकी जागीर दिनों-दिन बढ़ी थी। उनके विरुद्ध कभी किसी प्रकार की शिकायत भी नहीं हुई थी। केवल कोठी के मालिक सैण्ड साहब और उनके मुनीम स्मिथ के बदतमीज़ रूखे व्यवहार से संजर ख़ाँ की शानशौकत को बुरा लग जाता था, इसी से कभी-कभी मुँहफुलावन हो जाया करता था जिससे कि नाज़िम को बीच-बचाव करवा देना पड़ता था। संजर ख़ाँ चूँकि ग़रज़मन्द थे इसलिए रूठकर फिर मान भी जाते थे। इस बार बात ज़रा बढ़ गयी थी। नईमउल्ला अगर पठान न होता तो उसके ग़ायब होने पर गाँव के पठान ख़ानज़ादों को कुछ बुरा न लगता। नईम उनके क़बीले का, गाँव का आदमी न होकर भी उनकी क़ौम का अवश्य था इसलिए उसके अचानक ग़ायब हो जाने से ज़मींदार और दूसरे पठानों की नाराज़गी बढ़ी। इसके अलावा कोठी के साहब ने अपने पोते की मुँह-दिखाई गाँववालों से तलब की थी। यह हक़ की बात थी, ज़मींदार बहुत बुरा मान गये थे। ग़रीब प्रजा के जोश से उनके क्रोध को अनायास बढ़ावा भी मिल गया था। पर इन सबके बावजूद पड़ोसी शत्रुओं की सहायता से कोठीवालों के हमले का धमकी भरा सन्देश पाकर संजर ख़ाँ के पाँव टिक न सके। उन्होंने फ़ौरन जॉर्ज सैण्ड साहब को ख़त भेजकर उन्हें यह विश्वास दिलाया कि स्मिथ साहब की हत्या में उनका या किसी ख़ानज़ादे का तनिक भी हाथ नहीं है, वे किसी तरह भी अपनी प्रजा के विद्रोह में सहायक नहीं हैं; और यदि इस पर भी उन पर किसी तरह का आक्रमण हुआ तो वे शाही दरबार में फ़रियाद करेंगे। हाँ, साहब अगर रिआया के उन लोगों से, जिन्होंने यह हंगामा बरपा किया है, बदला लेना चाहें, बदअमनी फैलाने की सज़ा देना चाहें तो ज़मींदार की ओर से किसी प्रकार की बाधा नहीं होगी; परन्तु वे किसी प्रकार की सहायता भी नहीं करेंगे।

इस तरह संजर ख़ाँ अपने और अपनी अकड़ के बचाव के लिए क़िलेबन्दी करने में व्यस्त हो गये। उन्होंने अपने सजातीयों को बुलाकर नयी परिस्थिति समझायी। चौधरी मज्झू ख़ाँ राज़ी न हुए, उन्होंने कहा कि अपनी रिआया को दूसरे के हाथों तबाह करवाने में ख़ुद अपनी ही तबाही है। और भी दो-चार लोग चौधरी की बात का समर्थन करने लगे। नवाब संजर ख़ाँ बुरा मान गये। चौधरी मज्झू ख़ाँ अपनी बात पर डटे रहे और उठकर चले आये।

दिग्विजय ब्रह्मचारी चौधरी की चौपाल पर बैठे उनकी प्रतीक्षा कर रहे थे।

नयी बातें सुनकर ब्रह्मचारी का चेहरा उतर गया, दो क्षण मौन रहे फिर बोले, "मैंने तो सोचा था कि कुल्सुम को तुम्हारे घर छोड़कर एक बार गोरों की हेकड़ी भुला दूँगा...मुल कोई बात नहीं, भगवान् परीक्षा ले रहे हैं। अब एक के साथ इतनी जनी और हैं।"

"पर आप उनकी हिफ़ाज़त कर ही कैसे सकेंगे? परजा गाँव छोड़कर जा नहीं सकती, उसे जाने नहीं दिया जाएगा। उसे क़ाबू में करने के लिए सबक़ भी दिया जाएगा। आप अकेले कैसे बच सकेंगे? और हम दो-चार और भी अगर मदद को आ जायँ तब भी क्या उनकी हिफ़ाज़त हो सकेगी?"

दिग्विजय ब्रह्मचारी अपने अन्दर भयंकर ऊहापोह में फँस गये। जिन निरीह व्यक्तियों को उन्होंने अपनी सहायता प्रदान करने का वचन दिया था उनको बेसहारा छोड़ना उन्हें उचित नहीं लगता था। इसके साथ ही साथ उनका मन यह बार-बार बोल रहा था कि कुल्सुम की सुरक्षा के हित उन्हें तत्काल यह स्थान छोड़ देना चाहिए। ब्रह्मचारी अपने मानसिक अनिश्चय के कारण ज्वार के समुद्र से उफन-उफनकर कभी डटने और कभी पीछे हटने का निर्णय करते। इसी बीच में उन्होंने देखा कि उनके आदेशानुसार निम्न जाति की अनेक स्त्रियों-बच्चों और बूढ़ों की टोली अपनी गृहस्थी की गठरियाँ लादे ज़मींदार संजर ख़ाँ की गढ़ी की ओर घबराहट और चिन्ताजनित अपने अनिवार्य शोर के साथ जा रही थी। उन्हें देखकर ब्रह्मचारी ने चौधरी से कहा, "ये जंगल की आग जा रही है चौधरी, समै रहते इसे बुझाय सकौ तो बुझा लेओ नहीं तो फिर सब कुछ स्वाहा है।"

चौधरी गहरे सोच में बैठे रहे, ब्रह्मचारी ने उनका हाथ झिंझोड़कर कहा, "चौधरी सोच क्या रहे हो, इन्हें सरन दिलाओ नहीं तो मैं सबको लै के तुम्हारा गाँव छोड़ता हूँ।"

एक ठण्डी साँस छोड़कर मज्झू ख़ाँ उठते हुए बोले, "एक बार और कोशिश करता हूँ ठाकुर साहब, पर न जाने क्यों ऐसा लगता है कि इस गाँव के अच्छे दिन लद गये। ये सचमुच जंगल की आग है।"

मज्झू ख़ाँ ज़मींदार से मिलने गये। ज़मींदार उस समय अपनी सारी अकड़ भूलकर नीलकोठी के बड़े साहब से मिलने गये थे। उनके लौट आने तक चौधरी प्रतीक्षा करते रहे; गढ़ी के फाटक पर तब तक ग़रीब प्रजा के परिवारों की भीड़ इकट्ठी हो गयी।

संजर ख़ाँ जब सैण्ड साहब से मिलकर लौटे तो बहुत उदास थे। एक अँगरेज़ की हत्या ने अँगरेज़ों को बुरी तरह उत्तेजित कर दिया था। सैण्ड साहब बदला लेने पर तुले हुए थे। उन्होंने ज़मींदार से हरजाने का एक लाख रुपया माँगा। संजर ख़ाँ के फ़रिश्ते कूच कर गये। वे जितनी ही खुशामद करते, बड़े साहब उतना ही अकड़ते थे। उन्होंने ज़मींदार को यह चेतावनी भी दे दी थी कि यदि वे उनकी माँग पूरी

नहीं करेंगे तो उन्हें अपनी ज़मींदारी तक से हाथ धोना पड़ेगा, क्योंकि वे इस मामले की रिपोर्ट सीधे कलकत्ते के गवर्नर जनरल को करेंगे और उसके परिणामस्वरूप शाहेअवध संजर ख़ाँ के साथ जो बरताव करेगी उसकी कल्पना वे सहज ही में कर सकते हैं।

संजर ख़ाँ जब अपनी गढ़ी पर लौटकर आये तो उनका मन चिन्ताओं से उबल रहा था। गढ़ी के बाहर भीड़ देखते ही धोबी से बस न चलने पर गधे के कान उमेठनेवाली कहावत के अनुसार ही उन्होंने दूर ही से कड़क हुकुम लगाया, "इन सबको डण्डे मार-मारकर भगा दो। इनके घरों में आग लगा दो। इन कमीनों की यही सज़ा है।"

शरण पाने के लिए गयी हुई, दुर्बल स्त्रियों, बच्चों और बूढ़ों की भीड़ अचानक डण्डों और गालियों से खदेड़ी जाने लगी। ज़मींदार के लठैत भागती भीड़ को रपटा रहे थे। रास्ते-भर में फटी गठरियों से जुन्हरी-बेझर के दाने बिखर रहे थे, टूटी हँड़ियाँ, सूप, फटे चिथड़े बिखरते चले जा रहे थे; औरतें, बूढ़े, बच्चे अपनी-अपनी जान बचाने के लिए एक-दूसरे को भूलकर धक्का-मुक्की चीख़-गुहार करते-करते बेतहाशा भागने की होड़ ले रहे थे। माताओं की गोदियों से बच्चे छूट-छूट पड़ते थे, लोग-बाग एक-दूसरे की ठोकरों से लड़खड़ाकर गिर रहे थे। डण्डे उठाये सिपाहियों के प्रति मुड़-मुड़कर हाथ जोड़ना, हा-हा खाना और फिर आगे बढ़ना एक ऐसा क्रम था जिसमें कोई किसी को देख नहीं पाता था। माताओं की ममता अपने उन बच्चों के लिए बिलख रही थी जो कहीं छूट गये थे; उन्हें ढूँढें, अपने को खोजें-चिल्लाएँ कि हा हा खाएँ, अपनी जान बचाएँ, कहाँ जाएँ क्या करें, अबल अबलाओं की भीड़ रोती-कलपती भागती जा रही थी। बूढ़े थके-शरीर जल्दी ही लथपथ गिर पड़ते परन्तु पैर पर डण्डा पड़ते ही फिर उठकर भागते, लोगों के दम फूल रहे थे। इस असहाय भीड़ को मारने से अधिक खदेड़ा जा रहा था, आतंक से उसके होश फ़ना किये जा रहे थे।

कुहराम सुनकर भीड़ दौड़ पड़ी।

मज्झू चौधरी गढ़ी में ही फँसे रह गये थे। कुहराम सुनकर ब्रह्मचारी उनकी प्रतीक्षा में बैठ न सके; पर चिन्ता थी कुल्सुम की। वे फिर अनिश्चित-से हुए व्यग्र हुए, नयी परिस्थिति में वे कुल्सुम को चौधरी के घर भी नहीं छोड़ना चाहते थे। सहसा उन्होंने मुड़कर कुल्सुम से कहा, "कुल्सुमिया, तू घड़ी-दो घड़ी चम्पक के पेट से चिपकी बँधी रह जाएगी? रोएगी तो नहीं?"

कुल्सुम एकाएक इस प्रश्न को सुनकर चौंक गयी, वह अचानक कुछ सोच या बोल न सकी। ब्रह्मचारी बोले, "डर लगेगा बिटिया?"

"नहीं नहीं कक्कू, अब डर तो मुझे लगता ही नहीं। मगर मुझे बाँधते क्यों हैं? अपने साथ क्यों नहीं बैठाते?"

"नहीं लड़ाई का मौक़ा है। तो चल आ 'शुभस्य शीघ्रम्'।"

ब्रह्मचारी ने चौधरी के घर से दो मज़बूत रस्सियाँ लीं, एक मज़बूत-से ख़ारे में उन्हें फँसाया, पुआल और चादर के पर्त बिछा, लड़की को पेट के बल उस पर लिटा रस्सियाँ को घोड़े की पीठ पर कसकर बाँध दिया। ऊपर से चम्पक पर खारवे की झूल पड़ गयी। बाहर से कुल्सुम दिखलाई नहीं पड़ती थी।

ब्रह्मचारी को इस प्रकार युद्ध के लिए प्रस्तुत होते देखकर कई पठान युवक और प्रौढ़-जनों का ख़ून जोश खा गया। गाँव वाले कुल्सुम को नईमउल्ला की बहन के रूप में जानते थे; नईमउल्ला इस समय ग़ायब है, यह क़ौमी कचोट उनके मन में फिर से उभर आयी। एक हिन्दू का इस प्रकार अपनी क़ौम की बच्ची की रक्षा करना, अपनी प्रजा को वचन देकर उसके लिए अपना क्षात्र कर्तव्य निभाना कई पठानों को भी धर्मयुद्ध के लिए मन-ही-मन में ललकारने लगा।

और इन लोगों का पहुँच जाना आग में घी का काम कर गया। अपने स्वामियों का सहारा पाकर प्रजाजन उद्दण्ड हो उठे। थोड़ी ही देर में ज़मींदार के लठैत भाग गये। जनबल विजय-मद में बहकने लगा। ब्रह्मचारी ने उन्हें तनिक भी समय न खोते हुए भाग चलने को कहा; परन्तु शत्रुभय से मुक्त होने के बाद तुरन्त ऐसा होना मुश्किल था। हर व्यक्ति अपने परिवार को समेटकर देखने के लिए बावला हो उठा। जिसका जो नहीं मिल रहा था उसके नाम पर स्त्रियों का फुक्का-फाड़ रुदन और पुरुषों की उत्तेजित चीख़-गुहार में, बच्चों के सामूहिक रुदन-रव में ब्रह्मचारी अथवा पठानों की बात उनके कानों में नहीं पहुँच पा रही थी। व्यग्र होकर ब्रह्मचारी के आदेश से नेताओं ने अपनी जनता को खदेड़ा लेकिन इस खदेड़ने में केवल डाँट-फटकार और रौब-दाब से ही काम लिया जा रहा था। गुमशुदा स्वजनोंवाले जिस प्रकार अपने स्वामियों के सामने गिड़गिड़ा कर, हाथ जोड़ और पाँवों पड़-पड़कर बिलख रहे थे उसे देखकर कोई भी सहृदय प्रभावित हुए बिना नहीं रह सकता था। सारे मार्ग में घायलों की तलाश हुई, एक बच्चे के प्राण छूट गये थे।

घायलों को कन्धों पर लादकर चलते हुए, परिवारों को बीच में बटोरकर धनुषबाण, लट्ठ, गड़ासों और ब्रह्मचारी तथा पठानों की तलवारों और टोपीदार बन्दूक़ो से सुरक्षित होकर यह क़ाफ़िला गाँव की सीमा पार कर कुछ ही आगे पहुँच पाया था कि सामने संजर ख़ाँ और नील की कोठी के धनुर्धारी; बन्दूक़धारी कुछ सवार और लट्ठधारी तैयार खड़े मिले। तीरों और बन्दूक़ों की बाढ़ें दगने लगीं। प्रजादल की अबलाओं और बच्चों में फिर कुहराम उठा। लड़ाकू लोग जोश में चिल्लाते, दहाड़ते हुए घेरा छोड़कर शत्रुओं से जूझने आगे निकल गये, अरक्षित स्त्रियों-बच्चों की शत्रुसेना को एक छोटी-सी टुकड़ी बड़ी चतुराई से गाँव की ओर खदेड़ ले गयी। पुरुष अपने परिवारों से काट दिये गये। बाक़ी सारी शत्रुसेना प्रजादल को गाँव से बाहर खदेड़ने लगी। परिवारों से अकस्मात् बिछुड़ जाने का धक्का लोग

न सँभाल पाये और क्षण-भर के लिए किंकर्त्तव्यविमूढ़ रह गये। शत्रुदल मानो इस परिस्थिति को अपनी नक्शेबन्दी में शामिल करके आया था और उस हक्के-बक्केपन का पूरा लाभ उठाकर उसने भयानक आक्रमण किया। ब्रह्मचारी आदि के साहस और शौर्य से उत्साह पाकर भी क़दम-क़दम पर भरसक मोर्चा देते हुए भी प्रजादल के पाँव जम न सके; उन्हें भागना पड़ा।

ये लोग अपनी धरती से उखड़ चुके थे। डाकू बन जाने के अतिरिक्त इनके सामने और कोई चारा ही नहीं रह गया था। यह सर्वहारा मानव-समुदाय घृणा से कठोर और बदला लेने की भावना से उद्दण्ड हो गया था।

फिर ब्रह्मचारी कैसे अछूते बच सकते थे!

अठारह

अपने परिवारों से बिछुड़कर इस प्रकार अनिश्चित जीवन बिताने की परिस्थिति में पड़कर भागे हुए गिरोह का प्रत्येक व्यक्ति चिड़चिड़ा, कठोर और उद्दाम हो उठा था। खाने की समस्या थी, कहीं बसेरे की समस्या थी, बदला लेने की उत्कट इच्छा थी, धरती से उखड़ा प्रत्येक व्यक्ति बावला बेकाबू हो रहा था।

ब्रह्मचारी इस परिस्थिति में पड़कर अपने-आपको विवश पा रहे थे। उनका मन अब क्षात्रवृत्ति से कुछ अधिक साधुवृत्ति का पोषक हो चुका था। लूट-पाट, डकैती, युद्ध इन सबसे उनको क्रमशः विराग हो चला था, यह रजोगुण उनकी ब्रह्मचर्य साधना के लिए महँगा पड़ता था। अँगरेज़ों को छोड़कर वे अब किसी और से दुश्मनी नहीं मोल लेना चाहते थे; परन्तु यहाँ तो नित्य के भोजन की समस्या थी। पठानों ने तय किया कि पड़ोस के गाँव के ज़मींदार-साहूकार को लूटकर सबसे पहले इतना माल-पानी तो जुटा ही लिया जाय जितना गिरोह को सन्तुष्ट रखने के लिए यथेष्ट हो।

ब्रह्मचारी बोले, “तुम लूट-पाट करोगे तो अनेक निर्बल-निर्धनों की जानें भी जाएँगी।”

नत्थू ख़ाँ बोले, “यह ज़रूरी नहीं, मगर जो सामने ही आ जाएगा उसे हम ज़रूर खुदा को सौंपकर अपना फ़र्ज़ अदा करेंगे। और यह कोई नयी बात नहीं अज़ाब भी नहीं। मुसीबत के वक्त बहादुर जो करते आये हैं वही हम भी करेंगे।”

“हमारा दाँव फिर से घर लौटने का है, निलहे साहब से बदला लेने का है।”

“वो अब भी है ठाकुर साहब, लेकिन तब तक पेट भी भरना है, ताक़त भी जुटानी है। इस जंगल में कब तक छिपे रहेंगे? और ठाकुर साहब, जो ये सूफ़ियाना फ़कीराना धरम ही निभाना था तो तीर-तलवार क्यों बाँधे, हम लोगों को उकसाया क्यों?”

ब्रह्मचारी ठाकुर दिग्विजयसिंह चौहान निरुत्तर थे। 'क्यों?'—प्रश्न अनेक रूपों में उनके सामने था, नईमउल्ला से क्यों नाता जोड़ा, भुलनी की चिन्ता में क्यों पड़े, दईमारी प्रजा के फेर में क्यों पड़े; घर, राजपाट, स्त्री-सुख क्यों छोड़ा, 'क्यों' का अन्त नहीं था। और इन सबका उत्तर केवल एक था, कर्तव्य की भावना से प्रेरित होकर किया। यह कर्तव्य की भावना ही इस समय उनके साथियों की मनोभावना, कर्तव्यभावना के आड़े आ रही थी। सदियों का नियम था, पराजित क्षत्रिय अपने बचे-खुचे गिरोह को लेकर जंगलों में छिप जाता, डाके डालकर धन और जनशक्ति बढ़ाता, फिर से या नये सिरे से राज्य पाता और तब राजनीतिक सम्बन्धों द्वारा उच्च स्थिति में प्रतिष्ठित हो जाता। चाहे हिन्दू हो या मुसलमान, क्षात्र सामन्तधर्मी यही करते थे। फिर ब्रह्मचारी को यह बुरा क्यों लगता है? प्रतिष्ठित राजा होकर भी मनुष्य अपना राजपाट बढ़ाता है, अपने से कमज़ोरों को दबाता है, अपने से अधिक शक्तिशालियों से आवश्यकतानुसार दोस्ती करता है, षड्यन्त्र रचकर उन्हें कमजोर बनाता है, इस प्रकार सामन्ती क्षात्र-जीवन में मनुष्य हर स्तर पर लुटेरा बना रहता है। भगवान् रामचन्द्र और धर्मराज युधिष्ठिर ने भी राजसूय यज्ञ रचाये थे; जो उन्हें स्वेच्छा से धन-सम्पत्ति, दास-दासियाँ और कर देते थे वे न लूटे जाते। जो अनिच्छा प्रकट करते वे पराजित किये जाते, लूटे जाते थे। दिग्विजय ब्रह्मचारी अपने अन्तर में इस तर्क का दर्शन कर हतबुद्धि, हतप्रभ-से हो जाते थे भरी जवानी में उनका जीवन कहाँ से कहाँ बह आया था, यह सोच-सोचकर वे इन दिनों हैरान हो रहे थे। कभी उन्हें भी भोग-विलास से अरुचि नहीं थी, उनके लिए भी दो-चार सुन्दरियाँ उड़ाकर लायी गयी थीं। उनके पिता, पितामह आदि भी कमज़ोर ज़मींदारों की जमा ज़मीन लूटते थे। आज भी सब लूटते हैं; अवध का बादशाह, उसका हर आगला, नाज़िम, ताल्लुक़ेदार, राजा, नवाब कौन लुटेरा नहीं है? सबसे बड़े लुटेरे ये अँगरेज़ आये हैं। लूट दुनिया का धरम है। ब्रह्मचारी ने चूँकि एक नियम साधने का व्रत लेकर दुनियादारी का धरम बहुत अंश तक छोड़ दिया है इसलिए उनके मन में दुविधा थी; साथ ही उन्हें कुल्सुम की रक्षा भी करनी थी। उन्होंने इस ऊहापोह को समाप्त करने का निश्चय किया, थोड़ी देर बाद उठकर नत्थू ख़ाँ के पास गये, बोले, "मैं उस समै तुम्हारी बात का जवाब अपने मन में नहीं खोज पाया था नत्थू ख़ाँ भैया। अब विचार कर लिया है, मैं दो जगह वचनबद्ध हूँ, एक तो इस कन्या की रक्षा के लिए और दूसरे तुम लोगों को घर पहुँचाने के लिए। मैं तुम्हारा साथ दूँगा पर नित्य की लूट-पाट में नहीं जाऊँगा, तुम्हारे लिए शक्तिशाली राजे-रजवाड़ों से मेल बढ़ाऊँगा, तुम्हें तुम्हारे गाँव में शान से स्थापित कर दूँगा पर तुम्हारा अन्न नहीं खाऊँगा।"

दिग्विजय ब्रह्मचारी उच्चकुलीन क्षत्रिय थे। उन दिनों अवध में बैस ठाकुरों, रैकवार, बिसेन, जनवार, गौड़, अहिबन आदि क्षत्रिय राजपूतों का प्रभुत्व मुसलमानों

के समान ही था। इनमें अनेक ऐसे थे जिन्होंने नवाबी शासन को कभी एक कौड़ी भी अदा नहीं की थी। अनेक राजे शाही दरबार में अपना प्रभुत्व भी रखते थे, वे छोटे-छोटे उपद्रवी सामन्तों को संकट के समय आड़ लेकर उन सबका सहज नेतृत्व प्राप्त कर लेते थे। ऐसे सफल सम्पन्न व्यवस्थित दुनियादारी बुद्धि के सामन्त साहूकारी भी चला लेते थे, ज़मानत के अवसर पर सरकार में एकमुश्त रक़म तोड़ और समझौते के बाद अदा कर देना और उसके बदले में ग़रजू सामन्त का इलाक़ा गिरवी रख लेना सफल और प्रभावशाली राजे-रजवाड़ों की नीति थी। इन क्षत्रियों में कुलीनता और आर्थिक ऊँचाई-निचाई के झगड़े भी थे, बड़ा वैमनस्य था। स्वयं बैस ठाकुरों में भी बहुत एका नहीं था; डौंडियाखेरा के राव, नैहस्ता और सैम्बसी घराने के बैस आम प्रतिष्ठा की दृष्टि से एक-दूसरे को अपना प्रतिद्वन्द्वी मानते थे। सामन्ती दुनियादारी की रूढ़ मर्यादाएँ और उनकी बारीकियाँ आठों पहर उनके अहम् की सान पर चढ़ी रहती थीं।

दिग्विजय ब्रह्मचारी ने पड़ोस के एक प्रभावशाली किन्तु विद्रोही राजा शिवनन्दनसिंह के पास अपने पठान-बन्धु द्वारा सन्देश पठाकर मिलने की अनुमति चाही। दिग्विजय ब्रह्मचारी उच्चकुल के थे, एक समय उनका वंश बड़ा प्रभावशाली माना जाता था। एक भाई के मुसलमान हो जाने से उनके कुल में कलंक लग गया और जिस सौतेले भाई के लिए ब्रह्मचारी इतना बड़ा त्याग कर आये वह भी पुराने वैभव को क्रमशः खोता जा रहा है। अपने समय को सोच दिग्विजय ब्रह्मचारी ने शिवनन्दनसिंह का मन टटोलने के लिए नत्थू ख़ाँ को भेजा। शिवनन्दनसिंह ने आग्रहपूर्वक उनसे भेंट करने की इच्छा प्रकट की।

राजा शिवनन्दनसिंह ने यथोचित मान-मर्यादा के साथ गढ़ी से बाहर निकलकर उनका स्वागत किया, उनके नाम का डंका बजवाया, यथोचित मान-मर्यादा के साथ उनका मुजरा किया। दिग्विजय ब्रह्मचारी अपने त्याग के कारण सबके श्रद्धाभाजन हो गये थे। शिवनन्दनसिंह ने दिग्विजय सिंह को सम्मानपूर्वक पाँच मोहरें भेंटकर भोजन कराया। अपने दिन बुरे होने के कारण दिग्विजय ब्रह्मचारी ने यह सद्भावपूर्ण स्वागत-शिष्टाचार पाने की कल्पना नहीं की थी। कुल्सुम को भी उचित मान-मर्यादा, धर्म-मर्यादा, और लाड़-प्यार के साथ सत्कार मिला। दिग्विजय ब्रह्मचारी ने अपने आने का उद्देश्य बतलाया।

राजा शिवनन्दनसिंह गम्भीर हो गये, कुछ देर तक विचार किया। फिर कहा, "लालजू, वो इलाक़ा नफ़े का नहीं है, गोरा पहले से क़ब्जा किये बैठा है। फिर मैं इस समय नीतिवश खुद गोरों और मियाँ लोगों से अटकना नहीं चाहता। हाँ, जो फँस जायँ उन्हें तो फिर साम, दान, दण्ड, भेद से देखना ही पड़ेगा। एक बात हो सकती है, अगर साहब और नवाब को उड़ा ले आने में मेरी सहायता कर सको तो अलबत्ता आपके साथ हूँ। मैं अब राजदरबार से समझौता करना चाहता हूँ। ये

लोग अगर इमामबकस नाज़िम पर ज़ोर डालेंगे तो वह झख मारकर मेरी बात मान जाएगा। अगर आप इस काम को करने का बीड़ा उठाओ तो जितने आदमी कहो साथ कर दूँ।"

दिग्विजय ब्रह्मचारी ने रुककर विचार किया। फिर बोले, "मैं दोनों को पकड़ लाने का वचन दे सकता हूँ। पर उनसे अगली कार्रवाई कराने का ज़िम्मा नहीं लूँगा। दूसरी बात यह है कि आदमी बहुत फुर्तीले और संकेत पर चलनेवाले लूँगा।"

"दोनों बातें मंज़ूर हैं। कितने आदमी चाहिए?"

"चार गोयन्दे और हुकुम के ऊपर तैयार हो जानेवाले पाँच-सौ आदमी।"

"अकेले गोरे की कोठी में ही हज़ार आठ-सौ आदमी हैं लालजू, फिर संजर ख़ाँ के आदमी?"

"सब विचार कर लिया है राजा साहब। ज़रूरत तो चतुर गोयन्दों की है। सिपाही केवल सावधानीवश माँग रहा हूँ, उनकी आवश्यकता नहीं पड़ेगी।"

"एक पखवारे बाद लखनऊ में सुलेमानजाह का निकाह होएगा, उसका न्योता लेना है मुझे। तभी दरबार में सनद भी लूँगा। इसलिए मोहलत का क़रार करो लालजू, तो विचार आगे बढ़े!"

"मोहलत का क़रार भी कराएँगे सिंहजू?"

"उसी का लालच है। आपकी बात में मुझे रस इसलिए आया कि सामने का मौक़ा अच्छा देख रहा हूँ, नहीं तो जहाँ फिरंगियों का मामला हो वहाँ सोच-समझकर ही काम करना पड़ता है। फिरंगी शिकारी कुत्तों की तरह पीछे लगते हैं।"

"और मान लो कि साहब आपके दबाव में न आया तो?"

"तो-वो कुछ नहीं। यह तो दाँव है लालजू। बड़े कुँअरजू सब तरह से लायक़ हैं पर उनमें वो बात नहीं जो मेरी तरह की ज़िन्दगानी का उलझाव साध सकें। अगर दाँव लग गया तो साहब की सिफ़ारिश और संजर ख़ाँ का पैसा मेरा काम बना देगा। लखनऊ में राजा ग़ालिबजंग को साध लूँगा। और जो दाँव उलट गया तो हरि इच्छा, और उपाय चलाऊँगा!"

"कितने दिन की मुहलत देंगे आप?"

"चार दिन की। अधिक से अधिक एक दिन और।" ब्रह्मचारी विचार करने लगे, फिर कहा, "मंज़ूर है; मेरी कुल्सुमियाँ का भार आप पर रहा।"

"मेरे कुँअरों की तरह उसका मान होगा।"

दिग्विजय ब्रह्मचारी सप्रबन्ध चले गये। राजा शिवनन्दनसिंह के मुख पर आशा की चमक आ गयी। उन्हें विश्वास था कि उनका काम बन जाएगा।

राजा शिवनन्दनसिंह के पिता बैस वंश के सुप्रतिष्ठित राजकुल के छुटभैये थे। पिता बड़े सीधे साधु प्रकृति के पुरुष थे; उनके जीवनकाल में ही इन लोगों को अकसर बहुत नीचा देखना पड़ता था, उनके मरने के बाद इन लोगों का हिस्सा भी

बहुत कम कर दिया गया। शिवनन्दनसिंह अपने भाइयों में मझले थे। वे आरम्भ से ही उद्धत थे; राजा तथा उनके दीवान द्वारा किये गये जिन अपमानों को उनके पिता अनदेखा कर जाते थे अथवा उनके बड़े भाई विवश हो जाते थे, उनका जवाब शिवनन्दनसिंह सदा सेर के मुक़ाबले में ढैया से दिया करते थे। जब बातें तूल पकड़ गयीं तो एक दिन रात में अपने सबसे बड़े शत्रु बूढ़े दीवान जी के घर में घुस, उसकी नाक काट, मालमता लूट, उसकी सुन्दर नौजवान हाल की ब्याहता चौथी पत्नी को लेकर उड़ गये।

शिवनन्दनसिंह ने धीरे-धीरे अनेक ज़मींदारों और साहूकारों को लूटा, अनेक का राज्य छीनकर उनका कर भी वसूल करने लगे। यह सआदतअली ख़ाँ के शासन के अन्तिम दिनों की बात है जब वे अँगरेज़ों द्वारा अपना आधा राज्य हड़प कर लिये जाने के बाद शासन की ओर से चिड़चिड़ाहट में लापरवाह हो उठे थे। सआदतअली ख़ाँ के कठोर अंकुश के ढीला पड़ते ही राज्य में अव्यवस्था फिर से सिर उठाने लगी थी। शिवनन्दनसिंह ने ऐसे समय को अपने लिए सुसमय बनाया। शिवनन्दनसिंह का गिरोह क्रमशः बहुत बड़ा और बहुत मज़बूत बन गया। उन्होंने दो आमिलों का भी वध किया, सरकारी ख़ज़ाने की गाड़ियाँ भी लूटीं मगर कभी सरकारी फ़ौज की पकड़ाई में न आये; शिवनन्दनसिंह के नाम से बड़े-बड़े थर्राते थे।

अब ढलती उमर थी, शिवनन्दनसिंह धन-जन से सम्पन्न थे। वे अब अपने लिए सामाजिक मर्यादा चाहते थे। वे अब तक स्वविभूषित राजा थे, परन्तु अब दरबार अवध से सनद पाने के इच्छुक थे। वे कंजूस तो नहीं थे पर अपने पैसे के सयाने अवश्य थे। अपनी धेली बचाने के फेर में दूसरे के लाख लुटवा देना उनका अटल सिद्धान्त था; अपनी स्वार्थनिष्ठा के लिए वे पाप-पुण्य कुछ भी कर सकते थे; किसी भी हद तक जा सकते थे। उन्होंने यही सोचकर ब्रह्मचारी को सहायता दी कि कलंक उनके माथे चढ़ेगा; जब दोनों पकड़कर आ जाएँगे तब ब्रह्मचारी से नक़ली लड़ाई लड़ साहब को यहाँ ले आएँगे, उनकी ख़ातिर-बात करेंगे, उन्हें लूट में हिस्से की लालच भी देंगे, गोरा पैसे पर फिसलता है, मान जाएगा। उधर ब्रह्मचारी की आड़ में संजर ख़ाँ को ठिकाने लगाया जाएगा। ओसेरी नाऊ को उस पर लगा दूँगा, एक लाख के लिए दबाऊँगा, जब रुपया निकल आएगा तो उसका भी भला बनकर छुड़ा लाऊँगा। दोनों तरह से मेरी बात बन जाएगी। संजर ख़ाँ से झटके हुए लाख रुपये नाज़िम को भेंट किये जाएँगे और गोरे साहब को जो दस-बीस हज़ार चटाने पड़ेंगे उसके लिए भगवती और कोई बकरा भेज देंगी।

शिवनन्दनसिंह अपने मन में सब नक़शा बनाकर सुचित्त बैठ गये।

नत्थू ख़ाँ और अन्य पठान तथा उनकी प्रजा भी लूट की चिन्ता में पड़ी थी, उनका जितना नुक़सान हुआ है आख़िर उसकी भरपाई भी तो होनी चाहिए। नत्थू ख़ाँ को ब्रह्मचारी के सम्बन्ध में दो दिन से कोई सूचना नहीं मिली थी। ये लोग

गढ़ी के बाहर जंगल में ही डेरा डाले पड़े थे। वहीं के जानवर मारकर पेट भरा था, शिवनन्दनसिंह ने जान-बूझकर उनकी ओर रुख़ भी नहीं किया था।

नत्थू ख़ाँ गढ़ी पर गये। आधा दिन राजा साहब से भेंट करने की जुगत में लगाया, बाहर के चौकीदारों से मेल-मिलाप बढ़ाया, शाम के समय उन्होंने राजा साहब के दर्शन करने की आज्ञा चाही, ब्रह्मचारी के साथ का आदमी होने के कारण उसे आज्ञा मिल भी गयी।

सूर्य भगवान् गढ़ी की दीवार के नीचे उतर गये थे। पेड़ों पर बसेरे के लिए आने वाले पंछियों का कलरव पूरे ज़ोर पर था। चिड़ियाँ डालों पर थीं, कुछ उनके आस-पास ही बैठने के लिए मँडरा रही थीं; कभी एक झुण्ड के बैठने पर दूसरा झुण्ड फरफरा कर उड़ता, आकाश में एक हलका-सा चक्कर लगा फिर बैठने का प्रयत्न करता; उनमें हलका-सा संघर्ष भी होता पर इस समय सब थके थे, विश्राम चाहते थे इसलिए धीरे-धीरे व्यवस्था होने लगी, पंख से पंख जोड़ डालों पर पंछी बैठने लगे। मैदान में तख़्त पर बैठे राजा शिवनन्दनसिंह भी भाँग के गहरे नशे में रक्तरंजित दृष्टि से टकटकी बाँधकर यह दृश्य देख रहे थे, हुक्क़े की निगाली पर उनका हाथ थमा हुआ था।

नत्थू ख़ाँ ने आकर जुहार की और अदब से खड़ा हो गया।

पैनी नज़र तिरछी घुमाकर राजासाहब ने नत्थू ख़ाँ को देखा, पूछा, "काहे?"

"सरकार को सलाम करने आया था अन्नदाता। बरमचारी ठाकुर के साथ हूँ, नरसों हुज़ूर की ख़िदमत में उनकी तरफ़ से मैं ही हाज़िर हुआ था माई-बाप।"

"जानिति हयि। ई बख़्त कौन काम है?"

"हुज़ूर, बरमचारी ठाकुर के हाल-चाल लेने आया था। मुसीबत में वही हमारे सरपरस्त हैं माई-बाप, हम तो हर तरह से लुट गये, फिरंगी ने तबाह कर दिया। संजर ख़ाँ यों तो हमारे रिश्तेदार हैं, पर वो पठान क्या ग़रीबपरवर जो अपनी बात से डिग जाय। ठाकुरों-पठानों में दूसरी और ख़ूबी ही क्या हो सकती है अन्नदाता। तो जब वो निलहे साहब की धमकियों से डर गये और ठाकुर साहब अकेले हमारी रिआया का बचाव करने चले तब हमारा ईमान भी ख़ामोश न बैठ सका। संजर ख़ाँ ने बड़ा दोग़लापन दिखलाया अन्नदाता।..."

अन्नदाता बड़े तकिये के सहारे ढुलके हुए आँख मीचे हुक्क़ा पीते रहे, उनके चेहरे पर किसी प्रकार की प्रतिक्रिया अंकित नहीं हो रही थी।

नत्थू ख़ाँ बात करते-करते रुक गया। उसे अन्नदाता का रुख़ भाँपते नहीं मिल रहा था। बात रुकने से राजासाहब यह न समझें कि उन्हें देख रहा है, नत्थू ख़ाँ ने तनिक अटककर बात में बात जोड़ी, कहा, "यों संजर ख़ाँ आदमी बुरे नहीं हैं हुज़ूर। ख़ानदानी हैं आप लोगों की तरह से। बड़ी शौक़ीन तबीयत पायी है; चुन-चुनकर नायाब जीवन का ख़जाना इकट्ठा किया है..."

नत्थू ख़ाँ की पैनी कनखी चली, राजासाहब जस के तस बैठे थे; नत्थू ख़ाँ ने संजर ख़ाँ के प्राकृतिक विलास के साधन बतलाते-बतलाते उनके अप्राकृतिक विलास के साधन बतलाकर भी देखा, राजासाहब जस के तस थे; नत्थू ख़ाँ ने फिर निलहे साहब पर बात झोंकी, कहना शुरू किया, "क्या कहें सरकार, अपने गाँव में हम ही लोग मालिक नहीं। अजी हम पट्टीदारान ख़ानज़ादगान की तो कुछ न पूछिए, खुद संजर ख़ाँ के अच्छे खेत भी अब साहब के क़ब्जे में हैं। और नील की खेती में तो आप जानते ही हैं सरकार, ज़मीन का सत्तियानास हो जाता है। समझ में नहीं आता क्या करें, अजी हमारे बादशाह तक इन ललमुँहों के आगे बेबस हैं, हमारी तो बिसात ही क्या है? हुजूर, अन्नदाता, माई-बाप, आप-जैसे शेर मर्द कुछ इधर-उधर सूरज-से तप रहे हैं जिनकी तपिश से ये थर्राते हैं..."

"अच्छा अब जाओ, काल्हि आयो।"

"जी, बौऽतच्छा माई-बाप! कल इसी वक्त गुलाम हाज़िर होगा। और गुस्ताखी माफ़ करें अन्नदाताजू, बरमचारी ठाकुर..."

"तीरथ नहाये गये हैं।"

"जी बहुत अच्छा, तो कल हाज़िर हूँगा, औ-औ-और एक गुज़ारिश यह करनी थी माई-बाप कि आपकी शरन में आये हैं, कुछ परवरिश हो जाय, पड़ोस के गाँव में झुमरोसाहु के यहाँ बरात आयी है अन्नदाता। चार दिन से ठहरी है, कल सूबू चली जाएगी माई-बाप। बरमचारी ठाकुर से पूछा था, वो तो साधु आदमी हैं, कहने लगे महाराज से हुकुम ले लूँ तो कहूँ। मगर यहाँ से वो अचानक तीरथ चले गये। आप के ज़ेरसाये हमारे और हमारी रिआया के बाल-बच्चे पल जाएँगे। बहुत नुक़सान सहके आये हैं, अल्ला आपको जीता रखे, दरबार का रुतबा दिनोंदिन बुलन्द हो..."

"औसेरी।"

"का महराज?"

"झुमरी काहे बचिगा रे?" राजा ने कड़ककर पूछा।

"दुइ हज़ार भेंट दै गा है महराज।"

"दान-दहेज कइसि दिहिस?"

"पाँच हज्जारु अपने मुँह कहिसि है, यतनै औरु दिहिस होई।"

"औ, वहिकेर समधी?"

"अब झुमरीसाव क मुँह देखिकै..."

"सारे, अबहीं दस ठे जूता लगाउब, यू छत्तीसापना भूल जायी तुम्हार। हजार-दुई-हजार कुछु झटकि लावा होई हुँआते..."

"अरे तौ अन्नदाता हम कुछु लिखे-पढ़े थ्वारौ हैं जो हिसाब-किताब मा भूलचूक न परै। अरे भगवन्ता रे, आजू महाराज के लगे पान नाहीं धरे रे? ला जल्दी ते सारे, तेरी बहिनी क,..."

कुछ दूर दालान में घुटने बाँधकर बैठे औसेरी नाऊ, राजासाहब के दाहिने हाथ ने दरवाज़े के अन्दर नौकर को गाली फेंक दी और फिर एक तीखी कटी नज़र नत्थू ख़ाँ के चेहरे पर फेंक बैठ गया।

राजा शिवनन्दनसिंह ने कनखी घुमा उसे देखा फिर नत्थू ख़ाँ से बोले, "नसीब अच्छा है तुम्हार। जाओ, औसेरियाते निपटि लेओ।"

कहकर 'महाराज' ने दूसरी ओर मुँह फेर लिया।

दूसरे दिन डेढ़ पहर दिन दहाड़े झुमरीसाहु के गाँव से लगभग पाँच कोस उत्तर ढाक जंगल में नत्थू ख़ाँ का दल जंगल किनारे के रास्ते से कुछ दूर हटकर डटा था। यह मील-डेढ़ मील का जंगल बरात के रास्ते में पढ़ता था। नत्थू ख़ाँ की टोली पिछली रात में चलकर सुबह ही यहाँ पहुँच गयी और इस समय ताज़ादम थी। उसने अपना जाल भी अच्छी तरह से बिछा दिया था। बरात के साथ पाँच हाथी, पचास घुड़सवार और बीस सजे-सजे रथ और पाँच गाड़ियाँ तथा वर-वधू की पालकी थी। पैदल और विभिन्न सवारियों पर आरूढ़ लगभग चार सौ आदमी थे। जंगल के मार्ग पर कुछ आगे चलने के बाद बरातवालों ने देखा कि रास्ते के दोनों ओर कुछ फ़ासला छोड़कर कटे हुए ढाक के पेड़ों के ढेर सुलग रहे थे, कुछ आगे बढ़ने पर देखा कि सामने का रास्ता बन्द है, वहाँ भी कटा जंगल सुलग रहा है। बरातवाले अपने को घिरा हुआ पाकर दहल उठे। आग के तितरफ़ा घेरे के बाहर नत्थू ख़ाँ की टोली की हुंकारें उठीं और घेरे के अन्दर बरातवालों की। बाहर-भीतर से कुछ तीर तुयकचियाँ भी बरसने-गरजने लगीं। रास्ता निकालने के लिए बरातवाले एक छकड़े पर लदे पीने के पानी के आठ-दस भरे मटकों से पानी के लोटे भर-भर चिड़ी-चोंच से आग बुझाने चले। आग, हुल्लड़, बन्दूक़ों और तीरों ने हाथियों और उनके कारण सवारियों में जुते बैलों और घोड़ों में भयानक हड़बोंग मचा दी; पैदलों के लिए तो मुसीबत ही खड़ी हो गयी; गाड़ियों, रथों में बैठे लोग मानो भूकम्प की धरती पर बैठे थे; बड़ा कोहराम मचा। निकलने का एक ही रास्ता बचा था और उधर नत्थू ख़ाँ की टोली मोर्चा साधे खड़ी थी। अपनी अस्त-व्यस्तता से हारे, घायल बदहवास बराती लट्ठों की मार से पस्त हो गये, अनेक घायल पड़ गये, अनेक बदहवासी में जिधर सींग समाया बगटुट भागे। हाथियों की बदहवासी ने डाकुओं को भी दहला दिया, पर नत्थू ख़ाँ बहुत होशियार था। उसने हाथियों को निकल जाने दिया और उसके आदेश से दस-बीस की टुकड़ी उन पर तीर बरसाने लगी, हाथी चिंग्घाड़ते भागे। घोड़े तीरों से पनाह माँगने लगे। बराती संख्या में अधिक होने पर भी बुरी तरह परास्त हुए। अपने जानवरों के कारण उनके अनेक जन घायल हुए; कुचले और मरे, कई रथ टकराकर उलट गये, वर-वधू की पालकी भी उलटी पड़ी थी, आठ-दस बरस की आयुवाले पति-पत्नी भय से चिपके पड़े सिसकियाँ भर रहे थे। बरातियों ने हथियार

छोड़कर पनाह माँग ली; भीड़-भाड़ के हाथ-पैर बाँधकर पटक दिया गया, साहुओं को घसीट-घसीटकर उनकी मिट्टी पलीद की गयी; डाकू उनकी मूँछें उखाड़ते, बाल नोचते, गरम सलाखों से दागते, पट लिटाकर ठौर-कुठौर लट्ठ घुसेड़ते, इस प्रकार पन्द्रह-बीस हज़ार के मौजूदा माल के अतिरिक्त डकैतों ने साहूकारों को त्रस्त कर उनके रिश्तेदारों के नाम लगभग इतनी ही रक़म की चिट्ठियाँ भी लिखा लीं। चार पतुरियाँ थीं उन्हें भी लूट ले चले। सेठों की आँखों में पट्टियाँ बाँध उन्हीं की दो गाड़ियों पर लूट का माल और क़ैदी लादकर नत्थू ख़ाँ की टोली चल दी।

राजा शिवनन्दनसिंह लूट का माल और ज़मानत के क़ैदी पाकर नत्थू ख़ाँ से बड़े प्रसन्न हुए। नक़द लूट से राजासाहब ने कृपापूर्वक पाँच हज़ार स्वीकार कर लिये और उदारतापूर्वक बाक़ी रक़म नत्थू ख़ाँ के पठानों और परजाजनों को बाँट दी। सबको गढ़ी में जगह दी और भोजन-पानी की व्यवस्था कर दी।

शिवनन्दनसिंह और औसेरी में मन्त्रणा हुई; दोनों का ही यह मत था कि नत्थू ख़ाँ काम का आदमी है। अगर इसे पटा लिया जाय तो घर के भेदी से संजर ख़ाँ की लंका ढह जाएगी। दिग्विजय ब्रह्मचारी उसे क़ैद तो कर ही लाएँगे, इधर अगर नत्थू ख़ाँ साथ दे गया तो उससे गढ़ी के अन्दर रखे धन के अते-पते भी मिल जाएँगे।

रात में नत्थू ख़ाँ की नशे-पानी से खातिर-बात हुई और धीरे-धीरे करते औसेरी ने नत्थू ख़ाँ के सम्मुख सारी योजना प्रकट कर दी। नत्थू ख़ाँ भारी लालच को मुँहबगा से खड़ी देख रिश्तेदारी की ओर से आँख पर ठीकरी रख प्रस्ताव पर कूद गया। शिवनन्दनसिंह की सहायता से वह बड़ा आदमी बन जाएगा, उसने सोचा।

काम की बात हो जाने पर उसे गहरा पुट देने के लिए कुछ अपनपौ की बातें होने लगीं, नशे का बहाव भी था, शिवनन्दनसिंह बात की रौ में बहते हुए नाज़िम को एक लाख रुपयों की रिश्वत देकर सनद प्राप्त करने की अपनी महती इच्छा भी प्रकट कर गये।

सुनकर नत्थू ख़ाँ का भेजा भी चलने लगा। उसने मन-ही-मन सोचा कि 'देखो यह कितना घाघ है, अपना धेला ख़र्च किये बिना दूसरे को लूटकर यह तीसरे को रिश्वत देगा और अपना काम बनाएगा, साहब को भी उसी लूट में से हिस्सा देकर अपनी तरफ़ मिलाएगा। सचमुच बड़ा शातिर है ये ठाकुर। मेरी कमाई में से आज आधी से ज़्यादा गटक गया, साले ने नक़दी में से भी पाँच हज़ार मार दिये। काफ़िर साला!'

नत्थू ख़ाँ के मन में भी घाघपन जागा, स्वार्थ जागा, ईर्ष्या और मज़हबी तअस्सुब भी जागा। नत्थू ख़ाँ शिवनन्दनसिंह से बात करते-करते तक सूझ की बिजली के सहारे अपने दिमाग़ में कहाँ से कहाँ पहुँच गया। ज़ाहिरा तौर पर बोला, "अन्नदाता, हुज़ूर ने ये मुझसे पहले क्यों नहीं कहा। अरे नाज़िम इमामबख़्श तो बेचारे मुझ पर बहुत मेहरबान हैं; दरअसल उनकी छोटी बेगम मेरी साली लगती है।

संजर ख़ाँ से उनका ज़ाहिरा तौर पर मेल होने पर भी अन्दर की कुछ तनातनी है, यह तो शायद आप ने भी सुना होगा। इसलिए उसकी लूट तबाही से वे दिल ही दिल में बड़े खुश होंगे। हुकुम दीजिए हुज़ूर तो कल सुबू में ये गुलाम नाज़िम साहब के यहाँ चला जाय, आपकी और उनकी खुफ़िया मुलाक़ात तय करा दे; बाक़ी हुज़ूर संजर ख़ाँ का सारा माल मुझे दिलाने का वादा कीजिए।"

शिवनन्दनसिंह को लगा कि सौभाग्य उनके आगे हाथ जोड़कर खड़ा है।

उन्नीस

नत्थू ख़ाँ के मन में संजर ख़ाँ के पैसे से भी एक और बड़ा लालच समा गया था। प्रसिद्ध विद्रोही शिवनन्दनसिंह को गिरफ़्तार कराके वे सहसा नाज़िम की नज़रों में चढ़ जाएँगे, संजर ख़ाँ और निलहा साहब भी उनका उपकार मानने लगेगा। और ..."इस काफ़िर की गढ़ी जब लूटी जाएगी तब लाख रुपये से कम बख़्शीश नहीं लूँगा, पहले ही नाज़िम से क़रार करा लूँगा।"

अपने सुखद भविष्य के नक्शे लिये नत्थू ख़ाँ नाज़िम इमामबख़्श से मिलने चला। शिवनन्दनसिंह से पचीस मोहरें और एक उम्दा नस्ल का घोड़ा नाज़िम को भेंट करने के लिए माँगा। वह मिला, राह ख़र्च भी मिला। नत्थू ख़ाँ के पीछे गोयन्दा भी लगा दिया गया ताकि शिवनन्दनसिंह यह जान सकें कि नत्थू ख़ाँ ने जो कुछ कहा वह सच है।

छोटे-मोटों को रुपया-धेली चटाने के लिए नत्थू ख़ाँ के पास काफ़ी रक़म थी। नाज़िम के लिए भी वह उम्दा भेंट लेकर आया था, इसलिए उसे नाज़िम की सेवा में पहुँचते अधिक देर न लगी। इमामबख़्श नाज़िम ने सारी कहानी सुनकर नत्थू ख़ाँ की बड़ी प्रशंसा की। उसने संजर ख़ाँ और साहब को सावधान रहने का सन्देश भेजा, नत्थू ख़ाँ के हाथ शिवनन्दनसिंह को पत्र भेजा जिसमें उन्हें राजा साहब बहादुर लिखा गया था तथा मुलाक़ात के लिए खुफ़िया-स्थल और समय देते हुए उन्हें यह आश्वासन भी दिया गया था कि आपकी इच्छा पूरी कर दी जाएगी।

जनम-भर के घाघ शिवनन्दनसिंह अपनी एक कमज़ोरी की भँवर में फँसकर चकमा खा गये। यद्यपि वे कुछ आदमियों को साथ लेकर नाज़िम से मिलने आये थे लेकिन नाज़िम की तैयारी पक्की थी। शिवनन्दनसिंह और औसेरी दोनों ही गिरफ्तार हो गये, उनके आदमी पिटकर भाग गये।

जिस समय शिवनन्दनसिंह नाज़िम की जेल में कड़ी निगरानी में रखे गये, लगभग उसी समय दिग्विजय ब्रह्मचारी अपने कार्य में सफल हो दोनों बन्दियों को लेकर उनकी गढ़ी पहुँचे थे। नया काण्ड सुनकर उन्हें नत्थू ख़ाँ की गद्दारी पर क्रोध

आया। वे फिर अपनी नयी कारगुज़ारियों में लगे, उन्हें शिवनन्दनसिंह को छुड़ाना ही था।

स्वयं प्रतिष्ठित राजा शिवनन्दनसिंह सरकारी दृष्टि में इनामी फ़रार थे। कई बार सरकारी आदमियों को उनके कारण करारी क्षति उठानी पड़ी थी, इसलिए नाज़िम इमामबख़्श उन्हें बन्दी बनाकर बड़ा ही प्रसन्न था।

सुबह नाज़िम साहब की कचहरी में दोनों बन्दी हाज़िर किये गये। नाज़िम ने शिवनन्दनसिंह को देख मूँछों पर हाथ फेर मुसकराते हुए कहा, "हूँ, तो आप राजा बनना चाहते हैं? क्यों? हिन्दुओं में राजगद्दी की रस्म के वक्त राजा को सात दरिया के पानी से गुस्ल कराया जाता है। लिहाज़ा आपको भी नहलाया जाएगा। करामतहुसैन, इन्तज़ाम हो।"

सात भंगी-चमार आये। नाज़िम के हुक्म से भरी कचहरी में सातों ने फ़र्श पर ज़बरदस्ती पकड़कर बैठाये गये शिवनन्दनसिंह के सिर पर बेशर्मी से पेशाब किया। नाज़िम और उनके अमले हँसने और मज़ा लेने लगे।

दुबला-पतला सीक-सलाई करामतहुसैन, जिसकी आँखों में चमक की कनी भी थिर नहीं रहती, आँखें बन्द किये पत्थर-से बैठे शिवनन्दनसिंह की तरफ़ से हटकर पास जकड़े बैठे औसेरी नाऊ की सकपकायी कटती नज़रों से नज़र मिलाने लगा, औसेरी ने चट से नज़रें चुरा लीं और गुम बैठ गया। करामतहुसैन बोला, "हुज़ूर आप-जैसे क़द्रदानों के रहते मुहावरे में कमी रह ज़ाय तो ज़माना क्या कहेगा ग़रीबपरवर? नाऊ तो काना ही बामुहावरा बैठता है।"

नाज़िम इमामबख़्श मुसकराये। औसेरी नाऊ की एक आँख तपते सूए से फोड़ दी गयी। नाज़िम राजा से बोले, "कहिए महाराज साहब, अब हमारा हिस्सा भी तो मिलना चाहिए। क्या नज़र देते हैं? क्यों करामतहुसैन, महाराजा शिवनन्दनसिंह साहब बहादुर की हैसियत का अदब रखने के लिए इनसे क्या तोहफ़ा माँगा जाय?"

करामतहुसैन छिन-भर अपनी उँगलियों के नाख़ूनों पर अँगूठा फेरता रहा। नज़रों की चमक अँगूठे की गति पर सध गयी फिर पलकें ऊँची कर बोला, "ग़रीबपरवर, चालीस बरसों से तो मेरे ख़याल में महाराजा साहब ने इधर हम लोगों को कुछ दिया नहीं, अब आप ही हिसाब लगा लीजिए।"

नाज़िम तड़पड़ मसनद से उठ बैठे, तन गये। बोले, "इससे दस लाख की चिट्ठी लिखवाओ और जो इलाक़े इसके पास हैं उनका हिसाब देखा जाय।" नाज़िम उठे, शिवनन्दनसिंह के मुँह पर थूका और चल दिये। चालीस वर्ष तक नाज़िमों से लेकर हर सरकारी अमले के लिए आतंक बना हुआ एक नाम, ठाकुर शिवनन्दनसिंह, अब प्रत्यक्ष रूप से सम्मुख था। शिवनन्दनसिंह को देखने के लिए गाँव की भीड़ जुट आयी थी। औसेरी नाऊ शिवनन्दनसिंह का दाहिना हाथ था और अपने स्वामी के साथ उतना ही कुख्यात भी। नाज़िम इमामबख़्श के औसेरी नाऊ यानी मियाँ

करामतहुसैन अपने जलवे दिखाने लगे। ठाकुर से चिट्ठी लिखने को कहा गया। ठाकुर ने आँखें खोलीं न ज़बान खोली और न उनके बदन में जुम्बिश हुई, दण्डस्वरूप उनको कोड़े लगने लगे। उनकी सहनशक्ति से चोट जब अधिक बैठती थी तो बदन हिल जाता था, चेहरे पर तनिक-सा दृढ़ कसाव झलक जाता था पर न आँखें खुलीं न होठ खुले। विद्रोही सामन्तों के पकड़े जाने पर नज़िमों आलिमों द्वारा इस प्रकार के अत्याचार करना आये दिन का काम था। राजा से लेकर प्रजा तक, जो जिसके दाँव पर चढ़ जाता था, एक-दूसरे से इसी स्तर पर आकर व्यवहार करता था। जब कोड़े भी ख़त न लिखा सके तो पख़ाने से भरा तोबड़ा उनके मुँह पर बाँधा गया। उन्हें मल-स्नान कराया गया पर राजा ने ख़त तब भी न लिखा। आधा दिन बीत गया। ठाकुर को नहलाने की आज्ञा हुई। करामतहुसैन रोटी खाने गया। देखनेवाली भीड़ भगा दी गयी। तीसरे पहर नहला-धुला और एक अँगोछा पहनाकर ठाकुर शिवनन्दनसिंह को नाज़िम इमामबख़्श के ख़ास कमरे में लाया गया। नाज़िम थोड़ा नरमी से पेश आया, ऊँच-नीच समझायी, लालच दिया, उन विद्रोही सामन्तों के हवाले भी दिये जिन्हें बाद में नाज़िम इमामबख़्श से बड़ी-बड़ी सहूलतें मिल गयी थीं। वे सब शिवनन्दनसिंह को भी मिलेंगी। राजा की सनद दिलाना तो कोई बड़ी बात नहीं।

"पर दस लाख हमारे पास नहीं हैं।"

"तो कितने की हैसियत रखते हो?"

"लाख रुपया नज़र कर सकता हूँ।"

"और चालीस बरस में कितना लूटा?"

शिवनन्दनसिंह के होठ बन्द हो गये। नाज़िम ने दूसरा तीर फेंका कि अगर शिवनन्दनसिंह अपने ख़ानदान सहित मुसलमान हो जायँ तो एक लाख मंजूर कर लिया जाएगा।

शिवनन्दनसिंह के होठों ने जुम्बिश न ली।

दस लाख की चिट्ठी लिखाने के लिए फिर नये सिरे से अत्याचार शुरू हुए, नाख़ूनों के पोर्चों में गरम बारीक कीलें ठोंकी जाने लगीं। अब आँखें भी बन्द हो गयीं, होठ भी भिंच गये। दस लाख की चिट्ठी लिखायी न जा सकी। शिवनन्दनसिंह रात-भर के लिए तहख़ाने में डाल दिये गये। ये रियासती जेलों के तहख़ाने अपने-आप में सारी नारकीय यातनाओं के कारख़ाने से बने होते थे। सीलन, बदबू, चूहे और चिमगादड़ वहाँ अपने एकछत्र राज्य में बन्दी के आ जाने पर बाधा पाकर जो प्रहार करते थे उससे बन्दी की वह एक रात अनेक वर्षों की यातनाओं से अधिक महँगी पड़ जाती थी। बँधे हाथों को जुम्बिश देकर आस-पास घूमते मांस नोचने की फ़िराक़ में आगे बढ़नेवाले मोटे-मोटे चूहों से लड़ना, बँधे पाँवों और बदन को इधर-उधर फेंककर विवश जुझाव लेना बन्दियों के साहस की ऊँची-ऊँची सीमाओं से भी टकरा जाता था। शिवनन्दनसिंह, जिन्होंने अनेक सरकारी आमिलों के साथ, अनेक छोटे-बड़े

हिन्दू-मुसलिम सामन्तों के साथ यही सब बरताव किया था, आज मानो अपनी ही पूर्व आज्ञाओं का प्रत्यक्ष अनुभव कर रहे थे, "मुदा धरम न द्याब; दस लाख न द्याब। धन हमारा नाहीं, लरिकवन केर आय। हम तउ छत्री धरम निभावा। बहुत दायिं औरेन क दाँव पर हम चढावा आजु हम चढ़गे। दस लाख तौ न द्याब। धरम न द्याब। जूझि जा शिवनन्दनसिंह पट्ठे, इमामबख़्श सारे के फिरिस्तौ न पइहैं तुहिं से दस लाख, सारे नहिं के तोरी...।"

शिवनन्दनसिंह चूहों से जूझते रहे, गालियाँ बकते रहे, हुंकारें भरते रहे।

लेकिन दिग्विजय ब्रह्मचारी के दोनों बन्दी संजर ख़ाँ और निलहा साहब जॉर्ज सैण्ड ठाकुर शिवनन्दनसिंह की गढ़ी में आराम से थे। चिन्ता केवल दिग्विजय ब्रह्मचारी की थी। नत्थू ख़ाँ ने चूँकि दग़ा देकर शिवनन्दनसिंह को बन्दी करा दिया इसलिए नत्थू ख़ाँ के साथ आये हुए सारे गिरोह को शिवनन्दनसिंह के आदमियों ने बन्दी कर लिया था। ब्रह्मचारी के आदेश से वे सब मुक्त हुए। इस बन्दी होने के प्रकरण में बरात की लूट का सारा माल शिवनन्दनसिंह के आदमियों ने नत्थू ख़ाँ के गिरोह से छीन लिया। ब्रह्मचारी उस धन को वापस न करा सके। वह उनकी नीति में नहीं था। उनकी चिन्ता का एकमात्र केन्द्र यह था कि शिवनन्दनसिंह को किस प्रकार से मुक्त किया जाय। शिवनन्दनसिंह के चार गोयन्दों में हरखू पासी ही ब्रह्मचारी को अनोखा जँचा था। उन्होंने उसे बुलाया और अपना आयोजन बनाकर चल दिये। शिवनन्दनसिंह की सेना के पाँच सौ आदमी निश्चित स्थान पर एक पहर रात रहते चलनेवाले थे। नाज़िम के गाँव पहुँचकर हरखू पासी और ब्रह्मचारी ने डेरा डाल दिया। हरखू मुसलमान किसान के भेस में गाँव-दरबार की टोह लेने गया। सारी बातें सुनी-समझीं, कचहरी में घुस-पैठ की, चौकीदारों-दरबानों से चिलम-तम्बाखू किया। इधर-उधर दो-चार रुपये चटाये, यारबाशी की; चतुराई से हलके-हलके खेलता रहा। दिग्विजय ब्रह्मचारी गेरुए वस्त्र में अलग धूनी रमाकर बैठ गये। उनके हाथ और जन्मकुण्डली देखने की धूम मच गयी। घरों-घरों के मनों का दुखड़ा सामने आने लगा। ब्रह्मचारी ने एक भविष्यवाणी की, आज नाज़िम इमामबख़्श और उसकी परम प्रिया वेश्या हैदरबाँदी का झगड़ा रात के दूसरे पहर की ढाई घड़ी बीतने पर अवश्य होगा, यह टल नहीं सकता, फलस्वरूप कल सवेरे हैदरबाँदी की नाक और कान काटे जाएँगे।

अफ़वाह ने रस के साथ कानोंकान घर कर लिया। हैदरबाँदी तक भी यह ख़बर पहुँच गयी। उसके भय का ठिकाना न रहा। साधु-फ़कीरों की बात झूठी हो नहीं सकती। उसका मन थर्रा उठा।

सारे बानक बन गये। हैदरबाँदी ब्रह्मचारी की शरण में आने को बाध्य थी।

हैदरबाँदी के नाक-कान कटने की अफ़वाह इमामबख़्श के हरम में भी पहुँची

थी। दो-चार बेगमों के महरा-महरियाँ फल-फूल लेकर बाबाजी की टोह में भी आये पर इससे पहले ही बाबाजी ने भीड़ से ऊबकर और किसी से न मिलने का व्रत लेकर पल्टू चौधरी की चौपाल में बनी कोठरी में एकान्त साध लिया। पल्टू चौधरी ही बाबा से पूछकर जिसे उन तक पहुँचा दें, वही पहुँच सकता था। हैदरबाँदी के आदमी पहुँच गये, बड़ी बेगम, छोटी बेगम के आदमी पहुँच गये, करामतहुसैन न पहुँच सका। इमामबख़्श तक ख़बर पहुँची। उसने मिलने की ख़्वाहिश ज़ाहिर की। बाबाजी ने मिलने से इनकार किया। इमामबख़्श ने धमकी भिजवायी। बाबाजी ने अपनी ज्योतिष चमत्कार-भरी धमकी भिजवायी, उन्होंने कहलाया कि तू अपनी ख़ैर मना, दुलारी नसीरुद्दीन की ब्याहता बनते ही उन सबको नाकों चने चबवाएगी जो बादशाहबेग़म का साथ देते हैं। नाज़िम इमामबख़्श सिर्फ़ सत्रह दिन तक और अपनी ख़ैर मना ले। आज के सत्रहवें दिन शादी के दरबार में लखनऊ में सुलेमानजाह को नज़र देने के बाद उस पर क्या बीतेगी, यह वह तभी जानेगा।

धमकियाँ बड़ी सटीक थीं, हवा में संन्यासी का तेज एक श्रद्धा-भरा आतंक बनकर छा गया। हरखू पासी नाज़िम इमामबख़्श के दसवर्षीय ज्येष्ठ पुत्र को पढ़ानेवाले मौलवी मुईनुद्दीन का स्नेहपात्र हो गया। कुछ गण्डे-वण्डे बनवाये, अपनी मुसीबतें रोयीं, बड़ी दूर से आपका नाम सुनकर आया हूँ, फ़लाँ जगह मालूम हुआ कि बड़े-बड़े जिन्नातों पर आपका क़ाबू है, अमीरुज्जिनात आपके दोस्त हैं, यह सब कारगुज़ारियाँ हरखू पासी ने बड़ी तरकीब से कर दीं। मौक़ा कुछ ऐसा था कि एक अनजान साधु ने आकर सारा जस लूट लिया था इसलिए मौलवी मुईनुद्दीन को अपने पास बहुत दूर गाँव से आये हुए एक भक्त का बड़ा ज़बरदस्त सहारा मिला। बड़ी-बड़ी शेख़ियाँ हाँकते रहे, बड़े मगनमन हुए, दोनों के बीच अफ़ीम भी घुली। हरखू पासी मेंहदीहुसैन बने हुए बड़े भक्ति-भाव से यथासम्भव पैसा ख़र्च कर रहे थे। चख़ौतियाँ चलने लगीं, मीठे लुक़मे उड़े, नाज़िम और उनके घरवालों के सम्बन्ध में भी बहानेसिर बातचीत हुई, लड़का कैसा है, यह भी पूछा-जाँचा, लड़के को देखने की अपनी इच्छा इस ढंग से प्रकट की कि मौलवी साहब का रौब अपने शिष्य नाज़िम पुत्र को अपने घर पर बुलाने के लिए भड़क उठा। लड़का आया, मीठी-मीठी बातें हुईं।

रातों-रात नाज़िम इमामबख़्श का लड़का ख़ुदाबख़्श और उसकी परम प्रिय हैदरबाँदी उड़ गयीं...

अब दूसरी ओर से सौदे की बात थी। नाज़िम इमामबख़्श को झुकना ही पड़ा। ब्रह्मचारी ने मनमाना सौदा किया, शिवनन्दनसिंह औसेरी नाऊ ससम्मान मुक्त हुए। शिवनन्दनसिंह के बड़े लड़के रघुनन्दनसिंह को राजा पद दिलाने के लिए नाज़िम से ख़त लिखवाया गया, राजख़ज़ाने में ढाई लाख बक़ाया मालगुज़ारी के रूप में जमा करवाकर बाक़ायदा रसीद ली गयी। इलाक़े की आमदनी घटने का कारण ऊसर ज़मीन का होना लिखवाया गया। इस तरह समझौता हुआ। जार्ज सैण्ड और संजर

ख़ाँ जिस नियत से लाये गये थे वह परिस्थितियों के दूसरी तौर पर ढल जाने के कारण अपने-आपमें उद्देश्य रहित हो गयी थी। फिर भी आतंक जमाने के लिए उनकी उपस्थिति बड़ा काम कर गयी।

ब्रह्मचारी के हाथों अपने ज्येष्ठ पुत्र को राजतिलक करवाकर अपना धर्म नष्ट हो जाने के कारण शिवनन्दनसिंह ने उसी साँझ गंगातट पर आत्महत्या करके क्षत्रिय की भाँति अपना देह-प्रायश्चित्त किया।

बीस

रघुनन्दनसिंह विधिवत् सनदयाफ़्ता राजा मान लिये गये। दिग्विजय ब्रह्मचारी का रौबदाब दूर-दूर तक बैठ गया। अँगरेज़ों के लिए वे आँखों का काँटा बन गये। निलहे साहब जार्ज सैण्ड का उड़ा लिया जाना ही अँगरेज़ों के राष्ट्रीय स्वाभिमान में चुभ गया! पुराने घाव हरे होने लगे। परन्तु यह सब होने पर भी अँगरेज़ मौक़ा देखकर उनकी गिरफ़्तारी के लिए शाही मदद लेने की वह चाल न चल सके जैसी उन्होंने लालकुँअरसिंह के यहाँ बरती थी। ब्रह्मचारी रघुनन्दनसिंह की गढ़ी में ही रहते थे। कुल्सुम के लिए एक धर्मपरायण पठानी गुरु की व्यवस्था कर दी गयी थी। दिग्विजय ब्रह्मचारी उसे बड़े चाव से शस्त्रविद्या भी सिखाते थे। रघुनन्दनसिंह ही नहीं, धीरे-धीरे सारे इलाके के लोग ब्रह्मचारी ठाकुर को बड़ी श्रद्धा की दृष्टि से देखने लगे थे। उनका व्यक्तिगत आचरण, उनकी शारीरिक और मानसिक दृढ़ता, उनकी करुणा सहज रूप से सबको बाँधती थी। शिवनन्दनसिंह की सेना, जिसे अनुशासनबद्ध होने के साथ ही साथ क्रूर और लुटेरा बनने की आदत भी थी, दिग्विजय ब्रह्मचारी की व्यवस्था में बहुत हद तक प्रजा की रक्षक बन गयी।

आग़ामीर के मन्त्रित्वकाल में लूट और आपाधापी का अन्त नहीं था। हकीम मेंहदीअली ख़ाँ की व्यवस्था में इतनी लूट नहीं थी। आग़ामीर, जो कभी शाहज़ादा ग़ाज़ीउद्दीन का ख़ानसामा था, आज शाहे-अवध का वज़ीर बनकर हैसियत और प्रभुता में अपने प्रभु के बराबर की होड़ लेता था। ग़ाज़ीउद्दीन हैदरशाह उसके आगे बेबस थे। बादशाहबेग़म सदा उसके ऊपर किटकिटाती ही रहती थीं। अँगरेज़ उससे चौकन्ने रहते थे परन्तु फिर भी कोई उसका कुछ बिगाड़ नहीं पाता था। अवध की प्रजा को उजाड़कर राजकोष को वह सदा इतना भरा-पूरा अवश्य रखता था कि शाही विलासिता के ख़र्च पूरे होते रहें। शाही अमलों में दर्जा-ब-दर्जा हैसियत के हिसाब से रिश्वत की सीढ़ियाँ लग गयी थीं, रिश्वत में औरत भी चलती थी और रुपया भी।

लुटी हुई प्रजा के लोग लुटेरे बन गये। गिरोह के गिरोह छुटे साँड़ों-से घूम

रहे थे। जहाँ जिसका दाँव लगता था, मार खाता था। आये दिन हर गाँव डाकुओं के हमले से आतंकित रहता था। रास्ते ठगों और लुटेरों से भरे हुए थे।

ब्रह्मचारी के सामने नित नये क़िस्से और शिकायतें आया करतीं। आसपास के अनेक ज़मींदार लुटेरे बन गये थे और व्यक्तिगत कारणों से किसी को सताने में उन्हें इतना रस आने लगा था कि अपनी मनोवृत्तियों को लेकर ये हिन्दू-मुसलमान ज़मींदार प्रायः निर्मम और अति क्रूर हो गये थे। एक ज़मींदार डाकू का एक ऐसे व्यक्ति से झगड़ा हो गया जिसका बेटा कलकत्ते में गवर्नर जनरल के बॉडीगार्डों में नौकर था। ज़मींदार ने उनके पूरे परिवार को बेदर्दी से मरवा डाला। बाप को ज़मीन में गड्ढा खुदवाकर उसमें ज़िन्दा तुपवा दिया। बच्चों की टाँगें चीरी गयीं। स्त्रियाँ खिलौना बनीं। मामला चूँकि अँगरेज़ी बड़े लाट के सिपाही का था इसलिए रेज़िडेण्ट को बड़ी-बड़ी फ़रियादें पहुँचायी गयीं। शाही फ़ौज ज़मींदार को पकड़ने भेजी गयी मगर यूँ तो शाही फ़ौजें रोज़ ही किसी-न-किसी को पकड़ने भेजी जाया करती थीं, नादिरशादिर ही कोई पकड़ाई में आ जाय तो और बात थी वरना सब सबको ठेंगे पर मारते थे।

एक मुसलमान ज़मींदार ने अपने पड़ोस के सैयदों के क़स्बे पर चढ़ाई की। तीन सैयद मालिकों को मार डाला, ख़ूब लूट-पाट मचायी, मनमानी की। कोई उसका कुछ बिगाड़ न सका। एक दूसरे मुसलमान ज़मींदार ने अपने सब पट्टीदारों को मारकर सबका हिस्सा हड़प लिया। जहाँ जिसकी अच्छी ज़मीन देखी, जुतवा ली। वह खड़ी फ़सलें कटवा लेता था, जो चाहता था करता था। लखनऊ की रेज़िडेन्सी में काम करनेवाले दो चपरासी भाई अपने गाँव में इतने शक्तिशाली हो गये थे कि उनसे बड़े-बड़े थर-थर काँपने लगे। होते-होते स्वार्थवश एक भाई ने दूसरे भाई को मारकर उसकी जायदाद हड़प ली और जब इस रहस्य का पता लगा तब फ़रार हो गया। रुस्तम ख़ाँ का दल भी बड़ा आतंक जमाये हुए था। उसने बैस राजपूतों की सैंतीस गाँवों की एक जागीर लूट ली। बहुत से राजपूत मारे, बहुतों को मुसलमान बनाया। एक ब्राह्मण के इलाक़े से, जिसकी पाँच सौ निन्यानवे रुपये सालाना मालगुज़ारी थी अब ज़्यादा माँगी जाने लगी। वह न दे सका तो हमला किया गया। ब्राह्मण हारा। उसका एक लड़का मारा गया। दो लड़के, जिनकी अवस्था सोलह-सत्रह वर्ष के लगभग थी, पकड़ लिये गये। एक भतीजे को भी बाँध ले गये। उन पर जंगल में बलात्कार किये गये। फिर उन्हें पेड़ों से बाँधकर तीरों से मार डाला गया। यही ज़मींदार जब किसी की स्त्री को लूटता तो चार दिन आप भोग करता फिर उसके सहायक उस पर अत्याचार करते। स्त्री घर से निकाली जाकर हाथोंहाथ वेश्या बन जाती थी। फिर उसका समाज में और कहीं स्थान ही न था। शहर में औरतों की माँग थी। छोटी ख़ूबसूरत लड़कियाँ और चढ़ती नौजवान औरतें लूटी जातीं। वे बाक़ायदा मशहूर कुटनियों के हाथ बिकतीं। वहाँ उनकी नाच-गाने की शिक्षा-दीक्षा

होती और वे फिर रईसों, अमीरों, अमलों, शाह और शाहज़ादों के हरमों में बेची जाती थीं। औरतें कम ख़ूबसूरत बाँदियों के तौर पर बिक जाती थीं। गुलाम बेचने का सीग़ा बुर्दाफ़रोसी के रूप में बराबर चल रहा था। शहर के रईसों के लिए गाँव से हूरें, ग़िल्मान, पैसा, सब कुछ ज़बरदस्ती खिंचा चला आता था। सामन्त हिन्दू हो या मुसलमान समान रूप से अधिकतर संकीर्ण स्वार्थी और बड़े अत्याचारी हो गये थे। उनका क्षात्र स्वाभिमान, उनका अहं इतना निरंकुश हो गया था कि बेमतलब की बातें करने लगा था जिसमें आपसी फूट के सिवा और कुछ भी सम्भव नहीं था।

पड़ोस के एक महाराज के सगोती एक छोटी रियासत के राजा थे। छोटी रियासतवाले राजा मर गये। उनके सन्तान नहीं थी। उन्होंने अपने एक भाई के छह महीने के बालक को मरते समय अपनी छाती पर बिठाकर राजतिलक दे दिया। राजा के मरने के बाद छोटे-से बालक राजा के पिता अपने पुत्र की ओर से राजकाज करने लगे और आम तौर पर राजा साहब ही कहलाने लगे। उनकी अपने सगोती महाराज से एक दिन शराब के नशे में कुछ कहन-सुनन हो गयी। छोटे राजा चले आये। बड़े महाराज ने अपने मुसाहबों की कृपा से यह प्रण किया कि जब तक उस छोटे राजा का सिर काटकर उस पर रण नहीं पूज लूँगा तब तक चैन न लूँगा। इस प्रतिज्ञा के अनुसार ही बड़े महाराज ने छोटे राजा को एक गाँव में, जब वे दौरा कर रहे थे, धोखे से घेरकर मार दिया और उनका सिर पृथ्वी पर रख अपना झण्डा गाड़कर रण पूज लिया। इस पर छोटे राजा के एक भाई ने प्रण किया कि महाराज ने गोत-घात किया है, मैं इसका बदला लूँगा। मैं भी उनका रण पूजूँगा। महाराज को इस प्रतिज्ञा की ख़बर लगी तो ज़ोम में आकर छोटे मुँह बड़ी बात करनेवाले पर बड़ी सेना लेकर चढ़ाई कर दी और स्वयं उसके कमाण्डर-इन-चीफ़ बनकर पालकी पर चढ़कर आये। छोटे राजा के भाई की छापेमार नीति से चकमा खाकर महाराज बुरी तरह से हारे और पीछा किये जाने पर भागकर सेना-शिविर में अपनी एक वेश्या के तम्बू में घुस गये। उनके भाट ने तत्काल भड़ौवा बनाकर अपने महाराज को लाख गालियाँ सुनायीं मगर कोई असर न हुआ। छोटे राजा के भाई तम्बू में घुस गये और उन्होंने महाराज को ख़ूब खरी-खरी सुनायी और कहा, "तूने ज़ोम में आकर गोतघात किया है, अब तू अपने ज़ोम की मिट्टी पलीद होते भी देख ले। जो आदमी भागकर अपनी रण्डी के यहाँ शरण माँगने आये उसे क्या मारूँ! मगर रण पूजने की प्रतिज्ञा की है तो दण्ड ज़रूर दूँगा।" छोटे राजा के भाई ने महाराज के सिर की पगड़ी खींचकर उतार ली और उनकी वेश्या के स्तन की एक घुण्डी काट ले गये। उसी पर उन्होंने अपना झण्डा गाड़कर रण पूजा।

ब्रह्मचारी इन उद्दाम अत्याचारियों से लोहा लेने लगे। उन्होंने कइयों को दबाया। अपनी अर्थात् राजा रघुनन्दनसिंह की प्रजा को भयमुक्त किया। उन्होंने एक ऐसी ताज़ी साँस दी जिसकी शक्ति देखकर डकैत स्वार्थी थर्रा उठे।

राजा रघुनन्दनसिंह पर भीतरी दबाव पड़ने लगा। नाज़िम इमामबख़्श, जार्ज सैण्ड, शाही फ़ौज के एक अँगरेज़ कप्तान और दो-चार पड़ोसी ज़मींदारों के बराबर कहन-सुनन करते रहने से रघुनन्दनसिंह लालच में आकर दिग्विजय ब्रह्मचारी को धोखा देने के लिए फिसल गये।

कुसुम्भी में सोमवती अमावस का मेला था। ब्रह्मचारी ठाकुर से बड़ा इसरार किया गया कि मेला देखा जाय, दाल-बाटी-चूरमे की सैल हो, ज़रा मौज-बहार ली जाय। ब्रह्मचारी राज़ी हो गये। कुल्सुम को भी आग्रह से मेला दिखाने के लिए ले जाया गया। तालाब के दूसरी ओर इन लोगों के ख़ेमे पड़े। चारों ओर मस्ती का वातावरण छाया हुआ था। नहाये-धोये, भाँग-बूटी छनी, देवी के दर्शन हुए और जब लौटकर आये तो ब्रह्मचारी ने देखा, कुल्सुम नहीं थी। उसे जिन सिपाहियों की रक्षा में छोड़कर वे दर्शन करने गये थे उनमें से एक भी नहीं था। ख़ेमे उखड़ चुके थे। ब्रह्मचारी ठाकुर ने अपनी दुनिया ही लापता देखी। जिस दिन से कुल्सुम को पाया उस दिन से उनके जीवन का उद्देश्य वही हो गयी थी। उसी के लिए वे जीते थे। कुल्सुम का ग़ायब हो जाना ब्रह्मचारी को अत्यधिक आलोड़ित कर गया। उन्होंने मेले की भीड़ को ललकारा, बड़ी उत्तेजना फैलायी और अपने साथ राजा रघुनन्दनसिंह का पीछा करने के लिए हज़ार लठैतों का हुजूम लेकर वे दौड़ पड़े।

दूसरी ओर की तैयारी पूरी-पूरी थी। नाज़िम तक मौजूद था। आठ-दस हज़ार आदमी मेले के बहाने ही बिखरे हुए थे। ब्रह्मचारी के हिमायती बुरी तरह पिटकर भागे और ब्रह्मचारी सरेआम बदअमनी फैलाने के जुर्म में गिरफ्तार कर लिये गये।

कुल्सुम कंजरों के हाथ बेच दी गयी। ब्रह्मचारी का अनिष्ट कर राजा रघुनन्दनसिंह लज्जित अवश्य थे परन्तु नाज़िम इमामबख़्श और निलहे साहब के स्वार्थगत राजनीतिक गुट में शामिल होकर बेहद सन्तुष्ट थे।

दिग्विजय ब्रह्मचारी का सिर काटकर बादशाह की ख़िदमत में तोहफ़ा पेश करने की आज्ञा नाज़िम द्वारा जारी कर दी गयी। हाँ, इसके साथ यह हिदायत भी उन्होंने दी थी कि उससे पहले उन्हें और किसी क़िस्म की तकलीफ़ न दी जाय, शायद नाज़िम ने अपनी रक्षिता और पुत्र के बन्दी किये जाने पर उनके साथ होनेवाले सद्व्यवहार के कारण ब्रह्मचारी के प्रति कुछ उपकार माना हो।

अँधेरे एकान्त में दिग्विजय ब्रह्मचारी भूखे सिंह की तरह चक्कर काट रहे थे। उन्हें अपने बन्दी होने का होश भी नहीं आ रहा था, कुल्सुम के लिए उनके प्राण बावले हो रहे थे। वह कहाँ होगी, किस स्थिति में होगी, उस पर क्या बीत रही होगी, रह-रहकर उनका दम फूल उठता था। उत्तेजना के कारण उनके सिर की नसें मानो फटी जा रही थीं, उनकी विवशता सब कुछ नष्ट कर, सारे ब्रह्माण्ड को तोड़-फोड़कर अपनी कुल्सुम को प्राप्त करने के हेतु उबल रही थी। ब्रह्मचर्य व्रत धारण करने के उपरान्त पिछले छह वर्षों में दिग्विजय ठाकुर का मन कभी किसी परिस्थिति में इस

तरह हाथ-बेहाथ नहीं हो सका था परन्तु आज एक मोह उनकी सारी साधना को बहाये लिये जा रहा था और उन्हें उसका होश नहीं था, परवाह नहीं थी। वे भाव के एक ऐसे तेज़ बहाव में थे जिसमें शब्दों की पार्थिवता ठीक से ढल नहीं पाती थी, केवल एक ध्वनि, एक रूप, एक प्रश्न था, "कुल्सुम! मेरी कुल्सुमिया! कहाँ है बिटिया?"

अँधेरे में टकटकी बाँधकर आँखें खोयेपन में टँगी रह जाती थीं, सोये हुए ज्वालामुखी की तरह देह थिर हो जाती जिसमें अनायास बीच-बीच में उद्दाम उत्तेजना का विस्फोट हो उठता था, वे बार-बार हिल उठते थे। उनके अन्दर का अन्धा क्रोध तहख़ाने की दीवारों से अपना सिर फोड़-फोड़ लेता था। दिग्विजय ब्रह्मचारी अपने ही को लहू-लुहान कर लेते थे। ऐसा क्यों हुआ? —पुण्य का फल पाप क्यों? —विश्वास का फल विश्वासघात क्यों? —हे सूर्यनारायण! हे बजरंग, तुम झूठे हो। ईश्वर नहीं है, प्रेम नहीं है, आस्था नहीं है, सब मिथ्या ही मिथ्या है।

दिग्विजय ठाकुर काल से जूझ रहे थे। यह सन् 1826 का काल था।

इक्कीस

रबीउल्-अव्वल सत्ताईस, सन् बारह सौ तैंतालीस हिजरी अर्थात् बीस अक्टूबर सन् अठारह सौ सत्ताईस ईसवी को अबुल मुज़फ्फ़र मुइजुद्दीन शाहेज़माँ रफ़तुद्दौला रफ़ीउल्मुल्क़ ग़ाज़ीउद्दीन हैदर खाँ बहादुर शाहमात जंग ने सदा के लिए आँखें मींच लीं और उसी दिन मुर्शिदज़ादा सुलेमानजाह उम्दुतुल्मुल्क नसीररुद्दीन हैदर ख़ाँ बहादुर असदजंग अवध के भाग्य विधाता हुए।

बादशाहबेग़म विधवा हो गयीं किन्तु उनका वैधव्यशोक उनके आवरण मात्र तक ही छाया हुआ था। वे आज राजमाता बनी थीं। उनकी सत्ता का सपनोंभरा दिन आज उदय हुआ था। नसीरुद्दीन ने ताजपोशी के बाद माता के चरणों में झुककर राजमाता के दम्भ को जो नयी आस्था दी थी वह शासन के सभी छोटे-बड़े पुर्जों को भविष्य में बादशाहबेग़म के सम्मान के प्रति सदा सावधान रहने की कड़ी चेतावनी बन गयी।

आग़ामीर का दिल ज़रूर दहला हुआ था। ग़ाज़ीउद्दीन हैदर, वह हथियार जिसके सहारे आग़ामीर बादशाहबेग़म से लड़ता था, अब न रहा था और नसीरुद्दीन हैदर ने अपने आचरण से यह सिद्ध कर दिया था कि आग़ामीर को अब से बादशाहबेग़म के क़दमों पर मजबूर होकर झुकना होगा। आग़ामीर अपने दम्भ की इसी कुण्ठा को लेकर चिन्तित था। आग़ामीर ने अब तक बहुत लूटा था। वज़ीर की हैसियत से पचीस हज़ार रुपया मासिक उसका वेतन था, तेईस लाख रुपया

सालाना शाही मालगुज़ारी की आय से उसकी दस्तूरी बँधी थी और लगभग तैंतीस लाख रुपया सालाना वह तरह-तरह की मदों से अपने लिए निकालता था। इसके अतिरिक्त शाही ख़ज़ाने का कितना माल उसके निजी ख़जाने में पहुँच गया था, इसका कोई अन्दाज़ नहीं लग सकता। सन् 1818 में जब ग़ाज़ीउद्दीन हैदर को अँगरेज़ों ने दिल्ली सम्राट् की वज़ारत से स्वतन्त्र कर बादशाह का पद दिया था तब उसके लिए सिंहासन भी बनवाया गया था। अँगरेज़, आग़ामीर और साह बिहारीलाल महाजन ने मिलकर सिंहासन सजाने के उपयुक्त जवाहिर चुनने के बहाने कितने अमूल्य हीरे जवाहरात लूटे थे, इसका कोई अनुमान नहीं लगाया जा सका। शाहेअवध की सवारी से वज़ीरेअवध की सवारी टक्कर में बीस बैठती थी। रेज़ीडेन्सी के अँगरेज़ हाकिम उसे नापसन्द करते थे मगर उसकी राजनीति से मजबूर थे। ख़ानसामा के पद से वज़ीर के पद तक पहुँचनेवाला व्यक्ति बड़े-बड़े ख़ानदानी अमीरों की नाकें अपने दम्भ के पत्थर पर घिसता था। उसने बादशाहबेग़म तक को ख़ून के आँसू रुला मारे थे, वही आग़ामीर अब बादशाहबेग़म की मरज़ी के अधीन रहेगा। उसे बहुत खल रहा था। वह भयभीत हो रहा था। आग़ामीर यदि सत्ता चाहता है तो उसे बादशाहबेग़म और नसीरुद्दीन हैदर का विश्वास जीतना होगा जो कि असम्भव है। बादशाहबेग़म एक क्षण के लिए भी उसकी सत्ता को सहन नहीं कर पाएँगी यह वो अच्छी तरह जानता था परन्तु बादशाहबेगम सहसा आज ही उसे उखाड़ फेंकने का प्रयत्न करेंगी, इस पर भी आग़ामीर को विश्वास नहीं होता था। शासनसूत्र अब तक उसी के हाथ में थे। वह अब भी जो चाहे कर सकता था, नसीरुद्दीन हैदर या बादशाहबेग़म अन्दरूनी परिस्थितियों को भला क्योंकर समझ सकतीं! आग़ामीर ने शाहेअवध पर बादशाहबेग़म की तरह ही पूर्ण प्रभाव रखने वाली दुलारी को अपनी गोट बनाने का निश्चय किया।

आग़ामीर के बाद अवध के शासन में दूसरा महत्त्वपूर्ण व्यक्ति राजा दर्शनसिंह ग़ालिबजंग था। उसकी सेवाएँ भी नवाब सआदतअली ख़ाँ के शासनकाल से चली आ रही थीं। सआदतअली ख़ाँ ने दर्शन कुरमी को अवध की सेना की एक रेज़ीमेण्ट शैतान की पलटन में भरती किया था और दर्शन कुरमी इस पलटन में ऐसा चमका कि 'शैतान पलटन' के प्यादे से कर्नल बन गया। राजा दर्शनसिंह को ग़ाज़ीउद्दीन हैदर का विश्वास भी प्राप्त था। आग़ामीर से उनकी ऊपरी तौर पर बड़ी घनीघना थी। यों बादशाहबेग़म के साथ उनका निजी द्वेष न था फिर भी वे आग़ामीर के साथ अपने सम्बन्धों के कारण सहमे हुए थे। उन्हें विश्वास था कि बादशाहबेग़म की सत्ता रहते आग़ामीर निश्चित रूप से करारे धक्के पाएगा पर उनका यह भी विश्वास था कि आग़ामीर कच्ची मिट्टी का बना हुआ खिलौना नहीं है। बादशाहबेग़म हों, नसीरुद्दीन हैदर हों, या अँगरेज़ हों, सहसा आग़ामीर को कोई नुकसान नहीं पहुँचा सकते। शासन के सारे सूत्र आग़ामीर के हाथ में हैं। राजा

दर्शनसिंह ठीक-ठीक सोच नहीं पा रहे थे कि किसका साथ देने से उनका भविष्य निरापद रहेगा इसलिए उन्होंने बादशाह और आग़ामीर के दैरो-हरम से छूटकर दुलारी का दामन थामा। कुछ हो, गयी-बीती हो मगर दुलारी है तो आख़िर उनके किसी सजातीय ही की सन्तान। दुलारी का ख़ून आख़िर इतना सफ़ेद तो हो न गया होगा। राजा दर्शनसिंह ने अब तक अपने-आपको दुलारी की राजनीति से सदा अलग रखा था परन्तु आज वही उन्हें अपना एकमात्र सहारा नज़र आ रही थी।

दुलारी के लिए आज का दिन जीत का दिन था। वह बादशाहबेग़म और अपनी विजय में अपनी ही विजय को अन्तिम रूप से स्थापित करने के लिए कटिबद्ध थी। उसने अपनी निश्चित योजनाएँ बना ली थीं। नसीरुद्दीन हैदर बादशाह होकर अपनी अटल मातृभक्ति का परिचय दे आये थे, ठीक है, पर वे अपनी माता की इच्छानुसार अपने बेटे मुन्नाजान की माता अफ़ज़ल महल को मलिकए-ज़मानियाँ न बना सके। दिल्ली के सम्राट् शाह आलम की पोती, नसीरुद्दीन की विवाहिता पत्नी भी पटरानी के पद पर न बैठ सकी, यह ओहदा दुलारी को मिला। क़र्ज़ में क़ुर्क करके लायी गयी दीन-हीन कुरमी किसान की बेटी, साईस की भूतपूर्व पत्नी, नईमउल्ला पठान की प्रेमिका, अपने सौतेले देवरों की प्रणयपात्री, मुन्नाजान की धाय और नसीरुद्दीन की मनोसूत्रधारिणी दुलारी अवध की महारानी बनी, मलिकए-ज़मानियाँ के पद पर वैधानिक रूप से प्रतिष्ठित हुई। बादशाहबेग़म चुप मार गयीं।

कोठी छतरमंज़िल के अपने कमरे में मसनद पर अकेली बैठी हुई दुलारी बहुत गहरे में डूबी हुई थी। उसके लिए भी ये क्षण जीवन और मरण का प्रश्न बनकर उपस्थित थे। राजमहलों में अपने छह वर्ष के अनुभव से उसने यह जान लिया था कि वहाँ दीवारों के सिवा और कुछ भी स्थायी नहीं रहता। क़ीमती से क़ीमती सजावट के सामान आते हैं, जी खुश होता है, फिर नया कीमती सामान आता है पुराना हट जाता है, कभी-कभी एक ही दिन में पुराना पड़ जाता है। राजमहलों में जो कुछ नया है वह केवल एक क्षण के लिए नया है। उस क्षण को यदि कोई खींच ले जाय तभी वह नया रह सकता है। जितनी दूर तक खींच ले जाय तब तक वह नया बना रहेगा। राजमहलों में केवल नूतन ही की सत्ता है, चिरनूतन की। दुलारी मलिकए-ज़मानियाँ बन चुकी है। अब वह और नया क्या करे जिससे उसका पद-स्थायित्व अटल हो जाय।

राजा दर्शनसिंह मलिकए-ज़मानियाँ की ख़िदमत में हाज़िर होकर आदाब पेश करना चाहते हैं, इज़ाज़त पाने के वास्ते उन्होंने बड़ा पुरतकल्लुफ़ बाअदब और बाअन्दाज़ रुक्क़ा भेजा है। अन्दाज़ यह है कि उसमें दुलारी को उसकी जाति की याद गौरव के साथ बड़ी ख़ूबी से दिलायी गयी है। और दुलारी को आग़ामीर की तरफ़ से भी हलके-हलके सन्देशे मिले हैं। इन दो के अलावा मलिकए-ज़मानियाँ का पद प्राप्त करते ही दरबारी नवाब और बादशाह के खुशामदी ख़ानदानी भी उसकी

ख़िदमत में नज़रें भिजवा रहे हैं। हर रईस की बेगम उसे सलाम करने आ रही है और दुलारी इस समय सबसे हटकर एकान्त में अपना मन टटोल रही है। उसे क्या करना चाहिए? नसीरुद्दीन हैदर को प्रेम के वश में किये रखना तो मात्र सत्ता के प्रतीक को अपने वश में किये रखना ही है। परन्तु उसे अपनी सत्ता का सूत्र संचालन किस प्रकार करना चाहिए, यही विचार का विषय था। दुलारी अपने आप में बहुत अकेला अनुभव कर रही थी। उसे विश्वस्त सलाह का सहारा तो चाहिए था ही, परन्तु किस पर विश्वास करं। दर्शनसिंह आग़ामीर के आगे कुछ भी नहीं है। परन्तु शासन का महत्त्वपूर्ण अंग है। आग़ामीर जानता है कि बादशाहबेग़म उसे टिकने न देंगी। वह स्त्री, जैसा कि दुलारी उसे जानती है, एक क्या सात जन्म में भी अपना कोना नहीं छोड़ सकती। वह आग़ामीर को ज़रूर नीचा दिखाएगी और मीर फ़ज़लअली और फ़ैज़न बुआ ज़रूर बुलायी जाएँगी। तब एक से तीन हो जाएँगे और ये तीन मिलकर मुझे शैतान की तरह लगेंगे।

दुलारी आग़ामीर से बहुत मिलना चाहती थी मगर उससे सीधे मिलते हुए भय भी लगता था। आग़ामीर घाघ है। इस समय विवश होकर वह दुलारी की शक्ति का सहारा चाहता है परन्तु शक्ति प्राप्त करने पर वह धोखा न देगा, इसका क्या ठिकाना। जिस तरह अपनी सत्ता के लिए वह इस समय मुझे ढाल बना रहा है उसी प्रकार नयी परिस्थितियों में वह बादशाहबेग़म के तलवे भी चाट लेगा और अन्त में अपनी ही गोटी सर कर लेगा। नहीं, मुझे आग़ामीर से पहले नहीं मिलना चाहिए। दर्शनसिंह कुछ भी हो नयी गोटी रहेगा। उसकी जाति भी पुकारेगी, जाति, जिसकी याद आज न जाने कितने बरसों बाद उसके होश में ताज़ा होकर आयी थी। जाति के सहारे उसे अपने बचपन का होश आ गया था। वह टूटी-सी झोंपड़ी, उसका दुबला-पतला चिड़चिड़ा पिता, उसकी सुन्दर-सुन्दर माँ, माँ-बाप का झगड़ा, मार-पीट, काँव-काँव सब कुछ मानो जल्दी-जल्दी एक साथ झलक गया और उसकी स्मृति के साथ ही उसे अपने वर्तमान वैभव का होश जुड़ कर तुरन्त आया। दुलारी ने अपना मस्तक उठाया, सजा-बजा अपना वैभव देखने लगी। सुनहरी नक़्क़ाशी के काम की बेलदार महराबें, बेशक़ीमती फ़ानूस, बड़े-बड़े आईने, रंगीन दीवालगीरियाँ, विलायती मेज़ें, फ़ारसी क़ालीन, मख़मली गद्दे, रेशमी चाँदनी और उसपर फिर बेशक़ीमती क़ालीन, मख़मली ज़रदोज़ी की मसनद और तकिये, मोतियों की झालर से टँका हुआ सोने का पेचवान, उसकी देह पर कई लाख रुपया मढ़ा था, उसकी जूती भी डेढ़ लाख की थी। दीन-हीन कुरमी की बेटी दुलारी मलिकए-ज़मानियाँ थी और उस पद पर दृढ़ता के साथ जमे ही रहना था।...हाय अफ़सोस, इतना डर न होता जो वह मुन्नाजान की माँ होती, बादशाह के बेटे की माँ होती! उसने नसीरुद्दीन की प्रेमिका होकर इतने वर्षों में माँ बनने के अनेक प्रयत्न किये। अच्छे-अच्छे हकीमों और दाइयों से अपना इलाज करवाया मगर रुस्तमअली के सिवा वह और किसी के बेटे-बेटी

की माँ न हो सकी; फ़तेहअली, वारिसअली, नसीरुद्दीन कोई भी उसे माँ नहीं बना सके। हकीम हार गये थे, प्रकृति ने उसका वह अधिकार छीन लिया था। दुलारी यहीं कट रही थी और इसी ज़ख़्म पर उसे मरहम का सहारा चाहिए था। दुलारी ने सबसे पहले राजा दर्शनसिंह से मिलने का निश्चय किया।

उसने अपने मँझले सौतेले देवर और प्रेमी फ़तेहअली को बुलवाया। फ़तेहअली और वारिसअली तभी लखनऊ आ गये थे जब बादशाहबेग़म से उनका पहला झगड़ा हुआ था और इतने वर्षों में उन्होंने दुलारी के कारण अच्छी सत्ता पा ली थी। फ़तेहअली गम्भीर था, दुलारी को उस पर अधिक विश्वास था। ख़्वाज़ासरा दुलारी का आदमी था इसलिए दुलारी के पास इन दोनों को आने में तनिक भी असुविधा नहीं होती थी। फ़तेहअली हुक्म पाते ही पहुँच गया। कमरे में तख़लिया था, दरवाज़ों पर सख़्त पहरा था। इतना होने पर भी दुलारी आश्वस्त नहीं थी। वह फ़तेहअली को लेकर बराबरवाले छोटे कमरे में चली गयी। भीतर से दरवाज़े बन्द कर लिये। उसे हाथ पकड़कर अपनी सोने की पलँगड़ी पर बिठा लिया। फ़तेहअली झिझका, बोला, "मलिकए-ज़मानियाँ का अदब..."

"फ़िज़ूल की बातें रहने दो। तुम जानते हो कि मलिकए-ज़मानियाँ के दिलोजिस्म का असली मालिक कौन है! ख़ैर अब काम की बात पर आओ। होश सँभालो, हमारी यह सेज आग की भट्ठियों पर बिछी हुई है। मुझे हर वक्त हर घर की ख़बर मिलती रहनी चाहिए।"

"ख़ातिर जमा रखो, कोई शाहीमहल, किसी भी रईस-उमराव का महल तुम्हारे आदमियों से ख़ाली नहीं। दाइयों, पालकी-कहारों से लेकर हर घर के दारोग़ा दीवान तक तुम्हारा दम भरते हैं। मैं भी तुम्हारा दम भरता हूँ। तुम्हारे लिए नहीं, अपने लिए।"

"मैं जानती हूँ। तुम ईमानदार हो, साफ़ कह देते हो। इसी से मुझे तुम पर भरोसा भी होता है फिर भी इस वक्त ख़ास तौर पर चौकन्ने रहने की ज़रूरत है। बादशाहबेग़म, आग़ामीर दोनों ही अपने-अपने वास्ते उसी चारे पर दाँव फेकेंगे जो कि तुम्हारा है। उनका जाल भी वही है जो कि तुम्हारा है। हर महल के नौकर-बाँदियाँ हर तरफ़ से रिश्वत की भरमार पाकर सबसे दग़ाबाज़ हो जाएँगे। ख़बरें मिलने का ज़रिया सही और मज़बूत होना चाहिए। इसके लिए क्या कर सकोगे?"

मलिकए-ज़मानियाँ फ़िज़ूल में समय न गँवा अपनी चौकसी के लिए हर प्रश्न का उत्तर पाना ही चाहती थी। उसके स्वर में शासकीय दृढ़ता थी।

फ़तेहअली उसी के अनुरूप गम्भीर स्वर में सोचकर बोला, "देखो दुलारी, यूँ होनी की तो मैं नहीं जानता मगर तुम्हारे इस सवाल की छाँव में बार-बार अपने दिल की धड़कनों से पूछकर मैं यह बात कह रहा हूँ कि मेरे आदमी मेरे ही रहेंगे।"

फ़तेहअली का उतना आश्वस्त स्वर सुनकर, दो-चार पल तक उससे प्रभावित

होकर भी, दुलारी ने फिर ठण्डी साँस छोड़ी। कहा, "तुम भूलते हो मुन्ने मियाँ। ताक़त आग़ामीर के हाथ में है और ताक़त के तीन उम्मीदवार।...ख़ैर तुम जहाँ तक बने सही ख़बरें भेजते रहने की टोह में रहो। शहर में कोई नयी बात हो तो फ़ौरन ख़बर करो भले ही वह मामूली-सी बात क्यों न हो। और इस वक्त तुम्हें जिस काम के लिए बुलवाया है वह ख़ास और बहुत पोशीदा है। मैं रात होने से पहले राजा दर्शनसिंह से मिलना चाहती हूँ। दूसरी बात, आग़ामीर से भी तुम्हें आज ही मिलना होगा। मैं चाहती हूँ कि उनकी बेगमसाहिबा कल मुझे अपने यहाँ खाने की दावत दें।"

फ़तेहअली को यह हुक्म अच्छा न लगा। बोला, "सोच-समझकर दाँव चलना दुलारी; इस वक्त तुम्हारी सौतेली सास का पलड़ा बहुत भारी है। आग़ामीर से इस तरह खुलकर मेल-जोल न बढ़ाओ।"

दुलारी बोली, "सोच लिया है मुन्ने मियाँ, सौतेली सास के ग़ुस्से की आग बढ़ाने के लिए ही यह दावत क़ुबूल करना चाहती हूँ। आग़ामीर को ढाढ़स बँधेगी कि मलिकए-ज़मानियाँ उसके साथ हैं।"

"हाँ, मगर शाहे-ज़माना का रुख़ भी तो समझो।"

"सब देखा-समझा है। तुमसे जो कहा गया उसकी तामील करो और बहुत जल्दी ही तुम अपने-आपको नव्वाब फ़तेहअली ख़ाँ के लक़ब से लोगों को पुकारते सुनोगे।"

फ़तेहअली ने दुलारी को कलेजे से लगाकर चूम लिया। कहा, "तुम ख़ुश रहो दुलारी। तुम्हारे लिए, अपने लिए मैं कुछ भी करने को उठा न रखूँगा। बरसों से इसी दिन की तो चाहत थी, वह आज मिला है। मैं इसे बाँधकर रखूँगा क्योंकि जिस तरह मलिकए-ज़मानियाँ फिर से दुलारी बनना नहीं चाहती उसी तरह मैं भी फिर किसी हाथी की सूँड़ पर लटकना पसन्द नहीं करूँगा।"

दुलारी हँस पड़ी, बोली, "पुराने दिन लौटकर नहीं आते मुन्ने मियाँ। नया दिन, ख़ुदा न करे, अगर बुरा आया तो हाथी के सिर पर बैठने के बजाय तुम्हारा सिर जल्लाद के पत्थर पर झुका होगा।"

राजा दर्शनसिंह बड़ी पोशीदगी के साथ ख़ास महल में लाये गये। दुलारी उनके सामने आ गयी और हिन्दुआनी ढंग से उनके पैर छुए। राजा दर्शनसिंह गद्गद हो उठे। मलिकए-ज़मानियाँ उन्हें इतना महत्त्व देंगी इसकी उन्होंने कल्पना भी नहीं की थी। राजा दर्शनसिंह को सहसा अपना भविष्य परम उज्ज्वल दिखाई पड़ने लगा। मलिकए-ज़मानियाँ ने उनसे रेज़िडेन्सी के हाल-चाल बार-बार कुरेद-कुरेदकर पूछे। रेज़िडेण्ट मार्डेण्ट रेकेट्स किस मिज़ाज का है, आग़ामीर की तरफ़ से वहाँ का पैरोकार कौन है, यह सब दुलारी ने पूछा-जाँचा। राजा दर्शनसिंह को अपने बाप की जगह बतलाया; रोयी, नसीब ने उसे क्या-क्या नहीं दिखलाया? मुन्नाजान की धाय बनकर

वह शाही महलों में क्या आयी कि अपने-आपको मुसीबत में ही डाल लिया। वह धर्मपरायण एकव्रती जीवन बिताना चाहती थी परन्तु भाग्य ने उसे कहीं का नहीं रखा और ज्वालामुखी के मुख पर उसे ला बिठाया है, जाने कब भस्म कर दे। उसका कोई नहीं।

राजा दर्शनसिंह ने पिता की तरह ढाढ़स बँधाया, कहा, "आपको मैंने बेटी कहा है, ख़ातिरजमा रखें, अपनी बेटी की खुशहाली का ज़िम्मा अब से मेरा है।"

मलिकए-ज़मानियाँ ने संकेत में उन्हें यह भी बतला दिया कि वे आग़ामीर को फ़िलहाल नीतिवश बल प्रदान करनेवाली हैं। राजा दर्शनसिंह ने परिस्थितियों को देखते हुए मलिकए-ज़मानियाँ की नीति को उचित माना परन्तु आग़ामीर पर पूरा भरोसा न रखने के लिए भी दबी ज़बान से सलाह दी। दुलारी ने बाअदब बुज़ुर्गवार की बात को सदा ध्यान में रखने का वादा किया। साथ ही बुज़ुर्गवार से भी यह प्रार्थना की कि वे उसके और उनके सम्बन्धों की चर्चा किसी से भी न करें।

राजा दर्शनसिंह इस भेंट से बड़े-बड़े मतलब निकालते हुए खुश-खुश बाहर आये। उस दिन ख़वास बाँदियों को उनसे अच्छी बख़्शीश मिली।

बाईस

शाम का वक्त था; छोटी और बड़ी छतरमंज़िलों के बीच का बड़ा तालाब देखने में बहुत सुकून भरा लगता था। तालाब के बीचों-बीच की बारहदरी में चारों कोनों की बुर्ज़ियों पर और बीच में जगह-जगह रंगीन कुमकुमे जगमगा रहे थे, रोशनी बड़ी भली लगती थी। दूर तक फैले हुए महलों के कलश-कंगूरे और मीनारें मानो रात के सन्नाटे को बसेरा दे रही थीं। मलकिए-ज़मानियाँ अपने कमरे में थीं, बाँदियाँ उनका शृंगार कर रही थीं। बादशाह सलामत ने ताजपोशी की खुशी में अपनी परमप्रिया को नौरतनी पोशाक दी है। क़ीमती जवाहरात के बेल-फूलों और नक्क़ाशी से सजी मुग़लिया पोशाक मलिकए-ज़मानियाँ के साँवले-सलोने बदन पर फब्न पा गयी। रोशनियों की जगमगाहट में पोशाक के नग, ज़ेवरों के नग, सरोपा और पापोश के नग इस तरह जगमगा रहे थे कि मलिकए-ज़मानियाँ के चेहरे पर निगाह ही न ठहर पाती थी। आईने में अपने को भर-नज़र देखकर मलिकए-ज़मानियाँ उठीं। जाम पेश हुआ, फिर पान पेश हुए, फिर यह ख़बर पेश हुई कि शाहे-ज़माना दस्तरख़्वान पर तशरीफ़ लाने के वास्ते तैयार हो चुके हैं।

कोठी फ़रहबख़्श के ऊपरवाले हॉल में क़ीमती विलायती डायनिंग टेबुल और कुरसियाँ सजी थीं। झाड़-फ़ानूसों में जलती सैकड़ों शमाओं की जगमगाहट आमने-सामने दीवारों पर लगे क़दे-आदम आईनों में दश गुना बुलन्द होकर उस कमरे

को जादूघर बना रही थी। कमरे में चमक ही चमक भरी हुई थी। विलायती सूट, ड्रेस कोट, काली रेशमी नेकटाई और पेटेण्ट लेदर के बूट पहने नसीरुद्दीन हैदर मस्ती में झूमते हुए तशरीफ़ लाये। सुनहले काम की ख़ास आराम कुरसी पर अपने-आपको फेंक दिया। एक-दो अँगरेज़ मुसाहब, राजा दर्शनसिंह आदि उनके साथ थे। बादशाह की कुरसी औरों की अपेक्षा तनिक ऊँचे पर रखी हुई थी। बादशाह के मुसाहब उनके दाहिने-बायें दोनों ओर बैठ गये। सामने नाच हो रहा था। बायीं ओर सामने ही जालीदार परदा टँगा था जिसके पीछे हुज़ूर मलिकए-ज़मानियाँ अपनी बाँदियों के साथ तशरीफ़ रखती थीं। बादशाह सलामत के बैठते ही लगभग आधा दर्जन ख़ूबसूरत बाँदियाँ पंखे-मोरछल वग़ैरह लिये हुए परदे के पीछे से बाहर चली आयीं। उनकी पाज़ेबों और करधनियों के घुंघरुओं ने संगीत उत्पन्न किया। बाँदियाँ क़रीने से आकर शाही कुरसी के पीछे खड़ी हो गयीं, ख़िदमत चलने लगी। शाही महलों की ये बाँदियाँ निहायत ख़ूबसूरत थीं। क़ीमती ओढ़नियाँ और घाघरे पहने, सोने-चाँदी और मोती से मढ़ी हुई ख़ूबसूरत नाज़नीन, जिनके बारीक कपड़ों से जवानी लालच बनकर देखने वालों की नज़रों पर हमला करती थीं, दिलों का गुलाम बनाती थी। चेहरों पर ख़ूबसूरत जालीदार नक़ाब डाले ये सितमगर परियाँ बादशाह को पंखा झलने लगीं। मोरछलवालियों के हाथ अपने काम पर सध गये। नंगी बाँहें एक अन्दाज़ लेकर मोरपंखियाँ झलती हुई ऊपर उठतीं, नीचे गिरतीं और इस क्रम में उनका साँचे का-सा ढला बदन अपने जादू की मार मार जाता था। देखनेवालों के लिए मार बेपनाह थी और यों शाही अदब की वजह से कोई उन्हें देख भी नहीं सकता था।

विलायती खाना और विलायती शराब, शाही दस्तरख़्वान की विशेषता थी। उम्दा क़िस्म की शैम्पेन, मेडीरा और क्लैरेट पुखराज और पन्ने के जामों में चल रही थी। शराब अपना असर दिखलाने लगी। बादशाह सलामत के दस्तरख़्वान पर आज एक नया अँगरेज़ आया था, पहली बार लखनऊ आया था। रेज़िडेण्ट साहब ने उसे अँगरेज़ी का बहुत बड़ा विद्वान् बतलाया था। नसीरुद्दीन हैदर अँगरेज़ को देखकर यों ही खुश हो जाता था फिर वह तो विद्वान् अँगरेज़ था, लिहाजा उसे खाने पर बुलाया गया था। जब शराब के दौर गरमाने लगे तो नसीरुद्दीन अँगरेज़ से बोला, "आई...आई लव यू। आई लव योरोपियंस।" शाहेज़माना ज़ोर-ज़ोर से बोलने लगे, "मैंने अपनी तमाम ज़िन्दगी युरोपियनों को दिल से चाहा है। मैं उनकी ज़बान, उनकी तहज़ीब, चाल-ढाल, शानो-शौकत, उनकी हर चीज़ का आशिक़ हूँ। मैं हिन्दुस्तानियों से नफ़रत करता हूँ। और शायद हिन्दुस्तानी भी मुझसे नफ़रत करते हों। आप यक़ीन मानें मिस्टर, मिस्टर, ख़ैर जो कोई भी हों आप, मेरे कहने का मतलब है कि अगर मेरे ख़ानदान वालों का बस चलता तो वे मुझे ज़हर दे देते। लेकिन उनका बस ही नहीं चल सकता। क्योंकि वे मुझसे बहुत डरते हैं। वल्लाह, बेहद डरते हैं।" वह ज़ोर से हँस पड़ा।

"आक़ाए-आलम का नाम हर गुनहगार को डराता है।" अँगरेज़ कप्तान ने कहा।

"ठीक है। ठीक है! आपने लखनऊ में लोगों को अकसर लड़ते हुए भी देखा होगा।" बादशाह ने नवागन्तुक अँगरेज़ से फिर पूछा।

"जी हाँ, योर मेजेस्टी।"

"और उन्हें आपस में जानें लेते भी देखा होगा।"

"जी हाँ, योर मेजेस्टी।"

"आ-हा! तो वे एक-दूसरे का मार डालते हैं! लेकिन-लेकिन वे आप लोगों को तो अपनी हवा से भी छूने की जुरअत नहीं करते होंगे।"

"जी कभी नहीं, योर मेजेस्टी।" अँगरेज़ ने कहा।

"ठीक है, ठीक है। शैतान जानते हैं कि मैं उन्हें बुरी से बुरी सज़ा दूँगा। वे जानते हैं कि मैं युरोपियनों को बेहद चाहता हूँ।"

सामने नाच और गाना चल रहा था; मगर वह तो चलता ही रहता है। शाही दस्तरख़्वान पर प्लेटें आयीं-गयीं, डिनर पूरा हुआ। कठपुतलियों का नाच होने लगा, ये मेहतर आया, भिश्ती आया, नक़्क़ारची आकर बैठ गया, फिर दरबारी आने लगे, एक-एक की तारीफ़ें चलने लगीं, फ़लाँ नवाब ऐसे और फ़लाँ वैसे।

बादशाह सलामत ने एक ख़िदमतगार को इशारे से बुलाया और धीरे से कुछ हिदायत दी।

कठपुतलियाँ अपना करिश्मा दिखलाती ही रहीं, बादशाह सलामत उठे और पास खड़े होकर तमाशा देखने लगे।

कठपुतलीवाला गा-गाकर बयान कर रहा था कि ये नवाब फ़लाँ हैं, इनके ये-ये करिश्मे हैं, लोग इनके नाम से थर्राते हैं...

खच से शाही हाथों की क़ैंची चली, अपने नाम से थर्रा देनेवाले नवाब साहब बेजान होकर गिर पड़े। बादशाह के चेहरे पर ख़ुशी की चमक आ गयी। कठपुतलीवाला ज़रा सहमकर ठिठका मगर बादशाह तमाशा देख रहे थे, वह रुक न सका। बादशाह सलामत ने हुक्म दिया कि सबकी तारीफ़ एक साथ करो। बेचारा कठपुतली वाला घबरा गया, उसका सधा-बँधा गाना भूल गया, पुतलियों के फ़र्ज़ी नामों को लय में जैसे-तैसे जोड़कर गाने लगा, खचाखच शाही क़ैंची चली, कठपुतलियाँ ढेर हो गयीं।

बादशाह सलामत कठपुतलियों के ढेर को देखकर बेहद ख़ुश हो तालियाँ पीटने लगे।

परदे के पीछे अपनी बाँदियों से घिरी, ज़िल्लेसुभानी के शौक़ का आलम देखते हुए मलिकए-ज़मानियाँ भी खिलखिलाकर हँस पड़ीं। बादशाह सलामत ने नज़र उठाकर परदे की तरफ़ देखा, मुसकराये और पास ही रखे शमादान से एक मोमबत्ती

उठाकर कठपुतलियों में आग लगाना शुरू किया। पुतले जलने लगे, बादशाह सलामत खिलखिलाकर हँस पड़े और अपने मुसाहिबों की ओर देखा; शाही रुख़ के ताबेदारों ने ज़ोरदार ठहाका लगाया, गोया हुज़ूरेआलम ने कमाल का मज़ाक़ किया हो।

"मैंने इस दरबार में आग लगा दी। टेढ़े ख़ाँ और कोये ख़ाँ बड़े पैंतरे दिखला रहे थे। मैंने हत्थे पर से इन्हें उड़ा दिया। हःहःहः। ये मेरा क्या बिगाड़ सकते हैं?"

खुशामद और शराब के दौर चलने लगे। अँगरेज़ कप्तान ने मौक़ा देखकर कहा, "हुज़ूरेआलम के हुक्म के मुताबिक़ कानपुर से फ़रान्सीसी दरज़ी हाज़िर हुआ है और एकदम नये फ़ैशन के नायाब कपड़े लाया है।"

हुक्म हुआ कि उसे हाज़िर किया जाए।

परदे के पीछे बैठी हुई मलिकए-ज़मानियाँ सोच रही थीं कि कब दरबार ख़त्म हो, बादशाह सलामत भीतर तशरीफ़ लाएँ और कब वह अपनी नयी नक्शेबन्दी के लिए उनके मिज़ाज के मोर्चे साधे। उसी वक्त उनकी नज़र सामने की ओर गयी। फ़रान्सीसी दरज़ी झुककर कोर्निश कर रहा था और उसके पीछे बड़े-बड़े तश्तों में क़रीने से सजे हुए कपड़े लिये ख़िदमतगार खड़े थे।...और उनमें एक था, वह एक जिसे देखकर मलिकए-ज़मानियाँ को दुलारी की याद आ गयी, दुलारी जो कि मलिकए-ज़मानियाँ की तड़क-भड़क में एक ख़ामोश दिल छुपाये बैठी थी। उसकी ख़ामोशी में जो चेहरा बरसों से राज़ की तरह छिपा बैठा था, वह अचानक सामने आ गया था। मलिकए-ज़मानियाँ ने एक बार-दो बार ग़ौर से देखा; उन्हें यक़ीन हो गया कि जो देख रही हैं वह धोखा नहीं है। फ़रान्सीसी दरज़ी के साथ उसकी ख़िदमत में वह खड़ा है जो बरसों से मलिकए-ज़मानियाँ के दिल व जान का मालिक है। सच, दुलारी के सामने नईमउल्ला ही खड़ा था।

दुलारी बेताब हो उठी। क्षण-भर के लिए मलिकए-ज़मानियाँ का पद और वैभव उसके मन से तिरोहित हो गया, जैसे सूरज की चमक से कुहरे का घना घटाटोप उड़ जाता है। वह भूल गयी कि बादशाहबेग़म से उसकी लड़ाई चल रही है; वह भूल गयी कि उसे आग़ामीर से किस तरह के रिश्ते बाँधने हैं या नसीरुद्दीन हैदर को किस नये नक़्शे से अपनी मनमानी करने के लिए साधना है। दुलारी के सामने नईमउल्ला था, हूबहू वैसा ही; थोड़ा संजीदा हो गया था। दुलारी का कलेजा धड़क रहा था, तमन्ना बेताब हो उठी। अपनी ख़ास बाँदी सलोनी को इशारा किया। उसके कान में कुछ कहा और फिर एक टकटकी लगाये उसे देखती रही जिसे देखने के लिए इतने बरसों से बेक़रार थी।

बादशाह सलामत ने कपड़े पसन्द किये। दरज़ी ज़नाने विलायती फ़ैशन भी लाया था। बादशाह सलामत बेहद खुश हुए। एक सूझ उनकी आँखों में चमक उठी और वह सूझ फ़रान्सीसी का नया मुक़द्दर बन गयी। बादशाह ने हुक्म दिया कि

दाम के अलावा दरज़ी को इनाम भी दिया जाए। अँगरेज़ कप्तान ने मौक़ा देख दरज़ी की तारीफ़ें शुरू कीं, कहा, इसके मुक़ाबिले का दूसरा दरज़ी नहीं। बादशाह सलामत आँखें फाड़कर उसे देखने लगे और कहा कि मक्का दरज़ी के मुक़ाबिले दुनिया-भर में कोई दरज़ी ही नहीं है। वह एक बार कपड़े की काट देख ले और फिर उसका मुक़ाबिला आप किसी से करा लीजिए। फ़ौरन मक्का दरज़ी की तारीफ़ों के पुल चारों ओर से बँधने लगे। शेम्पेन का नया दौर चला। मक्का दरज़ी के नाम पर बादशाह ने जाम पिया। हर मुसाहिब को मक्का दरज़ी की ही याद में हिचकियाँ आने लगीं।

आधी रात के सन्नाटे में सलोनी नईमउल्ला को साथ लिये शाही महलों की दीवार के सहारे गोमती किनारे की ओर बने एक दरवाज़े के पास आयी। इधर-उधर देख दरवाज़े का ताला खोला, नईम उसके साथ अन्दर गया। सलोनी ने दरवाज़ा अन्दर से बन्द कर उसपर दोनों बेलन भी लगा दिये और बटुए से कपूरी बत्ती निकाली, उजाला किया और मेहराब के पीछे बना सँकरा दरवाज़ा खोला। नीचे जीने नज़र आ रहे थे। सलोनी नईमउल्ला की तरफ़ देखकर बोली, "तशरीफ़ लाइए।"

नईमउल्ला बोला, "मैं नहीं जाऊँगा।"

"क्यों?"

"आप मुझे किसी अज़ाब में फँसा रही हैं। यहाँ मेरी जान-पहचानवाला कोई नहीं है।"

"हुज़ूर किसी की इज़्ज़त का ख़याल करें। यह जगह यूँ खड़े होने की नहीं है। जल्दी से अन्दर तशरीफ़ ले आएँ। आइए, मैं आपको यक़ीन दिलाती हूँ कि आपके साथ धोखा नहीं कर रही। हुज़ूर के एक बहुत अज़ीज़ ने मुझे भेजा है। तशरीफ़ लाइए।"

नईमउल्ला निरुत्तर हो गया। न जाने क्यों अपने जी से मजबूर होकर आगे बढ़ गया। चार सीढ़ियाँ उतरकर दीवार के सहारे सँकरी-सी राह पर सलोनी नईमउल्ला को लिये हुए बढ़ती गयी। लम्बी अँधेरी सँकरी राह थी। सलोनी नईमउल्ला से एक क़दम आगे कपूरी बत्ती हाथ में लिये दम-दम पर पीछे मुड़कर नईमउल्ला को देखती हुई बढ़ रही थी। सलोनी की तड़क-भड़क के आगे सादे लिबास में नईमउल्ला यों लगता था जैसे हज़ार तारों के मुक़ाबले में एक चाँद लगता है। सलोनी उसके चेहरे पर एक ऊब-सी देखकर बोली, "लम्बी राह देखकर हुज़ूर परेशान न हों। बस अब मंज़िले-मक़सूद पर पहुँचा ही चाहते हैं। वैसे ये कनीज़ आपको इतमीनान दिलाती है कि किसी ख़तरे की जगह नहीं चल रहे और हम जहाँ से गुज़र रहे हैं वह दीवार गोमती के किनारे-किनारे है। मैं हुज़ूर को एक झलक दरिया पर छिटकी चाँदनी दिखला ही न दूँ।" कहकर उसने चट हाथ बढ़ा उछलकर एक खिड़की खोल दी। नईमउल्ला ने एक नज़र उधर देखा। सलोनी ने चट से खिड़की बन्द कर

दी और मुसकराते हुए कहा, "चाँदनी देख ली मगर चाँद हुज़ूर को और ऊपर चलकर ही नज़र आएगा।"

सीधी राह ख़त्म हुई, सीढ़ियाँ आयीं। कुछ ऊपर पहुँच एक चौकोर जगह में दीवार से लगकर खड़ी हो सलोनी बहुत देर तक इधर-उधर झाँकती रही। नईमउल्ला ने सिर झुकाकर ग़ौर से देखा, दीवार में बहुत से बारीक सूराख़ बने थे जिनसे बाहर की रोशनी छनकर आती थी। सलोनी ने दीवार के आले में औंडे हाथ डालकर फिर निकाल लिया। दीवार दरवाज़े-सी आगे खुलने लगी। सलोनी नईमउल्ला को एक छोटे-से कमरे में ले आयी। दरवाज़ा बाहर से क़देआदम आईने से जड़ा था। कमरे में आकर सलोनी ने क़ालीन का कोना हटा लकड़ी का एक चौकोर टुकड़ा उठा औंडे हाथ डालकर दरवाज़ा उसी तरह बन्द किया। नईमउल्ला देखता रह गया। कौन कह सकता था कि आईने की आड़ में एक ख़ुफ़िया दरवाज़ा है। कमरा फ़र्श पर बिछी क़ालीन और फ़ानूस की हलकी-सी सजावट के सिवा ख़ाली था। सलोनी बोली, "अब अगर मैं थोड़ी देर के लिए आपको बन्द कर जाऊँ तो सहमकर चीख़ न उठिएगा।"

नईमउल्ला तड़प उठा। मुसकरा इठलाकर जाती हुई सलोनी का हाथ पकड़कर बोला, "कान खोलकर सुन लीजिए, मुझे किसी भी शर्त पर किसी शाही नाज़नी की दिलबस्तगी का सामान नहीं बनाया जा सकता। मैं यहाँ शोर मचाकर जान देना क़बूल करूँगा मगर..."

"आहिस्ता, हुज़ूर, शाही महलों में दीवारों के भी कान होते हैं। आप अभी कान रखने की जगह देखते चले आ रहे हैं। और मैं आपको यक़ीन दिला चुकी हूँ कि आपके साथ किसी क़िस्म का धोखा नहीं हो रहा। आप अपने एक बहुत बड़े अज़ीज़ से मिलेंगे।"

"कौन है वह?"

"वह जो अवध के तख़्तोताज की मलिका होकर भी बरसों से आपके नाम की माला जप रही हैं।"

"मैं ऐसी किसी बड़े घराने की औरत को नहीं जानता।"

"मगर आप उन्हें जानते हैं जिन्हें आप बेहद अज़ीज़ हैं।"

पठान पहेली से झुँझला उठा। दुबारा उसका हाथ झटककर बोला, "मेरी बात का सीधा जवाब दो। कौन है वह?"

सलोनी फिर इठलाकर बोली, "होगी आपकी कोई दुलारी!"

"दु...ला...दुलारी!" नईमउल्ला को अन्दर से ऐसा लगा जैसे नाम लेने के साथ ही एकबारगी सारी साँस खिंच आयी, अन्दर खोखला हो गया। सलोनी मुसकरायी, इतराकर कहा, "अब न कहिएगा हुज़ूर आहों में कुछ असर नहीं। मैं हुज़ूर को असीरे-इश्क़ में कैद किये जाती हूँ। तबलग उनका नाम जपें।"

सलोनी ने कमरे का दरवाज़ा खोला। बाहर सिर निकालकर झाँका और फिर चट से बाहर हो ली। बाहर से कुण्डी बन्द करने की आवाज़ आयी, ताला लगा, सन्नाटा हो गया। दुलारी का नाम नईमउल्ला के सारे शरीर को बिजली-सा छू रहा था। उसका मन फुई-फुई होकर उड़ रहा था। उसकी समझ में नहीं आ रहा था कि दुलारी यहाँ कैसे आ गयी। दुलारी ने कैसे उसे देख लिया, इतने बरसों बाद वह दुलारी से कैसे मिलेगा। वह अब शादीशुदा है, एक बच्चे का पिता है। दुलारी की तड़प से भरे हुए ये दीवाने दिन अब एक कहानी हो गये हैं, एक ऐसी कहानी जिसे भुलाये रखने के लिए दिमाग़ ने उसे कहीं गहरे में छिपा रखा था। दुलारी का नाम आते ही वह सारी कहानी, वे दीवाने दिन और बरस बड़ी तेजी से सामने आ गये। गाढ़े का कुरता, पाजामा और धानी रंग की मोटी ओढ़नी ओढ़े हुए बड़ी-बड़ी शराबी आँखोंवाली सुन्दर सलोनी दुलारी उसकी आँखों के सामने आ गयी। दूर छत से, दरवाज़ों-दरवाज़ों से आँखों-आँखों में बातें करनेवाले वे दिन नईमउल्ला को गहरे नशे में डुबा ले गये। कभी बहाने से फ़तेहअली के यहाँ जाता था, किस तड़प से दुलारी की एक झलक देखने के लिए नज़रें बावली हो उठती थीं। कभी-कभी बहाने से बड़ी तेज़ी से घूँघट काढ़े 'कोई' फ़तेहअली या वारिसअली से बात करते हुए नईमउल्ला के पास से अपनी ओढ़नी की हवा छुलाते हुए निकल जाती थी तो नईम मस्त हो जाता था। फिर वे सुरंग खोदने के दिन, वो मीठी प्यासी अधूरी रह जानेवाली मिलन घड़ी, वो आखिरी रोज़ और फिर...आज का रोज़...ठीक साढ़े सात बरस बाद!

नईमउल्ला बेताबी से कमरे में टहलने लगा। थोड़ी देर बाद फिर कुण्डी खटकी, दरवाज़ा खुला, इस बार पूरी आज़ादी के साथ खुला, सलोनी आयी और नईमउल्ला को ले चली। इस बार उसने ताला बन्द नहीं किया। छोटा-सा मुठिया ताला उसके बटुए में चला गया। एक लम्बा दालान पार करते हुए, जिसमें बराबर-बराबर कमरों के दरवाज़े बने हुए थे, नईमउल्ला सलोनी के साथ दाहिनी ओर मुड़ा। सलोनी ने उसे बतलाया कि इन कमरों में हुज़ूर बेगमसाहिबा के मेहमान आकर टिकते हैं। अकसर तीज-त्यौहार या किसी और बहाने से शाहीबेगम जब शहर के रईसों की स्त्रियों को अपने यहाँ बुलाती हैं तो बाज़-बाज़ मर्तबा कई रोज़ तक उन्हें अपने पास ही रख लेती हैं। वे सब स्त्रियाँ इन्हीं कमरों में टिकायी जाती हैं। दो मेहराबें पार कर नईमउल्ला एक बहुत सजे हुए कमरे में दाखिल हुआ। कमरे की सबसे बड़ी सजावट मलिकए-ज़मानियाँ थीं, जो सलोनी के पास खड़ी रहने की परवाह न कर सब कुछ भूल दीवानी हो दौड़ पड़ीं और नईमउल्ला को कसकर कलेजे से बाँध लिया। नईमउल्ला उस क्षण के जादू से बच न सका। दोनों एक गहरे बहाव में साथ-साथ बह गये। नईमउल्ला की छाती पर सिर रखकर दुलारी फूट-फूटकर रोने लगी। सलोनी बाहर चली गयी।

नईमउल्ला दुलारी को अच्छी तरह देख नहीं पाया था। वह उसे देखना चाहता

था; वह उस चेहरे को देखना चाहता था जो बरसों तक उसके मन में आठों पहर नाचा है। नईमउल्ला ने दुलारी का सिर ऊपर उठाया; आँसुओं से डूबी चार नज़रें मिलीं।...हाँ फ़र्क़ था, फिर भी मलिकए-ज़मानियाँ की सजावट में नईमउल्ला ने गाढ़े का कुरता, पाजामा और मोटी धानी ओढ़नी पहने दुलारी को एक झलक भरपूर देख लिया। नज़रें मिलते ही दिलों की गहराइयों की थाह दिलों को मिल गयी, प्यार था, लगावट थी, मगर अन्तर भी था। बरसों के बिछुड़े हुए दो पुराने प्रेमियों के बीच ज़माना नदी के पाट की तरह चौड़ा हो चुका था। नईम की बाहरी हैसियत क़रीब-क़रीब वही थी और दुलारी की देह पर मलिकए-ज़मानियाँ का वैभव था। बरसों पहले की दुलारी अब सुख में रहकर और भी निखरी हुई ज़चती थी, परन्तु उसका शोख़ मासूम चेहरा कठोर हो गया था।

मिलने के पहले आवेश के बाद नईमउल्ला सावधान हो गया।

दुलारी सुहागवती की तरह लाज और पुलक-भरी नज़रों से नईम को देखती हुई उसका हाथ पकड़कर पलँगड़ी की ओर बढ़ते हुए बोली, "तुम मिले, मेरी दुनिया मिल गयी।"

दुलारी बैठ गयी, नईम का हाथ पकड़े रही लेकिन नईम न बैठा, बोला, "अब उस दुनिया से तुम्हें निस्बत, तुम नयी दुनिया में हो।"

"बैठ जाओ।"

"मज़े में हूँ।"

"बैठना गुनाह होगा?"

नईमउल्ला बैठ गया। वह दुलारी के इस भाग्य-परिवर्तन के सम्बन्ध में जानने को उत्सुक था। इतने में सलोनी आयी, मेवे, मिठाई, फल और शराब का सामान एक छोटी मेज़ पर सजाकर रख गयी।

मलिकए-ज़मानियाँ ने उसे बादशाह सलामत का ध्यान रखने की हिदायत दी। वह दरवाज़ा बन्द कर चली गयी। दुलारी जाम भरने के लिए उठी, नईमउल्ला ने उसे रोक दिया, अपना क़िस्सा सुनाने का आग्रह किया। दुलारी ने जहाँ तक उससे बना, सच-सच सारा हाल बयान किया और अपनी वर्तमान परिस्थिति का सहमा हुआ चित्र खींचकर उसने बहाने-बहाने कई बार कहा कि वह नितान्त अकेली है, उसका कोई विश्वासपात्र नहीं, कोई ऐसा नहीं जिसके भरोसे वह अपने परम शक्तिशाली शत्रुओं से मोर्चा ले सके।

नईमउल्ला बोला, "तलवार की धार पर दौड़ने का लालच ही क्यों लगाती हो? जिस दुनिया में इतना मक्रोफ़रेब हो उसमें रहकर क्या करोगी? ये क़ीमती ज़ेवरात, ये आराइशें अगर इतनी ख़तरनाक हैं तो दुलारी, इनसे बाज़ आओ। मैं तुम्हें नेक सलाह दूँगा; जैसे और जितनी जल्दी हो सके अपने शौहर के पास लौट जाओ। सादे लिबास में दुलारी मुझे बहुत अच्छी लगती थी। अब भी लगेगी।"

दुलारी ख़ामोश बैठी रही। नईम ने फिर पूछा, "रुस्तमअली है कहाँ?"

दुलारी मुसकरायी, उठकर शराब के जाम भरे और एक नईमउल्ला की ओर बढ़ाते हुए बोली, "क़ैदखाने में!"

"क्यों?"

"मेरी शादी के वक्त आया था, उससे मेरी इज़्ज़त को ख़तरा था।"

"और फ़तेहअली, वारिसअली?"

"यहीं हैं। खुशहाल हैं।"

"और तुम्हारे बच्चे?"

"वो भी यहीं हैं। इंशाऽल्लाहताला मेरा मुहम्मदअली एक दिन...। सुनो जानेमन, अब कहा मान जाओ। तुम मेरे पास रहोगे तो खुदा जानता है, जग जीतकर दिखला दूँगी। लो, लो!"

"मैं अब शराब नहीं पीता, और, मैं अब तुम्हारी दोस्ती के लायक़ भी नहीं रहा।"

दुलारी के तेवर चढ़े। शराब होठों लगी और लगते ही जाम खाली हो गया। नईम के लिए भरा हुआ जाम भी उसी तरह एक घूँट में ख़ाली हो गया। दुलारी बोली, "खुदा जानता है तुम्हारे लिए मेरे दिल में अब भी वही जगह है। तुम यहीं रह जाओ। मैं महफ़ूज हो जाऊँगी, तुम अमीर हो जाओगे।"

नईम उठ खड़ा हुआ। दुलारी उसके इस अचानक खड़े हो जाने पर चौंककर देखने लगी। नईमउल्ला बोला, "शादीशुदा हूँ, बच्चा है, मशक्क़त की रोटी खाता हूँ। अपने मालिक का नमक अदा करता हूँ और दीनो-दुनिया के मालिक की बन्दगी करता हूँ। मुझसे बढ़कर अमीर है कौन?"

दुलारी की भौंहें चढ़ीं फिर सधाव ले लिया, ठण्डे मीठे स्वर में बोली, "दुनिया में मुझे एक भी ऐसा बशर नहीं दिखलाई देता जो उसूल की बातों पर अमल कर खुशहाल हो।"

"मुझे देख लो। मुझे तुम्हारी ये तमाम चमक-दमक ज़रा भी नहीं लुभा सकी। तुम्हारी नौकरानी ने जब तुम्हारा नाम लिया तो ज़रूर ललचा उठा।"

"मैं तुम्हें अपनी ही लालच तो दे रही हूँ।" कहकर दुलारी ने फिर बड़े भाव से कटाक्षपात किया। नईमउल्ला नज़रें काट गया, बोला, "अब तुम भी मेरा लालच नहीं रहीं। भूल चुका तुम्हें।"

"क्या बदसूरत हो गयी हूँ?"

नईमउल्ला ग़ौर से उसे देखने लगा, बोला, "हाँ।"

"तुम्हारी बीवी बहुत ख़ूबसूरत है?"

"बहुत नेक है।"

"मैं ख़ूबसूरती को पूछती हूँ।"

"बहुत पाक है।"

दुलारी के तेवर चढ़ते गये। वह अपने-आप पर जब्र कर रही थी। फिर भी नईमउल्ला के प्रति उसका आकर्षण बहुत तेज़ था। नईमउल्ला बहुत ख़ूबसूरत है, बहुत ताज़ा है। उसके बहाने दुलारी उसी ताज़गी को पाना चाहती है। फिर हलकी-सी मिन्नत-चिरौरी की, बैठा लिया, शराब न सही कोई मिठाई खा लो, कहकर बड़े इसरार से खिला भी दी और बोली, "तुमने मेरा हाल तो पूछ लिया, खुद न बताया, मुझे छोड़कर कहाँ-कहाँ भटके? और कहाँ-किस पाक परीरू के रूबरू मुझे अपनी नज़रों से गिरा फेंका?"

नईमउल्ला ने बहुत संक्षेप में अपनी सारी कथा सुना दी। भुलनी को लेकर किस तरह वह गंगा किनारे गया था, किस तरह खुदा को गवाह कर भुलनी के आग्रह से उसने बीच गंगा में उसका वध किया, शवप्रवाह किया और उसके बाद महीनों इधर-उधर भटकता रहा। सूफ़ी फ़क़ीरों के चक्कर में पड़ा पर सब उसे झूठे लगे। जितना मक्रोफ़रेब दुलारी में उसे दिखलाई पड़ रहा है उतना ही बहुत-से शाहों-फ़क़ीरों में उसे देखने को मिला। नईमउल्ला को ज़िन्दगी से नफ़रत हो गयी होती अगर उसे ब्रह्मचारी और भुलनी न मिले होते। वही उसके जीवन का सैद्धान्तिक कसाव थे। नईमउल्ला उन्हीं के सिद्धान्तों के सहारे अपने-आपको भी आदमी बना सका है। कानपुर में भटकते हुए उसने अन्त में इस फ़रान्सीसी दरज़ी के यहाँ नौकरी कर ली और इसी के यहाँ काम करनेवाले एक पठान दरज़ी की पाकदामन लड़की से उसका निकाह भी हो गया।..."माँ-बाप, बिरमचारी जी और मेरे लाख समझाने पर भी जब उस भंगी की लड़की ने शादी करने से इनकार किया, जान बचाने से इनकार किया तो मुझे तुम्हारी याद आयी। सोचने लगा कितना फ़र्क़ है तुममें और उसमें। वह जो सिर्फ़ एक बार अपनी मरज़ी के ख़िलाफ़ बेबस की गयी थी अपनी आन के लिए, मरतान् मर गयी मगर आन न छोड़ी। और एक तुम थीं जिसने एक ही घर में तीन भाइयों को बरबाद किया और चौथे मुझे भी लपेट रही थीं। तुम्हारे इश्क़ की मुझे हक़ीक़त नज़र आ गयी, उसमें रूहानियत न थी, महज़ जिस्मानी प्यार था।"

"जिस्म एक हक़ीक़त है नईम, रूह भी अगर है तो उसी में रहती है।"

"रूह! पाक जिस्म में वह दूर से ही झलकने लगती है दुलारी। ख़ैर होगा, इज़ाज़त दीजिए मलिकए-ज़मानियाँ, मैं यहाँ आकर बहुत खुश हूँ। तुम्हें लेकर मेरे दिल में जो एक नापाक हलचल थी वह आज सदा के लिए मिट गयी।"

दुलारी बोली, "और जो मैं तुम्हें क़ैद करवा दूँ।"

मुझे ताज्जुब न होगा। तुम सचाई को सदा क़ैद करोगी। तुम शादीशुदा हो इस सुबूत को ग़ायब करने के लिए तुमने रुस्तम को क़ैद करवा दिया। तुम पाकदामन हो यह ज़ाहिर करने के लिए मुझे भी फँसा सकती हो। कोई हर्ज़ नहीं।

शाही अमल में किसी-न-किसी तरह हज़ारों बेगुनाह रोज़ फँसते हैं। समझ लूँगा आज मेरी बारी आ गयी।"

"नादान न बनो नईम! मैं तुम्हें यक़ीन दिलाती हूँ..."

"उसकी ज़रूरत नहीं, मुझे यक़ीन है कि तुम एक दिन ज़रूर ख़ुदा को याद करोगी और उस हालत में मैं ज़रूर तुम्हारी ख़िदमत भी अंजाम दे सकूँगा मगर आज नहीं। मुबारक हो तुम्हें यह ख़्वाब, यह शानोशौकत, ये बादशाही। तुम्हारी बड़ी इनायत होगी अगर मुझे मेरी मड़ैया में भिजवा दोगी।"

दुलारी ने देखा नईम दृढ़ था और न जाने क्यों अपने अन्दर-दर-अन्दर उसे नईम की यह दृढ़ता बहुत भायी। उसने कहा, "तुम यहाँ से बाइज़्ज़त जाओगे लेकिन ऐसी जल्दी भी क्या हुई। तुम आये हो गोया इस घुटन और सड़ाँध में मेरे लिए ताज़ा साँस आयी है...ख़ैर होगा। तुम्हारा बच्चा कितना बड़ा है?"

"क़रीब साल-भर का।"

"नाम क्या रखा है?"

"अज़ीमउल्ला!"

दुलारी टकटकी बाँधकर दूर देखती रही फिर बोली, "अगर उस दिन हालात दीगर न हो जाते तो अज़ीमउल्ला की माँ शायद मैं होती। ठहरो नईम, शायद तुम यही कहना चाहते हो कि अगर मैं उसकी माँ होती तो बहुत बुरा होता। माँ बुरी नहीं होती, औरत बुरी होती है। मैं दो बच्चों की माँ होकर भी औरत ही बनी रही। बुरी बनती रही। मगर अब मेरे अन्दर की माँ जाग पड़ी है। वक़्त रहते मैं अपने बच्चों का भला देखना चाहती हूँ। मेरे कैवाँजाह और ज़ीनतुन्निसा के लिए दुआ करते रहो। वे अच्छे रहें, मेरा चाहे जो अंजाम हो।"

कुछ पल मौन गम्भीरता के बीते। दुलारी ने दरवाज़े के पास जाकर धीरे से खटखटाया, सलोनी आ गयी। चलते समय अपने गले से मोतियों की एक माला उतारकर नईमउल्ला की ओर बढ़ाते हुए दुलारी बोली, "इसे मेरे लड़के को दे देना, तुम्हें मेरी क़सम है इनकार न करना।"

"नहीं दुलारी, इसे न ले जा सकूँगा। लड़का तुम्हारा ही सही मगर उसकी वालिदा जब यह हार देखकर पूछेगी तो मैं क्या जवाब दूँगा? तुम कैसी भी सही एक दिन मुझे जान से ज़्यादा अज़ीज़ रही हो। मैं किसी के सामने अपने हाथों तुम्हें दाग़ न लगाऊँगा। मैं उस नेक औरत को यह न समझा सकूँगा कि वह चाँद-सा मुखड़ा जिसने कभी मुझे रिझाया था, अब अपने रिझा पाने के हुनर के बूते पर मलिकए-ज़मानियाँ का रुतबा पा गया है और उसने ये हार दिया है।"

नईमउल्ला चला आया, दुलारी उस हार की क़सक लिये बड़ी देर तक अकेले में पड़ी रही और फिर फूट-फूटकर रोती रही। उस रात उसका शाही रंग ख़ुद अपनी ही नज़रों में फीका पड़ गया था।

तेईस

सुबह की किरणें बादशाह सलामत की ख़्वाबगाह में फ़र्श और दीवारों पर ताज़गी बनकर खिल रही हैं। सुबह की बाँदियाँ अपने चोटी सिंगार से लैस कपड़ों से चुस्त ताज़ा दम होकर महलों में हर जगह चिड़ियों-सी चहचहा रही हैं। मेल-जोलवालियों से नज़रों ही नज़रों भौंहों के करिश्मे, मुसकान की छेड़ और गरदन की मचलन के साथ इधर-उधर दुआ सलाम होता चलता है, किसी से 'मुई टुई' के दो बोल भी हो जाते हैं, दुश्मनों से फिर नये दिन का नाता मुँह फुलाकर, फेरकर, राह कतराकर ही शुरू होता है। दो-चार ख़ास कमरों को छोड़कर और हर जगह कड़े-छड़े और झाँझों की झनकार हो रही है, करधनी पाज़ेबों और इज़ारबन्द के घुँघरू धूम मचा रहे हैं, रंग-बिरंगी ओढ़नियाँ फरक रही हैं, गोटे-पट्टे टँके रँग-बिरंगे लहँगों के घेर चलते-फरकते में सुबह की नसीम को लहरा रहे हैं।

नीली फ़ौजी वर्दियों में तलवार, तमंचे, कटार और बन्दूक़ों से लैस ज़नानी पलटन के सिपाही बरामदों में, कमरों के दरवाज़ों पर, छतों पर, ज़ीनों के मुहानों पर बादशाह, मलिकए-ज़मानियाँ, बादशाहबेग़म आदि के निजी कमरों के आस-पास दूसरी बेगमात की हैसियत के हिसाब से दो-एक हर जगह तैनात रहते हैं। शाही महलों में क़दम-क़दम पर पहरा है।

बादशाह सलामत की ख़्वाबगाह के दरवाज़े पर जनरल ग़फ़ूरन बुआ खुद खम्भे-सी तनी खड़ी थीं। मर्दों की-सी ऊँची पूरी ग्राण्डील देहवाली हबशिन ग़फ़ूरन बुआ बड़ी कड़ेखाँ थीं, महलों में क्या सिपाही क्या बाँदियाँ ग़फ़ूरन बुआ के नाम से थर-थर काँपती थीं, ख़ाली एक धनिया महरी पर उनका बस नहीं चलता।

बरामदे से झूमती हुई धनिया दरवाज़े की ओर बढ़ी, ग़फ़ूरन बुआ की फ़ौजी देह ने ज़रा भी जुम्बिश न खायी, फ़क्त गरदन ज़रा तिरछी करके देखा और तेवर चढ़ा लिये। धनिया मुसकरायी, पास गयी, मुसकराहट दबा संजीदगी से कहा, "सलामवालेकुम जण्डैल साहब।"

"वालेकुम..." जण्डैल साहब ने अकड़कर कहा।

"कैसे मिज़ाज हैं?"

"ठीक हूँ। खुदा का शुक्र है।"

"आप हमसे नाराज़ हैं?" धनिया ने आँखें उठाकर अदा से ग़फ़ूरन बुआ को देखा।

ग़फ़ूरन बुआ अकड़ी रहीं, मुँह फुलाकर कहा, "हमसे न अटको।"

"ऐ हम अटक रहे हैं?—हम तो पूछ रहे हैं कि जानेमन नाराज़ हो?" कहते हुए धनिया ने जनरल साहब की वर्दी पर हाथ फेर उनके ज़नानेपन को छेड़ दिया।

बस यही तो लड़ाई की जड़ थी। ग़फ़ूरन बुआ फ़ौजी क़ायदे और शाही नींद सब कुछ भूलकर तोप के गोले-सी फट पड़ीं।

ग़फ़ूरन बुआ ड्यूटी से मजबूर थीं लिहाज़ा वहीं खड़ी-खड़ी गरजती रहीं। ग़फ़ूरन बुआ जनरल होने के कारण अपने-आपको मर्द मानती हैं, उसी तरह कहलाना पसन्द करती हैं, मगर धनिया बादशाह की मुँहलगी होने के कारण उनके रौब को छेड़कर ज़नानेपन की याद दिला देती है। धनिया अपने-आपको ग़फ़ूरन बुआ का आशिक़ कहती है और ग़फ़ूरन इससे चिढ़कर घण्टों बुरी-बुरी और फ़ोश गालियाँ सुनाती हैं। खुद बादशाह को भी उसे छेड़कर गालियाँ सुनने में मज़ा आता है।

धनिया अन्दर चली आयी, रात की ड्यूटी की बाँदियों में से एक-दो इधर-उधर अब भी सोती पड़ी हुई थीं, धनिया ने उन्हें झटककर डाँटकर उठाया और भगा दिया, इधर-उधर इन्तज़ाम पर नज़र डाली। ठोस सोने के जड़ाऊ पलँग पर आलमपनाह सो रहे थे। यह पलँग नसीरुद्दीन हैदर के दादा नवाब सआदतअली ख़ाँ ने अपने लिए बनवाया था, तब से उस पर बादशाह सोते चले आते हैं।

धनिया ने मैना का पिंजरा साफ़ करवाया, अपने हाथों दाना-पानी दिया। मैना आदत के अनुसार बादशाह को जगाने लगी। धनिया शाहेज़माना के सिरहाने खड़ी हुई, दो बाँदियाँ तलवे सहलाने लगीं। एक बाँदी जड़ाऊ तश्त में रखे छोटे-छोटे आलम पंजे लिये और दूसरी बड़ा आईना लेकर बादशाह सलामत के सामने खड़ी हो गयी ताकि आँख खुलते ही वे पवित्र वस्तुओं को देखें तथा अपनी भाग्यशाली छवि आईने में देखकर अपना दिन मंगल करें। बादशाह सलामत का सुबह उठना एक बहुत बड़ी घटना होती थी। इस बात की यथाशक्ति कोशिश होती थी कि सुबह-सुबह उनका मिज़ाज खुशरंग हो जाय। इसके लिए तरह-तरह के उपाय किये जाते थे। उन उपायों में अकसर ग़फ़ूरन बुआ की गालियों से सवेरा शुरू करना भी एक था।

धनिया ने हुज़ूरेआलम की पलकों पर गुलाबजल के हलके-हलके छींटे दिये, सिर और कनपटियों पर अँगुलियाँ चलाती रही। हुज़ूरेआलम बच्चों की तरह मचल-मचलकर आख़िरकार जागे, क़ुरान शरीफ़ पढ़ी जाने लगी, बादशाह ने शकुन की वस्तुएँ देखीं, ज़मीन पर पाँव रखने से पहले सोना, चाँदी, आठों धातु, सतनजा, सातों रंग के कपड़े वग़ैरह ख़ैरात में बाँटने के लिए उँगलियों से झटपट छू दिये। धनिया हुज़ूर के हाथ-मुँह धुलाने लगी। बाहर दरवाज़े पर जनरल ग़फ़ूरन बुआ गरज रही थीं। बादशाह के कान उधर गये फिर धनिया की तरफ़ देखा, कहा, "धनिया, तेरा माशूक़ क्यों मचल रहा है सुबह-सुबह?"

धनिया मुसकरायी, कहा, "हुज़ूर आप दुनिया के मालिक हैं, चाँद-सूरज तक पर आपका बस है पर कहे देती हूँ सरकार, मेरे और मेरे माशूक़ के बीच में आप न बोला कीजिए।"

नसीरुद्दीन मुसकराये, देखकर बाँदियों की नज़रें खिल उठीं, महलों की नयी

सुबह खिल उठी। धनिया का खेल कारगर हुआ, बादशाह ने ग़फ़ूरन को बुलवाया। आमने-सामने धनिया और ग़फ़ूरन की चार-चार चोंचें हुईं, थोड़ी ही देर में हँसी के क़हक़हे पर क़हक़हे लगने लगे। इसी वक्त हुज़ूर मलिकए-ज़मानियाँ की तशरीफ़ आवरी हुई। रंग में रंग जुड़ गया। बादशाह सलामत खुश खुश उठे थे, मलिकए-ज़मानियाँ उनकी ख़ुशी के लिए हर जतन कर रही थीं।

उस दिन संयोग से इतवार था और उसका लाभ उठाते हुए बादशाह से यह कहा गया कि आज अँगरेज़ी क़ायदे से बमूजिब मलिकए-ज़मानियाँ उन्हें इतवार की छुट्टी देती हैं। आज वे कहीं बाहर न जा पाएँगे। दिन का खाना-पानी भी मलिका के साथ ही हुआ, उसके बाद दिन में बाँदियों को मुहरे बनाकर हुज़ूरेआलम ने मलिकए ज़मानियाँ के साथ शतरंज खेली। ख़ूब हँसी-ख़ुशी रही, बादशाह सलामत ने जीत के हज़ार रुपयों में दो हज़ार अपनी तरफ़ से जोड़कर नौकरों-बाँदियों को मिठाई खाने के लिए दे दिये। इसके बाद तख़लिया हो गया।

नसीरुद्दीन उम्र में जवान हो जाने पर भी अपनी आदतों और मन से सात बरस का ज़िद्दी बच्चा था। मलकिए-ज़मानियाँ और बादशाहबेग़म उसे उसी तरह खिला-बहलाकर अपने क़ब्ज़े में रखती थीं।

मलिकए-ज़मानियाँ की गोद में सिर रखे नसीरुद्दीन कुछ देर तक ख़ामोश आँखें बन्द किये पड़ा रहा। मेहँदी रची क़ीमती अँगूठियों से राजी उँगलियाँ धीरे-धीरे नसीर के बालों पर फिरती रहीं।

अचानक बादशाह ने आँखें मीचे हुए कहा, "मलिका!"

"आलमपनाह!"

"हम सचमुच बादशाह होना चाहते हैं।"

"ज़माना हुज़ूर के क़दमों में सिर झुकाता है, बादशाहत और किसे कहते हैं?"

"बहलाओ मत जानेमन। हम अँगरेज़ों की शतरंज के बादशाह हैं। हम उसकी चाल पर चलते हैं। मुझे यह खलता है, बेहद खलता है", नसीरुद्दीन आवेश में उठ बैठा, उसकी बड़ी-बड़ी आँखें लाल हो उठीं। उनमें पागलपन चमक उठा। दुलारी इन तेवरों को पहचानती है। बादशाह को जब इस क़िस्म का जुनून उठता है तब एकाएक उन्हें सँभालना मुश्किल हो जाता है और अगर उनकी आँखों की वह पागल चमक कुछ देर तक ठहर जाती है तो किसी-न-किसी जान पर ज़रूर ही बन आती है। दुलारी नसीरुद्दीन को अपने हाथों में लेने के लिए सतर्क हो उठी। नसीरुद्दीन बहाव में कहते ही चले जा रहे थे, "हर रोज़ रेज़िडेण्ट का एक ख़रीता, हर रोज़ गवर्नर जनरल की एक शिकायत, यह सब क्या है? रियासत हमारी है, हमारे बुज़ुर्गों ने तलवार के ज़ोर पर इसे जीता मगर हुकूमत अँगरेज़ कर रहे हैं। यह अच्छा-ख़ासा मज़ाक़ है, इसे बरदाश्त करना किसी भी आबरूदार इनसान की शान के ख़िलाफ़ है, बादशाहों के लिए तो और भी ज़्यादा।"

नसीरुद्दीन का दुबला-पतला ज़िस्म गुस्से से काँप रहा था, उसके दाँत और मुट्ठियाँ भिंची जाती थीं। आँखों में ख़ून उतर आया था। दुलारी से और कुछ न बन पड़ा, बड़ी दीन दृष्टि से अपने बादशाह पति को देखते हुए बड़ी तड़प के साथ बैठे ही बैठे आगे बढ़कर अपने-आपको नसीरुद्दीन की छाती पर फेंक दिया और दोनों हाथों से जकड़ उसके गाल चूमते, होठ से होठ रगड़ते हुए कहा, "नहीं जानेमन नहीं, नहीं। तुम्हें हमारा, अपने बच्चों का, अपना ख़याल रखना ही होगा। मैं तुम्हें ऐसा कुछ भी न करने दूँगी, हरगिज़ न करने दूँगी।"

नसीरुद्दीन का आवेश इस प्यार भरे हमले से थम गया, आँखें खोयी टकटकी से दुलारी के चेहरे पर गयीं। उन्होंने उसकी आँखों में आँसू देखे, देखते रहे। फिर एकाएक नसीरुद्दीन की हँसी से कमरा गूँज उठा, रेशमी रूमाल उठा प्यार से झटपट उसकी आँखें पोंछ कहने लगा, "वल्लाह, तुम डर गयीं? क्या तुमने यह समझा कि मैं अँगरेज़ों के ख़िलाफ़ सचमुच लड़ाई का ऐलान करने जा रहा हूँ? (टुक ठहरकर एक ठण्डी साँस खींचते हुए) वो तेवर हमारे ख़ानदान में शुजाउद्दौला और वज़ीरअली के ही थे। मैं?...ऊँहः हमें तो छुटपन से इश्क़ की ज़ंजीरों में जकड़ दिया गया है। हम महज़ आशिक़ोमाशूक़ की लड़ाई ही जानते हैं; हममें वह ताब कहाँ जानेमन? ताजपोशी के दिन रेकेट साहब रेज़िडेण्ट मुझसे कहने लगे, 'आप यह न भूलें कि हुक़ूक के साथ-साथ बादशाहों के कुछ फ़रायज़ भी होते हैं और आप पहला फ़र्ज़ ही भूले जाते हैं'।"

नसीरुद्दीन तनिक रुके, दुलारी के चेहरे पर उत्सुकता बढ़ी। रेज़ीडेण्ट की बात का बुरा मानते हुए उसकी भौंहें सिकुड़ीं, कहा, "फिर?"

नसीरुद्दीन गम्भीर स्वर में बोला, "फिर मैंने पूछा कि मेरी भूल क्या है? बोले कि गद्दीनशीन होने से पहले ही तुम इनसाफ़ का ख़ून कर रहे हो, फ़रीदूनबख़्श का हक़ कैवाँजाह को दे रहे हो। मैंने कहा कैवाँजाह मेरा लड़का है। वे बोले कि कैवाँजाह की वालिदा फ़रीदूनबख़्श के पैदा होने के बाद महलों में आयी फिर तुम्हारा बेटा कैसे हो सकता है?"

दुलारी के चेहरे पर एक रंग आता था एक जाता था; अपने-आपको बड़े कसाव में रखते हुए भी उसके दिल की धड़कनें उसके चेहरे पर झलक-झलक पड़ती थीं। नसीरुद्दीन कहता रहा, "सुनकर मुझे बड़ा गुस्सा आया, मैं गद्दी का क़ानूनी हक़दार हूँ, ज़रा-सी देर के बाद बादशाह होने वाला हूँ, फिर भला तुम कौन हो जो मुझसे सवाल करते हो? मेरी मरज़ी है, मेरी सल्तनत है, मैं जिसे चाहूँ अपना वलीअहद मुक़र्रर करूँ। मगर नहीं...मुझे हुकूमते इंग्लिशिया के अहलकारों तक को जवाब देना पड़ता है। यह बहुत बुरा है। सुनो दुलारी, अगर हम-तुम कहीं भाग चलें, बादशाह बनकर नहीं, मामूली इनसान की तरह कहीं ख़ामोशी से गुज़र-बसर करें तो कैसा हो?"

दुलारी मतलब की बातों पर ग़ौर कर रही थी, उसने अपने बादशाह पति की बे-मतलब की बातों को झिड़क दिया, बोली, "तुम संजीदगी के वक्त भी मज़ाक़ करते हो यह मुझे अच्छा नहीं लगता। हाँ, तो तुमने जवाब क्या दिया?"

नसीरुद्दीन की बड़ी-बड़ी आँखें दुलारी के चेहरे पर गड़ गयीं। मुसकराकर पूछा, "अपने लड़के की गद्दीनशीनी के लिए बेक़रार हो?"

"नहीं, अपनी और तुम्हारी आबरू पर मरती हूँ। हमारे पाक इश्क़ पर फ़िरंगी चाल का कोई धब्बा न बैठे, मैं इसी से सहम रही हूँ। इसीलिए सुनना चाहती हूँ।"

दुलारी ने नसीरुद्दीन की बात को मोड़कर ऐसा सटीक तैश दिखलाया कि बादशाह के लबादे में लिपटा नसीरुद्दीन का भोला-भाला इनसान प्यार के विश्वास में बह गया। दुलारी को पास खींचते हुए, शरबती आँखों से उसे देखकर कहा, "क्या तुम समझती हो कि मुझे इस बात का ख़याल नहीं आया था। मैंने ऐसा माक़ूल जवाब दिया कि रेज़िडेण्ट का मुँह बन्द हो गया। मैंने कहा, मैं कैवाँजाह की वालिदा को अपने हरम में लाना चाहता था इसलिए मुन्नाजान की धाय बनकर वही महलों में आ भी सकी। मैंने कहा कि अपनी वालिदा के गुस्से की वजह से मैं सहम-सहम जाता था। मग़र जब मुन्नाजान पैदा हुआ तो मुझे लगा कि मेरी इनसाफ़पसन्दी को धब्बा लग जाएगा अगर मैं अपने बड़े बेटे और उसकी माँ को दूर गाँव में ही अपने एक गुनाह की तरह छिपा रहने दूँगा। मैंने रेकेट साहब को तुम्हारे और अपने मिलन की एक बड़ी ही नायाब कहानी गढ़कर सुनायी और उन्हें यक़ीन दिला दिया कि मुहम्मदअली मेरे ही नुत्फ़े से पैदा हुआ है।"

दुलारी के चेहरे पर विजय की कान्ति दमक रही थी। अपने उल्लास को भावावेश का जामा पहनाते हुए उसने कहा, "ख़ुदा गवाह है वह तुम्हारा ही है।"

नसीरुद्दीन को एकाएक झटका लगा, नाक से हलकी-सी फुफकार छोड़ी मगर फिर अपने को सँभाल लिया और हँसते हुए बोला, "यह भी अजब पहेली है। मेरी समझ में नहीं आता कि मैं वाक़ई किसी बच्चे का बाप हूँ भी या नहीं? जब मुन्ना होने वाला था अम्मीजान कहतीं कि तुम वालिद होने वाले हो। फिर उसका क़िस्सा चला, सुखचैन के बारे में कहा गया कि वह मुझसे हामिला है; फिर एक दिन अम्मीजान न जाने उससे क्यों नाराज़ हो गयीं और वह ज़िन्दा दीवार में चुनवा दी गयी। फिर अनवरी भी यही कहने लगी, अम्मीजान फिर वही कहने लगीं। अनवरी को उन्होंने मुझे सुखचैन ही कहकर पुकारने की हिदायत दी। अजब-अजब तमाशे हुए, हःहः। एक ऐसा तूफ़ान उठा था कि आग़ामीर समझाते, जन्नतमकानी अब्बा हुज़ूर समझाते कि तुम्हारी अम्मी तुम्हें एक फ़रेब में फँसा रही हैं। तुम मर्द की तरह उससे इनकार कर दो। मेरी समझ में ही नहीं आता था कि किस बात से इनकार करूँ, कौन मर्द यह जान सकता है कि बेटा उसका है या नहीं?— यह तो सिर्फ़ माँ ही बतला सकती है।"

दुलारी ने फिर बाँध बाँधना मुनासिब समझा, बोली, "नाराज़ न होना प्यारे, अम्मीजान कोई मेरी सगी सास तो हैं नहीं जो उन्हें...मेरे कहने का मतलब है, तुम्हें बहुत चाहने के बावजूद उन्होंने अपने ख़ाविन्द और आग़ामीर से अपनी तनातनी बढ़ाते हुए तुम्हें खेल के मुहरे की तरह इस्तेमाल कर लिया। खुद मुझे कहते बड़ा अजीब लगता है, उस बात को याद करो जो मैंने तुम्हें उस वक़्त बतलायी थी। मैंने अपनी आँखों मीर फ़ज़्लेअली साहब और अफ़ज़लमहल को देखा था। मैं मुन्नाजान को लिवा लाने के लिए गयी थी, अफ़ज़लमहल और मीर साहब दोनों मुन्नाजान को गोदी में लिये प्यार कर रहे थे। मैं तो तुमसे पहले ही कह चुकी हूँ, ख़ुदा की ख़ुदाई में किसी की दख़लन्दाज़ी नहीं चल सकती, वह जो तय कर देता है वही होता है। भला बताओ, मेरी सात बरस की उमर थी जब शाह साहब ने मेरे दामन पर तुम्हारी शबीह उतार दी थी। उन्होंने कहा था कि यह शाही औलाद की माँ होगी और इसका बेटा ऐसा ताक़तवर बादशाह होगा कि जिससे दुनिया थरथर काँपेगी और जो अपने माँ-बाप का नाम रोशन करेगा। यों कोई कुछ भी कह ले मगर मेरा ख़ुदा जानता है कि मेरे कैवाँजाह के वालिद तुम्हीं हो। जब मजबूरन मेरी वालिदा के मरने के बाद मेरी शादी कर दी गयी तो शाह साहब मेरी ससुराल के दरवाज़े पर चुटकी माँगने आये। ख़ुदा का करिश्मा था मेरी सास ने कहा कि चुटकी दे आ वरना मैं क्योंकर दरवाज़े तक आ पाती। शाह साहब को देखा तो एकदम क़दमों पर गिर पड़ी और फूट-फूटकर रोने लगी। उन्होंने मेरे सिर पर हाथ फेरा और कहा, बेटी ग़मगीन न हो, ख़ुदा बड़ा कारसाज है, उसके हर काम में कुछ न कुछ मसलहत होती है। तू पिछले जनम के एक क़ौल से मजबूर है इसीलिए यहाँ ब्याह कर आयी। मगर तेरा असली ख़ाविन्द शाही महलों में बैठा है और वहाँ भी ख़ुदाई खेल चल रहा है। वह भी मजबूर है मगर तू अपने को सँभाले रखियो। तेरा शौहर कन्हैया जी की तरह कभी तुझसे ज़रूर मिलेगा। मेवाड़ की मलिका मीराबाई जिस तरह दूसरे की बीवी होकर भी कन्हैया जी ही की होकर रही थीं, वैसे ही तू भी रह। फिर हुज़ूर अम्मीजान की नज़ीर पेश करते हुए भी उन्होंने कहा कि जैसे मुबश्शिर ख़ाँ नजूमी की बेटी, फिर जन्नतमकानी बादशाह हुज़ूर का नाम लेकर कहा कि उनके साथ ब्याही जाकर भी हमेशा अमीरुजिन्नात की सुहागिन बनी रहती है, उसी तरह तू भी अपने प्यारे शाहज़ादे की सुहागिन बनेगी और अल्लाह का करिश्मा होगा, तू अपनी औलाद अपने मजबूरी के शौहर से नहीं बल्कि अपनी ज़िन्दगी-दर-ज़िन्दगी के दिलबर से पाएगी। आज रात तुझे लगेगा कि तू ख़्वाब देख रही है। मगर दर हक़ीक़त तुम दोनों का रूहानी मिलन होगा और तुम हमल से रह जाओगी। ख़ुदा गवाह है वही हुआ, जानेमन, हूबहू वही हुआ। उसी रात मेरी मजबूरी का मर्द भी, ख़ुदा उसे शैतान के सुपुर्द करे, अचानक अपने मालिक के हुक्म से बुला लिया गया। वह रात ख़ुदाई नूर की रात थी, मैं उस रात को अब तक भूल

नहीं पाती हूँ, जब तुम्हारा जलवा मुझमें समा गया। मैं बेहोश हो गयी थी। खुदाई खेल का इससे बड़ा क्या सबूत हो सकता है आलमपनाह कि मेरे मुहम्मदअली का नाक-नक्शा, रंग, उसकी आदतें तक हूबहू आपकी तसवीर पेश कर देती हैं और मेरे मुँह से कहने में अच्छा नहीं मालूम पड़ता मगर किसी भी सच बोलने वाले से पूछ देखिए कि मुन्नाजान का चेहरा किससे मिलता है?"

दुलारी आवेश में कहते-कहते रुक गयी। नसीरुद्दीन हैदर उसकी बातों के जादू में बँधे और भटकते मन को थोड़ी देर ख़ामोशी में अनुभव करता रहा फिर एक साँस ढीलकर बोला, "खुदा जाने सच क्या है। मैं तो कभी-कभी खुद यह भी एहसास नहीं कर पाता हूँ कि मैं ज़िन्दा हूँ या मुरदा? हः हः वल्लाह, क्या अजब पहेली है। हः हः! हः हः हः हः हः, " नसीरुद्दीन बड़ी देर तक हँसी के दौरे में हँसता रहा।

नसीरुद्दीन हैदर के लिए अपना जीवन सचमुच एक जटिल पहेली के समान ही था। यद्यपि वह अवगत नहीं था पर हलके-हलके उसे स्वयं अपने जन्म को लेकर भी शंकाएँ थीं। उसकी शुरू की चहेतियों में एक-आध बाँदी ऐसी थी जो मौक़ा पाकर उससे दिल की बातें किया करती थी। सुखचैन ख़वास, जो बादशाहबेग़म के गुस्से का शिकार हो चुनवा दी गयी, नसीरुद्दीन को बहुत-कुछ बतलाया करती थी। बादशाहबेग़म ने एक दिन शाही ख़ानदान की औरतों के सामने कहा था कि सुलेमानजाह शाही औलाद नहीं, सुब्हदौलत के किसी धोबी से पैदा हरामी औलाद है। इस पर बादशाह ने बड़ा बुरा माना था। लेकिन ज़माने में बुरी अफ़वाह फैल गयी। नवाब सआदतअली ख़ाँ ने किसी तरह अपने बेटे की बहू को समझा-बुझाकर थामा क्योंकि ग़ाज़ीउद्दीन इतने नाराज़ हो गये थे कि तलाक़ देने पर आमादा थे। नसीरुद्दीन उन्हीं की औलाद थे।

यह जानते हुए भी कि वह बादशाहबेग़म की औलाद नहीं, नसीरुद्दीन दिल से बादशाहबेग़म को अपनी माँ मानता था। होश सँभालने से लेकर बराबर वह यही देखता आया कि बादशाहबेग़म से उसे जो स्नेह मिला है वह जीवन में किसी से नहीं पा सका। इसीलिए उसे यह भी शंका होती थी कि सुखचैन द्वारा बतलायी गयी बात झूठ थी, बादशाहबेग़म ही उसकी असली माँ है। खुद बादशाहबेग़म ने उन्हें इस बात का यक़ीन दिलाया था और बहुत नाराज़ होकर उस शैतान का नाम पूछा था जिसने शाहज़ादे के दिल में झूठा शक डाल दिया। नसीरुद्दीन अपनी जन्मदात्री माता को लेकर शंकायुक्त था, नसीरुद्दीन अपने प्रत्यक्ष पुत्र मुन्नाजान और दैवीमाया से उत्पन्न कैवाँजाह के सम्बन्ध में शंकायुक्त था, उसे ठीक-ठीक किसी बात पर भी भरोसा नहीं होता था कि अमुक सच है या झूठ। एक समय में उसे अपनी माता बादशाहबेग़म में अटूट विश्वास था, अब भी अटूट ही है, परन्तु उसमें कहीं फाँक भी पड़ गयी है। उसे दुलारी पर पूरा विश्वास है पर न जाने क्यों इस बात पर उसे दिलजमई नहीं हो पाती। नसीरुद्दीन किसी का विश्वास चाहता है, किसी का सच्चा

प्यार पाने के लिए तड़प रहा है, उसे हरदम यही महसूस होता है कि उसका कोई नहीं, सब उसे ठगते हैं। इसीलिए वह सनक गया है। उसका भोला-भाला सहज विश्वास करने वाला हृदय सनक के बावजूद विश्वास किये बिना रह नहीं पाता और इसी वजह से रोज़ अपने लिए एक नयी मुसीबत खड़ी कर लेता है। चूँकि मुसीबत से कतराना चाहता है इसीलिए परिस्थितियों के प्रति लापरवाही बरतता है और लापरवाही जब उसके लिए दुनियावी घुटन पैदा कर देती है तो कमज़ोरों के प्रति क्रूर हो उठता है। नसीरुद्दीन का मन खुद उसके लिए ही एक तेज़ भँवर है जिसमें से कभी वह उबर नहीं पाता...

नसीरुद्दीन बादशाहबेग़म के यहाँ सलाम करने जाता तो उसे दूसरी नसीहत मिलती। बादशाहबेग़म हमेशा अपने बेटे को पहले कोई-न-कोई धार्मिक काम करने के बहाने आदेश देना शुरू करतीं और फिर राजकाज के अनेक मामलों में अपने आदेशों से बाँधती चली जातीं। नसीरुद्दीन उनके आगे कभी किसी बात से इनकार नहीं कर सका। यह डर के कारण नहीं, इस आस, इस भोली चाह के कारण कि यह मेरी माँ है, यह कभी मेरा बुरा न करेगी, और दुलारी उसकी रससम्बन्धी निर्बलता का बल थी। दुलारी उसे सदा यह आश्वस्त करती रहती थी कि उसमें कोई शारीरिक कमज़ोरी नहीं, उसमें कोई मानसिक कमज़ोरी नहीं, वह पूर्ण पुरुष है, पूर्ण समर्थ है, कम से कम एक नारी के सम्पूर्ण हृदय का स्वामी है। यहाँ भी नसीरुद्दीन एक आस, एक चाह ही में हर बार बह जाता था। उसे कभी यह समझ ही न आयी कि दुनिया बरतनी क्योंकर चाहिए।

बादशाहबेग़म ने फ़रीदूनबख़्त उर्फ़ मुन्नाजान की शादी मुहसानुद्दौला की बेटी से तय की थी। वह नसीरुद्दीन के भविष्य को भी उसी तरह फाँस लेना चाहती थी जिस प्रकार उसने मुन्नाजान द्वारा अपने पति ग़ाज़ीउद्दीन हैदर को बाँधना चाहा था। परन्तु ग़ाज़ीउद्दीन के मन्त्री आग़ामीर ने बादशाहबेग़म को बासबूत वही जवाब दिलवाया जो कभी उन्होंने नसीरुद्दीन की बाबत कहा था। आग़ामीर ने बादशाह ग़ाज़ीउद्दीन हैदर को खुश करने के लिए ऐसे सबूत इकट्ठे करवा दिये कि जिनसे मुन्नाजान धोबी की औलाद सिद्ध होता था। बादशाहबेग़म इस बार सतर्क थीं, वे बाँदियों के गर्भ से मुन्नाजान की सन्तान नहीं चाहती थीं इसलिए उम्र आने से पहले ही वे मुन्नाजान को अच्छे रिश्ते में बाँध देना चाहती थीं।

मलिकए-ज़मानियाँ ने अपनी सौतेली सास के यह नक्शे देख अपने नक्शे भी फैलाने शुरू कर दिये। उसने अपने बेटे का रिश्ता नसीरुद्दीन के चचा रुक्नुद्दौला की बेटी से तय करने के लिए बाँधनू बाँधने शुरू किये। उसने अपनी लड़की का विवाह-सम्बन्ध ग़ाज़ीउद्दीन हैदर के स्वर्गीय भाई शम्सुद्दौला के बेटे नवाब मुमताजुद्दौला से तय किया। उसने प्रतिदिन नसीरुद्दीन को घेरकर रेज़िडेण्ट को यह कहलाया कि कैवाँजाह ही उसका बड़ा बेटा है और वह उसे वलीअहद मुक़र्रर करना

चाहता है। इस बात को लेकर आगे बढ़ने में आग़ामीर पोशीदा तौर पर मलिकए-ज़मानियाँ की पूरी मदद कर रहे थे और राजा दर्शनसिंह भी उसके पूरे हिमायती थे। नतीजा यह हुआ कि दिसम्बर में अँगरेज़ सेनापति लॉर्ड कोम्बरमियर के लखनऊ पधारने पर कानपुर ही में अवध-राज्य की ओर से उनका स्वागत करने के लिए प्रधानमन्त्री आग़ामीर और युवराज पद के उम्मीदवार कैवाँजाह गये थे।

जब बादशाहबेग़म ने यह ख़बर सुनी तो खीझ में अपने होठ काट लिये। उन्होंने निश्चय किया कि आग़ामीर को मन्त्रिपद से हटाना ही होगा। दुलारी और आग़ामीर मिलकर बादशाहबेग़म को अवश्य परास्त कर देंगे। राजमाता ने मलिकए-ज़मानियाँ या कैवाँजाह के प्रति एक शब्द भी न कहते हुए हर रोज़ आग़ामीर के ख़िलाफ़ बादशाह के कान भरने शुरू किये। बादशाहबेग़म नयी राजनीतिक परिस्थिति उत्पन्न करने लगीं।

चौबीस

महासेनापति लार्ड कोम्बरमियर लखनऊ पधारे। बादशाह की ओर से उनकी बड़ी ख़ातिरें होने लगीं। दावत, दरबार, जानवरों की लड़ाई, नायाब आतिशबाज़ी, सेनापति के स्वागत में लाखों रुपये पानी की तरह बहाये जा रहे थे। नसीरुद्दीन हैदर को किसी की ख़ातिर-तवाजोह करने में कुछ आपत्ति नहीं थी पर किसी के सामने छोटा बनकर बैठना, दरबारी अदब क़ायदों की बन्दिश में रहना उसे बहुत खलता था। मन की ऊँची-नीची लहरों के साथ उठने-गिरने और बहनेवाला इनसान, पत्ते की तरह चंचल, थिर क्योंकर बैठे, यह समस्या थी। जब से लार्ड कोम्बरमियर आये तब से उसे मनमानी करने की फ़ुरसत नहीं मिलती थी। झुँझलाहट लाज़िमी थी; करेले पर नीम यों चढ़ा कि लाटसाहब ने भी उनसे कहा, "योर मेजेस्टी, आपकी सल्तनत का इन्तज़ाम ठीक नहीं है। रिआया तकलीफ़ में है। सल्तनत की आमदनी दिनोंदिन कम होती जा रही है।"

शाहेअवध चिढ़ गये, अपने-आपको सँभालने की बेहद कोशिश करते हुए भी उनके मुँह से निकल गया, "इसकी शिकायत आपको मेरे वज़ीर से करनी चाहिए। मुझे गद्दीनशीन हुए अभी चन्द महीने ही गुज़रे हैं। दो-तीन माह के अरसे में मेरी सल्तनत में कोई क़यामत बरपा नहीं हुई, कम से कम मुतमातुद्दौला आग़ामीर ने मुझे यह यक़ीन दिला रखा है।"

आग़ामीर वहीं मौजूद था, उसकी बाज़ की चोंच-जैसी नाक के नकसोरे फड़फड़ा उठे, स्याह चेहरे पर एक झाईं और चढ़ गयी। वह रेज़िडेण्ट की कुरसी के पीछे ही खड़ा था, झुककर अदब से बोला, "ज़िल्लेसुभानी, यह फ़िदवी की

ख़ुशक़िस्तमी है कि साहबे आलीशान यहाँ तशरीफ़ फ़रमा हैं। फ़िदवी के सिर पर बड़ों का साया है।"

साहब आलीशान हुज़ूर रेज़िडेण्ट साहब के चेहरे पर परेशानी झलकी, कुछ तेवर भी चढ़े और फिर क़रीने से सँभलकर मीठी भाषा में हुज़ूर लाट साहब से फ़रमाया, "मुतमातुद्दौला सल्तनत के पुराने नमकख़्वार हैं योर एक्सेलेन्सी।"

बात ज़ाहिरा तौर पर आयी-गयी हो गयी पर इसका असर बहुत दूर तक हुआ। बादशाहबेग़म बहुत ख़ुश हुईं। उन्होंने रेज़िडेन्सी के मीर मुंशी को बुलवाकर ख़ातिरबात, नज़राने आदि से सन्तुष्ट करके उनकी मार्फ़त लार्ड कोम्बरमियर और रेज़िडेण्ट मार्डेण्ट रिकेट्स साहब को बहुत कुछ कहलाया। उन्होंने कहा कि आग़ामीर सल्तनत की तमाम दौलत लूटकर अपना घर भर रहा है। साहबाने आलीशान उसकी जायदाद देखकर ही अन्दाज़ लगा सकते हैं। जन्नतमकानी ग़ाज़ीउद्दीन हैदरशाह भी आग़ामीर की हरकत से बुरी तरह आजिज़ आ चुके थे। वह बादशाह ग़ाज़ीउद्दीन को शराब पिलाकर नशे में अपने लिए बड़ी-बड़ी रक़में लिखवा लेता था। उन्होंने उसकी अनेक शिकायतें कीं, प्रजा पर उसके अत्याचारों की अनेक कहानियाँ बासबूत भेजीं और साथ ही साथ यह भी कहलवाया कि हुज़ूर कम्पनी बहादुर के तमाम आला ओहदेदारान यहाँ से लेकर कलकत्ता तक जानते हैं कि आग़ामीर बादशाहबेग़म और नसीरुद्दीन हैदर का पुराना दुश्मन है। उसकी जानिब से शाही सुरक्षा को ख़तरा है।

आग़ामीर ने तुरन्त ही मलिकए-ज़मानियाँ की शरण ली और उसे यहाँ तक विश्वास दिलाया कि अगर इस मौक़े पर मलिकए-ज़मानियाँ की सिफ़ारिश से बादशाह सलामत उसके लिए अँगरेज़ों पर ज़ोर डाल देंगे तो वह अवध की सल्तनत को अँगरेज़ों के बहुत बड़े बोझ से बचाने का बीड़ा उठा लेगा। आग़ामीर ने मलिकए-ज़मानियाँ को बहुत-सी शासकीय बातें गुप्त और महत्त्वपूर्ण तथा अन्देशे-भरी कहकर बतलायीं। उसने कहा कि अँगरेज़ नसीरुद्दीन हैदर के मन में मैल डालकर आग़ामीर को सल्तनत से अलग करना चाहते हैं ताकि उन्हें अवध की आधी बची हुई सल्तनत भी हड़प जाने का मौक़ा मिल जाय। उसने धमकाया कि अगर नसीरुद्दीन हैदर अँगरेज़ों या बादशाहबेग़म के बहकावे में आकर उसे अलग करेंगे तो यक़ीनन उन्हें बहुत बड़ा नुक़सान उठाना पड़ेगा और मलिकए-ज़मानियाँ के सारे सपने भी मन की खूँटी पर ही टँगे रह जाएँगे। वह विलायत से लिखा-पढ़ी कर इस बात के सबूत दे देगा कि कैवाँजाह नसीरुद्दीन हैदर की औलाद नहीं। आग़ामीर ने यहाँ तक धमकी दी कि अपनी बात के प्रमाणस्वरूप वह मुहम्मद अली उर्फ़ कैवाँजाह के असली पिता रुस्तमअली को भी गवाही के तौर पर कलकत्ते के हुज़ूर गवर्नर जनरल साहब के दरबार में पेश कर देगा।

मलिकए-ज़मानियाँ आतंकित हो उठीं; उन्होंने बड़े ही कौशल से नसीरुद्दीन के सामने आग़ामीर की वकालत की। बादशाह सलामत उसके सामने यह प्रण कर

गये कि वे अड़ जाएँगे और आग़ामीर को वज़ीर के पद पर अपने पिता की तरह ही प्रतिष्ठित रखेंगे। उन्होंने ख़ुद आग़ामीर को बुलवाकर इस बात का आश्वासन दिया।

लेकिन कम्पनी सरकार के गोरे अफ़सर भी अब आग़ामीर को हटाने के लिए कटिबद्ध हो चुके थे। आग़ामीर के पास ऐसे अनेक प्रमाण थे जिनसे ख़ुद रेज़िडेण्ट साहब तक फँस सकते थे।

अँगरेज़ों ने सआदतअली ख़ाँ और ग़ाज़ीउद्दीन हैदर के शासनकाल ही से अवध के वज़ीरों को सदा अपनी गोटी बनाकर खेला था। अँगरेज़ तरह-तरह से रुपये झटकने के लिए आये दिन तरक़ीबें करते थे। वज़ीरअली के ज़माने में एक करोड़ बारह लाख पचास हज़ार रुपये झटकते थे, सआदतअली ख़ाँ से सर जॉनशोर ने एक करोड़ बयासी लाख पचास हज़ार का सौदा किया और वज़ीरअली दूध की मक्खी की तरह निकालकर फेंक दिया गया। सआदतअली ख़ाँ ने बड़े जतन से अपने राज्य का ख़ज़ाना भरा और अँगरेज़ों ने कसते-कसते उसका आधा राज्य हड़प कर लिया। हकीम मेंहदी अली ख़ाँ नायब थे, अँगरेज़ उनके बहाने नवाब वज़ीर को कसते थे। जब सआदतअली ख़ाँ को दुह लिया तो हकीम मेंहदी अँगरेज़ों की नज़र में दुर-दुर मारे हो गये। सन् 1813 में हकीम मेंहदी पर कोड़े तक बरसे थे। ग़ाज़ीउद्दीन हैदर के गद्दी पर बैठने के बाद जब अँगरेज़ों को अवध की सरकार से रुपये झटकने का कोई बहाना न मिला तो आग़ामीर को बढ़ावा देना शुरू किया। उसके द्वारा ग़ाज़ीउद्दीन हैदर को दो करोड़ रुपये देने को मजबूर किया और जब उसकी एवज़ में ग़ाज़ीउद्दीन को बादशाह बनाया तो शाही सिंहासन बनवाने की सलाह और ज़ोर देकर इसी आग़ामीर की मार्फ़त अँगरेज़ों ने राज्यकोष से बहुमूल्य हीरे, माणिक, मुक्ताओं की चोरी करवा ली। ब्रह्मदेश में अँगरेज़ों की लड़ाई के समय आग़ामीर उनके बड़े काम आया। ग़ाज़ीउद्दीन हैदर को शराब के नशे में धुत्त कर आग़ामीर ने एक करोड़ रुपये अपने नाम लिखवा लिया और दूसरे ही दिन कम्पनी सरकार के यहाँ वह एक करोड़ आग़ामीर के नाम जमा हुआ। कम्पनी के डाइरेक्टरों और गवर्नर जनरल के हुक्म से एक रक़म कम्पनी के लिए लूटी जाती थी और उसके साथ घाटे की रक़म के तौर पर रेज़िडेण्ट, आग़ामीर और छोटे बड़े गोरी-काली सरकार के अमले चाट जाते थे। रेज़िडेण्ट जानता था कि आग़ामीर उसे फँसा सकता है इसलिए वह भी बादशाहबेग़म का हिमायती हो गया और लॉर्ड कोम्बरमियर के सामने उसने आग़ामीर का एक भयानक व्यक्ति के रूप में वर्णन किया।

तय हुआ कि एक अति गोपन गोष्ठी में हुज़ूर लाट साहब आलीशान हुज़ूर रेज़िडेण्ट साहब और आक़ायेआलम हुज़ूर नसीरुद्दीन हैदर साहब ऊँची नीति के मसलों पर बात करेंगे।

बादशाहबेग़म को यह सूचना मिल चुकी थी कि दुलारी के कहने से नसीरुद्दीन

आग़ामीर का दम भरने लगा है। बादशाहबेग़म ने दुलारी की शक्ति का पूरा-पूरा अन्दाज़ रखते हुए भी इस कठिन मोर्चे पर विजय पाने का दृढ़ निश्चय किया। उन्होंने नसीरुद्दीन हैदर को धमकी देकर कहा कि यदि वह उनके पुराने शत्रु को किसी भी सिफ़ारिश से बल देगा तो वे हज़रत अब्बास की दरगाह में जाकर आत्महत्या कर लेंगी। इस धमकी के सामने नसीरुद्दीन दुलारी और आग़ामीर को दिये हुए अपने बचन को चटपट भूल गया।

तीनों महाप्रभुओं की विचारगोष्ठी बैठी, रेज़िडेण्ट लाट साहब के कान भर चुके थे, बादशाह सलामत से भी वही बातें की; सुनकर लार्ड कोम्बरमियर ने कहा कि शाहेअवध को अपनी सल्तनत में हर अधिकार प्राप्त है, वे आग़ामीर को पदच्युत कर सकते हैं, उसे गिरफ्तार करा सकते हैं। लाट साहब ने यह भी पूछा कि आग़ामीर का पद किसे दिया जाएगा? बादशाह ने राजमाता की इच्छानुसार मीर फ़ज़ल अली का नाम पेश किया। अँगरेज़ों को कोई आपत्ति न थी क्योंकि अवध-राज्य से उन्हें अब और कुछ मिलने की आशा न थी। अवध के शासन को अधिकाधिक बुरा बनाकर निकट भविष्य में प्रजा की जान-माल की रक्षा का नारा बुलन्द करके वे इस आधे राज्य को भी हड़प कर जाना चाहते थे।

नसीरुद्दीन आग़ामीर से डरता था। उसने रेज़िडेण्ट से कहा कि आग़ामीर को बहाने से वह उनके पास भेजेगा, वे उसे गिरफ्तार कर लें।

नसीरुद्दीन हैदर और आग़ामीर की भेंट हुई। नसीरुद्दीन ने आश्वासन दिया कि लाट साहब से उनकी बातचीत हो चुकी है जिसके फलस्वरूप मन्त्रिपद पर आग़ामीर ही बने रहेंगे।

दूसरे दिन सुबह लखनऊ में मीर फ़ज़लअली और उनकी फूफी फ़ैज़ुन्निसा बीबी दिखलाई दीं। मीर फ़ज़लअली को शाही महलों के फाटक पर देखा गया। ग़ाज़ीउद्दीन हैदर के शासन काल में, बरसों से बादशाहबेग़म के ये दोनों प्रिय पात्र आग़ामीर के कुचक्र के कारण बाहर ही रहते आये थे। उनका अचानक शहर में दिखाई पड़ना तरह-तरह की गरम अफ़वाहों का कारण बन गया। आग़ामीर सकपकाया हुआ बादशाह की ख़िदमत में दौड़ा गया। बादशाह ने उसके शक को हँसकर टाल दिया और फिर-फिर उसे आश्वासन दिया।

बीस दिसम्बर की सुबह आग़ामीर बादशाह को सलाम करने गया। बादशाह ने नायाबत की वह ख़िलअत आग़ामीर को दिखलायी जो उन्होंने उसके लिए बनवायी थी। उन्होंने कहा कि इसके पेश्तर कि ख़िलअत बख़्शी जाय तुम्हें रेज़िडेण्ट साहब के पास जाना होगा और जो हिदायत वह दें उसे बसरोचश्म बजा लाना होगा।

आग़ामीर ख़ुशी-ख़ुशी रेज़िडेन्सी गये। रेज़िडेण्ट ने उन्हें बाइज़्ज़त कुरसी दी, कुछ इधर-उधर की बातें कीं और जैसे ही वह विदा लेकर उनके कमरे से बाहर निकला वैसे ही कैप्टन सैमुएल पिच की कमान में अँगरेज़ सोल्जरों की दो कम्पनियों

ने उसे घेरकर गिरफ्तार कर लिया और उसकी तलवार रखवा ली।

मुतमातुद्दौला मुख़्तारुल्मुल्क सैयद मुहम्मद ख़ाँ बहादुर जैग़ामजंग आग़ामीर साहब जिन्होंने बड़े-बड़े ख़ानदानी अमीरो-उमरा की नाकें रगड़वायीं और बड़े-बड़े तीसमार ख़ाँ लोगों की चीं बुलवा दी थी, जिन्होंने बादशाहबेग़म को नाकों चने चबवाये और ग़ाज़ीउद्दीन हैदर को मनमाना उँगलियों पर नचाया था, इस विषम नाटकीय परिस्थिति के सामने घुटने टेक गये। उन्होंने बहुत गिड़गिड़ाकर रेज़िडेण्ट से प्रार्थना की कि वे उनकी पगड़ी सरेआम उछाली जाने से बचा लें। उनकी यह प्रार्थना स्वीकार की गयी। अँगरेज़ सिपाहियों की निगरानी में हाथी पर सवार करा उन्हें उनके घर भेज दिया गया।

बादशाहबेग़म ने सोचा था कि आग़ामीर जब गिरफ़्तार होकर उनके क़ब्ज़े में आएगा तो मनमाने ढंग से उससे बरसों के बदले निकालेंगी, पर जब उनकी साध इस तरह अनबुझी ही रही तो स्वयं रेज़िडेण्ट को पत्र लिखकर शाही-अपराधी की माँग की। रेज़िडेण्ट ने अस्वीकार कर दिया। बादशाहबेग़म ने डेढ़ लाख रुपये तक की रिश्वत देनी चाही, पर चिथड़े उड़ाने के लिए आग़ामीर उन्हें न मिल सका। वह अँगरेज़ी सुरक्षा में कानपुर चला गया।

परन्तु बेगम इतने से ही सन्तुष्ट हो जानेवाली न थीं। उन्होंने नसीरुद्दीन को सलाह दी कि आग़ामीर के नाते-रिश्तेदार, दोस्त-अहबाब, हर एक के घर घेर लिये जायँ, उन पर शाही पहरा बैठा दिया जाय और उन सबके साथ ऐसा सलूक किया जाय कि फिर किसी को इस तरह सिर उठाने की हिम्मत न हो। बादशाहबेग़म ने अपने बादशाह-पुत्र को प्राचीन काल के बादशाहों की नज़ीरें दीं, कहा, वे लोग ऐसे नमकहरामों के घर खुदवाकर उस ज़मीन पर गधे का हल चलवाते थे, उनके ख़ानदानवालों और रिश्तेदारों को कोल्हू में पिलवा देते थे, भंगी के हाथों जूते लगवाते थे, और इन्हीं सब उपायों से प्रजा पर अपना आतंक स्थापित करते थे।

बादशाह सलामत ने अपनी माता को पुराने शासनकर्ताओं द्वारा सिद्ध की गयी आतंककारिणी पद्धतियों का प्रयोग करने की पूरी छूट दे दी और इस तमाम शासकीय दर्दे-सिर से घबरा कर शराब की गोद में दुबक गये।

पच्चीस

गोमती पार अहिबनपुर गाँव की सीमा पर पँच-बरगदिया तले छोटे-छोटे फूस और चिथड़ों के झोंपड़े पड़े थे। एक तम्बू भी था जो नफ़ासत की दुनिया में निहायत बोसीदा और गन्दा माना जाने लायक़ होकर भी उन छोटी-छोटी झोंपड़ियों के बीच राजमहल-सा लगता था। कंजरों ने यहाँ डेरा डाला था और राजधानी में प्रवेश करने

से पूर्व वे अपने पेशे की तैयारियों में लगे हुए थे। लड़कियाँ तेल और गोंद से अपने सिर की पटिया चिपकाकर गिलट के गहने पहन लखनऊ के बाज़ारों में गा-गाकर भीख माँगने के लिए सजने लगीं। चिरैतुआ अपनी दाहिनी टाँग पर चिकचिकाता तेल मल उस पर गेरू और चूने से सफ़ेद कोढ़ के दाग़ लगाने लगा। वह कमर में टाट बाँधकर इन दाग़ों के ऊपर राब छोड़कर उन पर भिनभिनाती मक्खियों की सेना लेकर जनसाधारण की सदाशयता से भीख माँगने जाने लगा। फक्कू ने गरम मोम से अपनी पलकों के पपोटे रगड़-रगड़कर इतने मोटे और भद्दे बना लिये हैं कि केवल आँख भींचते ही वह अन्धा जँचने लगता है। जोखन के पास पहाड़ी जड़ी-बूटियाँ हैं, साँड़े का तेल है, शेर की नाफ़ है, जाने क्या-क्या जवानी को मज़बूत बनाने के करिश्मे हैं जिन्हें खोल-खोलकर अलग पोटलियों में बाँधते हुए वह खारवे के झोले में डालता जा रहा है; घड़ी-भर बाद लखनऊ की सड़कों पर माल बेचता नज़र आएगा। प्रौढ़ा स्त्रियाँ भी बीमारियों के टोने-टोटके लिये शहर जाने को तैयार होने लगीं। सत्तर-अस्सी आदमियों, औरतों और बच्चों की बस्ती नये शहर में अपना करतब दिखलाने के लिए तैयार होने लगी। कंजर भीख माँगते हैं, जड़ी-बूटियाँ बेचते हैं, हाथ सफ़ाई के खेल दिखाते हैं। वे अपनी लड़कियों से वेश्यावृत्ति कराते हैं और बहुओं से अपनी चलती-फिरती बस्ती का प्रबन्ध। चोरी, हत्या, आगज़नी, मारपीट, ख़ूबसूरत लड़कियों-लड़कों को उड़ाना आदि काम उन्हें ख़ूब आते हैं। वे इसमें माहिर होते हैं और शहरों के कारसाज़ किराये पर उनकी सेवाएँ लेकर उनसे मनमाने काम कराते हैं। बकरियाँ-बकरे, दो-चार गाड़ियाँ बैल, कुत्ते आदि उनकी पंचबरगदियातले की नयी बस्ती के चारों ओर एक घेरे में फैले हुए थे। प्रौढ़ाएँ "सींगी लगावैं, दर्द झाड़ैं, बाई निकालैं" की आवाज़ एक ख़ास कर्कश ढंग से लगाती हुई कन्धों पर झोले डाले शहर की ओर चल पड़ीं। लड़कियाँ अपने साथियों, चिकारेवाले और ढोलकियों से इसरार करने लगीं कि जल्दी तैयार हो जल्दी चलें। जवान लड़कियों और औरतों के लिए लखनऊ का नाम और जादू, बहुत बड़ा था। सामने ही गोमती पार आसफ़ुद्दौला के इमामबाड़े, बाबरी मस्जिद और गढ़ी मच्छी भवन के दूर तक फैले हुए कलश, कँगूरे, मीनारें उन्हें ललचा रहे थे। लखनऊ में बादशाह रहता है, लखनऊ की सड़कों पर दौलत बिखरी हुई है, लखनऊ में ख़ूबसूरत औरतों की बड़ी क़द्र और माँग है; लखनऊ की महारानी पहले उनके जैसी ही एक मामूली-सी औरत थी, बादशाह की नज़र पड़ते ही पटरानी बन गयी। ये सारे क़िस्से बस्ती दर बस्ती घूमते हुए इन कंजर लड़कियों और औरतों के कानों में ख़ूब पड़ चुके थे। हर एक-दूसरे से उजागर में मज़ाक़ करते हुए परन्तु मन-ही-मन गम्भीर महत्त्वाकांक्षा के साथ यह कल्पना करती थी कि उसकी ख़ूबसूरती किसी नवाब रईस या बादशाह का दिल अवश्य जीत लेगी और वह गिरोह के चौधरी गज्जर बप्पा को मोटी-सी रक़म देकर उसे ख़रीद ले ज़ाएँगे, ऐश कराएँगे, लड़कियों-औरतों ने इस उत्साह से अपना

सिंगार-पटार किया था। वे शहर चलने की उतावली मचा रही थीं लेकिन गज्जर बप्पा का अभी हुकुम नहीं मिला था। भिखारी, बाज़ीगर, दवाफ़रोश, बूढ़ी खुर्राट औरतें पहले बस्ती में जाकर थोड़ी-बहुत टोह ले आएँगी, शहर के लोगों को देख-परख आएँगी, मुहल्ले समझ आएँगी तब नाच-गाकर भीख माँगनेवाली लड़कियों का दल जाएगा। ये लड़कियाँ दल की सर्वश्रेष्ठ सम्पत्ति हैं। उनके सहारे ही रोज़ शिकार फँसाये जाते हैं, चोरी के बहाने खुलते हैं, इन्हें लखनऊ में सहसा छोड़ देने के लिए गज्जर चौधरी तैयार न था। लखनऊ का क्या ठिकाना, बड़ा शहर है, अनजान गलियों में जो ये लड़कियाँ भटक जाएँ तो सीधे गुण्डों के हाथ ही पहुँच जाएँगी। गज्जर चौधरी, जो ख़ूबसूरत लड़कियों को उड़ाने का धन्धा करता था, स्वयं अपने दल की लड़कियों का दूसरों के द्वारा उड़ा लिया जाना हरगिज़ पसन्द नहीं कर सकता था। जब दो-चार लोगों के बार-बार कहने पर भी लड़कियाँ उतावली दिखाने लगीं, अपने संगियों से झगड़ पड़ीं, काँव-काँव मची तो गज्जर बप्पा अपने तम्बू से बाहर निकले। गज्जर की ऊँचाई औसत से लम्बी थी, देह चौड़ी कसरती, बड़े-बड़े चुचुआते लहरिया बाल, गलमुच्छे और काला रंग मिलकर उसकी आकृति को क्रूर बना देते थे। गज्जर बप्पा की एक गरज ने लड़कियों के पित्ते ठण्डे कर दिये। गज्जर बप्पा बड़ा ही सख़्त आदमी है। जो उसकी मरज़ी के ख़िलाफ़ चले वह चाहे पाँच बरस का बच्चा हो या अस्सी बरस का बूढ़ा दोनों को एक ही निर्ममता से सज़ा देता है। स्त्रियों को सज़ा देने के ढंग भी उसके ज़माने से एकदम निराले हैं। शरीफ़ उन तरीकों की चर्चा अपनी ज़बान पर लाना भी बुरा समझते हैं। अपने दल के बच्चे-बच्चे पर गज्जर बप्पा का कड़ा अनुशासन था।

लड़कियाँ ख़ामोश इधर-उधर बैठ गयीं। गज्जर चारों ओर एक नज़र डालकर फिर अपने तम्बू में लौट गया। उसके तम्बू में इस रामय बेशक़ीमती माल था, दो छोटी उम्र की अतिसुन्दरी लड़कियाँ उसके साथ थीं जिन्हें लखनऊ में बेचकर हज़ार-दो हज़ार तक कमाने के सपने वह पिछले तीन महीनों से देख रहा था। एक लड़की कानपुर में गंगा नहान से उड़ायी गयी थी; पानी के अन्दर ही अन्दर नहाती हुई एक गहनों से लदी औरत का निशाना साधकर गज्जर ने डुबकी लगायी थी, साथ में एक लड़की भी हाथ लग गयी। उसके हाथों में जड़ाऊ कंगन देखकर गज्जर लोभ न रोक सका था परन्तु पानी के अन्दर दूर तक खींचकर सन्नाटे की जगह लड़की और औरत को बाहर लाने पर गज्जर ने देखा कि औरत मर चुकी थी लेकिन लड़की अच्छी ख़ूबसूरत थी।

दूसरी लड़की गंगा नहान से महीना-भर पहले इमामबख़्श नाज़िम के ख़ास आदमी करामतहुसैन के द्वारा दल-सहित किराये पर जाकर कुसुम्भी के मेले में राजा रघुनन्दनसिंह के पड़ाव पर नक़ली छापा मारकर उड़ायी गयी थी। करामतहुसैन लड़की को बेचना चाहते थे, गज्जर ने अपने दल के किराये की रक़म में उस लड़की

को ख़रीद लिया। इस प्रकार दो सौ रुपये में कुल्सुम बिककर गज्जर के पास आयी थी और इस समय गज्जर के तम्बू में थी।

गंगाजी वाली लड़की अब बुत बन गयी है। उसके हाथ-पैर खोल दिये गये हैं, ख़ाली तम्बू से बाहर निकलने की मनाही है, आपस में बोलने की मनाही है। मगर कुल्सुम के हाथ और पैर अब तक बाँधे जाते हैं। गज्जर ने तम्बू में प्रवेश किया। गंगावाली के चेहरे पर बरफ़ जम गयी, फटी आँखों से उसके भयानक चेहरे को देखती ही रह गयी। कुल्सुम ने आहट महसूस की मगर सिर न उठाया। गज्जर गरजा, गंगावाली से बोला, "उठ!"

वह उठी।

"कपड़े उतार।" उसने सहमते हुए कपड़े उतारने शुरू किये।

"मटके में से पानी निकाल!"

उसने गडुए और गिलास को चुनने में गड़बड़ी की, गडुआ मटके के मुँह में न जा सका, टकराया, उसने डरी आँखों से गज्जर को देखा, काँपते हाथों से गडुआ गिरा दिया फिर राक्षस की ओर ही टकटकी साधे हुए ज़रा नज़र साधकर गडुआ ठीक रखा, गड़बड़ में गिलास उठाया और भर लिया।

"नहा!"

पाले की सर्दी में ठण्डा पानी लड़की के बदन पर उसी के काँपते हाथों से पड़ने लगा। सात-आठ बरस की बच्ची का सारा बदन सर्दी और भय के कम्पन से विवश हो इतना लड़खड़ा उठा कि अपने ही नहाये पानी की फिसलन में उसके पाँव न टिक सके, वह धूल में लोट गयी।

गज्जर उसकी ओर बढ़ा। लड़की समझी कि वह उसे मारने आ रहा है। घिघियाकर बाँहें पसार दीं, चीख़कर रो उठी, "अभी उठती हूँ, मुझे मारो मत; मारो मत, माऽरो मऽत!"

गज्जर के पास आते ही उसके पैरों में अपनी दोनों नन्ही बाँहें डालकर लड़की चीख़कर अकड़ गयी, बेहोश हो गयी।

कुल्सुम घुटनों पर सिर टिकाये तड़पती नज़रों से देख रही थी। गज्जर ने झटके से उसकी बाँहें खींचकर हटायीं, उसके बेहोश शरीर को एक हाथ से खींचकर खड़ा किया और फिर दूसरे से टाँग उठाकर टूटी चटाई पर लिटाने की पूरी नीयत के साथ फेंक-सा दिया।

कुल्सुम की ओर देखा, कुल्सुम टकटकी बाँधकर उसे देखती रही। इतनी मार खायी, भूखी रही, उठा-उठाकर धमाधम पटकी गयी, दिनों हाथ-पैर और मुँह बाँधकर रखी गयी, अभी तक बँधी रहती है पर उसकी आँखों में गज्जर का डर नहीं समाया। कुल्सुम की ज़बान नहीं बोलती, दृष्टि बोलती है। गज्जर उससे हार गया है, नफ़रत करता है। दल के बड़े-बड़े कहते हैं कि ऐसी जाबिर लड़की बरसों बाद हाथ लगी

है। लेकिन ग़ज़ब का माल है, शाही महलों की दल्लाला अम्मन और अममान के हाथों बिकेगा।

गज्जर ने कुल्सुम के पास आकर उसके हाथ-पैर खोले, कहा, "नहा ले और ये कपड़े देता हूँ, बदल! उसके मुँह पर छींटे मारकर होश में ला, उसे भी नहला। उसके भी कपड़े रखे जाता हूँ। झटपट तैयार हो जा।"

गज्जर आज्ञा देकर नन्ही-सी लड़की से बग़ैर नज़र मिलाये बाहर चला गया। वह जानता था कि उसके उपस्थित रहने पर कुल्सुम उसकी आज्ञा का पालन नहीं करेगी।

गज्जर तम्बू के बाहर आकर धूप में टहलने लगा, पाँच बड़े-बड़े जटाधारी बरगदों की घनी छाँव में सीलन बरस रही थी। दल की झोंपड़ियों को तनिक आड़ में रखने के लिए ही गज्जर ने यह जगह चुनी थी।

ठीक दोपहर थी। फेंकुआ दौड़ता हुआ आया। "गज्जर बप्पा, गज्जर बप्पा सहर में लूट होगी।"

गज्जर बप्पा ने आँखें फाड़कर उसे देखा। फेंकुआ बोला, "मैं अभी पुल पार सहर में गया था। सुना है कोई बहुत बड़े वीर पकड़े गये हैं। गोरों ने पकड़ा है औ बास्सा की तरफ से वजीर का महल लूटा जा रहा है। बज़ार में सब लोग कहते थे कि वजीर के सब नाते-रिस्तेदार और बहुत से लोग लूटे जाएँगे।"

गज्जर बप्पा के मन में बड़ा तूफ़ान मचा; लक्ष्मी छप्पर फाड़े आ रही थी। वे चाहते थे कि झटपट शहर में किसी गिरोह से समझौता करके बहती गंगा में हाथ धो लें। लेकिन लूट होगी, भगदड़ मचेगी, हम एक तरह से शहर में ही हैं, पुल पार करके लोग इधर भी भागेंगे, बरगदों की आड़ कोई नहीं, गुण्डों का क्या ठिकाना, हमारी औरतें भी तो हैं। गुण्डों का सरदार ज़माने के गुण्डों से अपने गिरोह की स्त्रियों को बचाने के लिए चिन्तित था। वह समय ही ऐसा था, औरत अगर तनिक भी जवान हुई तो अशर्फ़ियों की लूट में उसके साथ बलात्कार करना गुण्डों को शराब के नशे से ज़्यादा जोश देता था। लूट के वक्त में नशीली चीज़ों और औरत की लूट इसीलिए सबसे ज़्यादा सरगरम होती है कि उससे गुण्डों में क़त्ल करने और सोना-चाँदी लूटने की भयानक शक्ति उत्पन्न हो जाती है। गज्जर बप्पा ने फेंकुआ से कहा कि हड़बड़ाना भूलकर वह सावधानी से तम्बू के पास रहे। बस्ती की सारी लड़कियाँ अपना सिंगार-पटार उतारकर तुरत गन्दी-मैली हो जाएँ। कोई अपनी झोंपड़ी से बाहर न निकले। लड़के लड़कियों के पास न बैठने पाएँ। सब पेड़ के किनारे घेरा डालकर सावधान होकर बैठें। ढोर बकरी बरगदतले ले लिये जायँ और नज़र चाकचौबन्द रहे, "मैं अभी आता हूँ, भला।"

शहर में लूट मची है। आग़ामीर ने बरसों में करोड़ों की सम्पत्ति कमायी थी। शाही हाथियों से रस्मी तौर पर कुछ ही कम हाथी उसके पास थे। शाही अश्वशाला

से अधिक क़ीमती और नायाब घोड़े उसकी अश्वशाला में थे। कम्पनी के काग़ज़ों में उसकी लाखों-करोड़ों की सम्पत्ति सुरक्षित थी, लाखों का वैभव उसके महल में सजा था। शाही ख़जाने में रुपया वापस लाने के लिए फ़ौजनुमा पुलिस भेजी गयी। फ़ौजी प्रधान राजा दर्शनसिंह के घर भी लूट का हिस्सा पहुँचा, मीर फ़ज़ल अली के यहाँ पहुँचा, राजा बख़्तावरसिंह ने पाया; बादशाह के मुँहलगे सैयद कोका और दलजीतसिंह ख़वास को पटाये बिना चल नहीं सकता था इसलिए वे भी पटे; शाही फ़ौज के आदमियों के साथ हर दूसरे शक्तिशाली प्रतिद्वन्द्वी अमीरो-उमरा के सिपाही भी थे। लूट में सबका हिस्सा दर्जे के हिसाब से नियत था। जब एक शक्तिशाली ओहदेदार गिरता तो उसके सहारे शक्ति पानेवाले अनेक अमीरो-उमरा, अनेक अमले साहूकार जौहरी बजाज़, इत्रफ़रोश, कई पेशेवाले भी तबाह हो जाते थे, आग़ामीर के दम पर शाही महलों से हज़ारों लाखों कमानेवाले हर व्यक्ति की ओर ज़माने की उँगली उठी, अमीरों की प्रतिद्वन्द्विता जंगल की आग में आँधी-सी मदद देने लगी। शहर के टटपुँजिए गिरहकट, चोर तक, शाही सिपाहियों के जोड़ीदार बाँके उस्तादों के गिरोहों के साथ शेर बने बड़े-बड़ों की हवेलियों पर फावड़े चलाते थे। उनकी सेंध मारने की कला तीन दिनों तक रात के अँधेरे में नहीं बल्कि दिन के उजाले में बड़े विद्रोह के साथ प्रदर्शित होती रही। आदमी जब अपने गुनाह को खुलेआम ईमान बनाकर घोषित कर देने का अवसर पा जाता है तब सत्य उसके अन्दर से बीभत्स रूप में ही फूटता है। शाहेअवध की राजधानी में, हिन्दुस्तान के पेरिस में बादशाह के ज़ेरसाये और बादशाहबेग़म के इशारे पर एक की लूट के बहाने शहर की लूट मच रही थी। जो आँच में जल चुके थे उनका करुणतम रूप सामने आ रहा था; जो बचे थे वे भयभीत थे। शहर में बड़े-बड़े मुहल्लों में तीन दिनों जाने कितनी हवेलियाँ खँडहर हो गयीं। गलियाँ, झाड़ फ़ानूसों के चूरे, चीनी तश्तरियों, मामूली बरतनों और रईसों के घर में कबाड़ख़ाने के बोसीदा माल के टूटे हुए टुकड़ों से भर गयीं। क़ीमती कपड़ों के बड़े-बड़े काठ के सन्दूक़, पलंग, कुरसियाँ, चाँदी-सोना जिधर देखो उधर चार-चार, छह-छह आदमी लादे लिये जा रहे हैं, दूसरे गिरोहों की लूट से बचाने के लिए हर गिरोहवाले अपने आदमियों को घेरकर निकाले लिये जा रहे हैं। जो जिसके हाथ लगता है, उड़ा ले जाता है। नौकर-बाँदियाँ तक सताये गये, नथ-बालियों के फेर में बहुतों के नाक-कान नुचे, बड़े-बड़ों की बुरी गति हुई।

तब तीसरे दिन रेज़िडेण्ट के आदेश से शाही हुक्म जारी हुआ। शहर में अमन हुआ और उसी दिन आग़ामीर को दिखलायी गयी ख़िलअत बादशाहबेगम के परम विश्वासपात्र मीर फ़ज़लअली को पहनायी गयी। मीर फ़ज़लअली अब एतमातुद्दौला ज़िआउल्मुल्क मीरअली सोहराबजंग-जैसे बड़े-बड़े ख़िताब पाकर बादशाह के बाद अवध में दूसरे सबसे बड़े आदमी हो गये। जो अमीरो-उमरा कल तक आग़ामीर की एक नज़र इनायत के ताबेदार बने रहते थे वे मीर फ़जलअली के लिए पलक पाँवड़े

बिछाने लगे। बादशाहबेग़म का सिक्का पूरी तौर पर बैठ गया। लोगों को लगता था कि अब दुलारी का बेटा कैवाँजाह पिट जाएगा, बादशाहबेग़म वलीअहद का ओहदा मुन्नाजान को दिलाकर ही रहेंगी।

लेकिन दुलारी, मलिकए-ज़मानियाँ, इतनी आसानी से हारनेवाली न थी। उसके हारने का प्रश्न ही नहीं उठता था, वह नसीरुद्दीन हैदर शाह के गले में पड़ी जादू की ज़ंजीर थी, आलमपनाह के आत्मविश्वास की टेक थी। यह सच है कि माँ के सौतेलेपन का कुछ-कुछ इतिहास जानते हुए भी नसीरुद्दीन बड़ा मातृभक्त था। बादशाह होने के बाद वह नित्य नियम से बादशाहबेग़म के दर्शन करने जाता था। नसीरुद्दीन ने अपने होश से लेकर आज तक बादशाहबेग़म से बड़ा लाड़-प्यार पाया है। बादशाहबेग़म सदा उसका मन हाथों में लिये रहती थीं। अपने शुद्ध आचरण और धार्मिक निष्ठा से भी उन्होंने नसीरुद्दीन को अत्यधिक प्रभावित किया था। परन्तु यह सब होते हुए भी दुलारी ने आकर दरार डाल दी थी। दीन-हीन की बेटी-बहू, चंचल और हठीली दुलारी के जीवन में जब अनहोना अवसर आया तो वह नसीरुद्दीन हैदर से योग साधकर बैठ गयी। नसीरुद्दीन में धार्मिकता थी, दुलारी शिया मत के सारे इस्लामी व्रत-नियम-संयम बड़ी कठोरता से बरतती थी। नसीरुद्दीन बच्चा था, उसे दुलार और झिड़की दोनों ही की हरदम बड़ी आवश्यकता रहती थी; दुलारी उसे मातृत्व की वह भावना भी देती थी। नसीरुद्दीन अपने को सर्वश्रेष्ठ समझना चाहता था, दुलारी मौक़े पर उससे थर-थर काँप जाती थी; नसीरुद्दीन मूल्यवान् ओषधियों से पोषित होकर भी क्षीण पुंसत्ववाला था और अपनी इस कमज़ोरी के प्रति मन-ही-मन चेतन और क्षुब्ध था, दुलारी ने उसे आश्वासन दे रखा था कि नसीरुद्दीन का पुंसत्व दैहिक से अधिक आत्मिक तेजधारी है। दुलारी उससे कहती, "तुम मेरी रूह के परदे-दर-परदे में समाते चले जाते हो, तुम मुझे छू लेते हो तो मेरे अन्दर बिजलियाँ कौंध जाती हैं। तुम मेरे ख़्वाबों में असलियत बनकर आते हो, और तुग मेरी असलियत के ख़्वाब भी हो।"

दुलारी ने नसीरुद्दीन की नज़रों को साध लिया था। नसीरुद्दीन कब किस वक्त क्या चाहता है यह समझने में दुलारी से कभी चूक ही न होती थी और नसीरुद्दीन उसकी इसी शक्ति से हैरान था, बँधा था। दुलारी समान रूप से उसकी धार्मिकता का और साथ ही चारित्रिक हीनतम विकृतियों का पोषण करती थी। नसीरुद्दीन इसलिए हर क्षण उसका सहारा चाहता था। दुलारी ने बादशाह का मन देखा तो उसे जहाँगीर बनने का ख़्वाब दे दिया, नसीरुद्दीन हैदर ने भी अपने महलों में घण्टी लटकवा दी। नसीरुद्दीन एक क़दम और आगे बड़ा ख़लीफ़ा हारूँरशीद बनने को ललचाया। भेस बदलकर दो-चार हफ़्ते रात में, शामों को शहर की सड़कों पर टहला। दुलारी राजा दर्शनसिंह की मार्फ़त बादशाह का जी रिझाने के लिए शहर के गली-कूचों में इन्तज़ाम कर रखती थी। बादशाह के साथ भेस बदलकर जानेवाले मुसाहिब

सधी-बधी जगहों पर ही बड़ी कुशलता से शाही झक को झोंक दिया करते थे, कहीं किसी खँडहर मकान में कोई ग़रीब अन्धी बुढ़िया कराहते और यह कहते हुए सुनाई पड़ती कि "हाय ऐसे रहमदिल ग़रीब-परवर बादशाह की सल्तनत में भी मुझ अन्धी लाचार की बीमारी में सुध लेनेवाला कोई नहीं है? हाय मैं बड़ी पापिन हूँ, अल्लाह किसी की आयी मौत मुझे दे दे। मैं नसीरुद्दीन हैदरशाह की नेक हुकूमत का धब्बा हूँ। कोई मुझे यों लाचार देख ले तो मेरे बादशाह को क्या कहेगा? या ख़ुदा मुझे उठा ले।"

बादशाह मामूली आदमी के भेस में अपने मुसाहबों के साथ उस ग़रीब बीमार की मदद करने पहुँच जाते। बादशाह कभी-कभी शाम को भी घूमते। पान की दूकान पर, सर्राफ़ साहूकार की कोठी पर, बजाज़े में, पंसारी गन्धी की दूकानों पर, तवायफ़ों के कोठों पर, ग़रज़ कि शहरी ज़िन्दगी की हर ऊँच-नीच में वे घुमाये गये और हर जगह उन्हें नसीरुद्दीन हैदर की तारीफ़ बहाने-बहाने से सुनाई दी, मलिक़ए-ज़मानियाँ की तारीफ़ें सुनाई दीं, 'कैवाँजाह ही वलीअहद मुक़र्रर होंगे, मुन्नाजान तो मीर फ़ज़लअली की औलाद है', कहीं उसे आग़ामीर की पिछली बुराइयाँ सुनाई देतीं, कहीं नये वज़ीर मीर फ़ज़लअली के ऊपर भी मीठी छींटाकशी होते देख-सुन लेता, कहीं-कहीं बादशाहबेग़म के ख़िलाफ़ भी सुन लेता कि आख़िर को सौतेली माँ है। और हर बात को आड़ देने के लिए प्रजाजन के इस वाक्य को भी बार-बार सुनता कि, "अमाँ चुप भी रहो। हवा के भी कान होते हैं जो बादशाह के कानों में पहुँच जाएँगे तो लेने के देने पड़ जाएँगे।"

वेश बदलकर घूमने से बादशाह का बड़ा जी बहला, बहुत-सी बातें भी अपने मन में पोढ़ी कीं। बादशाहबेग़म और मीर फ़ज़लअली को कभी बादशाह की नयी तफ़रीह की ख़बर भी न लग पायी। बादशाहबेग़म मुन्नाजान की शादी की तैयारियों में लगी हुई थीं। उन्हें बस एक ही चिन्ता थी कि वलीअहद का पद कैवाँजाह को न मिलने पाये।

मुन्नाजान की शादी की तैयारियाँ शुरू हुईं। बादशाह बेगम के महलों में रोज़ ढोलक बजने लगी। डोमिनें हफ़्तों पहले से बन्ने गाने लगीं। नसीरुद्दीन हैदर पर धीरे-धीरे इस राग-रंग का असर होने लगा। माता हँसकर कहतीं कि अब तुम ससुर होगे, फिर अल्लाह वह वक़्त भी दिखलाए, जब तुम दादा बनोगे। रस के बावले नसीरुद्दीन को एक झोंक से यह सब भी अच्छा लगा, मज़ा देने लगा। अपनी माता की इच्छा के अनुसार उन्होंने मुन्नाजान की शादी ख़ूब धूम-धाम से करने की ठानी।

बादशाहबेग़म को विश्वास हो गया कि मलिकए-ज़मानियाँ पर अपनी अन्तिम राजनीतिक विजय प्राप्त करने के लिए वे पहले मोर्चे पर जीत गयीं। यह क़ानूनी प्रमाण हो जाएगा कि बादशाह ने मुन्नाजान को अपना बेटा मानकर ही इतनी धूमधाम से उसका विवाह किया।

परन्तु विवाह के चार दिन पहले मुन्नाजान की वास्तविक वधू अचानक मर गयी।

इसके कुछ दिनों बाद ही मलिकए-ज़मानियाँ के पुत्र मुहम्मदअली कैवाँजाह का विवाह नवाब सआदतअली ख़ाँ के बेटे नवाब रुक्नुद्दौला की साहबज़ादी से बड़े जश्न और धूमधाम से सम्पन्न हुआ। बरात की सजावट, आतिशबाज़ी, ख़ैरात और इनाम इक़राम में शाही ख़ज़ाने की धाक बैठ गयी। मलिकए-ज़मानियाँ की बेटी ज़ीनतुन्निसा की शादी भी शाही वंश के नवाब मुमताजुद्दौला से सम्पन्न हुई। इन दोनों विवाह-समारोहों में तीस लाख रुपये ख़र्च हुए।

इन विवाह-सम्बन्धों से अपनी राजनीतिक स्थिति मज़बूत करके दुलारी ने नसीरुद्दीन के द्वारा कम्पनी बहादुर की सरकार पर यह ज़ोर डलवाना आरम्भ किया कि वह कैवाँजाह को नसीरुद्दीन हैदर का ज्येष्ठ पुत्र और राज्य का उत्तराधिकारी मान ले। बादशाह ने रेज़िडेण्ट से बार-बार कहा कि कैवाँजाह उनका ही बेटा है। यदि यह सत्य न होता तो उसके चाचा अपनी पुत्री का विवाह कभी कैवाँजाह के साथ न करते और न वह स्वयं ही राजकोष के तीस लाख रुपये विवाह में ख़र्च होने देता। बादशाह ने गवर्नर जनरल को ख़त लिखा, उसमें यह भी बतलाया कि मेरा ज्येष्ठ पुत्र होने के नाते ही कैवाँजाह मेरा प्रतिनिधि होकर लार्ड कोम्बरमियर का स्वागत करने के लिए कानपुर गया था।

मलिकए-ज़मानियाँ ने दरबार के अधिकतर प्रमुख अमीरों और शाही ख़ानदान के व्यक्तियों को लाखों रुपयों की रिश्वत चटाकर अपने पक्ष में कर लिया। बादशाहबेग़म के रोज़-रोज़ उकसाते रहने पर भी और ख़ुद बड़े-बड़े कुलाबे भिड़ाने के बाबजूद मीर फ़ज़लअली कुछ न कर सका। बादशाहबेग़म और फ़ज़लअली यहाँ तक विवश थे कि उनके लाख चाहने पर भी मुन्नाजान के योग्य दूसरा विवाह सम्बन्ध न हो सका। बादशाहबेग़म का ज्योतिषज्ञान बार-बार मलिकए-ज़मानियाँ के जादू से पिट जाता था।

मीर फ़ज़लअली के शासन को बदनाम करने के लिए शहर में अव्यवस्था फैलायी जा रही थी। राजा दर्शनसिंह दुलारी का साथ दे रहे थे। राज्य-भर में ऐसा षड्यन्त्र रचा गया कि मीर फ़ज़लअली मालगुज़ारी की पूरी रक़म भी न अदा कर सकें। लखनऊ में लूट-पाट-हत्याकाण्ड और गुण्डागीरी को प्रोत्साहन मिला।

अँगरेज़ों की चूँकि राज्य हड़पने की योजना थी इसलिए अशान्ति को मौन बढ़ावा दे रहे थे। बहती गंगा में हाथ धोने का लालच अँगरेज़ रेज़िडेण्ट को भी हो आया। अपने कैवाँजाह की वकालत करने के लिए दुलारी रेज़िडेण्ट की पत्नी को बहाने-बहाने से बड़े तोहफ़े भेजा करती थी। रेज़िडेण्ट रिकेट्स और उसकी पत्नी ने मलिकए-ज़मानियाँ को शीशे में उतारना शुरू किया। श्रीमती मार्डेण्ट रिकेट्स अकसर मलिकए-ज़मानियाँ की दावत क़बूल करके महलों में जाया करती थीं।

आरम्भ में मलिकए-ज़मानियाँ ने इसे अपनी जीत समझा पर धीरे-धीरे उसने महसूस करना शुरू किया कि ख़ूबसूरत मिसेज़ रिकेट्स का प्रभाव बादशाह पर दिनों दिन गहरा पड़ता जा रहा है। पर दुलारी का अँगरेज़ स्त्री पर, ख़ास तौर से साहबेआलीशान की मेम पर कोई हथियार कारगर नहीं हो सकता था। वह अपने-अपने पेंचोताव खाती, फिर भी मेमसाहब के सामने गिड़गिड़ाती क्योंकि उसे अपने कैवाँजाह के लिए बादशाहत चाहिए थी।

श्रीमती रिकेट्स अपने ज़माने की वह शमा थी जिस पर गोरे परवाने निसार हुए थे। रिकेट्स साहब की बीवी बनने से पहले वे दूसरे अँगरेज़, बंगाल सिविल सर्विस के जार्ज रेवेन्सक्राफ्ट की पत्नी थी। जब मलिकए-ज़मानियाँ से उनकी बड़ी घनीघना हुई तो नसीरुद्दीन से भी ग़ैर-सरकारी बेतकल्लुफ़ाना नाता सहज ही जुड़ गया। मलिकए-ज़मानियाँ और मिसेज़ रिकेट्स उम्र का ख़ासा अन्तर होने के बावजूद बड़ी सहेलियाँ बन गयी थीं। अकसर शाही महलों में उनका बुलावा होता, वे जातीं और घण्टों वहीं रहतीं। नसीरुद्दीन हैदर को दुलारी और मिसेज़ रिकेट्स की छेड़खानियों में बड़ा मज़ा आने लगा। दुलारी और मिसेज़ रिकेट्स शतरंज खेलतीं, नसीरुद्दीन हैदर इस खेल में बिलकुल कच्चा होने पर भी अपने-आपको उस्तादों का उस्ताद मानता था। वह मिसेज़ रिकेट्स की तरफ़दारी करता। जिस तरफ़ बादशाह हों उस तरफ़ जीत भी निश्चित थी; मिसेज़ रिकेट्स ही जीततीं। दुलारी रोष से झनझनाकर मुँह फुलाकर कहती, "जाइए भी आप हमारे खेल के बीच में क्यों आ जाते हैं? आपको यहाँ किसने बुलवाया था?"

"मैं बादशाह हूँ, अपनी सल्तनत में हर जगह हर वक्त जा सकता हूँ।"

"जी हाँ, पर यहाँ आपकी बादशाहत नहीं चलेगी। यहाँ आप मेरी रिआया हैं, मेरे क़ैदी हैं। और मैं यह हरगिज़ पसन्द न करूँगी कि मेरा क़ैदी..."

"वेल वेल, तुम लोग बिलकुल बच्चा हाय, आपस में फिसाड करटा हाय। ..कम आन माइ डार्लिंग्ज़ , मैं तुम्हारी नाइत्तफ़ाक़ियों के बीच इत्तफ़ाक़ का पुल बनती हूँ।" यह कहते हुए मिसेज़ रिकेट्स ने मलिकए-ज़मानियाँ और शाहेअवध को एक साथ अपनी बाँहों में भर लिया, बारी-बारी से दोनों को चूमा और फिर कहा कि अब तुम दोनों एक साथ मुझे चूमकर अपना झगड़ा मिटा लो।

रेज़िडेण्ट की बीवी के साथ चूमाचाटी का यह नया शगल बड़ा ही पुरलुत्फ़ था। बादशाह को नयी ताज़गी मिलती थी। मिसेज़ रिकेट्स मलिकए-ज़मानियाँ को कभी विलायती पोशाक पहनाकर उसे अँगरेज़ बना देतीं मगर उसमें वह भद्दी लगती थी; कभी मलिकए-ज़मानियाँ और नसीरुद्दीन हैदर के आग्रह से मेम साहब हिन्दुस्तानी पोशाक पहनकर लजाने के इतने भाव दरसातीं कि नसीरुद्दीन लुट-लुट जाता था। मिसेज़ रिकेट्स धीरे-धीरे इतनी खुल गयीं कि शाही महलों में आने पर अकसर अपना वक्त नसीरुद्दीन के साथ बिताती थीं। मिसेज़ रिकेट्स को दुलारी की

तरह ही नसीरुद्दीन के शारीरिक पुंसत्व से आध्यात्मिक नाता जोड़ने में बहुत अधिक सुविधा प्राप्त थी। वह तरह-तरह से बादशाह के जोश को उभार-उभार कर अपनी ओर खींचती और फिर भी उससे दो हाथ दूर रहती थीं। मिसेज़ रिकेट्स और नसीरुद्दीन का नाता मृगजल और मृग के समान था। नसीरुद्दीन उसके पीछे बेतहाशा दौड़ता चला जाता; लाखों रुपये बहाने-बहाने से मिसेज़ रिकेट्स की जेब में पहुँचता चला जाता; और खेल का अन्त न होता। मिसेज रिकेट्स ने नसीरुद्दीन हैदर के सामने प्रेम की नयी परिभाषा रखी थी। प्रेम प्रेमी या प्रेमिका से कोई बदला नहीं चाहता, वह निष्काम होता है; प्रेम चाहे माता का हो या पत्नी का उसे बदला नहीं माँगना चाहिए, प्रेम केवल दान देना चाहता है, दान लेना नहीं। इस प्रेम-दर्शन की आड़ में मिसेज़ रिकेट्स बादशाहबेग़म को भी काटतीं और मलिकए-ज़मानियाँ को भी। बादशाहबेग़म नसीरुद्दीन को इसलिए प्यार करती हैं कि उन्हें अपनी सत्ता चाहिए। मलिकए-ज़मानियाँ अपनी और अपने बेटे की बहबूदी के लिए बादशाह को प्यार करती हैं। मगर मिसेज़ रिकेट्स बेचारी कुछ भी नहीं चाहतीं। उन्हें वह बहुत प्यारा लगता है। मिसेज़ रिकेट्स ने दुनिया-भर में इतना ज़हीन बहादुर, ख़ुश एख़लाक़, ख़ूबसूरत जवान और कोई नहीं देखा। उन्होंने किसी भी हिन्दुस्तानी को स्वभाव में अँगरेज़ों के इतना निकट नहीं पाया जितना नसीरुद्दीन हैदर को। उसकी उदारता इंग्लैण्ड के बादशाह से भी कहीं बढ़-चढ़कर है और इसीलिए वे नसीरुद्दीन हैदर से निष्काम प्रेम करती हैं। इस निष्काम प्रेम के सहारे अवध के शाही ख़ज़ाने का लगभग दो करोड़ रुपया मिसेज़ रिकेट्स की शातिर अदाओं को मिल गया।

शहर में हर ओर यही सुनाई पड़ता था कि अँगरेज़ अब अपनी औरतें बेच-बेच कर हिन्दुस्तानी बादशाहों को लूटेंगे। शोर था कि बादशाह की शादी मिसेज़ रिकेट्स से होने वाली है। रेज़िडेण्ट और बादशाह का सौदा अभी तय नहीं हुआ, बस यही देर है। मलिकए-ज़मानियाँ भी मिसेज़ रिकेट्स से अब मन-ही-मन डरने लगी हैं। जिस शक्ति के ज़ोर पर मलिकए-ज़मानियाँ नसीरुद्दीन पर राज करती थीं, वह शक्ति मिसेज़ रिकेट्स की अदाओं के आगे छोटी हो गयी। मिसेज़ रिकेट्स ने नसीरुद्दीन को हर पल अँगरेज़ बनाना शुरू किया, उसको यह विश्वास दिलाया कि अँगरेज़ ही तुम्हारे सच्चे दोस्त हो सकते हैं क्योंकि हिन्दुस्तानी तुम्हें जो भी सलाह देंगे अपने स्वार्थ को सामने रखकर ही देंगे। मिसेज़ रिकेट्स ने हलके-हलके यह कोशिश भी की कि नसीरुद्दीन हैदर ईसाई हो जाए मगर यहाँ उसे सफलता मिलने की सम्भावना न दिखाई दी। नसीरुद्दीन हैदर अपने ढंग का कट्टर धार्मिक था।

दिन यों ही बीतते रहे; मिस्टर और मिसेज़ रिकेट्स नसीरुद्दीन हैदर के बड़े गहरे मित्र हो गये। रोज़ शर्तें बदी जातीं, नये-नये खेल होते, कम्पनी सरकार ने चूँकि अवध की सल्तनत को अव्यवस्था की ओर अधिकाधिक बढ़ने देने के लिए मस्लहतन् पूरी छूट दे रखी थी इसलिए रिकेट्स साहब को किसी बड़ी नीति पर सोच-विचार

करने की आवश्यकता ही न थी। रेज़िडेन्सी में और जो भी कमोबेश महत्त्व के आदमी थे सभी का थोड़ा या बहुत घर भरता ही रहता था। दरबारी अमीरों की पूछ अँगरेज़ों के मुक़ाबले रफ़्ता-रफ़्ता कुछ भी न रही।

उन्हीं दिनों इंगलिस्तान का एक नाऊ डी रसेट निजी व्यावसायिक काम से लखनऊ आया। रिकेट्स साहब ने उसे मदद दी। डी रसेट यद्यपि इस समय विलायती माल का बिसाती बनकर आया था परन्तु रेज़िडेण्ट साहब के बाल सँवारने में उसने अपने ख़ानदानी पेशे की बड़ी-बड़ी ख़ूबियाँ दिखला दीं। नसीरुद्दीन हैदर को रेज़िडेण्ट के बाल जो घुँघराले नज़र आये तो उसका मन भी लहरा उठा और मिसेज़ रिकेट्स भी चाहती थीं कि उसके सिर के बाल विलायती ढंग से सजें, उनमें घुँघरालापन पैदा हो जाय। डी रसेट इस काम में जादूगर साबित हुआ। नसीरुद्दीन हैदर ख़ुद अपनी घुँघराली लटों पर मुग्ध हो गया। डी रसेट बादशाह को ख़ूबसूरत बनाता, उन्हें नयी से नयी विलायती शराबें पिलाता, विलायती जीवन की विकृतियाँ सिखलाता। इतने काम का आदमी होने के कारण नसीरुद्दीन हैदर भला उसे कैसे छोड़ सकता था? विलायती नाऊ नसीरुद्दीन का ख़ास दोस्त हो गया। उसने उसे सरफ़राज़ ख़ाँ का ख़िताब दिया।

मिस्टर और मिसेज़ रिकेट्स नाऊ के इस बढ़ते प्रभाव को देखकर क्षुब्ध हुए। उन्होंने हिज़ मेजेस्टी को अच्छे अँगरेज़ों की सोहबत करने की सलाह दी। बादशाह के लिए एक उम्दा पुस्तकालय की योजना बनायी गयी। क़ीमती से क़ीमती अँगरेज़ी किताबें आल्मारियों में क़रीने से सजने के लिए पहुँच गयीं। क्रूप्ले नामक एक अँगरेज़ लायब्रेरियन नियुक्त हुआ। बादशाह को विलायती संगीत का शौक़ कराया गया। मॉण्ट्स विलायती चित्रकार और संगीतज्ञ शाहेअवध के मुसाहिबों में दाख़िल हुआ। बादशाह को अँगरेज़ी पढ़ाने वाले मास्टर राइट साहब भी तशरीफ़ लाये। कैप्टन मैग्नेस भी हुज़ूरे आलम को विलायती तहज़ीब बरतने में मदद दिया करते थे। परन्तु यह सब होने पर भी बड़े-बड़े अँगरेज़ों की शान उन्हीं के देशवाले नाऊ के उस्तरे से मुँड़ गयी। डी रसेट उर्फ़ सरफ़राज़ ख़ाँ बादशाह की नाक का बाल बन गया था। कोई उसके मुक़ाबले में ठहर नहीं पाता था। बादशाह के महलों में मिस वाल्टर्स नामक एक आंग्ल सुन्दरी भी बेगम बनकर पहुँच गयी, उसने मुक़द्दरे-आलिया का ख़िताब पाया। कुछ महीनों तक तो यह आलम रहा कि बादशाह सलामत हिन्दुस्तानी वातावरण से कटकर सवा सोलह आना अँगरेज़ हो गये थे।

इस वातावरण में मीर फ़ज़लअली सल्तनत के सुधार के लिए एकदम निकम्मा सिद्ध हुआ। शाही ख़र्च विलायती नाऊ की कृपा से दिन-ब-दिन बढ़ता जा रहा था। मीर फ़ज़लअली उस माँग को पूरा करने में असमर्थ था क्योंकि राजा दर्शनसिंह और उनके बहाने अनेक अमीरो-उमरा मलिकए-ज़मानियाँ के साथ थे। मीर फ़ज़लअली ने अपने मन्त्रीत्व के प्रारम्भिक काल में बड़ा इनसाफ़पसन्द और ग़रीब-परवर बनने

का प्रयत्न और प्रदर्शन किया। उसके महल के रास्ते में एक जगह ग़रीबों के छोटे-छोटे मकानात पड़ते थे। फ़ज़लअली जब हाथी पर सवार होकर उधर से गुज़रता तो उन घरों में रहने वाली औरतें बेपरदा हो जाती थीं। फ़ज़लअली उतने हिस्से में हाथी से उतरकर पैदल चलता था। उसने दौलतपुरा मुहल्ले में एक पंजमीनारी बड़ी शानबानवाली मस्जिद बनवायी, धरम-करम, मौलवी-मुल्लाओं के ऊपर भी बहुत-कुछ ख़र्च कर यश लूटना चाहा पर उसके भाग्य में यश नहीं बदा था। वह जो भी सुधार करना चाहता अँगरेज़ अड़ंगा लगाते थे। इस विवशता के अभाव में मीर फ़ज़लअली ने किसी हद तक अपना घर ज़रूर भरा था पर आग़ामीर के मुक़ाबले में वह कुछ भी न कमा सका। मीर फ़ज़लअली से बादशाह सलामत धीरे-धीरे नाराज़ होने लगे। जो वज़ीर अपने बादशाह का ख़र्च नहीं चला सकता वह निकम्मा है। चौदह महीनों में मीर फ़ज़लअली से चिड़चिड़ाकर अँगरेज़ों से कुढ़कर विलियम म्योर से अपनी पगड़ी नुचवाकर बादशाह की नज़रों से गिर गया और अपनी गद्दी से भी उतर गया। इसके बाद एक बरस दस महीने में दो वज़ीर बने, इक़बालुद्दौला आये फिर आग़ामीर के ज़माने के दीवान राजा रामदयाल वज़ीर बने, शाही ख़र्च कोई पूरा न कर सका। नाऊ बड़ी तेज़ी से और बड़ी ख़ूबी से शाहेअवध को मूँड़ रहा था। प्रजा में बलवे होने लगे। हर रोज़ नये ज़मींदारों को इलाक़े ऊँचे ठेकों पर दिये जाते और वे उन्हें दुगुना, चौगुना वसूल करने के लिए प्रजा पर इतने अत्याचार करते कि हज़ारों किसान अवध छोड़कर नेपाल की तराइयों में या इधर-उधर भाग गये या डाकू हो गये।

यह नयी परिस्थिति अँगरेज़ों के लिए भी चौंकानेवाली थी। उन्हें भय लगा कि सल्तनतेअवध की बदइन्तज़ामी उनके द्वारा अनुशासित इलाक़ों में भी बदअमनी फैलाने की धमकियाँ देने लगी है। इंग्लैण्ड में भी एक दल ऐसा था जो कम्पनी सरकार की कमीनी हरकतों के ख़िलाफ़ आवाज़ उठाता था। इंग्लैण्ड के मन्त्रिमण्डल में भी ऐसा गुट था जो कम्पनी के डायरेक्टरों से सत्ता और स्वार्थ की होड़ ले रहा था। उनकी आवाज़ें ऊँची उठने लगीं, कम्पनी सरकार ने अपनी नीति सहमकर बदली। विलियम बेण्टिंक गवर्नर जनरल हुआ और लखनऊ के रेज़िडेण्ट पर इस बात का ज़ोर पड़ने लगा कि वह अवध के शासन-प्रबन्ध को सुधारने का काम तेज़ी से आगे बढ़ाएँ, वज़ीर की गद्दी को बच्चों का खेल न बननें दें तथा किसी ऐसे व्यक्ति को महामन्त्री के पद पर नियुक्त करने की व्यवस्था करें, जिसका अवध के अमीरों पर प्रभाव हो, साथ ही जो अँगरेज़ों की नीति को आगे बढ़ाने में पूरी-पूरी मदद दे सके। इस निर्णय के अनुसार सआदतअली ख़ाँ और ग़ाज़ीउद्दीन हैदर के ज़माने के प्रधान-मन्त्री; अनेक अँगरेज़ों की दृष्टि में अद्वितीय प्रबन्धकर्ता और आग़ामीर के पुराने दुश्मन मुन्तज़ामुद्दौला हकीम मेंहदी अली ख़ाँ फिर अवध के प्रधान-मन्त्री बनाये गये।

यह उनतीस नवम्बर सन् अठारह सौ तीस की बात थी।

छब्बीस

चिल्ले का मौसम बीतते ही जाड़े में हलकाव आ गया मगर दोपहर की धूप में अब भी मज़ा था। अच्छे-अच्छे दूकानदार भी गद्दी छोड़कर धूप सेंकने के लिए दूकान के सामने तख़्त चारपाई डालकर बैठे थे, उनके नौकरों को अलबत्ता यह नेमत मयस्सर न थी, उन्हें दूकान पर ही बैठना पड़ता था। दूकान एक पल के लिए सूनी नहीं छोड़ी जा सकती, हैसियत के हिसाब से हर दूकान में दो-चार-छह आदमी हरदम मुस्तैद रहते हैं। लखनऊ की आबादी लगभग तीन-साढ़े तीन लाख थी, मटरग़श्तों, आवारा लोगों, रंगबाज़ों, चलतेपुर्ज़े, बहुरूपियों और निठल्ले 'आ बैल मुझे मार' वाले ज़ोम के लोगों का हुजूम शहर के हर बाज़ार में चौबीसों घड़ी डोलता ही रहता है। पाटेनाले से निकलकर बज़ाज़ा और नख़ास का बाज़ार है, बज़ाज़े के ऊपर से ही तवायफ़ों के कोठे शुरू हो जाते हैं जो चौक के पीछे का हिस्सा बनकर सदा गुलज़ार रहते हैं। बज़ाज़े के सामने नीम का पेड़ है और पाटेनाले के पुल पर एक लकड़ी की टाल है। काली पॉलिश की और ख़ूबसूरत मीनाकारीवाली हाँड़ियों, सुराहियों, जामों और तश्तरियों वाले ने उससे कुछ परे हटकर धरती पर चादर बिछाकर बड़ी सलोनी दूकान लगा रखी है। गाड़ी पर बड़ी पेंदीवाला बड़ा भारी कई नालियों वाला हुक्क़ा, यार ख़ाँ का लखटकिया हुक्क़ा नीमतले सजाया जा रहा है; डेढ़-दो घण्टे उसकी सजावट में लगते हैं। मौसम के हिसाब में फूलों की लड़ों से गोटे-पट्ठे की झालरों से तरह-तरह से उसका सिंगार होता है। यार ख़ाँ शाम को नख़ास से होते हुए अकबरी दरवाज़े से चौक बाज़ार में हुक्क़े की गाड़ी के आगे-आगे दोनों ओर दोनों हाथों से सलाम करते हुए, कुरता-तहमद पहने, अँगोछा कन्धे पर डाले, आँखों में सुरमा, चौड़ी बेलवाली चौग़ीशिया टोपी लगाकर निकलते हैं तो हटो-बचो हो जाती है। अकबरी दरवाज़े के मशहूर शामी कबाबवाले की दूकान पर ग्राहक इस इन्तज़ार ही में खड़े रहते हैं कि यार ख़ाँ का लखटकिया आता होगा। लखटकिया जब नीमतले से सजकर चलता है तो उसके पहले उसके चलने की ख़बर चलती है।

यार ख़ाँ नीम के आगे मंझा डाले मामूली घरेलू हुक्क़ा पी रहे थे, सामने लखटकिया को गेंदे के बड़े-बड़े फूलों से सजता देख रहे थे। लाला चुन्नीलाल बज़ाज़ भी सामने ही अपने तख़्त पर अधलेटे चिलम और धूप का सेवन कर रहे थे। लाला चुन्नीलाल की दुकान के ऊपर वाली वहीदन खाना खाकर दाँत कुरेदती हुई अपने छज्जे पर आयी; लाला चुन्नीलाल की निगाह सामने थी। वहीदन को देख के लाला बोले, "ऐ किसी वक्त तो निचली बैठा करो बीबी, हर वक्त की कुरेद-कराद अच्छी नहीं।"

वहीदन दाँत कुरेदते हुए तनिक भौंहें चढ़ाकर अधेड़ उम्र की, मोटी गरदन में तनिक लोच लेकर खड़ी रही, जब दाँत की अटक निकाल ली तो सोने की दँतखुदनी

चुटकी से साफ़ कर फूः फूः करते हुए कहा, "अपनी तरफ़ नज़र डालकर ही दूसरों को कहा कीजिए, समझे! साठा पार हो गये, मगर मुँह से मुँह लगाने की आदत नहीं छोड़ी, सरे आम लिये बैठे हो।"

लाला चुन्नीलाल यार ख़ाँ की ओर हाथ बढ़ाकर बोले, "यह तो इनका माशूक़ है। हम तो तुम्हारी याद में इसे मुँह लगा लेते हैं। ऊपर क्या खड़ी हो? आओ तुम्हें धूप खिलाएँ।"

यार ख़ाँ ठठाकर हँस पड़े। बोले, "हाँ, अब तो धूप और हवा खिलाने के दिन ही रह गये हैं।"

लाला चुन्नीलाल बोले, "आगे यह भी मुफ्त न मिलेंगे भैया, फिरंगी इसमें से भी कुछ कमा लेगा। सुना है," फिर लाला चुन्नी सकपकाये, इधर-उधर सड़क को देखा फिर बात कहने के अन्दाज़ में यार ख़ाँ की ओर झुक गये। शुरू के बोल इतनी ज़ोर से बोले कि वहीदन के कानों तक भी पहुँच जायँ मगर बाक़ी बातें यार ख़ाँ के कानों तक ही पहुँचीं। दिन दोपहर की सड़क थी, आम तौर पर सूनी थी फिर भी गोपनीयता की आदत ने लाला चुन्नीलाल से शारीरिक मुद्राओं की इतनी कसरत करा ली। लाला बोले, "बादशाह सलामत में और मलिकए-ज़मानियाँ में कल रात बड़ा झगड़ा हो गया। तुमने कुछ सुना है?"

वहीदन छज्जे पर छटपटायी, "जी तुम्हें हमाई जान क़सम, यार ख़ाँ तुम्हें मेरे पानदान की क़सम, तेरे लखटकिये की क़सम, कुछ कहना मत। मैं अभी आती हूँ।"

लाला और यार ख़ाँ दोनों मुसकराये, ज़रा थमे मगर आमने-सामने एक-दूसरे की आँखों में भी भाँपा, वहीदन के आने तक बतरस रोकते नहीं बनता था। यार ख़ाँ बोले, "हाँ लाला, सुना है वो तमाशा हुआ है जो राह चलते नीच क़ौमों में भठियारों-चमारों में हम अकसर देखते हैं।"

लाला जी की बात और हुक्क़े की तलब साथ-साथ उठी, रेस में बात की तलब तेज़ साबित हुई फिर भी हुक्क़े में एक मुँह मारकर ही लाला बोले, "तब ख़बर सच्ची है।"

यार ख़ाँ अपना माँझा और हुक्क़ा लाला के तख़्त के बिलकुल क़रीब खींच लाये, यार ख़ाँ का माँझा भी बड़े नक़शे का था, पँचरंगी सुतली की बारीक बिनावट का सुते बाँस का माँझा बिछाकर यार ख़ाँ बैठे, हुक्क़ा रखा और बोले, "ये मेम अब किसी की न चलने देगी। बादशाहबेग़म भी कौड़ी-कौड़ी की हो जाएँगी और मलिकए-ज़मानियाँ भी। अरे लाला क्या कहें, कोई मेम के हाथों हमारी एक ख़बर बेच दे तो बड़ा ही मुनाफ़ा हो और साथ ही ज़माने को अजब तमाशा देखने को मिले।...मगर यार ख़ाँ किसू से कह नहीं सकता।"

लाला मुसकराये, यार ख़ाँ के चेहरे की गम्भीरता देख इतमीनान से हुक्क़े का कश खींचा और गले की कण्ठी ज़ंजीर पर हाथ फेरते हुए ठण्डे-ठण्डे बोले, "यार

ख़ाँ, तुम कोई नयी ख़बर नहीं सुनाओगे, रुस्तमनगर के बाज़ार से मेरा भी वैपार का लगाव है।"

यार ख़ाँ भी मुसकराये, बैठने का पैंतरा बदला और चेहरे पर शान लाकर बोले, "अरे वैसे तो सारे शहर को मालूम है, पर लाला, मेरे पास इस दम किसी की कही-सुनी बात नहीं बल्कि असल सबूत मौजूद है।"

तब तक अपना पानदान लिये, जिसपर नीला मख़मली ज़रदोज़ी का ढँकना ढका था, बड़े भारी-भारी सोने के गहने, पैरों में कड़े-छड़े, रेशमी पाजामा, जुर्राबें, ज़री की चट्टियाँ पहने, पश्मीने का बेल-कढ़ा कुरता पहने, उस पर लाल विलायती मख़मल की पोर-पोर ज़रदोज़ी का काम बनी बास्कट पहने, रेशमी दुलाई ओढ़े, पचास-पचपन के हेर-फेर की उम्रवाली वहीदन आकर लाला के तख़्त पर बैठ गयी और आते ही मुँह फुलाकर कहा, "तुम लोग तो औरतों से भी गये-बीते निकले। बड़ी-बड़ी मूँछ-दाढ़ियाँ लेकर भी रुक न सके।"

यार ख़ाँ बोले, "बीबी, बात में जहाँ औरत की चर्चा हो वहाँ मरद रुक नहीं सकता और अभी हमारी उम्र ही क्या है? अरे ज़्यादा से ज़्यादा साठ-बासठ के चुन्नी लाल होंगे, मैं भी आसफ़ुद्दौला के ज़माने में पैदा हुआ था। अरे सब एक ही उम्र के हैं मगर ऐसे थके कहाँ हैं जो कि दुलारियों की चर्चा हो और हम रुक जायँ?"

कसरती बदन के लाला चुन्नी बोले, "कमज़ोरी तो उतावली में ही दिखा गये यार, आगे चोंच सँभालकर बोलना।"

वहीदन बैठी उछल-उछल पड़ी, लाला की ओर हिनाई पंजे की उँगलियाँ समेटकर बातों से निछावरें लेती हुई बोली, "हाय काफ़िर तेरा मुँह चूम लूँ, मेरे मुँह की बात ले गये तुम।"

लाला चुन्नी शान से मुसकराये, बोले, "बीबी, तुम पर जान निछावर कर दूँगा पर तुम्हारा मुँह चूमकर अपना धरम न दूँगा। हाँ आगे की बात कहो, हम लोगों ने अभी तक कोई भी ऐसी बात नहीं की जो तुम्हारे रस में ख़लल पड़े, बात अब शुरू होती है।"

वहीदन की महराजिन नौकरानी चाँदी की डिबिया में लाला के लिए जब पान-तम्बाकू लाकर रख गयी तब वहीदन ने अपना पानदान खोला। वहीदन और लाला का चढ़ती जवानी के दिनों का नाता है, एक-सा सधा-बँधा है, वहीदन और किसी की नहीं; लाला अपनी ललाइन और वहीदन के सिवा और किसी के नहीं। वहीदन से लाला का क़रार हो गया था कि बच्चे नहीं होंगे और वहीदन ने वैसा इन्तज़ाम भी कर लिया था। लाला बज़ाज़े के चौधरी हैं, ख़ानदानी पंजाबी खत्रियों के घराने के हैं। पहले नवाब सआदत ख़ाँ के साथ दिल्ली से इनके पुरखे आये थे, एक भाई के बेटे बज़ाज़े में गिरण्ट के काम में बढ़े और दूसरे भाई के बेटे शाही फ़ौज और कचहरियों में अच्छे-अच्छे ओहदों पर। साख बहुत अच्छी थी, शहर के

सभी नामी बाँके उस्ताद इनसे परवरिश पाते थे, शाही महलों की बाँदियाँ, ख़्वाजासरा, दारोग़ा, दीवान, दरबान, बड़े-बड़े नवाबों के महलों की बाँदियाँ, दारोग़ा, दीवान, और दरबान, लाला चुन्नी की कोठी से थे। असल काम मुहल्ला सोधी टोला चौक में उनकी पक्की पीढ़ी हवेली के अन्दर ही होता था मगर बज़ाज़े की दूकान चूँकि आसफ़ुद्दौला के ज़माने से यहाँ ही चली आती है इसलिए लाला नित्य दोपहर को यहीं आकर गद्दी सँभालते हैं। शाम को लड़के यहाँ आते हैं, लाला की नयी ख़रीदी हुई दो घोड़ों-वाली बग्घी आ जाती है, लाला और वहीदन बैठकर बग़ीचे चले जाते हैं, लाला चुन्नीलाल के बड़े लड़के दूकान सँभालते हैं।

वहीदन के आ जाने पर गोष्ठी नये सिरे से जमी। पहले तो यहीं से चर्चा आरम्भ हुई कि पिछली रात मलिकए-ज़मानियाँ और बादशाह सलामत में इतनी ज़ोरों का झगड़ा हुआ था कि दूर-दूर तक महल में सबको सुनाई पड़ा और सबके मुँह से यही सुनने में आया है कि मलिकए-ज़मानियाँ ने बादशाह को कोठरी में बन्द कर ताला जड़ दिया था। रात-भर बादशाह बन्द रहे। सुबह चार बजे हकीम मेंहदीअली ख़ाँ बुलाये गये। उन्होंने आ के समझौता कराया और बादशाह को लेकर चले गये। बादशाह सलामत रात-भर सोये नहीं। अभी घड़ी-भर पहले तक की ख़बर मिली है कि बादशाह का मिज़ाज बहुत गरम है; इस वक्त अच्छे-अच्छों की हिम्मत उनके सामने जाने को नहीं पड़ रही है।

वहीदन बोली, "तो बात क्या हुई?"

यार ख़ाँ उसके हाथ से पान लेते हुए बोले, "सुना है, बादशाह मेम से निकाह करने जा रहे हैं।"

लाला चुन्नीलाल बोले, "नहीं यार ख़ाँ, इन ख़बरों के फेर में न पड़ो। तनिक ये ग़ौर करो कि वो बड़े साहब की मेम आख़िर है क्या? कलकत्ते के बड़े लाट के हुक्म की कठपुतली ही ना? और कलकत्तेवाला बड़ा लाट सात समुद्र पार विलायत की कम्पनी का मुनीम है; जैसा सेठों का हुक्म आता है वैसा कलकत्तेवाला भी करता है; यहाँ वाला भी करता है। और अँगरेज़ों में कोई औरतों का लिहाज़ तो है नहीं, आपस में सब एक-दूसरे की बीबियाँ खुलेआम चूमते हैं। सो जब देखा कि बादशाह नरम चारे हैं और मेरी औरत को चूमाचाटी या हाथफिराई से ज़्यादा ख़तरा नहीं, लागत कम मुनाफ़ा ज्यादा है तो अपनी औरत को पीछे लगा दिया। गोरा लूटेगा और अपने घर ले जाएगा, यही इसकी सिफ़त है।"

वहीदन पान की गिलौरी गालों में दोनों ओर हेर-फेरकर एकरस करते हुए ज़रदे की चुटकी साधे हुए बोली, "तुम्हारा ख़याल ठीक है।"

लाला बोले, "हाँ, मगर यार ख़ाँ, अब वह बात सुनाओ।"

"सौदा करो लाला, याराने का खेल नहीं है। बड़े साहब की मेम तक यह ख़बर पहुँच जाय तो मोटा नफ़ा होगा; तुम्हारा डौल हो तो बात करो।"

वहीदन साधिकार बोली, "ख़बर के ऊपर सौदा होगा और यार ख़ाँ, मेम तक ख़बर पहुँचाने का सीग़ मैं निकाल दूँगी।"

यार ख़ाँ और झुक आये, धीरे से बोले, "अमाँ तहलक़ा मच जाएगा, आग़ामीर क्या उजड़े थे अबकी तो शाही महल उजड़ जाएँगे। ऐसा ज़बरदस्त सबूत है।"

वहीदन की उत्सुकता मचली, लाला का चेहरा संयत गम्भीर रहा; यार ख़ाँ दोनों से नज़रें मिलाते हुए बोले, "दुलारी की सास इस वक्त मेरे यहाँ है?"

लाला के चेहरे पर चौकन्नापन झलका, वे बोले, "तुम्हारे यहाँ कैसे है?"

"पन्द्रह-बीस दिनों से खाना पकाती है। अच्छी ईमानदार मेहनती और नेक औरत है। हमारी बावर्चिन मर गयी तो झण्डे ख़ाँ के घरवालों की सिफ़ारिश से इसे रखा। मगर यह सब हमें मालूम न था; उसने न कभी चर्चा की न हमने जाना। कल बातों-बातों में नब्बन की दुलहिन से उसने कुछ औचक में ही कह दिया फिर उससे कुरेद-कुरेदकर पूछा गया तो रो पड़ी और सब कह दिया। दुलहिन ने नब्बन से कहा, नब्बन ने आज सुबह मुझसे बतलाया, वैसे ही शाही लड़ाई की ख़बर सुनी। आज तो जिसे देखो सुबू से उसी की चर्चा कर रहा है। मैंने सोचा जो मेरी बावर्चिन, बड़े साहब की मेम से सब कुछ जाकर कह दे और वो उसे बादशाह के सामने पेश कर दे तो नाक-चोटी कटवाकर काले मुँह से गधे की सवारी पर दुलारी लखनऊ की सड़कों पर न घुमायी जाय तो यार ख़ाँ नाम बदल दूँगा।...(गाली) बड़ी मलिकए-ज़मानियाँ बनी है! ओफ़्फ़ोह, क्या ज़माना देखा है इसने भी, क्या मुक़द्दर पाया है। अब ऐसी ही ठोकर भी पा जाय तो मज़ा आ जाय लाला जी।"

लाला चुन्नी बात के सूत्र को लेकर दिमाग़ में और आगे दौड़ गये थे, बोले, "क्या लोगे?"

यार ख़ाँ गम्भीर हुए, दाढ़ी पर हाथ फेरा, बोले, "हज़ार चेहरेशाही।"

लाला ने होठ किनारे की मूँछ खुजलायी, कहा, "यार ख़ाँ जितनी दूर तक तुम नक़शा बाँध रहे हो उतनी दूर तक इस ख़बर का असर न होगा। मगर हाँ तुम्हारे पास उम्दा दगनेवाला गोला ज़रूर है।...हज़ार में महँगा है तीन सौ नक़द लो और असर देख लो।"

यार ख़ाँ बोले, "अच्छा एक सौदा करो जो असर ज़ोरदार हो तो हज़ार ही गिना लूँगा और मामूली हुआ तो आज मिलेगा वही बस होगा।"

वहीदन ने कहा, "मैं मंजूर करती हूँ, ख़बर ये क्या पहुँचाएँगे ख़बर तो मैं पहुँचाऊँगी।"

वहीदन और लाला चुन्नीलाल की नज़रों में हेराफेरी हुई, लाला ने मुनीम जी को आवाज़ दी, पास आने पर तीन सौ रुपये लाने को कहा, यार ख़ाँ पाँच पर अड़ गये; लाला ने आनाकानी न की!

वहीदन बिस्मिल्लाह बानू नाम की एक नौजवान तवायफ़ लड़की को जानती

थी। नाक-नक़्शे, चाल-ढाल, सलीक़ा-समझ, हर तरह से सधी हुई पढ़ी-लिखी कत्थक नाच के हुनर की चतुर जानकार, गला भी बेजा न पाया था, फ़ारसी की ग़ज़लें गाती थी। बिस्मिल्लाह बानू बाहर से अँगरेज़ मेहमानों के लखनऊ रेज़िडेन्सी में आने पर हिन्दुस्तानी नाचनेवालियों के एक अच्छे नमूने के तौर पर चार-छह बार बुलायी गयी थी। छोटे साहब से अच्छी राह-रस्म थी, बड़े साहब से भी दूर की साहब-सलामत थी। यार ख़ाँ दुलारी की सास को रुपये का लालच देकर पटाने के लिए अपने घर गया। वहीदन ने बिस्मिल्लाह के यहाँ जाने के लिए डोली मँगवायी। लाला से कह गयी कि जो यार ख़ाँ उस औरत को लेकर आये तो अपने बाग़ में भेज देना। वह बिस्मिल्लाह को लेकर वहीं पहुँच जाएगी।

लाला चुन्नीलाल अँगरेज़ी कोठी में माल बेचते थे। मार्टिन साहब द्वारा बनवायी हुई गोरों की सराय 'कान्स्टेण्डिया' में भी उनका लड़का माल लेकर जाता था; छोटे-मोटे बहुतों से साहब-सलामत थी लेकिन बड़े साहब तक रसाई नहीं हुई थी। इस ख़बर के बहाने वे रेज़िडेण्ट के यहाँ घुस-पैठ करना चाहते थे। अगर बिस्मिल्लाह का सीग़ा न निकल आता तो ज़रा-बेश दौड़-धूप होती मगर काम बन ही जाता। लाला अपनी आगे की महत्त्ववृद्धि देख रहे थे। उन दिनों हर आदमी, जो ख़र्च कर सकता था और महत्त्वाकांक्षी होता था, ख़बरों की ख़रीद-फ़रोख़्त का धन्धा अवश्य करता था।

आधी घड़ी भी न बीती थी कि यार ख़ाँ लौट आये, लाला के तख़त पर आकर बैठे; फीकी हँसी हँस, जेब से रुपयों की थैली निकालकर तख़त पर रखते हुए बोले, "तक़दीर तो तुम्हारी और मलिकए-ज़मानियाँ ही की सिकन्दर है लाला, रुपये सँभाल लो अपने।"

"मुनीम जी इधर आना।...कोई नयी ख़बर यार ख़ाँ?"

"बादशाह फिर दुलारी के पास पहुँच गये। ये हरामज़ादी ज़रूर कोई जादू जानती है।"

"हूँ।...मगर तब भी हमें ख़बर तो पहुँचानी ही चाहिए।"

"दुलारी की सास इनकार करती है। कहती है मेरा एक बेटा तो तबाह हो ही गया अब दो को और तबाह न होने दूँगी।"

"उसकी नज़र से बात ठीक ही है, पूत कपूत निकल जाय, पर माता कैसे कुमाता बने।"

"पर हमारा खेल तो बिगड़ गया लाला।...बड़ी क़िस्मतवाली है दुलारी।"

दुलारी सचमुच बड़ी क़िस्मतवाली थी। आज ही रेज़िडेण्ट के पास गवर्नर-जनरल का पत्र आया था जिसमें उनकी पत्नी के सम्बन्ध में उड़ती अफ़वाहों के प्रति सावधान हो जाने का संकेत था। यह भी पूछा था कि आपने जो पचहत्तर लाख के कम्पनी के काग़ज़ लिये हैं वह रक़म आपके पास कहाँ से आयी, ब्योरा दीजिए।

इस पत्र के प्रकाश में रेज़िडेण्ट-दम्पती ने रात में होनेवाली शाही हरम की लड़ाई का अन्तिम नतीजा देखा, एक और एक दो जोड़कर भविष्य में लन्दन की राजनीति में भी प्रत्यक्ष देखा। और उसके बाद ही शाही महलों के निवासियों ने, दरबारियों ने; सौत बेगमों ने, बादशाहबेग़म ने, ज़माने ने देखा कि ज़िल्लेसुभानी मलिकए-ज़मानियाँ से माफ़ी माँगने जा रहे हैं। दुलारी से जलनेवालों ने ठण्डी साँसों के साथ महसूस किया कि मलिकए-ज़मानियाँ का सितारा अब भी बुलन्द है।

वहीदन बिस्मिल्लाह बानू के कोठे पर ही थी जब कि मलिकए-ज़मानियाँ और बादशाह की सुलह-सूचना सरेआम होकर गलियों, बाज़ारों, छज्जों, कोठों, छतों पर फैल गयी। सबके मुँह से यही एक सुर निकलता था कि मलिकए-ज़मानियाँ बड़ी नसीबवाली है।

वहीदन की बात पर दबी आह के साथ बिस्मिल्लाह बोली, “हाँ छोटी ख़ाला, नसीब ही की बात है, जिसे पूछे वो सिकन्दर।”

बिस्मिल्लाह बानू चौदहवाँ पार कर पन्द्रहवें साल में क़दम रख रही थी और अब तक उसकी नाक में छोटी नथुनी पड़ी ही थी। उसके जान-पहचान के लोग और हिमायती सब यही कहते कि अच्छीख़ानम का नसीबा खोटा था जो उसने बिस्मिल्लाह को बेलीगारद की कोठी में मुजरा करने भेजा। अच्छीख़ानम अपनी नौजवानी में नवाब सआदतअली ख़ाँ के दरबार की नाचनेवालियों में थी। ये नाचनेवालियाँ सत्रह-अठारह बरस की होते ही नौकरी से हटा दी जाती थीं। तब तक जिन्हें महल के चाकरों में कोई दिलदार मिल जाता वो अपना ठिकाना करतीं, कुछ बाँदियों में भरती हो जातीं, कुछ बाज़ार में आकर धन्धा करती थीं। शाही महलों में काम कर चुकनेवाली तवायफ़ों से बाज़ार की तवायफ़ें उसी तरह व्यवहार करतीं जैसे पिंजरे की मैना से जंगल की मैना करती है। जो बदनसीब बाहर आतीं, उन्हें वेश्यावर्ग के विभिन्न उपवर्गों में धँसकर अपनी रोज़ी कमाने के लिए बड़ा प्रयत्न करना पड़ता था। वेश्याओं में डेरेदार नौची, गन्धर्व, रामजनी, कसबी, बेसवा आदि अनेक उपवर्गों की होती थीं। डेरेदार तवायफ़ें सिर्फ़ मुजरे का पेशा करतीं, अपने सारंगिये से निकाह पढ़ाकर स्त्री के नाते उसकी होकर ही रहतीं अथवा किसी नवाब रईस की नज़रें इनायत हो जाने पर उसके हाथों नथुनी उतरती, मेहँदी चढ़ती और वह उसी की नौकर भी हो जाती थीं। ऐसी डेरेदार तवायफ़ें सदा ऊँची हैसियतवालियाँ हुआ करतीं। गन्धर्वों में यही डेरेदारी की प्रथा थी, लड़कियों से पेशा कराते थे, बहुओं को परदे में रखते थे। तवायफ़ों के लड़के सारंगिये सफ़रदा बनते थे। रामजनी, कसबी, बेसवा आदि इधर-उधर से शहर में आकर बस जानेवाली वेश्याएँ थीं, इनमें भी छोटी-बड़ी हैसियतवालियाँ थीं, नाच-गाने का कामचलाऊ उम्दा अभ्यास कर अपने-अपने नसीबों से लड़ती थीं, इनके संगठन थे, कई दल्लालाएँ, बड़ी अम्माएँ

बड़े-बड़े मकानों में इन्द्र के अखाड़े आबाद करतीं। छोटी-छोटी उम्र की ख़ूबसूरत लड़कियाँ ख़रीदतीं, चुन-चुनकर माल का मोल करतीं, देह नाज़ुक गुलबदन हो, आँखें बड़ी-बड़ी मछली-सी, पुतलियाँ काली हों, भौंहें कमानीदार हों, मुँह चौड़ा न हो, होठ मोटे न हों, नाक फैली या पसरी न हो, दाँत मोती की लड़ी हों, गरदन सुराहीदार हो तो क्या कहना, मुसकराते हुए गालों में भँवर पड़ जाय, आशिक़दिल उसमें फँस जाय, ये सब ख़ूबियाँ निहारी जातीं, फिर उन्हें अच्छे उस्तादों के सुपुर्द किया जाता। खड़े होने का ढंग आए, नज़र भी होठ-गरदन—अज़ो-अज़ो फड़काने का शऊर आए, ओढ़नी सिर से सरके तो लगे इस वक्त यही मौजूँ था और घूँघट पलकों पर उतरे तो लगे क़यामत आ गयी। किस वक्त रूठें और आशिक़ को मनाने का मौक़ा दें, किस वक्त किस तरकीब से आशिक़ को नाराज़ करें और फिर आप उसे मनाने का मौक़ा लें, कहाँ बोलने की बहार है और कहाँ मुँह सीकर बैठ जाने का मज़ा है, कैसी महफ़िल है, वहाँ का अदब क़ायदा क्या है; इन तमाम बातों में उन्हें तैयार किया जाता था। उन्हें इल्मो-अदब सिखाया जाता, उर्दू-फ़ारसी की अच्छी तालीम दी जाती, शायरों की सोहबत करायी जाती और दस ग्यारह बरस की उम्र होते उन्हें महफ़िलों में उतारा जाने लगता।

इनके प्रचारक होते; उनके बिना रूप के बाज़ार का रंग फीका होता। पानवाले, तमोलिनें, अत्तार, माली, सारंगिये-सफ़रदा, दल्लाल-दल्लाला, दर्ज़ी, हलवाई, चाटवाले, कुल्फ़ीवाले, शराबख़ानेवाले, जौहरी, बज़ाज़, हकीम, शायर, रईस, आशिक़ की जेब काटने में जितनी तरह के धन्धेवालों का भला होता था वे सब तवायफ़ों के किसी-न-किसी सूरत में प्रचारक होते थे। तवायफ़ें, बड़ी अम्माएँ इनके सहारे जीती थीं और ये उनके सहारे, सबके साथी-संगी सधे-बधे थे। किसी तवायफ़ के बड़े ज़ोर बाँधे जाते, किसी को उतारा जाता, किसी के रंग बंधते, किसी के फीके पड़ते। आपसी होड़ जलन दाँव-पेंच सब कुछ आये दिन का खेल था। अच्छीख़ानम शाही महलों से निकलते ही इसी जाल में फँस गयी। एक मशहूर अड्डेवाली ने अपनी किसी लड़की के लिए बड़ी-बड़ी हवाएँ बाँधकर एक रईस फाँसा था, एक दल्लाला ने उस अड्डेवाली को नीचा दिखलाने के लिए उस रईस को शीशे में उतारा। अच्छीख़ानम के नसीब अच्छे थे, उसका शिप्पा बैठ गया। कई बरस अच्छे बीते। अचानक नवाब मर गये। अच्छीख़ानम का सहारा टूट गया। थोड़ी-बहुत हैसियत ज़रूर बन गयी थी मगर बाज़ार से कट गयी थी। जवानी ढाल पर थी, अच्छीख़ानम ने आनेवाला वक्त सोचकर एक लड़की ख़रीद ली, उसे तैयार किया। बिस्मिल्ला होशियार निकली, चमककर आगे बढ़ी। अच्छीख़ानम ने उसकी हवा बाँधनी शुरू की। मगर जाने वह कौन-सी मनहूस घड़ी थी जब उसने रेज़िडेन्सी की एक महफ़िल का बयाना क़बूल कर लिया। सोचा था अँगरेज़ों की तारीफ़ से रुतबा बढ़ेगा, दुश्मनों ने ख़बर फैला दी कि बिस्मिल्ला कोरी न रही। अब कोई गाहक नहीं फँसता।

बिस्मिल्ला बानू की उदासी का यही कारण था। वहीदन जिस आस को लेकर आयी थी उसके तो कन्ने कट चुके थे, मगर मुँह की मीठी थी, दिल में इनसानियत का दर्द था, बिस्मिल्लाह को दिलासा देने लगी। उसने कहा, "ख़ैर ये न सही तो कुछ और सही। तू शाही महलों में नौकरी करना चाहे तो अपने लालाजी से राजा दर्शनसिंह पर ज़ोर डलवाऊँ। वो मलिकए-ज़मानियाँ के महलों में तुझे भरती करा देंगे। अन्दर रहेगी तो महफ़ूज़ तो रहेगी। वहाँ रहते किसी अच्छे शाही का अहलकार दामन पकड़ने में भी तुझे सुभीता होगा। इस वक्त मलिकए-ज़मानियाँ का सितारा बुलन्द है। बड़े-बड़े उसकी ख़ुशामद करने आते हैं, उसकी बाँदियों के बड़े ठाठ-बाट सुने हैं।"

बिस्मिल्लाह की उदासी न टूटी, बोली, "अम्मी से कहिएगा, वही जवाब दे सकती हैं।"

अम्मी, अच्छीख़ानम, अम्मन अमामन के घर गयी थीं। दल्लालाओं में अम्मन अमामन के बड़े नाम थे, शाही महलों में, शाहज़ादों, नवाबज़ादों से उनके बहुत ही अच्छे रसूक़ थे। तफ़रीह की छोकरियों का धन्धा करके उन्होंने लाखों कमाये थे। अच्छीख़ानम आजकल उन्हीं की ख़ुशामद में लगी रहती हैं। पास की रक़म अब क़रीब तलीझड़ पर आ चुकी है। बिस्मिल्लाह का आधार अभी तक डगमगाया हुआ है। कुछ दिन और टल जाएँगे तो नीचे बाज़ार में बैठाने के सिवा दूसरा उपाय न होगा, और जो तवायफ़ नीचे के बाज़ार में बैठी उसके दिन पर दिन गिरने की नौबत ही अधिक आती है, ढाल पर किसके पैर टिकते हैं।

वहीदन के बैठे ही अच्छीख़ानम आ पहुँची। उनके साथ एक बच्ची भी थी, बड़ी ख़ूबसूरत लेकिन पत्थर का बुत थी, सिर्फ़ उसकी बड़ी-बड़ी आँखों में आग थी जो देखनेवाले को बुझा देती थी। वहीदन ने देखते ही पूछा, "क्या इसे ख़रीदकर लायी हो अच्छीख़ानम? लड़की अच्छी है। बिटिया क्या नाम है तेरा?"

"अरे बड़ी ज़िद्दन है भाई! अच्छे-अच्छों के बस में नहीं आती। अम्मन कहती थी कि सूरत पे जा के पाँच सौ रुपयों में कंजरों से खरीदा था। लेकिन सीरत कुछ नहीं, न नाच सीखे न गाना। दिनों भूखी रह-जाती है, मार की परवाह नहीं, हड्डियाँ पोढ़ी हो चुकी हैं।" अम्मन बोली, "इसे यहाँ रखती हूँ। तो नयी लड़कियाँ ख़राब होती हैं। तुम ले जाओ, आधा नुक़सान सह के दे दूँगी।"

"तो तुम ले आयीं। घर में नहीं दाने, अम्मा चलीं भुनाने..."

वहीदन की तेज़ी काटकर अच्छीख़ानम ठण्डे स्वर में बोली, "अरे बिस्मिलिया के लिए ही यह आफ़त भी मोल ली है। अम्मन पर एहसान करने का मौक़ा मिला, वो कहीं इस निगोड़ी का ठिकाना लगा दे तो आँखों सुख कलेजे की ठण्डक पाऊँ।"

वहीदन ने अपना प्रस्ताव रखा। अच्छीख़ानम यह चाहती तो न थी मगर सब ऊँच-नीच देखकर राज़ी हो गयी।

बिस्मिल्लाह बानू लड़की का हाथ पकड़ अन्दर ले गयी। पलँग पर बैठ उसे दोनों हाथों से पकड़कर पूछा, "तुम्हारा नाम क्या है?"

लड़की देखती रही, जवाब न दिया। बिस्मिल्लाह बानू भी उसे देखती रही, उसका हठ भी देखा, कुछ याद आयी, आँखें भर आयीं, लड़की को कलेजे से चिपका लिया। दम-भर उसे कसे रही फिर उसका चेहरा उठाकर देखा, बोली, "मैं तुम्हारी बहन हूँ। आज से मुझे बाजीजान कहना।"

लड़की ने आँखें बन्द कर लीं, धीरे-धीरे आँसू ढुलक आये। बिस्मिल्लाह बानू ने उसे चूम लिया, फिर-फिर कलेजे से लगाया, दिलासा दिया और तब पूछा, "तुम्हारा नाम क्या है?"

"कुल्सुम।" कुल्सुम बरसों बाद किसी से सहज स्वर में बोली थी।

सत्ताईस

श्रीमती रिकेट्स और उनके पति के इस्तीफ़ा देकर चले जाने के बाद से नसीरुद्दीन हैदर अपने-आपको बहुत अकेला महसूस करता था। उसे ठीक उसी तरह लगता जैसे भीड़-भरे चौराहे पर नन्हे बच्चे की उँगली अपने अभिभावक के हाथ से छूट गयी हो। कोई ग़मगुसार नहीं, किसी से जी की बात कर सकें ऐसा दिल नहीं होता। अकेले में दम घुटता है, घबराता है। वह तो कहिए कि बादशाह सलामत का जी दुःख या सुख में कभी एक ठाँव निचला नहीं बैठ सकता वरना वे पागल हो गये होते। फिर भी जब घुटन सिमट आती है। नसीर की अनुभूति बड़ी तेज़ हो जाती है, तब वह बावला हो जाता है। उसे आज तक कभी यह समझ में न आ सका कि ज़िन्दगी की असलियत क्या है, प्यार किसे कहते हैं? भरोसा कैसे मिलता है? बचपन में जैसा माँ ने कहा वैसा किया, जवानी में पिछले ग्यारह बरसों से जैसा दुलारी ने चलाया वैसा चला, अपनी तरफ़ से उसने दोनों को पूरे समर्पण के साथ अपना मन दिया। और उन दोनों ने भी...हाँ, उन दोनों ने भी कम से कम हज़ारों बार यह विश्वास तो दिलाया ही था कि वे नसीरुद्दीन हैदर पर अपनी जान तक क़ुर्बान कर सकती हैं; पर नसीरुद्दीन कभी जी भरकर इस पर विश्वास नहीं कर सका। सपने में जो अनुभूति सच होकर प्रभावित करती है वही जागने पर झूठी हो जाती है; ठीक इसी तरह नसीरुद्दीन भी जब कभी अपनी स्वाभाविक बहक-भरी बेहोश रोज़मर्राह से चौंककर जागता है तो उसका होश दिल की धड़कनों में सिमटकर बार-बार कहता है, "यह सब झूठ है, ये सब ख़ुदग़रज़ हैं। तुम्हारा कोई नहीं।"

नसीरुद्दीन इसी प्रतीति से विक्षुब्ध हो उठता है, विक्षिप्त हो जाता है और अपनी कुण्ठा को किसी क्रूर कार्य से ध्वस्त करता है। आठ-दस महीनों से उसे चैन

नहीं। मिसेज़ रिकेट्स का विरह उसे इतने महीनों तक किसी अनुभूति में स्थायी रख सका, यही नसीरुद्दीन के लिए बहुत है। मिसेज़ रिकेट्स को वह चाँद की तरह पाना चाहता है। अब तक कोई अभाव उसे दूर तक नहीं खल सका, उसने जो चाहा वह देर-सवेर पा ही लिया पर मिसेज़ रिकेट्स को वह कभी न पा सकेगा। वह सात समुन्दर पार चली गयी, कम्पनी सरकार ने उसे उससे छीन लिया। यह कम्पनी सरकार उसी की सल्तनत में अपनी हुकूमत चलाती है, बात-बात में आलमपनाह नसीरुद्दीन को कुछ सुधारने की धमकी देती है। उसका बस चलता तो वह ईस्ट इण्डिया कम्पनी बहादुर के डाइरेक्टरों को, गवर्नर जनरल को, हिन्दुस्तान से लेकर लन्दन तक उनके सारे इजारे चुटकी बजाते ख़त्म कर देता, सबको बँधवाकर उन पर कुत्ते छोड़ देता, लन्दन में आग लगवा देता...लेकिन नसीरुद्दीन को इतना होश ज़रूर है कि अँगरेज़ों के आगे वह बेबस है, सारा हिन्दुस्तान बेबस है, बड़े-बड़े बादशाह और नवाब, राजे और महाराजे अँगरेज़ों के आगे पनाह बोल जाते हैं, उसी तरह सिर झुकाने के लिए मजबूर हैं जैसे कि वह आज ही शाम को बातों-बातों में हकीम मेंहदी ने उसे बतलाया था कि अँगरेज़ बहुत जल्दी ही सिन्ध के अमीरों को भी तबाह कर देंगे। सर अलेक्ज़ेण्डर वर्न्स लाहौर के राजा रणजीत सिंह के वास्ते उपहार ले जाने के बहाने सिन्धु नदी के रास्ते से जहाज़ लेकर जा रहा है। हकीम मेंहदी कहते थे कि इस तरह मलिकुल्मौत सिन्ध के अमीरों का घर देखे जा रहे हैं। हकीम मेंहदी कहते थे कि अँगरेज़ों से कोई जीत नहीं सकता। नसीरुद्दीन भी समझता है कि इनसे कोई नहीं जीत सकता। सिर्फ़ वे ही बचे रह सकते हैं जो ताक़तवर हैं। पंजाब के रणजीत सिंह के लिए कम्पनी सरकार तोहफ़े भेज रही है क्योंकि वे ताक़तवर हैं। बड़े लाट या रेज़िडेण्ट उनसे यह कहने की हिम्मत नहीं कर सकते कि आपका इन्तज़ाम ख़राब है, अगर आप उसे दुरुस्त नहीं करेंगे तो कम्पनी सरकार को मजबूर होकर उसे अपने हाथों में लेना होगा। यह धमकी बादशाह का दिल दुखा देती है, 'अँगरेज़ सल्तनत छीन लेंगे, छीन लें। मगर छीन लेंगे तो मैं क्या करूँगा, कहाँ जाऊँगा? मान लो कि इन्होंने सब कुछ छीन लिया तो ज़िन्दगी कैसे गुज़रेगी? कौन मेरा साथ देगा, अम्मीजान?'

दिल की धड़कनों ने सन्नाटे में ज़ोर-ज़ोर से कहा 'ना ना !' फिर पूछा, 'कौन मेरा साथ देगा, मलिकए-ज़मानियाँ, मुक़द्दरे-आलिया, ताजमहल, आयशाबेगम, हैदरबेगम, अफ़ज़लमहल, सुल्तानमहल???'

'नहीं नहीं नहीं !' नसीरुद्दीन अपने से हार गया। उसका जी बड़ा घुट रहा है, उसका जी बैठा जा रहा है, उसे कुछ अच्छा नहीं लगता, नाच-गाना, मुसाहिबों के खेल-खिलवाड़ सब फीके लगते हैं। नसीरुद्दीन तड़प के साथ अपनी कुरसी से उठ खड़ा हुआ; नौकर-चाकर-बाँदियाँ सब घबराकर बादशाह सलामत का रुख़ पहचानने के लिए सतर्क हो गये लेकिन बादशाह को ख़ुद नहीं मालूम उनका रुख़

किधर है? तेज़ी से दिमाग हर तरफ़ चक्कर मार गया और झुँझलाकर उसने तय किया कि वह मलिकए-ज़मानियाँ के महलों में जाएगा। यह उसकी मजबूरी है कि बादशाहबेग़म और मलिकए-ज़मानियाँ ही उसे अब भी बाँध पाती हैं। इसी दैरोहरम के झगड़े से छूटकर उसने गोरी बीबी की छाती में मुँह छिपाकर सुकून पाने का बहाना लगाया था लेकिन वह टूट गया और उसे बहाना चाहिए, सहारा चाहिए।

सुखपाल आयी, मज़बूत हब्शी बाँदियाँ आलमपनाह को अपने कन्धों पर उठा ले चलीं।

हुज़ूर मलिकए-ज़मानियाँ के यहाँ खबर पहुँची कि बादशाह सलामत तशरीफ़ ला रहे हैं। दुलारी ने चौंककर यह ख़बर सुनी, आम तौर पर बादशाह के आने का यह वक़्त नहीं था, फिर भी वे झटपट बादशाह का स्वागत करने के लिए तैयार हो गयीं। बाँदियों में हड़बड़ पड़ी, सब क़रीने से इधर-उधर अपने-अपने काम-काज पर लग गयीं। बादशाह सलामत तशरीफ़ लाएँगे, शायद शराब माँगें, शायद शाम का नाश्ता यहीं करें, शायद ये करें, वो करें, बाँदियों ने हर शायद का इन्तज़ाम चटपट कर डाला।

बादशाह सलामत तशरीफ़ लाये। मलिकए-ज़मानियाँ ने कमरे के बाहर निकलकर बड़े अन्दाज़ से उनका स्वागत किया, हाथ में हाथ झुलाते हुए दोनों अन्दर आये। आठ-दस महीने पहले जबसे मलिकए-ज़मानियाँ और नसीरुद्दीन में ताजमहल के महलों में दाख़िल किये जाने के कारण झगड़ा हुआ था तबसे नसीरुद्दीन हैदर कम ही आते हैं, बल्कि मलिकए-ज़मानियाँ को बहुत इसरार करके उन्हें बुलाना पड़ता है ताकि उनके आते-जाते रहने से दरबारियों और बादशाहबेग़म को मलिका के ख़िलाफ़ कोई नया गुल ख़िलाने का मौक़ा न मिल सके, फिर भी उसकी हैसियत नरम पड़ गयी है। इसलिए आज अचानक बादशाह के आने से वह पहले तो चौंकी मगर फिर बहुत ख़ुश हुई। शायद बादशाह का मन वह फिर जीत लेगी। अब वह निगोड़ी गोरी मेम नहीं जो दोनों को अलग कर सके। ताजमहल या मुक़द्दरे आलिया या रोज़ आती-जाती बादशाह की ख़ुशनुमा माशूक़ों से उसे डर नहीं लगता। बादशाहबेग़म की भी अब उसे ज़्यादा परवाह नहीं। हकीम मेंहदी के आने से बेगम पहले के मुक़ाबले में बहुत कमज़ोर पड़ गयी हैं और कैवाँजाह को वलीअहद बनाने के लिए दुलारी बहुत पहले ही बादशाह सलामत से ख़ुद गवर्नर जनरल को दो-दो बार ख़त लिखवा चुकी है। गवर्नर जनरल बादशाह की इस ख़्वाहिश के ख़िलाफ़ काम नहीं करेंगे, अभी तक यही कायदा चला आता है। दुलारी बेटे के लिए बादशाही तख़्तोताज महफ़ूज़ है। नसीरुद्दीन उसके क़ब्जे में है, देखो न दौड़कर आया है। चेहरे पर घबराहट है, मासूमियत है ! यह मुझसे बचकर जाएगा कहाँ? दुलारी के बिना आलमपनाह बेपनाह हो जाएगा।

बीच के कमरे में मसनद के सहारे बादशाह और मलिका एक-दूसरे पर झुके

हुए कन्धे से कन्धा जोड़कर बैठे थे। कमरा अराइयों से भरा हुआ था, दीवालगीरी पर नायाब बेशक़ीमती जवाहरात के खिलौने सजे हुए थे। मलिकए-ज़मानियाँ ने अँगरेज़ों की नक़ल में अपने कमरे में अँगीठी रखने का आला और उस पर दीवालगीरी बनवायी थी। बीचोंबीच जड़ाऊ मोर था, कमरे में ज़रा अँधेरा रहता था। इसीलिए मोर के दोनों ओर दिन में भी दो शमाएँ जलती थीं। अग़ल-बग़ल नीलम और पुखराज के छोटे-छोटे कई खिलौने सजे हुए थे। एक कोने में संगमरमर की मेज़ पर हाथी दाँत का बना हाथी एक दरख़्त से ज़ंजीर के सहारे बँधा हुआ सूँड़ उठाकर मानो सलाम कर रहा है, महावत पास खड़ा है, क़िले के फाटक के बाहर घुड़सवार और पैदल सिपाही करीने में खड़े हैं गोया बादशाह सलामत की अगवानी में खड़े हों। दीवारों पर विलायती चित्रकार की बनायी नग्न नारी यौवन की दो बड़ी-बड़ी बेहतरीन तसवीरें टँगी हैं, एक कोने में संगमरमर की विलायती मेज़ पर इंग्लैण्ड से ख़ास तौर पर मँगवायी हुई जड़ाऊ और नक्क़ाशीदार फ्रेम में घड़ी रखी है। बाक़ी दोनों कोनों पर बड़े-बड़े झाड़ रखे हैं। जिधर नज़र जाती है उधर ही नज़रों में चमक भर आती है।

बादशाह सलामत को रिझाने और खुश करने के शग्ल शुरू हुए। चौपड़ हुई, जी न लगा; फ़ारसी की नयी ग़ज़लें गायी गयीं, बादशाह के दिल को छू सकीं; गानेवालियों को इनाम मिला; नाश्ता हुआ; हँसी-मज़ाक़ चलने लगे। मुँहलगी बाँदियाँ चहचहाने लगीं, दुलारी के क़हक़हे शुरू हुए, नसीरुद्दीन का जी बहलने लगा। उन्हें प्यास लगी, एक बाँदी चाँदी की तश्तरी रखकर सोने के कटोरे में पानी लायी। नसीरुद्दीन ने पानी पीकर लाने वाली बाँदी के अधमुँदे मुखड़े पर पड़ी रेशमी नक़ाब पर कटोरे का बचा-खुचा पानी उछाल दिया; बाँदियाँ हँसीं गोया आक़ाएआलम ने बड़ा मज़ाक़ किया। पानी ने नक़ाब गीली कर दी, नाक और होठों और ठोड़ी से गीला कपड़ा चिपका, बाँदी ने नक़ाब उतार दी, पानी की कुछ बूँदें उसकी रेशमी सलवार पर फिसल रही थीं, बाँदी ने दोनों हाथों से अपनी सलवार की वे बूँदें बादशाह के कोट पर झाड़ दीं। बाँदी का चटपट गीली नक़ाब उतारना, एक सलोने मुखड़े का यों परेशानियाँ में उरियाँ होना फिर यह शोख़ी, यह सितम, बादशाह के जी को बेहद रुचा। बाँदियाँ मुँहलगी हो जाने पर भी आम तौर पर यों शोख़ नहीं होतीं कि दिल्लगी में तनिक भी बेअदबी कर बैठें। मगर बादशाह को बाँदी की यह अदा बेहद पसन्द आयी; ज़ाहिरा तौर पर नाराज़ होकर कहा, "तेरी यह मज़ाल कि अपने बादशाह पर छींटे उछाले।"

और तो सहमीं पर यह बाँदी तनिक न घबरायी, बादशाह से नज़रें मिलाते हुए उसी शोख़ी से जवाब दिया, "खेल में कोई बादशाह और ग़ुलाम नहीं होता जहाँपनाह।"

"वल्लाह !" नसीरुद्दीन की आँखों में चमक भर गयी, पल-भर उसे ग़ौर से

देखते रहे फिर मलिका की ओर मुख़ातिब होकर पूछा, "ये शायद नयी आयी है।"

"जी हाँ।"

"होशियार है।" बादशाह सलामत उठ खड़े हुए। चलते-चलते उस शोख़ के गालों पर मीठी चुटकी भरी, पूछा, "तेरा नाम क्या है?"

"कनीज़ को बिस्मिल्लाह बानू कहते हैं सुल्ताने आलम।"

बादशाह तशरीफ़ ले गये। दूसरे दिन फिर आये, फिर उन्हें प्यास लगी। बिस्मिल्लाह पानी लायी, फ़िर वही खेल हुआ। वही जवाब-सवाल हुए। बादशाह ने बड़ा रस लिया, मलिकए-ज़मानियाँ का सिर ठनका, आँखों में लाली आ गयी, पर कुछ न बोली।

तीसरे दिन बादशाह ने मलिकए-ज़मानियाँ से पतंग का मैदान बदा। महल की छत पर मलिकए-ज़मानियाँ का हसीन अखाड़ा जमा हुआ। जहाँपनाह तशरीफ़ लाये, हर ओर नज़र डाली, बिस्मिल्लाह बानू न दिखलाई दी। हुज़ूरेआलम उसी के बहाने पेंच लड़ाने आये थे, तरह-तरह के नक्शे मन में बाँधकर आये थे। बहानेबाज़ मन को जब अपना बहाना न मिला तो बिना कुछ कहे ही रूठकर चले गये। मलिकए-ज़मानियाँ का चेहरा उतर गया। बदले में बहाने-बहाने बिस्मिल्लाह ख़ूब पिटवायी गयी। उसका जी चाहा कि बिस्मिल्लाह बानू को क़त्ल करवा दे, मगर बादशाह की नाराज़ी का डर था।

बिस्मिल्लाह बानू के पास बादशाह के ख़ुफ़िया पैग़ाम आने लगे, लेकिन वह मलिका की कड़ी निगरानी में थी। बिस्मिल्लाह ने जवाब में उम्दा अशआर लिखकर भेजे। नसीरुद्दीन के दिल में बिस्मिल्लाह बानू के लिए ऐसा वियोग समाया कि सीतलपाटी लेकर पड़ रहे।

मलिकए-ज़मानियाँ ने बड़ी-बड़ी कोशिशें कीं, रिझाने की हर तरक़ीब की, गण्डा-ताबीज़ बाँधा, बादशाह के खाने में, बावर्चीख़ाने में हज़ारों की रिश्वत बाँटकर जादू की पुड़िया मिलवायी, हर तरह से ज़ोर अज़माइश की, मगर मर्ज़ बढ़ता गया ज्यों-ज्यों दवा की। एक दिन बादशाह ने नाराज़ होकर कहलाया, अगर दुलारी ने उनके और बिस्मिल्लाह बानू के मिलन में अब तनिक भी बाधा डाली तो वे उसे उसी हैसियत पर पहुँचा देंगे जहाँ से वह आयी थी।

दुलारी हार गयी, टूट गयी। इतनी सख़्त बात उसने अपने शाही दिलबर से कभी न सुनी थी। बिस्मिल्लाह बानू लाखों की चमक से सजकर बाँदियों के हुजूम से घिरकर राजसी डोले में बादशाह के महलों में पहुँच गयी। बादशाह की ख़ास ख़िदमतगार धनिया महरी ने जो उसे लिवा लाने के लिए भेजी गयी थी, बिस्मिल्लाह बानू को कमरे में छिपा दिया।

बादशाह बेताबी से इन्तज़ार कर रहे थे। धनिया अकेली आयी।

नसीरुद्दीन का जी धक् से बैठ गया, पूछा, "बिस्मिल्लाह बानू कहाँ है?"

"वो नहीं आती सरकारेआलम।"

"क्यों?" शाही आँखें सुर्ख़ होने लगीं।

"नयी बेग़मसाहिबा फ़रमाती हैं कि हुज़ूर की नज़रेइनायत से मेरा दर्जा तो बढ़ा, मगर दीगर बाँदियों को क्या मिला, उनकी तरक्क़ी होनी चाहिए।"

बादशाह समझे; ज़ोर से हँसे। बाँदियों की तनख़्वाहें दूनी हो गयीं। धनिया और उसकी बहन दलवी ने लड़-झगड़कर कई हज़ार इनाम में वसूल किये।

अब तक तक़दीर की मारी, अच्छीख़ानम की पाली बेटी, वहीदन की मेहरबानी से महलों में दाख़िल होनेवाली बिस्मिल्लाह बानू बेगम अब अवध के ताजदार बादशाह की सिरताज थी। नयी पदवियों से विभूषित होकर अब उसका नाम हुआ, नवाब मुक़द्दरेज़माँ मेहदेउज़्ज़मा बिल्किस दौरान मलिकए-आफ़क़क़ुद्सिया सुल्तान मरयमबानूबेगम।

ज़माना उसे क़ुद्सियाबेगम के नाम से पुकारने लगा।

अट्ठाईस

क़ुद्सियाबेगम ने अपनी नयी हैसियत को कुछ ही दिनों में ऐसा साध लिया और इस तरह बरतने लगी गोया कि वह हमेशा से शाहज़ादी और मलिका ही रही हो। उसने अपने आप को सारे ऐश्वर्य के घिराव के बावजूद हर समय बाहोश बनाये रखा। वह अपने महल का इन्तज़ाम खुद देखती थी। अच्छीख़ानम और कुल्सुम महलों में ही आ गयी थीं। उसने अच्छीख़ानम के ज़िम्मे ख़र्च का कुछ हिसाब-किताब किया और आप भी बराबर नज़र रखनी शुरू की। क़ुद्सियाबेगम की बाँदियाँ आपस में काना-फूसियाँ करने लगीं। ओने-कोने बैठ ताने-ठोने मारना, मलिकए-ज़मानियाँ और दूसरी बेगमात के महलों में जाने पर हाथ-हाथ-भर की ज़बान निकाल के क़ुद्सियाबेगम की बुराइयाँ करना शुरू किया। ख़बर उड़ी कि बड़ी चालाक है, पैसा-पैसा बटोरकर अपने बुरे दिनों का इन्तज़ाम अभी से कर रही है, कोई कहती मुन्तज़िम बनकर शाही हुकूमत पर क़ब्जा करने के ख़्वाब देखती है; कोई हँसकर कहती है कि कुछ दिनों बाद हकीम मेंहदी को निकलवाकर खुद वज़ारत का क़लमदान सँभालेगी। बाँदियों ने तरह-तरह से उसकी बदनामी फैलानी शुरू की।

क़ुद्सियाबेगम तक हर बात पहुँच जाती थी। अच्छीख़ानम का इन्तज़ाम बड़ा चौकस था, शाही महलों में रह चुकने के कारण, ज़िन्दगी की ऊँच-नीच देख चुकने के कारण वह किसी भी परिस्थिति के प्रति लापरवाह नहीं रहना चाहती थी। मुफ़्त की फैलती बदनामी से वह सहमी, क़ुद्सिया से कहा, "बिटिया, साँप को मारना बहुत

ज़रूरी है मगर लाठी को बचाना भी उतना ही ज़रूरी है। आख़िर साँप कोई एक तो नहीं है यहाँ तो कोने-कोने में बाँबियाँ हैं।"

"चाहती क्या हो?" क़ुद्सियाबेगम ने पूछा।

"धनिया और उसकी बहिन को हाथ में लेना होगा।"

"किस तरह?"

"रिश्वत देनी होगी। उन्हें यह यक़ीन दिला दो कि तुम्हारी आमदनी बन्द न होगी मगर और हर तरफ़ की लूट को तुम्हें क़ाबू में करना होगा। चार गँवाकर छह बचाने में ही अक्लमन्दी है, दस बचाने के फेर में हज़ार दुश्मन पैदा होंगे।"

क़ुद्सिया ने ग़ौर किया, बोली, "ठीक कहती हो अम्मी। इस वक्त जैसे भी हो, उस नेकबख़्त इनसान की इज़्ज़त बचानी ही होगी जिसने मुझे ख़ाक से उठाकर आसमान पर चढ़ा दिया है।"

क़ुद्सियाबेगम सच ही इतने दिनों में नसीरुद्दीन पर रीझ गयी थी, उसने देखा वह कुल्सुम की तरह ज़िद्दी है, नेक है, बच्चा है। जिस तरह कुल्सुम दूसरों के ज़ोर-दबाव का विरोध करते-करते कठोर हठ साध गयी उसी तरह नसीरुद्दीन भी। कुल्सुम पर वे तमाम ज़ोर-दबाव कठिन अत्याचारों के साथ पड़े और नसीरुद्दीन पर भुलावा देकर। दोनों एक ही से हैं, दोनों बच्चे हैं, दोनों ही बड़े प्यारे हैं, जिस दिन कुल्सुम आयी उसका नसीब चमक उठा। नसीरुद्दीन बड़े दुख से कहता कि जब अँगरेज़ उसे सल्तनत की बदइन्तज़ामी के कारण मीठी फटकार सुनाते हैं तब वह मन-ही-मन घुटन से बावला हो उठता है। क़ुद्सिया उसकी इसी घुटन को ख़त्म करना चाहती है, अपने महलों की लूट ख़त्म कर एक जगह के इन्तज़ाम को अपने क़ाबू में लेकर वह सल्तनत के सुधार के लिए अनुभव और विश्वास ग्रहण करना चाहती है। क़ुद्सिया अपनी महत्त्वाकांक्षा को लेकर दिन-रात चिन्तित रहती है, उसकी महत्त्वाकांक्षा एक है, नसीरुद्दीन को आदमी बनाना, उसे सुखी जीवन प्रदान करना।

उसने धनिया को बुलाया, अकेले में बात की, कहा, "बहन, तुम्हारी मदद चाहती हूँ। तुम्हें अपनी बड़ी बहन मानकर तुम्हारे आगे अपना दामन फैलाती हूँ, इसकी लाज रखना, अपने बादशाह और सल्तनते-अवध की लाज रखना।"

धनिया क़ुद्सिया की बातों में बह गयी। बड़ी-बड़ी बातें हुईं, बड़े नक्शे बँधे, उसने वादा किया कि वह बादशाह के महल में लूट को यक़ीनन रोक देगी लेकिन क़ुद्सियाबेगम के हक़ में यह निहायत ज़रूरी है कि वह मुन्तज़िम होने का यश पाए न कि कंजूस कहलाने का अपयश।

क़ुद्सिया बोली, "तुम सलाह दो, कैसे करूँ?"

धनिया ने कहा, "अच्छा, आज शाम को यही करिश्मा होगा, आप देखिएगा, ज़माना देखेगा, बादशाह सलामत भी खुश होंगे और नौकर बाँदियाँ भी।"

शाम हुई; कोठी फ़रहबख़्श से शाही सवारी सराय मआली ख़ाँ के नज़दीक

नवाब क़ुदूसिया बानूबेगम के महलों की तरफ़ रवाना हुई। आगे-आगे हाथी पर कारचोबी के मण्डप में नक़्क़ारा बजता चलता था, झण्डा, मछली आदि शाही निशान भी हाथियों पर थे। हाथियों के सिर, कानों और सूँड़ों पर चित्रकारी बनी थी, सोने-चाँदी के ज़ेवर पहने थे, पैरों में बड़े-बड़े घुँघरू और गले में घण्टियों की माला, कारचोबी की मख़मली झूलें और गंगाजमनी हौदे थे। हाथियों के बादशाही अंगरक्षक घुड़सवार भड़कीली फ़ौजी वर्दियाँ डाटे भालों में झण्डियाँ फरकाये खबड़-खबड़ चले जा रहे थे; उसके बाद सोलह घोड़ों की बग्घी पर सुलेमानजाह उम्दतुल्मुल्क नसीरुद्दीन हैदर ख़ाँ बहादुर असदजंग शाहेअवध तशरीफ़ फ़रमाँ थे। बड़ी मूँछोंवाला गोरा विलायती कोचवान भड़कीली पोशाक में बड़ी शान से बैठा था, जुते हुए घोड़ों पर भी अंगरक्षक सवार थे। पीछे शाही छत्र थामे एक आदमी खड़ा था। बाँदियाँ मोरछल झल रही थीं। पीछे दो और बन्द गाड़ियाँ चल रही थीं और सबसे पीछे घुड़सवारों की एक टुकड़ी चली जा रही थी।

शाही गाड़ी के दोनों ओर घुड़सवार भिखमंगों की भीड़ को एक हद से आगे न बढ़ने देने के लिए चाबुक फटकारते चलते हैं। रास्ते के बाज़ारों में दूकानदार, राह चलते लोग अदब से झुक-झुककर दोनों हाथों से सलामें करते और ऊँची आवाज़ों में दुआ-ए-ख़ैर मनाते हैं। इधर से भिखमंगों की बेतादाद, बेतरतीब, बदअमनी से भरी भीड़ बादशाह के लिए बड़े-बड़े लम्बे-लम्बे आकाशचुम्बी आशीर्वादों की बौछार करती है और उधर से बादशाह सलामत की बाँदियाँ धनिया और दलवी सड़क के दोनों ओर पंचमेल सिक्के उछालती चलती हैं; बीच-बीच में बादशाह सलामत भी मौज आने पर दो मुट्ठी इधर-उधर फेंक देते हैं। बादशाह के हाथ उठाते ही दुआओं की घनगरज तोपें-सी दग उठती हैं। बड़ा रौरा मचता है; आसमान से लेकर धरती तक निगाहें और हाथ उछलते-गिरते सिक्के लोकते हैं, लूट पड़ जाती है, घमासान छिड़ जाता है, भिखारियों की भीड़ में नसीरुद्दीन हैदरशाह अपने वर्तमान काल का प्रतीक बनकर, सारे ऐश्वर्य के साथ भी भिखारी ही लगता है।

उन दिनों लखनऊ में हज़ारों बल्कि एक लाख से अधिक भिखारी थे। शाही महलों की बहुत बूढ़ी बाँदियाँ, बूढ़ी लाचार वेश्याएँ, दूर-दूर गाँवों की उजड़ी, शाही सिपाहियों, डाकुओं के बलात्कारस्वरूप घर-बिरादरी से निकाली गयी औरतें, बेसहारा विधवाएँ भीख के सहारे ही जीती थीं। भिखारियों में उनकी संख्या सबसे अधिक थी। लूले-लँगड़े, अपाहिज भी थे मगर इनके अलावा हज़ारों ऐसे भी थे जिन्होंने भीख माँगना अपना पेशा बना लिया था। उन्हें मालूम होता रहता था कि कब किस रईस की सवारी, किस सड़क से गुज़र रही है। निकाह, मुसलमानी, ब्याह, जनेऊ, मुण्डन, कनछेदन में किस रईस के यहाँ कितनी ख़ैरात बँटे, ये भिखारियों के दल ही तय किया करते, भिखारियों का इतना ज़ोर था। शाही महल के सामने, दीगर महलात के सामने, बड़े-बड़े वज़ीर, दीवान, अहलकारों की कचहरियों के सामने, बड़ी-बड़ी

मस्जिदों, दरगाहों, मन्दिरों, घाटों के सामने लँगोटी लगाये, चिथड़े लपेटे, फटे पाजामे-अँगरखे पहने, नंगे सिर, बड़ी-बड़ी बिखरी-सी दाढ़ियाँ-मूँछें बढ़ाये, धनुष-बाण, लट्ठ-बर्छी-भाले-ढाल-तलवार-कटार से लैस भिखारी झुण्ड के झुण्ड हर वक़्त खड़े मिलते थे। किसी दाता को देखते ही दयनीय बत्तीसी खुलने की क्रिया उतनी ही सहज भाव से होती जैसे जनमते ही जीव को साँस लेना आ जाता है। हुज़ूर दाता माई-बाप सरकार ग़रीबपरवर का रुतबा बढ़े, उमर हज़ारी हो, साहबज़ादे-साहबज़ादियों की ख़ैर, पगड़ी, पुरनूर चेहरे की ख़ैर, क़ीमती ज़ेवरों-पोशाकों की ख़ैर, हाथी-घोड़ों की ख़ैर, दौलत-दरबानों की ख़ैर, हरम की ख़ैर, पोते नवासों की ख़ैर, धरम-ईमान की ख़ैर मनाते घिघियाते हुए सवारियों के साथ-साथ झोली फैलाये दौड़ना, कम देनेवाले दाता की पीठ फिरते ही उसकी माँ-बहन-बेटियों से ज़बानी रिश्ते क़ायम करना, आपसी हिस्से-बाँट, नोच-खसोट करना, बेझिझक खुलेआम आपस में वे लोग वह सब कर गुज़रते थे जो गली-सड़कों पर उनके सामने ही रहनेवाली कुत्तों की बिरादरी में होता है। यही भिखारी-समाज का नियम था। इसलिए बच्चे एक दीन धरम के होते थे; कालीमाई और बीबी फ़ातिमा उनके धरम-मज़हब में एक थीं। भिखारी मालदार होते थे; कइयों ने मकान खड़े कर लिये। इनके अलावा मुड़चिरे, अघोरी और हठीलेशाह थे कि जिनके मुँह से जो निकल जाय वह माँग दाता को पूरी ही करनी पड़े; जब तक न करे तब तक वे उसकी दूकान या मकान के दरवाज़े पर धरना देके बैठे रहें, खप्पर-चिमटों से अपना सिर फोड़ें, गालियाँ बकें, शाप दें, पाख़ाना-पेशाब खाएँ-पिएँ और उसके दरवाज़े पर छितराएँ, भिखारी ऐसे ज़बरदस्त थे कि उन पर सल्तनत का बस भी न चलता। सल्तनत ही भिखारियों की थी, बादशाह भी अँगरेज़ों के दरबार का भिखारी था।

बाहशाह की सवारी नवाब क़ुद्सिया बानूबेगम के महलों में पहुँच गयी। फाटक पर शहनाई और अँगरेज़ी बैण्ड बज उठा। महल में दाख़िल होते ही बाँदियाँ, ख़्वाजासरा, दरबान बाअदब कमर झुका-झुकाकर कोर्निश करने लगे। बाहर बरामदे में निकलकर क़ुद्सियाबेगम ने झुककर ताज़ीम की। बादशाह ने बेसाख़्ता उसे उठाया और बाँहों में भरकर चूम लिया। बाँदियों की नज़रें अदब से झुकी हुई थीं। क़ुद्सिया और नसीर की नज़रों में चमक के फूल झड़ रहे थे, गले में बाँहें डाले आगे बढ़ते हुए भी टकटकी टूटती न थी, मुसकराहट छीजती न थी। दोनों बेख़ुदी के आलम में बँधे-बँधे बढ़ रहे थे।

बादशाह की ज़नाना फ़ौज की जनरल ग़फ़ूरन बुआ उनके यहाँ आने से पहले ही दीवानख़ाने के दरवाज़े पर अपनी जगह ले चुकी थीं। बादशाह सलामत जिस वक़्त जिस महल में होते, ग़फ़ूरन बुआ वहीं तैनात होती थीं। दरवाज़े पर पहुँचते ही जनरल ग़फ़ूरन बुआ ने तनकर फ़ौजी सलूट झाड़ा, नसीरुद्दीन रोमानी ख़्वाब से होश में आया, ग़फ़ूरन बुआ के सलूट पर कुछ ऐसी तबीयत मस्त हुई कि ख़ुद भी उसी तरह ग़फ़ूरन

बुआ को सलूट झाड़ दी; क़ुद्सियाबेगम और तमाम बाँदियाँ खिलखिलाकर हँस पड़ीं। जनरल ग़फ़ूरन बुआ कुछ भौचक्की हुई, कुछ झेंपी, फ़ौजी वर्दी में जकड़ी उनकी मोटी लम्बी-चौड़ी देह में, आँखों और चेहरे पर झेंप और भौचक्केपन की गड़बड़ी ने कुछ ऐसा रंग जमाया कि हँसी और चमकी।

धनिया आगे बढ़कर हाथ मटकाते हुए बोली, "ए वा सरकार, भला ये भी कोई बात हुई कि भोली मासूम जानकर मेरी नन्ही गुलबदन को छेड़ दिया। मैं हुज़ूर बेगमसाहिबा के दरबार में इसका फ़ैसला कराऊँगी।"

कमरे के अन्दर बढ़ते हुए हुज़ूर ने फ़रमाया, "हमें मंज़ूर है।"

शाही जोड़ा मसनद पर विराजमान भी न हो पाया था कि दरवाज़े पर ग़फ़ूरन बुआ गालियाँ गरजने लगीं, धनिया ने अपनी आदत के मुताबिक जण्डैलसाहबा की वर्दी पर हाथ फेरकर उनके ज़नानेपन को छेड़ दिया था, "ऐ तेरी जवानी में आग लगे, तेरे चाहनेवाले का बुरा हो, खुदा का क़हर नाज़िल हो तुझ पर..." ग़फ़ूरन बुआ रस्सी की तरह कोसने बटने लगीं। उन्होंने भी बादशाह से इसी वक्त इस झगड़े का फ़ैसला चाहा। दीवानख़ाने में हँसी-मज़ाक की चहक भर गयी। सब ओर से इनसाफ़ की फ़रमाइश हुई। दो मुक़दमे थे, एक फ़रियादी ने बेगमसाहिबा से फ़रियाद की थी और दूसरी ने बादशाह सलामत से। नसीरुद्दीन ने कहा कि पहले हम मुक़दमे का फ़ैसला करेंगे और बेगमसाहिबा बोलीं कि धनिया ने पहले हमसे फ़रियाद की थी, लिहाज़ा पहला मुक़दमा हमारे इज़लास में पेश होगा। दोनों क़ाज़ियों में भी 'पहले हम पहले हम' का झगड़ा पड़ा तो दलवी बोली, "अब तो ऐसा लगता है कि सबसे पहले इस कनीज़ ही को क़ाज़ी बनना पड़ेगा। मैं मोहर उछालती हूँ, हुज़ूर फरमाएँ कि इबारत या मछली..."

"मछली मेरा निशान है। या अली, मेरी दुआ क़बूल हो।" नसीरुद्दीन हैदर ने हाथ बढ़ाकर कहा।

"या अली, मेरी दुआ क़बूल हो।" क़ुद्सियाबेगम ने कहा।

दलवी ने मोहर उछाली, क़ुद्सियाबेगम जीत गयी। बादशाह सलामत को आम तौर पर शर्तें जीतने का अभ्यास है, ज़िन्दगी की इस पहली हार से वे अनमने हुए, आँखों के डोरों में सुर्ख़ी झलमलाने लगी, भौंहों में बल पड़ गये। क़ुद्सियाबेगम ने यह रुख़ देखा तो ख़ुद भी भौहों में बल डालकर बादशाह को हलके हाथ से धक्का-सा देकर कहा, "ऐ जाइए भी, ज़रा-सा मन का न हुआ तो लगे लाल-पीले होने। अल्लाह ताला के इनसाफ़ पर क्यों नहीं जाते जो बादशाह का दिल भी रखता है और नाचीज़ कनीज़ का भी। अच्छा चलिए आइए, पहले मैं इनसाफ़ करूँगी। धनिया अपना मुक़दमा पेश कर।"

धनिया ने गरदन में लोच डाल बनते हुए कहा, "ऐ वाह हुज़ूर मेरा मुक़दमा

कोई मामूली है? जिसके ख़िलाफ़ दावा दायर किया है वह दीनों-दुनिया का बादशाह है। मैं तो लक्खी चबूतरे पर इनसाफ़ लूँगी।"

बादशाह को क़ुद्सियाबेगम की मीठी फ़टकार ने ताज़गी दी, प्रतिवादी बनकर उन्हें इस मुक़दमे में मज़ा आने लगा। लाख रुपये फ़ौरन मँगाये गये और जब तक कि नौकर यह रक़म लेकर आएँ-आएँ तब तक नये-नये दिल बहलाव होते रहे। पतंगों का तज़किरा चला, दूसरे दिन दोपहर में बादशाह और बेगम में पेंच लड़ेंगे यह तय हुआ।

बातें करते-करते लाख रुपये आ गये। दीवानख़ाने में ढेरी लगाकर उनका चबूतरा बनाया गया, उस पर क़ालीन बिछा, मसनद लगी। सबने बड़ी-बड़ी तारीफ़ें कीं, लक्खी चबूतरा क्या बना गोया नायाब करिश्मा हो गया। लेकिन क़ुद्सियाबेगम उस पर बैठी नहीं, महज़ उठकर पैर के अँगूठे से उसका एक कोना छूकर रुपयों की एक गड्डी बिगाड़ दी। फिर इनसाफ़ का खेल रचा। धनिया ने अपना दावा पेश किया, बादशाह ने उज्रदारी की, फ़रमाया कि ग़फ़ूरन बुआ किसी की माशूक़ बनने के क़ाबिल ही नहीं हैं। वो तो ख़ासी मर्द लगती हैं, कोई उनको माशूक़ की तरह हरगिज़ न अपनाएगा, चाहे मर्द हो या औरत हो।"

धनिया मुँहचढ़ी थी, उसने फ़ौरन ही बात काटी और कहा कि जब किसी मूँछोंवाली को हमारे बादशाह सलामत-जैसा हुस्नो-इश्क़ का क़द्रदाँ अपनी माशूक़ा बनाकर उस पर अपना तन-मन-धन निछावर कर सकता है तो ग़फ़ूरन बुआ किसी की महबूब क्यों नहीं बन सकतीं।

धनिया की बात ठीक-ठिकाने लगी, बादशाह झेंप गये। दुलारी के होठों पर हलके-हलके रोएँ थे जो कभी आलमपनाह की नज़रों में दुलारी की ख़ूबसूरती में चार चाँद लगा देते थे। क़ुद्सियाबेगम वाक़ई दुलारी से कहीं ज़्यादा हसीन थी। वह मुक़द्दरे-आलियाबेगम और नवाब ताजमहल की तरह बर्फ़ के डले-सी न होकर भी नाज़ुक अन्दाम थी। गोरी, बड़े सुडौल बदनवाली, गोल चेहरा, बड़ी-बड़ी आँखें, कमानदार भौंहें और सबसे अधिक सुन्दर उसकी सतेज आँखों और मुख-मण्डल पर चमकनेवाला अदमनीय व्यक्तित्व था जो क़ुद्सियाबेगम को सहसा आकर्षक और आदर की पात्री बना देता था।

झेंपकर बादशाह सलामत ने धनिया का दावा मान लिया, हरजाने में मोतियों की माला एक धनिया को और एक उसकी माशूक़ा ग़फ़ूरन बुआ की ओर फेंक दी। ग़फ़ूरन बुआ ने माला तो उठा ली मगर बड़बड़ाती रहीं। हँसी-ख़ुशी यह खेल ख़त्म हुआ, लाख रुपयों की ढेरी थैलियों में भरी जाने लगी। क़ुद्सियाबेगम बोली, "जिस दौलत को मैं ठुकरा चुकी हूँ वह ख़ज़ाने में वापस न जाएगी। बादशाह सलामत इनसाफ़ करेंगे, यहीं की यहीं तक़सीम होगी।"

बादशाह सलामत धनिया पर ख़ुश थे, फ़रमाया कि सूझ इसी की है लिहाज़ा

आधा चबूतरा उसका और बाक़ी बराबर के हिस्सों में सबको तक़सीम कर दिया जाय। धनिया महरी ने आगे बढ़कर हुज़ूर की क़दमबोसी की और कहा, "ज़िल्लेसुभानी, नाचीज़ पर आलमपनाह का साया सदा बरक़रार रहे। अल्ला रखे, क़ुर्बान जाऊँ, इस जुगल जोड़ी पर सदाअली की अमाँ रहे। एक इजाज़त चाहती हूँ, इस रक़म से हुज़ूर की रिआया के लिए कोई भला काम करना चाहती हूँ ताकि दुनिया जाने कि शाहेअवध की हक़ीर लौंडी-बाँदियाँ तक रिआया की बहबूदी के वास्ते बेक़रार रहती हैं। मैं बुद्धेसुरों महादेव के रास्ते में एक पुल बनवाना चाहती हूँ। वहाँ एक बड़े पहुँचे हुए फ़क़ीर रहते हैं, सारी ख़िलकत उनकी ज़ियारत के लिए जाती है, हुज़ूर की रिआया को बड़ी तकलीफ़ है। और हुज़ूर, अपना नाम क़ायम रखने के लिए एक मस्जिद भी बनवाना चाहती हूँ।"

बादशाह नसीरुद्दीन हैदर धनिया महरी का यह प्रस्ताव सुनकर बड़े ही प्रसन्न हुए। उन दिनों इस्लामी धार्मिक स्थल बनवाने के लिए शाही सरकार की ओर से धन की सहायता दी जाती थी; मस्जिद के बहाने धनिया के लिए नयी आमदनी का द्वार भी खुल गया और मौक़े का यश भी हाथ लगा। प्रसंग छिड़कर शाम की बातों का महत्त्वपूर्ण विषय बन गया। बादशाह सलामत इतने जोश में आ गये कि क़ुद्सियाबेगम की सलाह के अनुसार उन्होंने सल्तनत के कामों में रोज़ वक्त देने की ठानी। क़ुद्सियाबेगम का आग्रह था कि ख़र्च पर क़ाबू किया जाय और रिआया के हक़ में अच्छे-अच्छे काम किये जायँ जिससे कि अँगरेज़ गवर्नर जनरल पर भी अच्छा असर पड़े। लार्ड विलियम बैण्टिक बार-बार कड़ी चेतावनी भेजते थे। क़ुद्सियाबेगम ने कहा कि इससे रिआया में उनकी साख़ बढ़ेगी, रिआया ख़ुशहाल होगी तो फिर अँगरेज़ों की हिम्मत भी इस तरह धमकियाँ देने की न होगी। बादशाह सलामत पर इन बातों का बहुत अच्छा असर हुआ। यतीमों के लिए लंगरख़ाना और आम रिआया के लिए शफ़ाख़ाना खोलने का क़स्द किया।

हकीम मेंहदीअली ख़ाँ भी उस वक्त ख़ज़ाने में दौलत की कमी को पूरा करने में जी-जान से लगे हुए थे, यद्यपि उनका दृष्टिकोण दूसरा था। वे ज़मींदारों को बढ़ाकर उनका राजनीतिक दल मज़बूत करना चाहते थे, साथ ही शहर के विलासी अमीरों के लिए तुरन्त धन इकट्ठा करना चाहते थे। शाही अमले आग़ामीर के बाद बादशाहबेग़म और मलिकए-ज़मानियाँ की आपसी राजनीतिक चालों के कारण निरंकुश और लापरवाह हो चुके थे। शाही सेना में सुचारु संगठन और संयम न होने के कारण उसमें अवध की विद्रोही प्रजा से मालगुज़ारी वसूल करने की शक्ति न रही थी। नवाब सआदतअली ख़ाँ ने मालगुज़ारी वसूल करने की पुरानी इजारेदारी पद्धति को समाप्त कर अमानी पद्धति चालू की थी। इजारेदार मालगुज़ारी के अतिरिक्त अपना मोटा मुनाफ़ा मारने के लिए प्रजा को बहुत सताते थे। नवाब ने जब बीच के दलाल को हटा दिया और प्रजा से सीधा कर वसूल किया तो प्रजा

के प्राण बचे, रोज़ की लूट ख़त्म हुई, खेतीबारी निश्चिन्त होकर फलने-फूलने लगी; अच्छी शासन-व्यवस्था के कारण राजख़ज़ाने की भी दिनोंदिन उन्नति हुई, साथ-साथ प्रजा में भी वैभव-समृद्धि के दिन बहुरे थे। परन्तु शासन की कुव्यवस्था के कारण अमानी पद्धति से राजकोष को बहुत घाटा हो गया। हकीम मेंहदी अली ने फिर से इजारा-पद्धति चलाकर राजकोष के लिए धन खींचना तो आरम्भ कर दिया परन्तु प्रजा को दो चक्की के पाटों में पिसने के लिए छोड़ दिया।

हकीम मेंहदी अली ख़ाँ की सख़्ती से कम-से-कम राजधानी में शाही महकमे सुचारु रूप से काम करने लगे। शहर की बदअमनी कम हुई। बादशाह भी काम-काज पर नज़र रखने लगे, हालाँकि उनकी नज़र बेमानी थी। हकीम मेंहदी जो सुझा देते वह उन्हें ठीक लगता था। मौक़ा देखकर और अँगरेज़ों से संकेत पाकर उन्होंने एक नयी चाल चलना आरम्भ किया। क़ुदूसियाबेगम की बड़ी-बड़ी तारीफ़ें करना शुरू किया और बादशाह को इशारतन् यह यक़ीन भी दिलाने लगे कि सही और सच्चा साथी मिल जाने के कारण बादशाह सलामत निश्चय ही किसी दिन सर्वशक्तिमान् के प्रताप से शासन के भावी उत्तराधिकारी के पिता भी बन सकते हैं। अभी उनकी उम्र ही क्या है? और इस ख़ुशामद के साथ ही उन्होंने बादशाह सलामत को गवर्नर जनरल का वह ख़रीता भी दिया जिसमें युवराज के पद के लिए मुन्नाजान और कैवाँजाह में एक को चुनने का तुरन्त आग्रह था।

नसीरुद्दीन चौंका; उसे सोचना पड़ गया और अन्त में उसने मुन्नाजान की वैधता के प्रति शाही कार्रवाई करने का आदेश दे दिया।

गड़े मुरदे उखड़ने लगे। हकीम मेंहदी ने मुन्ना धोबिन के पति पीरा धोबी, पड़ोसी परवरिशअली, मिर्ज़ा इनायतअली, शेख़ ज़ैनुल्लाह, दौलतख़ाना क़दीम की दाई मुसम्मात महताब, बादशाह बेगम की पुरानी दासी नौबतीख़ानम मुगलानी आदि के बयान लेकर तफ़तीश करने के पूरे नाटक के साथ यह नतीजा निकाला कि मुन्नाजान बादशाह सलामत की औलाद नहीं है; वह पुराने मन्त्री और बादशाहबेग़म के वात्सल्य-भाजन मीर फ़ज़लअली की जारज सन्तान हो सकता है।

बादशाहबेग़म इस तमाम कार्रवाई से आग-बबूला हो उठीं। उन्होंने भी बरसों का गड़ा मुरदा उखाड़ा, अँगरेज़ सेक्रेटरी को ख़त लिखकर यह बतलाया कि धोबी की सन्तान तो दरअसल नसीरुद्दीन हैदर है जिसे स्वर्गीय बादशाह ग़ाज़ीउद्दीन हैदर ने अन्यायपूर्वक अपना उत्तराधिकारी बनाकर गद्दी दे दी। दरअसल गद्दी के असली मालिक उनके दोहते नवाब मुहसानुद्दौला हैं।

लेकिन इस ख़त का कोई असर न हुआ। बात बड़ी पुरानी थी और नवाब सआदतअली ख़ाँ के जीवन काल ही में इसका सच-झूठ परखा जा चुका था। बादशाहबेग़म ने जलन के मारे पहले भी यह ख़बर उड़ायी थी परन्तु ग़ुस्सा ठण्डा हो जाने पर, फ़ैज़न बीबी और ससुर नवाब सआदतअली ख़ाँ के समझाने-बुझाने पर

उन्होंने अपनी झूठी ख़बर को नन्हे से नसीरुद्दीन को अपनी गोद में उठाकर सरेआम झूठा साबित कर दिया था। लखनऊ के राजनीतिक क्षेत्रों में लोग यह भी जानते थे कि उसी पुरानी बात का बदला लेने के लिए आग़ामीर ने मुन्नाजान के पैदा होने पर उसे पीरा धोबी की औलाद बतलाया था।

अपनी औरस सन्तान फ़रीदूनबख़्त रफ़ीउद्दीन हैदर उर्फ़ मुन्नाजान को नसीरुद्दीन हैदर जिस निर्ममता से त्याग सका उसके पीछे एक मानसिक प्रक्रिया काम कर रही थी। मुन्नाजान के जन्म से पूर्व माता की नीतिवश पचीस महीने तक उसके गर्भ में रहने की सूचना के बावजूद पुत्र-जन्म के अवसर पर वह परम प्रसन्न हुआ था। उसमें अपने प्रति आस्था उत्पन्न होने लगी; परन्तु उसकी पुंसत्व-शक्ति के प्रति शंका-भरे ज़ोरदार आग़ामीरी प्रचार से और दुलारी के स्वार्थवश मीर फ़ज़लअली तथा मुन्नाजान की माता अफ़ज़लमहल के प्रति शंका के बीज बो देने के कारण उसका जमता-जमता-सा आत्म-विश्वास तिरोहित होने लगा। बहुत कच्ची उम्र ही में बाँदियों के साथ विषय-भोग के अतिचार से उसकी शक्ति क्षीण हो चली थी, भरी जवानी में निरन्तर उसे हकीमों की शरण लेनी पड़ी थी। आग़ामीर ने नसीरुद्दीन की इसी शर्म को उभारकर उसके मन में झकोला डाल दिया था। चूँकि ग़ाज़ीउद्दीन हैदर भी बादशाहबेग़म से अपने वैमनस्य के कारण पोते को अपना न मानते थे और दुलारी-सुलखिया षड्यन्त्र के कारण वह उन दिनों अपनी सौतेली माता के क़ब्ज़े से निकलकर पिता के प्रभाव में आ गया था, इसलिए हठ के साथ उसने मुन्नाजान और उसकी माता की ओर से अपना मुँह मोड़ लिया, उनसे चिढ़ने लगा था। बाद में जब ग़ाज़ीउद्दीन हैदर तक ने मुन्नाजान को अपना पोता मानकर उसे गोद में लेकर खिलाया तब भी नसीरुद्दीन उसे अपना न सका। उस समय दुलारी उसके सिर पर जादू की तरह चढ़कर बोलती थी। नसीरुद्दीन बादशाहबेग़म और बादशाह ग़ाज़ीउद्दीन के झगड़े में पड़कर अपने पुत्र से विरक्त तो हो ही चुका था, दुलारी के कान भरने के कारण उससे घृणा भी करने लगा; इतनी घृणा कि किसी ग़ैर की औलाद को, सफ़ेद झूठ को, अपना बेटा और वलीअहद मान लिया। ग़ाज़ीउद्दीन हैदर का देहान्त हो जाने पर जब वह गद्दी पर बैठा तब राज्य के भावी उत्तराधिकारी के निर्वाचन के लिए एक ओर से बादशाहबेग़म का ज़ोर पड़ने लगा, दूसरी ओर से मलिकए-ज़मानियाँ का। मुन्नाजान और कैवाँजाह दोनों ही बादशाह के पुत्र माने जाने लगे। यही नहीं आयु में तीन वर्ष बड़ा होने के कारण रुस्तमअली का बेटा मुहम्मदअली कैवाँजाह नसीरुद्दीन हैदर के बेटे मुन्नाजान उर्फ़ रफ़ीउद्दीन हैदर फ़रीदूनबख़्त के मुक़ाबले में बादशाह का जेठा बेटा माना गया।

और इसलिए अब क़ुद्सियाबेगम के प्रभाव में आ जाने के बाद भी, बड़ी-बड़ी पट्टियाँ पढ़ायी जाने के बावजूद नसीरुद्दीन हैदर जिस निःस्पृहता के साथ मुन्नाजान का पिता होना अस्वीकार कर सका, उस तरह कैवाँजाह का पिता होने की अपनी

पुरानी स्वीकारोक्ति को नामेट करने में उसे बड़ी झिझक और झेंप मालूम हुई। यह नहीं कि नसीरुद्दीन कैवाँजाह को अब भी अपनी मानस सन्तान मानने के भ्रम में था, वरन् इसलिए कि उसके बेटों के रूप में जाने गये दोनों लड़कों के जनक-पद को अस्वीकार कर देने से प्रजा में उसकी बड़ी बदनामी फैलेगी। नसीरुद्दीन यह नहीं चाहता था कि दुनिया उसे नपुंसक समझे, किसी प्रकार भी हीन समझकर खिल्ली उड़ाए।

हकीम मेंहदी हार गये, पर क़ुद्सियाबेगम न हारी। वह सम्पूर्ण मन से नसीरुद्दीन को चाहती थी। वह अपने उपकारकर्ता पर रीझ गयी थी; उसने नसीरुद्दीन के नन्हे बच्चे-से मासूम दिल को परखा, उसका दर्द समझा; उसने नसीरुद्दीन की झूठी ख़ुशामद कभी न की बल्कि अपना सहज विश्वास देकर उसका मन जीता। हकीम मेंहदी के संकेत से प्रेरणा पाकर क़ुद्सियाबेगम के मन में भी महत्त्वाकांक्षा जाग उठी थी। नसीरुद्दीन शक्तिशाली पुरुष न होने पर भी पिता बनने के सामर्थ्य से नितान्त हीन भी न था।

नसीरुद्दीन अपने-आपको स्वस्थ रस प्रदान न कर पाने के कारण हीन भावना की प्रतिक्रियावश हठपूर्वक विषय-विकृतियों में उसे पाने का बहाना करता था। क़ुद्सियाबेगम अपने साथ अंग-संग करते समय उसके अन्दर सन्तान का पिता होने की चाहना जगाती थी। वह उसे यह समझाती थी कि शुद्ध अन्तःकरण से सन्तान की कामना करने वाले दम्पती की आस भगवान् अवश्य पूरी करते हैं। सन्तान का पिता बनने की तीव्र भावना भरकर क़ुद्सियाबेगम ने नसीरुद्दीन की जीवनचर्या को भी काफ़ी हद तक संयम से साध दिया। क़ुद्सियाबेगम अपने लिए निर्धारित जेब-ख़र्च की रक़म से लगभग तीन चौथाई धन बचाकर नसीरुद्दीन हैदर को जेब-ख़र्च के लिए दे देती थी जिससे बादशाह को अपने ख़र्चों के लिए बार-बार हकीम मेंहदी से अँगरेज़ों की आड़ में धमकियाँ सुनने की शर्मिन्दगी न उठानी पड़े। मगर नसीरुद्दीन में यहाँ तक परिवर्तन हो चुका था कि वह उसे ख़र्च न करके अलग सन्दूक़ में जमा करता चलता था।

क़ुद्सिया ने नसीरुद्दीन में नयी आस्था भरकर उसे यह समझाया कि वह असत्य का भ्रमजाल अपने भावी सुख के लिए काट दे, अन्यथा जब भगवान् उसे अपने पुत्र का पिता बनाएँगे तब अपने नक़ली पुत्र को राज्याधिकार दे देने के कारण उसे आजीवन हाथ मल-मलकर पछताना पड़ेगा।

बात नसीरुद्दीन हैदर के दिल में जगह कर गयी। उसने अपनी झूठी शर्म तोड़कर कम्पनी सरकार के आला अफ़सरों के समक्ष यह स्वीकार कर लिया कि ग़लत सलाह और दबाव में पड़कर उसने कैवाँजाह को अपना पुत्र और उत्तराधिकारी माना था। गवर्नर जनरल ने बादशाह को पत्र लिखकर उसकी ईमानदारी और नैतिक साहस की बड़ी प्रशंसा की।

अँगरेज रेज़िडेण्ट ने लखनऊ स्थित गोरी रेज़िमेण्टों को, रेज़िडेन्सी के सिपाहियों और अधिकारियों को यह आदेश दे दिया कि मुन्नाजान अथवा कैवाँजाह को राजपुत्र मानकर अब तक दिया जाने वाला सम्मान भविष्य में बन्द कर दिया जाय, उन्हें सलाम न किया जाय।

बादशाहबेग़म और मलिकए-ज़मानियाँ दोनों ही दाँत पीसकर रह गयीं। बादशाहबेग़म ने हकीम मेंहदी को बड़ी-बड़ी धमकियाँ भिजवायीं। अपने पुराने शत्रु आग़ामीर के प्रति शत्रुता भुलाकर उसे बुला लाने के लिए कानपुर पत्र भी भेजा, लेकिन हकीम मेंहदी के आदमी पत्रवाहक को ही पकड़कर ले आये।

मलिकए-ज़मानियाँ ने क़ुद्सियाबेगम के विरुद्ध बड़े-बड़े टोने-टोटके करवाये, कोसने काढ़े, षड्यन्त्र रचे, ज़ेवरों के सन्दूक़चे में काला साँप छुड़वाने की कोशिश भी की, परन्तु सारे प्रयत्न निष्फल गये। उसका बुलन्द सितारा डूब चुका था।

उनतीस

अँगरेज़ सरकार हकीम मेंहदी से परम प्रसन्न थी। उनकी ज़मींदारों का पोषण करने वाली नीति के कारण सामन्त और औले-दौले दरबारी बड़े प्रसन्न थे और गाँवों की प्रजा उनके अत्याचारों से पीड़ित होकर राज्य छोड़कर भाग रही थी। प्रजा में नवाबी शासन के प्रति असन्तोष बढ़ गया था। अँगरेज़ इस स्थिति को अपने लिए शुभ मानते थे। दोनों उत्तराधिकारियों का पत्ता कट जाना भी वह अपने लिए शुभ मानते थे।

हकीम मेंहदी अँगरेज़ों की पुरानी मँजी हुई गोट थे। अठारहवीं शताब्दी के अन्त में वे आज़मगढ़ ज़िले के ज़मींदार बू अलीहकीम के यहाँ कारिन्दा थे; परन्तु उन्नीसवीं शताब्दी का जन्म होते ही नवाब वज़ीरअली की गद्दी छिनवाकर नवाब सआदतअली ख़ाँ को देने के एवज़ में रिश्वत या दलाली के बतौर जब अवध राज्य का वह क्षेत्र अँगरेज़ों के अधिकार में आ गया तो हकीम मेंहदी को अपनी नौकरी से हाथ धोना पड़ा। आदमी वह बड़े चतुर, व्यावहारिक, कार्यकुशल और दूरन्देश थे। मालिक की ज़मींदारी छिन जाने पर शाही सरकार से मुवाअज़ा वसूल करने के सिलसिले में उन्हें कई बार लखनऊ आने-जाने के अवसर मिले; दीवान के मन पर उन्होंने अपनी योग्यता का अच्छा प्रभाव डाल दिया था। इसलिए बेकार होते ही, रोज़ी-रोज़गार की तलाश में लखनऊ की ओर पयान किया।

नौजवानी का आलम था, तक़दीर के चढ़ते दिन थे। अपने ज़माने की सरनाम तवायफ़ पियाजू इन पर सौ जान से क़ुर्बान हो गयी। उसके पास माल था और हकीम मेंहदी की दीवान तक रसाई थी; तोड़-जोड़ बैठा। हकीम साहब मुहम्मदी ज़िले के

बड़े ज़मींदार हो गये। पियाज़ूजान ने ज़मानत की रक़म, बत्तीस हज़ार रुपये शाही ख़ज़ाने में जमा करने को दिये और हकीम मेंहदी ज़िन्दगी भर के लिए उसके बँधुआ हो गये, एक-दूसरे से ख़ूब निभी, बहुत ख़ूब निभी।

पियाज़ू की लक्ष्मी से चमक पाकर हकीम मेंहदी के हौसले जागे। उन्होंने अपने छोटे भाई हादीअली ख़ाँ के ज़िम्मे तो ज़मींदारी का काम सौंपा और आप लखनऊ में रहकर दरबार में अपना प्रभाव बढ़ाने लगे। दोनों भाई दुनियादारी में पूरे होशियार थे, दोनों का एक-दूसरे से भला भरोसा था। उधर आमदनी बढ़ती गयी, इधर पियाज़ू की पुरानी जान-पहचानों का लाभ उठाकर हकीम मेंहदी राजधानी के उच्चतम समाज में अपना स्थान बनाने लगे। होते-करते दस-बारह बरसों में नवाब वज़ीर सआदत अली ख़ाँ की नज़रों में अपनी योग्यतावश चढ़ गये। मुहम्मदी ज़िले के अलावा ख़ैराबाद ज़िला भी इनके ताल्लुक़े में आ चुका था। इनका प्रबन्ध अच्छा था; पैसा सख़्ती से वसूल करते थे मगर खेती के लिए अपनी प्रजा को सुविधा-सुरक्षा प्रदान भी करते थे। प्रजा इनके राज में कम-से-कम अनेक की लूट, रोज़ की लूट से बचकर तनिक सुख की साँस ले सकती थी। समय को देखते हुए यही बहुत था। इससे इनका यश अच्छा फैल रहा था। हकीम मेंहदी नवाब सआदत अली ख़ाँ और रेज़िडेन्सी के साहबाने आलीशान की नज़रों में चढ़ गये। लेकिन इनकी चालाकी ने अँगरेज़ों का काइयाँपन भी जगा दिया। दरबारी राजनीति के चक्कर में पड़कर हकीम मेंहदी अली ख़ाँ एक दिन अपनी कोठी वापस जाते वक़्त गुण्डों से घिरवाकर पिटवाये गये, उन्हें ज़लील किया गया।

हकीम मेंहदी के लिए यह पिटना भी फल गया। वे नवाब वज़ीर की नज़रों में ऊँचे उठ गये; उन्होंने हकीम मेंहदी को अपना नायब मुक़र्रर किया। अपना आधा राज्य अँगरेज़ों द्वारा हड़प लिये जाने के कारण सआदत अली ख़ाँ टूट चुके थे। अपने जीवन के अन्तकाल में विलासी और चिड़चिड़े हो गये थे। उन्हें किसी पर भरोस न रह गया था। अँगरेज़ों की शत्रुतावश अपमानित होने वाला व्यक्ति जो कुशल व्यवस्थापक होने का भी यश अर्जित कर चुका था, सआदत अली ख़ाँ का विश्वासपात्र बना। अँगरेज़ उससे बहुत चिढ़ते थे पर सआदत अली ख़ाँ की बची-खुची प्रजा हकीम मेंहदी के कुशल प्रबन्ध से सुरक्षित थी। अँगरेज़ों की कूट राजनीति से सतर्क रहकर मोर्चा लेने की मेधा होने के कारण टूटा हुआ नवाब वज़ीर सआदत अली ख़ाँ उनके भरोसे निश्चिन्त हो गया था। हकीम मेंहदी अँगरेज़ों की आँख का काँटा बन गये। लार्ड हेस्टिंग्ज़ ने नवाब वज़ीर पर ज़ोर डालकर हकीम मेंहदी को नायाबत से, लखनऊ से हटाकर दूर फेंक दिया।

आग़ामीर चढ़ती गोट बने; बाद में उनके कारण हकीम साहब को शाही इलाक़ा ही छोड़कर भागना पड़ा। वे अँगरेज़ों की अमलदारी फ़तहगढ़ में बस गये और अँगरेज़ों के आगे अपना मत्था टेक दिया।

अब साहबाने-आलीशान से रसूक़ बढ़ाने लगे। एक बार बड़े लाट को शिकार भी खिलाया, बड़ी-बड़ी ख़ुशामदें कीं। बरसों में जाके दिन अच्छे आये। अब सवा सोलह आने अँगरेज़ों की भलाई का रुख़ रखकर ही सोचते थे। मँजे हुए इन्तज़ामकार थे ही, नसीरुद्दीन के ज़माने में मन्त्रिपद पर लौटकर, शासन की झँझरी नैया देख इन्होंने लखनऊ के बादशाह और उसके दरबार के प्रभावशाली व्यक्तियों तक धन की धार बहा लाने की चटपट व्यवस्था तो इजारेदारी पद्धति चला के कर दी परन्तु प्रजा में त्राहिमाम् मच गया। न जाने कितनी औरतों ने अपनी लाज बचाने के लिए गोमती, सरयू और गंगा में अपने प्राण दिये होंगे। अवध की धरती के न जाने कितने कुएँ सहमी सतियों के स्मारक बन पटे पड़े होंगे। हकीम मेंहदी को उसकी कोई परवाह न थी। अँगरेज़ हाकिम को यही नीति पसन्द भी थी। दोनों उत्तराधिकारियों को पदच्युत करा हकीम मेंहदी कम्पनी सरकार की नज़र में बहुत ऊँचे उठ गये थे। लार्ड विलियम बैण्टिंक ने हकीम साहब से यहाँ तक रिश्ते स्थापित कर लिये थे कि निजी और गोपनीय पत्र लिखते थे। हकीम मेंहदी ने एक ही नीति अपनायी कि जब बादशाह तथा प्रमुख दरबारी विलास की निशा में सोते रहें तब वे अर्थ संचय तथा अँगरेज़ों की राजभक्ति अर्जित कर संयमी की भाँति सफलतायोग सिद्ध करते रहें।

हकीम मेंहदी ने बादशाहबेग़म और मलिकए-ज़मानियाँ को तो ज़माने की नज़रों में हाथी से उतारकर गधे पर बिठा ही दिया था। अब तक क़ुद्सियाबेगम को भी क़ाबू में रखने के लिए बढ़ा-बढ़ी करने लगे। कहलवाया कि बेगमसाहिबा जो ख़र्च बचाकर बादशाह सलामत को वापस कर देती हैं वह क़ानूनी ख़ानापूरी के लिए पहले शाही ख़ज़ाने में आना चाहिए। क़ुद्सियाबेगम अड़ गयी, कहा, "वह रक़म मेरी है जो बादशाह की बेगम की हैसियत से मुझे मिलती है। बादशाह मेरे शौहर भी हैं। मेरी और मेरे शौहर की मिल्कियत एक है। रक़म के साथ क़ानूनी कार्रवाई का कोई सवाल ही नहीं उठता।"

हकीम मेंहदी मान गये कि मोरचा तगड़ा है और बादशाह सलामत तो क़ुद्सियाबेगम की इस दबंगदिली पर बार-बार बलिहार हो गये।

तीस

नवाब मुक़द्दरेजमाँ मेहदेउज़्ज़मा बिल्क़िस दौरान मलिकए-आफ़ाक़ क़ुद्सिया सुल्तान मरयम बानूबेगम से मुँह की खाकर मुन्तज़ामुद्दौला हकीम मेंहदी अली ख़ाँ की बड़ी किरकिरी हुई। जलनेवालों को रंग जमाने का मौक़ा मिला। आपसी महफ़िलों में, मुशायरों में, तवायफ़ों के कोठों पर और वहाँ से उतरते हुए पनवाड़ी के यहाँ, अत्तार की ज़बान पर ग़र्ज़े कि गली-कूचों में लोग कहने लगे कि क़ुद्सियाबेगम ने हकीम

मेंहदी को भी उन्हीं के घाट पर पानी पिला दिया। क़ुद्सियाबेगम की बड़ी तारीफ़ हुई; वाद के चर्चे में मलिकए-ज़मानियाँ और बादशाह बेगम की बातें इस समय नये व्यक्ति की पराजय होने पर सहानुभूति का विषय बन गयीं। यही समय का चलन था। जनता सबके ख़िलाफ़ शिकायतों से भरी हुई थी। जो व्यक्ति जब तक शासन कर सकता, सत्ता की बागडोर को मज़बूती से थामे रह सकता, लोग उसके सामने घिघियाते थे, गिड़गिड़ाते थे और मन-ही-मन जलते थे; जब वह पराजित होता तो अपने अन्दर की सारी नपुंसक घृणा को खिल्ली उड़ाने के तौर पर बड़ी बहादुरी और बड़े जोश से निकाल फेंकते थे।

हकीम मेंहदी के कानों तक ख़बरें पहुँचीं तो बड़े झल्लाये। फिर से अपने रोब को क़ायम करने के लिए नयी तदबीरें सोचने लगे। मलिकए-ज़मानियाँ तो एकदम सीधी हो गयी थी। उसने अपनी हैसियत पौढ़ी कर ली और चुपचाप राजनीति से पीछे हट गयी। अब वह धर्म के क्षेत्रों में दान-पुण्य कर अपना यश स्थायी रखने के अहिंसक प्रयत्न कर रही थी। लेकिन बादशाहबेग़म के दरबार से अब भी हकीम मेंहदी को जली-कटी सुनने को मिलती थी। शाहेअवध अब भी अपनी सौतेली माता का आदर करते थे।

हकीम मेंहदी ने इस बार अधकुचली नागिन का फन पूरी तौर पर कुचल देने की ठानी। उन्होंने आये दिन बहाने-बहाने से बड़े आड़े-तिरछे घूमकर राजा दर्शनसिंह ग़ालिबजंग की मार्फ़त नयी नवेलियों का तोहफ़ा भेजकर बादशाहबेग़म के ख़िलाफ़ नसीरुद्दीन के कान भरने शुरू किये। उन्होंने उस ख़ुफ़िया ख़त का ज़िक्र किया जिसे बादशाहबेग़म ने अँगरेज़ सेक्रेटरी को लिखा था और जिसमें बादशाह सलामत को धोबी की औलाद बतलाकर राजमाता ने अपने दोहते मुहसानुद्दौला को गद्दी का असली हक़दार बतलाया था।

बादशाह सलामत की आँखों में ख़ून उतर आया। देह में तमतमाहट छा गयी मगर इन दिनों बादशाह को क़ुद्सियाबेगम के अंकुश में रहने की ऐसी आदत पड़ गयी थी कि दम-दम पर उन्हें बाँध लेती। कुछ जवाब न दिया और क़ुद्सियाबेगम से सलाह कर लेने तक अपना कोई रुख़ न जतलाने का दृढ़ निश्चय कर नसीरुद्दीन हैदर के तेवर एक क्षण में बदल गये। हकीम मेंहदी अपने बादशाह के मिज़ाज में यह नया करिश्मा देख भौचक्के रह गये। उनकी समझ ही में न आया कि यह अदृश्य प्रभाव किसका था जो हकीम मेंहदी के द्वारा चलाये गये इतने बड़े तीर को कारगर होते-होते खट से नाकाम कर गया, किसका जादू था, राजमाता का या आज की पटरानी का?

क़ुद्सियाबेगम किसी भी हालत में बादशाह सलामत को बादशाहबेग़म की ज़ाहिरा शानोशौकत कम करने की सलाह देने या उनसे लड़ाने के ख़िलाफ़ थी। इस पत्र के मज़मून को लेकर अगर सौतेले माँ-बेटे में जंग छिड़ेगी तो तौहीन हर तरह

से शाहे-ज़माना ही की होगी और उस गड़बड़ी में अँगरेज़ों को अपनी टाँग अड़ाने का एक नया मौक़ा मिल जाएगा। हो सकता है कि वह नसीरुद्दीन को नवाब वज़ीर अली की तरह गद्दी से उतारकर किसी और को बिठा दें। बड़े चाचा को गद्दी दे दें, अँगरेज़ों का कोई भरोसा नहीं।

नसीरुद्दीन को यह सलाह बहुत माक़ूल जँची। उसने उसके बाद भी उस पत्र के विषय में हकीम मेंहदी से कोई चर्चा न की। लेकिन हकीम मेंहदी आसानी से पीछा छोड़नेवाले न थे। उन्होंने क़ुद्सियाबेगम से आड़े-तिरछे तौर पर बड़े तकल्लुफ़ से हार मान ली; यों क़ुद्सियाबेगम के अहम् को सन्तुष्ट कर अपना खेल खेलना चाहा।

उन्होंने पग-पग पर मुन्नाजान का अपमान कराना आरम्भ किया। रूमी दरवाज़े की कोतवाली और महल के बाहर के सिपाही तक मुन्नाजान की खिल्ली उड़ाते थे। डर के मारे उसने बाहर निकलना ही छोड़ दिया। वह बादशाहबेग़म का बड़ा लाड़ला था। अब तक दरबार में, रेज़िडेन्सी में, हाटबाज़ार में हर जगह राजपुत्र और भावी राजा के रूप में बारह-तेरह बरस के नन्हे-से बालक ने बड़े बड़ों को अपने सामने अदब से पेश आते देखा था, और अब उसका मज़ाक़ उड़ाया जाने लगा। रफ़ीउद्दीन हैदर उसे बरदाश्त न कर पाता था। वह बड़ा हठीला, बेहद चिड़चिड़ा और बददिमाग़ हो गया था। अफ़ज़लमहल और बादशाहबेग़म के लिए आठों पहर की हाय-हाय हो गयी थी। बादशाहबेग़म अपने-आपसे ऊब गयी थीं। चारों तरफ़ से घिरकर उनके कुचले दर्प की शक्ति कठोर धार्मिक निष्ठा के सहारे चमत्कारिक बनने लगी। परियों के बादशाह, बादशाहबेग़म के दैवी पति, मीरा के कृष्ण कन्हैया, हज़रत अमीरुज्जिन्नात बादशाहबेग़म को सहारा देने के लिए आसमान से ज़मीन पर आ गये और उन्होंने अपने देवजिन्नातों की फ़ौज से बादशाहबेग़म के महल को सुरक्षित करके अपनी रूहानीबेगम के महलों में डेरा डाल दिया। बादशाहबेग़म की सेज सुहागिन की तरह सजती थी, बादशाहबेग़म नयी नवेली का सिंगार कर हरदम वहीं पड़ी रहती थीं। ख़ास-ख़ास बाँदियाँ और सुल्तानमहल तथा अफ़ज़लमहल के सिवा और कोई उनके पास आ-जा न सकता था। हाँ, इनकी मार्फ़त वह ज़माने को दुआएँ देती रहती थीं।

सारी ख़िलक़त में शोर पड़ गया था कि बादशाहबेग़म के महलों में अमीरुज्जिन्नात आये हैं। शाही पीरों पर जमघट जुड़ गया। मौलवी-मुल्लों की बन आयी। ग़रीबों को ख़ैरात मिलने लगी; बड़ा ख़र्च बढ़ गया।

उन दिनों सल्तनत में हर तरफ़ फ़िज़ूलख़र्ची कम की जा रही थी, नसीरुद्दीन हैदर तक सँभल गया था। हकीम मेंहदी को छेड़ने को एक नायाब बहाना मिल गया। बादशाह अब अपनी पिछली आदत के मुताबिक़ काग़ज़ात सरसरी तौर पर पढ़ने के बजाय ग़ौर से देखकर उस पर सही करते थे। बादशाहबेग़म के यहाँ से नित नये

धार्मिक ख़र्चों की फ़रमाइश होते देखकर एक दिन नसीरुद्दीन हैदर को भी झुँझलाहट आ गयी। हकीम मेंहदी ने उतनी ही पकड़ के बल पर बादशाहबेग़म के ख़र्च की रक़में नामंज़ूर कर दीं।

बादशाहबेग़म के पास जब यह अस्वीकृति की सूचना पहुँची तो आवेश में आ गयीं। उसी वक्त नसीरुद्दीन को सूचना करवायी कि वे स्वयं उससे मिलने आ रही हैं। बादशाहबेग़म ने सीधे जाकर अपने सौतेले पुत्र को आज्ञा दी कि हकीम मेंहदी को इसी वक्त बर्ख़ास्त करो।

नसीरुद्दीन अब भी माँ को इनकार नहीं कर सकता था और अँगरेज़ अपनी नीतिवश बादशाह की घरेलू राजनीति में दख़ल नहीं दे सकते थे। जिस नसीरुद्दीन से उन्होंने आग़ामीर को हटाते वक्त कहा था कि आपको पूरा अख़्तियार है कि अपनी सल्तनत में जिसे चाहें नया ओहदा दें, जिसे चाहें गिरा दें, उसी नसीरुद्दीन ने अँगरेज़ों की बड़ी पक्की गोट, लार्ड विलियम बेण्टिंक के ख़ास आदमी मुन्तज़ामुद्दौला हकीम मेंहदी अली ख़ाँ को क़लम की एक नोक से बर्ख़ास्त कर दिया। अँगरेज़ फिटफिटाते रह गये। हकीम मेंहदी सन्नाटा खींच गये। बादशाहबेग़म ने अपनी जीत से लखनऊ की जनता में अमीरुज्जिन्नात का चमत्कार व्याप्त कर दिया। परियों का बादशाह जिसका सहायक हो उस बादशाहबेग़म का भला कोई क्या बिगाड़ सकता था? लोगों की दृष्टि में राजमाता का आदर बढ़ गया।

हकीम मेंहदी अली ख़ाँ की जगह नवाब रौशनुद्दौला अवधराज्य के महामन्त्री नियुक्त हुए। नये महामन्त्री बत्तीस दाँतों में ज़बान की तरह रहना जानते थे। उन्हें फ़क़त अपने हलुए-माँड़े से काम था, बादशाहबेग़म हों, क़ुद्‌सियाबेगम या बादशाह सलामत हों, रेज़िडेण्ट हों, उनके लगुए-भगुए उनके कुत्ते, बिल्ली हों, सबका रौशनुद्दौला बड़ा अदब करते थे। राजा दर्शनसिंह ग़ालिबजंग, मेंहदी अली ख़ाँ और मलिकए-ज़मानियाँ के सहारे धीरे-धीरे उठते हुए ख़ासे शक्तिशाली व्यक्ति हो गये थे। नवाब रौशनुद्दौला ने उन्हें, राजा बख़्तावर सिंह, दलजीत ख़वास और धनिया महरी आदि को ख़ूब पटा रखा था। क़ुद्‌सियाबेगम के महलों में वह अकसर उम्दा माल सस्ते दामों में ख़रीदा गया कहकर भिजवाया करते थे, पाँच सौ की चीज ख़रीदकर उसे दो सौ की ख़रीद बतलाना उनकी आदत हो गयी, क़ुद्‌सियाबेगम उनसे बड़ी खुश हुई। खुशामद से हर आदमी रीझ जाता है, बशर्ते कि खुशामद आदमी के मिज़ाज को देखकर की जाय।

दिन अच्छे गुज़र रहे थे। क़ुद्‌सियाबेगम ने बादशाह को एक दिन बहुत ही अच्छी सूचना दी, बादशाह सलामत पिता बनने वाले थे। नसीरुद्दीन खुशी से बावला हो उठा। यहाँ उसे पूरा विश्वास था कि सन्तान उसकी है और वह मुन्नाजान के जन्म से उत्पन्न भ्रम-जाल से उबरकर अब फिर से नयी आस्था पा रहा है। वह अपना राज्य वास्तविक उत्तराधिकारी के लिए छोड़ जाएगा, यह खुशी उसे दीवाना

बना रही है। मगर क़ुद्सियाबेगम ने कसमें दिला-दिलाकर बहुत दिनों तक इस ख़बर को उड़ने से बचाये रखा, जहाँ तक बना दुश्मनों की निगाह से अपनी होने वाली औलाद को बचाये रखा।

एक दिन शहर में एक लम्बा नौजवान अँगरेज़ अपने चाचा के साथ आया। उसने पहुँच भिड़ायी, बादशाह के दरबार में हाज़िर हुआ। उसने बादशाह से साइंस का एक नया चमत्कार दिखाने की आज्ञा माँगी। पूछा गया कि वह क्या करना चाहता है? उसने कहा कि वह आसमान पर उड़कर दिखाना चाहता है। सबकी आँखें फटी की फटी रह गयीं। लोगों ने, बादशाह ने हैरत से दाँतों तले उँगली दबा ली। ज़माने के चलन के अनुसार हर रात बादशाह और रईस किस्सागो लोगों से कहानियाँ सुनते-सुनते ही सोते थे। इसलिए हर एक ने जादुई कालीन, परोंवाले आसमानी घोड़े और उड़नेवाले कलदार घोड़ों की चर्चा सुनी थी, मगर यहाँ तो साइंस के करिश्मे से उड़नेवाली मशीन को देखने का मौक़ा उन्हें हाथों-हाथ मिल रहा था। बादशाह ने तुरन्त सारी व्यवस्था कर दी। हर आमिल-अमला ओहदेदार बड़ी ख़ुशी से इस काम में मदद देने लगा। चौक-चौपाटियों और नख़ास हुसैनाबाद, मेहदीगंज, सआदतगंज, ठाकुरगंज, बालगंज तक, पूरब-पश्चिम, उत्तर-दक्खिन दूर-दूर गाँव-गाँव में हवा के साथ यह हुल्लड़ फैल गया कि अँगरेज़ गुब्बारे पर उड़ेगा। जो सुनता लखनऊ की ओर दौड़ता। शहर में लाखों की भीड़ लग गयी। जहाँ देखो यही चर्चा थी, जिसे देखो यही बात करता था। शाही राजनीति, आपसी झगड़े, लूटपाट, तमाशबीनी, गुण्डागर्दी, एक दिन के लिए सब ठण्डी पड़ गयी, ज़माना छतों, टीलों, मैदानों, गोमती पार की खुली जगहों पर झुण्डों में सिमटकर नये विज्ञान का चमत्कार देखने के लिए जुट गया। खोंचेवालों की बन आयी, जहाँ-तहाँ चाट की दुकानें खुल गयीं, चलते-फिरते पान वाले पहुँच गये, चम्पीवालों के जमघटे लग गये। बाज़ारू माशूक़ डोलियों से झाँक-झाँककर, हज़ार आदतों से मजमे का दिल गरमाने लगे। अँगरेज़ी पहरे का इन्तज़ाम था, चारों ओर गश्त लग रही थी। बड़ा कौतूहल, बड़ी उत्सुकता थी।

दिलकुशा बाग़ की बारहदरी में शाही बेगमात और शहर के ऊँचे-ऊँचे घरानों की स्त्रियाँ इकट्ठी हुई थीं। मलिकए-ज़मानियाँ नहीं दिखलाई देती थीं, उन्हें बुलाया नहीं गया था। अफ़ज़लमहल को भी नहीं बुलाया गया था। और सब थीं, बादशाहबेग़म तक थीं। सामने ही मैदान में एक आम के पेड़ के नीचे अँगरेज़ नौजवान ने अपने गुब्बारे का जाल फैला रखा था, उसमें गैस भरी जा रही थी। गुब्बारा फूलने लगा, लोग टकटकी बाँधकर देख रहे थे लेकिन ज़नानी नज़रों की टकटकी इतनी न सध सकी कि आपसी नुक्ताचीनी के लिए भी नज़रें ताक-झाँक न करें। क़ुद्सियाबेगम अपने सामने गुब्बारा फूलने का तमाशा देखने में मस्त थीं और आज पोशाक भी लहँगा-ओढ़नी की थी। एक औरत की नज़र पड़ गयी कि

सामने का गुब्बारा ही नहीं बल्कि क़ुद्सियाबेगम का पेट भी बढ़ रहा है।

गुब्बारा फूलकर बड़ा भारी बन गया और जिस जाल में वह जकड़ा था उसे अपनी ताक़त से झिंझोड़कर ऊपर उठने के लिए मचलने लगा। नौजवान ने अपने चचा से गले मिलकर विदा ली और गुब्बारे के साथ ही बँधी हुई छोटी-सी डोंगीनुमा डोलची में बैठ गया। उसने छुरी से जाल की रस्सियाँ काट दीं। गुब्बारा आसमान में उड़ चला और उसके सहारे डोंगीनुमा डोलची में वह अँगरेज़ नौजवान भी। मीलों तक इधर-उधर फैली लाखों की ख़िलक़त में शोर मच गया। नया करिश्मा था, इनसान आसमान में उड़ रहा था। गुब्बारा दिलकुशा बाग़ की बारहदरी के सामने से होकर गुज़रा। नौजवान ने हैट उतारा, बादशाह सलामत को सलाम किया और हवा में और ऊँचा उठ गया। शाही हुक्म से घुड़सवार ज़मीन पर गुब्बारे का पीछा कर रहे थे। नौजवान का चचा व्यग्र होकर आकाश की ओर देख रहा था। उसका एक भाई, इसी नौजवान का पिता, भी पहले इसी तरह गुब्बारे पर उड़कर दूर निकल गया था, गैस ख़त्म होने पर गुब्बारा समुद्र में गिरा और वह डूब गया। लेकिन चचा ही क्या उस समय तो हर व्यक्ति की सद्भावना नौजवान को भरसक हर आपदा से बचाने के लिए उत्साहित हो उठी थी। सवार आसमान में पैनी नज़र साधकर देखते हुए ज़मीन पर आगे बढ़ रहे थे। गुब्बारा अब तो नीचे से दिखलाई भी नहीं पड़ता था। नौजवान एक भरी बन्दूक़ तथा आसमान में उड़ने वाले परिन्दों की चोंचों से अपने गुब्बारे को बचाने के लिए खाने की नकली मछलियाँ उछालता चलता था।

थोड़ी देर बाद जब गुब्बारा न दिखाई पड़ा तो लोगों में घबराहट फैली और इसी में लगे हाथों सट्टा भी हो गया। गुब्बारा लौटकर आएगा या नहीं, आदमी लौटकर आएगा या नहीं, इस पर अच्छे-बुरे कयास भिड़ गये। लोग कहते कि बेटा कल-पुरज़ों के ज़ोर से इतने ऊँचे उठकर गये हैं मगर वहाँ परियाँ ऐसे गबरू जवान को क्या छोड़ देंगी ! अजी देव-जिन्नात उड़ाके कैद कर ले गये होंगे, ऊपर आसमानी ताक़तों का राज़ है, वहाँ अँगरेज़ों की हिकमत नहीं चल सकती।

मगर थोड़ी देर में ही गुब्बारा पूरब की ओर फैज़ाबाद वाली सड़क की ओर उड़ता नज़र आया। घुड़सवार बहुत तेज़ी से उसका पीछा करते भागे। पत्थरवाले पुल से गोमती पार की, जगह-जगह आदमियों की भीड़ शोर मचा रही थी। घुड़सवारों को सत्रह मील का चक्कर लगवाकर गुब्बारा भैंसाकुण्ड के पास उतरता दिखलाई दिया। आसमान पर चीलों और कौओं के झुण्ड काँव-काँव कर मँडरा रहे थे। गुब्बारे से निकलती गैस की ज़ोर से हिस्-हिस् करती आवाज़ अजीब तरह से भयावनी लगती थी। नीचे भीड़ खड़ी थी। लोग गो कि इसी तमाशे को देखने खड़े थे, मगर गुब्बारा जब अचानक उनके बीच में गिरने लगा तो दैया-मैया मच गयी। महाविशालकाय गुब्बारा ज़मीन से लगता था और उछलता था, उछलता था और इधर-उधर टकराता था। गुब्बारा बड़े भारी विचित्र जन्तु-सा भयानक लगता था। डोलची, जिसमें कि वह

अँगरेज़ नौजवान बैठा था, ज़मीन से घिसटती थी। आस-पास कई लोग डर कर बेहोश हो गये, चीख-पुकार मच गयी, नौजवान ने अपनी जेब से चाकू निकाल उछल-उछलकर बमुश्किल तमाम गुब्बारे का एक हिस्सा चीर दिया। गैस तेज़ी से निकल गयी तब तक सवार भी आ पहुँचे थे। नौजवान ने डोलची से बाहर कूदकर सबसे पहले सिगार की फ़रमाइश की। ऊपर ठण्डी हवाओं में उसे सर्दी महसूस हुई थी, वह गरम होना चाहता था।

गुब्बारे की घटना के साथ दो ख़बरें तेज़ी से उड़ीं, एक तो यह कि अँगरेज़ों की क़ौम से कोई नहीं जीत सकता और दूसरे यह कि क़ुद्सियाबेगम गर्भवती हैं। गुब्बारे की चर्चा शहर में तो हफ़्तों और महीनों सरगरम रही मगर शाही हरम सिर्फ़ क़ुद्सियाबेगम के गर्भ की सूचना ही से गरमा रहा था। नवाब नसीरुद्दौला, जो सआदत अली ख़ाँ के जीवित बेटों में सबसे बड़े होने के कारण तथा नसीरुद्दीन हैदर के निःसन्तान करार दे दिये जाने के कारण शासन के भावी उत्तराधिकार का स्वप्न देख रहे थे, बादशाहबेग़म जिनका स्वप्न मुन्नाजान के पदच्युत किये जाने के कारण टूट चुका था और राजनीति से दूर रहने की क़सम खा चुकनेवाली मलिकए-ज़मानियाँ तक ईर्ष्या से जकड़ उठीं। हर बेगम रखैल अपने-अपने पुराने क़िस्से क़ज़िए भूलकर इस जलन में एक हो गयी। इस गर्भ को तबाह करने के लिए हज़ारों-लाखों रुपये सिमट आये, षड्यन्त्र का जाल फैल गया। अच्छीख़ानम तक को हवा न लग पायी और क़ुद्सियाबेगम की अनेक लौंडी-बाँदियाँ सम्मिलित षड्यन्त्र के जाल में फँस गयीं। हकीम मेंहदी गो ज़ाहिरा तौर पर शहर से ग़ायब हो चुके थे मगर छिपे तौर पर इस षड्यन्त्र में पूरी सहायता पहुँचा रहे थे। आड़ में अँगरेज़ रेज़िडेण्ट तक था।

अँगरेज़ अपनी लन्दन की राजनीति के कारण दो मतों में बँट गये थे। इंगलैण्ड के मन्त्रिमण्डल के मिस्टर चार्ल्स ग्राण्ट और उनके गुट के लोग ईस्ट इण्डिया कम्पनी के बोर्ड ऑफ़ कण्ट्रोल पर अपने राजनीतिक दाँव कस रहे थे। इंगलैण्ड की राजनीति में एक मत बराबर बनता जा रहा था कि ईस्ट इण्डिया कम्पनी की सत्ता ख़तम कर दी जाय। अवधराज्य ब्रिटिश पार्लियामेण्ट की दुखती रग थी। अँगरेज़ों के देश में अवध के नवाब बादशाहों को लेकर तरह-तरह के अलिफ़ लैलानुमा क़िस्से फैले हुए थे। लन्दन के बाज़ारों में अवध के नवाबों के नाम से सेण्ट तक बिकते थे। अवध बेशुमार दौलत का ख़ज़ाना माना जाता था। इसलिए एक राजनीतिक गुट इस ताक में था कि अवधराज्य नसीरुद्दीन के मरते ही हड़प कर लिया जाय। मिस्टर चार्ल्स ग्राण्ट ने एक बड़ी नायाब स्कीम सोची, नवाब वज़ीर अली के ज़माने में जबकि अवध की सल्तनत नवाब सआदत अली ख़ाँ को दी गयी तो कम्पनी द्वारा निर्धारित मुआवज़े की रक़म भुनाने में सिक्कों की नाप-जोख को लेकर बहुत-सी रक़म बट्टेखाते में निकल गयी थी। ग्राण्ट साहब चाहते थे कि वह हरजाना सन् 1796 ई. से लेकर सन् 1834 तक के अरसे का छत्तीस रुपये सैकड़े के हिसाब से पड़ब्याज लगाकर

शाहेअवध से वसूल किया जाय। ग्राण्ट साहब के द्वारा जोड़ी गयी यह रक़म उनकी दृष्टि में बहुत छोटी-सी थी, महज तेरह हज़ार तीन सौ अट्ठाईस करोड़ नौ सौ पैंतालीस हज़ार अट्ठावन पाउण्ड स्टर्लिंग थी। ग्राण्ट साहब ने आदेश किया कि शाहेअवध से इस मामूली-सी रक़म को तुरन्त अदा करने के लिए कहा जाय। किन्तु कम्पनी के बोर्ड ऑफ़ कण्ट्रोल के सदस्यों ने इसमें अपने राजनीतिक गुट की हानि देखी और इस बात पर अड़ गये कि सरकार चाहे डायरेक्टरों को गिरफ़्तार कर ले मगर वे नसीरुद्दीन को इस अनहोने तकाज़े से परेशान नहीं करेंगे। लन्दन की दुहरी राजनीति के कारण हिन्दुस्तान स्थित अँगरेज़ों में भी मतभेद था। हकीम मेंहदी को गोपनीय पत्र लिखकर इशारतन् उसे स्वतन्त्र रूप से अवध का बादशाह बनने का लालच भी देकर अँगरेज़ परदा दर परदा खेल रच रहे थे। क़ुद्सियाबेगम का गर्भ इस समय हर स्वार्थपक्ष की आँखों में खटक रहा था।

महामन्त्री नवाब रौशनुद्दौला की दलवी महरी से आँखें लड़ गयीं। दलवी के बहाने बड़ी बहन धनिया भी इस कुचक्र में शामिल हो गयी। क़ुद्सियाबेगम के सदस्यों में एक आदमी के अकसर औरत के लिबास में घुसने-पैठने की ख़बर कनफुसकियों में फैलने लगी। बादशाह सलामत को भी समझाया जाने लगा। मगर नसीरुद्दीन पर जल्दी रंग न चढ़ सका। उसने क़ुद्सियाबेगम ही से इस बात की चर्चा कर दी। क़ुद्सिया सावधान हो गयी मगर अब उसका संगठन बिगड़ चुका था; उसकी नौकर बाँदियों में यह समझ ही नहीं पड़ता था कि कौन किस तरफ़ है।

एक दिन बादशाह सलामत दिलकुशा बाग़ तशरीफ़ ले गये थे। मुसाहिबों के साथ बाग़ में टहलने लगे। एक जगह बन्दर बैठे थे। बादशाह सलामत का जी शिकार करने को हो आया। राजा बख़्तावर सिंह काँप गये, कहा, "हुज़ूर इन्हें न मारिए। ये हनुमान् जी के औतार हैं।" जन्नतमकानी ग़ाज़ीउद्दीन हैदरशाह के बड़े भाई नवाब शम्सुद्दौला भी ज़िद पर चढ़ गये थे, उन्होंने बन्दर मारे और उसी के बाद मर गये। बेचारे आग़ामीर ने वजारत की गद्दी से उतरने के एक दिन पहले बन्दरों का शिकार किया था तो बुरा नतीजा पाया इसलिए इन्हें न मारें।

मगर बादशाह ज़िद पर चढ़ गये। बन्दरों का शिकार किया।

शाम को जब क़ुद्सियाबेगम के महलों में लौटे तो एक आदमी ज़नाने लिबास में छिपकर उन्हें क़ुद्सियाबेगम के पोशीदा महलों से निकलता दिखलाई दिया। धनिया महरी ने रोककर उससे पूछा कि तू कौन है? उसने सहमकर कहा कि मैं नयी बाँदी हूँ। चख़-चख़ हुई, नयी बाँदी पकड़ी गयी। तब राज खुला कि वह मर्द है। फिर उसने कहा कि क़ुद्सियाबेगम का भूतपूर्व पति है और उसकी पत्नी सदा से उसे इसी प्रकार छिपाकर महलों में बुलाती रही है। नसीरुद्दीन हैदर ख़ामोश खड़े सुनते रहे। क़ुद्सियाबेगम के कानों में भी यह ख़बर पहुँची। वह शेरनी-सी तड़पकर बाहर निकली।

लेकिन नसीरुद्दीन तब तक दूसरे बहाव में बह चुका था। मुन्नाजान के बाद यह दूसरी बार उसका आत्म-विश्वास टूटा था। नसीरुद्दीन और क़ुद्सियाबेगम एक-दूसरे से गुस्से में जूझ पड़े।

सारे महल में सन्नाटा छा गया। लौंडी-बाँदियाँ लुक-छिपकर सुनने लगीं; क़बरों का भाव बहुत ऊँचा जा रहा था। उनकी ख़बरें बाहर पहुँचने लगीं। हर तरफ़ पोलिटिकल कन्नेतराशियाँ, हर तरफ़ कनफुसकियों का बाज़ार गरम हुआ।

बिस्मिल्लाह बानू उर्फ क़ुद्सियाबेगम बुरी तरह से तड़प उठी थी। उसने नसीरुद्दीन से कहा, "तुम कम-अक्ल ही नहीं कम-नसीब भी हो। तुम्हें खुदा भी नहीं बचा सकता। तुम एक दिन इस घेरे में घिरकर मारे जाओगे। और मैं इस मक्रोफरेब से भरी हुई दुनिया में, जहाँ इनसान इनसान का दिल तक न पहचान सके, एक घड़ी के लिए भी नहीं रहना चाहती। और न मैं अपनी होनेवाली औलाद ही को मुन्नाजान की तरह धरती पर छोड़ जाना चाहती हूँ कि वह नसीरुद्दीन हैदर का बेटा होकर भी किसी ग़ैर की औलाद कहलाए।"

क़ुद्सियाबेगम ने तैश में आकर अपनी अंगूठी के नीचे छिपा कारी ज़हर खा लिया और आवेश में बड़ी देर तक प्रलाप करती रही।

नसीरुद्दीन हैदर बुत बना देखता रह गया। उसकी समझ में नहीं आ रहा था कि सच क्या है। ज़हर अपना असर दिखलाने लगा। क़ुद्सिया की नाजुक देह छटपटाने लगी। वह बार-बार तरह-तरह से कहती, "मैं तुम्हारी थी, तुम्हारी रही और तुम्हारी होकर ही जा रही हूँ। मरते वक्त खुदा की गवाही में मैं तुम्हें यकीन दिलाती हूँ कि मेरे हमल में मेरे साथ जो एक और नन्ही-सी जान भी दुनिया देखे बिना ही दुनिया से जा रही है, तुम्हारी ही औलाद है। मैं बड़ी साध से तुम्हारे बच्चे की माँ बन रही थी। तुमने मेरा ख़्वाब चूर-चूर कर दिया, तुमने अपना मुक़द्दर मिटा डाला !"

नसीरुद्दीन हैदर वास्तविकता समझकर चौंक पड़ा, "बचाओ !" वह चीख पड़ा। नौकर-चाकर सारे अमले सारा महल उसकी आज्ञाओं से गूँज उठा, "अँगरेज़ डॉक्टर को बुलाओ, शाही हकीम को बुलाओ, वैद्य लाओ, मेरी क़ुद्सिया को बचाओ।"

लेकिन मौत अपना क़ब्ज़ा कर चुकी थी। क़ुद्सिया का बदन और चेहरा स्याह पड़ता जाता था, जी मचलता, हलक से ख़ून और जिगर के टुकड़े कट-कटकर गिरते थे।

आख़िरी होश आया, आख़िरी तमन्ना जागी, क़ुद्सिया ने अपनी डूबती हुई आवाज़ में भी बड़ी तड़प से गुहारकर कहा, "जानेमन, अपनी गोद में मेरा सिर रख लो !"

नसीरुद्दीन अपनी ही अपनी सुन रहा था, "मैंने ये क्या किया? ये क्या हो गया?"

उसका दिल कटता जाता था, उसका अन्तर सैलाब की धार की तरह बहता चला जाता था। उसमें अन्याय की, धोखे की, मौत की दहशत समा रही थी। उसके दिमाग़ की नसें फटी जा रही थीं, वह बावला हुआ जा रहा था। "बचाओ कोई बचाओ ! बचाओ !" चिल्लाता हुआ नसीरुद्दीन कमरे से भागा, महलों से भागा, बेतहाशा सड़क पर भागता ही चला गया। सिपाही, आसाबरदार, नौकर चाकर उसके पीछे दौड़ने लगे। राह चलती रिआया ये अनहोनी देखकर सनाका खा गयी। पुलिस, पलटन, अँगरेज़, शाही हरम, सारे शहर में इस ख़बर से दहशत की लहर-सी दौड़ गयी। बादशाह समाज का आदर्श पुरुष था, ईश्वर का प्रतिनिधि था, बादशाह मनुष्य भी था, कमज़ोर, कमअक्ल, बेपनाह था। क़ुद्सिया नहीं, मानो वह ख़ुद ही जीते जी मर गया था। वह अपने ही भूत से बचकर भाग रहा था। बादशाह सड़कों पर दौड़ते-दौड़ते तीन मील दूर घुड़दौड़ के मैदान में बनी कबाड़ख़ाने की कोठरी में घुस गया और किवाड़ बन्द कर लिये। नसीरुद्दीन शाहेअवध मामूली इनसान की तरह नन्हे मासूम बच्चे की तरह फूट-फूटकर धूल में मचल-मचलकर रो रहा था। उसका अन्तिम सहारा टूट गया था। उसका तनिक-सा पनपा हुआ आत्मविश्वास सदा के लिए नष्ट हो गया था।

इकतीस

मजनूँ बादशाह की लैला क़ुद्सियाबेगम अपनी दुःखद परिस्थितियोंवाली मौत से शहर के अमीर-गरीब के दिल पर ज़माने का दर्द बनकर छा गयी। क़ुद्सियाबेगम के लिए नसीरुद्दीन के बावलेपन ने हर तरह की राजनीति को शोक में डुबो दिया था। हर अमीर-उमरा काले मातमी लिबास में जनाज़े के साथ था, लाखों की भीड़ साथ थी। सैकड़ों भावुकों की आँखों में आँसू थमते न थे। इतना बड़ा मजमा होने पर भी अलम ख़ामोशी थी, केवल चलने की आहट और ताबूत उठानेवालों का क़ुरआन पाठ ही सुनाई देता था। पूरे शाही-सम्मान और नगरव्यापी हार्दिक शोक के साथ मेहदीगंज की नयी कर्बला में क़ुद्सियाबेगम की अन्त्येष्टि क्रिया सम्पन्न हुई।

बादशाह सलामत को बहुत समझा-बुझा कर राजमहल में लाया गया। नसीरुद्दीन पत्थर हो गया था। वह अपने आस-पास की हर वस्तु, हर व्यक्ति को फूटी आँखों से घूरकर देखता और देखता ही रह जाता था। उसे किसी चीज़ की चाह नहीं रह गयी थी; खाना नहीं, पानी नहीं, शराब नहीं, किसी से बातचीत नहीं, कोई हरकत नहीं; बादशाह गुम हो गया था। वह किसी से मिलना-जुलना नहीं चाहता था। उसने अपने कमरे के हर खिड़की-दरवाज़े हाथ के इशारे से बन्द करवा दिये और अपनी घुटन में बैठ रहा। लोग डरते थे, बादशाह कहीं ख़ुदकुशी न कर लें।

दरवाज़े की झिरियों से बराबर उन पर निगाह रखी जा रही थी। पल-पल पर ख़बरें दौड़तीं; वज़ीर, राजा ग़ालिबजंग और तमाम दरबारी फरहबख़्शमहल के बाहरी कमरों में बैठे प्रतिपल की ख़बरें पा रहे थे। रेज़िडेण्ट को बराबर ख़बरें मिल रही थीं। यह किसी की समझ में नहीं आता था कि इस गुम्मी का अंजाम क्या होगा। अँगरेज़ डॉक्टर का अनुमान था, बादशाह सलामत का कमज़ोर दिमाग़ इस सदमे से उबर न पाएगा, अगर वे जीते बच भी गये तो सल्तनत के काम के न रहेंगे। पागल हो चुके हैं। अँगरेज़ डॉक्टर के इस कथन ने राज्य के भविष्य के लिए लोगों के मनों मे सनसनाहट उत्पन्न कर दी थी। बहुत देर के बाद बादशाह उठे। दरवाज़ों की झिरियों में से झाँकती हुई बाँदियाँ सतर्क हुईं। धनिया ने देखा बादशाह दरवाज़े की ओर बढ़े आ रहे हैं। उसने इशारे से बाँदियों को दूर हटने को कहा और आप भी सँभलकर खड़ी हो गयी।

दरवाजा खुला, एक पल्ला खोलकर उस पर हाथ रखे खड़े हुए आकाएआलम सामने घूरकर देखते रहे। उनकी पुतलियाँ पथरायी हुई थीं। उनके चेहरे पर आँखों में उनके अन्तःसंघर्ष का आभास मिला। बादशाह ने अपने सिर को झटका दिया, आँखें मीचकर फिर खोलीं और उन्हें स्थिर करने का प्रयत्न किया। धनिया मौका देखकर आगे बढ़ी, हुज़ूर के पास तक गयी, हुज़ूर ने उसे देखा और कोशिश से पहचान भी लिया। नसीरुद्दीन हैदर की आवाज़ बहुत देर बाद फूटी, धनिया के कन्धे पर हाथ रख उसे बड़ी अपनाहट से दबाते हुए कहा, “धनिया...”

“आलमपनाह?” धनिया का स्वर आँसुओं से काँप रहा था।

बादशाह फिर जैसे सब कुछ भूल गये, उसके कन्धे से हाथ हटाया और टूटे हुए इनसान की तरह धीरे-धीरे कमरे में लौट गये। धनिया पीछे-पीछे आगे बढ़ी।

कमरे में जाकर नसीरुद्दीन फिर गुम हो गया था। सिर झुकाये खड़ा रहा। फिर एक बार चारों ओर दरो-दीवार पर नज़र दौड़ायी, धनिया को देखा, देखता रहा, आँखों में पानी भर आया; फिर सिर को झटका दिया, मन की तिलमिलाहट शरीर पर स्पष्ट होकर उभरी, दो-चार कदम चहलकदमी हुई, फिर धनिया के पास आया। उसके दोनों कन्धों पर हाथ रखकर खड़ा हो गया, फिर कहा, “धनिया,” मानो इससे अधिक वह कुछ और बोल ही न पाता था और इसी शब्द में वह बहुत कुछ कह जाता था।

“हुज़ूर बेगमसाहिबा की रूह ने आपका साथ नहीं छोड़ा ज़िल्लेसुभानी। वो यहीं हैं, फ़क़त उनका जिस्म नहीं है। हुज़ूर गौर करें, हुज़ूर करोड़ों रिआया के सहारे हैं। आपकी यह हालत देखकर ज़माना रो रहा है।”

“अच्छीख़ानम कहाँ है?” बादशाह के स्वर में सहसा सधाव आ गया था। धनिया इतनी जल्दी इसके लिए तैयार न थी। घबरा गयी पर तुरत सँभलकर कहा, “वो कहीं चली गयीं हुज़ूर !”

“उसकी तलाश हो? कुल्सुम कहाँ है?”

"बेगमसाहिबा के महल में।"

"मैं वहाँ जाऊँगा !"

तुरन्त इन्तज़ाम हुआ, भगदड़ मची, लोगों के ठण्डे-ठण्डे कयास झकोले खाने लगे; बादशाह सलामत पागल नहीं हुए। उन्होंने खुदकुशी भी नहीं की। वे बच जाएँगे। गद्दी के उम्मीदवारों को अभी कुछ और बरस यों ही आस में बिताने होंगे।

क़ुद्सियाबेगम के महलों में नसीरुद्दीन कोने-कोने ख़ामोशी से घूमता रहा। हर तरफ़, जहाँ-जहाँ उसने क़ुद्सिया के साथ सुख के क्षण बिताये थे, वह गुमसुम जाकर खड़ा हो जाता। इधर-उधर ख़ामोशी से देखता और फिर आगे बढ़ जाता। बाग़ में फव्वारे के पास, बड़े दालान में जहाँ पिंजरों में चिड़ियाँ टँगी हैं, दीवानख़ाने में, हर तरफ़ वह गया लेकिन इस समय उसका चेहरा खोया हुआ नहीं था; वह संयत था। उसके वेदना से अभिभूत चेहरे पर चिन्तन का कसाव था। वह उस कमरे की ओर भी बढ़ा जहाँ क़ुद्सिया ने प्राण त्यागे थे; दरवाज़े तक गया, ठिठका, लौट पड़ा; फिर दरवाज़े की तरफ़ गया, क्षण-भर बन्द दरवाज़ों को दोनों हाथों से पकड़े हुए उन पर सिर टिकाये खड़ा रहा, फिर खुद अपने हाथ से सिटकनी खोली। दरवाज़े खुल गये, अन्दर का कमरा झलकने लगा। चाँदी के पत्तर चढ़ी गंगा-जमुनी ख़ूबसूरत सेज, कमरे की तमाम सजावट ज्यों की त्यों थी। इस कमरे में नीसरुद्दीन ने जाने कितनी ताज़गी, कितनी आस्था पायी थी ! यह कमरा कभी इतना ख़ामोश न था। बादशाह दरवाज़े पर खड़ा-खड़ा थोड़ी देर देखता रहा फिर एक कदम चौखट लाँघी, खड़ा रहा; फिर दूसरा कदम भी अन्दर गया; खड़ा रहा और फिर धीरे-धीरे सेज पर जाकर बैठ गया, खो गया। इस समय उसकी आँखों में आँसू नहीं थे, वह स्थिर था।

काफ़ी दे बाद उसे फिर याद आयी, कुल्सुम की बुलाहट हुई।

क़ुद्सियाबेगम की मृत्यु के बाद कुल्सुम भी नसीरुद्दीन हैदर की तरह ही बुत हो गयी थी। अच्छीख़ानम रातों-रात कहीं भाग चुकी थी। कमरों में ताले पड़ चुके थे। बाँदियों ने कुल्सुम को नजरअन्दाज़ किया, किसी ने उसकी ओर ध्यान देने की ज़रूरत भी न समझी। वह अब तक भूखी-प्यासी, ख़ामोश एक कोठरी में बैठी थी। नसीरुद्दीन द्वारा पहली बार याद किये जाने पर बाँदियों ने उसकी देखभाल पर फिर से ध्यान देना आरम्भ किया और बादशाह के इस महल में आने-आने तक कुल्सुम के लिए काला मातमी लिबास जैसे-तैसे बनकर तैयार हो गया। कुल्सुम उसे ही पहनकर इस समय बादशाह के रूबरू पेश हुई।

नसीरुद्दीन उसे देखते रहे फिर उठकर तेज़ी से उसके पास जा कसकर उसे छाती से चिपका लिया। बादशाह की आँखों से चुपचाप आँसुओं की गंगा-जमुना बहने लगी; नसीरुद्दीन हैदर और कुल्सुम, दो बेसहारे बच्चे एक-दूसरे के दुख का सहारा बन गये।

लेकिन नसीरुद्दीन शोक की पराकाष्ठा पर अनहोने रूप से गम्भीर और

संयमित था। उसने कुल्सुम को तसल्ली दी, कहा, "तुम्हारी बहन नहीं रही मगर मैं तो हूँ; तुम किसी तरह भी हिरास न होना," बड़ी समझदारी की बातें करता रहा, बड़ी दार्शनिक बातें करता रहा, नसीरुद्दीन जैसे अपने-आप ही को समझा रहा था। फिर अचानक पूछा कि क्या वह क़ुद्सियाबेगम की सगी बहन है?

कुल्सुम ने अपनी कथा सुनायी; नसीरुद्दीन सुनता रहा, फिर बोला, "ख़ुदा नहीं है। सब झूठ है, ख़ुदा होता तो इस नन्ही-सी प्यारी-प्यारी बच्ची पर यों आफ़तों के पहाड़ टूटते? नसीरुद्दीन यों दिन-दहाड़े लुट जाता?" उसे पूरा-पूरा शक था कि वह नक़ली बाँदी, क़ुद्सियाबेगम का नक़ली शौहर, उसकी सौतेली माँ की साजिश से इस घर में आया था और उसका घर तबाह कर गया। यह कचोट उसे अन्दर से चिढ़ा रही थी। बादशाहबेग़म बड़ी अल्लाहवाली हैं, बड़ा धर्म-कर्म पुण्य करती हैं। भगवान् ने उनकी आस पूरी कर दी, क़ुद्सिया मर गयी। लेकिन एक की आस पूरी करने में दूसरे को, नसीरुद्दीन को, भगवान् ने तोड़ क्यों दिया? नसीरुद्दीन भी धार्मिक है, अपनी हज़ार कमज़ोरियों के बावजूद वह ख़ुदा को याद करता है; उसने लाखों रुपये मक्का-मदीना और बग़दाद आदि में ख़ैरात के लिए भिजवाये हैं। उसने अपने महलों में सौतेली माँ की तरह ही इमामों के रौज़े बनवाये हैं; उसके यहाँ भी अछूतियाँ हैं, अछूते हैं; दान-पुण्य सब कुछ ईश्वर और धर्म के नाम पर होता है फिर भी ईश्वर ने उसका सहारा क्यों छीन लिया? ईश्वर जो कि रहीम और करीम है, वह क्योंकर इतनी बड़ी ग़ैरइनसाफ़ी कर सकता है?...नहीं, ख़ुदा नहीं है; ख़ुदा झूठ है! ख़ुदा मर चुका है।—"ख़ैर ख़ुदा न सही मैं हूँ, मुझे कहीं से तसल्ली भले न मिले मगर मैं तेरी ज़िन्दगी की तस्कीन बनूँगा बेटी!..." कहते-कहते नसीरुद्दीन सहसा अटक गया, सोचने लगा, फिर बोला, "मैं जो कुछ कह रहा हूँ, झूठ कह रहा हूँ। मुझमें किसी की भी हिफ़ाज़त करने की ताक़त नहीं। मैं ख़ुद अपनी ही हिफ़ाज़त नहीं कर सकता। ये शाही महल किसी की भी हिफ़ाज़त नहीं कर सकते। इन पर लाख दुश्मनों का क़ब्ज़ा होता है। नहीं, मैं तुझे यहाँ नहीं रखूँगा मेरी बेटी! यहाँ नहीं रखूँगा! पर कहाँ रखूँ मैं? मुझे कोई भी ऐसा बशर नहीं दिखलाई देता जिसमें इनसानियत की एक किरन हो, जिसके दिल में ख़ुदा रहता हो। यहाँ तो हरसूँ शैतान ही का बोलबाला है। और अगर तू अपनी हिफ़ाज़त चाहती है तो शैतान के आगे घुटने टेक दे। तू अम्मन के पास ही लौट जा, वही तेरी हिफ़ाज़त कर सकती है।...लोग अपने प्यारों को ख़ुदा को सौंपते हैं। मैं तुझे शैतान को सौंपता हूँ बेटी...और अपने-आपको भी।"

डोली पर बिठाकर सिपाहियों की निगरानी में कुल्सुम अम्मन के घर भेज दी गयी। तेरह वर्ष की नन्ही कुल्सुम आयु को देखते हुए बुद्धि में बहुत प्रौढ़ हो गयी थी, उसका मन भी चलते-चलते सध रहा था। वह अब किसी बात का विरोध नहीं करेगी, अपने-आपको तक़दीर के हाथों सौंप देगी। भाग्य ने ही उसके माता-पिता और परिवार को नष्ट किया, कक्कू को छुड़ाया, नईम भइया, भुलनी छूटे। वह जहाँ

गयी बदक़िस्मती उसके साथ रही, अन्त में क़ुद्सियाबेगम भी सदा के लिए छूट गयी। अब वह अपनी तक़दीर से नहीं लड़ेगी। अम्मन जो कहेगी वही करेगी। डोली चौक की भरी सड़क से नख़ास की ओर बढ़ रही थी; बाज़ारों में चहल-पहल थी गो बहुत-से लोग अब भी शाही मातम मनाते हुए काले लिबास में नज़र आते थे। शहर की आम मस्ती और बेफिक्री बादशाह के डर से ग़म के रंग में रँगी हुई थी। कुल्सुम डोली के परदे को अपनी नन्ही उँगलियों से हटाये ज़रा-सी झिरी बनाकर बाज़ार को देखती खोये-से मन से चली जा रही थी। अचानक वह चीख उठी, "कक्कू! रोको! रोको!"

उसके अचानक उछलने से डोली कहारों के कन्धों पर हचकोले देने लगी; उन्होंने डण्डों के सहारे डोली टिका दी। सिपाही आगे बढ़ा लेकिन कुल्सुम तब तक सब कुछ भूल डोली से उतरकर भागी। एक हलवाई के दूकान के सामने भीड़ में झोली फैलाये मैले गेरुआ वस्त्र में दिग्विजय ब्रह्मचारी खड़े थे। कुल्सुम की आवाज़ ने कानों में पड़कर उन्हें सहसा विचलित कर दिया था। वे इधर-उधर बावली नज़रों से देख ही रहे थे कि डोली से कूदकर दौड़ती हुई कुल्सुम उनके पास आ गयी। हिन्दू संन्यासी और शाही महलों की डोली में बैठी हुई नौजवान मुसलिम बालिका का बेपरदा होकर यह मिलन भरे-बाज़ार में सबकी नज़रों को बाँध गया। डोली-कहार सिपाही सब लोग देखने लगे। दिग्विजय ब्रह्मचारी ने हाथ फैलाकर कुल्सुम को गोद में उठा लिया और उसे दोनों हाथों से कसकर झलझलायी आँखों से बेसुध हो खड़े हो गये; उनकी आँखें भी भिंच गयीं। उनके फीके वर्णवाले किन्तु सतेज मुखमण्डल पर अपूर्व शान्ति विराज रही थी, केवल आँसू टपक रहे थे।

दो क्षण का तमाशा तो ठीक था पर इसके बाद सिपाही कुल्सुम से डोली में बैठने का इसरार करने लगे। लेकिन न तो कुल्सुम ही जाना चाहती थी और न दिग्विजय ब्रह्मचारी ही उसे छोड़ना चाहते थे। दोनों ओर से तनिक-सी गरमागरमी हो गयी। सर्राफ़े का बाज़ार था, हिन्दुआनी मुहल्ला था, सम्भ्रान्त लोगों ने संक्षेप में सारी कथा सुनकर भी ब्रह्मचारी को यही सलाह दी कि आप इसे यहाँ न रोकें वरना लड़की तो हाथ से चली ही जाएगी, सिपाही आपको क़ैद करके दुःख देंगे और हम इच्छा रखते हुए भी आपकी रक्षा न कर पाएँगे; समय टेढ़ा है, आप संन्यासी हैं इसलिए कहते हैं।

कुल्सुम कहती थी, "तुम मुझे और मेरे कक्कू को बादशाह के पास ले चलो, मैं बादशाह सलामत से इजाज़त ले लूँगी!" लेकिन सिपाही अड़ गया था; वह उसे पहले अम्मन अमामन के यहाँ पहुँचाएगा, शाही हुक्म की तामील करेगा और उसके बाद उसे जो कुछ करना हो करे, जहाँ जाना हो जाए, वह भाड़ तक में जा सकती है। दिग्विजय ब्रह्मचारी ने परिस्थिति को समझा और कुल्सुम से आग्रह किया कि वह डोली पर बैठ जाय। ब्रह्मचारी स्वयं उसके साथ-साथ चले।

रास्ते-भर बराबर डोली का परदा उठा-उठाकर कुल्सुम घबरायी नज़रों से देख

लेती थी कि कक्कू उसके साथ चल रहे हैं या नहीं। कक्कू का साथ छूट जाने पर, इतने वर्षों में हर तरह का संकट झेल चुकने के बाद अब, जब कि वह हर तरह से अपने-आपको भाग्य के भरोसे छोड़ चुकी थी, उसे उसके कक्कू अचानक मिल गये। वह उनसे मिलकर भी नहीं मिल पाती। लेकिन वह अम्मन के यहाँ से बादशाह के पास आएगी, बादशाह कक्कू की हिफ़ाज़त में मुझे कर देंगे।

बन्द डोली में बैठी कुल्सुम पागल की तरह हाथ पसारकर बड़बड़ा रही थी, "ऐ शैतान रहम! या ख़ुदा रहम-रहम!"

लेकिन शायद ख़ुदा और शैतान दोनों ही को उस समय कुल्सुम पर रहम करना मंज़ूर न था। शाही डोली नख़ास में अम्मन अमामन की कोठी के आलीशान फाटक के अन्दर चली गयी, लेकिन दिग्विजय ब्रह्मचारी बाहर ही रोक दिये गये। बड़ी देर प्रतीक्षा की फिर उन्होंने बहुत चिरौरी कर अपनी सूचना भिजवायी, काफ़ी देर बाद वो आदमी बाहर आया पर इनकी ओर रुख़ न कर दूसरे से बातें करता रहा। दिग्विजय ब्रह्मचारी ने जब पूछने का हठ साधा तो वो हाथ बढ़ाकर बोला, "अबे बेधा हुआ है क्या? घड़ी-भर से मगज़ चाटे जाता है साला, लड़की-लड़की! अबे तेरे बाप ने भी लड़की पैदा की थी कभी। भाग यहाँ से!"

साधु सहनशील ब्रह्मचारी के अन्तर में सोया हुआ क्षत्रिय रक्तवर्ण हो उठा। उन्होंने उस व्यक्ति को गले से पकड़ लिया और दबाने लगे। "दौड़ो रे, बचाओ रे" का हुल्लड़ मच गया। सड़क चलते आदमी झपटे, अन्दर से लोग दौड़े। ब्रह्मचारी को बलपूर्वक खींच उन पर सामूहिक प्रहार होने लगे। शाही सिपाही आ गया। बात-बात में यह गरमी भी आयी कि इस साले काफ़िर फ़क़ीर की इतनी मज़ाल कि मुसलमान लड़की को ले जाना चाहता है, इसे कोतवाली ले जाओ, इसे जूते लगाओ, इसकी खाल खींच उसमें भुस भरवा दो। जनता का क्रोध इन शब्दों के साथ फूट रहा था। बात चार ज़बानों पर दौड़ते हुए इस तरह फैल गयी कि एक हिन्दू संन्यासी ने क़ुदूसियाबेगम की छोटी बहन पर जादू का फूल खींच मारा तो वह डोली से कूदकर उसके पीछे भागी। मुसलमानी मुहल्ले में स्वाभाविक रूप से जो भी यह सुनता वही ब्रह्मचारी को गालियाँ देता, थूकता, बँधे हुए कैदी को मारने का ज़ोम दिखलाता। पीठ पीछे हाथ बाँध कमर में रस्सी डाल अम्मन के आदमी ब्रह्मचारी को कोतवाली की ओर लिये जा रहे थे, शाही चोबदार आगे-आगे जा रहा था, पीछे निठल्ले तेहेबाज़ों का झुण्ड था। राह चलते लोग तमाशा देखते और संन्यासी का अपराध सुन गालियाँ देते थे। उस समय शासक जाति के लोग शासित जाति के इस घोरतर अपराधी के बहाने काफ़िर बुतपरस्तों को, उनके धर्म-कर्म को गालियाँ देते चले जा रहे थे। मुसलमान-हिन्दू यों तो मिलकर चलते थे फिर भी औसत मुसलमान औसत हिन्दू से अपने-आपको श्रेष्ठ समझता था और अवसर पाते ही बेझिझक अपनी मनोभावनाओं को प्रकट भी करता रहता था। घर-गृहस्थी में

दुःख-सुख पड़ने पर हिन्दू-मुसलमान दोनों ही अपनी कोमल भावनाओं के वशीभूत होकर एक-दूसरे के सन्तों और धार्मिक पुरुषों की चिरौरी भी करते थे; मुसलमान अपने बच्चों की आँखें उठ आने पर काली जी का नीर ले जाते थे, ज्योतिषियों से अपना भाग्य विचार और ग्रहशान्ति के उपचार कराते थे और हिन्दू भी ताजियों के नीचे से अपने बच्चों को निकालते, पीर औलिया कब्र दरगाह पूजते; गण्डे, तावीज़ बाँधते थे; पर यह होते हुए भी हिन्दू-मुसलमानों की पारस्परिक धार्मिक घृणा वातावरण में स्पष्ट रूप से उभरती थी। हिन्दू केवल अपनी जान से हाथ धोने का निश्चय कर ही मुसलमानों के विरुद्ध कुछ कहने का साहस कर सकता था जबकि मुसलमान बेझिझक और सदम्भ अपनी दुर्भावनाओं को प्रकट करता था। हिन्दू मुसलमान बनाया जा सकता था पर मुसलमान को हिन्दू बनाना घोरतर अपराध था। दिग्विजय ब्रह्मचारी पर यही भीषण आरोप था। वे विवश बँधे सिर झुकाये शान्त भाव से चले जा रहे थे।

एक सूफ़ी सन्त हज़रत कौड़ाशाह अपने मुरीदों के साथ चले जा रहे थे। कौड़ाशाह बड़े पहुँचे हुए फ़क़ीर माने जाते थे। वे पोर-पोर कौड़ियों टँका लम्बा चोगा पहनते थे और उनके गले में बड़े-बड़े कौड़ों, बड़ी-मँझोली छोटी झीनी कौड़ियों की अनेक मालाएँ सदा झूलती रहती थीं इसीलिए उनका यह नाम पड़ा था। कौड़ाशाह ने तामझाम पर चले जा रहे, भीड़ के साथ जाते हुए क़ैदी पर नज़र डाली, पूछा, "इसे क्यों बाँधा है?" उनके चेले दौड़कर शाही चोबदार को बुला लाये। हज़रत कौड़ाशाह को देखकर भीड़ अदब से झुक गयी। साहब ने कारण जाना, फिर संन्यासी को गौर से देखा। दिग्विजय ब्रह्मचारी का सिर विचारमग्न मुद्रा में अब तक झुका ही हुआ था। शाह साहब आगे बढ़े, उनके बँधे हाथों पर हाथ रखकर चोबदार से कहा, "इन्हें छोड़ दो। फौरन खोलो।"

भीड़ के हाथों से तमाशा चला जा रहा था मगर शाह साहब की हुक्म-उदूली करने की हिम्मत किसे थी। ब्रह्मचारी मुक्त हो गये; दोनों ने एक-दूसरे को आँखों में आँखें डालकर देखा।

शाह साहब ने प्रेम से उनके सिर पर हाथ फेरकर कहा, "बड़ी तकलीफ़ पायी।"

ब्रह्मचारी धीमे से मुसकराये, फिर कहा, "दिन-रात का भेद भूल चुका हूँ।"

"दम से या ग़म से?"

ब्रह्मचारी ने गरदन झुकाकर सोचा फिर उत्तर दिया, "ग़म है तो पर दम ज़्यादा है।"

शाह साहब की हिनाई दाढ़ी, सुरमगीं आँखों और इत्र से चुचुआती हिनाई रँगी जुल्फ़ोंवाले शान्त सतेज मुखमण्डल पर करुणा आवेश का अभाव प्रत्यक्ष चढ़ता दिखाई पड़ा, आँसू आँखों में एकदम उमड़कर आये, "हाय प्यारे, तू भी मेरे माशूक़

का मारा है। हाय सितमगर! हाय जालिम!"—कहते हुए ब्रह्मचारी को कसकर कलेजे से लगा लिया और उनके कन्धे पर सिर रखकर हिचकियाँ बाँध-बाँधकर रोने लगे। मुरीद दौड़े आये, शाह साहब को सँभालने लगे। ख़ुदा का नाम लिया जाने लगा। ज़िक्र और मुराकबत (ध्यान) की चर्चा होने लगी। ब्रह्मचारी उन्हें दोनों हाथों से थामे सामने दृष्टि स्थिर किये हुए शान्त खड़े थे। पहचाननेवाले ये भी कह रहे थे कि शाह साहब इस समय आलमे-जमरूत में हैं। इस हिन्दू फ़क़ीर के भेस में इनकी किसी पुरानी जान-पहचानवाली रूह से मुलाक़ात हो रही है।

नगर में जहाँ और सब था, सूफ़ी फ़क़ीर नामी-गिरामी योगी-संन्यासियों का भी बड़ा माहात्म्य फैला था। नक़ली तमाशे बहुत थे, पर असली खिलाड़ी भी मिल ही जाते थे। हज़रत कौड़ाशाह बड़ी पहुँचवाले खरे साधक माने जाते थे। ये किसी के वश के न थे। मौज आती तो किसी के यहाँ भी चले जाते वरना लाखों बुलावों पर भी टस से मस न होते। दुःख-दरद ग़मी से जहाँ सुनते दौड़ पड़ते, अमीर-ग़रीब का भेद न था, पापी-पुण्यात्मा तक का भेद न रखते। वे सारे दोषों का कारण अपने 'माशूक़' की कठोरता को बतलाते, कहते, "मेरा माशूक़ बड़ा ज़ालिम है। हाय मैं कहाँ तक उसकी शिकायतों का बोझ ढोता रहूँ। वे अपने प्रियतम ईश्वर को कोसते-कोसते भी आनन्द-मग्न हो जाते थे और उसका गुणगान करते हुए भी। उनकी दुआओं में असर होता है, यह प्रसिद्ध था। यह भी जगजाहिर था कि अपने 'माशूक़' को छोड़कर वह और किसी को भी बद्दुआ नहीं देते थे; 'माशूक़' के लिए कहते थे कि उसकी बात न्यारी है, उस जादूगर को मेरी बद्दुआएँ भी दुआ होकर ही लगती हैं। कौड़ाशाह साहब सत्तर पार की आयु के स्वस्थ, तेजवान पुरुष थे। वे सुबह-शाम एक-एक इलायची मुँह में डाल लेने के सिवा और कुछ भी नहीं खाते थे। दोनों समय उनके सामने भोजन के राजसी व्यंजन प्रस्तुत होकर आते, वे दस्तरख़्वान पर बैठकर उन व्यंजनों को थोड़ी देर तक देखते और फिर उठ जाते थे।

हज़रत कौड़ाशाह ब्रह्मचारी को अपने स्थान पर ले गये। फल-मेवों से सत्कार किया, उनका जीवन-वृत्तान्त सुना। कुल्सुम के ग़ायब होने के बाद नाज़िम द्वारा बन्दी होकर ब्रह्मचारी कई हफ़्ते तक तहख़ाने में पड़े रहे। नाज़िम ने उन्हें अँगरेज़ों से शाबासी पाने की नीयत से अपनी निगरानी में रखा था, परन्तु बाद में पता चला कि अँगरेज़ अब किसी नीतिवश उन्हें गिरफ्तार करने के लिए चिन्तित नहीं हैं तो नाज़िम ने उन्हें करामत हुसैन के सुपुर्द कर दिया। करामत हुसैन ने एक बैल के साथ उन्हें हल में जोतकर खेती करायी, पुर चलवाया, एक समय खाने को दिया और रात बिताने के लिए चूहोंवाले सीलन-भरे तहख़ाने में स्थान दिया। लगभग एक महीने तक यही क्रम रहा। इस बीच में उन्हें नींद और विश्राम न मिल सका। दिग्विजय ब्रह्मचारी ने अपनी विवशता को ईश्वरीय दण्ड मानकर मौन हो सहा और जब यह अत्याचार शरीर की सहनसीमा के पार हो गया तो एक दिन खेत में बेहोश

हो गये। इस प्रकार अनेक कष्ट सहकर नाज़िम के अच्छे, बुरे और बहुत बुरे तहख़ाने में उन्होंने साढ़े तीन वर्ष बिताये। नाज़िम उन्हें मारता इसलिए न था कि न जाने अँगरेज़ एकाएक कब अपने क़ैदी की फ़रमाइश कर बैठें, पहले एकाध बार नाज़िम को इस प्रकार का अनुभव हो चुका था। नाज़िम उन्हें आज़ाद भी नहीं करना चाहता था, उसके भय था कि मुक्त होकर वे उसके भयंकर शत्रु हो जाएँगे। यह सोचकर नाज़िम ने अन्त में उन्हें लखनऊ के शाही क़ैदख़ाने में भेज दिया, और आज की घटना के पन्द्रह-बीस रोज़ पहले ही जेल दारोग़ा के मन में दो-एक बातों से इनके प्रति चमत्कारिक श्रद्धा जागी और उसने इन्हें चुपचाप मुक्त कर दिया। ब्रह्मचारी तब से भटक रहे थे और अकस्मात् कुल्सुम उन्हें मिली भी और बिछुड़ भी गयी। अपनी बात समाप्त करते हुए ब्रह्मचारी ने कहा, "औरों से भगवान् जंगलों-पहाड़ों की गुफाओं में तपस्या कराते हैं, मुझे क़ैद घर में वो सुविधा दी। मैंने एक दिन दुःख नहीं माना शाह साहब। मैंने हज़ारों कष्टों का अपनी साधना में अनुभव किया, उनसे दम मिला। ग़म केवल इस लड़की का है।"

"तेरे भाई की औलाद है न! और जो सैकड़ों लड़कियाँ इसी तरह रोज़ उड़ाकर लायी जाती हैं वे तेरे भाइयों की औलादें नहीं तो क्या ग़ैर हैं? बोल साईं, बोल मेरे प्यारे, जवाब दे।"

दिग्विजय ब्रह्मचारी नतसिर हो विचार में डूब गये।

"तेरे शीशे में यह बाल क्यों आता है? मेरा माशूक़ तुझे चकमा दे रहा है साईं। उस जादूगर के जादू से अपनी नज़रों को न बाँध, उसे देख।" सूफ़ी सन्त की दृष्टि वाणी शरीर और मन एक ही से सधे हुए थे। दिग्विजय ब्रह्मचारी ने सन्त के चरणों में भक्तिपूर्वक सिर नवाया, कहा, "आपने मेरी आँखें खोल दीं। मगर कसक जी से नहीं जाती। यह क्यों होता है? शक्तिशाली निर्बलों को दबाते हैं..."

"चक्की का एक पाट चल रहा है, दूसरा उसकी रगड़ खा रहा है; कौन किसको पीस रहा है साईं, शऊर का गेहूँ पिस रहा है, हक का आटा तैयार हो रहा है। सब्र कर प्यारे, मेरा माशूक़ तेरी ही रोटी का इन्तज़ाम कर रहा है।" ब्रह्मचारी निरुत्तर हो गये परन्तु उनका मन घुमड़ता रहा। सही है, चेतना का गेहूँ पिस रहा है, सत्य का आटा निकल रहा है। पर सत्य क्या है? आगे भी जो दिखलाई दे रहा है वह यही है कि यवनों का राज जाएगा, अँगरेज़ों का राज आएगा पर लूट तो वैसी की वैसी ही बनी रहेगी। अँगरेज़ अपने विलायत को लंका बना रहा है, और भी बनाएगा। ठाकुर, ब्राह्मण, कहार, चमार खेती छोड़-छोड़कर भाग रहे हैं, धरती ऊसर होती जाती है, जिसका जिस पर वश चलता है उसे लूट खाता है। इसमें कौन-सी चेतना जाग रही है, कौन-सा सत्य प्रकट हो रहा है?

"तू चाहता क्या है साईं।" सूफ़ी सन्त ने सहसा पूछा।

"मैं?... चाहता हूँ यह अन्याय मिट जाय।"

"तो मिटा दे। जो चाहता है उसे पाने के लिए जतन कर।"

"यही तो सवाल है। क्या जतन करूँ। अकेला चना भाड़ नहीं फोड़ सकता। समय बिखर रहा है, मनुष्य का मन बिखर रहा है, कैसे बँधे?"

"देख प्यारे, अपने पकाव पर आये बगैर कोई बात बनती नहीं। मौसम आने पर किसान खेत में बीज डालता है और मौसम आने पर ही उसका फल भी पाता है। बीच में लाख जतन करने पर भी वह फल नहीं हासिल कर सकता।"

"ठीक है, पर इस बीच में किसान चुपचाप हाथ धरकर तो नहीं बैठा रहता। वह खेत सींचता है, उसकी रखवाली करता है..."

"ठीक है। यही करो। हम-तुम जो भी उसे प्यार करते हैं, हक़ पर क़ायम रहकर अपनी मिसाल पेश करें। साँस रुक जाय तो जिस्म मुरदा हो जायेगा, किसी काम का न रहेगा; मगर साँस जो चल रही है तो भले ही हमारा ध्यान उस पर आज न जाय, कल या परसों जाय, जब भी जाय, जाएगा ज़रूर। साँस की तरह अपनी मिसाल कायम रखो साईं। तुम चलते रहोगे तो ज़माना तुम्हारे साथ चलेगा।"

उसी समय विचार-जगत् के इन निवासियों के सामने कौड़ाशाह साहब का एक भक्त भौतिक-जगत् का एक सनसनाता समाचार लेकर आया। विचार-जगत् के इन निवासियों के निकट वह ताज़ा समाचार दिल उछालनेवाला भले ही सिद्ध न हुआ हो, पर ज़माने का दिल बाँसों-बल्लियों उछल रहा था, नसीरुद्दीन हैदर और उसकी सौतेली माँ बादशाहबेग़म में खुले आम ठन गयी। बादशाह राजमाता से बुरी तरह चिढ़ उठा था।

बत्तीस

कुल्सुम को अम्मान के घर विदा करने के बाद नवाब क़ुद्सियाबेगम के महल में हर जगह तालेबन्दी करवा तालियाँ लेकर ही नसीरुद्दीन वहाँ से हटा। वह नहीं चाहता था कि क़ुद्सियाबेगम की एक भी चीज़ इधर से उधर हो। वह उसकी हर स्मृति को सँजो कर रखना चाहता था।

कोठी फ़रहबख़्श में लौट आने पर भी नसीरुद्दीन हैदर को फ़रह नसीब न हुई, खाना-पीना कुछ भी न सुहाता था, बादशाह अकेला रहना चाहता था, ख़ामोश बैठा था।

बादशाहबेग़म अपने बेटे का दुःख बँटाने आयीं। उन्होंने तरह-तरह से समझाया, कहा, "ख़ुदा ने तुम्हारे लिए एक से एक ख़ूबसूरत औरतें पैदा की हैं। बरखुरदार उस मक्कारा में ऐसा था ही क्या जो उसके ग़म से तुम इस तरह अपने-आपको तबाह कर रहे हो। ऐ, पैर की जूती थी, फट गयी, नयी आएगी।"

नसीरुद्दीन चिढ़ गया; क़ुद्सियाबेगम का प्रभाव इतना हलका न था कि कोई उसके विरुद्ध ऐसी बातें कहे और नसीरुद्दीन के क्रोध की लपटों से बच जाय। बादशाहबेग़म के प्रति अरसे से उसके मन में रोष घुमड़ ही रहा था और इस समय तो उसका दृढ़ विश्वास था कि क़ुद्सिया के नक़ली पतिवाला षड्यन्त्र बादशाहबेग़म द्वारा रचा गया था। उसके मन में हकीम मेंहदी की यह बात भी थी कि बादशाहबेग़म ने अँगरेज़ सरकार को पत्र लिखकर उसे धोबी की सन्तान और अपने दोहते मुहसानुद्दौला को गद्दी का असली अधिकारी बतलाया था। मन में अरसे से सोता हुआ ज्वालामुखी अचानक फट पड़ा, उसने गरम होकर कहा, "याद कीजिए, जब आपके फ़रमाबरदार ग़ुलाम मीर फ़ज़लअली का इन्तक़ाल हुआ था तक आपको कैसा ज़बरदस्त सदमा पहुँचा था। मेरे लिए भी कोई उतना ही अज़ीज़ हो सकता है। अगर आपको मेरा कुछ भी ख़याल होता, आपके दिल में मेरे लिए वाक़ई माँ की ममता होती तो आप भी मातमी लिबास में आयी होतीं और यों जली-कटी न सुनातीं। मगर सौतेली माँ से यह उम्मीद करना ही फ़िज़ूल है।"

"सैयिदुश्शोहदा हज़रत इमाम हुसैन के मातम के अलावा मैंने कभी मातमी पोशाक नहीं पहनी। तुम्हारे वालिद और दादा का जब इन्तक़ाल हुआ था तब हमारे ख़ानदान में किसने मातमी पोशाक पहनी थी जो मैं आज पहनकर आती। नाहक़ की रार बढ़ा रहे हो बरख़ुरदार, किसी ने तुम्हारे दिल को बदगुमाँ कर दिया है। इससे कुछ हासिल न होगा, हाँ, फ़रेबियों के जाल में फँसकर हम बरबाद हो जाएँगे।"

"आप चाहती यही हैं। आपने ज़न्नतमकानी अब्बा हुज़ूर को सदा ख़ून के आँसुओं रुलाया और मेरी राह में भी शुरू से काँटे ही बोती आयीं। लेकिन अब ऐसा न कर सकेंगी। मैं आपको आपके बाप की हैसियत पर पहुँचा दूँगा।"

बादशाहबेग़म तड़प उठीं, कड़ककर कहा, "नसीर, एक अदना औरत के ग़म में इस तरह होशहवास न खो बैठो कि तुम्हें अपनी माँ का अदब..."

"माँ?" नसीरुद्दीन ने चिढ़कर कहा, "ख़ुदा का शुक्र है कि मैं ऐसी ख़ुदग़रज़ औरत की कोख से पैदा नहीं हुआ।"

कहकर शाहेअवध ने अपना मुँह फेर लिया। बादशाहबेग़म घायल बेबस शेरनी की तरह गुर्राहट-भरा मन लिये लौट गयीं।

बरसों से राजमाता के प्रति खार खाये बैठे लोग-बागों ने फटी चादर में अपने-अपने पाँव डालने शुरू कर दिये। ख़ुशामदी ख़ुशामत में राजमाता के ख़िलाफ़ बादशाह के कान भरने लगे।

हकीम मेंहदी मातमपुर्सी के बहाने बादशाह से मिलने आये। बड़े टेसुवे बहाये, बादशाह भी उनके मातमी लफ़्ज़ों से ताज़ा घाव में नयी टीस पा क़ुद्सियाबेगम को याद कर रोने लग गये। मौक़ा देख हकीम मेंहदी ने बादशाहबेग़म द्वारा नसीरुद्दीन हैदर की असली माँ सुब्हदौलत की निर्मम हत्या करने का विवरण सुनाया। नसीरुद्दीन

काँप उठा, उसे बहुत क्रोध आया। दो आज्ञाएँ तुरत एक साथ प्रसारित हुईं, एक तो यह कि ग़रीब भिखारियों के क़ब्रिस्तान झंखड़ बाग़ में, जहाँ उसकी माता की समाधि है, एक सुन्दर मक़बरा बनाया जाए और दूसरे बादशाहबेग़म को महल से निकाल दिया जाए। नसीरुद्दीन ने कहलाया कि वे बीस-पचीस हज़ार रुपया महीना लें और शहर में जी चाहे जहाँ रहें।

बादशाहबेग़म ने उत्तर दिया कि वे मासिक ख़र्च न लेंगी। वे अपनी सलोन नामक जागीर चाहती थीं। ग़ाज़ीउद्दीन हैदर और नसीरुद्दीन हैदर, दोनों ही ने अपने गद्दीनशीन होने के अवसर पर बादशाहबेग़म को उसे प्रदान तो किया था पर कभी उनके अधिकार में नहीं गया। बादशाहबेग़म इसी शर्त पर महल छोड़कर जाने को तैयार थीं कि उन्हें सलोन की जागीर मिले और रेज़िडेण्ट इस बात के लिए ज़ामिन हों कि उक्त इलाक़ा फिर उनसे छीना नहीं जाएगा।

बादशाह ने रेज़िडेण्ट से इसकी चर्चा चलायी और राजमाता को महलों से निकाल बाहर करने में उनकी मदद चाही।

रेज़िडेण्ट ने साफ़ कह दिया कि ये आपका घरेलू मामला है और गवर्नर जनरल की सख़्त हिदायत है कि हम इस पचड़े में न पड़ें।

लेकिन बादशाह हठ पकड़ चुका था। वह अपनी सौतेली माता को निकालने के उपाय सोचने लगा। दलजीत सिंह ख़वास ने एक सुझाव दिया, कहा, "हुज़ूर महलों में मदद लगवा दें। बेपरदगी होगी तो बेगमसाहिबा आप ही महल छोड़कर चली जाएँगी।"

बादशाह को यह सलाह पसन्द आयी। दूसरे दिन सवेरे से राज-मज़दूर "परदेवालो परदा कर लो, कोठे मजूर चढ़ते हैं" की तीन आवाज़ें लगाये बिना ही कोठे चढ़ गये। तोड़-फोड़ शुरू की, मलबा राजमाता के महल में गिरने लगा; मज़दूर भद्दी-भद्दी बातें बक रहे थे।

राजमाता ने अपूर्व शान्ति के साथ इस आक्रमण को झेला और अपनी बाँदियों-समेत दिन-भर अन्दर ही सिमटी बैठी रहीं। तीन-चार दिन यही होता रहा। प्रतिदिन मज़दूर अपनी छींटाकशियों का भद्दापन बढ़ाते थे, राजमाता के महल के आँगन में टूटते कमरों का मलबा गिरा करता, नौकर बाँदी इधर-उधर आ-जा न पाते थे, खाना-पीना तक हराम हो गया था। लेकिन बादशाहबेग़म ने महल न छोड़ा।

जब यह तरकीब कारगर न हुई तो बादशाह की नाक के बाल विलायती नाऊ ने सुझाया कि उनके महलों में दिन-भर पाख़ाने-पेशाब से भरी हाँड़ियाँ फेंकी जायँ, इससे यक़ीनन घिनाकर वे भाग खड़ी होंगी।

यह भी हुआ; बादशाहबेग़म तब भी शान्त रहीं। वे महल के कमरों के बजाय अपने द्वारा महलों में बनवाये हुए रौज़ा-ए-दोवज़्दा इमाम में चली गयीं और क़ुरआन पाठ करने लगीं।

बादशाह के विलायती नाऊ ने बादशाह के नाम से आज्ञा दी कि रौज़ों में गन्दगी फेंकी जाए।

बादशाहबेग़म तब भी उत्तेजित न हुईं। पवित्र स्थल में गन्दगी गिरती तो वे अपने हाथों उसे साफ़ करतीं। सब सहतीं मगर अपनी आन न छोड़तीं, महल न छोड़ती थीं।

बादशाह का बावला क्रोध उनके क़ाबू से बाहर होने लगा। जब बेगम ने महल न छोड़ा तो वह आप ही फ़रहबख़्श कोठी छोड़कर शाही दौलतख़ाने में चला गया। उसी समय उसे यह भी सुझाया गया कि इंगलैण्ड में पार्टीबाज़ी चल रही है, अगर कहीं बादशाहबेग़म ने इंगलैण्ड के बादशाह और मलिका को यह शिकायत लिख भेजी तो शायद उसे अपना दाँव हारना पड़ जाय, इसलिए इंगलैण्ड के बादशाह के लिए शाहेअवध क़ीमती तोहफ़े भेजकर उन्हें अपनी ओर मिला लें। अँगरेज़ नाऊ डी रसेट उर्फ़ सर्फ़राज़ ख़ाँ के इस प्रस्ताव का समर्थन रेज़िडेण्ट ने भी किया और गवर्नर जनरल ने भी। शाही भेंट के बहाने राजख़ज़ाने से लाखों रुपये निकल गये।

शहर में नसीरुद्दीन हैदर की बड़ी बदनामी फैल गयी, "अमाँ हद हो गयी। सौतेली ही सही पर बादशाह की माँ हैं। बादशाहबेग़म ने अगर नसीरुद्दीन को पाला न होता तो आज ये दिन देख न पाते? अजी और तो और रौज़ों में भी गन्दगी फिंकवाते हैं, ख़ुदा का डर भी नहीं रहा।"

रौज़ों को नापाक करवाने के कारण नसीरुद्दीन हैदर की बदनामी हुई। ईश्वर-भक्त, मातृ-पितृ-भक्त, भारतीय हिन्दू मुसलमान प्रजा के लिए ये ख़बरें बड़ी ही कटु थीं। गली-मुहल्लों-चौराहों पर, हाट-बाट, घर-घर रोज़ यही क़िस्से रहते। शाही महल के आस-पास, कप्तान-बाज़ार में, गोमती के किनारे रेज़िडेन्सी के इधर-उधर उत्सुक निठल्लों की भीड़ जमा रहती, महल से आनेवाली एक-एक ख़बर के लिए जनता उत्सुक रहती और किसी भी अफ़वाह का सहारा लेकर "च-च, या ख़ुदा, बुरा हो इस बादशाह का, उसे बुरी सलाह देनेवालों का," आदि बातों का बाज़ार गरम होता।

मौक़ा अच्छा था; रेज़िडेन्सी के भारतीय कर्मचारियों के मुख से धीरे-धीरे यह अफ़वाह फैलने लगी कि नसीरुद्दीन को गद्दी से उतारकर अवध राज को अँगरेज़ी सल्तनत में मिला लिया जाएगा। और अगर परम दयालु अँगरेज़ नसीरुद्दीन को बख़्श भी देंगे तो उसके मरते ही शाही-अमल ख़ारिज हो जाएगा क्योंकि बादशाह के कोई औलाद तो है नहीं।

अत्याचार, अनाचार और विशेष रूप से राजमाता के प्रति होनेवाले इस घृणित व्यवहार के कारण जनता ऐसी उपर्युक्त मानसिक अवस्था में थी कि जो सुनता यही कहता, अच्छा है अँगरेज़ी अमल हो जाय। यह नहीं कि अँगरेज़ी शासन के प्रति

प्रजा का आकर्षण था पर इसलिए कि लोग शाही-कुशासन से इतने त्रस्त थे, इतने घुट रहे थे कि उन्हें अपनी चिढ़ में कोई भी परिवर्तन अच्छा लगता था। बादशाह बदनाम हो रहा था। वज़ीर रौशनुद्दौला अपना घर भर रहा था, पचीस हज़ार रुपये मासिक उसका वेतन था; सरकारी मालगुज़ारी पर पाँच रुपये सैकड़ा दस्तूरी खाता था जिससे वेतन के अलावा उसे लगभग छह लाख रुपये वार्षिक आय हो रही थी। अपनी दोनों पत्नियों के जेबख़र्च के लिए भी शाही ख़ज़ाने से वह आठ हज़ार रुपये महीना वसूल करता था; इसके अलावा चोरी-चुपके जो दौलत उड़ा रहा था उसका कोई हिसाब न था। राजा दर्शनसिंह ग़ालिबजंग की मिलीभगत थी, वे भी लाखों लूट रहे थे। धनिया महरी, सैयद कोका, दलजीत ख़वास, विलायती नाऊ 'सर्फ़राज़ ख़ाँ' और हर बड़ा ओहदेदार आये दिन शाही ख़ज़ाने को खुक्ख करने में ही अपनी चतुराई का पूरा कमाल दिखलाता था। छोटे अमलों और सिपाहियों को वक्त से तनख़्वाह तक नहीं नसीब थी और ऊपरवाले गुलछर्रे उड़ा रहे थे। शहर में, राज्य में बड़ी बदअमनी फैल रही थी।

तेतीस

शहर में गुण्डों का राज हुआ। सरकारी नौकरों और सिपाहियों को छह-छह महीने से तनख़्वाहें नहीं मिल रही थीं, कोई पुरसाँ-हाल न था। बाँके उस्ताद अपने-अपने गिरोहों के साथ शहर के असली मालिक बने हुए थे। उन्होंने शहर के मुहल्ले बाँट रखे थे और उनमें दरअसल उनका ही राज था। कौन सौदागर किस मुहल्ले में माल बेच सकता है और कौन नहीं, इसका फ़ैसला बाँके गुण्डे ही करते थे। सेठ-साहूकार हो या राहचलता ख़ोमचेवाला, सभी को रोज़-ब-रोज़ इन गुण्डों को अपना बँधा हुआ टैक्स देना पड़ता था। टैक्स का बढ़ाना-घटाना भी गुण्डे सरदारों और उनके शागिर्दों पर ही निर्भर था। अकसर किसी सरदार के इलाक़े में जब दूसरा गुण्डा सरदार अपना दख़ल जमाना चाहता तो दिन-दहाड़े शाही राजधानी की सड़कों पर दस-पाँच लाशें गिर जाना कोई अजब या अनहोनी बात नहीं समझी जाती थी। गुनहगारों पर शासन का प्रभाव न था। लोग कहते, बादशाह अपनी बादशाही तो सँभालें पहले। अँगरेज़ अब मालिक हुआ चाहते हैं और जब तक किसी ऐसी ताक़त का अमल नहीं होता जो हमें रोक सके तब तक अमल हमारा ही रहेगा, राजा ग़ालिबजंग या रौशनुद्दौला का नहीं।

बादशाहबेग़म के प्रति होनेवाले अत्याचारों ने शहर की अशान्ति को बेहद भड़का दिया था और इसी बीच में गुण्डा राज तथा अँगरेज़ी अमल आने की अफ़वाहें भी तेज़ी से बढ़ी थीं। नौबत यहाँ तक आयी कि बादशाह और कम्पनी सरकार के

ख़ुशामदी अमीरों-अमलों की सवारियाँ जब सड़कों से गुज़रतीं तो आस-पास भीड़ से छींटाकशी भी हो जाती थी।

शहर की बुरी ख़बरों ने शाही सेनापति राजा दर्शनसिंह ग़ालिबजंग और महामन्त्री नवाब रौशनुद्दौला बहादुर-जैसों के दिग्गज डुला दिये थे। उनके जासूस पक्की ख़बरें ला रहे थे कि बादशाहबेग़म और शाही ख़ानदान के लोग नसीरुद्दीन हैदर को गद्दी से उतरवाने के लिए अँगरेज़ों से लिखा-पढ़ी कर रहे हैं। नसीरुद्दीन हैदर के चाचाओं में सबसे बड़े नवाब मुहम्मद अली ख़ाँ नसीरुद्दीन बहादुर का चूँकि गद्दी पर हक़ पहुँचता है इसलिए उनके आदमी भी बादशाहबेग़म की तरह ही बड़ी दौड़-धूप कर रहे हैं। सरकारी दफ़्तरों में बदअमनी के बड़े-बड़े सबूत जुटाये जा रहे हैं। नसीरुद्दीन हैदर को हर तरह से निकम्मा साबित करने की कोशिशें की जा रही थीं। बड़े लोग सोच रहे थे, किसका साथ दें जिससे उनका भविष्य सुरक्षित रहे; कुछ समझ में न आता था इसलिए ऊँचे तबक़ों में भी बड़ी घबराहट फैली थी।

एक रोज़ राजा ग़ालिबजंग अपने हाथी पर सवार होकर अपने हाली-महालियों के साथ नवाब रौशनुद्दौला की कोठी पर गये। दोनों ओर से सामाजिक शिष्टाचार हुए, फिर एकान्त हुआ, बातें होने लगीं, "शहर की यह फ़िज़ाँ ठीक नहीं नवाब साहब। जैसे भी हो शाही ख़ानदान के लोगों को क़ाबू में करना ही होगा। बादशाह को गद्दी से हटाने की साज़िश अगर कारगर हो गयी तो हम-आप कौड़ी के तीन-तीन हो जाएँगे।"

राजा साहब की बात नवाब साहब के भी कलेजे का डंक थी। वे बोले, "हकीम साहब ने भी मुझसे इसके मुतल्लिक़ फ़रमाया था।"

"क्या हकीम मेंहदी साहब आजकल यहीं तशरीफ़ रखते हैं?" राजा ग़ालिबजंग ने चौंककर पूछा।

नवाब रौशनुद्दौला मुसकराये, कहा, "देखता हूँ कि शाही गोयन्दों की लापरवाही दिन-पर-दिन बढ़ती जा रही है, कोतवाल भी राजा साहब की हर ख़बर से ख़बरदार करने में..."

राजा ग़ालिबजंग झेंप गये, चट से कहा, "हकीम साहब बड़े पहुँचे हुए लोगों में हैं, उनकी मरज़ी बग़ैर उनके आने-जाने की ख़बर शहर कोतवाल क्या फ़रिश्तों के कानों में भी नहीं पहुँच सकती। ख़ैर, तो क्या फ़रमा रहे थे हकीम साहब?"

"कहते थे कि रिआया के हक़ में यही मुनासिब होगा कि अवध से बादशाही अमल उठ जाय और अँग़रेज़ पूरे सोलह आने क़ब्ज़ा कर लें। कहते थे कि रईसों की हिफ़ाज़त भी इसी में है वरना खुदा न करे नसीरुद्दीन की आँख मिचते ही ये लोग हमें तबाह कर डालेंगे।"

"यह तो सही है मगर बादशाह को किसी भी तरह फ़िलहाल दोज़ख़ में भिजवाना भी हमारे हक़ में अच्छा न होगा।" राजा दर्शनसिंह ग़ालिबजंग ने कहा।

नवाब बोले, "कलकत्ते से रेज़िडेण्ट साहब लौट आएँ, उनका रुख़ समझ लें तब ही कोई काम करना अच्छा होगा। अँगरेज़ों की मरज़ी के ख़िलाफ़ कोई भी काम करना हमारे हक़ में अच्छा न होगा।"

"ख़ैर, रेज़िडेण्ट साहब भी बस अब कल-परसों में तशरीफ़ लाया ही चाहते हैं। परमेशुर करें कोई बुरी ख़बर उनके साथ न आए।"

दो दिन बाद कर्नल जान लो तशरीफ़ लाये। उनके हाथों बादशाह और बादशाहबेग़म दोनों ने ही गवर्नर जनरल के नाम ख़त भेजे थे। अपनी-अपनी शिकायतों का पूरा ब्योरा दिया था और दोनों ने ही मदद की दरख़्वास्त की थी। लो साहब के लखनऊ वापस लौटते ही शहर के राजनीतिक वर्ग में अनुमान भिड़ने लगे। आमतौर पर लोगों का ख़याल था कि लाख हो अँगरेज़ बादशाह के द्वारा राजमाता के प्रति होनेवाले अन्याय को अवश्य ही ख़त्म करा देंगे। बादशाह बेगम को सलोन की जागीर अवश्य मिल जाएगी।

रेज़िडेण्ट उसी दिन दोपहर को लखनऊ पहुँचे थे। उनके आने की ख़बर पाकर नसीरुद्दीन हैदर घबराहट में अनमना हो गया था। उसे एक ही भय था, अगर गवर्नर जनरल ने राजमाता से समझौता करने के लिए कहा तो?...नहीं, अब वह किसी प्रकार भी राजमाता के सामने न झुकेगा। जिन लोगों ने उसे वर्षों तक अपने प्रभाव में रखकर नाच नचाया है उनमें से एक भी अब नसीरुद्दीन हैदर पर शासन नहीं कर सकता। भले वह बादशाहबेग़म हो, मलिकए-ज़मानियाँ हो, कोई हो। नसीरुद्दीन को हर एक से घृणा हो गयी थी। उसे कोई भी बेगम अच्छी नहीं लगती थी। वह अपनी किसी भी पत्नी या उपपत्नी से नहीं मिलता था। क़ुदूसियाबेगम की मृत्यु और बाहदशाहबेगम से लड़ाई छिड़ जाने पर मलिकए-ज़मानियाँ ने एक बार फिर उठने का प्रयत्न किया। मातमपुर्सी के बहाने से आना चाहा मगर नसीरुद्दीन ने मिलने से इनकार कर दिया। जब से कोठी फ़रहबख़्श छोड़ी और दौलतख़ाने में आकर रहे तब से तो धनिया और दलवी को छोड़कर और किसी पुरानी बाँदी तक को अपने पास न फटकने देता था। उसे डर था कि पुरानी बाँदियाँ उसके ख़िलाफ़ किसी से मिलकर दग़ा न दे जायँ। उसे ज़हर से भी डर लगता था और जादुई गण्डे-ताबीज़ों से भी। लेकिन रेज़िडेण्ट के आने की ख़बर सुनकर सबसे ज़्यादा डर उसे अँगरेज़ी हुक्म से लग रहा था, कहीं ऐसा न हो बादशाहबेग़म जीत जायँ। बादशाह का जी नहीं लग रहा था। दोपहर-भर वह न किसी से बोला न चाला। बस परेशान होकर बीच-बीच में उठ-उठ पड़ता था, टहलता, इधर-उधर दरवाज़ों में खड़ा होकर बाहर सूने में आँखें गड़ा लेता। कभी बड़बड़ाता, कभी आँखों में आँसू भर जाते और बादशाह परेशान-सा नज़र आता; कभी चेहरे पर तमतमाहट आ जाती, आँखों में ख़ून उतर आता, होठ और मुट्ठियाँ भिंच-भिंच जातीं। हाथ में फूल होता तो मसला जाता, नज़र के सामने

जो चीज़ पड़ती वह उनकी ठोकरों से दूर जा पड़ती। शाही मिज़ाज अच्छे-अच्छों को थर-थर कँपा रहा था।

मुसीबत मँडराते-मँडराते एक नयी बाँदी के सिर पर टूटी। हुक़्क़े की चिलम सजाना भी एक श्रेष्ठ रियासती कला है; एक बाँदी की लापरवाही किसी का दुर्दैव बन गयी। चिलम ताज़ा कर अभी ही लायी गयी थी, कोयले ठीक तरह गरमाये न थे। बादशाह ने बड़ी देर से हुक़्क़े में मुँह न लगाया था। चार चिलमें चढ़ीं और उतर चुकी थीं, पाँचवीं पर ही सारी मुसीबत का भार पड़ा। बादशाह सलामत ने कश खींचा, गला कड़वाया, तन में आग लग गयी, पूछा, "चिलम किसने सजायी है?" शाही गुस्सा चूँकि मामूली न थी इसलिए कोई भी इल्ज़ाम ओढ़ने को तैयार न था। लेकिन एक न एक तो मुजरिम होना ही चाहिए। दो रोज़ पहले ही बाँदियों में भरती की गयी एक छोटी-सी लड़की सामने कर दी गयी। बादशाह ने उसको देखा, आज्ञा हुई कि इसे चिलम सजाना सिखाया जाय। इसके सिर पर तपाया हुआ तवा और गुल रखे जाएँ जिससे कि आयन्दा के लिए इसे अपना काम मालूम हो जाय और ग़लती न हो।

शाही आज्ञा पालन न करने की मजाल भला किसमें थी, लड़की को बादशाह के सामने खड़ा किया गया और उसके सिर पर अँगारे उसी तरह सजाये जाने लगे जैसे चिलम में सजाये जाते हैं। पीड़ा से चीख़ना डबल जुर्म था, लेकिन लड़की आख़िर कहाँ तक बरदाश्त करती, चीख़ कर गिर पड़ी। उसे उठाकर ले जाया गया, बादशाह का मिज़ाज और ख़राब हो गया।

शाम को सैर के लिए सवारी निकली। वही रोज़ का नज़ारा, डंका, छत्र शाही निशान, अंगरक्षक आदि। शाही बग्घी के पीछे अँगरेज़ नाऊ आदि मुसाहिबों की गाड़ी थी; बादशाह के अँगरेज़ मास्टर शाही सवारी के साथ-साथ घोड़े पर चले जा रहे थे? बादशाह के लिए दुआओं का शोर, ख़ैरात का बँटना सब कुछ क्रम से चल रहा था। तभी एक भिखारी शाही गाड़ी के बहुत पास आ हाथ बढ़ाकर चिल्लाया, "ठहर बादशाह, शाहों का शाह तुझे आगे बढ़ने से रोकता है।"

बादशाह की त्योरी चढ़ी। अंगरक्षक सवार का चाबुक उठा, नौजवान भिखारी अपने फटे लबादे में शाही शान से अविचलित खड़ा रहा। उसकी ओर देखते हुए नसीरुद्दीन के चेहरे का भाव बदल गया। "गाड़ी रोक दो!" हुक्म हुआ। भिखारी नौजवान गाड़ी के पास बुलाया गया।

"क्या चाहिए?" बादशाह ने पूछा।

नौजवान भिखारी हँसा, बोला, "क्या चाहूँ? हः हः हः, एक ही राह पर दो मतवाले आशिक़ चले जा रहे थे। तेरी दौलत कम देखी, फ़क़ीर के जी में आया कि तुझे अपने दर्द से मालामाल कर दूँ।"

नसीरुद्दीन उसकी ओर देखने लगा, उसके चेहरे पर उलझन की रेखाएँ खिंचीं,

मिट गयीं। बड़ी-बड़ी आँखों की पुतलियों में एक क्षण के लिए उन्माद की चमक भर गयी। हँसा, बोला, "दर्द दोगे? उसकी इफ़रात है, अब और नहीं चाहता।"

"कमी है मतवाले आशिक़, मेरे गुरु कह रहे थे कि शाहे-अवध अपनी छाती के दहकते अंगारे बरदाश्त नहीं कर सकता, तभी वह उन्हें दूसरों के सिरों पर रखता है। हः हः हः हः..."

नसीरुद्दीन चौंक उठा। नौजवान फ़क़ीर अपनी मस्ती में हाथ ऊँचे उठा-उठाकर नाचने लगा। आसमान की ओर हाथ बढ़ाकर मतवाले जोश के साथ गा उठा...

"वह है कौन दिन कि तेरे लिए मुझे तुझ गली में गुज़र नहीं।

है यह क्या सितम कि तुझे सजन मेरी अब तईं भी ख़बर नहीं ॥"

शाही सवारी रुकी रही, ज़माना रुका रहा, सिर्फ़ मतवाला फ़क़ीर गा रहा था और गाते-गाते रोने लगा, सिर धुनने लगा। दहाड़ें मार-मारकर आकाश में रहने वाले अपने दिव्य प्रियतम के विरह में उसने ऐसा विलाप किया कि कोई उसके प्रभाव से न बच सका। बादशाह की आँखों से आँसू बहने लगे, उसे अपनी प्रियतमा की याद आ गयी थी।

आदेश हुआ कि भिखारी को दूसरे दिन शाही महल में बुलाया जाए। सवारी आगे बढ़ने का संकेत हुआ, फिर थमा। बादशाह ने पूछा, "इस पीर का नाम क्या है?"

आदमी फ़क़ीर से नाम पूछने के लिए दौड़े। फ़क़ीर ने बड़ी-बड़ी आँखें फाड़, पूछने वाले को घूरकर देखा, फिर कहा, "नाम? मेरा नाम नसीरुद्दीन हैदर है।"

नसीरुद्दीन हैदर फ़क़ीर की बात सुनकर उसे देखने लगा, गाड़ी से उतरा, फ़क़ीर की ओर देखते हुए हँसता हुआ उसके पास आया, बोला, "तो तुम नसीरुद्दीन हैदर हो।...और मैं?"

"जो मैं हूँ वह तुम हो, जो तुम हो वह मैं हूँ।"

"मगर मेरा नाम तो तुमने ले लिया। अब मैं अपने आपको किस नाम से पुकारूँ?" नसीरुद्दीन हैदर बड़ी गम्भीरता के साथ प्रश्न कर रहा था। फ़क़ीर की बातों ने उसके अति चंचल विक्षिप्त मन को बाँधकर एकाग्र कर दिया था। वह इस समय खरे मन से जिज्ञासु था और बावले फ़क़ीर के द्वारा अपना नाम अपना लिये जाने पर वह सचमुच अपने अन्दर एक भारी हलचल भरा सूनापन महसूस कर रहा था। उसके जीवन में प्रतिक्षण अटकनेवाले तरह-तरह के प्रश्न सिमटकर इस एक महाप्रश्न में एकरूप हो गये थे। मेरा नाम क्या है, यह प्रश्न इसलिए बहुत सहज और गम्भीर ढंग से हुआ।

फ़क़ीर बोला, "तेरे अनगिनत नाम हैं रे बाश्शा! किसी भी नाम से पुकार ले अपने को। तूने मुझे पीर कहा इसलिए तू पीर ही सही।...लेकिन प्यार में पीर—उहुँ, पीरु कहना, आज से तू पीरू और मैं नसीरू। ला हाथ मिला।"

नसीरुद्दीन क्षण-भर गरदन झुकाकर सोचता रहा। फिर बोला, "नहीं, मैं नसीरू तुम पीरू।"

"यही सही। मैं नसीरू तू पीरू, तू नसीरू मैं पीरू, ला हाथ दे।"

पीरू इतने सहज स्नेह से नसीरुद्दीन को देख रहा था कि नसीरुद्दीन का मन उसकी स्नेह-दृष्टि से अभिभूत हो गया। उसे सचमुच लगा जैसे सामने खड़ा हुआ पीरू फ़क़ीर और कोई नहीं, दर्पण में पड़नेवाला स्वयं उसका ही प्रतिबिम्ब है। नसीरुद्दीन की आँखों में स्नेह का सोता उसी तरह फूट पड़ा जैसे रेगिस्तान में बहुत गहरा खोदते-खोदते कहीं दूर धरती के भीतर जाकर पानी का सोता फूटता है। श्रम सार्थक होता है, थकान मिट जाती है—केवल आनन्द ही व्याप्त होता है। नसीरुद्दीन ने कसकर पीरू को अपनी छाती से बाँध लिया। दोनों एक-दूसरे के कन्धे पर सिर डाले ख़ामोश आँसू बहा रहे थे। ज़माना देख रहा था, बादशाह फ़क़ीर में कोई भेद न था। अँगरेज़ों को यह पागलपन लग रहा था। मन में, आपसी नज़रों के इशारों में मख़ौल और चुहल थी। भारतीय प्रजा संस्कारजनित श्रद्धा और आश्चर्य से इस दृश्य को देखकर आह और वाह से भर उठी थी। साँवला सलोना दुबला-पतला नसीरुद्दीन हैदर का हमउम्र-सा बावला फ़क़ीर लोगों की नज़रों में वली हो गया था। नसीरुद्दीन हैदर के लिए भी भावुक भारतीय दृष्टि में प्रेम और आदर चमक उठा। यह भाव और बढ़ गया जबकि नसीरुद्दीन और फ़क़ीर एक साथ शाही सवारी पर सवार होकर चले। बादशाह की जयजयकार हो उठी।

नसीरुद्दीन हैदर सारे वातावरण से प्रसन्न था; अपनी नयी उपलब्धि पर मुग्ध था। वह पीरू से बार-बार आग्रह कर वही शेर सुनता, ख़ुद भी गुनगुनाता :

"वह है कौन दिन कि तेरे लिए मुझे तुझ गली में गुज़र नहीं।
है यह क्या सितम कि तुझे सजन मेरी अब तईं भी ख़बर नहीं।।"

उस दिन बादशाह बहुत प्रसन्न था, उसे पीरू मिला था और साथ ही यह ख़बर भी कि कम्पनी सरकार उसके और बादशाहबेग़म के मामले में कोई हस्तक्षेप न करेगी।

चौंतीस

बादशाह का मन अटूला हो गया था, कोई उसके मन का साथी न था। साथी की चाह नसीरुद्दीन हैदर के लिए अब एक ऐसी भूख हो गयी थी जिसे लेकर वह आठों पहर अपने-आपमें उलझता ही रहता था। अब उसे चैन न था। उसे अपने ऊपर भरोसा न था। दूसरों के कन्धों पर अपनी समस्याओं का बोझ डाल कर चलना ही उसने जाना था और इसमें धोखा खाते-खाते वह पक गया था। क़ुद्सियाबेगम की

मृत्यु के उपरान्त वह अपने लिए अत्यधिक भयभीत हो उठा था और इसीलिए अपनी सत्ता के बल पर अपने भय से लड़ने के लिए वह निरन्तर क्रूर होता चला जा रहा था। मृत्यु यदि उसे भयभीत करती है तो अपनी पूरी शक्ति के साथ मृत्यु से लड़ना चाहिए, मृत्यु औरों की हो उसकी न हो। उसकी आयी औरों पर लद जाए और जो उसकी मृत्यु का षड्यन्त्र रचते हों वे सब नष्ट हो जायँ।

इस विचार को लेकर जब-जब उसके दिमाग़ में तमक आती तो पल के हज़ारवें हिस्से में उसकी कल्पना अपनी तलवार के एक झटके से लाखों अनगिनतों के सिर काटकर अपने-आप ही से सिहर उठती थी, उसकी दत्ती भिंच जाती, होठ-मुट्ठियाँ कस जातीं और उस कसाव के ज़ोर को न सह पाने के कारण उसके कमज़ोर-विलासी शरीर का स्नायुमण्डल उत्तेजना की तड़प से फड़क-फड़क कर उसे थका डालता था। नसीरुद्दीन अपने-आपसे थक गया था।

और इस थकान में उसे पीरू मिल गया। वह पीरू को लेकर बड़ा लाड़ लगाने लगा। कभी-कभी शौक़ के आलम में उसे नसीरुद्दीन मानकर आप क़ुद्सिया की कल्पना कर उसकी ख़ुशी के लिए छोटी-छोटी बातों की निगरानी रखने में कमाल का संयम बरतता था। अपने इस खिलवाड़ से उसे नयी आस्था मिलने लगी, नया आनन्द मिलने लगा। क़ुद्सिया के चिन्तन से, उसका अनुकरण करते हुए उसमें समर्पण का एक नया भाव जागने लगा, उसकी संस्कारों से जुड़ी धार्मिक आस्था तीव्र होने लगी।

आस्था की यह तीव्रता ही उसे अपनी सौतेली माता से लड़ने की शक्ति देती थी। बादशाहबेग़म के प्रति घोर घृणा का स्रोत खोलकर भी वह उनके कट्टर धार्मिक व्यक्तित्व और रस संयम पर बड़ी श्रद्धा रखता था, उससे वह मुक्त नहीं हो पाता था। यहीं वह अपनी वर्तमान सर्वश्रेष्ठ शत्रु, सौतेली माता के प्रति अपनी पराजय मानने के लिए विवश था। और इसीलिए अपने अन्दर आस्था की तीव्रता पाकर बादशाहबेग़म के प्रति उसकी घृणा भी तीव्रतम हो गयी। पीरू को नसीरू मान आप क़ुद्सियाबेगम के रूप में नसीरू के प्रति सेवारत होकर उसे अपने अन्दर सूफ़ी वलियों की-सी धार्मिक महत्ता का अनुभव होने लगा था। राजसी ठाठ-बाट में भी अपने आपको फ़क़ीर मानकर नसीरुद्दीन के अकेलेपन को सन्तोष मिलता था। उसने बड़े आग्रह से पीरू को अपने ही जैसा राजसी ठाठ-बाट दिया। यदि वैधानिक असुविधा न होती, अँगरेज़ों का डर न होता तो वह उसे अपने साथ-साथ राजसिंहासन पर अवश्य ही बिठलाता। फिर भी पीरू को उसने राजा तो बना ही दिया। पीरू हिन्दू थे अतः राजा और सिंह हो गये, ऊँचे-ऊँचे ख़िताबोंवाले हो गये। बादशाह के लाड़ले बनकर वह ख़ुशामदी ज़माने के भी लाड़ले हो गये। पीरू के क़दमों पर दौलत लुटने लगी। बड़े-बड़े अमीरो-उमरा का सिर झुकने लगा। पीरू एक तरह से अवध का बादशाह हो गया।

मगर उसका बावलापन न गया। उसकी आँखों में खोयापन था। कभी-कभी दिनों बीत जाते वह चारपाई की पाटी से चिपटकर रोता ही रहता; खाना-पीना सोना सब-कुछ छूट जाता। नसीरुद्दीन हैदर की बेकली देखते ही बनती थी। और एक दिन पीरू सुख-वैभव की क़ैद से निकल भाग गया, उसका कहीं पता न लगा।

बादशाह ने इस बीच में काफ़ी नाम हासिल किया। उसके धार्मिक व्यक्तित्व की चर्चा होने लगी। बादशाह ने भी अपनी सौतेली माता के समान रौज़ा-ए-दोवज़्दा इमाम बनवाये। अछूती और अछूते रखे। लोगों का आम ख़याल था कि जब बादशाह ने अपनी सौतेली माता द्वारा स्थापित इमामों के रौज़े तक अपवित्र कराये हैं तो अवश्य बादशाहबेग़म के चलाये नये धार्मिक सुधारों को समाप्त कर देगा। बहुत से लोग खुश हुए, उन्हें मौक़ा मिला, राजमाता द्वारा चलाये गये नये सुधारों को बन्द करवाने के लिए रूढ़िपन्थी उलमाओं के द्वारा, नवाबों के द्वारा संकेत भी होने लगे परन्तु नसीरुद्दीन ने किसी की एक न सुनी। उसने अपनी सौतेली माता द्वारा चलाये सुधारों को मान्यता तो दी ही, साथ ही एक नया चलन और भी जोड़ा। बारह इमामों की जन्मतिथियों के दिन वह नारी का वेश धर, नख-शिख सोलह-सिंगार सजकर सोने के जड़ाऊ पलँग पर ठोस सोने के छोटे बच्चेनुमा इमामों के पुतले अपनी जन्मतिथियों के अनुसार बारी-बारी से लिटाकर इमामों की माता होने का गौरव प्राप्त करने लगा था।

वैष्णवों का गोपीभाव और सूफ़ियों का माशूक़-भाव निष्क्रिय अपंगु भारत को बड़ा सन्तोष दे रहा था। भारत के राजे-सामन्त बड़ी-बड़ी मूँछ-दाढ़ियाँ रखकर भी ज़नखे हो चुके थे। अँगरेज़ों द्वारा अपनी सुरक्षा का ठेका ले लिये जाने के बाद सिवा अपने ऐश-आराम के तरह-तरह के बहानों से अपने निकम्मेपन को बहलाने के लिए वे कभी खीज-भरे, क्रूर, निर्मम व्यवहार करते और कभी अपनी झूठी बादशाही को निहाल करने के लिए दूसरों को निहाल कर देते। जो राजा-सामन्तों का हाल था वही सब हैसियतदारों का हाल था। खुशामद की सीढ़ी लगाकर सब हैसियत की ऊँचाइयों पर चढ़ते थे। इसलिए जो दरबार का चलन होता वही दरबारियों का चलन होता। बहुत से खुशामदी दरबारी रईसों के घरों में अछूते-अछूतियाँ रखे जाने लगे। रईस बादशाह की नक़ल करते हुए औरत का भेष धरने लगे। बहुत से लोग तो स्त्रियों का मासिक धर्म पालन करने का ढोंग भी निबाहते थे।

खुद शाहेअवध नसीरुद्दीन हैदर जब विभिन्न इमामों की जन्मतिथियों पर स्त्री बनने का स्वाँग रचते थे तब उन्हें ज़च्चाखाने में दाई के सिवा कोई छू भी नहीं सकता था। छठे दिन इमाममाता बने नसीरुद्दीन हैदर का पहला सौरी-नहान पड़ता, सोने के बच्चे को भी नहलाया जाता, बधावा बजता, सोहरें गायी जातीं। सारे शहर में त्योहार-जैसा मन जाता था। छठी की रात को नसीरुद्दीन लाख रुपये के नारी-वस्त्राभूषण पहन मुसलमानी प्रथा के अनुसार सिताराबीनी के लिए छत पर

जाता। सोने का बच्चा उसकी गोद में होता। क़ुरआन शरीफ़ सिर पर रखकर क़ुतुब तारे को सलाम करता। इसके बाद पुतला सोने के जड़ाऊ हिंडोले में लिटा दिया जाता। लोग नज़रें देने आते। सैकड़ों तरह के क़ीमती और लफ़ीज़ खाने पकते और फ़ातेहा पढ़े जाने के बाद बादशाह के प्रिय नवाबों-अमीरों तथा उनकी बेगमात में तक़सीम किये जाते थे।

ज़च्चाख़ाने से बाहर निकलने की रस्म पूरी होने पर दूसरे दिन नसीरुद्दीन बेशक़ीमती ज़नानी पोशाक में सोने की शिशु प्रतिमा लिये बहुमूल्य सजी हुई पालकी में पूरी तड़क-भड़क के साथ नगर-भ्रमण करता था; ज़च्चाख़ाने में रहने का कोई निश्चित नियम न था; कभी छठे दिन, कभी आठवें, दसवें, बारहवें जिस दिन इमाम-माता बने हुए बादशाह को मौज आ गयी उसी दिन सौरी का खेल ख़त्म हो जाता।

क़ुद्सिया के गर्भ से शिशु होने की कल्पना उसे पहले सुख देती थी, बाद में रस्म बन गयी। अपने पिता होने की शक्ति पर विश्वास न होने से माता बनकर शिशु को जन्म देने की कल्पना भी विकृति का रस बनती मगर ज्यों ही यह रस्म हो गयी त्यों ही यह सारा तमाशा नज़रों की रक़म द्वारा आमदनी का ज़रिया भी बन गया। इस तरक़ीब से बादशाह ने प्रधान मन्त्री और रेज़िडेण्ट की ही मीठी धमकियों से बचकर भी अपना ख़र्च कम न करने का ब्योंत बैठा लिया।

धार्मिक सुधारों के कारण नसीरुद्दीन हैदर ने अपनी सौतेली माता के समान ही एक वर्ग में ख्यातिलाभ की। बादशाह के प्रति निन्दा का प्रचार उसी तरह तनिक कम हुआ जैसे जेठ-बैसाख की लू में अन्धड़ के झोंके बीच-बीच में तनिक नर्म पड़ जाते हैं। मुहर्रम में भी पहले दिन हज़रतअली और उनकी पत्नी हज़रत फ़ातिमा के क़द्देआदम पुतले बड़ी सजावट के साथ पलँग पर एक साथ लिटाये जाते, उनका निकाह होता, नज़रें पेश की जातीं। लोग बा-अदब हाथ बाँधे खड़े रहते, फ़ातेहा पढ़े जाने के बाद सबको मिठाई तक़सीम होती। बादशाहबेग़म के प्रभाव से तथा मीर एहसानअली मर्सियागो की सिफ़ारिश से धार्मिक मातम के दिन मुहर्रम के पहले दस दिनों तक ही सीमित न रहकर चालीस दिन तक, चेहल्लुम तक बढ़ा दिये गये थे। बादशाहबेग़म ने यहाँ तक आदेश निकलवा दिया था कि इन चालीस दिनों में शहर में कोई शादी-ब्याह न हो, खुशियाँ न मनें और सारी प्रजा शोक मनाए। परन्तु रेज़िडेण्ट की आज्ञा के सामने बादशाहबेग़म की चल न पायी थी। नसीरुद्दीन हैदर ने सौतेली माता से बिगाड़ हो जाने पर भी रेज़िडेण्ट की आज्ञा की सीमा में बादशाहबेग़म के तमाम आदेश बराबर चलाये।

रूढ़िपन्थी मुसलमान बादशाहबेग़म और नसीरुद्दीन हैदर की इस बुतपरस्ती से बेहद नाराज़ थे। सुन्नी मुसलमान ख़ास तौर पर इन रिवाजों से बहुत कुढ़ते थे मगर उनकी एक न चल पाती थी। मुहर्रम में बादशाह शराब क़तई नहीं पीता था,

रमणीविलास से भी परहेज़ रखता था इसलिए उसके विरोधी भी उसकी इस निष्ठा के क़ायल थे। लेकिन बादशाह किसी को क़ायल करने की नीयत से यह सब नहीं करता था, वह तो दरअसल सर्वशक्तिमान् परमेश्वर को अपनी धार्मिक निष्ठा की रिश्वत देकर बादशाहबेग़म की तरफ़ से फोड़कर उसे अपनी ओर मिला लेना चाहता था। वह चाहता था कि ईश्वर उसके प्रति दयालु रहे, उसका भला हो और उसके सारे शत्रुओं का नाश हो जाय। क़ुद्‌सियाबेगम की मृत्यु के बाद नास्तिकता का जो भाव उसमें बड़ी चिड़चिड़ाहट के साथ जागा था। वह सहसा बादशाहबेग़म से ठन जाने पर दूने जोश के साथ आस्तिकता में पलट गया।

परन्तु सारी शक्ति लगा देने के बावजूद बादशाहबेग़म ने महल न छोड़ा, खुद उसे ही चिढ़कर हटना पड़ा इसलिए पराजय की भावना भी उसके मन में रह-रहकर जागती थी। वह अल्लाह मियाँ से नाराज़ होने लगा, आख़िर यह भी कोई बात है कि भगवान् बादशाहबेग़म को तो इतना बल दें कि वह नसीरुद्दीन हैदर की मरज़ी के ख़िलाफ़ भी महलों में रहने की शक्ति पा जाय और नसीरुद्दीन हैदर शाह इतना बेबस हो जाय कि खुद चिढ़कर महल छोड़ दे? माना कि वह अपनी मरज़ी से ही कोठी फ़रहबख़्श छोड़ शाही दौलतख़ाने में चला आया मगर आख़िर को बादशाहबेग़म के महल न छोड़ने के सबब ही से तो उसे ऐसा करना पड़ा था। यह हार उसे मन ही मन सता रही थी। वह सर्वशक्तिमान् ईश्वर से मन-ही-मन चिढ़कर भी भगवान् को नाराज़ नहीं करना चाहता था; फिर भी सहारे के लिए उसे अब एक दुनियावी आधार की भी ज़रूरत थी वही उसे नहीं मिलता था।

एक दिन दुलारी की याद आयी। बादशाह आएँगे, यह ख़बर मलिकए-ज़मानियाँ दुलारी के महलों में नयी चमक भर गयी। लोग-बाग खुद, दुलारी भी यही सोचने लगी कि अब उसके दिन फिर से बदलेंगे।

नसीरुद्दीन गया। दुलारी ने बादशाह को खुश करने के लिए बड़े इन्तज़ामात कर रखे थे। नसीरुद्दीन हैदर उन सबसे विलग ही रहा, उसने दुलारी से कहा, "अगर तुम किसी मामूली आदमी की बीवी होतीं तो बहुत दिनों बाद घर लौटनेवाले शौहर के लिए क्या-क्या करतीं?"

दुलारी भाँप गयी। बिजली की चमक-सा ख़याल बरसों पीछे की एक शाम में पहुँच गया, जब वह साधारण साईस की पत्नी थी और उसने अपने प्रेमी नईमउल्ला से मिलने के लिए छोटे देवर वारिसअली को उलटा-सीधा पटाकर अपनी कोठरी बन्द कर सुरंग खुदवायी थी। सास कलह कर रही थी और अचानक बरसों बाद उसका पति आ गया था। उस पर अपना जादू चलाने के लिए ख़ातिरदारी की कैसी तैयारी की थी, ख़याल से बल मिला। चट से जवाब दिया, "वही जो आज किया है। शाहेअवध की मलिका हूँ, मेरे पास अपने शौहर का दिया हुआ सब कुछ है इसीलिए खुशी का इज़हार यों हो गया। ग़रीब होती तब भी किसी तरह जुगाड़

कर मीठे पुलाव तो पका ही रखती और आज की तरह उस हालत में भी मैंने अरसे बाद यों ही कंघी-चोटी की होती। जो कुछ अच्छे से अच्छा मेरे पास होता यों ही पहना-ओढ़ा होता। तुम महसूस नहीं कर सकते जानेमन कि तुम्हारे बिना...”

“बाप रे बाप, तुम्हारे अलफ़ाज़ से फ़रेब की किस क़दर तेज़ बदबू आ रही है!”

दुलारी के चेहरे की आब ढल गयी। नसीरुद्दीन ने अपने कोट की जेब से बोतल निकाली। अपने ही हाथ से ढालकर पी, किसी भी बाँदी को पास तक न फटकने दिया और बोतल को खुद काग लगा अपने पास ही रख लिया। ख़ालिस शराब की तेज़ लकीरें उसके हलक़ से लेकर कलेजे तक नफ़रत की लकीरों-सी खिंचती रहीं, जब-तब चुस्कियाँ ले-लेकर वह सुनाता रहा, “तुम लोग मुझे खुश करने के लिए कितना फ़रेब करती हो। हरम से लेकर दरबार तक हर औरत-मर्द की सूरत पर मक्रो-फ़रेब के सिवा और कुछ झलकता ही नहीं। हैरत है कि नसीरुद्दीन हैदर को ताउम्र एक को छोड़कर और कोई इनसान ही न मिला!...पीरू है; बहुत बड़ा इनसान है, वली है, लेकिन वह मेरे प्यार से ज़्यादा परस्तिश की चीज़ है। और तुम लोग...क्या कहूँ दुलारी, खुदा गवाह है, तुम खुद भी गवाह हो, मैं कितने खुले दिल से तुम पर भरोसा रखता था और तुम कितनी तंगदिली से मेरे साथ पेश आयीं? मैंने अपने-आपको तुम पर इतना निसार किया कि तुमने जो कहा मैंने सच मान लिया, मगर तुम इतनी खुदपरस्त रहीं कि शाहेअवध के उस तख़्त पर, जिस पर ख़ानदाने-मंसूरिया के शाहज़ादे बैठते हैं, न जाने किस धोबी, चमार, साईस की औलाद को मेरी औलाद बतलाकर बिठलाने का जाल बुनने लगीं। तुममें और बादशाहबेग़म में क्या फ़र्क़ है? हाँ, वह शरीफ़ख़ानदान से आयी हैं और तुम न जाने किस कमीने की बेटी हो, फिर भी फ़र्क़ नहीं पड़ता। झूठ और खुदपरस्ती तुम्हारी रग-रग में भरी है, तुम दोनों की रग-रग में भरी है। हः हः हः क्या रंग है ज़माने का कि शरीफ़ और रज़ील में फ़र्क़ न रहा। वलियों को छोड़ दो, इनसान की अब कहीं क़द्र नहीं, ताक़त की क़द्र है। ताक़त चाहिए? हः हः हः तुम सबसे ज़्यादा ताक़त मुझे चाहिए, और अब मैं अपनी ताक़त में किसी को भी साझीदार नहीं बनाऊँगा। देखने आया था कि शायद तुममें कहीं अपनी बाँदी और मेरी मलिका, मलिकए-ख़ास, जन्नतनशी नवाब क़ुद्सियाबेगम साहिबा की तरह इनसान छिपा हो, क्योंकि आख़िर तुम भी धाय ही थीं, तुम्हें मैंने ही मलिकए-ज़मानियाँ बनाया था। लेकिन अब ज़माने की कोई भी मलिका नहीं रहेगी। सिर्फ़ मालिक रहेगा। मैं तुम सबको ख़ाक में मिला दूँगा।”

नसीरुद्दीन माता के प्रति अपनी निस्तेज खीज को अपनी पत्नियों और उपपत्नियों पर नित्य प्रति बरसाकर उसे प्रचण्ड करने लगा। बादशाह ने सुल्तान महल और मुन्नाजान की माँ अफ़ज़लमहल तक को बुलाकर उन पर अपना रौब फटकारा।

नसीरुद्दीन हैदर क्रमशः सबको आतंकित करने लगा। केवल धनिया और दलवी, स्त्रियों में दो ही ऐसी थीं जिनसे वह सहज रूप में बातें करता था। मगर उनके प्रति विश्वास रखते हुए भी उसने उन्हें अपनी प्रेमिका होने का अवसर कभी न दिया। वह अब किसी स्त्री को अपने निकट लाते डरता था। क्षणविलास के लिए वह भले किसी को भी अपना ले, पर अपने सोने के कक्ष में वह सदा अकेला ही रहता था।

एक दिन एक कश्मीरी नाचनेवाली पर नज़र पड़ गयी। वह पहले ही दिन दरबार में नाची थी कि आसमान पर चढ़ गयी। उसकी देह को मानो विधाता ने ही साँचे में ढाला था। बड़ी-बड़ी नज़रों से जिधर देख लेती थी ग़ज़ब ढा देती थी हालाँकि दरबार में बादशाह के सिवा और किसी को ज़ाहिरा तौर पर आँख उठा के देखने का चलन न था।

उसकी दर्द-भरी आवाज़, उसकी जिस्मानी ख़ूबसूरती, भोली चितवन और कत्थक नृत्य की निपुणता, सब विशेषताएँ एक-दूसरे से होड़ ले रही थीं और नाम भी नमकीन था, नूना।

नूना ने अमीर की एक ग़ज़ल छेड़ रखी थी जिसका एक शेर नसीरुद्दीन हैदर को बहुत ही भा गया था। नूना उसकी भाव-अदायगी भी बहुत ख़ूब करती थी :

"कहने को यूँ जहाँ में हज़ारों हैं यार दोस्त।
मुश्किल के वक़्त एक है परवर दिगार दोस्त।।"

नसीरुद्दीन झूम-झूम उठा। बार-बार उसने 'शाबाश! शाबाश!' की धुन उठायी। नूना के गुलाबी चेहरे पर शाही शाबाशी का रंग और भी ग़ज़ब ढाने लगा। उसमें बला की तेज़ी आ गयी।

लोगों को लगा कि नूना अब मलिकए-ज़मानियाँ और क़ुद्सियाबेगम की जगह लेगी। बादशाह रात में उसी के कन्धे पर हाथ रखकर हरम में गया। नूना के चेहरे पर ख़ुशी छायी हुई थी। नसीरुद्दीन हैदर उसे अपनी ख़्वाबगाह के दरवाज़े तक ले गया और फिर सहसा उसके पैर ठिठक गये। उसने दरवाज़े पर ही नयी कश्मीरी लड़की को प्यार किया। क़ीमती जड़ाऊ हार के इनाम से निहाल किया और दूसरे दिन मिलने के लिए कहा।

नूना दूसरे दिन मिली, तीसरे दिन मिली, रोज़ मिलती रही। कुछ दिनों तक नूना की तक़दीर का सितारा ऐसा बुलन्द रहा कि देखने वाले ईर्ष्या करते थे; ख़ुशामदियों ने नूना का मिज़ाज सातवें आसमान पर चढ़ा दिया। बादशाह हर रोज़ उसका वही नाच देखता, वही ग़ज़ल सुनता जो उसने पहले दिन सुनी थी। अरसे बाद एक दिन शाम के वक़्त नूना दरबार में वही रोज़ का घिसा-पिटा नाच-गा रही थी कि नसीरुद्दीन हैदर को जमुहाइयाँ आने लगीं, "बाप रे बाप, उबा डाला इस औरत ने ख़ान!"

"योर मैजेस्टी!" सर्फ़राज़ ख़ाँ ख़िताबधारी विलायती नाऊ आगे बढ़ा।

"दिल बहलाने का कोई और सामान नहीं?—मुर्ग़ ही लड़वाओ।"

विलायती नाऊ लड़ाकू मुर्ग़ों का इन्तज़ाम करने गये। नसीरुद्दीन हैदर ने अपनी ऊबी हुई नज़र नूना पर डाली। वह शाही बेरुख़ी से सहमी हुई खड़ी थी।

"अच्छा, ये औरत युरॅपियन लिबास में कैसी लगेगी?" बादशाह के एक ओर उनके अँगरेज़ मास्टर बैठे थे। उन्होंने बादशाह की इस बात का जवाब न दिया। नाऊ लौटकर आया, बादशाह ने उससे अपना सवाल दोहराया। बादशाह का रुख़ समझकर भी कोई सीधा जवाब देने के बजाय उसने कहा, "पहनाकर देख लेने से उम्दा जवाब और कोई नहीं हो सकता योर मैजेस्टी।"

नाऊ ने तत्काल ही अपने घर से अपनी मोटी पत्नी के विलायती कपड़े मँगवाये। वे कपड़े ढीले-ढाले थे। नूना को उन्हें पहनने का आदेश हुआ। नूना ख़ुद अपनी सज्जा देखकर रोने लगी, बादशाह और उनके मुसाहिबेख़ास सर्फ़राज़ ख़ाँ ठहाके मार कर हँस पड़े।

कुछ दिनों तक रोज़ यही होता, नूना उसी ढीले-ढाले विलायती लिबास में मख़ौल का सामान बनाकर लायी जाती, रोज़ उस पर ठहाके लगते। नूना, जिसे कि ज़माना भावी महारानी समझता था, अपने नसीब की चार दिन की चाँदनी देखकर सदा के लिए अपमानित हो गयी। नूना ने कई बार हा-हा खाकर बादशाह से कश्मीर लौट जाने की इजाज़त चाही परन्तु उसे न मिली। उसने अपनी मुक्ति के लिए सिफ़ारिश कराने की ग़रज़ से अपनी ताज़ी कमायी हुई दौलत फूँक दी मगर उसे नज़ात न मिली। नसीरुद्दीन के खिलवाड़ ने नूना को आसमान पर चढ़ाकर इतनी तेज़ी से गिराया कि वह किसी धरती पर न टिक सकी, सीधे शाही महलों के रहस्यमय पाताल में समा गयी।

पैंतीस

बादशाह अब किसी को आसमान पर न चढ़ाएगा। वह अब भोला नहीं रहा; वह समझता है कि दरबारी राजे-नवाब और मुसाहिब उसके हरम में अपने-अपने जाल फैलाये हुए हैं; हर ख़ूबसूरत औरत जो बादशाह के मन में चढ़ जाती है उसे दरबारी और मुसाहिब लम्बी-लम्बी रिश्वतें-लालचें देकर अपने गुट में मिलाने की कोशिशें करते हैं और इस तरह बादशाह की—उसकी—इच्छा पर, उसके निपट भोलेपन पर अपने जादू के तीर चलाने में सफल हो जाते हैं। बादशाह अब किसी को भी ऐसा करने का अवसर न देगा। वह भी चतुर बनेगा, लोगों को छकाएगा। वह किसी भी ख़ूबसूरत लड़की को अपने विलास के लिए चुनेगा, लोगों में यह भय भ्रम उत्पन्न करेगा कि वह नयी सुन्दरी के वशीभूत हो गया है, और जब लोग-बाग उसे आधार

बनाकर बादशाह की मरज़ी से खेलना चाहेंगे तब वह उसे पैरों तले की हरियाली की तरह कुचल देगा।

नसीरुद्दीन हर समय शंका, भय और क्रोध से किटकिटाया करता; कभी चतुर बनता और कभी तप जाता। मगर सब करके भी वह अपनी सौतेली माता से पार नहीं पा रहा था। वह दरअसल अपने से हार रहा था; उसे अपने अन्दर वह शक्ति ढूँढ़े नहीं मिल रही थी जो बादशाहबेग़म से मोर्चा ले सके।

एक दिन आधे शहर में तहलक़ा मच गया, शाही अस्तबल का एक घोड़ा किसी तरह से निकल भागा और उसने लखनऊ की सड़कों पर प्रलय मचा दी। वह घोड़ा आदमख़ोर के नाम से प्रसिद्ध था। किसी समय इंग्लिस्तान के बादशाह जार्ज चतुर्थ की ओर से अवध के बादशाह के लिए भेंटस्वरूप वह नायाब इंग्लिस्तानी धोड़ा आया था; देखने में बड़ा ख़ूबसूरत मगर बड़ा ख़ूँख़्वार था। विलायती शाह की प्रेम-भेंट पर शाहे-अवध के अनेक प्रजाजनों की जानें भेंट हो चुकी थीं। उसे मारा नहीं जा सकता था क्योंकि विलायती शाह की तौहीन होती। उसे नवाबज़ादों की तरह पाला जाता था; बस उसकी आँखों पर सदा पट्टी पड़ी रहती और वह ज़ंजीरों से जकड़ा रहता। जब कभी औचक में पट्टी हट जाती और वह किसी जानदार वस्तु को देख लेता तो फिर लोहे की मोटी ज़ंजीरों की भी बिसात न थी कि आदमख़ोर को बाँध पातीं। उस दिन भी ऐसा ही हुआ, आदमख़ोर अस्तबल से भाग निकला। बाज़ार में घुसते ही एक जगह दस-पाँच आदमियों का हुजूम देखकर वह मतवाला हो उठा। वह उछलकर उन पर आया; चार-पाँच उसके धक्के से गिरे, एक व्यक्ति ऐन अगले ख़ुरों की चपेट में आ गया। आदमख़ोर ने अपने थूथन से उसे भँभोड़ खाया, इधर से उधर उछाला-पटका, पैरों से ख़ूँदा, देखते-देखते उसके लोथड़े डाल दिये। बाज़ार में शोर मच गया, पटापट दूकानें बन्द हो गयीं; जिसका जहाँ सींग समाया वहीं छिप रहा। गलियों-गलियों पुकार पड़ गयी, बच्चे दरवाज़ों के भीतर खींचे जाने लगे, पटापट दरवाज़े बन्द हो गये, छज्जों-छतों पर भीड़ सिमट आयी। लोग-बाग आतंकित थे। अफ़वाहें डर और हौलदिली को दम-ब-दम दुबाला-चौबाला भड़का रही थीं। लोगों के ख़यालों में आदमख़ोर विलायती घोड़े की टापें, उसकी हिनहिनाहट और उसकी ख़ूनी आँखें आ रही थीं। शाही घोड़े को कोई मार नहीं सकता था, वह भले ही प्रजाजनों को मारता फिरे। कप्तान बाज़ार में एक मकान के एक छज्जे से दूसरे मकान के छज्जे पर अपनी बात उछालते हुए एक मियाँ जी ने एक लाला से कहा, "घोड़ा भी आख़िर फिरंगी है लाला, हिन्दुस्तानी रिआया को तबाह करने का हक़ उस मुल्क के चूहों तक को हासिल है, यह तो आख़िर घोड़ा ही ठहरा।"

"अमाँ चुप भी रहो भैया, ज़माना नाज़ुक है। ये देखो मास्टर की बग्घी आ रही है।"

शाहेअवध नसीरुद्दीन हैदर का अँगरेज़ शिक्षक बग्घी पर अपने एक विलायती

मित्र के साथ सैर को निकला था। मास्टर साहब, जो अपने कलकत्ता से आये हुए साहब जाति के मित्र को लखनऊ का वैभव दिखलाने लाया था, सड़कों की वीरानी देखकर हैरत में पड़ गया। उसकी गाड़ी सूनी सड़क पर आगे बढ़ी, एक औरत की बुरी तरह चोट खायी लाश सड़क के बीचों-बीच पड़ी थी। मास्टर की बग्घी का घोड़ा ठिठक गया। साहब ने एक मकान की छत पर खड़े हुए सिपाही से पूछा, "ये क्या माजरा है?"

"आदमख़ोर घोड़ा निकल भागा है हुज़ूर। अपनी हिफ़ाज़त की फ़िक्र कीजिए साहब।"—और दो मिनट भी न बीते होंगे कि छत पर खड़ा सिपाही फिर चिल्लाया, "होशियार साहबो, वो इधर ही आ रहा है।"

सड़क पर दूर से ही एक बच्चे को मुँह में दबाये उसे झिंझोड़ता हुआ घोड़ा तेज़ी से मास्टर की बग्घी की तरफ़ आ रहा था। दूर से ही उसने अपने सामने घोड़ागाड़ी की शक्ल में एक बड़ी चुनौती, बड़ी जानदार चीज़ को देखा। बच्चे की लाश फेंक वह प्राणों का भूखा मतवाला तेज़ी से बग्घी की ओर बढ़ा। साईस ने फ़ौरन ही बग्घी का रुख़ एक ओर की सड़क पर मोड़ा और एक बड़े फाटक में उसे ले गया। अँगरेज़ मास्टर ने उतरकर लोहे का फाटक बन्द किया ही था कि जनहिंसक घोड़ा सामने आ पहुँचा। दोनों अगले पैर उठाकर फाटक पर प्रहार करने लगा। उसका सिर और जबड़े ख़ून से सने हुए थे; कनौतियाँ उठाये, नथुनों से फुफकार छोड़ता हुआ अंगारे-सी चमकती आँखों से वह फाटक के अन्दर सुरक्षित किन्तु सहमे लोगों को देख रहा था। बड़े तेवर से वह चारों तरफ़ घूमकर अपने शिकारों पर आक्रमण करने की राह खोजने लगा; न मिलने पर फिर क्रोध से फाटक पर खबड़-खबड़ करने लगा। जितनी ही विवशता और निराशा हाथ लगती उतनी ही उस आदमख़ोर का क्रोध बढ़ता जाता था। नया आक्रमण करने के लिए उसने फिर पैंतरा बदला। फाटक के पास ही चहारदीवारी में बनी हुई मेहराब के पास आ अन्धे क्रोध में शत्रु पर आक्रमण करने की राह खोजने के लिए मचलकर दीवार पर टपाटप ख़ुर पटकने लगा। चहारदीवारी की मुँडेरों पर तब तक कई आदमी रस्सियाँ लिये खड़े हो चुके थे। इतने आदमियों को तथा रस्सी के फन्दे को बार-बार अपनी ओर आते देखकर आदमख़ोर घोड़ा अपने पागल जोश को लेकर अतिक्रमण कर गया। वह जोश के साथ पीछे हटकर फिर तेज़ी से दीवार की ओर छलाँग मारकर बढ़ता और चहारदीवारी पर खड़े हुए आदमियों के हाथों की रस्सियाँ घोड़े की गरदन पर उछलतीं। बारे एक का फन्दा पड़ ही गया। आदमख़ोर को बहुत उछल-कूदकर भी क़ाबू में आना ही पड़ा। एक बार गरदन कसे जाने पर वह फिर बेबस हो गया। उसकी आँखों पर पट्टी चढ़ा दी गयी, ज़ंजीरों से जकड़कर उसे अस्तबल में पहुँचा दिया गया।

जो जीव इतनी देर में उसके द्वारा मरे उनका ग़म उनके घरवालों को रहा,

चर्चा सारे शहर में रही; चूँकि बादशाह के अँगरेज़-मास्टर को भी परेशान होना पड़ा था इसलिए ख़बर आक़ा-ए-आलम तक भी पहुँच गयी।

नसीरुद्दीन बोला, "मैंने इस आदमख़ोर के मुतअल्लिक़ सुना तो अकसर है। बाप-रे-बाप बड़ा ख़ूँख़्वार जानवर होगा।"

"चीते से भी ज़्यादा भयानक है योर मेजेस्टी।" मास्टर ने उत्तर दिया।

"चीता!—बहुत ख़ूब—फिर चीते से ही इसे क्यों न लड़ाया जाय। ख़ान, हम देखना चाहते हैं कि बुढ़ियार के साथ इसका जोड़ कैसा बैठता है।"

चाँदगंज की पशुशाला में एक से एक नायाब चीते मौजूद थे और उनमें तराई के बुढ़ियार चीते की तारीफ़ तो दूर-दूर तक फैली हुई थी। बुढ़ियार ऐसा ख़ूँख़्वार चीता अब तक देखने में न आया था; नसीरुद्दीन हैदर को उस पर नाज़ था।

बुढ़ियार और आदमख़ोर की लड़ाई का दिन निश्चित हुआ। बुढ़ियार को दो दिनों तक भूखा रखा गया ताकि यह और भी भयानक हो जाय। बादशाह सलामत अपने दरबारी मुसाहिबों के साथ लड़ाई देखने आये। ऊँचे बरामदे में कोच पर वह बैठ गये। उनके पीछे पंखे, मोर्छलवालियाँ खड़ी हो गयीं; हुक़्क़ा, पान, रूमाल, इत्रदान, उगालदान, साग़र-मीना, सरकार-ए-आलम के शौक़ का हर सामान अपनी-अपनी जगह पर नाज़ुक अन्दाम गुलबदनों के मेहँदी रँगे हाथों में मौजूद था। शाही सोफ़े के दायें-बायें अँगरेज़ मुसाहिब खड़े थे। नीचे अखाड़े में विलायती आदमख़ोर को एक देसी घोड़ी की लालच में बाँस के बाड़े के अन्दर फँसाकर रखा गया था।

हुक्म हुआ; बुढ़ियार का पिंजरा लाया गया; फाटक खोल दिया गया। दो दिन से बन्द भूखा-प्यासा बुढ़ियार अपने सामने के शिकारों की ओर दृष्टि साधे पिंजरे के बाहर कूदा। बुढ़ियार बहुत ही आकर्षक चिकनी-चमकती खाल वाला, बड़ा शक्तिशाली और शानदार लगता था।

आदमख़ोर को भी देखते ही ज़ोम चढ़ आया। उसने एक बार अपनी गरदन फटकारी; आँखों में ख़ून उतर आया; आक्रमण करने की मुद्रा में गरदन झुका, एक पैर आगे बढ़ा, बुढ़ियार पर टकटकी साधकर वह खड़ा हो गया। घोड़ी बेचारी के तो प्राण सूख गये, वह सहमकर एक ओर खड़ी हो गयी।

नसीरुद्दीन हैदर की दृष्टि भी टकटकी बाँधकर सामने लग गयी थी। बुढ़ियार आदमख़ोर के चारों ओर चक्कर काटने लगा; आदमख़ोर भी बिना घबराये वैसे ही जुनून-भरी टकटकी साधे उसके साथ-ही-साथ रुख़ पलटता रहा। आदमख़ोर इतना सावधान था कि बुढ़ियार को उस पर आक्रमण करने का मौक़ा नहीं मिल रहा था। कुछ देर तक यों ही चक्कर चलता रहा, फिर मानो ऊबकर भूखे-प्यासे बुढ़ियार ने अपने आपको ताज़गी देने के लिए अचानक घोड़ी को दबोचकर उसका लहू पीना आरम्भ कर दिया। बेचारी घोड़ी ने बिना किसी प्रकार की आपत्ति करने का साहस किये ही आक्रमणकारी को अपनी जान सौंप दी।

नसीरुद्दीन जोश में अपनी हथेलियाँ रगड़ने लगा, बोला, "अब बुढ़ियार गरमाएगा, अब इसकी ख़ैर नहीं।"

बुढ़ियार चार-पाँच मिनिट तक ख़ून पीता और आदमख़ोर को चौकन्नी घृणाभरी दृष्टि से देखता रहा। आदमख़ोर बड़े आत्मविश्वास के साथ बे-झिझक खड़ा शत्रु से मोर्चा लेने के लिए तैयार था।

आख़िरकार बुढ़ियार भी तैयार हुआ, उसने घोड़ी की लाश छोड़ी, अखाड़े का एक चक्कर लगाया और बिजली की-सी फुर्ती से घोड़े पर आक्रमण किया। लेकिन आदमख़ोर बहुत फुर्तीला और होशियार था, उसने इतनी तेज़ी से गोता मारा कि बुढ़ियार उसके सिर के ऊपर से निकल गया, केवल पीछे के हिस्से में चीते के पंजे पड़े। दुबारा घूमकर आदमख़ोर ने चीते को इतने ज़ोर से ढकेला कि वह बाड़े के बाँसों से जा टकराया।

फिर भी बादशाह और मुसाहिबों को यही विश्वास था कि इस बार उठकर बुढ़ियार आदमख़ोर की ज़िन्दगी का फ़ैसला ही कर डालेगा।

मगर दुबारा भी आदमख़ोर ही ने मात दी। ज्यों ही बुढ़ियार ने उछलकर अपने ख़ूनी दाँत और पंजे आदमख़ोर के बदन में गड़ाये त्यों ही घूमकर वह चीते को लिये-दिये पलट गया। चीता धरती पर गिरा, घोड़े ने तुरत उठकर अपने नाल जड़े खुर से उसके मुँह पर ऐसा प्रहार किया कि उसका जबड़ा ही टूट गया।

बुढ़ियार का टूटा हुआ जबड़ा, उसकी बुरी दशा, सहमा हुआ रूप देखकर नसीरुद्दीन को आदमख़ोर घोड़े पर बेहद ग़ुस्सा आ गया। बुढ़ियार में लड़ने का दम नहीं था; उसका पिंजरा खोल दिया गया। बुढ़ियार दुम दबाकर उसमें घुस गया।

ज़ख़्मी आदमख़ोर घोड़े को अखाड़े में निर्द्वन्द्व घूमते हुए देखकर नसीरुद्दीन को सहसा लगा मानो बादशाहबेग़म स्वयं उसके ही जबड़े को तोड़कर उसे हराकर निर्द्वन्द्व विचर रही हैं। नसीरुद्दीन का क्रोध ख़याल की चमक के साथ ही भड़का, "डैम हिम! बुढ़ियार को तबाह करने का बदला लूँगा। दूसरा चीता लाया जाय।"

चीतों के रखवाले ने आकर ख़बर दी कि दूसरे चीतों को चूँकि दो घण्टे पहले ही ख़ाना दिया जा चुका है इसलिए वे लड़ने के क़ाबिल नहीं हैं। अवध का बादशाह नाराज़ होने लगा, उसने धमकाया कि अगर कोई चीता आदमख़ोर से लड़ने को तैयार न हुआ तो रखवाले को ही घोड़े के सामने फेंक दिया जाएगा।

पेट भरा होने पर चीता लड़ने-भिड़ने की नीयत नहीं रखता; मगर बाड़े के भीतर चारों ओर से गरम सलाखें घुसेड़-घुसेड़कर चीते को किनारे खड़े रहने के बजाय बीच मैदान में उतरने के लिए मजबूर किया गया।

चीता गरमाया, लड़ने पर तुल गया। एक शत्रु से लड़कर थके हुए आदमख़ोर ने इस बार भी कोई हिचकिचाहट प्रकट नहीं की। चार चक्करों में ही उसने दूसरे चीते को भी मार-मारकर कुत्ता बना दिया, चीते की एक आँख भी जाती रही।

बार-बार गरम सलाखों से चीता लड़ने के लिए खदेड़ा गया मगर घोड़े ने उसे इतना दहला दिया था कि आगे बढ़ने की हिम्मत ही नहीं होती थी।

दूसरे चीते के हारने पर नसीरुद्दीन का मन घोड़े की बहादुरी पर निछावर हो गया। और इस इच्छा में मन की तसवीर भी बदल गयी। विजयी आमदख़ोर अब उसे बादशाहबेग़म के समान नहीं वरन् अपने समान लग रहा था। उसे हैरत थी कि एक घोड़े ने दो चीते मार भगाये; उसे इस बात की ख़ुशी भी थी। वह भी इसी तरह अपने से अधिक शक्तिशाली शत्रुओं को मार भगाएगा। अपने विरोध में सिर ताननेवाली शक्ति को यों ही पछाड़ देगा। बादशाहबेग़म, उसकी सर्वाधिक प्रबल शत्रु, अब कोठी फ़रहबख़्श में यों क़ब्ज़ा किये बैठ न पाएँगी; बादशाह इस अदमनीय उच्चैःश्रवा आदमख़ोर की तरह बादशाहबेग़म के जबड़े तोड़ देगा।

चाँदगंज से नसीरुद्दीन हैदर अपने अन्दर एक नयी शक्ति लेकर लौटा। कम्पनी-सरकार उसके और बादशाहबेग़म के आपसी झगड़े में किसी प्रकार का हस्तक्षेप न करेंगी, यह भरोसा भी उसे प्राप्त हो चुका था। उसने सेनानायक राजा दर्शनसिंह ग़ालिबजंग को कड़ा आदेश दिया कि राजामाता से कोठी फ़रहबख़्श जिस तरह भी हो खाली करवाएँ, राजमाता के प्रति किसी प्रकार का सम्मान प्रदर्शन करने की आवश्यकता नहीं; बार-बार उसका ज़ोर इसी बात पर था कि बादशाहबेग़म से तुरन्त ही कोटी ख़ाली करवा ली जाय।

शाही हुक्म की तामील फ़ौरन हुई। 19 अप्रैल सन् 1835 ई. के दिन शाही सेना ने कोठी को चारों ओर से घेर लिया। बादशाहबेग़म के निवासगृह में अन्न-जल तक पहुँचने के सारे मार्ग अवरुद्ध हो गये।

बादशाहबेगम तब भी न झुकीं। उन्होंने अपने ख़्वाजासराओं की मार्फ़त वक़्त-ज़रूरत के लिए एक गुपचुप सेना तैयार की थी परन्तु दण्ड के भय से ख़्वाजासरा ऐन वक़्त पर दुम दबाकर बैठ रहे। बेगम सहसा अकेली पड़ गयीं फिर भी हारीं नहीं। उन्होंने अपने ख़ासाबरदारों को कोठी के फाटक के अन्दर तैनात कर दिया जिससे फाटक टूटने पर बादशाह के सिपाही बिना संघर्ष किये अन्दर प्रवेश न कर पाएँ। राजा दर्शनसिंह के दाहिने हाथ राजा शिवदीनसिंह ने कोठी की दीवारों पर ऊँची-ऊँची सीढ़ियाँ लगवाकर अपने आदमियों को ऊपर चढ़वा दिया। बेगम अपनी लौंडियों और मुग़लनियों की फ़ौजी टुकड़ी-सी बनाकर स्वयं मैदान में आ गयीं। ईंट-पत्थरों और लकड़ी के कुन्दों की मार से औरतों ने मरद-गुण्डों को दीवार का मोरचा छोड़कर भागने पर मजबूर कर दिया। शाही गुण्डों ने चहारदीवारी को फावड़ों और कुदालियों की मार से तोड़ना और गिराना आरम्भ किया। बादशाहबेग़म की दासियाँ अपनी पूरी शक्ति के साथ मोरचा लेती रहीं लेकिन शाही सिपाही बाग़ के अन्दर घुस ही गये। राजा शिवदीनसिंह और बादशाह के ख़ास गुलाम को भी ईंटों की मार से चोटें आयीं।

शाही शोहदों को महल के बाग़ में प्रवेश करते देख बादशाहबेग़म ने फ़ायर करने का आदेश दिया। दोनों ओर से गोलाबारी होने लगी। बादशाहबेग़म की कई बाँदियाँ, इब्राहीम ख़ाँ ख़ासाबदार और शाही सेना के अनेक सिपाही मारे गये, राह चलते घायल हुए और अपनी जानों से हाथ धो बैठे। बाज़ार बन्द हो गये, शहर में सनसनी फैल गयी। शाहे-अवध तक यह ख़बर पहुँची कि बेगम की बाँदियाँ ज़ोरदार हमला कर रही हैं लेकिन शाहे-अवध इस समय किसी भी प्रकार से पराजित होना सहन नहीं कर सकता था। वह आदमख़ोर उच्चैःश्रवा की तरह अपने-आपको इस बार अविजित सिद्ध करके ही रहेगा। उसने आज्ञा दी कि महल पर तोप चलायी जाए। शहर की सनसनी को ख़त्म करने के लिए उसने अलीरज़ा कोतवाल को आदेश दिया कि प्रजा को भय-मुक्त कर पुलिस-प्रबन्ध के द्वारा बाज़ार खुलवाये जाएँ। नसीरुद्दीन आमदख़ोर घोड़े की तरह ही चारों ओर से चौकन्ना होकर चल रहा था। बाज़ार बन्द होने से, प्रजा में घबराहट फैलने से रेज़िडेण्ट कहीं प्रजा के नाम पर अपनी सेनाएँ भेजकर उसकी जीती बाज़ी को हरा न दे, बादशाह इसीलिए यह सतर्कता बरत रहा था।

कोठी फ़रहबख़्श पर शाही तोप गरजी। बादशाहबेग़म दिन-भर की भूखी-प्यासी, अपने लौंडी-गुलामों की हत्या से टूटी सहमी, शाही तोप का सामना न कर पायीं। उन्होंने हारकर राजा शिवदीनसिंह से शरणदान देने की प्रार्थना की और महल छोड़कर इल्मासबाग़ में चले जाने का वचन दिया।

अवध के महामन्त्री नवाब रौशनुद्दौला ने अवध के महाराज नसीरुद्दीन हैदर को तुरन्त ही जाकर उनकी महाविजय पर मुबारकबाद दी और बादशाहबेग़म के इल्मासबाग़ जाकर रहने की स्वीकृति के सम्बन्ध में भी निवेदन किया।

शाही उच्चैःश्रवा बुढ़ियार बादशाहबेग़म के जबड़े तोड़कर परम प्रसन्न था।

छत्तीस

नसीरुद्दीन हैदर का यह विजयभाव बेहोशी के आलम में उसे आगे बढ़ा ले गया। बादशाहबेग़म का साथ देनेवाले राजकुल के लोग अब उसकी आँखों में चुभ रहे थे। नसीरुद्दीन निःसन्तान था यह बात उसे अब बुरी तरह खल रही थी। "मेरा तख़्त-ताज अब मेरे दुश्मनों के हाथ में पहुँचेगा। मेरे जीते जी यह लोग इसीलिए तो सिर उठा रहे हैं। ये मुझे मारना चाहते हैं। मैं इनका सिर कुचल दूँगा।"—नसीरुद्दीन की विलास और शराब से ढीली नसें रह-रहकर क्रोध की उत्तेजना से भर जातीं। उसकी मुट्ठियाँ बँध जातीं, दत्ती भिंच जाती, चेहरे पर सिकुड़नें पड़ जातीं। उसके कमज़ोर बदन में गुस्सा ऐसा बलवा मचाता कि वह थक-थक जाता था।

इन्हीं क्रोध और चिन्ताओं के बिजली-तूफ़ान में उसे यह ख़बर मिली कि इंगलैण्ड की राजनीतिक गुटबन्दी के दलदल में पड़कर शाह इंग्लिस्तान ने शाहे-अवध द्वारा भेजी गयी मैत्रीस्वरूप बहुमूल्य भेंट सामग्री को अस्वीकार कर दिया है। लखनऊ के राजनीतिक वातावरण पर बिजली की तरह इस ख़बर का असर पड़ा, दरबारी रईस शाह की अवज्ञा करने लगे।

नसीरुद्दीन बेहद घबरा उठा, चिड़चिड़ा हो उठा, टूटने लगा। दिन-भर शराब, बस यही तो उसके जीने का सहारा थी। मोहरबन्द शराब की बोतलें ख़ास उसी की निगरानी में रहती थीं। धनिया या दलवी के अलावा महल में और कोई भी उसकी बोतलों को छू तक नहीं सकता था; विलायती नाऊ डी-रसेट 'सर्फ़राज़ ख़ाँ' की बात और थी। उस पर तो धनिया और दलवी से भी ज़्यादा भरोसा था।

दिन में ग्यारह-साढ़े ग्यारह बजे का समय था। नसीरुद्दीन कोच पर नशे के खुमार में खोया हुआ बैठा था, नाऊ सर्फ़राज़ ख़ाँ उसके बालों को घुँघराला बना रहा था। और बस धनिया पास थी, शाहे-अवध के क़दमों में बैठी हुई पैर में सुगन्धित लेप लगाते हुए उसकी सुन्न पड़ी पिण्डलियों और पंजों को सहलाकर हरकत पैदा कर रही थी। बादशाह महल के अन्दरवाले बरामदे में बैठा था। आँगन में असाढ़ के पहले दौंगरे की बहार छिटक रही थी। बादशाह काफ़ी देर चुप रहने के बाद एकाएक सिर उठाकर डी-रसेट से बोला, "बाप रे बाप, यह औरतें, औरत नाम की शय कितनी दग़ाबाज़ और मक्रो-फ़रेब से भरी होती है! क्यों ख़ान, तुम्हारे मुल्क ने साइंस की बड़ी-बड़ी ईजादें की हैं, क्या ऐसी कोई तरकीब नहीं हो सकती जिससे कि आदमी औरत की मदद लिये बग़ैर ही अपनी औलाद पैदा कर सके?"

धनिया महरी का हाथ बादशाह की पिण्डलियाँ सहलाते-सहलाते उसी तरह टुक थम गया जैसे सितार पर उँगलियाँ दौड़ते-दौड़ते किसी परदे पर तनिक देर के वास्ते चमत्कार उत्पन्न करने रुक जाती हैं। डी-रसेट बड़ी अदा में दोनों बाँहें तनिक उठाये हुए, बात पर गहरा ग़ौर करने का नाटक करते हुए गम्भीर आवाज़ में बोला, "क्यों नहीं हो सकता योर मैजेस्टी। मगर मेरे ख़याल में इस क़िस्म की ईजाद करना किसी एक साइण्टिस्ट के बस की बात नहीं, यूरॅप के तमाम बड़े साइण्टिस्ट अगर पूरे जोश के साथ इस काम में हाथ लगाएँ तो मेरे ख़याल में मुमकिन हो सकता है।"

बादशाह की नज़र शराब के सामान की तरफ़ गयी, हज्जाम ने अपने मालिक की नज़र के साथ ही उस तरफ़ हाथ बढ़ा दिया। दम-भर बाद शराब की चुस्की लेते हुए बादशाह ने बड़े गम्भीर स्वर में पूछा, "लेकिन ये मुमकिन कैसे हो सकता है? मरद अपने जिस्म के अन्दर आख़िर क्योंकर अपनी औलाद को पनपा सकता है। यह मुमकिन हो सकता है कि जिस तरह पुराने ज़माने में जादूगर पुतलियों में जान डाल देते थे, उस तरह साइण्टिस्ट भी कोई करिश्मा दिखलाएँ।"

डी-रसेट ने भी चुस्की लेते हुए बाहर आँगन में बारिश की बूँदों से टकटकी लगाकर कहा, "जादू में कितना ज़ोर होता है यह तो मैं नहीं कह सकता...मेरे ख़याल में योर मैजेस्टी को किसी पुतले में जान पड़ते हुए देखने का मौक़ा शायद ज़रूर मिला होगा।"

हिज़ मैजेस्टी बोले, "मैंने यह तो नहीं देखा मगर जादू के कुछ करिश्मे ज़रूर देखे हैं।...मेरी वालिदा...वो-वो मुबश्शिर ख़ाँ हक़ीर की औलाद, वो ज़लील औरत जिसने मेरी वालिदा माजिदा को बड़ी बेरहमी से क़त्ल करवा डाला था, उस—उसकी बात कहता हूँ। बाप रे बाप, वह बड़ी जादूगरनी है, ख़ान, अमीरुज्जिनात उसके वश में हैं। ये धनिया जानती है।"

अब धनिया के बोलने का मौक़ा आया। नाक पर बल डालकर उँगलियाँ नचाते हुए बोली, "हुजूर आक़ा-ए-आलम हैं जिसको जो मान लें, वही दुनिया को भी मानना होगा, मगर हक़ीक़त कुछ और ही है आलमनेवाज़। झूठे के मुँह पर ख़ुदा की मार, मरने पर सौ दुर्रे, आँखों देखी अरज़ करती हूँ सरकार, बुद्धेसुरोंवाले बाबा जी ने चुटकी-भर राख अपनी धूनी से उठायी और सामने फेंक दी। जाड़े के मौसम में हुज़ूर आधे कोस के इर्द-गिर्द मैदान में आम के बड़े-बड़े दरख़्त खड़े हो गये। उसी के अन्दर जगह-जगह झूले पड़ गये। उतनी जगह के ऊपर आसमान में भी घटाएँ घिर आयीं, बिजलियाँ कड़कीं, रिमझिम-रिमझिम बूँदें पड़ने लगीं। बाबा ने हम लोगों से कहा कि, जाओ आम खाओ और झूले पर बैठकर लावनी बारहमासियाँ गाओ। इस वक़्त फ़क़ीर को यही मौज आयी है। ज़िल्लेसुभानी, सच कहती हूँ, आपकी सौतेली माँ के पास ऐसी ताक़त नहीं है। अगर हुज़ूर को बुरा लगे तो मेरा सिर भले ही उतरवा लें मगर सच को सच कहे बिना न रहूँगी।" उसकी उँगलियाँ फिर बादशाह की पिण्डलियों पर दौड़ने लगीं।

डी-रसेट दुबारा अपने काम पर लग चुका था। बीच-बीच में वह अपनी पैनी क़ैंची-जैसी कनखियों से धनिया की एक-आध झलक भी कतर लेता था। नसीरुद्दीन संगमर्मर के फ़र्श पर नज़र गड़ाये सोच रहा था, बोला, "धनिया, मैं तुझे मुँहमाँगा इनाम दूँगा। सोने के जिन पुतलों को लेकर मुझे इमामों की वालिदा बनने का फ़ख्र हासिल है उनमें—उनमें तेरे बाबा क्या जान डाल देंगे? कमीने नजूमी की औलाद, जिस तरह मुन्नाजान को लेकर मेरे तख़्त-ताज पर अपना हक़ माँगती है, मैं भी उसी तरह हज़रतअली और इमामों के नाम पर अपना हक़ माँगूँगी—माँगूँगी।...कुछ ऐसा करिश्मा हो कि इंगलैण्ड के बादशाह और वज़ीर, कम्पनी बहादुर के डायरेक्टरान और...और यह कमीने की औलाद रेज़िडेण्ट का बच्चा, इन सबके सामने मेरे इमाम दोवज़्दा जाग उठें और मैं सबसे कहूँ कि सल्तनतेअवध अँगरेज़ों की नहीं, बादशाहबेग़म के मुन्नाजान और मलिकए-ज़मानियाँ के कैवाँजाह की नहीं, सआदतअली ख़ाँ मरहूम के किसी बेटे की भी नहीं, मेरी है, मेरे इमामों की है। इस

पर कोई बदनज़र न डाले, कोई अपनी नीयत के दाँत न गड़ाए।"

नसीरुद्दीन की बड़ी-बड़ी आँखों में ख़ुशी की चमक भर गयी। मनमाने सपने से बँधा उसका चेहरा ख़ुशी से लबालब भर उठा; विजय और सन्तोष के साथ सोफ़ा पर अपना सिर टिका लिया। बाल दब जाने से डी-रसेट का काम रुक गया।

"ख़ान!"

"योर मैजेस्टी!"

"ख़ान, तुम्हारे विलायत के लोग बहुत होशियार होते हैं; बड़े ज़हीन, आक़िल और बहादुर होते हैं। यह सब ठीक है, मगर बाप रे बाप, बड़े लालची और मक्कार होते हैं। क्या तमाशा है, सल्तनत मेरी है और हक़ उनका है।" बादशाह ने निढाल होकर एक साँस छोड़ी।

डी-रसेट के हाथ साग़र और मीना तक फ़ौरन पहुँच गये। धनिया बादशाह के दोनों क़दमों पर हाथ रखकर चट से बड़े जोश में बोली, "मेरे सरताज, जग के पालनहार, किसू की मजाल नहीं जो आपके सामने नज़र भी उठा सके, चाहे नवाब कम्पनी बहादुर या उनके बादशाह हों—कोई हों। बाबा से इन्तज़ाम करवा रखा है। आप अपने को मुतलक़ हिरास न करें सरकार।"

नसीरुद्दीन ध्यान में डूब गया। डी-रसेट ने मुँह से कुछ बात निकालते-निकालते आलमपनाह के चेहरे पर नज़र डाली और चुप हो रहा। पल-भर रुककर नसीरुद्दीन बोला, "मुझमें अभी होश बाक़ी है धनिया। और मैं बच्चा भी नहीं हूँ। अवध क्या हिन्दोस्तान की एक भी रियासत अब आज़ाद न रह सकेगी। अँगरेज़ किसी शरीफ़ की इज़्ज़त न रहने देंगे। ये सबके सिर से ताज उतार देंगे।"

डी-रसेट बोला, "योर मैजेस्टी, इंगलैण्ड में कम्पनी के डायरेक्टरान ही सब कुछ नहीं हैं। आपके ऊपर किसी क़िस्म की आँच नहीं आ सकती। मेरे पास ख़बर आयी है कि कलकत्ते में इस वक़्त बकिंघम पैलेस के दो ऊँचे अफ़सर आये हुए हैं। हिज़ मैजेस्टी, शाहे इंग्लिस्तान उनकी बातें उरी तरह सुनते हैं जिस तरह लखनऊ में हुज़ूर के इस कमतरीन गुलाम को यह फ़ख्र हासिल है। अगर आप इजाज़त दें तो मैं कलकत्ता जाकर उन लोगों से मुलाक़ात करूँ।"

नसीरुद्दीन ने सोफ़े के पीछे हाथ टेके खड़े हुए डी-रसेट की बाँह को छूते हुए कहा, "जाओ ख़ान, कुछ भी करो। मेरी ज़िन्दगी तक अवध में अँगरेज़ी अमल न होने पाए। और मैं अभी जीना चाहता हूँ। ये चारों तरफ़ जो मुझे मारने की साज़िशें हो रही हैं वह ख़त्म होनी चाहिए। मुझे शाहे-इंग्लिस्तान से दोस्ती का हाथ मिलाना चाहिए। क्या तुम्हारा पुरअसर दोस्त भी इंगलैण्ड के शाह का हज्जाम है ख़ान?"

डी-रसेट इस सवाल से एकाएक कटा, फिर भी हाज़िर जवाब रहा, झुककर अर्ज़ किया, "योर मैजेस्टी सब कुछ जानते हैं, बात ऐसी ही है।"

बादशाह उठ खड़ा हुआ। सोफ़ा के पीछे घूमकर अपने हज्जाम के पास पहुँचा,

कहने लगा, "देखो ख़ान, इस वक़्त रेज़िडेण्ट या गवर्नर जनरल की बात हरगिज़ न रहने पावे। मुझसे तोहफ़े भिजवाये और अब कहते हैं कि हिज़ मैजेस्टी को मेरी दोस्ती क़ुबूल नहीं? और इसका भी क्या ठिकाना है ख़ान कि इंगलैण्ड के बादशाह तक मेरे तोहफ़े पहुँचे ही हों।" नसीरुद्दीन ने जोश में आकर डी-रसेट के कोट का कॉलर दबाते हुए कहा, "ख़ान, मेरे तोहफ़े क़ुबूल होने ही चाहिए। मेरे ख़िलाफ़ ये साजिशें बन्द होनी ही चाहिए। तुम आज ही कलकत्ता जाओगे, समझे।"

नाऊ ने हामी भर ली; बादशाह डी-रसेट के कन्धे पर बाँह रखकर आगे बढ़ते हुए बोला, "हर शख़्स, दो-चार को छोड़कर, मेरा जानी दुश्मन है। मैं सबको तबाह कर देना चाहता हूँ। मैं किसी को भी नहीं बख़्शूँगा। और मेरी सल्तनत पर मुबश्शिर ख़ाँ की बेटी या सआदतअली ख़ाँ के बेटे क़ब्ज़ा नहीं कर पाएँगे। मैं भले ही अपना तख़्तो-ताज काले चोर को दे जाऊँ, तुम्हें बख़्श दूँ...ये परदे के पीछे कौन है?" बादशाह ने एकदम चौंककर पूछा।

धनिया ने फ़ौरन आगे बढ़कर परदा हटाया, दो बाँदियाँ तेज़ी से कमरे के पारवाले दरवाज़े की तरफ़ जाती दिखलाई दीं। नसीरुद्दीन हैदर गरज उठा, "गिरफ़्तार करो उनको।"

महल में सन्नाटा छा गया। दोनों बाँदियाँ गिरफ़्तार होकर आयीं।

"तुम लोग यहाँ किसलिए छिपी हुई थीं।"

दोनों बाँदियाँ जीते-जी मुरदा हो गयी थीं, उनके मुँह से बोल न फूटता था। नसीरुद्दीन की दृष्टि में यह अपराध और भी बड़ा हो गया। शाही इशारा हुआ। दोनों बाँदियों के सब कपड़े उतरवाकर विलायती हण्टर की मार शुरू हुई। एक बाँदी का बोल फूटा। उसने बतलाया की दूसरी उसकी सहेली है, कानपुर से आयी है। बादशाह सलामत को देखने की बड़ी इच्छा थी सो वह उसे रसूलन बाँदी की एवज़ में ले आयीं, वह बीमार पड़ी है। बाँदी ने बतलाया कि वह दरवाज़े पर क़ायदे के हिसाब से ख़िदमत में खड़ी थी, ग़लती उसकी सहेली से हुई। वह राजदर्शन की लालसा में परदे के पास तक बढ़ती गयी। दूसरी को टोकने की मोहलत भी न मिली थी कि ज़िल्लेसुभानी ने देख लिया। उनके पूछते ही सहेली डरकर भागी। दूसरी बाँदी से ग़लती यह हुई कि सहेली के पीछे-पीछे उसके भी पाँव उठ गये।

मगर नसीरुद्दीन हैदर को इस जवाब से तसल्ली न हुई। बाँदियों पर नये अत्याचार शुरू हुए। पहला हण्टर खाते ही दूसरी बेहोश हो चुकी थी, उसके मुँह पर छींटे मारे जा रहे थे। होश में आकर उसने भी वही बात कही जो पहले सुनी जा चुकी थी, मगर नसीरुद्दीन को फिर भी तसल्ली न हुई।

सामन्ती शासन में बन्दी स्त्रियों और पुरुषों के मर्म-स्थानों में लाल मिर्च भरना अथवा यदि चरम दण्ड देना हो तो मेख़ ठोकना ख़ास सज़ाओं में से था। दण्डस्वरूप स्त्रियों और नवयुवक पुरुषों पर सामूहिक बलात्कार करवाना भी आम चलन में

शामिल था। धनिया और ज़नानी फ़ौज की कमाण्डर, धनिया महरी की 'माशूक़ा' बी ग़फ़ूरन बुआ यह जानती थीं कि बादशाह को इस वक़्त कौन-सी सज़ा पसन्द आएगी। बात क़रीब-क़रीब साफ़ हो चुकी थी; यह ठीक था कि अजनबी को बग़ैर परवाना हासिल किये हुए अन्दर लाना बहुत बड़ा गुनाह था; मगर ये दोनों किसी राजनीतिक षड्यन्त्र में शामिल न थीं। बादशाह के चेहरे पर गुस्से का कसाव ढीला पड़ चुका था, मौसम सुहावना था; ग़फ़ूरन बुआ ने वह सज़ा तजवीज़ की जो शाही मौज को भा गयी।

डी-रसेट कलकत्ता यात्रा के लिए तैयारी करने के बहाने से जा चुका था। बादशाह चुस्कियाँ लेता रहा, धनिया क्षण का लाभ उठाती हुई बादशाह को अपने शरीर-स्पर्श की गर्मी देती रही।

उस दिन बादशाह ने हस्बमामूल अपने मुसाहिबों के साथ भोजन न किया।

सैंतीस

क़ुद्सियाबेगम की मृत्यु के बाद नसीरुद्दीन ने खिलवाड़ बहुतों के साथ करते हुए भी किसी स्त्री को अपने पास नहीं फटकाया था। खुद धनिया अनेक बार प्रयत्न करके भी इस कार्य में सफल न हो पायी थी। प्राणों के भय से ही वह किसी परिचित-अपरिचित स्त्री को अपने निकट न लाता था। क़ुद्सिया के बाद वह निश्चयपूर्वक किसी भी स्त्री को महत्त्व देकर अपने आस-पास नये षड्यन्त्र का जाल नहीं फैलाना चाहता था। अब तो वह स्वयं भी समझने लगा है और जानने वाले तो जानते ही हैं कि नसीरुद्दीन की दैहिक विवशता को भुला देने वाली स्त्री नसीरुद्दीन हैदर की मलिकए-ख़ास बन जाती है। जो इसमें असफल होती है वह कमज़ोर शाह के दिल से उतर जाती है।

धनिया महरी की जीत सियासत के घेरे में घुसकर छा गयी। बादशाह बेगम अब बेताब हो उठीं।

नगर में बादशाहबेग़म के कमाण्डर-इन-चीफ़ भिश्ती गुण्डे इमामबख़्श ने बड़ा आतंक फैला रखा था। बादशाहबेग़म के नाम पर एक नयी गुप-चुप सेना खड़ी कर ली गयी थी। अवध के बाग़ी सामन्तों की परम्परा में बादशाहबेग़म भी जुड़ गयी थीं। राजधानी के आस-पास गाँवों में उनकी लुटेरी सेना के लोग दिन-रात उत्पात मचाते, क़त्ल, लूट, बलात्कार, नारी अपहरण आदि बुरी तरह से बढ़ गया। इस बात का चारों ओर प्रचार किया जा रहा था कि नसीरुद्दीन गद्दी से उतारा जाएगा। बादशाहबेग़म के लोग कहते कि नसीरुद्दीन को उतारकर राजमाता यहाँ ऐसी शक्ति संगठित करेंगी कि जिससे अँगरेज़ों का भी पत्ता कट जाय।

दूसरी ओर हकीम मेंहदी का प्रचार चल रहा था कि नसीरुद्दीन को गद्दी से उतारकर अँगरेज़ अवध को अपने अधीन कर लेंगे, राज्य से सारी बदअमनी का मुँह काला हो जाएगा। सरकश सामन्तों और बादशाहबेग़म के पासी-लुटेरों से त्रस्त जनता घुटकर अँगरज़ों के आने की कामना करने लगी। लुटेरे कहते कि अँगरेज़ जब आएँगे तब आएँगे, तब तक चढ़े तवे पर हम अपनी रोटी क्यों न सेंक लें! इस प्रकार पूरे राज्य में आपाधापी और अफ़वाहें फैल रही थीं। राजधानी में हर दरबारी अपनी खींचतान में लगा हुआ था। रेज़िडेन्सी जाकर सलामें बजाने वालों की कमी न थी। छोटे से छोटा अँगरेज़ खुशामदी राजकर्मचारियों की निगाह में सरकार-ए-दो आलम हो रहा था। रेज़िडेन्सी के दरबानों की भी बड़ी पूछ थी। हर रईस और ओहदेदार एक-दूसरे की काट करने के लिए अँगरेज़ों से कनफुसकियाँ करता था और यह हवा इतनी तेज़ हो गयी थी कि आँधी बन गयी थी। सरकारी दफ़्तरों में ऐसा कोई विभाग नहीं था जिसके कर्मचारी सत्ता बदलने की गरम ख़बरों से भय, अनिश्चय और स्वार्थ-षड्यन्त्रों में न फँस गये हों। विलायत के बादशाह द्वारा भेंट अस्वीकार किया जाना नसीरुद्दीन हैदर की प्रतिष्ठा को चूर-चूर करने के लिए ज़रूरत से ज़्यादा काफ़ी साबित हुआ, यानी कि लोग-बाग बादशाह के सामने उसके अदब में कमी करने लगे।

नसीरुद्दीन हैदर हर निगाह के अन्दर झाँककर देखता और हर शख़्स को कहीं पर अपने से कटा हुआ पाता था, वह बुरी तरह से सहम गया था। विलायती नाऊ के कलकत्ता से लौटने की आशा में उसके दिन कट रहे थे।

एक दिन शाही बाग़ के फल लुट गये। ख़बर आम थी कि बादशाहबेग़म के सिपाहियों ने लूटपाट की है। बादशाह के कानों में भी भनक पड़ गयी। अख़बार-नवीस भी ज़िलों से जो ख़बरें भेजते थे, उनमें भी राजमाता के लुटेरे सिपाहियों का ज़िक्र होता था। नसीरुद्दीन हैदर भड़क गया। फ़ौरन शाही हुक्म हुआ कि बादशाहबेग़म अपनी सेना को तोड़ दें। राजमाता का उत्तर आया कि नगर से दूर रहने के कारण अपनी रक्षा के लिए सेना रखना वे आवश्यक समझती हैं। अपनी आज्ञा अमान्य होने के कारण शाह नसीरुद्दीन हैदर तिलमिला उठा। तुरन्त नसीरुद्दीन हैदर ने अपने कमाण्डर-इन-चीफ़ को आज्ञा दी कि बादशाहबेग़म के सिपाहियों का बुरी तरह से दमन किया जाय; साथ ही यह इश्तहार भी छपवाये कि जो कोई बादशाहबेग़म को सैनिक सहायता देगा अथवा उनकी सेना में भर्ती होगा उसे राजद्रोही माना जाएगा। रौशनुद्दौला और ग़ालिबजंग बादशाह के सामने बड़े-बड़े ज़वानी करतब दिखाने के अलावा और कुछ न कर सके। बादशाहबेग़म के सिपाहियों का शहर के हर अमीरो-उमरा पर दबाव पड़ने लगा। नसीरुद्दीन हैदर के लिए उनके लोग खुलेआम अपमानजनक शब्द कहते थे और कोई उनका कुछ नहीं बिगाड़ पाता था। बादशाह आये दिन तरह-तरह की शिकायतें पाता, रौशन नवाब और ग़ालिबजंग

से शिकायतें करता, मगर शाही शिकायतों का कुछ असर न होता और शहरी शिकायतों का ताँता टूट न पाता था। रौशन नवाब और ग़ालिबजंग, जब बादशाह गरमाता तब यही कहते कि, "हाँ हुज़ूर अब की देखिएगा; यों देखिएगा और वों देखिएगा।" हर दरबारी पुराना नमकख़्वार और जाँनिसार बनने का दम भरता था। अपने को बादशाह का और दूसरे को बादशाहबेग़म का मददगार बतलाकर हर दरबारी अपनी राजभक्ति-स्वामिभक्ति के बड़े-बड़े उजागरे करता था। नसीरुद्दीन हैरत में था कि वह किसे अपना माने, किसे पराया। अपने को अकेला पाकर नसीरुद्दीन बुरी तरह घुटता रहा। उसे अपनी घुटन में बार-बार यह महसूस होता कि आसमान से ढँकी हुई यह दुनिया एक क़ैदख़ाना है और वह भी इतना तंग कि नसीरुद्दीन उसमें समा नहीं पाता, दब-भिंचकर उसका दम घुटता है। वह अपने प्राणों को घुटने से बचाना चाहता है। वह जग में किसका भरोसा करे। हाँ, धनिया उसकी नयी मजबूरी है, उस पर बहुत भरोसा भी करता है, पर उतना नहीं कि आँख मींचकर उसे अपने आप को सौंप दे। आठों पहर वह आतंकित रहता है।

शहर में हर तरफ़ लूट-मार और बद-इन्तज़ामी इतनी बढ़ गयी थी कि अब फ़रियादियों की फ़रियाद में लिबलिबी गिड़गिड़ाहट नहीं बल्कि कठोर फ़ौलाद बोलता था। नसीरुद्दीन ने घबराकर बाहर जाना ही छोड़ दिया। रईस नवाब प्रजाजन नौकर-बाँदियाँ अपना-पराया जो भी आता उसे वह घूरकर देखता। वह देखता कि किसी नज़र में भला वह छाँव भी है जिसे उसने क़ुद्सियाबेगम की आँखों में सदा सहज भाव से पाया था। नसीरुद्दीन नज़रों-नज़रों में खोजता, उसे कोई अपना नहीं दिखलाई देता था। कभी अचानक बावर्चीख़ाने में जाकर इन्तज़ाम देखता, अपने कपड़ों पर निगरानी रखता, अपने सोने के कमरे में ख़ुद सब तरफ़ देख-भालकर सोता था। शराब की बोतलों पर शाही मोहर रहती थी; जिस अलमारी में उसकी बोतलें बन्द रहती थीं उसकी चाभी सदा उसके पास रहती थी। कुएँ पर भी उसका ही ताला पड़ा था।

इतनी सतर्कता बरतकर भी उसे अपने प्राणों का भरोसा न था। चारों ओर षड्यन्त्र इतने बढ़ गये थे कि वह अपने-आपको सँभालते-सँभालते हैरान था।

अड़तीस

बादशाहबेग़म के भिश्ती कमाण्डर ने शहर में प्रलय मचा रखी थी। उसने महाजनों-साहूकारों से बादशाहबेग़म के नाम पर धमकियाँ देकर रुपया उगाहना शुरू किया। रेज़िडेन्सी के साहबे-आलीशान तक शिकायतें पहुँचीं। रेज़िडेण्ट अब तुरन्त चेत उठा, शाही सेनाएँ बादशाहबेग़म की सेना का यह उत्पात रोकने के लिए भेजी

गयीं। इल्मासबाग़ के पास ही एक नाला था, शाही सेना वहीं आकर जम गयी। बादशाहबेग़म को भला यह धौंस क्योंकर बरदाश्त हो सकती थी; उनकी सेना के लोग आज्ञा पाकर बाक़ायदा मोरचा साध नाले के उस पार अपनी हद बनाकर खड़े हो गये।

बेलीगारद के जासूस साहबे-आलीशान को दम-दम पर दोनों ओर की गतिविधियों का परिचय देते रहते थे। यही नहीं उनके लोग दोनों ओर के लोगों को भड़का भी रहे थे। यह कम्पनी बहादुर के डाइरेक्टरों के हक़ में था कि इंगलैण्ड की पार्लियामेण्ट में विरोधी दल के सदस्य कम्पनी द्वारा किये गये भले-बुरे कारनामों पर तीखे सवाल न उठा सकें। अवध का राज्य इंग्लैण्ड की राजनीतिक पार्टियों के बीच क्रिकेट का गेंद हो गया था। माँ-बेटे की लड़ाई का नक़्शा खींचकर युवराज पर पाने के इच्छुक मुन्नाजान और कैवाँजाह के वैध-अवैध सन्तान होने की चर्चा उठाकर कम्पनी के डाइरेक्टरान अपने विरोधियों का मुँह बन्द कर सकते थे। अँगरेज़ हर तरह से अपनी चाल चल लेते थे। एक ओर कहते कि हम राज्य के भीतरी मामलों में दख़ल नहीं देते और दूसरी ओर रेज़िडेण्ट हर मामले में टाँग अड़ाता था। बादशाह नवाब आम तौर पर भोले, मूर्ख, ऐशइशरत में ग़र्क़ हो शासन सँभालने का मौक़ा ही न पाते थे।

उन दिनों ऐसा चलन हो गया था कि रईसज़ादों के संस्कारों का विकास मुँहलगे मुसाहिबों की खुशामदों और उन्हें लूटने की तिकड़मों के जाल में ही हो सकता था। उनके लिए मौलवी, मास्टर लगाये जाते थे मगर यह भी एक चलन ही था। जिसके पल्ले जितना इल्म पड़ गया उतना ही जीवन-भर के लिए बहुत काफ़ी रहा; जब तक चेहरे पर दाढ़ी-मूँछें न आयीं पढ़ते रहे फिर ब्याह हो गया तो आलिम फ़ाज़िल हो गये। यही हाल था।

राजा सम्राट् ईश्वर के प्रतिनिधि और समाज में दुनियादारी के आदर्शपुरुष होते थे। उनके घर में कम्पनी बहादुर की नीति चलती थी। लिहाज़ा समाज का हर रईस, सामन्त बच्चा आमतौर पर नालायक़ और नामाक़ूल होता था। कम्पनी बहादुर की सरकार को हिन्दुस्तान में पाँचवें दस्ते के तौर पर मुसाहिबों की सेना ख़ूब मिल गयी थी। अँगरेज़ बहादुर के बहुत से गोयन्दे इन मुसाहिबों के अन्दर से ही मिलते थे और इस समय तो उनका सबसे बड़ा दलाल स्वयं हकीम मेंहदी था जो अवध के राज-मुकुट से अपने अनेक अपमानों का बदला लेने के लिए उसे नष्ट कर अँगरेज़ों के राज्य-स्थापन हेतु जी-जान से जुटा हुआ था। बादशाहबेग़म की गुण्डा-सेना में हकीम मेंहदी का अप्रत्यक्ष प्रभाव था। बादशाहबेग़म की सेना द्वारा शहर से कुछ नवाब साहूकार धमकाये जाते, कुछ छोड़ दिये जाते। गुण्डा-सेना की इस नीति में बादशाहबेग़म से अधिक हकीम मेंहदी का हाथ था। फ़तहगंज मोहल्ले के भिश्ती इमामबख़्श का शहर में जो दबदबा था वह शहर कोतवाल का भी न था।

भिश्ती इमामबख़्श नाले के उस पार से बादशाह नसीरुद्दीन हैदर की शान में कहनी न कहनी सुना रहा था। वह शाही सेना को चुनौतियों पर चुनौतियाँ दे रहा था। नशे में धुत बेगम सेना के पासी धनुर्धारी हुल्लड़-सा बाँध, बुरी-बुरी गालियाँ दे-देकर ललकार रहे थे। शाही सेना भी फ़िलहाल गालियों के गोले ही दाग रही थी। मौक़ा एकदम नोकानोक तक आ गया था कि देवदूत सम शान्ति स्थापित करने वाले कम्पनी बहादुर के लखनवी प्रतिनिधि, साहबे आलीशान हुज़ूर रेज़िडेण्ट बहादुर की सवारी ऐन मौक़े पर आ पहुँची।

बादशाहबेग़म की सेना शाह नसीरुद्दीन हैदर की सेना के आगे ऐसी ही लगती थी जैसे मेमने के सामने भेड़िया। रेज़िडेण्ट ने इस पर ग़ौर किया। वह अपनी सरकार से ऊपर किसी प्रकार का कलंक नहीं आने देना चाहता था। वह अब गुण्डों को अधिक बढ़ावा देने के लिए तैयार न था क्योंकि इसका अर्थ अवध में शासन का उलट-फेर भी हो सकता था। उसने अपने अमीर-उल्-इंशा सैयद इल्तफ़ात हुसैन ख़ाँ बहादुर को अपना सन्देशवाहक बनाकर इल्मासबाग़ भेजा। ज़री के परदे के आर-पार बैठकर अमीर-उल्-इंशा ने कहा और बादशाहबेग़म ने सुना। रेज़िडेण्ट ने कहलाया था कि "यद्यपि वे सौतेली माँ-बेटे के आपसी झगड़ों में नहीं पड़ना चाहते थे मगर मामला चूँकि यहाँ तक बढ़ गया है कि उससे प्रजा पर बुरा असर पड़ रहा है, इसलिए राज्य की रक्षा करने के उद्देश्य से माँ-बेटे के इस आपसी झगड़े में दख़ल देने को मजबूर हुआ हूँ।" रेज़िडेण्ट साहब ने अपने हेड मुंशी यानी अमीर-उल्-इंशा की मार्फ़त बादशाहबेग़म को अपनी क़ानूनी परिस्थिति भी समझायी, "सन्धिपत्र के अनुसार रियासतों में बाहरी और भीतरी अशान्तियों को दबाने का पूरा भार कम्पनी सरकार पर है। और कम्पनी सरकार राज्य के किसी प्रजाजन को शाही आज्ञा के बिना इतनी बड़ी सेना रखने का अधिकार नहीं दे सकती। इल्मासबाग़ में अपनी सुरक्षा के लिए आप चार-पाँच सौ सिपाही तो रख सकती हैं मगर इस संख्या के आगे सारे सिपाही डिसमिस किये जायँ। अगर आप यह मंज़ूर करेंगी तो मैं भी आपकी कुछ सेवा कर दूँगा, शाही ख़ज़ाने से प्रति मास इतनी रक़म अवश्य दिलवा दूँगा जिससे कि आपके सारे ख़र्च पूरे पड़ सकें। आपकी रक्षा के लिए शाही सैनिक तैनात कर दिये जाएँगे। आपके मामले की पूरी रिपोर्ट गवर्नर जनरल के पास भेज दी जाएगी और अगर आप मेरी बात मानने से इनकार फ़रमाएँगी तो गोरी फ़ौज की तीन कम्पनियाँ भेजकर आपकी सारी शक्तियों को तहस-नहस करवा दूँगा। तब फिर आपका रोना-गिड़गिड़ाना किसी काम न आएगा। मैं इन तमाम बातों की रिपोर्ट गवर्नर जनरल को भेजूँगा इसलिए किसी नतीजे पर पहुँचने के पहले आप ख़ूब ग़ौर कर लीजिए।"

परदे के पीछे कुरसी पर बैठी हुई तपोनिष्ठ और घोर अहंकारिणी राजमाता के गोरे मुखमण्डल पर, आँखों में रह-रहकर तमतमा और कसाव चढ़ता और फिर एक सुबकी और एक घुटन-भरी आह सूनेपन में बिछ जाती थी; मानो अन्दर के

गरजते समुद्र के ज्वार-भाटे का चित्र सामने आ रहा था। बढ़ती सुबकियों को कसकर रोकती हुई बादशाहबेग़म ने तड़पकर साहबे आलीशान के मीर मुंशी से कहा, "कम्पनी सरकार ने सल्तनते-अवध की बेगमात के साथ कब इनसाफ़ किया है जो आज मेरे साथ ही बरतेंगे। कम्पनी सरकार हमेशा अच्छाइयों को रोकती है, उन बुराइयों की ओर नज़र उठाकर भी नहीं देखती जो सुलेमानजाह की रग-रग में भरी हैं, जो सल्तनते-अवध के हर अमीर आमिल ओहदेदार में हैं। शाही बदइन्तज़ामी से रिआया तबाह होती है तब आप कुछ नहीं कहते और मेरे सिपाहियों ने अपनी नादानी से जो ज़रा-सी बदअमनी फैला दी तो उस जुर्म में मुझ पर हमलावर होने की धमकी देते हैं और आपने सैयद होकर भी इनसाफ़ की आँखों पर पट्टी बँधी रहने दी! यही नहीं बल्कि खुद उस नाइनसाफ़ी को मनवाने के वास्ते तशरीफ़ लाये?"

मीर मुंशी साहब कट गये मगर मजबूरी के स्वर में बोले, "बेगम-साहब; मैं मुलाज़िम हूँ। न हुज़ूर रेज़िडेण्ट बहादुर से ही बग़ैर उनकी मरजी के अर्ज़ करने की जुरअत कर सकता हूँ और न आपसे ही। हुज़ूर रेज़िडेण्ट बहादुर ने अपनी ज़बाने-मुबारक से जो कुछ फ़रमाया वह मैंने आपकी ख़िदमत में अर्ज़ कर दिया। कम्पनी बहादुर की सरकार से पार पाना मुश्किल है। गुलाम की यह दस्तबस्ता गुज़ारिश है कि साहब-बहादुर की नेक सलाह से फ़ायदा उठाएँ वरना बात बिगड़ जाने पर फिर किसी तरह भी बनाए न बनेगी।"

बादशाहबेग़म गुस्से से फूल-फूलकर रो उठीं और ऐसी हिचकियाँ बाँधकर रोयीं कि सुननेवालों पर असर पड़ा। कुछ देर बाद उन्होंने अमीर-उल्-इंशा ख़ाँ बहादुर सैयद इल्तफ़ात हुसैन से फ़रमाया, "मुझे रेज़िडेण्ट बहादुर का हुक्म मानने में एतराज़ नहीं है; बल्कि मैं खुद चाहती थी कि वो मुआमले को अपने हाथ में लें और मुझे दुश्मनों की बदकारियों से बचाएँ। ऊपरवाला ही जानता है कि सुलेमानजाह को पाल-पोसकर इतना बड़ा करने में मुझे क्या-क्या तकलीफ़ें उठानी पड़ी हैं। दुश्मनों ने उसे मेरी ओर से बददिल कर दिया है और उनके कहने में आकर वह मेरे साथ जो बुरा बरताव कर रहा है उसे भी दुनिया देख रही है। अब भी जब कि मैं इस उजाड़ जगह पर आकर बस गयी हूँ, दुश्मन रोज़ मुझे परेशान करने की नयी-नयी तरकीबें किया करते हैं। मैं इतनी बड़ी फ़ौज न रखती तो क्या करती। अगर रेज़िडेण्ट-बहादुर मेरा ख़याल कर मुझे सलोन की जागीर मेहरबानी कर दिलवा दें तो मैं खुद इन आफ़तों से बरी होकर चली जाऊँ। ज़न्नतमकानी बादशाह ने वह जागीर मुझे बख़्शी थी, मैं वहीं जाकर अपनी ज़िन्दगी के बाकी दिन गुज़ारना चाहती हूँ।"

मीर मुंशी ने जवाब दिया, "मैं तो गुलाम हूँ, साहबे-आलीशान ने अपनी ज़बान-ए-मुबारक से जो फ़रमाया वह मैंने यहाँ आकर ख़िदमत में अर्ज़ कर दिया अब हुज़ूर का जो फ़ैसला हो वह अपने दस्त-ए-मुबारक से एक कागज़ पर लिखकर देने की ज़हमत गवारा फ़रमाएँ। जो कुछ जवाब होगा साहब के दफ़्तर से लिखकर

आ जाएगा। यों तो फ़िदवी किसी लायक़ नहीं है, कोई वादा नहीं कर सकता मगर हुज़ूर को यह भरोसा दिलाता है कि आपके ख़र्च की रक़म में कोई कमी न की जाएगी, बशर्ते कि हुज़ूर गवर्नर जनरल बहादुर उसे मंजूर फ़रमाएँ।"

"मैं अपनी जागीर चाहती हूँ। जागीर मिलने पर अपने सिपाहियों को बर्ख़ास्त कर दूँगी। लेकिन इसके पेश्तर मुझे सिपाहियों को तनख़्वाह भी देनी होगी जो कई महीनों से अदा नहीं की जा सकी है। सरकारी ख़ज़ाने से मुझे एक छदाम भी नहीं मिलती, मैं अपने जेवर-जवाहरात बेच-बेच कर काम चला रही हूँ। अगर मुझे तीन लाख रुपये मिल जायँ तो सबकी तनख़्वाहें देकर फ़ौज को बरख़ास्त कर दूँगी।"

रेज़िडेण्ट ने शाहे-अवध को सारी हक़ीक़त से आगाह किया। नसीरुद्दीन हैदर ज़िद पर चिढ़ गया, बोला, "शाही ख़ज़ाने से एक झंझी कौड़ी भी मुबश्शिर ख़ाँ की बेटी न पा सकेगी।"

मगर रेज़िडेण्ट ने शाही हठ को झुका दिया, हालाँकि झुकाने के पहले बादशाह से बा-अदब उनको झुकाने की इजाज़त ली। कहा कि घरेलू मामला होते हुए भी चूँकि इससे शासनतन्त्र को ख़तरा पहुँच सकता है इसलिए हस्तक्षेप करना आवश्यक है। रेज़िडेण्ट ने वैधानिक प्रार्थना की पोशाक में शाहे-अवध को आज्ञा दी कि एक लाख रुपया बेगम की सेवा में तुरन्त भेजा जाय। यह भी कहा कि शाही सेना का कोई भी अफ़सर बादशाहबेग़म के आदमियों से छेड़छाड़ न करे। वे नगर में जी चाहे जहाँ डोल सकते हैं। इसके अतिरिक्त बेगम को यह लिखित आश्वासन भी दिया गया कि राजमाता यदि केवल चार सौ सिपाहियों को छोड़कर बाक़ी सबको बरख़ास्त कर दें तो अवध की सरकार उनका वेतन चुकाने के लिए पन्द्रह हज़ार रुपये प्रति मास दिया करेगी। निकाले जानेवाले सिपाहियों का वेतन चुकता करने के लिए एक लाख रुपये अलग से दे देने की बात भी लिखित रूप में स्वीकार की गयी।

उनतालीस

नसीरुद्दीन हैदर को लगा कि उसकी इज़्ज़त अँगरेज़ों ने सरेआम लूट ली। यह सच भी था; बादशाहबेग़म की सेना के लोग और शहर के तमाम नवाब रईस खिल्ली उड़ा-उड़ाकर कहते थे कि अँगरेज़ों ने शाही सिपाहियों को बेगम के सिपाहियों से किसी भी प्रकार की रोक-टोक, छेड़-छाड़ न करने का आदेश देकर सरकार-ए-अवध की नाक काट ली है। नसीरुद्दीन बादशाहबेग़म को एक फूटी कौड़ी भी नहीं देना चाहता था। वह उन्हें एकदम तोड़ देना चाहता था। उसके और बादशाहबेग़म के मामले में अँगरेज़ों द्वारा हस्तक्षेप न होने का विश्वास ही बादशाहबेग़म के प्रति उसकी घृणा को बहुत दूर तक बढ़ा ले गया था। वह उन्हें और उनके आश्रितों को दर-दर

का भिखारी बना देना चाहता था। बादशाहबेग़म ही ने कम्पनी सरकार के सेक्रेटरी को यह लिखकर भेजा था कि नसीरुद्दीन शाही औलाद नहीं है, शायद वही झूठी सूचना इंग्लैण्ड के बादशाह को मिल गयी हो और उन्होंने नसीरुद्दीन की भेंट अस्वीकार कर दी हो...।

"तो क्या अँगरेज़ मुझे भी नवाब वज़ीरअली की तरह गद्दी से उतार देंगे? ये अँगरेज़ इतने ताक़तवर हैं कि जो चाहे कर सकते हैं..."

प्रश्न ऐसा था जिसका उत्तर भी नसीरुद्दीन हैदर के मन में स्पष्ट था। नसीरुद्दीन की शाही अकड़ आवेश-भरे प्रश्न में उभरती और उत्तर में वह स्वयं ही दीन-हीन हो जाता था। अँगरेज़ों पर उसका वश नहीं चल सकता पर औरों को वह कुचल देगा, ख़याल फिर लड़खड़ाया, कैसे कुचल सकता है वह? रेज़िडेण्ट जिसको चाहेगा उसे ही बचा लेगा। कल को मेरे बाँदी-गुलाम अगर मुझसे सज़ा पाएँगे तो रेज़िडेण्ट के पास जाकर फ़रियाद करेंगे और वह उन्हें भी इसी तरह अपनी आड़ में ले लिया करेगा जैसे अम्मीजान, हिशू, मुबश्शिर ख़ाँ की कमीनी औलाद के सिपाहियों को अपनी आड़ में ले लिया है। बाप रे बाप, अँगरेज़ सबको मेरा जानी दुश्मन बना देंगे! आख़िर क्यों? मैंने इनकी सदा इज़्ज़त की है, मुहब्बत की है, सदा इनका फ़रमाबरदार रहा हूँ और फिर भी मुझे ये ज़लील कर रहे हैं, क्यों?

सवाल का जवाब निकम्मी झुँझलाहट थी। निकम्मे क्रोध से उसका कमज़ोर शरीर थरथरा उठा। शरीर पर क़ाबू पाने के लिए उसने ज़ोर से सोफ़ा के दोनों हत्थे पकड़ लिये। दलजीत ख़वास एक क़दम आगे बढ़ा, पर शाही रुख़ देखकर थम गया। नसीरुद्दीन बिना किसी सहारे के अपनी अन्तःशक्ति से अपने ऊपर क़ाबू पाना चाहता था।

बादशाह ऊँची बारहदरी में बैठा था। धनिया और दलवी दोनों बहनें भी इस समय शाही सेवा में मौजूद थीं। जब से धनिया का पलड़ा भारी हुआ दलवी लाख फड़फड़ाती, जतन करती कि अकेले में मौक़ा पा जाय मगर धनिया परछाईं की तरह बादशाह से लगी रहती थी। एकाध बार अवसर पाया भी, बड़े जतन किये पर बादशाह का मन रंगीनियों में निखार लाने तक न रिझा पायी। बादशाह का मन उस वक़्त मौज़ूँ न था। यह महज़ संयोग था कि धनिया को बादशाह के साथ अवसर मिल गया, दलवी भी पा सकती थी। बादशाह दोनों बहनों को एक-सा चाहता था। दलवी में अल्हड़पन ज़्यादा था; धनिया से काफ़ी ज़्यादह नमकीन होने पर भी वह अपनी लापरवाही की वजह से नसीरुद्दीन के मन में वह सदा से तोलामासा कम ही बैठती थी। यद्यपि उन दोनों बहनों के प्रति उसका दैहिक आकर्षण नहीं जागा फिर भी वह धनिया से सदा सन्तुष्ट रहा था। वह मलिकए-ज़मानियाँ, क़ुद्सियाबेगम, जिस-किसी की सेवा में रही, उसे सदा सन्तुष्ट रखा। धनिया बड़ी चौकस थी। मालिक किस समय किस प्रकार की चिन्ता में है, क्या चाहता है, कैसे रस में बहना

चाहता है इसे वह मालिक के चेहरे के हलके हाव-भावों से ही बख़ूबी समझ जाती थी। महल के ख़ास नौकरों में इस टक्कर की योग्यतावाला केवल एक व्यक्ति था, दलजीत सिंह ख़वास। दलजीत भी अगर गोरी चमड़ीवाला होता तो डी-रसेट उसके आगे पानी भरता। कमज़ोर शाही शरीर का स्नायु कम्पन थमा। बादशाह के चेहरे और हाथ के पंजों में ढील आ गयी। देह निढाल होकर सोफ़ा की पुश्त से लग गयी। उसके चेहरे पर थकान थी, सन्तोष की फीकी कान्ति भी थी। अवसर समझकर धनिया उठी, बादशाह की गरदन लटकी थी, आँखें बन्द थीं। धनिया ने फूल-पंखुरी के-से कोमल स्पर्श से उनके गले में पड़ी ज़ंजीर को छुआ। बादशाह में मानो चौंककर प्राण आ गये। ज़ंजीर में उसके शराब के बक्स की चाभी थी। लाल आँखें झपटकर खुलीं, धनिया को देखा तो निश्चिन्त हुई। धनिया ने चाभी ली, बक्स खोला, बोतल और प्याला निकाला। बक्स बन्द किया। नसीरुद्दीन बराबर उस ओर देखता रहा। ताली फिर शाह के गले में पड़ गयी। उसी समय बाहर आकाश में घन गरज उठा।

दलवी को अपने मन की आग थामने में मशक्कत करनी पड़ रही थी। दलजीत मूर्ति-सा खड़ा सिर्फ़ नज़रों में जानदार लग रहा था। सहसा अदब से झुका और पीछे क़दम रख कमरे से बाहर हो गया। दलवी ने अपने मान-महत्त्व की रक्षा के लिए दबे झटके के साथ प्याला धनिया से ले लिया, सिर आँखों से लगाया और बड़ी अदा से बादशाह के होंठ तक ले गयी।

बड़ी-बड़ी शाही आँखों की टकटकी दलवी के चेहरे पर सध गयी। दलवी ने नज़रें मिलायीं, लजायीं, झुका लीं और फिर अपनी मासूम सूरत के साथ पैमाना लिये पुतलीनुमा बन गयी।

धनिया ने एक-दो बार शाही मौज और दलवी की अदा को बेलौस नज़र से देखा और फिर सामने बारहदरी के बाहर देखने लगी। दरिया से लेकर आसमान तक मूसलाधार बरसात की बँधी झड़ी से एक रंग हो रहा था।

नसीरुद्दीन हैदर ने टकटकी तोड़ दी, प्याला जूठा किया, कहा, "पी जा। प्याला मेरी नज़रों के सामने से दूर कर।"

दलवी एकाएक समझ न सकी बादशाह ने उसका सम्मान किया है या...

नसीरुद्दीन ने दूसरी बार तेज़ आवाज़ में आदेश दिया। अपने गौरव को कसते हुए शाही झिड़की को धनिया के सामने सहने की खिसियान और डर की कँपकँपी लिये दलवी ने काँपते हाथों से एक घूँट में प्याला खाली कर दिया और फिर उसकी समझ में न आया कि प्याले को शाही नज़रों से हटाकर कहाँ रख आए। परेशानी में उसने झटपट आँचल के खूँट में बाँधकर अपनी पीठ की ओर डाल लिया।

नसीरुद्दीन बच्चे की तरह खिल-खिलाकर हँसा, फिर तालियाँ पीटते हुए बोला, "ख़ूब! नज़र ओट पहाड़ इसी को कहते हैं अपने नुकसान होने का डर, जान का डर इनसान को कितना चालाक बना देता है! पल्लू की गाँठ खोल लो दलवी, उसमें

शराब के प्याले नहीं मतवालों के दिल बाँधा करो।...धनिया।"

नज़रें धनिया से मिलीं और कुछ कहने की ज़रूरत न हुई; वह उनके पास आयी, गले की ज़ंजीर से चाभी निकाली और शराब के बक्स की ओर बढ़ते हुए उसने दरवाज़े के बाहर की ओर मुख़ातिब होकर दो बाँदियों को आवाज़ दी। संगमर्मर की मेज-सहित शराब रखने का क़ीमती विलायती बक्स बादशाह के सामने उठवाकर ले गयीं।

दलजीत सिंह ख़वास बादशाह के फ्रांसीसी बावर्ची के साथ फिर आ गया। उनके पीछे दो बाँदियाँ नाश्ते की किश्तियाँ लिये दाख़िल हुईं। किश्तियों में रखी तश्तरियाँ रूमालों से बँधी थीं और उनकी गाँठों पर मुहर लगी थी। फिरंगी बावर्ची ने बादशाह के सामने मुहर तोड़ी, एक छोटी मेज शाही सोफ़े के पास लाकर रख दी गयी, तश्तरियाँ उस पर सज गयीं। एक ख़ास क़िस्म की प्लेट में बावर्ची ख़ाने से आया हुआ नाश्ते का सामान थोड़ा-थोड़ा रखा गया। अगर किसी चीज़ में ज़हर होता तो उस तश्तरी पर उसका असर फ़ौरन ही दिखलाई पड़ जाता था। लेकिन शाही सुरक्षा के लिए केवल इतनी ही परीक्षा काफ़ी न थी। कुत्ते लाये गये, उनके सामने वे तमाम चीज़ें रख दी गयीं। कुत्ते भी सही-सलामत रहे, अब बादशाह को कोई शंका नहीं रह गयी थी। अपने हाथ से प्याली भरकर फिरंगी बावर्ची को देते हुए नसीरुद्दीन ने कहा, "खुशनुमा मौसम के नाम पर..."

बावर्ची ने इस सम्मान को बहुत अदब के साथ शाहे-अवध के कर-कमलों से प्राप्त किया। शाह ने दूसरी प्याली भरी, तीसरी भरी, धनिया और दलजीत को अपने होठों से जुठला कर दे दी। दोनों ने झुककर तीन बार सलाम किया, प्याली को सँभालकर सर-आँखों लगाया और इन्तज़ार में सबके हाथ रुके रहे कि बादशाह पहल करें।

बरसात की झड़ी अभी तक टूटी न थी। बादशाह का डर और शंकाओं में बहता हुआ मन शराब की रंगीनियों ने थाम लिया था। वह इस समय मस्ती में था और बहुत हद तक निर्भय भी। फिरंगी बावर्ची जा चुका था। शाही सोफ़े के नीचे नसीरुद्दीन के क़दमों में उसके तीनों विश्वासपात्र बैठे हुए थे। उपयुक्त अवसर देखकर दलजीत ने कहा, "देखिए, सर्फ़राज़ ख़ाँ कलकत्ते से कब सुर्ख़रू होकर लौटते हैं?"

धनिया ने फ़ौरन ही दामन फैला, नज़रें उठाकर कहा, "अल्लाह वो दिन जल्द लाए, मैं दुश्मनों की आँखों में राईनोन और भटकटैया के काँटे झोंकूँ। अल्लाह करे सब दुश्मनों की मैयतें एक साथ निकलें।"

नसीरुद्दीन का क्षण-भर हलका पड़ा मन इन बातों से फिर विचार-गम्भीर हो गया। धनिया के कोसने सुन उसे हँसी आयी, बोला, "तुम्हारी बद्दुआ के असर से अगर मेरे सारे दुश्मन एक ही दिन मर जायँ तो इंगलैण्ड की पार्लियामेण्ट में सवालों

की झड़ी लग जाय। कम्पनी बहादुर के डाइरेक्टारान फ़ौरन गवर्नर जनरल की मार्फ़त हुक्म देंगे कि नसीरुद्दीन हैदर, ज़रूर तुम्हारी साज़िश ही से इतने लोग एक साथ, एक दिन मरे हैं। तुम फ़ौरन तख़्तोताज हमारे हवाले करो और फाँसी के तख़्ते पर चढ़ जाओ।"

अन्तिम बात पर तीनों चिहुँक पड़े, तीनों के मुँह से एक साथ मनहूस बात को काटने के लिए शुभ वाक्य निकले। नसीरुद्दीन ने फिर कहा, "अँगरेज़ों के लिए बादशाहों को फाँसी देना कोई नयी बात नहीं, ये खुद अपने एक बादशाह को फाँसी दे चुके हैं।" धनिया और दलवी दोनों ही की आँखें एक साथ चमक उठीं, मुँह खुल गये, दोनों के दोनों हाथ छातियों पर बँध गये, ज़माने के ज़नाने चलन ने दोनों बहनों के भाव प्रदर्शन की ड्रिल का दृश्य उपस्थित कर दिया। दो के बजाय अगर वहाँ बादशाह की दस-पाँच विश्वासपात्रियाँ और होतीं तब भी यही ड्रिल होती।

दलजीत ख़वास जोश में ज़रा आगे को आते, सिर और बदन को झटकारते हुए बोला, "जहाँपनाह, मैं हूँ क्षत्री, आप मेरा गला कटवा डालें तो भी आज अपने जी की बात कहे बिना चूकूँगा नहीं।... आप इस नाऊ को अब की जब आए तो लात मारकर निकाल दें। और हुज़ूर को अगर मेरी यह बात नापसन्द आयी हो तो जल्लादों को हुकुम करें कि दलजीत सिंह सारे हरामज़ादे की बोटी-बोटी काटिकै चील-गिद्धन क खवाय दीन जाय। अब आजु तो जिल्लेसुभानी ते हम ई बात पर फैसला लै कै रहब। ये ससरा घर का भेदिया चित भी कराता है और पट भी कराता है..."

धनिया दूर दरवाज़ों को सशंक दृष्टि से देखती हुई उठी। दलजीत सिंह बड़े जोश में खोया हुआ-सा बोल रहा था। बादशाह उसके जोश के जादू में बँधे थे।

वह बारहदरी बहुत ऊँचे पर थी और लम्बी थी। उसके एक ओर से महल के नीचे का बाग़, सामने की सड़क, रेज़िडेन्सी और शहरी आबादी का कुछ हिस्सा दिखलाई पड़ता था। दूसरी ओर गोमती के उस पार किनारे की मस्जिद, घाट और थोड़ी हरियाली के बाद दाहिनी ओर छोटे-से पिरामिडनुमा त्रिकोण पर गेंद-सा गोल कमरा बना था जिसमें हर तरफ़ दूर-दूर तक देखने के लिए, बाहर से नक़्क़ाशी की उम्दा बेल-से दीखनेवाले झरोखे चारों ओर लगातार बने हुए थे और दूर बहुत-सा हरियाली-भरा मैदान छोड़कर बादशाह बाग़ की इमारत, जब मौसम साफ़ होता, दिखलाई पड़ती थी। इस समय फुहारों के धुँधलके में हर चीज़ छिपी हुई थी। धनिया बातों को गरमाते देख दोनों ओर के दरवाज़ों पर सख़्त पहरे का इन्तज़ाम करने के लिए उठी थी। बादशाह बारहदरी के बीच में बैठे हुए थे, उनके अगल-बग़ल दो-दो महराबें छोड़कर चार-चार बाँदियाँ, गुलाम और हरम की ज़नानी फ़ौज के हथियारबन्द सिपाही खड़े थे। दोनों ओर दरवाज़ों तक खम्भों के पीछे इसी क्रम से सिपाही खड़े थे।

धनिया की 'माशूक़ा' ग़फ़ूरन बुआ, ज़नानी फ़ौज की सिपहसालार, आजकल धनिया के बहुत काम आ रही थीं। ऐसा कोई महल नहीं था जहाँ का राईरत्ती हाल धनिया के पास न पहुँचता हो। धनिया परिस्थितियों से विवश थी वरना वह नसीरुद्दीन हैदर की नयी मलिक-ए-ख़ास होती। नसीरुद्दीन क़ुद्सियाबेगम की मृत्यु के बाद किसी भी स्त्री को ऊँचे न उठाने के लिए अपने निश्चय पर अडिग था। वह बहुत बार बचा पर अन्त में धनिया के जाल में फँस गया। नसीरुद्दीन अपने मन्द पौरुष की ग्लानि से कुण्ठित था। उसकी यह कुण्ठा रूढ़ हो चुकी थी। जो चतुर स्त्री उसकी इस कुण्ठा को भुलावा दे सकने में समर्थ सिद्ध होती वह जीत जाती। धनिया नसीरुद्दीन को जीत चुकी थी। बहुत दिनों का बाँध टूटा, गहरी चिन्ताओं की घटाएँ घिरीं, नसीरुद्दीन का सच्चा मनबहलाव फिर से यही हो गया।

धनिया पहले तो यही आस लगाये रही कि बादशाह उसे किसी खुशरो में अपनी ज़बान-ए-मुबारक से नवाब और बेगम के ख़िताब अता फ़रमानेवाले हैं। मगर यह आस पूरी न हुई। धनिया मौक़ा नाजुक देखकर इस बात को छेड़ना अपने हक़ में अच्छा नहीं समझती थी फिर भी वह चाहती थी कि उसके हाथ में ओहदा न सही ओहदे की तमाम ताक़तें आ जायँ। दलजीत सिंह और ग़फ़ूरन बुआ के सधे रहने से धनिया अपने प्रभाव की योजना कर रही थी। दलवी और रौशनुद्दौला धनिया के आगे विवश थे; उनका दर्प त्रस्त था। धनिया पूरी चौकसी रखती थी। दलवी ने कई बार बाँदियों सिपाहियों में चाँदी का जाल फैलाया पर धनिया और ग़फ़ूरन बुआ की चौकसी और ख़बरदारी के आगे वह पार न पा सकी। मुस्तैदी का पूरा भरोसा होते हुए भी धनिया दलजीत के जोश में आते ही अग़ली क़तार में लौंडी गुलामों और सिपाहियों को अपनी निगाह के असर में लाने गयी।

धनिया को उठकर जाते देख नसीरुद्दीन हैदर का शाही डर सावधान हो गया। धनिया के आने तक बादशाह ने दलजीत को इशारे से रोक दिया। दलवी मौक़ा झपटकर साक़ी बन गयी लेकिन उसका दुर्भाग्य यह था कि यह क्षण बादशाह के लिए गहरे ख़यालों के नशे का था, उसे ऐसा साक़ी ही रिझा सकता था जो विचारों के जाम पर जाम पिलाए। धनिया की सतर्कता उसको उपयुक्त क्षण पर सचेत कर गयी। वह गम्भीर हो उठा। दलवी के पिलाने पर वह बेहोशी में हल्का-सा घूँट भर लेता और फिर विचारों में खो जाता। दलजीत ने बादशाह के बड़े मनचढ़े सर्फ़राज़ ख़ाँ डी-रसेट के ख़िलाफ़ इस वक़्त खुल्लमखुल्ला मोरचा साधा था। नसीरुद्दीन ऐसे अचानक गिरफ़्त में फँस गया था कि दलतीत की बात से निकलते न बनता था।

नसीरुद्दीन अँगरेज़ों का अनन्य भक्त था; अच्छाई का पुतला मानकर उनकी हर चीज़ की नक़ल करता था। इधर जब से इंगलैण्ड के बादशाह ने उसकी भेजी हुई अमूल्य भेंटें अस्वीकार कीं तब से नसीरुद्दीन की अँगरज़ों के प्रति श्रद्धा डिग गयी थी। भेंट का अस्वीकार किया जाना, बादशाहबेग़म को रुपया दिलवाना, उनके

सिपाहियों को बेरोक-टोक करना उसे बेहद अखर गया था। उसके तात्कालिक भय के केन्द्रबिन्दु अँगरेज़ रेज़िडेण्ट और गवर्नर जनरल थे। डी-रसेट की परवरिश पर दलजीत का ज़ोरदार विरोध नसीरुद्दीन हैदर की उपयुक्त मनःस्थिति में किया गया था।

धनिया दोनों ओर फुर्ती से आयी-गयी मगर फिर भी उसे कुछ देर तो लगी ही, दलजीत इतनी देर तक अपनी भाव-मुद्रा ज्यों की त्यों कसे बैठा रहा। दलवी कुछ खिलाने-पिलाने के बहाने नसीरुद्दीन के पास जा बैठी। वह बादशाह की बेरुख़ी से कुछ-कुछ तनी और ऊबी हुई बैठी थी। धनिया आयी मानो फिर से सबमें जान आ गयी। धनिया सोफ़ा पर न बैठी, बादशाह के क़दमों से सटकर उसकी टाँग की पिण्डली पर दबी चुटकी का हाथ फेरती हुई दलजीत के सामने बैठ गयी, बोली, "हाँ ठाकुर, अब कहो अपनी बात! मैं पूरी तौर पर तुम्हारी राय से मुत्तफ़िक़ हूँ। अल्लाह जाने हुज़ूरेआलम को उसमें ऐसा क्या दिखाई पड़ गया है जो उसपर इतना भरोसा करते हैं। मुझे भी महलों में रहते अरसा हो गया। बच्ची ही थीं जब भरती हुई थीं हम दोनों बहनें। यहाँ की बूढ़ी और मुअज़्ज़िज़ औरतों से सुना है कि अँगरेज़ों ने हमारे साथ क्या-क्या सुलूक किये हैं। आख़िर को नवाब रेज़िडेण्ट बहादुर ही ने तो उस हज्जाम को जहाँपनाह की ख़िदमत में भेजा था। इसी क़ाफ़िर की औलाद मुये हज्जाम ने बैठे ठाले विलायत के शाह को तोहफ़े भेजने की सलाह दी। लखनऊ के बड़े साहब से लेकर कलकत्ते के लाटसाहब तक ने पहले तो हामी भर ली और बाद में सब मिलकर यह करिश्मा कर गये। अजी इन सब की सधी-बँधी है। लो मैं भी साफ़-साफ़ कहे देती हूँ, ज़िल्लेसुभानी चाहें तो तुम्हारे साथ-साथ मेरी गरदन भी क़लम करवा सकते हैं।"

नसीरुद्दीन फीकी हँसी हँसकर एक जमुहाई और अँगड़ाई ले उठ खड़ा हुआ, बोला, "तुम दोनों की गरदनें क़लम करवा देने से भी यह मुमकिन नहीं कि अँगरेज़ों के फन्दे से मेरी गरदन बचने का दोटका सध जाय। बाप रे बाप, ऐसी शातिर क़ौम दूसरी नहीं देखी, बड़े-बड़े समन्दरों की थाह है, अँगरेजों के पेट की थाह नहीं।"

दलजीत बोला, "यह माना सरकार कि अँगरेज़ों के चंगुल से पूरी तौर पर निकल पाना नामुमकिन है, फिर भी डाकुओं से जो कुछ भी बचाया जा सके वही सही। हुज़ूर, यह नाऊ का बेटा बड़ा छत्तीसा है। इसने एक ऐसा गन्दा काम किया था कि जिससे लखनऊ की सारी ख़िलक़त तौबा-तौबा पुकार उठी थी।" नसीरुद्दीन ने दलजीत की ओर देखकर आँखों से पूछा, "क्या?"

दलजीत ने बादशाहबेग़म से कोठी फ़रहबख़्श में लड़ाई होते वक़्त डी-रसेट के कपटपूर्ण आदेश से बारह इमामों के रौज़ों में गन्दगी फिंकवाने की बात कह सुनायी।

नसीरुद्दीन आगबबूला हो उठा। अब तक डी-रसेट के विरुद्ध किसी प्रत्यक्ष

बेईमानी का चित्र वैधानिक रूप से नहीं पेश किया जा सका था, दलजीत द्वारा लगाया गया यह आरोप उसे बहुत ज़ोरदार लगा।

धनिया बोली, "देखो आप गया है और भाई को यहाँ छोड़ गया है।"

नसीरुद्दीन को यह दूसरा प्रमाण मिला। वह दृढ़ निश्चय पर पहुँच गया। उसने दलजीत से कहा, "दलजीत, तुम्हारी अर्ज़ी मंज़ूर की जाती है।"

दलवी, जो बहुत देर से बोलने का मौक़ा नहीं पा रही थी, एकाएक बोल उठी, "हुज़ूरेआलम, कनीज़ की भी एक अर्ज़ी है, क़बूल करें। अपने बक्सों की चाभियाँ मुझे, धनिया और ठाकुर तक को न सौंपा करें। ज़माना इतना नाज़ुक जा रहा है कि अपने को रोक पाना इनसान के लिए बहुत मुश्किल है।" धनिया ख़ामोश रही लेकिन दलजीत ने बादशाह की ओर एकटक देखकर कहा, "दलवी की बात तो ठीक है पर दुनिया में कोई इनसान अकेला नहीं रह सकता कि किसी पर भरोसा ही न करे। वैसे दलवी चाहे तो अलग रहे, ये धनिया चाहे तो..."

"किसी के चाहने का सवाल ही नहीं उठता, तुम लोगों के सिवा मेरा दुनिया में अपना कहलानेवाला है ही कौन? उम्र छोटी पायी मगर तजुर्बा ख़ूब मिला। बादशाह के घर पैदा होकर भी लावारिस रहा; एक सल्तनत के तख़्तोताज का मालिक होकर भी फिरंगियों का गुलाम रहा। मेरा कोई अपना न हुआ, मैं किसी का न हो सका।"

"ऐ वा' जहाँपनाह, ये कैसी बातें कर रहे हैं आप। ऐ वो बदक़िस्मत हैं जो आपके न हुए और उन ख़ुशनसीबों की भी कमी नहीं जिनके दुःख-दर्द में आप अपनों की तरह मददगार न हुए हों। बहुत देखे मगर आप-सा कोई नहीं देखा।" कहते-कहते धनिया की आँखें भर आयीं।

नसीरुद्दीन की अकसर बँध जानेवाली पागलों की-सी टकटकी धनिया के मुखड़े पर लग गयी। टकटकी तोड़ते हुए नसीरुद्दीन जब सिर घुमाकर दूसरे ध्यान में आया तो सहसा कह उठा, "अबकी किसी ज़िन्दगी में अगर मैं बादशाह बना तो इंगलैण्ड की तरह पार्लियामेण्ट ज़रूर बनाऊँगा। एक आदमी की बादशाहत उसूलन ग़लत है। इस वक़्त चूँकि मैं संजीदा हूँ इसलिए समझ रहा हूँ कि बाज़ औक़ात मैंने लोगों को बड़ी तकलीफ़ें भी दी हैं। अगर हमारे यहाँ भी पार्लियामेण्ट होती तो मुझसे या दीगर बादशाहों से अकसर जो ज़ुल्म हो जाते हैं वे न हो पाते।"

दलवी के चेहरे पर बहुत देर से अलग-थलगपने का भाव धनिया की बारीक़ नज़रों में झलक रहा था, वह उसे यहाँ से हटाने की सोचने लगी। अरसे से शाही मुहरवाली जड़ाऊ सन्दूक़ची दलवी ही निकालकर लाया करती थी। धनिया ने उसे ज़रा देर के लिए टालने का उपाय सोचा, हाथ जोड़कर बोली, "आलीजाह, ठाकुर और दलवी तो अपनी-अपनी अर्ज़ी लगा चुके अब दरबार में मुझ ग़रीब की सुनवाई भी हो जाय।"

नसीरुद्दीन का प्याला अर्ज़ी के साथ ही फिर भर उठा और उसने एक साँस में ख़ाली भी कर दिया; फिर बोला, "ये खिलौने बादशाह का दरबार हैं धनिया। अर्ज़ी लगानी है तो सबसे बड़े दरबार में पेश करो, अपनी भी, मेरी भी। या ख़ुदावन्देकरीम, या रहीम, मैं बहुत गुनहगार होते हुए भी बड़ा बेगुनाह हूँ। मुझपर रहम कर...रहम ...रहम।"

नसीरुद्दीन फूट-फूटकर रोने लगा। धनिया, दलवी, दलजीत सब रोने लगे; रो-रोकर समझाने लगे कि हुज़ूर अपने को हिरास न करें, दिल इतना छोटा न करें वग़ैरह-वग़ैरह।

बड़ी तसल्लियों के बाद नसीबों जले नशीले भी भोले बादशाह के आँसू थमे। धनिया और दलवी दोनों ही बादशाह के दोनों ओर रूमाल लेकर बैठ गयीं, आप रोती जाती थीं, बादशाह के आँसू पोंछती जाती थीं। इस तरह सुकून आया, दलजीत ने बादशाह के वास्ते हर वक़्त अपनी जान की हाज़िरी देने के लिए तुरन्त अपने म्यान से कटार निकाल ली और अपनी छाती को दुश्मन समझकर उसका हाथ झपटा। धनिया दलवी के आँसुओं ने शाही आँसू सुखा दिये थे, दलजीत के इस नाटक ने धनिया दलवी के आँसुओं को भी सुखा दिया। बादशाह ने 'ख़बरदार' कहकर दलजीत को रोका, दलजीत कटार छोड़ जहाँपनाह के क़दमों में सिर रखकर फूट-फूटकर रोने लगा। धनिया बोली, "सरकार मेरी सुनिए, आप रौशन नवाब और ग़ालिबजंग दोनों को यह हुक्म दीजिए कि आप एक हफ़्ते के बाद शहर का इन्तज़ाम देखेंगे। इससे रिआया में अच्छा असर पड़ेगा। इस वक़्त रिआया को अपना दोस्त बनाकर ही हम जीत सकते हैं।"

धनिया ने 'हम' शब्द का प्रयोग हूबहू उसी तरह किया जैसे क़ुद्सियाबेगम किया करती थी। बादशाह गम्भीर बैठा रहा, फिर बोला, "ठीक कहती हो।"

धनिया दलवी की ओर देखकर बोली, "छोटी, जहाँपनाह से ताली ले और मुहर पेटी, लिखने का सामान ले आ।" कहते हुए उसने ख़ुद शाही गले में पड़ी दूसरी ताली निकालकर पास ही रखी छोटी जड़ाऊ पेटी खोली। उसमें बादशाह के महत्त्वपूर्ण स्थानों की तालियाँ रहती थीं। धनिया ने काम की ताली दलवी को दे दी।

दलवी जब दूर निकल गयी तब धनिया ने बादशाह से कहा, "हज़ूर सुनिए, ख़ुदा ऊपर हैं, आप, मैं और ठाकुर यहाँ हैं, पाँचवाँ चिड़िया का पूत भी न जान पाए, देखिए ज़माना नाज़ुक है, अच्छे-बुरे दिन राजा-रंक सभी पर आते हैं, इसकी कोई बात नहीं। क्या आरामों का ठेका दुश्मनों ने और तकलीफ़ों का हमने ही लिया है जो सदा एक-से दिन बने रहेंगे। आप राज-काज में इस वक़्त पूरी दिलचस्पी दिखलाते रहिए; रिआया से मिलना-जुलना न छोड़िए। शहर के रईस-नवाबों को अपनी तरफ़ और खींचें। ठाकुर दौड़-धूप में कोई क़सर नहीं रखेंगे और जहाँपनाह आड़े वक़्त पर ये निगोड़ा नाऊ का बच्चा आपके किसू काम न आएगा। सल्तनत

की निगरानी में हुज़ूर का ध्यान रहेगा तो दिन-भर मनबहलाव भी होगा और ज़माने हाल पर उसका बड़ा असर भी पड़ेगा।" दलजीत भी हाँ में हाँ मिलाता रहा, धनिया दम देती रही। उसने इशारतन यह भी कहा कि यों तो रौशन नवाब भी बहुत अच्छे हैं और दलवी भी बादशाह पर जान देती है मगर चूँकि रौशन नवाब बे-पेंदी के मटके हैं और छोटी की आँख उनसे लड़ गयी है इसलिए हर बात छोटी के सामने कहना ठीक नहीं।

दलजीत ने फिर समर्थन किया, बादशाह ने भी हामी भरी।

आज बादशाह के चार प्रमुख विश्वासपात्रों में दो उनके दिल से उतर गये। विलायती नाऊ एकदम उतर गया; उसका तो अन्त तक सोच डाला। जैसे फ़ज़लअली, आग़ामीर और ग़ालिबजंग कभी जड़ से उखाड़े गये थे वैसे ही विलायती नाऊ भी उजाड़ा जाएगा। इसके अलावा दलवी की ओर से भी उसे सचेत रहना चाहिए। यह दूसरा होश उसे अखरा। नसीरुद्दीन ने कहा, "दलवी ने चुना भी तो बूढ़ा बन्दर?"

धनिया ने आँखें नचा धीरे से कहा, "हिर्स में।" और फिर औसत स्वर में कहने लगी, "दिल की बुरी नहीं है छोटी मगर...।"

अब अगर-मगर की ज़रूरत न रही थी। धनिया के हिर्स में दलवी ने रौशन नवाब से गाँठ जोड़ी थी, यह विचार ही उसे चिढ़ाने के लिए काफ़ी था। रौशन नवाब पर उसे पूरा भरोसा न था। उसे अब दो के सिवा और किसी पर भरोसा न था और उन दो पर भी क्या भरोसा था?... वह विश्वास के साथ कुछ नहीं कह सकता था।

चालीस

विलायती नाऊ डी-रसेट के टलने और अँगरेज़ मास्टर के इस्तीफ़ा देने के बाद दलजीत और धनिया का भाव बढ़ा। शहर के राजनीतिक क्षेत्र में एक अफ़वाह और भी गरम हुई कि नसीरुद्दीन हैदर सआदत ख़ाँ के बेटे नवाब नसीरुद्दौला की सदारत में ख़ास दरबारियों की काउंसिल बना, आप धनिया और दलजीत को लेकर युरॅप और इंग्लिस्तान की सैर को जा रहे हैं। इस अफ़वाह को लेकर रेज़िडेण्ट, नवाब नसीरुद्दौला, बादशाहबेग़म, हकीम मेंहदी—और जितने ख़ास-कम-ख़ास लोग थे सभी चक्कर में पड़ गये। कुछ दिनों तक इस अफ़वाह का कहीं ओर-छोर न मिला, बस रोज़-बरोज़ बातें गरमाती रहीं। अन्त में बादशाह से पूछा गया तो उन्होंने इस बारे में कहा, "मैं कुछ नहीं जानता।"

दस-बारह रोज़ में यह अफ़वाह ठण्डी हुई मगर तब तक धनिया और दलजीत का काम बन चुका था। नसीरुद्दीन हैदर शाह जो अब तक शहर की अफ़वाहों के

अनुसार मरण किनारे आ लगा था, गद्दी से उतारा जानेवाला था, कम महत्त्व का आदमी हो गया था, अब इस नयी अफ़वाह के साथ फिर राजनीतिक आकर्षण का केन्द्र बन गया। बहुत-से बड़े-बड़े लोग धनिया और दलजीत की सेवा में नज़रें लेकर सलामें झुकाने आने लगे। सल्तनत-ए-अवध की राजनीति के सिरमौर अब तक बेगम और वज़ीर पदधारी लोग ही हुआ करते थे अब महरी और ख़वास हो गये।

राजा ग़लिबजंग से धनिया की पुरानी राह-रस्म थी। उन्होंने फिर से उस नाते को गहरा करना शुरू किया। बादशाहबेग़म के यहाँ भी बड़ी-बड़ी मिस्कौटें चलने लगीं। नवाब नसीरुद्दौला के राजनीतिक गुट में नीतिपरिवर्तन पर विचार किया जाने लगा। हकीम मेंहदी जो अवध से शाही ख़त्म होने और अँगरेज़ी अमल आने का प्रचार करते फिरते थे, नये सिरे से इस बात की काट में दौड़ने-धूपने लगे कि नसीरुद्दीन को विलायत जाने का हुक्म नहीं मिलेगा। रेज़िडेण्ट ने शाही ख़ज़ाने से बादशाहबेग़म के सिपाहियों को तनख़्वाह बाँटने के लिए एक लाख रुपये भिजवा दिया। हकीम मेंहदी ने बेगम के सिपहसालार भिश्ती इमाम बख़्श को गहरी रिश्वत चटायी।

इल्मासबाग़ के फाटक पर ढाई-तीन हज़ार हथियारबन्द लोगों का मजमा जुड़ा हुआ था। आज उनका वेतन बँटनेवाला था। बादशाहबेग़म के प्रमुख कर्मचारी स्वयं सिपाहियों के सरगनाओं से घुल-मिलकर बेगमसाहिबा की ओर से सद्व्यवहार प्रकट कर रहे थे। उन्हें यह संकेत दिया जा रहा था कि सिपाही बरख़ास्त नहीं किये जा रहे; यह महज़ दिखावा है। तुम लोग पैसे लो, आस-पास के जंगलों में होशियारी से छिपे रहो और हरदम तैयार रहो।

इल्मासबाग़ के बाहर चारों ओर हँसी-ख़ुशी के ठहाके लग रहे थे; कहीं जवान हँसी-हँसी में एक-दूसरे से दौड़ की होड़ ले रहे थे, कहीं कोई उस्ताद दो-चार नयों को अपने आस-पास जमा कर लाठी के नये-नये दाँव दिखला और सिखला रहा था; कोई अपने चौके-पानी से निपट चुका था, कोई निपट रहा था, ताड़ी महुआ की कुज्जियों पर कुज्जियाँ चढ़ाते हुए बहुतेरे अलमस्त आस-पास गाँवों से घिर आयी पतुरियों का नाच देखने में मगन थे; और इस तमाम दौर में धीमी-धीमी कनफुसकियाँ भी हर तरफ़ चल रही थीं, हर तरफ़ बादशाहबेग़म और मुन्नाजान की महिमा बखानी जा रही थी। लोग-बाग बड़े गर्व से इस बात की घोषणा कर रहे थे कि परम न्यायप्रिय कम्पनी बहादुर की सरकार ने बादशाहबेग़म का मान रखकर उनके सिपाहियों की इज़्ज़त की और शाही सिपाहियों को उनके साथ किसी प्रकार की रोक-टोक न करने का कड़ा आदेश दे उनकी (शाही फ़ौज की) इज़्ज़त उतार ली। लोग बड़े ख़ुश दिख पड़ रहे थे। बड़े-बड़े शाही ओहदेदारों, यहाँ तक कि बादशाह नसीरुद्दीन हैदर की भी भोंड़ी नक़लें उतारते हुए लोग उनका मखौल उड़ा रहे थे। सरकारी गोयन्दे इस मजमे में फैले हुए सारा राज़ ले रहे थे, अँगरेज़ों के आदमी

भी मौजूद थे पर वहाँ छिपाने को था ही क्या, सिर्फ़ एक बात कि सेना बरख़ास्त नहीं की जा रही, और सारी निन्दा तो उजागर थी। छिपाव में और बात हो रही थी वह इल्मासबाग़ की कोठी के अन्दर एक कमरे में हो रही थी, बादशाहबेग़म और हकीम मेंहदी परदे की आड़ ले बातें कर रहे थे।

बादशाहबेग़म हकीम मेंहदी की बात बड़े ग़ौर से सुन रही थीं; वे कह रहे थे, "मैं इस घर का पुराना नमकख़्वार हूँ, ख़ुदा गवाह है मेरी नीयत साफ़ है। मौक़ा देखकर मैंने यही मुनासिब समझा कि हुज़ूर की ख़िदमत में वह बात ज़रूर पेश कर दूँ जो आपके हक़ में हर तरह से अच्छी रहेगी।" हकीम मेंहदी दम-भर के लिए रुक गये; परदे के उस पार सन्नाटा था।

हकीम मेंहदी ने फिर कहना शुरू किया, "मैं ख़ुदा की गवाही में क़ुरान शरीफ़ की क़सम खाकर हुज़ूर को फिर यक़ीन दिलाता हूँ कि बेगम आलिया की ख़िदमत में खुद अपनी रूह का हुक्म पाकर ही हाज़िर हुआ हूँ। मेरे रोएँ-रोएँ में बिंधा आपका नमक मुझे अपनी निगरानी में हुज़ूर के क़दमों तक पहुँचा गया है और वही इस वक़्त ज़बान से बोल रहा है...माँ होने की वजह से यूँ ख़बर शायद आपको बुरी लगे, सुलेमानजाह या तो अब कोई दिन जाता है जब सरेराह मज़नूँ बने डोलते नज़र आएँगे, या फिर जैसा कि वह खुद अपनी ज़बान-ए-मुबारक से फ़रमाया करते हैं कि ख़ुदा न करे, नसीबे-दुश्मना ज़हर खा लेंगे, (गहरा निःश्वास छोड़कर) क़िस्मत को कौन मेट सकता है? औलाद लाख बुरी निकल जाय मगर माँ की ममता क्या शय है इसका ध्यान रखना भी इनसान की नाजुक ख़याली से तअल्लुक़ रखता है। गुलाम सब सोच-समझकर ही हाज़िर हुआ है...हुज़ूर के हक़ में यही बेहतर होगा कि इंग्लिशों से किसी क़िस्म का भी बिगाड़ न करें और मैं इस बात का यक़ीन दिलाता हूँ कि कैसा भी वक़्त पड़े सल्तनते इंग्लिशिया आपके जायज़ हुक़ूक़, पेंशन और रुतबे में किसी तरह की कमी न होने देगी। हुज़ूर रेज़िडेण्ट बहादुर और गवर्नर जनरल बहादुर बेगमआलिया का बड़ा ख़याल रखते हैं। बेगमआलिया का मुबारक नाम लन्दन के अख़बारों में अकसर शाया करते रहना अपने लिए फ़ख्र की बात समझते हैं..."

"आप कहना क्या चाहते हैं?" बादशाहबेग़म ने पूछा।

सधी आवाज़ में हकीम मेंहदी ने कहा, "बात तो अर्ज़ कर चुका बेगमआलिया। कम्पनी सरकार के बाँधे हुए सियासती नक़शे में हमारी तरफ़ से किसी क़िस्म का भी अटकाव डालना मुनासिब नहीं। हक़ीक़त यह है कि कम्पनी सरकार की इन्साफ़-पसन्दी ने शियों को यह सल्तनत बख़्शी है। हमें उनका हर तरह से शुक्र-गुज़ार होना चाहिए, हो सकता है कि अवध की सल्तनत कम्पनी अपने अमल में ले ले।"

"किसी की मजाल क्या कि तलवार से तलवार भिड़ाये बग़ैर ही हमारी सल्तनत हमसे छीन ले। मैं लोहा लूँगी।"

"हर शख़्स हुज़ूर की ज़बान-ए-मुबारक से ऐसे ही बुलन्द ख़यालात सुनने की आस रखता है। मगर हक़ीक़त..."

"मैं नादान नहीं हूँ हकीम साहब, आप जिस बात को कहने के लिए तकल्लुफ़ के कफ़स में फड़फड़ा रहे हैं वह यह है कि मैं अपने मुन्नाजान का हक़ न जताऊँ, यही न?"

"हुज़ूर सब जानती हैं, हुज़ूर की रूह में ख़ुदा का नूर है। ख़ुद सुलेमानजाह नवाब मुन्नाजान के हक़ में काँटे बो चुके हैं।"

"सुलेमानजाह ग़लती कर सकता है। ग़लती मुझसे भी हुई कि मैंने एक बाँदी के अफ़वाह उड़ाने पर यक़ीन कर लिया था और फिर जब राज़ खुला, तो वह मुँह काला कर दफ़्न हुई। फिर मुन्नाजान की माँ को मैंने ख़ासतौर पर चुना। दुनिया कुछ भी कहे मगर अब भी मैं सच को नहीं छिपा सकती, ये औरत की इज़्ज़त का सवाल है। यह इनसान की पैदाइश से सीधा तअल्लुक़ रखनेवाला सवाल है। मुन्नाजान नसीरुद्दीन की औलाद है। मैं पूछती हूँ लोग क्या अन्धे हो गये हैं, हकीम साहब? बाप-बेटे की सूरत एक-जैसी है, आदतें भी वैसी ही हैं, सूरज की रोशनी को झूठ कहने का हौसला कौन रख सकता है?"

हकीम मेंहदी बहुत विनम्रता से अपनी बात दुबारा आगे बढ़ाते हुए बोले, "हुज़ूर का फ़रमाना बजा है लेकिन इसे क़िस्मत की ही ख़ूबी समझिए, और क्या कहा जाय, नवाब मुन्नाजान बहादुर को नसीब की परी ने यही लिखकर दिया होगा कि ख़ुद उनके बापदादा ही दुश्मन हो जायँ। गवर्नर जनरल बहादुर का कोई क़सूर नहीं, बादशाह सलामत ख़ुद अपने दस्ते-मुबारक़ से दो-दो बार लिख चुके हैं। नवाब नसीरुद्दौला के लिए विलायत से कम्पनी के डाइरेक्टरान की मंज़ूरी भी आ चुकी है..."

परदे की दूसरी ओर बादशाहबेग़म के गोरे मुखमण्डल पर क्रोध की लपटें उठ रही थीं। एक बार तो ये उत्तेजना में कुरसी से उठ खड़ी हुईं। दासियाँ घबराकर उन्हें देखने लगीं। परन्तु हकीम साहब को अन्दर की नब्ज़ का पता न चला। बादशाहबेग़म कुछ सोचती हुई ख़ामोश, उत्तेजित खड़ी रहीं।

"दरबार वकील ग़ुलाम यहिया, वसीअली ख़ाँ, राजा बख़्तावर सिंह मुज़फ़्फ़रुद्दौला, सुभानअली ख़ाँ किन-किन के नाम गिनाऊँ हुज़ूर। सभी वक़्त देखकर नवाब नसीरुद्दौला के साथ हैं। रौशनुद्दौला अपने आपको धोखा दे रहे हैं, बड़े चालाक बन रहे हैं। सब देख-परख कर ही हुज़ूर की ख़िदमत में अर्ज़ करने आया हूँ। अगर आप इस ग़ुलाम की बातों पर टुक कान देने की तकलीफ़ गवारा फ़रमाएँगी तो हुज़ूर को किसी क़िस्म की परेशानी नहीं उठानी पड़ेगी। नवाब मुन्नाजान बहादुर की पेंशन का भी माक़ूल इन्तज़ाम हो जाएगा।"

बेग़म शान्त गम्भीर स्वर में बोली, "आपकी नेक सलाह के लिए बहुत-बहुत

शुक्रिया। आप ही के ज़माने में मेरे मुन्नाजान के ख़िलाफ़ सुलेमानजाह ने लिखा था और आप ही आज यह नसीहत देने आये हैं!"–बेगम सहसा परदे से बाहर निकल आयीं। हकीम मेंहदी उन्हें देखकर बा-अदब दोनों हाथ बाँधे सिर झुकाकर खड़े हो गये। बादशाहबेग़म कहती रहीं, "मैं ताउम्र अपने नसीब से लड़ती रही हूँ हकीम साहब, मुझे अब आँचों से डर नहीं लगता। मेरे ज़ायचे में लिखा है, ज़िन्दगी-भर लड़कर भी अपना हक़ हासिल न कर पाऊँगी। न सही, मगर कोई यह तो न कहेगा कि सैयद मुबश्शिर ख़ाँ की बेटी और नवाब सआदत अली ख़ाँ की बहू भी उस वक़्त ख़ामोश बैठी रह गयी थी जब कि सल्तनते-अवध के बड़े-बड़े नमकहलाल सरदार अँगरेज़ों के हरम में चूड़ियाँ पहनकर बैठ गये थे।"

हकीम मेंहदी बग़ैर जवाब दिये ही आदाब पेश करते हुए बा-अदब तशरीफ़ ले गये।

बादशाहबेग़म कुछ देर सोचती खड़ी रहीं, उनका निश्चय दृढ़ हो चुका था। वे मुन्नाजान को उसका हक़ दिलाने के लिए कृत-संकल्प थीं। कोई उन्हें अपने निश्चय से डिगा नहीं सकता था।

सैनिकों को लाख रुपये मिले। फिर भी पूरे न पड़े। दोबारा फिर एक लाख रुपये मँगाये।

रौशनुद्दौला बादशाह की ख़िदमत में मंजूरी माँगने गये। बादशाह चिढ़ उठा, झुँझलाकर काग़ज़ पटकते हुए बोला, "ताज़ के दुश्मनों के लिए शाही ख़ज़ाने में रुपये नहीं हैं। जाओ।"

रौशन नवाब फिर भी खड़े रहे। नसीरुद्दीन ने उनकी तरफ़ त्योरी चढ़ाकर देखा। एक झलक नज़रें मिला फिर बा-अदब उन्हें झुका हिचकते हुए बोले, "रेज़िडेण्ट बहादुर ने सिफ़ारिश की है आलमपनाह।"

"मैं उस सिफ़ारिश को भी नामंजूर करता हूँ। चले जाओ।"

रौशनुद्दौला सलामें झुकाते हुए चले गये। थोड़ी ही देर बाद राजा ग़ालिबजंग आये। "क्या है राजा?" बादशाह सलामत ने पूछा।

"गुलाम ख़िदमत में कुछ अर्ज़ करना चाहता है?"

बादशाह ने कोई जवाब नहीं दिया। ग़ालिबजंग ने फिर कहा, "ज़िल्लेसुभानी से कुछ अर्ज करने की इजाज़त चाहता हूँ।"

"अर्ज़ी पेश हो।"

"हुजूर, रेज़िडेण्ट बहादुर के मीर मुंशी आये हैं।"

नसीरुद्दीन चमक उठा। त्योरियों के बल ठीक तरह से उतर भी न पाये थे कि फिर चढ़ गये। नसीरुद्दीन झपाटे के साथ बोला, "मैं मुबश्शिर ख़ाँ की बेटी को अपनी मंजूरी से एक छदाम भी न दूँगा ग़ालिबजंग।"

राजा ग़ालिबजंग ने बे-झिझक हो उत्तर दिया, "साहबेआलीशान का हुक्म टाला

नहीं जा सकता आलमपनाह। आप बादशाह हैं मगर हम लोग तो मुलाज़िम हैं सरकार, जैसे आपके वैसे कम्पनी बहादुर के। हुज़ूर रेज़िडेण्ट बहादुर ने अभी मुझे बुलाकर यह हुक्म दिया है कि ज़िल्लेसुभानी की मंज़ूरी हासिल करूँ।"

"और अगर मैं मंज़ूर न करूँ?"

"कम्पनी सरकार के नुमाइन्दे की सिफ़ारिश नज़र-अन्दाज़ नहीं की जा सकती जहाँपनाह।"

नसीरुद्दीन की मुट्ठियाँ भिंच गयीं, गुस्से से उसका सारा बदन पत्ते की तरह काँप उठा। बोला, "तू मुझे हुक्म देने आया है?"

"मेरी क्या मजाल है हुज़ूर, हुक्म तो मीर मुंशी इल्तफ़ातहुसैन सुनाने आये हैं।"

"एक अदना अहलकार मुझे हुक्म सुनाएगा?—कोई है? गिरफ़्तार करो इस बदतमीज़ को। कमीने, नमकहराम वह दिन भूल गया जब तुझे मैंने पिंजरे में लटकाकर रखा था?"

कुछ वर्ष पहले हँसी-हँसी में बात कहते हुए एक बार राजा ग़ालिबजंग प्रचण्ड शाही कोप के भाजन बन चुके थे। नसीरुद्दीन ने उनको तथा उनके परिवार के स्त्री-बच्चों, बूढ़ों तक को एक साथ बन्दी बनाकर उनकी जमा-जायदाद छीन ली थी। उन्हें पिंजरे में बन्द करके रखा गया था। ग़ालिबजंग अँगरेज़ों की ही कृपा से मुक्त होकर पुनः अपना पद पा सके थे। राजा ग़ालिबजंग ने उसके बाद से नसीरुद्दीन हैदर को कभी भूल से भी नाखुश करने का साहस नहीं किया था। किन्तु आज बादशाह के गिरफ़्तारी का आदेश देने पर ग़ालिबजंग ने मुसकराकर ज़िन्दगी में पहली बार मालिक की नज़रों से नज़रें मिलाकर ज़बान से अदब का नाटक करते हुए कहा, "हुज़ूर नाहक़ तक़लीफ़ फ़रमा रहे हैं। इस बार कोई मुझे गिरफ़्तार करने नहीं आएगा। और सरकार को वह एक लाख रुपये मंज़ूर..."

पास ही सजे हुए पीतल के विलायती पुतले को उठाकर नसीरुद्दीन हैदर ने राजा ग़ालिबजंग पर खींच मारा।

राजा फुर्ती से कतरा गया, और फिर अदब से सलाम कर तेज़ी से बाहर चला गया। नसीरुद्दीन हैदर उसके पीछे दौड़ा लेकिन दरवाज़े तक ही गया और अपने क्रोध की मान-रक्षा के लिए उसने फटाफट दरवाज़े बन्द कर अन्दर से सिटकनी चढ़ा ली।

इकतालीस

महल के एक कमरे में धनि ा महरी और राजा ग़ालिबजंग में धीरे-धीरे बातें होने लगीं।

ग़ालिबजंग बोले, "तुम एक बार हाँ कह दो धनिया, तुम्हारे क़दमों पर दौलत लुटा दूँगा।"

"भाई, मुझसे नमकहरामी न होगी।"

ग़ालिबजंग ने धनिया के कहने की अदा पर रीझकर छाती पर हाथ रखा, कहा, "हाय, क्या नमक बोलता है तुम्हारी हर अदा में! सुनो, अगर मलिकएख़ास बनने का सपना देख रही हो तो...."

"रहने दीजिए, मुझे आपकी सलाह की ज़रूरत नहीं और न ही मुझे दुलारी या बिस्मिल्लाह की तरह चढ़कर गिरना है। मैं तो उस भोले-भाले इनसान को रौशन नवाब और ग़ालिबजंग-जैसों की नज़रेबद से बचाकर रखने में ही अपनी उम्र तमाम कर दूँगी।"

ग़ालिबजंग मुसकराये, कहा, "ख़यालों में ज़रूर बचाये रखोगी बीबी, मानता हूँ। और हाँ, क्या रौशन नवाब भी यही पैग़ाम लेकर आये थे?"

मुँह पर पल्ला ढाँप हँसते हुए धनिया बोली, "सिर्फ़ रक़म ही नहीं निकाह पढ़वाने का वादा भी किया है।"

"तुम से?"

"दलवी से। मेरी तो बड़ी इज़्ज़त करते हैं। हर साँस के साथ, उठते-बैठते कोसते हैं।"

राजा ग़ालिबजंग एक तेज़ पैनी नज़र डालने के बाद फिर भोले-भाले बनकर कहने लगे, "हाँ, हवाएँ मुझसे भी कुछ कह तो गयी थीं..."

"क्या?"

"कोई ख़ास बात नहीं, वही कि तुम्हारी जीत ने तुम दोनों बहनों के बीच में दरार डाल दी है।"

धनिया का कलेजा उचककर उसके मुँह पर आ बैठा, तड़पकर बोली, "क़िस्मत से किसी को क्यों जलन हो। तदबीर की कमी किसी तरफ़ से भी न हुई थी। रौशन नवाब ने तो यहाँ तक मेरे हक़ में काँटे बोये कि मौक़े-मौक़े से और तरह-तरह से बादशाह को मेरी ओर से बदगुमाँ किया, नापाक हज्जाम तक के उल्टे-सीधे कान भरे मगर ख़ुदा मेहरबान था, बाबा की मेहर मुझ पर थी..."

राजा ग़ालिबजंग ने खुली सावधान आँखों से देखा, पूछा, "वे बाँदियाँ तुम्हारी ही साज़िश का शिकार थीं?"

"मेरी क़िस्मत से वे पकड़ी गयीं और बाक़ी सारा काम मेरा और मेरी माशूक़ा का था।"

"तुम्हारी माशूक़ा!" राजा ग़ालिबजंग चौंके और मज़ाक़-भरी नज़रों से देखने लगे।

धनिया के भावों पर बनावटी गुस्से के बल पड़े, बोली, "निरे गँवार हो जी!

इसी अक़्ल पर सिपहसालारी चली तभी तो सल्तनत यों दूसरों की मुहताज हुई। कमज़ोर की जोरू मुहल्ले की भौजी क्यों न बने?" धनिया बात बदल आगे बढ़ा ले गयी।

अधेड़ उम्र के राजा दर्शनसिंह ग़ालिबजंग अपने फूले शरीर और बड़े-बड़े गलमुच्छों के साथ-साथ झेंपते हुए एकदम खिलौना बन गये; धनिया हँस दी; वे गिड़गिड़ाकर बोले, "किसी एक को मत कोसो; आपाधापी के ज़माने में गाय ख़ुद अपना ही दूध पीने की फ़िराक़ में रहती है...."

"बेचारी गाय नहीं राजासाहब, ओहदेदार कहिए।"

राजा डबल कटे, मूड़ी हिलाकर बोले, "मैं वही कहने जा रहा था..."

"ओहदेदार गाय कैसे हो गये?"

"गाय से भी बदतर। एक आदमी की सरकार के निज़ाम में यही हाल होता है। इसी नुत्फ़-ए-कमीन ने मुझे पिंजरे में बन्द कर रखा था, मेरी रानियाँ, मेरे बूढ़े बीमार वालिद..."

"जाने दीजिए राजा साहब। हरे घाव को खुरचने का नतीजा अच्छा नहीं होगा। पागल की करनी का बुरा क्या मानना। आप मर्दों को भला क्या सहना पड़ता होगा जो हम लौंडी बाँदियाँ झेलती हैं। तवे पर रोटी सिंकी, सब ने खायी, तवा कितना जला ये कौन देखता है। औरत की भी कोई ज़िन्दगी है। जाने दीजिए। पहले बात हो जाय, मैं कहती हूँ मुफ़्त का गुनाह क्यों सिर पर लेते हैं। वो यों भी ज्यादा दिन नहीं चलेगा।"

"इस काम के बिना ज़माना रुका पड़ा है धनिया, इस हक़ीक़त को भी समझो। इंग्लिस्तान के बादशाह किसी गवर्नर जनरल या रेज़िडेण्ट को या किसी अदना मुलाजिम को यों ज़लील करने का हक़ नहीं रखता। दरअसल उनकी पार्लियामेण्ट, जो आला दिमाग़ के लोगों की कुमेटी होती है, वही सब क़ायदे-क़ानून चलाती है। जो अँगरेज़ी अमल हो जाएगा तो इज़्ज़त बची समझो वरना नागनाथ गये तो उनके भाई साँपनाथ आएँगे। मैं, तुम, दलजीत, रौशन नवाब तक ख़तरे में हैं। नसीरुद्दौला गद्दीनशीन हुए नहीं कि हम सब बेआबरू किये जाएँगे। हकीम मेंहदी के पास—देखो कानोंकान किसी को ख़बर न होने पाए..."

"ऐ अल्ला तोबा! उसके इजलास में मूँ दिखलाना है। हाँ, हकीम साहब का क्या हुआ?" धनिया ने उत्सुक होकर पूछा।

"कलकत्ते से गवर्नर जनरल बहादुर का ख़त उनके पास आया है। वह चाहते हैं कि इनके बाद अवध में कम्पनी का अमल हो जाय। हम सबके हक़ में यही अच्छा होगा।"

"रौशन नवाब भी, सुना है, अब यही कहते हैं।" धनिया ने ग़ौर करते हुए कहा।

"तुम्हें रौशन नवाब की ख़बरें ख़ूब मिल जाती हैं।" राजा ने रसीले अन्दाज़ से सवाल किया।

"कहिए तो यह भी बतलाऊँ कि नवाब साहब रोज़ कितनी देर तक दलवी के पैर दबाते हैं।" धनिया ने मुँह बनाकर कहा।

"हुँः। तो ये आलम है।"

"अजी, वहाँ सरकारे दो आलम बनने का दावा है जनाब, रौशन नवाब से पैर दबवाती हैं और वसीअली ख़ाँ के पैर दाबती हैं।"

"ख़ैर होगा, बोलो मंजूर करती हो?"

"देगा कौन?"

"मैं।"

"तुम क्यों?"

"बदला लेना चाहता हूँ।"

"उहुं तुम नहीं। या तो हकीम साहब या फिरंगी कोठीवाले—बोलो, किसका काम है? जब तक मुझे यह नहीं मालूम होगा मैं इस काम में हाथ नहीं डालूँगी।" धनिया ने दो टूक बात करने के अन्दाज़ से कहा।

राजा ग़ालिबजंग भी उठ खड़े हुए, बोले, "न सही। मैं ज़ोर नहीं देता। दलजीत भी इस काम को कर सकता है।"

"बशौक़ तशरीफ़ ले जाइए।" धनिया ने तपकर कहा, "मगर इतना कहे देती हूँ कि लौटकर आइएगा तो दो लाख के पाँच लाख हो जाएँगे।"

राजा ग़ालिबजंग नरम पड़े, मुसकराकर बोले, "तुम्हारी अकड़ कभी-कभी जी दुखा देती है। अरे कुछ तो इतनी पुरानी दोस्ती का ख़याल किया करो, तुम्हें छोड़कर जाऊँगा कहाँ। और यह न भूलो कि जब हम सुकून से अँगरेज़ी अमल में रिआया की तरह रहेंगे, तब पुरानी दोस्ती ही काम आएगी।"

धनिया राजा के दोनों कन्धों पर हाथ रखकर बोली, "डर लगता है।"

"तुम्हारे इस डर पर मैं एक लाख और निछावर करता हूँ।" राजा मस्ती में बोले।

"तुम्हें मेरी जान की क़सम, मेरा मरा मुँह ही देखो जो न बताओ।"

राजा ग़ालिबजंग को स्वीकार करना पड़ा कि रुपया हकीम मेंहदी से मिलेगा।

"हकीम साहब कहाँ से लाकर दे रहे हैं?"

"ख़ुदा जाने, अमा तुम तो हिन्दी में बिन्दी निकालती हो। तुम्हें आम खाने से मतलब है कि पेड़ गिनने से? बहरहाल मैं तुम्हें आगाह किये देता हूँ कि अपना क़ीमती माल-असबाब महल से निकाल ले जाओ और उसे हिफ़ाज़त से रखना। जो अब तक कमा लिया वही आख़िरी दम तक हम लोगों का सहारा रहेगा। वह भी तब जब कि अँगरेज़ी अमल हो। नसीरुद्दौला बादशाह हुए या बादशाहबेग़म के

ज़ोर-दबाव पर मुन्नाजान का हक़ मान लिया गया तो सबसे पहले जो लूटे जाएँगे वो होंगे नवाब रौशनुद्दौला बहादुर, मैं, तुम दोनों बहनें और दलजीत। इसलिए वक़्त रहते काम पूरा हो जाना चाहिए।"

धनिया महरी के सामने आतंक-भरा भविष्य था और उसकी सुरक्षा के लिए रुपयों का लालच भी।

बयालीस

नसीरुद्दीन के कानों में उड़ती ख़बर आयी कि बादशाहबेग़म के लिए एक लाख की नयी माँग मंज़ूर करवाने पर रेज़िडेण्ट बहादुर एकदम तुल गये हैं। अगर बादशाह मंज़ूर नहीं करेंगे तो उनकी जेब ख़र्च की रक़म से एक लाख रुपया काटकर दे दिया जाएगा।

राजा ग़ालिबजंग-द्वारा अपमानित होकर बादशाह क्रोध से जल रहा था। उसके आदेश पर कोई भी राजा को गिरफ़्तार करने न आया, यह उसे तपा रहा था। नसीरुद्दीन सुनकर गरज उठा, सोफ़ा के हत्थे पर मुक्क़ा मारकर वह बोला, "मैं किसी भी हालत में मंज़ूरी न दूँगा, रेज़िडेण्ट क्या ख़ास गवर्नर जनरल भी इसके लिए लिखेंगे तो मुँहतोड़ जवाब पाएँगे।...मैं हरगिज़ नहीं दूँगा...हरगिज़ नहीं दूँगा।"

बादशाह दाँत पीसता और मुट्ठियाँ कसता तेज़ी से उठ खड़ा हुआ। उसका सिर ज़मीन की ओर झुका हुआ, चेहरे पर नफ़रत और ग़ुस्से की लक़ीरें तरह-तरह से और तेज़ी से बनती और बिगड़ती थीं। ग़ुस्से और नफ़रत के ये थपेड़े एक के बाद दूसरे चढ़ते-उतरते, जैसे समुद्र के किनारे से लहरें आकर टकरातीं, बिछतीं और फिर नयी आती रहती हैं। मगर इस ग़ुस्से की तह में उसका होश बोल रहा था कि अँगरेज़ों ने उसकी पगड़ी उतार ली, वह हार गया, हार गया! ग़ुस्से ने शाह को इतना झिंझोड़ा कि गश आ गया।

चारों ओर पुकार पड़ गयी, बादशाह की परिचर्या होने लगी। शाही हकीम और अँगरेज़ डॉक्टर दौड़े आये, दरबारियों के झुण्ड बादशाह की मिज़ाजपुर्सी के लिए आने लगे।

बादशाह किसी से नहीं मिलना चाहता था, किसी की सूरत नहीं देखना चाहता था। उसे लगता था कि मिज़ाजपुर्सी के बहाने ये सब मेरा मज़ाक़ उड़ाने आ रहे हैं। हरामख़ोर कहीं के, सारी दुनिया हरामख़ोर है, मक्कार है। इनसानियत का दावा ग़लत है ख़ुदा—हिश्, कहीं कुछ नहीं—बस मक्रफ़रेब है और उसका ख़ुदा ये रेज़िडेण्ट, ये गवर्नर जनरल, ये तमाम शैतान...ये सब मुझे नीचा दिखाने के लिए हर तरह से तुले हुए हैं। दो कौड़ी का ग़ालिबजंग जिसे मैंने बन्दर की तरह पिंजड़े में बन्द कर

रखा था, आज मेरी तौहीन करके बग़ैर अपनी गरदन धड़ से जुदा देखे ही चला गया! किसी ने उसे गिरफ़्तार तक न किया?...किसके इशारे पर ऐसा करने की जुरअत उसे हुई। मेरे ही दुश्मन की फ़ौज की तनख़्वाह और मैं ही उसे अदा करने के लिए दो-दो बार मजबूर किया जाऊँ? मैं उन्हें तोड़ दूँगा...(दिल में सच धड़का) या...फिर मैं ख़ुद ही टूट जाऊँगा।

नसीरुद्दीन मारे गुस्से के जला जा रहा था। चाहे उसके दुश्मन अँगरेज़, ग़ालिबजंग, बादशाहबेग़म टूटें या वो खुद टूटे—बहरहाल कुछ टूट जाय क्योंकि उसका मन टूट रहा है; तन भी टूक-टूक हो रहा है। जी की घुटन कैसे खुले, किससे कहे—कोई अपना नहीं। "हाय, मैं कितना अकेला हूँ।" —नसीरुद्दीन करवट लेकर पड़ रहा, उसके आँसू थम नहीं रहे थे। ये आँसू कोई न देखे क्योंकि उसका अपना कोई नहीं और वह ग़ैरों से जी का भरम न खोलेगा। उसने अपना सिर तकिये में गड़ा लिया, दाहिनी बाँह सरक कर चेहरे पर आ गयी और उसकी उँगलियाँ तकिये के कोने को मसलती रहीं।

नसीरुद्दीन जानता है कि उसे एक लाख रुपये देना ही पड़ेगा। बात एक लाख या एक करोड़ की नहीं, यह तो बात की बात है। मुझे बादशाहबेग़म से ज़लील करवाएँगे, ग़ालिबजंग-जैसे कुत्तों को भौंकने के लिए मेरे सामने भेजेंगे, रौशनुद्दौला मेरे बुलाने पर भी नहीं आता, सब हरामज़ादे हैं, ये सब मुझे नवाब वज़ीरअली की तरह क़ैद में डलवाना चाहते हैं। मुझे, अवध के बादशाह को क़ैद करेंगे? मुझसे एक लाख रुपये दिलवाएँगे—मैं हरगिज़ नहीं दूँगा, मुझे मजबूर करेंगे—?...मैं...मैं भाग जाऊँगा। मैं इनको चकमा दूँगा, देखूँगा ये मुझसे कैसे मंजूरी ले लेते हैं।

दवा का वक़्त हो गया था, दलवी प्याली लेकर सामने आयी। शाही हक़ीम, अँगरेज़ डॉक्टर, धनिया, दलजीत सभी उस कमरे में मौजूद थे। बादशाह बड़ी देर से करवट लिये पड़ा था। वह किसी का मुँह नहीं देखना चाहता था। लेकिन बहुत झुँझलाकर भी वह इस वक़्त अपनी आदत के मुताबिक़ हर एक को कमरे से निकल जाने का हुक्म भी नहीं दे सकता था। राजा ग़ालिबजंग जबसे उसका अपमान कर चला गया और उसके आज्ञा देने पर भी कोई उसे गिरफ़्तार करने नहीं आया तबसे वह सहम गया है। धनिया, दलजीत को छोड़कर और किसी से कुछ कहने की हिम्मत ही नहीं करता। हुक्म देने के ख़याल ही से वह इतना सहम गया है कि किसी अदना बाँदी को भी सीधे हुक्म देने में उसे डर लगता है, कहीं वह उलटकर जवाब न दे दे। हुक्म देने की उम्र-भर की आदत रह-रहकर उठती है और फिर सहम कर बैठ जाती है। उसे मन-ही-मन बड़ी घुटन महसूस होती है।

दलवी आयी; जहाँपनाह से बड़े इसरार और अदब से दवा पीने को कहा। बादशाह उसकी आवाज़ सुनकर ही सहम उठा। कहीं इस दवा में ज़हर तो नहीं है? ये हकीम साहब और डॉक्टर साहब क्या किसी की साज़िश से यहाँ आये हैं, मुझे

दवा पिलाने का इतना इसरार क्यों? और नहीं पियूँगा तो क्या ये मुझे रेज़िडेण्ट का हुक्म सुनाकर ज़बरदस्ती पिलाएँगे? मैं दवा हरगिज़ न पियूँगा।

दलवी ने दोबारा कहा, तिबारा कहा और फिर हारकर धनिया से कहा, "धन्नो तुम्हीं आओ।"

धनिया, जो दलवी को हकीम साहब से दवा की प्याली लेकर आगे बढ़ते देख ख़ामोश खड़ी रही थी, अब बड़े अन्दाज़ से सरकार के सिरहाने की तरफ़ जाते हुए हकीम साहब को भी उधर ही आने का इशारा देती हुई दलवी के पास पहुँचकर उससे बोली, "छोटी, सिर्फ़ एक दरवाज़े को छोड़कर बाक़ी ये सब दरवाज़े बन्द करवा दो।...हकीम साहब, मेरे ख़याल से तो अब आप डॉक्टर के साथ बाहर तशरीफ़ ले जाएँ।"

कमरे में सन्नाटा हो गया। धनिया पास आयी। नसीरुद्दीन ने धीरे-धीरे चेहरे से बाँह हटायी, कनखी से देखा, फिर और हाथ हटाया, तकिये से गरदन को तनिक उठाकर चारों ओर देखा–कुरसियाँ ख़ाली थीं, कमरा फिर से उसका अपना हो चुका था। धनिया सामने खड़ी थी, वह उछलकर बैठ गया और धनिया का हाथ पकड़ उसे घसीटते हुए अपने पास बिठा उससे चिपटकर सहमे हुए बच्चे की तरह बोला, "धनिया, मुझे बचा। मुझे इन शैतानों से नज़ात दिला। ये काफ़िर मुझे मारना चाहते हैं।"

बादशाह के लाड़ लड़ाने में धनिया का बहुत-सा समय बीत गया। फिर भी वह बादशाह को न दवा और न खाना ही खिला सकी। बादशाह को अब अपने गोरे रसोइये से भी डर लगता था।

धनिया ने प्रस्ताव किया कि वह स्वयं बादशाह के लिए खाना बना दे। पहले तो नसीरुद्दीन झिझका। फिर राज़ी हो गया। जब धनिया चलने लगी तो घबराकर कहा, "न! न! रहने दो धनिया, बात कहीं की कहीं पहुँचेगी; रेज़िडेण्ट सुनेगा तो और चिढ़ेगा। ओह मुझे इतनी भी आज़ादी नहीं कि...सुनो धनिया, हमलोग कहीं बाहर चलें। इन महलों से, शहर से, तमाम सूरतों से मुझे नफ़रत हो गयी है। चलो बस आज ही चलते हैं...मगर...मैं हुक्म दूँ तो क्या उसकी तामील होगी?"

"क्यों नहीं आलमपनाह...."

"अब आलमपनाह जहाँपनाह मत कहो धनिया। नसीरुद्दीन इतना लाचार है कि ख़ुद अपने को ही पनाह नहीं दे सकता।" नसीरुद्दीन हैदर की बड़ी-बड़ी आँखें झलझला आयीं।

धनिया बोली, "हुज़ूर, आप दीन-दुनिया के सरताज हैं, गोरे कुछ भी करें लेकिन रिआया आपकी है।"

"रिआया भी मेरी नहीं है। मेरा कोई भी नहीं है। तुम्हारे कहने से दो-एक बार गया लेकिन रिआया के सामने जाते हुए भी अब डर लगता है। लोग कहते

हैं हम भूखे हैं, आपके सिपाही और शहर के गुण्डे हमें लूटते हैं। लोग आवाज़ें कसते हैं, कहते हैं कि बादशाह से फ़रियाद न करो, बड़े साहब की कोठी पर चलो। सुन-सुनकर मैं पागल हो उठता हूँ। धनिया, खुदा जानता है! मैं भीड़ में किसी को सज़ा भी नहीं दे सकता। मैं उसकी सूरत नहीं देखना चाहता। मैं अब यहाँ घड़ी-भर भी नहीं रहना चाहता। मुझे आज ही इसी वक़्त ही कहीं ले चलो।"

सीतापुर तक यात्रा निरापद बीती; मौसम भी अच्छा रहा और बादशाह का मन खुश रहा। लेकिन इस शाही-यात्रा से गाँव की प्रजा को कष्ट हो रहा था। शाही सेना के सिपाही और सवार जहाँ भी पड़ाव पड़ता, अपने आराम के लिए प्रजा को बड़ा कष्ट देते थे। शाही जुलूस के आगे बढ़ने के मार्ग पर प्रजा का असन्तोष छूत की बीमारी की तरह बढ़ता ही जा रहा था। और नसीरुद्दीन हैदर भी लखनऊ लौटने के भय से आगे ही बढ़ता जा रहा था।

गोमती और कठिना नदियों के संगम पर हिरन के शिकार की लालच में पड़ाव पड़ा। धरती दूर-दूर तक बलुहा और लोना मिली हुई थी। संयोग की बात थी कि जिस दिन शाही पड़ाव पड़ा उसी दिन बड़ी तेज़ आँधी आयी। धूल और बालू इतनी उड़ी कि लोग घुट-घुट गये। बादशाह का मिज़ाज चिड़चिड़ा उठा। धीरे-धीरे रात घिरने लगी। आसमान पर घनघोर घटाएँ घिर आयीं, बिजलियाँ कड़कने लगीं और इसके साथ-ही-साथ सरकारी गोयन्दे यह ख़बर भी लाये कि लुटेरे शाही पड़ाव पर आक्रमण करने और लूटने का आयोजन कर रहे हैं।

नसीरुद्दीन के प्राण सूख गये। उसने धनिया से कहा, "ये लुटेरे नहीं हो सकते। ज़रूर कोई साज़िश है। मुझे मार डालने के लिए यह जाल रचा गया है। मैं अब यहाँ एक पल भी नहीं रुकूँगा। मैं लखनऊ जाऊँगा। इसी वक़्त कूच करूँगा।" बादशाह किसी के मनाये न माना। उसी दम कूच कर दिया। बादशाह के साथ धनिया, दो-चार बाँदी-ख़वास और अस्त्र-शस्त्र धारी सैनिक थे, बाक़ी लौंडी-बाँदी, नौकर-चाकर और तवायफ़ें, दूसरे दिन चलनेवाली थीं। उसी रात पानी बिजली की घमासान में उन निराश्रितों के पड़ाव पर डाका पड़ा। बहुत-सा शाही सामान लूटा गया। शाही नौकरों को तरह-तरह के अत्याचार सहन करने पड़े।

लखनऊ से जाकर नसीरुद्दीन का मन जितना ही हलका हुआ था उतना ही लखनऊ लौटते समय भारी भी हो गया था। हर जगह उसे अपनी मौत ही दिखलाई देती थी। वह सड़क-गलियारों तक से चौंकता था। उसका सदा का अस्थिर मन और भी अस्थिर हो गया था। वह लोगों की आहट से चौंक पड़ता, अचानक किसी आवाज़ से चौंक पड़ता, रात में सो नहीं पाता था और जो कभी आँख ज़रा देर के लिए लग भी गयी तो वह नींद में चौंक उठता। उसे लगता कि अब उसका क़ातिल आया—ये आ गया। वह किसी भी हथियारबन्द आदमी को अपने पास नहीं आने

देता था। वह धनिया और दलजीत को छोड़कर किसी भी व्यक्ति को अपने पास फटकने नहीं देता। "मुझे ये लोग ज़हर दे देंगे, ज़रूर मार डालेंगे।"

राजा ग़ालिबजंग धनिया से मिलने के लिए आये। सफ़र के हाल-चाल पूछे। फिर बोले, "उन लाख रुपयों की मंजूरी तुम्हें लेनी होगी धनिया। और अब तो वह सिर्फ़ तुम्हारे ही हाथ का खाता-पीता है इसलिए वह काम भी तुम्हें जल्द से जल्द कर डालना होगा।"

"मंजूरी मैं ले लूँगी लेकिन...लेकिन...राजा साहब, वह मासूम इस क़ाबिल नहीं कि उसे धोखे से मारा जाय।" धनिया बोली।

"बचपना मत करो धनिया। इतना समझा चुका, इलज़ाम तुम्हारे ऊपर हरगिज़ न आएगा। यह सबाब का काम है धनिया। इस पगले के मरने पर लोग तुम्हें दुआएँ देंगे। और अगर तुमने इस पर ध्यान न दिया तो याद रखो कम्पनी बहादुर का मामला है। काम तो किसी-न-किसी के ज़रिये हो ही जाएगा मगर तुम बरबाद हो जाओगी और इस वक़्त दो लाख रुपये पाओगी और साहबाने-आलीशान का करम पाओगी। तुम्हारे एहसानात चढ़ जाएँगे जो आयन्दा कभी काम आएँगे। तुम्हारा हर तरह से भला होगा।"

अपनी सुरक्षा के लिए धनिया डोल गयी।

बादशाह ने आपदाओं से भरी यात्रा से लौटकर किसी भी मुसाहिब को नाश्ते या सुबह के भोजन के लिए न बुलाया। घर और बाहर हर तरफ़, हर इनसान की सूरत से वह इतना सहम गया था कि अकेला रहना चाहता था। उसने आते ही अपने दरवाज़े चारों ओर से बन्द करवा लिये थे; यहाँ तक कि सड़क और गोमती की ओर पड़नेवाले दरवाज़े भी। उसके मन में सहसा यह डर समा गया था कि अँगरेज़ कहीं गुब्बारेवाले नौजवान को बुलाकर इन दरवाज़ों के आस-पास उसे उड़ा दें और वह चील-कौवों को उड़ाने के बहाने उसे, शाहेअवध को, गोली मारकर ख़त्म कर दे। इन अँगरेज़ों का बड़ा करिश्मा है;...यह गुब्बारे पर भी उड़ते हैं। यह हर ठौर से मार सकते हैं—सारा ज़माना मेरे ख़िलाफ़ है। सब कोई इंग्लिशों की मदद कर रहे हैं। सब मिलकर मुझे मार डालेंगे।....आख़िर क्यों मार डालेंगे? मैं नहीं मरूँगा। मैं हरगिज नहीं मरूँगा..."

दरवाज़े पर धीरे से दस्तक पड़ी—एक बार, दो बार—बादशाह चौंक उठा, कौन आया?—मैं दरवाज़ा नहीं खोलूँगा।

नसीरुद्दीन डर से बच्चा हो गया था। दरवाज़े पर फिर हलकी दस्तक पड़ी, नसीरुद्दीन और कस गया। डर के मारे उसका शरीर पत्ते की तरह काँप रहा था। उसे लगता था कि अन्तिम क्षण आ गया। उसका दिल बहुत ज़ोर से धड़कने लगा,

उसका होश डूबने लगा। फिर फ्रांसीसी शैली के बने दरवाज़े की झिलमिली खुलने का खटका हुआ, नसीरुद्दीन पत्थर हो गया। जड़ वस्तु-सा निराधार होकर वह सोफ़े से लुढ़ककर फ़र्श पर आ गिरा।

फिर कुछ देर बाद दरवाज़े पर हथौड़े की ठोक-पीट सुनाई पड़ी। वे चोटें नसीरुद्दीन हैदर के होश पर पड़ने लगीं। बिखरा होश तेज़ी से सिमटने लगा, बिखरी ताक़त भी बिजली की तेज़ी से सिमटी। फ़र्श पर दोनों बाँहें टेककर बादशाह उठा, चीख़ा, "नहीं। नहीं।"...न जाने किस तीव्र शक्ति से वह दरवाज़े की ओर दौड़ पड़ा; दरवाज़े को दोनों हाथों से थाम लिया और फिर तेज़ हँफनी से बिखरती अपनी आवाज़ को भरसक बल देते हुए वह झख पर चढ़कर बड़बड़ाने लगा, "दरवाज़ा मत–मत तोड़ो–मत तोड़ो।" उसकी आँखों से अविरल धार बह चली।

"हम हैं सरकार, दरवाज़ा खोलिए।"

"आह, राहते जान आयी, मेरा होश आया!"

कुण्डी खोलते ही बादशाह फिर बेदम हो गया लेकिन इस समय उसे सँभालनेवाले आ चुके थे। शराब और भोगविलास से जर्जर नसीरुद्दीन हैदर का शरीर इतनी विषम चिन्ताओं का बोझ सँभालने के योग्य न था। बचपन से ही विमाता के लाड़-प्यार के अतिरेक से वह प्रबल हठी हो गया था, उसकी बुद्धि आयु और शरीर के साथ कभी बढ़ ही न पायी। आज अपने-आपको हर तरफ़ से अकेला पाकर वह बौरा उठा था। वह अपने-आपको सँभाल नहीं पाता था; वह धनिया का सहारा लेने के लिए विवश था।

धनिया ने उसके बचपन को दुलराया, जवान मन को रिझाया, फिर से उसकी दिल-जमई की, उसकी बादशाहत को जगाया, कहा, "आप परेशान न हों, आपकी बीमारी की विलायत की बड़ी कुमेटी में चर्चा हुई। वहाँ यह कहा गया कि शाहे-अवध की मरज़ी के ख़िलाफ़ कोई काम न किया जाय, उनके तोहफ़े शाहे फिरंग क़बूल करें। हाँ, शाहे-अवध से इतनी दरख़्वास्त ज़रूर की जाय कि वे अपनी सौतेली माँ का क़र्ज़ अदा करने के लिए अगर एक लाख रुपये दे दें तो दुनिया में जब तक चाँद-सूरज रहेंगे उनका नाम रौशन रहेगा। और अगर बादशाह की मरज़ी न हो तो उन पर इस काम के लिए ज़ोर भी न डाला जाय।"

बादशाह चुपचाप सुनता रहा। धनिया उसके गले में दोनों हाथ डालकर आँखें नचाते हुए बोली, "अब न कहिएगा हुज़ूरेआलम कि मेरी दुआ में असर नहीं होता, मुझपर बाबा की बड़ी मेहरबानी है। उनकी ख़िदमत में रुक़्क़ा लिखकर भेजा था, उसका यह नतीजा हुआ कि लन्दन-विलायत तक हिल उठा। अब आपके दुश्मनों के ज़हर के दाँत टूट गये।"

"तुमसे किसने कहा?"

"अभी-अभी राजा ग़ालिबजंग तशरीफ़ लाये थे। बड़े डरते-काँपते आये, आते ही मेरे क़दमों पर लोट गये; बड़ी देर तक रोते रहे। मैं धर-धर के पूछूँ कि बात क्या है मगर हिचकियों के सिवा आवाज़ ही न फूटती थी। बहुत कहने-सुनने पर हाल सुनाया, कहने लगे कि मैं बड़ा बदक़िस्मत हूँ। गोरों के बहकावे में आकर अपना गला कटा बैठा। बादशाहसलामत अब मुझे मुआफ़ नहीं करेंगे।"

धनिया बादशाह को बहलाती रही। कमरे के सारे दरवाज़े खोलकर उसने फिर से चहल-पहल का वातावरण तैयार कर दिया। मुबारकबादी का नाच और गाना भी करवा डाला, बहुत-सी नेग, मन्नतें भी बादशाह के हाथ छुलाकर इधर-उधर तकियों-दरगाहों में भिजवायी, सतनजा और कपड़े फ़क़ीर-फ़ुक़ीरों को बँटवाये। हर शख़्स शाहेअवध की सेवा में पुराने अदब के साथ संलग्न था। और इसी भढ़ी पर चढ़ाकर धनिया ने बादशाहबेग़म के लिए एक लाख रुपयों की मंजूरी पर शाही दस्तख़त ले लिये।

क़दम उठाते वक़्त नसीरुद्दीन ने एक बार धनिया की तरफ़ अपनी पगली टकटकी साधी थी; धनिया को शाहीअदब में नज़रें झुकाने का बहाना था, इसलिए बच गयी। फिर भी अपनी टकटकी तोड़ने के बाद दस्तख़त करने के लिए गरदन झुकाते-झुकाते उसने एक बार ठण्डी साँस भरकर कहा, "लगता है यह सब धोखा है। लगता है मेरी मौत हो चुकी; ज़िन्दा हूँ यह धोखा है।"

और फिर जैसे उसने हारकर दस्तख़त कर दिये। फिर बोला, "मेरे कमरे के सब दरवाज़े बन्द कर दो, हटाओ सबको, मुझे किसी की सूरत अच्छी नहीं लगती। जाओ, तुम जाओ इस वक़्त।"

कमरा बन्द कर नसीरुद्दीन हैदर शाहे-अवध कुछ देर तक गूँगा खड़ा रहा फिर इधर-उधर चहलक़दमी करता रहा, ज़रा-सी आवाज़ से चौंककर दरवाज़े की ओर कान लगाता। कभी ऊबकर हलके-हलके गुनगुनाने लगता। फिर अपने निजी ख़जाने की कोठरी का ताला खोला। एक-एक सन्दूक़ खोलकर अपने क़ीमती जवाहरात के आभूषण देखता रहा, फिर बैठे-बैठे कुछ देर अशर्फ़ियाँ गिनीं। वह बक्स भी खोला जिसमें बादशाह के जेब ख़र्च के लिए क़ुदूसियाबेगम ने अपने जेबख़र्च की रक़म से बचाकर तिरपन लाख रुपये छोड़े थे। वह सन्दूक़ खोल, वे रुपये देख नसीरुद्दीन की आँखों में आँसू उमड़ आये। ख़ामोश धार बड़ी देर तक बहती रही। नसीरुद्दीन को अपने जीवन में केवल एक ही व्यक्ति ऐसा मिला था जिसने निष्कपट रूप से उसे प्यार किया था। क़ुदूसियाबेगम बेहद याद आने लगी। कोई चारा न था। एक लाख की मंजूरी देने के बाद वह धनिया से भी चौंक उठा था। बचा एक दलजीत। जब कोई नहीं तो वही क्यों हो?—उसका जहाँ में कोई नहीं। जो थी, नहीं रही।

नसीरुद्दीन इस समय उत्तेजित नहीं करुण था और करुणा अपनी सीमा पर पहुँचकर शान्ति पाने का विवश प्रयत्न करने लगी थी। उसे लगता था कि अब

उसका अन्तकाल निकट आ गया है फिर भी प्राणों का मोह बाँधता था। बचपन से लेकर अब तक जीवन के दिन एक-एक कर मन की आँखों के सामने से गुज़रने लगे। ज़िन्दगी कहाँ से कहाँ आ गयी। इतनी छोटी उम्र में क्या कुछ न कर डाला। फिर भी प्यास बड़ी अधूरी रही।

नसीरुद्दीन हैदर को सचमुच प्यास लग रही थी। आदत के मुताबिक नौकरों पर ध्यान गया फिर ठण्डी साँस ले उठा, अपने निजी ख़ज़ाने के कमरे की एक-एक चीज़ बन्द की; मोटे लोहे के दोहरे जँगले जड़े मज़बूत कमरे को धुँधलके में खोया हुआ देखता रहा, खोयी आहें भरता रहा; हलक़ सूखने लगा। बाहर निकल आया। शराब का बक्स खोला, शीशियाँ ख़ाली थीं। यह बक्स तो यात्रा में उनके साथ गया न था, इसी कमरे में था और दिनों से सूना था। प्यास अब ज़िद लेकर भड़की, इच्छा हुई धनिया को बुलाकर...नहीं-नहीं अब धनिया का भी कोई भरोसा नहीं। उसने मुझसे किस चालाकी से दस्तख़त करवाये। मैं ख़ुद जा करके...बाहर जाऊँ? ...नहीं-नहीं सब लोग होंगे, देख लेंगे; ऊँहु-ऊँहु।

हलक़ तेज़ी से सूख रहा था। नसीरुद्दीन धीरे-धीरे अपना गला सहलाने लगा। बन्द कमरे में और भी गरमी महसूस हुई। एक दरवाज़ा खोला; नदी ने और प्यास भड़कायी। शाही तेहा झन्नाकर देह में जागा, दरवाज़ा बन्द कर दिया। और बड़बड़ाया, "मैं ख़ुद जाकर निकालूँगा।"

नसीरुद्दीन के क़दम तेज़ी से बढ़े। शाही मुहर की अँगूठी पहनी और भीतर के बरामदे में जानेवाले दरवाज़े को झटके के साथ खोला। बाहर बाँदियाँ बेफ़िक्र मन से बेतक़ल्लुफ़ बैठी हुई आपस में धीरे-धीरे हँस-बोल रही थीं। बादशाह का नाटकीय आगमन सबको चौंका गया। पलक मारते ही सब व्यवस्थित हो अदब से झुक गयीं। नसीरुद्दीन ने किसी तरफ़ भी न देखा। वह किसी से भी नज़रें नहीं मिलाना चाहता था; सीधे नीचे की उस कोठरी की तरफ़ चला जहाँ शराब का भण्डार रहता था। अरसे पहले वह इधर आया था, नीचे के आँगन में गया था। आज फिर उसी तरफ़ बढ़ा। चलते-फिरते परिचारक-परिचारिकाएँ बादशाह को देखकर चौंक पड़ते थे। बादशाह ज़ीने से नीचे उतरने लगा। आँगन के दरवाज़े तक पहुँचते हुए उसने देखा, नवाब रौशनुद्दौला और दलवी खड़े थे; दारोग़ा मालख़ाना भी मौजूद था। वे तीनों बादशाह को और बादशाह उन्हें देखकर चिहुँक उठे। नसीरुद्दीन उलटे पाँवों ऐसी घबराहट और तेज़ी से ज़ीने चढ़ने लगा मानो उसने बाघ देख लिया हो। उसे शक हो गया कि ज़रूर यह सब मिलकर शराब की बोतलों में ज़हर घोल चुके होंगे। नसीरुद्दीन को वे तीनों अपनी मौत के मनहूस जमदूत-से लगे। नहीं अब वह शराब नहीं पिएगा। किसी के हाथ की कोई भी चीज़ नहीं खाएगा। वह सिर्फ़ पानी पिएगा।

प्यास दौड़ने-हाँफने से और तेज़ हो गयी। अपने कमरे में जाते-जाते लौटकर

वह कुएँवाली कोठरी की ओर चल दिया। कोठरी के ताले पर हर बार कपड़ा सीकर शाही मुहर लगती थी। धनिया के साथ नसीरुद्दीन ख़ुद इस कमरे से पानी लेने आया करता था। बाँदियाँ पीछे-पीछे चलने लगीं। कोठरी के पास जाकर नसीरुद्दीन ने ताले पर हाथ रखा। एक बाँदी फ़ौरन क़ैंची लेकर आगे बढ़ी। बादशाह ख़ुद अपने हाथ से मुहर तोड़ता था। उसने देखा कि मुहर टूट गयी है, उसके टुकड़े-टुकड़े कपड़े पर चिपके खिल गये हैं। नसीरुद्दीन के मन में शंका उत्पन्न करने के लिए इतना ही यथेष्ट था। नसीरुद्दीन ने दोनों हाथों में रूमाल पर क़ैंची लिये खड़ी बाँदी की ओर देखा। एक बार इच्छा हुई कि उससे मुहर टूटने के सम्बन्ध में कुछ पूछताछ करे पर सहम कर न पूछा। वह तेज़ी से अपने कमरे में घुस गया और किवाड़ बन्द कर लिये।

भूखा-प्यासा नसीरुद्दीन बड़ी देर तक खोया हुआ बैठा रहा, रात हो गयी। न उसके घर में दीया-बत्ती, न उसके मन में उजाला। चारों ओर घटाटोप कर नसीरुद्दीन बैठा था। मगर कब तक बैठा रहे। प्यास बगूले-सी उभड़ रही थी। दम अब इतना घुट गया था कि वह ऊब गया था। वह जीवित नहीं रहना चाहता था, पत्थर हो जाना चाहता था, जड़ हो जाना चाहता था। उसने एक-एक कर दरवाज़े खोलने शुरू किये—पहले ही नदी पार की रौशनियाँ झलकीं, फिर सड़क दिखलाई पड़ने लगी; फिर दरवाज़े के बाहर नौकर-बाँदियाँ, धनिया, दलजीत सब दिखलाई पड़ने लगे; बादशाह अपने अँधेरे कमरे की पृष्ठ-भूमि में दास-दासियों के सामने कंकाल-सा खड़ा था। कुछ देर दरवाज़े पर खड़े रहकर बादशाह कमरे के अन्दर लौट आया, दरिया की ओर एक दरवाजे के पास जाकर खड़ा हो गया। दलज़ीत और धनिया पीछे-पीछे आये, दोनों ने एक सोफ़ा वहीं लाकर रख दिया और बादशाह से आराम फ़रमाने के लिए बा-अदब इसरार किया। बादशाह को समझाया जाने लगा कि धनिया ने मुतलक़ झूठ नहीं कहा था। शाहे-इंग्लिस्तान ने शाहे-अवध के तोहफ़े बड़ी ख़ुशी से क़बूल कर लिये हैं। शहर में इसको लेकर ख़ुशियाँ मनायी जा रही हैं, दुश्मनों के मुँह काले हो रहे हैं। बादशाह से कहा गया कि उनकी तबीयत नासाज़ है, उन्हें ताक़त चाहिए और उसके लिए उन्हें दवा लेनी चाहिए। वह दवा धनिया ने अपनी निगरानी में तैयार करवायी है—शरबत के साथ पीते ही ताक़त देगी।

हारी हुई आवाज़ में नसीरुद्दीन बोला, "पहले एक घूँट पानी पिलाओ।...और फिर लाओ...मुझे लेकर दुनिया का यह अरमान भी क्यों अधूरा रह जाय।"

रात के साढ़े ग्यारह बजे शाही कमरे से एक मर्मान्तक चीख़ सुनाई दी। पता लगा बादशाह बेहोश हो गया है। महल में हर तरफ़ बिजली-सी ख़बर फैल गयी, दास-दासियों के झुण्ड इधर-उधर सिमटकर कनफुसकियाँ करने लगे। थोड़ी देर में दरबार वकील आये, रौशनुद्दौला, ग़ालिबजंग आये, अँगरेज़ कप्तान, अँगरेज़ डॉक्टर

आये। घोषणा हुई कि दिल की कमज़ोरी से धड़कन रुक गयी; शाहे-अवध मर गया। शाहे-अवध ज़िन्दाबाद।

यह 8 जुलाई 1837 ई. की बात है।

तैंतालीस

अवध दरबार के अँगरेज़ रेज़िडेण्ट कर्नल लो ने फ़ौरन ही अपने दो सहकारी कैप्टेन पेटन और कैप्टेन शेक्सपियर को अपने मीर मुंशी के साथ कोठी फ़रहबख़्श में नियुक्त कर दिया। उसने मड़ियाँव छावनी से एक हज़ार गोरी फ़ौज बुलाने के लिए भी आदेश दिया। रेज़िडेण्ट महल के फाटकों और ख़जाने की रक्षा के लिए तुरन्त व्यवस्था करने लगा। नवाब रौशनुद्दौला और कप्तान फ़तेहअली ख़ाँ ने मड़ियाँव छावनी से गोरी फ़ौज आने तक रेज़िडेण्ट की इच्छानुसार हथियारबन्द सिपाही नियुक्त कर दिये। महल के बाहर और भीतर से किसी भी छोटे-बड़े आदमी को आने-जाने की सख़्त मनाही हो गयी। महल की हिफ़ाज़त का प्रबन्ध देख-भालकर रेज़िडेण्ट अपनी कोठी पर गया और जाते ही खुदाबख़्त चोबदार के हाथ बादशाहबेग़म को यह आदेश भेजा कि वे अपना स्थान छोड़कर कहीं न आएँ-जाएँ। रेज़िडेण्ट के दूसरे आदेश पर कैप्टेन शेक्सपियर और मुंशी सैयद इल्तिफ़ातहुसैन को नवाब नसीरुद्दौला मुहम्मद अली ख़ाँ की सेवा में भेजा गया। नवाब साहब स्वर्गीय नवाब सआदतअली ख़ाँ के जीवित पुत्रों में सबसे बड़े थे। इस्लामी विधान के अनुसार उन्हें अपने निःसन्तान भतीजे की गद्दी का उत्तराधिकार प्राप्त हुआ था। बूढ़ा नवाब जगाया जाने पर घबराकर उठा और जब उसे यह बतलाया गया कि वह अब अवध की सल्तन्त का बादशाह है तो उसके आश्चर्य का ठिकाना न रहा।

शहर में ख़बर इस तेज़ी से फैली कि गली-सड़कों पर आधी रात में फिर से दिन जैसी चहल-पहल हो गयी। लोग इधर-उधर टोलियों में बँटकर बादशाह की मृत्यु पर विचार-मन्थन करने लगे; उत्तराधिकार के प्रश्न को लेकर चर्चा चलने लगी।

जब बादशाहबेग़म के पास नसीरुद्दीन हैदर की मृत्यु का समाचार पहुँचा तो वे सहसा कुछ देर के लिए स्तम्भित हो गयीं फिर ध्यान सिमटते ही उन्होंने पहला आदेश दिया, "मुन्नाजान को मेरे पास ले आओ।"

नसीरुद्दीन हैदर की मृत्यु का समाचार इल्मासबाग़ में भारी हलचल का कारण बन गया। भिश्ती इमामबख़्श सुनकर इतना हर्षोन्मत्त हो उठा था कि उसके हुल्लड़ मचाने से इल्मासबाग़ में चारों ओर उत्तेजना ही उत्तेजना फैल गयी। रेज़िडेण्ट का चोबदार ऐसे ही समय वहाँ पहुँचा था।

परदा हुआ; चोबदार हुज़ूर बादशाहबेग़म की ख़िदमत में पहुँचाया गया। उसने

रेज़िडेण्ट का आदेश सुनाया। बादशाहबेग़म बोलीं, "साहबे-आलीशन अगर नवाब मुन्नाजान को असली हकदार तस्लीम करें तो मैं भी उनका हुक्म मानने में उज्र न करूँगी।" भिश्ती इमामबख़्श ने जोश में आकर कहानी सुनानी शुरू की। चोबदार किसी तरह वहाँ से अपनी जान छुड़ाकर भागा।

इल्मासबाग़ में उत्तेजना उत्तरोत्तर बढ़ने लगी। बाग़ के सिपाहियों के हुल्लड़ ने आस-पास के जंगलों में छिपे लोगों को सचेत कर दिया। दूर-दूर से शोर सुनाई पड़ने लगा और देखते ही देखते बाग़ के फाटक पर उत्तेजित लड़ाकुओं की भीड़ इकट्ठी होने लगी।

दुलारी ने सुना। अपने बेटे कैवाँजाह को उसने फ़ौरन ही छिपा दिया। कैवाँजाह एक बार सिंहासन का उत्तराधिकारी नियुक्त हो चुका था, इस समय कोई शक-शुबह कर उसे गिरफ़्तार करे या और किसी तरह का नुक़सान पहुँचाए इसीलिए उसने सुरक्षा की व्यवस्था की। एक पति की सधवा और दूसरे की सद्यःविधवा दुलारी बड़ी हौलदिली के साथ अपना और अपने बेटे-बेटी का भविष्य देख रही थी। उसके दोनों देवर वारिसअली और फ़तेहअली भी अपने भविष्य को लेकर पत्ते की तरह काँप रहे थे।

इल्मासबाग़ से भिश्ती इमामबख़्श मोहनसिंह और लालता के नेतृत्व में सात-आठ हज़ार हथियारबन्द पासी सिपाहियों, शोहदों और उठाईगीरों की भीड़ दरबार भवन की ओर चल पड़ी। ज्यों-ज्यों बेगम की सेना शहर की ओर बढ़ती आती थी त्यों-त्यों शहर की जनता में भी जोश का सैलाब बढ़ता जाता था। नवाब फ़रीदूनबख़्श मुन्नाजान नसीरुद्दीन हैदर का पुत्र और सिंहासन का वास्तविक अधिकारी है या नहीं, इस विषय को लेकर जगह-जगह जनता में नये सिरे से बहसें छिड़ गयीं। एक पालकी में बादशाहबेग़म और तामज़ाम पर भिश्ती की भीड़-द्वारा अपनी बादशाहत के नारे और जय-जयकार सुनता हुआ मुन्नाजान बढ़ रहा था। उसके दोनों ओर चन्द्रज्योति और मशालों की काफ़ी रोशनी थी। देखने वाले देखकर यही कहते कि नसीरुद्दीन फिर से नौजवान होकर चला आ रहा है।

मड़ियाँव से अँगरेज़ी सेनाएँ पहुँच भी न पायी थीं कि बादशाहबेग़म की भीड़ महलों तक पहुँच गयी। कैप्टेन ने पेटन फाटक के ऊपर झरोखे से भीड़ को सम्बोधित किया और कहा कि कम्पनीबहादुर ने नवाब नसीरुद्दौला को अवध का बादशाह घोषित किया है इसलिए किसी दूसरे का अधिकार जताना अपराध है।

गोरे के मुँह की बात थी, उत्तेजित होते हुए भी भिश्ती आदि लीडरों ने उसे बादशाहबेग़म तक पहुँचाना उचित समझा। सुनकर बेगम बोलीं, "मुल्क और हक दोनों हमारा है। हुकूमते-इंग्लिशिया हमारे घरेलू मुआमलात में दख़ल देने का दावा किस हैसियत से रखती है। आगे बढ़ो, फाटक तोड़ दो, महलों पर क़ब्ज़ा कर लो।"

भीड़ की उत्तेजना सहस्रमुखी हो गयी। लड़वैयों का रेला इतनी तेज़ी से फाटक

पर चढ़ दौड़ा कि उसे सँभालना किसी के वश की बात न रह गयी। फाटक तोड़ने के लिए एक हथिनी भी लायी गयी थी। फाटक पर कुल्हाड़ों की चोटें पड़ने लगीं। सैकड़ों हाथों की चोट फाटक सह न सका, शीघ्र ही आधा टूट गया। कैप्टेन पेटन फाटक के पीछे ही खड़ा था। भिश्ती की भीड़ उस पर टूट पड़ी। तलवार की मूठों और बन्दूक़ के कुन्दों से कैप्टेन पेटन की बुरी दुर्गति की गयी।

महल के बाग़-बग़ीचे, बारहदरियों में, हर तरफ़ बेगम के सिपाही छाये हुए थे। रेज़िडेण्ट उनके मीर मुंशी, नवाब रौशनुद्दौला, राजा शिवदीनसिंह सभी बेगम के सेनापतियों के द्वारा नज़रबन्द कर लिये गये। रौशन नवाब को तो बेगम के सिपाहियों ने मार ही डाला होता मगर उनके नौकर क़ादिरबख़्श ने उन्हें किसी तरह बचा लिया। नायब वज़ीर सुभानअली ख़ाँ लाठी तलवार के वार से अपना सिर बचाने के लिए सिर पर बहुत-सा कपड़ा पग्गड़ की तरह लपेट भागा। वकील-उस्सल्तनत गुलाम यहिया ख़ाँ एक छत पर घिर गया; जान बचाने का दूसरा उपाय न देख वह उत्तरी दीवार से गोमती तट पर कूद पड़ा। एक टाँग टूट गयी, किसी तरह घिसटते लुकते छिपते नदी किनारे तक आया और एक नाववाले को मुँह माँगे दाम देकर भाग निकला। महल की ज़नानी ड्योढ़ियों को छोड़कर हर तरफ़ अँधेरे में चन्द्रज्योति और मशालें दौड़ती लपलपाती फिरती थीं। झाड़-फ़ानूस, सजावट का सामान लूटा और तोड़ा-फोड़ा जा रहा था। हिंसक हुल्लड़ और लूट का अन्धा आह्लाद नगर में दूर-दूर तक सुनाई पड़ रहा था। लोग दिल थामे खड़े थे कि अब क्या होता है!

कोठी फ़रहबख़्श में नदी किनारे नये बादशाह नसीरुद्दौला मुहम्मदअली ख़ाँ अपने बेटे अमज़दअली और पोते वाज़िदअली मिर्ज़ा के साथ सहमे हुए बैठे थे। महल की स्त्रियों में रोना-धोना, छाती कूटना, अपने क़ीमती माल-असबाब को छिपाते फिरना आदि हंगामा मचा हुआ था। अँगरेज़ी सेना की कुछ आगाऊ टुकड़ियाँ ही अभी तक पहुँच पायी थीं, बेगम की अनियन्त्रित उन्मत्त भीड़ को रोकने का साहस उनमें न था।

दरबार हॉल—लाल बारहदरी—में नवाब मुन्नाजान को सिंहासन पर बैठाने का आयोजन हो रहा था। चारों बड़े हॉल, आस-पास ऊपर-नीचे के छोटे-बड़े कमरे; इंच-इंच जगह बेगम की सेना से अटी थी। सिंहासन के पीछे ही पालकी में बादशाहबेग़म बैठी थीं।

नवाब मुन्नाजान की बादशाहत को वैधानिक पुष्टि देने के लिए यह जरूरी समझा गया कि रेज़िडेण्ट से नये बादशाह को नज़र दिलवायी जाय। नज़रबन्द रेज़िडेण्ट कर्नल लो, उनके सहकारी कैप्टन जॉन शेक्सपियर और उनके मीर मुंशी सैयद इल्तिफ़ातहुसैन बहादुर बारहदरी में घेरकर लाये गये। दरबार हॉल में रेज़िडेण्ट के प्रवेश करते ही 'गॉड सेव दि किंग' की धुन बजायी गयी। ग़ाज़ीउद्दीन हैदर के

बादशाह घोषित किये जाने के अवसर पर पहली बार इस विलायती गीत की परम्परा पड़ी थी। और वही इस समय अपनायी गयी थी। ज़िलोख़ाने से तोपों की सलामी गरजने लगी। नवाब फ़रीदूनबख़्त मुन्नाजान अवध के राजसिंहासन पर बैठा, उसके सिर पर मुन्दीर रखी गयी। तवायफें मुबारकबादियाँ गाने लगीं, उन्हें भी भिश्ती की सेना डरा-धमकाकर पकड़ लायी थी। चारों ओर से मुबारकबादियों का शोर उठने लगा। भाले, तलवार, मशाल, बन्दूक़ जो जिसके हाथ में था, ऊँचा उठाकर बड़े जोश में नये बादशाह को मुबारकवाद दे रहा था।

नये बादशाह के सामने से नज़रें गुज़रने लगीं; रेज़िडेण्ट को भी नज़र पेश की गयी लेकिन उसने शान्त किन्तु दृढ़ भाव से उसे अस्वीकार कर दिया। "साले तुझे नजर लेनी ही पड़ेगी।"...भद्दी-भद्दी गालियों के साथ रेज़िडेण्ट की नोचा-खसोटी की जाने लेगी। भिश्ती इमामबख़्श ने रेज़िडेण्ट को मारने के लिए भी हाथ उठाया मगर बादशाहबेग़म के वकील मिर्ज़ा अली ख़ाँ ने उन्हें बचा लिया। बन्दूक़ की गोली भी चली; कर्नल लो तक़दीर के सिकन्दर थे, गोली उनके कन्धे को तनिक-सा छीलती हुई निकल गयी। रेज़िडेण्ट को वहाँ से हटाकर बेगम के सामने लाया गया। रेज़िडेण्ट ने उनके सामने भी अपनी वही ठण्डी अकड़ क़ायम रखी। रेज़िडेण्ट ने कहा, "मैं गवर्नर जनरल के हुक्म के ख़िलाफ़ नहीं जा सकता।"

"मैं भी हक़ के ख़िलाफ़ नहीं जा सकती और हक़ सही तौर पर मेरे पोते मुन्ना को पहुँचता है।"

रेज़िडेण्ट ने फिर उसी तरह शान्त किन्तु दृढ़ स्वर में कहा, "आप गवर्नर जरनल से मंजूर करवा लें तो मैं मान लूँगा। उस वक़्त तक नवाब मुन्नाजान की ताजपोशी को मैं एक ग़ैरक़ानूनी काम मानने के लिए मजबूर हूँ। और आपको बाअदब आगाह भी करता हूँ कि इस ग़लत काम से आप अपना हाथ खींच लें।"

भिश्ती, लालता राजपूत आदि सहमे कि बादशाहबेग़म कहीं रेज़िडेण्ट के बहकावे में न आ जायँ। वे रेज़िडेण्ट को घसीटकर फिर सिंहासन के सामने ले आये और उसे झुकाते हुए बोले, "सलाम कर साले...कर सलाम नहीं तो..." गन्दी से गन्दी गालियाँ, जुल्फ़ खिंचाई, झटके से गरदन का दबाया जाना आदि सब कुछ करके भी वे रेज़िडेण्ट को झुका न सके। उसने अपनी ओर से तनिक भी उत्तेजना न दिखलायी, ठण्डे स्वर में केवल इतना ही कहा, "आप बशौक़ मेरी और कैप्टेन शेक्सपियर की जान ले सकते हैं, मगर कम्पनी सरकार किसी भी हालत में आपकी बात नहीं मानेगी।"

बेगम के वकील ने अपने भविष्य को सुरक्षित करने के विचार से तुरत आगे बढ़कर हंगामे को इस तरह बेबात की बात में बाँधकर बहकाया कि वे आपसी बहस-मुहाबसे में गुँथ गये। मिर्ज़ाअली ख़ाँ रेज़िडेण्ट और उनकी टुकड़ी को सफ़ाई

से बचाकर महलों में ले गया। तब तक मड़ियाँव छावनी से गोरी सेना भी आ पहुँची थी।

रात बीत चुकी थी, पौ फट रही थी। अँगरेज़ी तोपों ने लाल बारहदरी को चारों ओर से घेरकर गोले छोड़े। गोरी फ़ौज और विलायती तोपों की गरज सुनते ही बेगम के सिपाहियों में भगदड़ पड़ गयी। गोरी सेना ने भागते हुए लोगों की गहरी मारकाट मचायी। चारों ओर चीख़-पुकार और पनाह! पनाह! की आवाज़ें उठने लगीं। साढ़े चार घण्टे तक बाप-दादों के सिंहासन पर बैठकर बाप-दादा के द्वारा ही अवैध सन्तान घोषित किया जानेवाला मुन्नाजान बादशाहत का मोह छोड़कर अपने प्राण बचाने के लिए सिंहासन के नीचे छिप गया।

बादशाहबेग़म पालकी से उठकर महल के अन्दर चली गयीं। सामने एक बाँदी दिखलाई पड़ी। उसे साथ लेकर वे उस कमरे में गयीं जहाँ नसीरुद्दीन हैदर आख़िरी नींद सो रहा था। बादशाहबेग़म कुछ देर तक चुपचाप लाश के सिरहाने खड़ी रहीं। फिर धीरे से कफ़न हटाया, अपने मरे हुए सौतेले बेटे का मुँह देखती रहीं...

सुलेमानजाह नसीरुद्दीन हैदर सो रहा था। राजमाता के सामने वह छोटा होता चला गया; गोदी का बच्चा हो गया। वह दिन उनकी स्मृति में स्पष्ट हो आया जब मुग़लानी फ़ैजुन्निसा बहुत समझा-बुझाकर आठ दिन के बच्चे को उसकी गोद में डाल गयी थी। बादशाहबेग़म ने नसीरुद्दीन के न जाने कितने-कितने लाड़ लड़ाये थे, नसीरुद्दीन बादशाहबेग़म की महत्त्वाकांक्षा का प्रतीक था। उसके सहारे वह आग़ामीर से लड़ी, अपने पति ग़ाज़ीउद्दीन से लड़ी—हर एक के दर्प को अपने अदमनीय अहं के सामने निस्तेज कर हज़ार आपदाएँ सहते हुए भी बादशाहबेग़म इसी एक सपने को लेकर आगे बढ़ती रही थीं कि नसीरुद्दीन जब बादशाह होगा तब एक-एक से बदले चुका लूँगी, जी के हौसले पूरे कर लूँगी। उसी नसीरुद्दीन से फिर उनकी ठन गयी और ऐसी ठनी कि एक का अन्त हो गया। और अब दूसरे का, स्वयं बादशाहबेग़म का अन्त भी निकट आ पहुँचा था।

बेटे की लाश में बादशाहबेग़म अपनी महत्त्वाकांक्षाओं का अन्त देख रही थीं। आपाधापी की होड़ में न यह रहा न वह रहा। जन्म-कुण्डली के ग्रह-नक्षत्र जीवन-भर मृगतृष्णा बनकर राजमाता को दौड़ाते रहे और अब जीवन का सब कुछ केन्द्रीयभूत हो जड़ता की ओर बढ़ चुका था। नसीरुद्दीन मर गया था। बादशाहबेग़म, उसकी लाड़ लड़ानेवाली माता अब अपनी अहन्ता को लेकर रुक न सकीं, बहुत रोकते हुए भी उनकी आँखों से आँसू बह चले। नसीरुद्दीन हैदर के चेहरे ने विमाता के आँसुओं की ठण्डक पायी। बादशाहबेग़म ने लाश का मुँह धीरे-धीरे फिर चादर से ढँक दिया।

कमरे के बाहर गोरे सिपाहियों के बूटों की ठक-ठक बादशाहबेग़म को अपने अन्तिम क्षण का आभास कराने लगी। सिपाही ठीक उसी दरवाज़े पर आकर रुक

गय। भिश्ती मारा जा चुका था, चार घण्टे का बादशाह मुन्नाजान गिरफ़्तार होकर नंगे पैर, पाँव पैदल, हथकड़ी जड़े हाथों से घसीटकर रेज़िडेण्सी के क़ैदख़ाने में पहुँचाया जा चुका था और अब बादशाहबेग़म की बारी थी। वह शान्त भाव से अपना अन्त देखने के लिए प्रस्तुत थीं।

बाँगर क्षेत्र में सुनसान मार्ग पर एक कुटी में एक बलिष्ठ तेजवान् संन्यासी बैठा रामायण पाठ कर रहा था। कुटी के द्वार पर एक नरकंकाल आकर खड़ा हो गया, उसकी आँखें फटी हुई थीं, उसकी बेतरतीब दाढ़ी बढ़ा चेहरा मुरदे की तरह सफ़ेद था।

"क्या चाहिए?" संन्यासी ने पूछा।

"पानी।"

"अन्दर आ जाओ भाई।"

"मैं...मैं मुसलमान हूँ बाबा।"

"मैंने जाति नहीं पूछी। अन्दर आओ।" संन्यासी के निमन्त्रण में सहज स्नेह था।

पानी पीकर सन्तोष की साँस लेते हुए नरकंकाल उठा, बाहर जाने लगा, फिर ठिठककर पूछा, "बादशाह सचमुच मर गया बाबा?"

"हाँ भाई, सुना तो यही है।"

"और दुलारी...मलिकए-ज़मानियाँ?"

"ज़िन्दा हैं। तुम यह सब क्यों पूछ रहे हो? क्या बादशाह और मलिकए-ज़मानियाँ के सताये हो?"

"हुँ", एक ठण्डी आह भरकर नरकंकाल बोला, "क़िस्मत का मारा हूँ बाबा। किसी पर इल्ज़ाम नहीं लगाता। सब क़िस्मत का खेल है।" फिर ठण्डी साँस छोड़ी।

संन्यासी देखता रहा, फिर पूछा, "क़ैद में थे?"

"जी हाँ, तेरह बरस बाद आज मैंने पहली बार दुनिया देखी है।"

"क्यों पकड़े गये थे?" संन्यासी ने पूछा।

"क्यों?" नरकंकाल फीकी हँसी हँसा, फिर कहा, "इसलिए कि मेरी बीवी को बादशाह की मलिका बनना था। बाबा, क्या ख़ुदा है? इनसाफ़ है? हक़ है?"

संन्यासी सोचता रहा फिर शान्त किन्तु दृढ़ स्वर में कहा, "अवश्य है। रात में दिन छिपा रहता है। मैं भी उजाले की बाट में बैठा हूँ भाई।" संन्यासी के चेहरे पर उदासी की छाया पड़ने लगी।

नरकंकाल बोला, "अच्छा बाबा, ये दुनिया क्या सदा यूँ ही चलेगी? कमज़ोर यूँ ही पिसते रहेंगे और शहज़ोर..."

"कहा न भाई, रात के बाद दिन अवश्य आता है। मैं उसी उजाले की बाट में बैठा हूँ।"

संन्यासी भविष्य में आते प्रकाश को देख रहा था, नरकंकाल के टूटे मन में चारों ओर घना अँधेरा ही अँधेरा था।

एक दिग्विजय ब्रह्मचारी थे, दूसरा दुलारी का पति रुस्तमअली।

यह ग़दर के बीस वर्ष पहले की बात है।

□□□